草莓青梅三分甜

（上册）

青青绿萝裙 著

青岛出版集团 | 青岛出版社

图书在版编目（CIP）数据

芝芝青梅三分甜/青青绿萝裙著.—青岛:青岛出版社,2022.9
ISBN 978-7-5736-0434-7

Ⅰ.①芝… Ⅱ.①青… Ⅲ.①言情小说－中国－当代 Ⅳ.①I247.5

中国版本图书馆CIP数据核字（2022）第152068号

ZHI ZHI QINGMEI SAN FEN TIAN

书　　名　芝芝青梅三分甜
作　　者　青青绿萝裙
出版发行　青岛出版社（青岛市崂山区海尔路182号）
本社网址　http://www.qdpub.com
邮购电话　18613853563
责任编辑　郭红霞
特约编辑　徐晓辰
校　　对　李晓晓
装帧设计　蒋　晴
照　　排　梁　霞
印　　刷　三河市良远印务有限公司
出版日期　2022年9月第1版　2022年9月第1次印刷
开　　本　16开（640mm×920mm）
印　　张　37
字　　数　579千
书　　号　ISBN 978-7-5736-0434-7
定　　价　69.80元（全2册）

目　录 ㊤㊥册

目　录 ㊦㊥

第一章

红茶底：从今天起，好好学习

2010年，8月1日建军节，星期日，天气晴。

今天是芝芝回到十年前的第二天，在最初的震惊、兴奋、迷惘之后，她在狭窄逼仄的卧室里思考一个问题：来都来了，她要干点儿啥呢？

复仇？惭愧，她是喝醉了回来的，不是因为被谋杀，而喝酒也不是因为男友劈腿或闺密背叛，而是闺密们帮她庆祝升职加薪。

她身为一个普通人，没仇没怨，走不了《基度山伯爵》的剧情。

踢走渣男？她没有男朋友，下一个话题。

发家致富？这个可以有！

按照小说的套路，她本可以从三大发家致富的捷径中选择一条：中彩票、买房、抱大腿。

彩票是个好东西，一夜暴富全靠它！

然而……平日里不买彩票的人，就算看到新闻里播报有某人中了亿万元的大奖，也鲜少会有闲得没事的人去记一记彩票的号码，尤其是它那么长！退一万步说，即便有人灵光一闪记住了，也没法儿确保正好碰上。

芝芝是“万年非酋”，打游戏时抽卡从来抽不到想要的，从未考虑过世间真的有这样的好事降临在她的头上，压根儿没记过任何彩票号码，算了。

那么，买房是不是一个好主意呢?

2010 年，北上广低廉的房价早已是过去式，唯有本地的房产值得考虑，现在才七八千元一平方米，十年后已经涨到三四万元了。

但是他们家就算去贷款，首付也不是个小数目。她撑着下巴回忆了一下，记得没错的话，她家去年才东拼西凑买下了一处门面用来开面馆，估摸着家里目前的存款只有一万元左右。

这点钱想买房，无异于痴人说梦。

可抱大腿就是一个容易的选择了吗?

腾讯成立于 1998 年；阿里巴巴则成立于 1999 年；新浪微博 2009 年上线；饿了么同一年成立网站，两个月后，用户就可以使用网页点餐；搜狗也从搜狐独立出来了……她掐指一算，各位成功人士早已不缺“腿部挂件”。

生不逢时啊！芝芝扼腕叹息，沉痛地画去了三大捷径。

莫慌，小说告诉我们：不能走捷径，还可以勤劳创业。

如果她今年已经大学毕业的话，这绝对是个不错的主意，领先十年的战略眼光不是吹的。但是，芝芝，大名关知之，如今年方十六岁，一个多月前刚结束中考，一个月后即将成为高一新生，是个不折不扣的未成年人。初中毕业就辍学创业太刺激，她吃不消。

如今看来，成为小说写手是最合适的出路。网文的写作门槛低，对年龄没有要求，虽然家里没有电脑，她也不方便去网吧，但可以去图书馆，只需要时间和毅力就能完成。

芝芝认为，自己的水平有限，成不了大作家，不过凭借脑洞赚点儿零花钱是没有问题的。想到这里，她精神一振，翻开草稿本就准备开始写个大纲，不过，笔点在白纸上的刹那，心里忽然出现一丝不安的情绪。

奇怪，她怎么感觉好像忘了什么重要的事……是什么呢?

她正思索着，门外传来两个人交错的脚步声，大门“哐当”一声被打开，熟悉的声音在背后响起：“芝芝，出来吃面，今天剩了块大排。”

“哎。”她应了一声，看看时间发现不对，趿拉上拖鞋追出去，“怎么那么早回来了？”

她读初中的时候，父母省吃俭用买下了一处小小的门面，就在小区附近。他们晨卖早饭，晚卖夜宵，十分辛苦。但夫妻俩都是勤劳的人，仗着年富力强，不肯错过赚钱的机会，每天都要到晚上十点多才关门。

“今天下雨，没人，我们干脆早点儿关店回来。”厨房里，关母用剩下的面条和配菜，给她做了一大碗红烧大排面，“吃吧，吃了早点儿睡觉。”

芝芝犹豫了，在没影儿的写文发财和踏实的帮父母开店之间来回摇摆：“要不然我明天去帮你们？反正放暑假也没什么事。”

“你只要好好学习，就是帮我和你爸了。”关母毫不犹豫地说。

芝芝叹了口气，端了面出去吃。

面条散发着热腾腾的白气，她一边吸着面条，一边想：她爸妈果然是典型的传统家长，再苦不能苦孩子，家里就算穷得揭不开锅，也要把最后一分钱用来给孩子念书。

孩子要帮忙干活，父母感动到抹泪，说什么“女儿终于懂事了，知道帮我们忙了”之类的画面，仅限于她的想象。

事实上，他们会说……

“店里的事不用你管。”冲了澡出来的关父裹挟着水汽，语重心长地说，“你的任务就是好好念书，考上大学，不要分心。”

你看，这就是现实。

关母跟着点头：“你学学家明，人家放暑假也天天去图书馆。九月份你就要读高中了，我听说你们一中是要分班考试的，你可不要觉得考上就能放松了。”

分班考试？这简直是晴天霹雳！

芝芝终于想起自己为什么觉得不安了。虽然她回来的时候，中考已经结束了，但她考进去的高中，开学前就要分班考试。

而她已初中毕业十年了！

“对头。”关父没留意她诡异的脸色，拿起烟盒，倒了倒，摸出最后一根香烟放进嘴里，揿下了打火机，狠狠地吸了一大口，“我听老庄说了，一中分实验班和普通班，老师完全不一样。”

关母拿着睡衣走到浴室门口，脚立刻收回来，关切地问：“怎么说？”

“实验班的老师当然更好。”关父吐了口烟，眉头紧锁，“要进去，要么考，要么交赞助费，家明读书一向好，考进去没问题。老庄是和我们说一声，一万块。”

“那你说我们要不要……？”关母递了个眼神过去。

头顶的风扇呼呼地旋转着，有一片叶子从白炽灯前飘过，房间忽明忽暗。纱窗外，两只蛾子扑在纱窗上，翅膀扑棱作响。关父穿着中年人最喜欢的白汗衫和黑色的短裤，眉头紧锁，吞云吐雾，显然也是在考虑这个问题。

芝芝又回忆起了一些事：她在中考的时候走了狗屎运，杂志上翻到的一篇文章正好是当年的语文作文题目，所以超常发挥，过了省级重点高中的分数线。

这所高中是市级第一中学，师资力量雄厚，基本上每年都有人考上北大、清华，再不济也是“复南交浙”，成绩异常耀眼。和很多学校一样，一中有集中了顶级教师的实验班，想要进实验班的学生，要么在入学摸底考试时考出个好成绩，要么交一万块钱的赞助费。

老庄，她爹妈下岗前的同事，现在的好友，住对门的邻居。他有个儿子叫家明，成绩贼好，轻轻松松地考进了一中，分班考自然也不怵，十拿九稳。

但关知之的成绩一般，她考进实验班的可能性极小。她爸妈心里对闺女的能耐很有数，狠狠心掏光了家底，花了一万块钱送她进了实验班。

可惜的是，上一次庄家明同学先进北大，后去耶鲁，而那时的她并不适应实验班里遍地都是学霸的情况，跟不上进度，压力过大，恶性循环，高一的期末考试发挥失常，最后跌回普通班，白瞎了一万块钱。

一万块钱！芝芝一个激灵，坚定地表示：“我们不交赞助费！”

关母瞪她，不客气地说：“你懂什么？爸妈是为了你好，实验班和普通班不一样，家明肯定能进，你不想和他在一个班吗？”

以前关母就是用这个理由说服了她，但是芝芝没打算放弃，动之以情，晓之以理：“家明哥成绩好，我就不行了，跟不上反而会有压力。”

然而，关父平静地说：“你要把压力变成动力，只要你好好读书，爸爸妈妈不在乎花这点儿钱。”

芝芝：“……”

这真是熟悉的配方、熟悉的味道、熟悉的毫无发言权的十六岁。

毋庸置疑，父母爱她，看重她，不惜一切代价培养她，但并不重视她的想法，读书期间无数的矛盾由此而来。

关母雷厉风行，放下睡衣，进卧室翻存折：“家里还有多少钱？不够就问我妹子借一点儿。”

芝芝的小姨开了家服装店，生意相当不错，与姐姐的关系很和睦，一两千元的数额，关母绝对借得出来。但手心朝上不是容易的事，亲姐妹也不能总是如此。

“爸，我们家条件不好，量力而行。”芝芝试图和父母讲道理，苦口婆心地说，“有这个钱，不如在店里装个空调，现在天气热，开空调客人能多一点儿。”

关父叼着的香烟亮了又暗，暗了又亮，他脸上的神色满是欣慰，语气却不容置喙：“你不用管，这是我和你妈的事，你好好读书就行了，面凉了，快吃吧。”

他又来了！芝芝在心里疯狂吐槽，她爹妈什么都好，但是一旦牵扯到学习，基本上就三句话——“不用你管”“用心读书”“都是为你好”。

她深吸了口气，讲道理不成，那就只能耍赖了，遂装出一副被伤到自尊心的青春期少女的模样，重重地丢了筷子：“怎么就不是我的事了？考试的人不是我吗？交钱，交钱！你们就没有想过我可以自己考进去吗？”

说完，她不给他们反应的时间，冲进卧室就把门关上了。

客厅里，被弄蒙了的关父与关母面面相觑。沉默半晌，关母捏着只有五千块钱的存折，犹豫着说：“芝芝要是考得进去……”

“她的成绩你还不知道？”关父摇摇头，叹气道，“都是为她好，她怎么就不懂呢？”

家里的隔音不好，芝芝全听见了。她心想：我懂，但你们也听听我的想法好不好？是我念书啊！你们觉得对我好的，不一定是我想要的，怎么你们就不懂？

她正苦笑着，床头却传来“嘀嘀”的提示音。她瞄了一眼，发现是自己的手机，她还不太习惯用非智能机，一直丢在一旁，今晚才想起来充电，这么晚了，也不知道是谁发的消息。

她走过去抓起手机，翻开盖子，闪烁的屏幕上的“家明”两个字无比显眼，短信内容是：“小说借来了，有空来拿。”

家明，庄家明，你真是救星啊！芝芝灵光一闪，飞快地摁键：“家明哥！救我！”

晚上九点二十七分，关家的门被敲响了。

关父打开门一看，惊讶地说：“家明，这么晚了，有什么事？”

“给芝芝送书，这是她托我借的。”从门口走进来个高高瘦瘦的少年，穿着最普通不过的白色T恤和蓝色宽松牛仔裤，看起来绝对平平无奇。但是他一抬头，面孔展露在白炽灯下时，一百个阿姨里有九十九个要忍不住赞叹一句“这孩子长得真俊”——剩下的那一个，是他妈。

关母是看着他长大的，这会儿冷不丁瞧见，脱口还是那句话：“家明真是越来越好看了。”

“阿姨。”庄家明礼貌地笑了笑，重复了一遍，“我给芝芝送书。”

关母立刻朝他手上看去：一本《初中数学知识手册》和一本《中考英语满分作文》，不由得吃了一惊：“芝芝的？”

“嗯，她说要复习……”庄家明刚想说话，芝芝就把房门打开了。她大步走出来拖他进屋，道：“家明哥，别理我爸妈，他们压根儿不信我能自己考进实验班。”

关父张了张嘴，来不及说她没礼貌，家明就被她拉进房间了，只留给他们一扇紧闭的房门，粘贴在上头写着“敲门再进”的A4纸晃了晃，右上角的胶带脱落，向下卷了起来。

芝芝摔上了门，怒气冲天的表情霎时间烟消云散，一张脸灿烂无比：“多谢家明哥救我狗命！”

“什么和什么啊？”庄家明被她逗笑了，把两本辅导书放在她的桌上，“大半夜的，怎么和你爸妈吵架了？”

芝芝惆怅地跌坐在床铺上，幽幽地道：“赞助费。”她三言两语交代了事情的始末，恳求道，“家明哥，我的话他们听不进去。但他们很听你的话，你帮帮我呗。”

好学生有好学生的特权，庄家明从小到大，不仅庄叔叔乐于听他的话，辅导班报还是不报，从无二话，连他的继母也对他十分信服，女儿读文读理、补什么课，全要问过这个继子再说。

更不要说在叔叔阿姨的圈子里了，家明的身上似乎就写着两个字：权威。

庄家明想了会儿，问道：“你想进实验班吗？”

“想。”她不假思索地回答。虽然到目前为止，她对今后的规划尚无明确的想法，但人往高处走，进实验班大有好处，没道理不去。

“分班考还有一个多月，我打算复习一下，看看能不能考进去。如果考不上，证明我的实力不行，那进了也没意思，不如去普通班好好学习一年，高二文理分科的时候再想办法。”

庄家明不由得惊讶。他一直觉得芝芝还是个小孩儿，读着书却不知道为什么读书，稀里糊涂，嘻嘻哈哈，考砸了担心被骂，有空宁可偷看小说也不会学习。但今天她这一番话，显然对未来有着明确的规划，她好像一夜之间长大了。

他在看芝芝，芝芝也在看他。

她重回十六岁前，他们最后一次这么说话是庄家明拿到绿卡回国的时候。那会儿，她刚在心里惊艳“我的竹马居然越长越帅”，就被告知他回国是为了和女朋友订婚，再仔细一问女友的条件，脑海中就一个念头——人家总裁家闺女，亿万家产，名校毕业，脸美心善，轮得到你不同意？

初恋至此，卒，她想起来就心酸。

“你真的想好了的话，”庄家明笑了，少年干净的眉眼在昏黄的灯光下温柔极了，“我就帮你说说情好了，不过……”

她回过神：“不过？”

“你真想复习的话，明天就和我去图书馆吧。”他瞥了眼被她摊在桌上的言情小说，叹气，“在家你肯定看不进去。”

芝芝：“不瞒你说，我本来打算明天就去的……”

庄家明信了：“去看小说。”

不，她想写小说。但她现在看来，写文致富这么虚无缥缈的事，完全没有省下一万块钱赞助费紧迫。她叹息了一声：“反正现在改成复习了。”

“那说好了，明天早上我来叫你。”

“行，我肯定去。”

“我走了。”庄家明揉了一把她的脑袋，“早点儿睡。”

她拍掉他的手，捋捋刘海：“我才洗的头。”

庄家明假装没听见，开门出去了：“叔叔阿姨，我回去了。”

结果人刚走到门外，关父就跟着出来了，把门虚掩上：“家明，叔叔有件事要问你。”

庄家明转过身。

他们住的是十几年前建成的小区，楼道里的电灯泡不大好用，光线昏暗又闪烁，泛黄的墙壁上停着灰白色的蛾子，翅膀一扇一扇的，楼下隐约传来婴儿的啼哭声。

关父斟酌着开口：“家明啊，你和叔叔说实话，以芝芝的成绩，她考不考得上实验班？”

“有难度。”庄家明实事求是地分析道，“听说一中的分班考比今年的中考还要难一点儿，芝芝要考进实验班不太容易。”

关父重重地叹了口气。

“不过高二会好一点儿。”庄家明像是想起了什么，在关父说话前补了一句。

关父咽下了原本的话：“高二？”

“高二要分文理科。”庄家明道，“芝芝有点儿偏文科，如果拉分的几门不考的话，她的排名能前进很多。”

关父犹豫起来。按照这样的说法，他们在高一花钱让芝芝进实验班不太划算，不如等高二分了文理科再说，高考才是决定孩子命运的关键，钱当然要花在刀刃上。他思量半晌，和蔼地笑了笑：“叔叔知道了，好孩子，谢谢你了。”

“叔叔客气了，那我进去了。”庄家明点了点头，开门回了自己家。

关父立刻回屋去找关母商量。

芝芝偷听了会儿，有八成事成的把握。她不由得感慨：真是人比人气死人，同样的事，她的话和庄家明的话，分量截然不同。

说到底，父母还是最在乎学习成绩。

他们学习好，前途就好；成绩好，家庭关系就好；读书好，七大姑八大姨、老师、社会全高看三分，万试万灵，包治百病——别笑，这句话少年人听过千百遍，多数嗤之以鼻，告诉你比尔·盖茨还辍学呢，只有回过头来才明白，自有合理之处。

合理之处……芝芝将这四个字在心里反复咀嚼了片刻，顿悟：依照目前的情况来看，无论她想要做什么，好好学习，争取考一个不错的成绩，是做一切事的前提。

而现在，她身边就有一个明灯般的参照物，跟着他走，准错不了！

既然如此，她先定一个小目标——考上实验班，省下一万块钱再说。

庄家明言出必行，翌日早晨七点半，准时来敲芝芝家的门。

关家父母要卖早点，不到六点就去面馆里了，开门的是还没有完全清醒的芝芝：“家明哥？”

“今天复习吗？”庄家明对青梅的性格很了解，昨晚上忽然有计划，不代表她真的会付诸行动。毕竟每个学生都有过想要发愤图强的时候，然而真正会做的少之又少。

他礼貌性地问一下，她去最好，不去也很正常。

芝芝低头揉着眼睛："去啊，不是说好了吗？我昨天晚上失眠没睡好，没听见闹钟响，你等我一下，我洗把脸。"

十六岁的少女起床，比二十六岁的女白领方便太多了：两分钟刷牙，一分钟洗脸，抹点儿"大宝"，再擦个防晒霜……啊，没有防晒霜！算了，芝芝施展锻炼多年的化妆技术，三下五除二抹匀了脸上的护肤品，用三十秒扎了个高马尾辫，换上T恤和牛仔短裤，拎起昨晚收拾好的帆布包就冲了出来。

"搞定啦！"她瞄了一眼手表，前后不到十分钟，不用化妆真开心！

庄家明问："不吃早饭？"

"路上吃。"

"那走吧。"

两个人一同下楼。

这个小区原本是国企工厂分配的房子，早些年，左邻右舍全是父母的同事、朋友，芝芝下个楼倒垃圾都得问候一圈叔叔阿姨。虽然下岗浪潮后，有许多人发了财，陆续搬了出去，但绝大部分家庭出于各种各样的原因，比如学区划分、市中心生活便利、工作的地方近、没钱等，在2010年的时候，仍然留在这里。

所以一路上，他们收获了无数问候："家明和芝芝啊，这么早去哪里？"

论礼貌，同样处于青春期的庄家明吊打其他同龄人。他停下脚步，彬彬有礼地回答："阿姨好，去图书馆复习，开学要考试。"

"哎哟！这么用功，怪不得能考上一中。"阿姨看着面前这个脾气好、学习好、长得好的"三好"少年，恨不得抢回去做自己的儿子，"我们家那个就不行了，现在还睡大觉呢。"

别人家的孩子总是最好的，何况庄家明确实无可挑剔。

阿姨越看越爱，念叨："要是我家斌斌有你一半懂事，我少活十年都高兴。你妈有你这个儿子，这辈子就值了。"

芝芝原本一直在装鹌鹑，听了这话，心里不免"咯噔"一声。

庄家明并非生来就是个好宝宝，奈何他的生母十多年前便查出来得了癌症。纵然庄叔叔的收入不菲，但治疗癌症是个无底洞，再多的钱砸下去也未必有效，家明慢慢地就变得比旁人更懂事了。

半年前，缠绵病榻多年的庄母，走完了自己短暂的一生。

时隔多年，芝芝早已想不起来当年的事，可这会儿望着垂睫不语的庄家明，心里十分不是滋味。她想了想，乍然叫了起来："家明哥，公交车快来了，我们得快一点儿了。"

阿姨滔滔不绝的话被突兀地打断，她顿了下，意识到了自己的失言，讪讪地道："你们快去吧，这几天日头大，不要中暑了。"

"阿姨再见。"芝芝干脆地道了别，拉着庄家明跑了。

他们跑到公交站台的时候，要坐的班次正好来了。两人刷卡上车，空调的凉风夹杂着无法描述的汗臭味扑面而来。

庄家明找到个空一些的位置，示意她站过来，提醒道："你没买早饭。"

"唉，忘了！"芝芝开始翻书包。她十年不改在包里塞零食的习惯，很顺利地在夹层里找到几颗糖，剥了塞进嘴里，"最近记性不太好，老忘事。"

他说："你是没睡醒吧？"

"不要拆穿……啊！"公交车一个转弯，身边的大叔被甩到她附近，高举的胳膊下，难以忍受的味道再度袭来，堪比生化武器。

芝芝屏住了呼吸。

庄家明后退了一步，不着痕迹地为她挪出了一点儿回避的空间。芝芝感激涕零，转过身背对着大叔，凑到打开一条缝的窗边猛地喘了口气。

"明天我们晚点儿出门吧。"她幽幽地说，"错过早高峰怎么样？"

庄家明点了点头。

图书馆在市中心，他们坐了五站就到了，站台后边的街道上有好几个早点摊子，有卖包子、豆浆的，也有卖煎饼的。芝芝不管三七二十一，先买了杯冰豆浆，痛痛快快地灌了下去，暑气为之一消。

"少喝点儿，空腹喝冰的容易肚子疼。"庄家明说着，自己买了常温豆浆和奶黄包。

光阴倒流十年，芝芝再看他，依然觉得"家明哥"还是"家明哥"，性格不酷，恐怕一辈子当不了"霸道总裁"，但足够好，上能配千金小姐，下能配小家碧玉，全无违和感。

她从善如流：“剩下的一会儿喝。”她又买了个粽子，两人站在路边上剥着吃了。

日头大了起来，晒得人脸上发烫，图书馆刚刚开门，空调的力道不足，进门时并无明显的凉爽感，但图书馆空旷，他们走进去便不觉得热了。

庄家明选了常坐的位子，光线好却不直射，暖融融的晨光照进来，落在棕色的木头桌面上，色泽出奇地好看，窗外传来清脆的鸟鸣。

芝芝在他对面坐下，默默地整理了下思绪，这才掏出了计划本。初中的课程比高中少很多，一共才六门：语文、数学、英语、科学、历史与社会、思想品德。

她迅速在心里盘算了一番，借了语、数、外三门主课的综合知识手册，然后翻到目录页，一边回顾着知识点，一边思考该如何取舍——语文的拼音、错字、成语靠过去积累，大致错不了，阅读理解以及作文靠瞎编，重点要复习的是古诗文的背诵与翻译。

初一有《世说新语》两则，《论语》十二章，古诗有四首，课外的几首也是名篇，必须要背的——啊，谢天谢地，《夜雨寄北》她到现在还会背，不过曹操的两首诗长了点儿，她得好好回顾一下了。

…………

她把需要背诵的内容抄在了计划本上，打算每天晚上睡觉前背一部分，考试前再重点突击一下。

接着是数学。初中的数学还没有积分，没有高中那么可怕，一元一次方程，几何中的角、直线、线段，平行线和角的证明，二元一次方程，三元一次方程……她边看边回顾，发现道理自己都记得，但是如何证明已经忘得一干二净了。

不过不要紧，她背一下定理和公式就好……等等，初三的下半学期已经学三角函数了吗？芝芝眼前一黑，差点儿昏过去，好不容易定了定神，发现只是入门级，顿时大松了一口气。

英语，芝芝认得七八成单词，词组已经忘光了，基本等于回炉重造。她不得不在语文的背诵项目后面加上了英语。

科学是入门级的物理、化学、生物和地理，比起高中的相关科目来说是一个天上一个地下。不过物理中的电路题已经很难了，她早就忘记了怎么排线路、放开关，还有力的计算。化学要算配平，背各种元素的特性，还有“氢氦锂铍硼”的下一句是什么来着？

等等，地理的时差计算、洋流图、气候分布、植被分层什么的，竟然是初中的内容，不是高中的吗？

历史与社会，其实就是历史和政治。历史讲得较为笼统，但是关键的大事件和时间点、主要任务、事件意义都是要背的。政治同样，虽然都是常识性知识，然而和考试是两回事。她转了转笔，决定做个时间线，对照着背诵。

中考不考思想品德，所以一中的分班考也不考——万岁！

…………

芝芝把几门课的知识点全梳理完，已经饿得前胸贴后背了。她看看腕表，十一点钟。她仅仅是回顾目录、分配任务，就足足花了一个上午的时间。这么看来，一个月她能不能恢复到中考前的水平都难说，至于考进实验班……悬。

时间是最强大的遗忘药剂。

“时间差不多了。”庄家明合上练习册，抬头说，“回去吃饭吧。”

芝芝点点头，把暂时不需要的辅导书放回去，把其他的书本、笔袋一类的杂物锁进图书馆的寄存箱里。

午间的公交车上空空荡荡，盛夏的阳光洒满街道。

到了家附近的站台，她和庄家明分头去吃饭。庄家明去附近的爷爷家，而她则到父母开的面馆。

中午也是用餐的高峰期，父母早已错峰吃过饭，给她留了碗米饭。

关母麻利地从搪瓷大盆里夹了一块红烧大排盖在雪白的米饭上，又浇了一勺汤汁，盛了一勺土豆丝：“吃吧。”

店里忙乱，芝芝应了一声，就端着碗去角落里吃。关家的饭菜一向如此，面馆卖什么，他们便吃什么，所以来来回回就是红烧大排、红烧大肠、酱爆鳝丝、酱牛肉一类的，素菜也只有拌黄瓜、清蒸毛豆等凉菜，吃多了容易腻。

但如果他们不吃这些，单独开伙又浪费钱，只能忍了。

芝芝想着复习的事，一时没留神，吃下了平日两倍的饭菜，后悔莫及。但她转念一想：十六岁少女的新陈代谢格外旺盛，怕什么？于是她心安理得地多吃了个荷包蛋。

“下午去哪儿？”关父钻出厨房，抓紧时间点烟，抽了一口，“和家明一块儿？”

芝芝原本想给他们打个预防针，说不一定能考进实验班，但见父亲汗流浃背，裤子表面沾满了白色的盐粒，话到嘴边又说不出口，只好硬着头皮继续吹：“图书馆复习，我不是要考试嘛！”

关父吸了两口烟，瞧瞧她，好一会儿，欣慰地说：“我女儿懂事了。”说着，他从裤袋里摸了十块钱给她，“天热，买瓶饮料。”

芝芝忽而心酸，父母沉重的期待折磨了她整个学生生涯。但无可辩驳的是，他们的确为她好，并且不顾一切地供她读完大学，让她变成了与他们不同的人。

“不了，我喝点儿茶就行。”她拧开水杯的盖子，灌了一壶面馆里泡得没有味道的茶水。

关父把钱塞到她的包里：“给你就拿着，只要你好好读书，爸妈比什么都高兴。”

芝芝的动作一顿，他又来了，好好读书……她想叹气，想反驳，然而终究忍住了，点了点头：“知道了。”

关父这下是真觉得女儿懂事了。

面馆里越来越热，风扇呼呼地吹着，风全是热的。芝芝收拾好背包：“买个空调吧，客人吃完就走，看起来不热闹。”说完，她不等他们回答，飞快地推门出去，“我去图书馆了。”

下午图书馆里的人比早晨多了好些，上午的位子已经被人占了。芝芝抱着课本和文具，转了半天才找到个不晒的位子，赶紧坐下占位，又给庄家明发短信：“家明哥，我在D区最里面那桌，快来，要没位子了！”

他回复得很快：“好。”

半个小时后，他和一个苗条的身影一起出现了。

芝芝听见动静，抬起头，发现他身边的妹子是个熟人，应该是同班同学。但名字到嘴边卡住了，她死活想不起来，结巴了一下：“程……呃，你们怎么一起来了？”

庄家明回答：“在门口碰见了。”

“没想到你们也在这里。”程同学瞧了一眼她的综合知识手册，嫣然一笑，抹了变色唇膏的嘴唇桃花一样绽放，“你在复习？”

芝芝沉浸在叫不出同学名字的焦灼里，口中应了一声，心里疯狂地咆哮：她到底叫程什么来着？脸很熟啊，她到底是谁？

偏偏庄家明没有叫程同学名字的意思。

程同学问："我能和你们坐一起吗？"

庄家明给她让了个位子。

程同学在他面前坐了下来，纯白连衣裙上的蕾丝花朵漂亮极了。她看了看庄家明的习题册："你在做奥数题？"

"随便看看。"庄家明看她拿出来的书，念出了名字，"《春分之后》？"

程同学点点头："我喜欢夏目漱石。"她停了停，又道，"这本没有《我是猫》出名，但也是代表作，你们看过吗？"

关知之抬起眼，看到她放在封面上的手白皙修长，仔细看还能发现涂了淡粉色的指甲油，淡定地说："没看过。"

如果不算《枕草子》和《源氏物语》这两部人人都知道的作品，她最喜欢的日本文学是樋口一叶的《青梅竹马》。

但这没啥好说的，她更关心的是：程同学到底叫啥来着？

蝉鸣聒噪。

图书馆的角落里，程同学读着夏目漱石的书，庄家明做着奥数题，明明实际年龄大了将近一轮的关知之则在奋笔疾书学习初中知识。

程同学半道和她说过话，但戴着耳机绞尽脑汁回忆知识点的芝芝一个字也没听见。程同学久久得不到回应，有点儿下不来台。

"她在复习，可能没听见。"庄家明递了话题过去，"你报的也是一中吧？"

程同学暗中松了口气，笑了："对啊，说不定我们还能在一个班。"

"听说是只开两个实验班。"

"对，一中的传统，高二会分出一个文一个理。"

两人交换了下情报，说着说着，程同学说她表姐在一中，下半年读高二，可以问表姐借一下高一的卷子复印，提前熟悉一下重点高中的试卷难度。

庄家明犹豫了下，还是问："那到时候能借你的卷子看一看吗？"

"当然可以啊，我借到了就和你说一声。"程同学非常大方，又问芝芝，"关知之，你要吗？"

这回芝芝总算听见了，她摇摇头："我初中的还没掌握呢，你们搞……吧……”

她说这话的时候，脑子里想着计算步骤，心思有些分散，好巧不巧给断了句，显得好像故意加重了语气，用了个不合适的字眼。

程同学的笑脸一下子僵住了，气氛十分尴尬。

芝芝很快反应过来，但若是现在道歉，等于挑明，让大家下不来台，只好假装拉长语气是因为犹豫，干巴巴地圆场：“吧……不，要是方便的话，我也想看一下。”

程同学没接话。

尴尬的静默中，庄家明开了口：“你先把初中的复习好了再说。”他又安抚程同学：“不用管她，她看不完。”

程同学有点儿难堪，半晌，才勉强笑了笑：“哦，好。”

乍看像此事已过，但没过多久，她就找了个借口和庄家明告辞，一个字也没和芝芝说，俨然是生了气。

“关知之，你乱七八糟说什么呢？”一个走了，还有一个来算账了。

“对不住。”她诚恳地道歉，“我本来觉得不太对，想换个词的，没想到弄巧成拙了，我不是故意的。对不起，原谅我吧。”

庄家明看她说得恳切，看来的确是口误，面色转霁，不太自然地说：“算了，以后别这样。”

她点头：“我一定注意！”

或许成年人无法理解，一个再正常不过的动词，怎么会让少男少女如临大敌，他们是否太过小题大做了？其实并非如此。

十五六岁的少男少女，正对某些事处于半懂不懂的状态，具体是怎么回事不清楚，但这类令人遐想无限的词十分容易戳中他们敏感的神经。

哪怕是课堂这么正经的场合，老师一旦说出这一类的词，都会引来下面学生的窃笑。通常老师们无法理解学生的笑点在哪儿，只有同为学生的人才知道意味着什么。

久而久之，这样的词足以变成一个不太友好的玩笑。更可恶的是，如果有人因此生气，对方还会理直气壮地表示：“我什么都没说，是你想太多。”

芝芝也曾经被男生开过这样讨厌的玩笑，很理解他们为何生气。因此虽然是个口误，她依然认认真真地道歉了。

庄家明有相似的建议：“你在 QQ 上和程婉意道个歉。”

原来她叫程婉意，这么文艺的名字，怪不得自己一直没想起来。芝芝一口答应，掏出手机登录QQ，在初中群里找到了程婉意的账号，打开私聊："对不起，我不是有意的，一时口误，没有别的意思，对不住，对不住！"

她发了好几个卖萌求饶的表情，试图获取程婉意的原谅。但程婉意只冷淡地回了一句："没什么。"

"啊。"芝芝扶住了额头，"我失去了一个妹子的芳心。"

庄家明奇怪："我记得你和她不太合得来啊！"

"是吗？"芝芝记不起来了，只记得她们不只是初三同学，后来还做过一年的高一同学，关系好坏真的记不起来了。

他点了点头。

芝芝想了想，依稀记起程同学似乎也暗恋庄家明。大家暗恋同一个人，肯定互相看不惯，而且程婉意的文艺范儿男生很喜欢，对女生来说却显得有点儿装。

不过"老阿姨"芝芝回头再看，想法截然不同。程婉意的家庭条件不错，裙子是蕾丝的，凉鞋是真皮的，手链是铂金的，她会喜欢庄家明这样条件明显不如自己的男生，那是真的喜欢，不掺杂任何现实因素，只觉得他出色就喜欢了，纯粹得很。

她回望青春，也就只有这点令人羡慕。

但是，芝芝没打算戳破，男生女生之间的暗恋要是被人说穿了，做什么都尴尬，且容易弄假成真，不喜欢的人，留意着留意着也变得喜欢了。

高中生还是别谈恋爱，好好学习吧。尤其是庄家明，他可是要"爬藤"的人，万一蝴蝶翅膀一扇没了怎么办？所以她装傻充愣："你不懂女生，可能弄错了吧。"

庄家明将信将疑。不过有句话说得好：女孩儿的心思你别猜。他就没有深究："差不多了，我们也回去吧。"

"好。"芝芝收拾书包。

两人和中午一样，在车站便分道扬镳。芝芝去面馆吃饭，然后回家继续复习，庄家明则去了爷爷家。

庄爷爷家在附近的一个老式小区里，门口摆满了各式各样的路边摊。庄家明看到有一个摊子上卖小个儿的鸡蛋糕，便让摊主称了十块钱的。

"马上好。"卖鸡蛋糕的女人因为靠近锅炉，浑身上下湿得像是从水里捞出来一样，裙子紧紧地贴在身上，衣料太薄，几乎透肉。

少年礼貌地垂下眼睑，视线落在锅炉上。

鸡蛋液在炉子里逐渐膨胀，散发出清甜的香气。蹲在女人背后的男童探出头来看了看，悄悄地咽了咽口水，但懂事地没有出声讨要。

庄家明看他趴在塑料凳上写的作业——男孩才读小学一年级。

人声嘈杂，拥挤的人群让空气都变得燥热。

“好了。”女人将一炉鸡蛋糕倒出来，麻利地称了十块钱的分量，利落地倒进了白色的塑料袋里。

庄家明道了声谢，转身离去时，看见女人塞了一小块鸡蛋糕给儿子。男童顿时眯眼笑了起来，脆生生地说：“好吃！”

小区门口有人在摆摊卖青菜，看到庄家明过来，笑着打招呼：“家明来了？快回去吧，你爷爷奶奶等着你吃饭呢。”

“好。”他应了一声，加快了脚步。

这个时间段的小区最热闹，下班回家的人和放学回来的人行色匆匆，楼梯上的脚步声接连不断。庄家明熟门熟路地走到单元楼前，三步并作两步上了楼。

爷爷家在二楼，门虚掩着，里头传来庄奶奶的声音：“这个不好，我不要。”

有个年纪差不多的阿婆反问：“这个哪里不好了，你家鸣晖是二婚，总不能说个黄花大闺女吧？”

庄家明站住了，鸣晖是他父亲的名字。

“大闺女我们也不要的。”庄奶奶慢条斯理地说，“要是和鸣晖结了婚，不得要个自己的小孩儿？我们家明可不能受这个委屈。”

“那我上次说的那个，人家自己有个儿子，就想找人搭伙过日子。”庄奶奶的小姐妹劝说，“都有个拖油瓶，谁也不欠谁，不是挺好的吗？”

庄奶奶坚决反对：“带个小的倒没什么，可她男人是出车祸死的，一看就没福气。我这辈子最后悔的事情就是让鸣晖娶了家明妈，没福气啊！要不是给她看病，鸣晖这些年也不会过得那么苦，还有我们家明，那么小就知道照顾他妈……”

她说着，混浊的眼里掉下几滴眼泪。

小姐妹赶紧安慰她：“好了，别说了，都过去了，她再怎么样也给鸣晖生了家明。”

“我们家明也命苦。”庄奶奶擦了擦眼泪，说道，“我也知道人不好找，但鸣晖才四十岁出头，总不能让他回家连口热饭也没的吃。”

小姐妹说：“我晓得，肯定帮你留意。”

“真要是肯和鸣晖好好过的，条件差点儿也行。就一点，要是想生小孩，必须等家明读了大学才能生。”庄奶奶细细叮嘱，“我们家明命苦，不能让他看后娘脸色。”

“晓得晓得。”

庄家明沉默地站了会儿，悄悄退回去几步，再加重脚步跑了上来：“奶奶，我回来了。”

“家明回来了。”庄奶奶赶紧站起来，身体消瘦却健步如飞，“饭做好了。”

庄家明把鸡蛋糕递给她：“路上买的。”

“你自己吃，我和你爷爷不爱吃。”庄奶奶麻利地打开电饭锅盛饭，又吼在阳台上看报纸的庄爷爷：“老头子，吃饭了。”

“来了来了。”庄爷爷放下老花镜，趿拉着拖鞋走到饭桌前坐下。

庄家明进厨房端菜。

今天的菜是咖喱土豆牛腩、豆芽豆腐汤、皮蛋拌豆腐。

庄奶奶将最大的一块牛肉夹到庄家明碗里：“新鲜的牛肉，你多吃点儿。”

“你们也吃。”庄家明给他们各夹了一块。

“家明真孝顺。”庄奶奶笑眯眯地说着，意思了一下，咬了一口，伸手给自己舀了一勺豆腐汤，和米饭拌在一起。

庄爷爷在吃皮蛋，问他：“下午又去图书馆了？”

“嗯，开学要考试，复习一下。”庄家明说。

“不要熬坏身体，放假放松一点儿也没事。”庄奶奶慈爱地看着他，“我们家明那么聪明，肯定能考得上。”

庄家明注意到他们一直只吃豆腐和豆芽，奶奶连一块皮蛋也没有吃，或许是爷爷爱吃这个。

碗里的牛肉已经被吃掉了，但他们嚼了半天才咽下去。

庄奶奶噎住了，喝了一大口汤才缓过来。

他陡然明白过来：牛肉本来就是给他准备的，他们根本嚼不动。

二十六岁的芝芝是个打工人，名义上朝九晚五，但为了挣钱，什么事都干得出来，加班、出差都是常态。因此，比起无所事事的假期，忙碌的复习生活反而一下子把她拽回了正常的生物钟。

她完美适应了新的作息！

如今，她每天早晨八点钟起床，用二十分钟梳洗，和庄家明会合后，坐八点半的公交车去图书馆。

八点五十分，公交车到站，他们在路边买点儿早饭，接着进图书馆，花五分钟接好热水。九点整，她准时坐到书桌前，在日程本上写上今天的计划。

这是她上班后学会的小技巧：每天工作前花五到十分钟整理一下昨天的工作内容，再罗列今天的待办事项，能更有效地安排时间。

庄家明看她写得认真，不禁问："能给我看一下吗？"

"可以啊。"芝芝痛快地递了过去。

庄家明本以为会看到非常整洁高效的计划，每天的待办事项后面应该全打了钩才对，然而事实正好相反。

十天来，她有七八天无法完成计划，不得不顺延到次日，所谓的复习计划也比想象中宽松很多。

"你有很多没有完成。"他说。

芝芝一边给自动铅笔装笔芯，一边说："很正常啊，我又不是机器人，怎么可能定下来的计划全部准确无误地做完啊？"

人们写计划最大的错觉，就是觉得如果每个时间段都被利用起来，一定可以高效地度过一天。

但这是不可能的事。每一分钟都不浪费，需要极强的自制力，绝大部分人做不到这一点。列得满满的计划本，很有可能只是写得好看，实际上作用并不大。

所以，她做计划的时候，会酌情降低要求，不要安排太多的事情——也就是对自己有数，知道完不成就不要瞎写了，计划是做给自己看的，而不是发到朋友圈炫耀。

"开始的时候，任务安排得轻松一点儿，就能有更大的把握完成，一旦完成，我心里就会产生很大的满足感。"芝芝晃了晃手指，严肃地说，"这样的话，第二天就有动力继续了。相反，前一天的任务总是完不成，基本上就很难坚持。"

庄家明听着，觉得很有道理，又道："但你还是做不完。"

"这也很正常，做之前我也不知道自己能不能做到，又需要多少时间才能做到，所以后面我根据自己的情况调整了。"芝芝托着腮，黑色的自动铅笔在指间旋转，开出一朵黑色的花，"做计划，心态很重要。"

"什么心态？"

"自我调节的心态啊！事情那么多，总有乱七八糟的事打乱计划，所以，我一直和自己说，昨天没有完成也没有关系，今天从头开始好了——反正我昨天也做了，不是没做。"说到这里，她停顿片刻，回忆道，"有句话好像是说，对于时间管理来说，可以把每天都当作1月1日，不要怕重新来过。"

庄家明看了她一会儿，点头说："很有道理，不过，你最近的想法真的越来越奇怪了。"

"有吗？我一直都这么聪明啊！"她转移话题，"你好像从来不做计划，怎么安排复习的啊？"

她真的很好奇学霸的思维模式，但庄家明的答案格外简单："页数除以时间。"

"每天定额？那不会做不到吗？"

"不会，做完以前我都不会做别的事。"

芝芝："失敬了。"原来他就是那种自制力超强的人，那她还能说什么呢？

庄家明说："没你想的那么难，习惯成自然。"

"那等我习惯后再来看看你是不是骗我。"她抽回计划本，按照上面写的第一条任务，开始攻克数学。

唉，数学……

一晃到了下午两点，庄家明收到程婉意发来的短信。她问他在不在图书馆，在的话她就来送卷子。

庄家明回复："在的，谢谢你。"

她回了个笑脸。

两点半左右，顺利做完一道证明题的芝芝抬起头，正准备活动一下脖子，冷不丁听见背后有人叫她："关知之。"

"啊？"芝芝茫然地转过头，发现是程婉意。程婉意今天穿了件淡粉色的无袖连衣裙，柔顺的头发披在双肩上，温婉又青春，而在身后一步远的距离，有个和她三分相似的知性女子不动声色地看着关知之。

程婉意的脸色不太好看，笑容勉强："我来给你送卷子。"

芝芝眨了眨眼，立刻意识到发生了什么，假装才想起来，重重地拍了下脑门儿："我这个猪脑子！你来了啊，太谢谢了。"

她走过去，接过程婉意手中的文件夹，如释重负："你可帮了我大忙了，下次请你喝饮料。"

"没事。"程婉意没有多聊的意思，转头和那个女子说："妈，走吧。"

程妈妈却没有轻易放过她，目光从芝芝的身上转到了同样站起身来的庄家明身上，微微一笑："这两个都是你的同学吧？你怎么只给一个人？"

"他成绩好，用不着。"程婉意着急解释，没发现自己犯了个致命的错误——聊天说起别人的时候，"他"这个字最为微妙，不肯提名字，要么是特别讨厌，说出口就觉得脏了嘴，要么心里有鬼，说出来都会面红耳赤。

"阿姨好。"庄家明微微欠了欠身，镇定自若。

程妈妈回忆了下："我好像见过你。"

"这是我们的班长。"芝芝抢答，"阿姨好，我叫关知之，谢谢阿姨。"

程妈妈的目光在书桌上巡视了一番："你们俩在复习？"

"我们在准备一中的分班考试。"芝芝抬出重点高中的招牌。

这很有用，程妈妈的脸色缓和下来："你们也是一中的新生啊，那又能和我们婉婉做同学了。"

"是啊，婉意人很好。"芝芝业务熟练，面不红心不跳地开始夸赞，"成绩也好，不像我，老担心自己考不上，这次真的多亏她了。"

程妈妈笑了："你们是同学，应该互帮互助的。婉婉，你要不要再和你的同学玩一会儿？妈妈一会儿来接你。"

"不用了。"程婉意抿着嘴唇，很倔强的样子，"走吧。"说完，她不怎么礼貌地掉头就走。

芝芝挥挥手："谢啦。"

程妈妈瞧了她一眼，又看了看庄家明，这才笑着说："那我们走了。"

芝芝和庄家明异口同声地道："阿姨再见。"

程妈妈转身追了上去，口中还道："婉婉，你走慢点儿，等等妈妈。"

这怎么可能？程婉意越走越快，几乎是小跑着冲出了图书馆。

“你这孩子，这么点儿事情还和妈妈生气啊？”程妈妈完全不当回事，开了车锁坐上驾驶座。

坐在副驾驶座上的程婉意再也按捺不住委屈的心情：“你为什么要跟我过去？”

“妈妈只是想见一见你的同学。”程妈妈发动车子，解释道，“难得看到你有那么要好的朋友，妈妈想认识一下，没有别的意思。”

程婉意别过头，望着车窗玻璃：“你知不知道这样我会很尴尬？”

“有什么好尴尬的？我看你的同学都没放在心上。”程妈妈不在意地说，看女儿不应，又安抚道，“妈妈不是想干涉你交朋友，但你总要让我知道你的朋友都是谁吧？”

程婉意狠狠地咬住了嘴唇，逼回了眼中的泪：妈妈说的不干涉全是骗人的。她已经上够当了，再也不会信了。

程妈妈注意到了她红红的眼眶，不由得皱起眉：“你哭什么？难道我还不能见见你的朋友了？妈妈是怕你年纪小，不懂事，和乱七八糟的人在一起玩，物以类聚，人以群分，和什么样的人交朋友很重要。”

“那你满意了？”程婉意脱口质问。

“你这是什么口气？”恰逢绿灯骤然转红，车子来不及过马路，急急刹住，程妈妈气上心头，“有你这样和妈妈说话的吗？”

程婉意本来就心里难受，被母亲一训，再也忍不住，泪珠“吧嗒吧嗒”地掉下来。

女儿一哭，程妈妈的心就软了，她深深地叹了一口气：“好了，妈妈不说你了。我是为你好，你以后就知道了。”

程婉意抿紧了嘴唇，再也不肯说一个字。

与此同时，图书馆里，芝芝和庄家明在小卖部里买了冰激凌，坐在长椅上聊起了刚才的事。

“程婉意真惨，她妈控制欲很强的样子。”芝芝咬着刚买的冰激凌，含混不清地说，“而且吧，一看就是那种很挑剔的人，绝对不允许女儿和成绩不好的学生交朋友，必须‘谈笑有鸿儒，往来无白丁’啊！”

这话逗笑了庄家明。他道：“多亏你了。”

“那是。”她毫不谦虚，“要不是有我在，她妈一看到你在等自己的女儿，一顶早恋的帽子送给你们。”

庄家明叹了口气，不知该如何评价。

“别叹气了，有惊无险，快吃吧，三色杯要化了。”芝芝开始吃冰激凌，吃得脸上也沾到了白色的奶油。

庄家明抽了张纸巾给她：“擦擦。”

芝芝伸长了舌头，努力想舔走。

他受不了：“这样很像狗。”

“两个黄鹂鸣翠柳，我就是只‘单身狗’。”她嘟囔了一句顺口溜，继续吃，清凉甘甜的奶油滑入喉咙，痛快极了。

啊，这种可以随便吃奶油冰激凌的日子，她真是久违了！

庄家明忍无可忍，拿起纸巾盖到了她的脸上：“擦掉，你三岁啊？”

纸巾只被脸上的奶油粘住了一秒钟，然后就掉了下去，险而又险地擦过她的领口，准确无比地落进了衣服里。

芝芝：“你有病啊？”

庄家明没想到会发生这样的意外，有点儿尴尬：“我不是有意的。”

“啧！”芝芝三下五除二吃完了冰激凌，拉开T恤的领口，飞速把纸巾拿出来，揉成一团塞进了包装盒里，再一同丢进垃圾桶里。

她自己没注意，但十六七岁的少年早已有了性别意识，庄家明被她的操作弄得猝不及防，狼狈地侧过身去：“你能不能……注意一点儿？”

芝芝环顾四周，无所谓地说：“又没人，不然你要我忍着去厕所再拿吗？很恶心的。”

他气急，却还记得压低声音：“那你也可以提前说一下，我帮你挡一挡。”

“不要这么紧张。”芝芝努力安慰他，对于她来说，青春期对身体的羞涩和敏感心理早就一去不复返，“我里面穿了内衣，拉开也很安全。”

庄家明耐着性子：“女孩子家家……”

“哎呀，没事的。”芝芝打断了他，完全不当回事，“我又不是掀裙子，就是偷个懒，女生拉肩带也是这样的，常见操作，淡定点儿。”

庄家明深吸了口气，把手上的三色杯递给她。

芝芝：“干啥？”

“吃吧，闭嘴。”他把三色杯塞到她手里，头也不回地走了。

芝芝低头看了看，叫住他：“可是勺子你用过了啊。”

他僵住了，耳郭泛起淡淡的粉色。

她“哈哈”一笑，跑过去还给他：“你慢慢吃，我去厕所擦一下……哈哈哈。”

虽然她笑出声不太厚道，但是真的太好笑了！

十六岁的日子，原来这么欢乐吗？她以前怎么没发现呢？

时间转眼到了 8 月 16 日。

这天是七夕节，可惜没有什么气氛，外面下了好大的暴雨，窗外白茫茫的一片，远方有闷闷的雷声传来。

芝芝不想沾一身雨水，放弃了出门，决定在家复习，在此之前，吃个早饭。她翻了翻冰箱，懒得煮面或熥包子，最后选择煮了两个水潽蛋。

这东西不一定要加酒酿，其他调料也可以。她拉开调料抽屉的时候，意外地发现了角落里的一袋冻米，立刻抓了一把放进去。只是她太久不吃家乡的食物，错估了量，米粒膨胀成满满一锅。

“太久没吃了，失策失策。”芝芝念叨着，又倒了半盒牛奶，搅一搅，蛋已有七分熟，她关了火。

她盛了一碗，还剩一碗。

她犹豫三秒钟，跑到阳台上吼了一声：“家明哥。”

庄家明恰好在阳台上洗衣服，听见声音，看过来：“干什么？”

“你吃了吗？”

“没。”

“我煮多了，过来吃呗。”

“你不去图书馆了吗？”

芝芝指了指外面：“雨太大，下午再去。”

“我洗好衣服就过来。”

芝芝朝隔壁的阳台望了望，发现塑料盆里堆了好几件成年男性的衣服，遂问：“庄叔叔回家了？”

庄家明点了点头：“昨天晚上回来的，一大早又走了。”

“真忙啊！”芝芝叹息。

庄家明的父亲庄鸣晖同志是建筑师，工资不菲，十分繁忙，加起班来动辄好几个日夜，睡在设计院的宿舍是常事。

这么一个大忙人，自然也没空打理家务，攒了几天的衣物都丢在家里，过去是庄母收拾，现在只有庄家明了。

芝芝看他接水准备洗衣服，赶紧喊：“用洗衣机！”

“坏了，一会儿找人来修。”

“那就一会儿再洗啊，这么大的雨，你晾了也白晾，过来吃早饭吧。”

庄家明很快过来了，解释说：“我想早点儿洗好晾干，我爸晚上应该会回来拿衣服。”

芝芝把碗推过去，奇怪地问：“没换洗的了吗？”

他沉默了会儿，缓缓地摇了摇头。今天早晨，他替父亲整理衣柜的时候，才发现抽屉里不是旧得发黄的白汗衫、破了几个洞的袜子，便是起满了球的毛衣、钻了绒的羽绒服，最新的一件衣服，竟然已经是前年买的了。

他数了数，整个夏天，父亲换洗的衣服只有换下来的两套和穿走的那一套。

他知道抗癌的药物十分昂贵，为了尽可能地延续母亲的生命，家里的积蓄多半用在了上面，衣食住行的费用十分有限。但他没有想过，父亲竟然苛待自己至此。

芝芝看他不吭声，猜想约莫是伤心事，便道：“那你拿过来用我家的洗吧。”

“好。”庄家明应下了。

吃过早饭，他先给修理工打了电话，要他们今天来修洗衣机，这才抱了一盆脏衣服过来清洗。

芝芝发现他很细心地只拿了外穿的衣物，且深浅色分开，对洗衣机的功能也很熟悉，完全是做家务的老手。

果然没妈的孩子会更懂事一点儿。

“洗衣服有点儿吵，你去我家看书吧。”他提议。

芝芝说：“没事，一会儿的工夫，我正好和程婉意聊会儿天。”

庄家明惊讶：“你们的关系变得这么好了吗？”

芝芝笑眯眯地不说话。

其实芝芝也没做什么，只是那天程妈妈不经过女儿同意就跑去见他们，肯定引起了程婉意的不快。所以，芝芝事后和程婉意私聊，先谢谢她帮他们借卷子，又夸她妈妈漂亮、有气质。小女生有了面子，自然不好继续显得冷淡，于是上次芝芝说错话的事就彻底过去了。

“她挺在意她妈妈过来的事，可能怕我们有不好的印象吧。”芝芝耸耸肩，随意地道，“其实完全不会啦，同一个世界，同一种爹妈，不难理解。”

庄家明不由得微微笑了笑。他觉得芝芝有一点很难得：她总能体谅别人的难处，绝不会指着别人的伤疤说“这不算什么，有更惨的”。所以她只要愿意，很容易和人交朋友。

“那我回去洗衣服了，一会儿过来拿。”

“哎，家明哥。”她趴在椅背上，笑嘻嘻地说，“你给叔叔买几件衣服呗，旧的衣服上就有尺码啊！”

庄家明有这个想法，但从未替父母买过衣物，想到要去店里询问，就有说不清道不明的难为情的感觉。他不知道怎么开口，也不太懂如何挑选，父亲在这个年纪该穿什么款式、什么颜色好呢？

芝芝又道：“下雨不太好出门，从网上买呗，搜一下‘男士夏装’就行了，颜色嘛……要我说，衣服选蓝、白、灰不会出错，裤子选灰色或黑色最保险。”

他迟疑了下，点点头：“好。”

网购时，他不必直面售货员热情的询问和探究的目光，不仅可以从容地挑选外穿的衣物，也可以自然地购买贴身衣物。

庄家明过去的贴身衣物都是由母亲购置的，他自己从未去过商店。而母子之间也不会深入地交谈这个问题，只是含糊地问一句“大小差不多吗？”

他都说“差不多”，但其实有的大了，有的小了。他原以为母亲不会知晓，可当娘的都对孩子上十二分心，穿得多的必然合身，很少穿的他肯定不喜欢，久而久之也就不必再问了。

可是，他的妈妈已经过世了，今后吃什么、穿什么，都要他自己打理。

庄家明抬起头，盯了会儿斑驳的天花板，等眼眶里的泪意消退，才慢慢浏览起五花八门的网页。

他第一次给人挑衣服，非常谨慎，只挑父亲常穿的款式，再每家对比价格、阅读评价，反复斟酌后才下了单。

两日后的深夜。

庄鸣晖拖着沉重的脚步下班回家，小区里非常静谧，只在走过一楼的某户人家时，他不经意地惊动了看门狗，楼里传出“汪汪”的叫声。

他放轻了声音，慢慢走上楼去，脑海中仍旧盘桓着母亲打电话时说的话：“鸣晖啊，我知道你心里放不下舒沅。妈不是不讲道理的人，但是你工作这么忙，总得有个人照顾你吧？家明才读高一，学校里的事情你能管多少……”

千愁万绪涌上脑海，使得原本就因睡眠不足而发蒙的脑袋更昏沉了。

他晃了晃头，加快了脚步。

家里漆黑一片，已经凌晨两点多了，孩子应该睡着了。他蹑手蹑脚地进屋，怕开灯惊醒儿子，只用手机的屏幕照明。

把提包丢在沙发上，他轻轻推开门，蹲在衣柜边上，托着抽屉的底部把它拉出来。幽幽的屏幕光下，一张字条跃入了眼帘。

字条上是他儿子的字迹，端端正正：旧的收起来了，换新的吧。

他拿起字条，发现下面是叠得整整齐齐的一套睡衣，再抽开旁边的那一格，又是三套搭配好的衬衣和长裤，中规中矩，没有任何配饰，也有一张字条：网上买的，不贵。

一股泪意直冲眼眶。庄鸣晖摘下了眼镜，揪着衬衫的下摆擦了擦，满脑子都是“阿沅，我们的儿子长大了”，而后又觉得心酸，想着“要不是没了娘，孩子哪里需要操心这些事”，骄傲与愧疚两种截然不同的情绪交织在胸膛里，闷得发慌。

他在原地蹲了好一会儿，这才戴上眼镜，小心翼翼地捧起新的衣物，走向浴室。

隔壁屋里，庄家明听着“哗啦啦”的水声，翻了个身，迷迷糊糊地睡着了。

一中的分班考试定在 8 月 25 日，过了七夕节后，时间越来越不够用。

芝芝恨不得有个时间转换器，一天能有三十六个小时学习，又或者学个分身术，让十个自己同时背课文。但她想来想去，觉得都没系统好用。

她愿意用重生的机会和十年的青春，交换一个不花钱就会死的系统，每个月额度七位数的那种。

可惜没有人和她交换。她只能继续玩命复习，每天台灯开到晚上十二点多才关。

今夜也不例外。关母蹑手蹑脚地走到女儿的卧室外，悄悄推开了门，透过手指细的门缝往里瞄了一眼，正好看见芝芝坐在书桌前奋笔疾书的样子。

她的坐姿绝对算不上标准，跷着腿，扭着脖子，斜着身子写字，旁人看了都替她觉得难受。关母一会儿想叫她坐直了写字，一会儿又觉得她的头太低，斟酌再三，又觉得干脆叫她睡觉算了，话都想好了——读书靠积累，也不差这么一会儿。但关母犹豫来犹豫去，这句话也没说出口。

最终，她只是轻轻地带上了门，摸黑回到了自己屋里。

关父也没睡，问她："芝芝还在看书？"

这话可不得了，一下子点燃了关母的怒火，她选择性遗忘了自己说过的话，责怪关父逼女儿太甚："都怪你，没事提分班考干什么？又不是高考，芝芝中考前都没这么拼命！"

关父蒙了，下意识地反驳："你也说了啊，怎么现在就怪我一个？"

开玩笑，他虽然不记得自己的袜子放在哪里，但女儿读书的事记得清清楚楚，绝对没错！

"就是你先提起来的。"关母言之凿凿，并且不容反驳地批判了起来，"现在是说这个的时候吗？你看看把孩子逼成什么样了。"

他们做了十几年夫妻，谁不知道谁？关父明智地停止了争辩，只是说："她知道用功是好事，实验班和普通班的区别大了去了，说是高二还有机会，但和高一就进能一样吗？那是赢在起跑线上！她现在多学一点儿，高考就多一分。"

"我怕她熬坏身体。"关母忧心忡忡，"老关啊，我们是不是给闺女的压力太大了？"

关父不知是因为天热还是心烦，翻了好几个身："就你心疼女儿，我不心疼？她马上就是高中生了，现在不搏一把，以后就晚了。我们家的条件就这样，没什么能给她的，你难道想让她和我们一样起早贪黑地开馆子？"

他只有初中文凭，不懂什么学问，却知道三百六十行里坐在办公室吹空调的工作，总比卖口吃食清闲。他自己穷点儿、累点儿没什么，但不想让女儿未来的日子过成自己这样。

这个道理，关母也懂，他们这辈子就这样了，一眼看得到头。可孩子不一样，芝芝现在轻松，以后就要吃苦，反之，这三年吃点儿苦头，往后才能过上好日子。

她叹了口气，放缓了语气："那你明天去菜市场的时候买只鸡，炖点儿汤补一补。"

"补脑不是吃核桃更管用吗？"关父琢磨了起来，"我去称两斤核桃吧。"

关母反对："核桃吃着麻烦，她也弄不来……你女儿的手多笨，你不知道吗？"

"那买剥好的。"关父说，"也贵不了多少钱。"

关母很计较："贵老多了，你买回来我给她弄。"

"你哪儿有这个工夫？店里够忙的了。"关父不耐烦地说，"就买剥好的核桃，睡吧。"

关母嘀咕了一句，约莫又是心疼钱，他假装没听到，翻个身睡了。

没多久，房间里响起了鼾声。

第二天，天还没亮，关父就起床去菜市场了。

店里的面种类都是固定的：咸菜肉丝面、红烧大排面、红烧鳝丝面、黑鱼面、牛肉面、榨菜肉丝面、番茄鸡蛋面，配菜也就那么几种：凉拌黄瓜、酸辣土豆丝、拌海蜇，再加个紫菜蛋花汤。

夏天，食材禁不起放，做餐饮也讲究新鲜，所以他每天买的菜都是定量的，宁少不多，小本生意，禁不起亏本。

他去的都是固定的摊子，摊主看人过来，不必多说，三下五除二就把分量称好，收钱的时候习惯性地抹去零头。

关父以最快的速度买完食材，踏进了一家刚开门的杂粮店。

这家店里卖谷物杂粮，也卖坚果，老板娘是个身材偏胖的中年女人，动作麻利："要点儿啥？我这儿都有。"

"这个多少钱？"关父指着柜子上最显眼的小核桃仁。

老板娘爽快地说："一罐四十五块钱。"

太贵了。关父下意识地皱了皱眉，犹豫了一下，又指了指下面论斤卖的薄皮核桃，问道："那这个呢？"

"三十五块钱一斤，多买可以便宜点儿。"老板娘看出他手头紧，主动问，“买给谁啊？”

关父马上说：“我女儿，她马上要读高中了。”

老板娘了然，热情地说：“学生是要多吃核桃，补脑，你买罐装的吧，都剥好了，吃着方便。”

关父下意识地搓了搓裤袋里的几张钞票，眉心皱出深深的折痕。

“我这里还有核桃粉，冲一下就能喝，也很方便。”老板娘给他拿了一罐，介绍道，“里面有芝麻也有核桃，对学生特别好，四十块钱。”

一大罐的粉末看着比一小罐的核桃仁多很多，关父算了一下，觉得这个更划算，遂点头：“那就要这个。”

两分钟后，他提着两篮子重重的新鲜食材，怀揣着一大罐芝麻核桃粉离开了菜市场。

他到面馆的时候，关母已经开了门，正在打扫卫生：“买了吗？”

“买了。”关父顾不得放下沉甸甸的篮子，把怀里的核桃粉拿给她，“你别忙，先把这个给芝芝送过去，一会儿她起来就能喝。”

关母犹豫：“事情那么多，我晚点儿拿过去也行，她没那么早起来。”

“叫你去你就去。”关父捋起袖子，大步走进逼仄的厨房里，“卖这个的人说了，孩子喝了对脑子好。”

关母只好同意了。

于是，这一天芝芝一起床，就看到了餐桌上放的核桃粉，下面压着她妈写的一张字条：“你爸早上去买的，补脑，你记得冲一杯喝。”

她纠结地皱起了眉毛，该怎么告诉爹妈，以形补形都是谣言，压根儿没用呢？更重要的是，核桃粉很难喝！

十分钟后，她撬开了盖子，安慰自己：“算了，坚果是好东西，反正也不会比减肥餐更难吃了。”

她下次再给他们科普吧。

考试将近，芝芝和庄家明在图书馆里为自己准备了一次模拟考。

他们早晨出发的时候，天色阴沉沉的，好像随时会来一场暴风雨。谁知道盛夏的天气说变就变，他们才开始写语文试卷就出太阳了。

耀眼的金光透过厚重的云层，穿透图书馆的大玻璃窗，正好照在庄家明的身上。他穿着件宽松的白色 T 恤，被阳光照得几乎透明。

芝芝坐在他对面，差点儿看呆。

说来，从小到大她沉迷言情小说和偶像剧最重要的一个缘故，就是庄家明同学的存在。现实中的男主角模板在此，怎么会有人怀疑小说和偶像剧的剧情呢？她在真正的少女时代一直都相信《恶作剧之吻》里的情节真的会出现。

尤其是庄家和他们家的关系的确亲密，她毫不怀疑如果自己流落街头，庄家肯定愿意收留她。

到时候她岂不是可以……她想想都觉得美滋滋的。

然而，美好的愿望在高中生涯真正到来时就破灭了。庄家明还是江直树的现实版本，成绩好、帅气、超受女生欢迎，但是，告白……

别说在大庭广众之下告白了，她就算是偷偷把情书塞到他的抽屉里，万一被别人发现交给了老师，那也会被校长在全校师生面前通报批评。

想想看，在周一的升旗仪式上，校长操着一口带有口音的普通话，抑扬顿挫地说："某班的某同学，小小年纪不知道学好，居然给男同学写情书……"不行不行！

至于言情小说里的"公主""少爷"什么的，校园里更是没有。

往事不堪回首。芝芝长叹一声，托着腮看着对面的少年，心里特别理解十年后喜欢年轻男生组合的粉丝。

她现在就是这样的心态：他要不是高中生，她恨不得马上和他早恋。

目光太炽热，庄家明蓦地抬起头来，下意识地摸了摸脸："我脸沾上墨水了？"

"没有，你好看，随便看看。"她低下头。

庄家明不信，觉得自己被青梅捉弄了。

做完了古诗词填空，芝芝在做阅读理解前又往对面少年的身上瞄了一眼。他有个继承自母亲的习惯，喜欢用钢笔写字，字迹带着笔锋，极有风骨，和她用中性笔写出来的软绵绵的字迹完全不同。

但是……她作为一个不爱好书法的人，看什么字，肯定先看手啊！言情小说里形容男主角的手，必然是像钢琴家的手一样，白皙修长，在黑白的琴键上跳跃时赏心悦目极了。

"你到底看着我干什么？"庄家明皱起眉头，"有话直说好了。"

芝芝想了想，诚恳地说："我就是觉得，我俩不在一个班也挺好的。"

"为什么？"

"你影响我学习。"

庄家明拿起笔袋里的橡皮砸向了她的脑门儿："不要找借口，快写。"

"你这个臭毛病得改一改。"芝芝把落到身上的橡皮丢回去，"会投篮了不起啊？"

庄家明又一个像小说中的男主角的地方是篮球打得普通，但投篮奇准，三分球一投一个准，站在几米外丢垃圾，十投十中。小时候去公园套圈，他次次能套中玩具，叫她恨不得套了麻袋把他抢回家。

"我也行。"她掂了掂手里的橡皮，扬手一丢。

他背后路过的女生只觉得手背一痛，书没拿稳，"哗啦"一声全掉在了地上。

芝芝一惊："哎呀！"

庄家明赶紧站起来帮她捡书，连声道歉："对不起，对不起，没注意。你没事吧？"

"怎么乱丢东西啊？"女生甩着手，皮肤红了一块，要不是看他道歉诚恳又长得帅，哪里肯轻饶，"下次小心点儿。"

"不好意思，不是有意的。"庄家明捡起了书，诚恳地说，"我帮你拿过去。"

女生余怒未消，板着脸说："那你帮我拿到借书台去吧。"

庄家明二话不说，立刻接过她手上所有的书，抱着去了借书台。女生咬了咬嘴唇，揉着手背跟了上去。

芝芝目瞪口呆：等一下，给我一个道歉解释的机会啊！她张了张口，又咽了回去，如果她承认的话，好端端的青春片会不会就成了犯罪片？

过了会儿，搬完书的庄家明回来了，捡起滚得老远的橡皮放回笔袋里，对她说："你就不要乱扔了，砸到人不好。"

芝芝眨眨眼，问道："是我砸她的，你干吗替我背锅啊？"

"我先扔的，不怪你。"他反过来安慰她，"别怕，情况不严重，没破皮，就是有点儿红，我已经道过歉了。"

芝芝"哦"了一声，表情有点儿微妙。

庄家明却已经重新拿起了钢笔："快做卷子吧，来不及了。"

芝芝更确定了：和他在一个班的话，真的影响学习！

一个人用二十几天的时间，复习完初中三年的课程，有可能吗？如果放在一个月前，芝芝肯定会摇头：开玩笑，不可能！

但是现在，她做到了！

依靠每天九点钟开始，一直到晚上十点钟睡觉的疯狂补习，她成功地将计划本上的全部内容完成了。

今天是 8 月 24 日，离明天的分班考试还有十个小时。

芝芝看着时间还早，准备临时抱佛脚，再背一下古文和英语。然而她才背了个开篇，卧室的门就被敲响了。

她扭头去看，发现是父亲站在门口，正犹豫着要不要进来。

“爸？”她奇怪地问。

关父站在门口，摆摆手：“没事，爸就是想和你说一声，明天早上我送你去学校，一中在市里，你要早点儿起来。”

一中在市区，而他们在下辖的县城，过去要坐四十分钟到一个小时的公交车。

芝芝赶紧摇头：“不用了，我和家明哥说好了坐公交车去。”开玩笑，他们家又没有车，让父亲骑个电瓶车载她去一中，折腾她也折腾爹，何苦呢？

关父却不同意：“你没去过，我送你去，万一找不到怎么办？”

“去过了。”她不假思索地说，“考场也看过了。九点考试，明天我们坐六点二十分的车过去，堵一个小时都来得及。对了，明天的午饭就在学校旁边吃了，考完再回来。”

关父没想到女儿考虑得那么周到，一时愣住了。

芝芝静静地看着他，心里很清楚父亲会觉得诧异，但她的灵魂已经成年许久，喜欢自己掌控生活，不可能再事事依赖父母。

她需要他们慢慢习惯。

“爸，”她笑了笑，安抚道，“我可以自己去的，你和我妈不用为我操心。”

不知道为什么，关父不由自主地叹了口气，递过去二十块钱：“你都有主意了，我就不说什么了，不过……”

她接过来：“什么？”

“好好看题，不要粗心大意，交卷前检查一遍。”关父语重心长地说着，到最后才欲盖弥彰地补了一句，“不要有太大的压力。”

芝芝笑了，点点头：“知道了。”

关父又站了片刻，好像找不到可以说的话了，视线落到钱上，一下来了灵感，忙不迭地叮嘱："渴了就买瓶可乐喝，不要省钱，当心中暑。"

她还是点头。

关父终于没话了，站了一会儿，握住门把手："你背书吧。"

"咔嗒——"门被带上了。

主卧里，关母问丈夫："和芝芝说好没有？我明天六点半叫她，七点钟就能走，你骑车过去大概一个钟头……"

她还没有说完，关父就打断了关母的话："她和家明说了坐公交车去。"

"这怎么行？"关母反应很大，"路上堵车怎么办？"

关父说："他们六点多就走，而且已经去过了，认得路也看了考场。"

"啊？"这下关母也愣了愣，有点儿体会到丈夫刚才的感觉了。

"睡吧，她不用我们操心。"关父躺进了被窝里。

关母在床沿坐了会儿，马上找到了新的任务："那我去问问明天几点钟叫她。"说着，关母又急匆匆地出去了。

五分钟后，她回来宣布："明天你先去开店，我五点五十分要叫她起来。"

"嗯。"关父应了一声，抬手关掉了灯。

然而，芝芝早就养成了开三个闹钟的习惯，五点半就醒了，赖了十五分钟床，在五点四十五分的闹铃响起时翻身坐了起来。

"芝芝啊，五点五十分了。"关母掐着时间过来敲门。

"我已经起来了。"芝芝打开门，冲向了厕所。

关母愣了愣，鬼使神差地往她的房间里看了一眼：被子叠好了，书桌整整齐齐，上头放了一个帆布包，鼓鼓的，露出的透明文件袋里塞着考试用的水笔和铅笔。

她都弄好了。关母咽下了叮嘱她不要忘记拿东西的话，突然有点儿失落。

"妈，我好了。"芝芝利索地收拾好自己，抓起帆布包挂在肩上，"我走了啊。"

关母回过神来，赶忙叫道："早饭！"

她今天没去面馆，特地给女儿蒸了包子和糯米烧卖。

芝芝急急地刹车，跑回来扯了个保鲜袋，把包子和烧卖都装在里面，顺手拿走了昨天买回来的一盒纯牛奶："我走了。"

“好好考！”关母追到门口。

“嗯。”她点头如捣蒜。

“不要粗心，题目看得认真点儿，不要提前交卷，做完了检查一遍。”

芝芝满口答应：“知道了。”

关母还想说什么，对面的门“吱呀”一声开了。庄家明背着书包走了出来，和她打招呼：“阿姨。”

“家明啊，吃早饭了吗？”关母口中问着，已经去厨房给他拿包子了，“我蒸了包子，你拿两个去吃。你爸爸呢？”

庄家明答道：“他昨天没回来。”

“你今天考试，他也不回来？”

“我让他不用回来的，中考我也是一个人去的。”庄家明说着，朝狼吞虎咽的芝芝眨了眨眼，“再说还有芝芝。”

关母想想有道理，把一袋包子塞到他的手里：“好好考，你帮阿姨看着点儿芝芝。”

庄家明点点头，微笑着说：“知道了，谢谢阿姨。”

芝芝懒得反驳，埋头啃肉包子——妈妈做的肉包子就是好吃。

六点二十分的公交车上人很少，芝芝和庄家明找到了空位。

天色已经大亮，没什么云，放眼望去一片晴空。芝芝心情不错，掏出了准备好的小本子：“背一下吗？”

“我抽查。”他拿了过来，随手翻了一页，“‘臣本布衣，躬耕于南阳’下一句是什么？”

“苟全性命于乱世，不求闻达于诸侯。先帝不以臣卑鄙，猥自枉屈，三顾臣于草庐之中，咨臣以当世之事，由是感激，遂许先帝以驱驰。”她背完，得意地瞟他一眼，十年后的背诵，服不服？

庄家明不觉得有什么稀奇的：“我问的是一句。”

芝芝踹了他一脚：“就你话多。”

庄家明把她的腿压了下去：“不要乱动，踢到别人怎么办？”

“好啦好啦，就你乖。”芝芝以前暗恋庄家明，主要是他成绩好又长得帅，对他的性格倒没有格外喜爱，青春期的少女，还是喜欢酷一点儿或者性格冷淡一点儿的男孩子。不过她现在年纪大了，觉得还是这种暖男比较好。

他就像是冬日被窝里的热水袋，是南方人唯一的慰藉。

“还背吗？”他问。

“背。”

路遇早高峰，中途又换了车，八点多的时候，他们到达了市立第一中学。

校门不大不小，建筑半新不旧，倒是绿化带因为生长多年，郁郁葱葱，在盛夏中搭出大片的阴凉。

门口立着两块公告牌，贴着分班考试的楼层和教室。

庄家明和芝芝对了一下，他们俩一个在第一栋楼，一个在最里面的一栋，区别十分明显。

“看来是根据中考成绩分的。”芝芝饶有兴致地瞄着名单，戳了戳他，“哎，我们学校进了几个啊？”

她得赶紧让他念一念名字，免得又发生见程婉意时的尴尬。

两个月前的同学她不认识了，怎么都说不过去。

反正也没事，庄家明一个个看过去：“王诗怡、蒋悦、韩琮……”

模糊的影像浮现在脑海中，芝芝开始记起他们的样子了，就好像是一块积满了尘垢的玻璃，被一点点擦去灰尘。

她环顾着熟悉又陌生的校园，对自己重回十六岁的事又多了几分真实感。

八点半，他们分开，去各自的考场。

临别前，庄家明犹豫了下，还是摸了摸她的脑袋：“好好考。”

芝芝忍不住想逗他，故意问：“怎么，你想和我在一个班？”

“好看着你。”他笑了笑，引得路过的女生纷纷发出抽气声。

芝芝也跟着笑了：“那我就多努力一下咯。”

分班考的时间很紧张，两个科目的间隙只有二十分钟，排个队上个厕所的工夫就没了。

芝芝被分配在了条件最差的楼里，厕所的水箱坏了，每次上厕所都觉得是种折磨。一整天考下来头昏脑涨，她怀疑自己可能中毒了。

后来还是庄家明买的一罐冰可乐拯救了她。

回去的公交车赶上了晚高峰，他们堵了半天才到家，芝芝没胃口吃饭，啃了两个苹果就对付了过去。

关父和关母有一点最贴心，他们从来不在她考完试后问考得怎么样——虽然这种态度有点儿过分刻意，但不用应对父母依旧让她松了口气。

接下来，她只要等31号报到就行了。

不过在此之前，她还有一件非常重要的事情要做——买住宿用品。

关母认为这是家里的头等大事，考完试的第二天，她就趁着下午店里空闲，骑着电瓶车载着芝芝去妹妹的服装店了。

路上，她的头发被风吹得乱糟糟的，衣服上带着浓浓的油烟味，芝芝蜷缩在小电瓶车后面的座位上，觉得自己像只鹌鹑。

母亲的话断断续续地传进芝芝的耳朵里：“我让你姨给你带了几件衣服……你是高中生，不是小孩子了……但在学校不要攀比，我们家条件不好……你好好读书……”这些话都是老生常谈。

芝芝托着脑袋，心想：其实做孩子的，很少嫌弃父母穷，只会怪父母不公平。她虽然从来没有穿过几百块钱的好衣服，但爸爸妈妈所有的爱都给了她，所以即便物质条件差一点儿，她也没觉得低人一头。

她很幸福，真的。

关母叫金美娟，芝芝的小姨叫金美兰，名字有点儿土，但在小时候，金小姨是芝芝心目中最幸福的女人。

因为她有一家服装店！

店里那么多的衣服，都是她的，这是何等的幸福。

后来芝芝才知道，开服装店不比开面馆轻松，同样十分辛苦。不过，她还是很高兴去小姨那里的，这就意味着又有新衣服穿了。

下午时分，店里的人三三两两，金美兰正在和相熟的客人聊天，看到外甥女，脸上立刻扬起笑容：“哎哟！芝芝来了。”

“小姨。”芝芝迎上去，视线本能地落在了最显眼的几个模特身上。

关母和妹妹说：“昨天刚考完试，今天带她来买几件衣服。”

“早就该买了，芝芝都是高中生了，不能像以前一样随便穿穿。”金小姨是个爽利的人，嘴里说着，拿出了一条连衣裙，上面是衬衣，下面是格子裙，非常少女风。金小姨招呼道：“芝芝来试试这件，小姨店里卖得最好的就是这个了，都是和你年纪差不多的小姑娘来买的。”

关母下意识地皱起眉头：“不要这种，简单大方的就行了，小孩子家家的，随便穿穿。”

“姐啊，芝芝都是大姑娘了。”金小姨把她拉到一边，低声劝说，“现在学校里的小姑娘哪个不爱打扮？”

“我知道，不然我带她来买什么衣服？又不是不能穿了。”关母不是不了解青春期少女的自尊心，但自有一番顾忌，“她现在是学生，主要任务是学习，把心思用到穿衣打扮上怎么行？普普通通就行了。”

她不会让女儿穿着破破烂烂的衣服去学校，平白低人家一头，可是学生就该有学生的样子。况且最重要的是，芝芝普通、不出挑才能防止早恋啊。

芝芝如果在高中那么关键的时候谈恋爱，她和孩子爹指不定要气到吐血。

“这件不好。”关母看女儿恋恋不舍地摸着裙子，劈手夺下，拎了件平平无奇的牛仔外套，“试试这件。”

芝芝别过头，悄悄地翻了个白眼。她妈真的是抓不住重点，一条裙子能让她早恋吗？她不和庄家明同班才最重要，关母平时挺明白的一个人，偏偏灯下黑。

“外套用不着买，学校肯定会发校服的，到时候穿那个就行了。”她游走在密密麻麻的衣架前，熟练地挑出了想要的衣服：

一条牛仔裤，能从夏天穿到深秋；再来一件卫衣，冬天穿在毛衣外面，可以扛过初冬；打底衫也是必需品，什么季节都好搭配；再来件针织开衫，秋风一起就能穿了，穿在校服里面，能穿好些日子。

她挑挑拣拣，脑海里已经和校服搭配出了三四种穿法，十分满意，抱着大堆衣服去试衣间了。搭配效果和她想的差不离，干净清爽，很有学生气。

“妈，就要这几件。”她挑完了。

金小姨翻捡着，不大满意：“怎么都是蓝、白、灰啊？小姑娘应该穿亮一点儿的颜色。”

芝芝在真正的青春期比较害羞，不大喜欢红、黄、粉一类的亮色，偏爱沉闷的蓝、白、灰。等到她成了老阿姨，喜好彻底颠覆，认为自己永远十八岁，睡衣都是清一色的粉色。

回到十六岁，她也很想穿少女卡通风格的衣服，这不是没钱吗？她只好选性价比最高的了。

不过不能说实话，她找了个借口：“一中的校服就是蓝白的，这样好搭。”

“不行不行，太老气了。”金小姨坚决不同意，把她选的灰色卫衣改成了橘黄色的，背后的印花是只超可爱的加菲猫，针织衫换成了板型更收腰、显身材的，“试试这两件，别看你妈，听我的。”

芝芝只好又去试了一次。

果然，比起之前的两件，新的更活泼、有朝气，让人看了眼前一亮。金小姨给姐姐使眼色：“就这两件。”

关母没法儿抵抗一个母亲看到女儿漂漂亮亮的诱惑，屈服了：“就这些吧。”

买完衣服，芝芝又和母亲拿着大包小包去了超市。

关母盘算道：“你们学校会发四件套，暂时不买了，脸盆要买两个，毛巾四条，洗衣服你是用肥皂还是洗衣液？”

“肥皂两块，一块洗内衣内裤，一块洗普通衣服，一罐洗手液，一支洗面奶，一支防晒霜，面霜和护手霜都要，还有沐浴露和洗发露。”芝芝掏出昨天写好的清单，熟门熟路地拐去了日用品区。

关母被打了个措手不及，总觉得女儿一下子过分独立，搞得自己这个当妈的很不习惯。

但芝芝这么做纯粹是为了省钱，要是不按着单子买，绝对会不知不觉买很多没用的，尤其是日用品，总是让人觉得自己迟早会有用到的一天。

没一会儿，推车里就堆满了住宿的必需品。

关母给丈夫打电话：“你关下店，我们在超市……对，我是说了晚上再去，但是你闺女已经把东西买得差不多了，我们拿不动。”

挂了电话，她看着连抽屉锁都买好了的芝芝，心想：这性子像我。

她金美娟，年轻的时候也是这么能干！

芝芝用一天的时间买完了住宿用品和衣服。第二天，她问爹妈要了一百块钱，说要买些文具。既然他们不打算交赞助费，家里的现金很充裕，关父爽快地给了她两百元，让她看着买。

她转头就跑去了庄家，借了庄家明的笔记本电脑网购。

他问：“你买什么？”

“书包。”

她实在受不了自己过去的审美了，最近一直都是背相对而言比较素净的帆布包，但开学就不能再凑合了，必须买个看着顺眼的。

她肯定买不起心爱的北极狐，但找到个质量和设计过得去的普通包没问题。她浏览了会儿，很快找到了一个日系风格的双肩包，布料结实，几乎没有多余装饰，唯一的缺点是容量不大——不过住宿生用不着背多少东西，足够了。价格也很合适，不到六十元，还包邮，满一百元还可以减五元。

"家明哥，你买吗？和我用情侣款吧，这两个才一百一十元，省了十元啊！"芝芝扭头看着庄家明，目光热切。

庄家明绷紧了脸，余光扫过屏幕，说是什么情侣款，其实就是不同撞色的同款，大小、花纹都是一样的。他再垂眼看着她，刚刚脱口说出"情侣款"的邻家妹妹毫无察觉，满脸都写着"可以省钱了"。

"不买。"他转过了脸。

芝芝遗憾地放弃了："好吧，那我看看还有没有别的能凑单。"

还真的有！这是家文具店，除了书包之外，还有其他零零碎碎的文具，芝芝挑了个大号的文件袋，准备用来装试卷，又买了个同样风格的笔袋，顺嘴说："我以为这家走性冷淡风，原来只有书包像啊……这个笔袋可爱！"

庄家明：她刚刚是不是说了那个什么冷淡？

她很快凑满了一百元，心满意足地用了折扣，借用他的账号付了钱："这样我下午只要去买笔就行了。"

如果你不爱学习，那就买文具吧！工欲善其事，必先利其器，新的笔、新的笔记本、新的书……都能够唤醒深埋在人心中的那一点点好学之心。

虽然这种好学之心绝大多数情况下只有三分钟，但芝芝依然决定虔诚地完成这个步骤。

她已经有了计划。

首先，笔要买自己用得最顺手的那几支，虽然会稍微贵一点点，但是学生需要大量书写，握感好是最重要的，往后可以买替芯，贵不了多少。

其次，笔记本贵在精而不在多，好看的封面是一时的，为了本子好看冲动购买，很有可能会因为不舍得落笔而闲置，对于她目前的经济条件来说，这样的浪费行为有点儿可耻。所以她宁可买实用的也不要买花哨的，最实用的是活页本，容量大，还可以随时增添内容。内页要买纯白的，她已经习惯自己布局规划，方格和横线都会阻碍她的思维，尺寸最好是A4大小，这样只需要一个小小的打孔器，就能用普通的白纸制作内页，方便又省钱。

草稿纸一本本买最不划算，她准备开学后，去学校不远处的打印店里买一沓白纸回来。

除此之外，小夹子、橡皮、圆规、尺子、修正液、便利贴……全是不可或缺的。她在心里迅速过了一遍，扭头问庄家明："你真的不和我一起去买吗？缺好多东西呢。"

"不去。"庄家明低头翻漫画书，不看她。

芝芝蒙了：他是不是生气了？他为什么生气？他有什么好生气的？

"家明哥？"

"嗯。"

"一共一百零三块。"她小心翼翼地把钱放在他的桌上，"放在这里了哦。"

"知道了。"他还是不看她。

芝芝揣摩不透少男心思，苦思冥想自己做错了什么。她买东西叫上了他啊，难道是昨天去超市没叫他？

她犹犹豫豫地问道："你东西都买好了吗？"

"还没，晚上我爸回来和我一起去。"他回答。

芝芝掏了掏裤袋，满意地发现自己果然塞进去忘拿了："这是我列的单子，给你参考一下。"

他接了过来。

他好像还是不对劲。芝芝皱眉想了半天，毫无头绪，干脆破罐子破摔，一把扑过去扭住他的胳膊。

庄家明本来坐在床上翻书，被她一撞，猝不及防地倒了下去："关知之，你干什么？"

"我要问你呢！"芝芝抄起他的枕头，使劲揍他，"你干吗对我冷脸？我又没惹你，你什么意思？"

庄家明拽住枕头不让她乱打："放开。"

"不放。"

他用力拽。

男生的力气比女生大得多，芝芝使出吃奶的力气，憋得满脸通红。

两个人正僵持着，房门突然开了。

庄鸣晖昨晚熬了个通宵，现在才回家，没想到一进门就听到房间里“乒乒乓乓”的，赶紧推门进去：“你们俩干什么？”

第二章

椰奶冻：灰色记忆，少女心事

青春期的少男少女在房间里嬉闹，往小里说是青梅竹马，两小无猜，往大里说，多少有点儿亲密过度，不知分寸。换作关母进来看到这样的情景，心里肯定"咯噔"一下，可男孩儿的父亲不比女孩儿的母亲，在这方面要迟钝得多。

庄鸣晖推门进来，看到芝芝暴打自家儿子，第一反应就是："家明，不要欺负妹妹。"

"我没欺负她。"父亲没感觉，庄家明已经觉得窘迫，耳郭通红。

芝芝看到他害羞，才反应过来自己是个少女，应当注意和异性间的分寸，讪讪地下床，装乖叫人："庄叔叔好。"

"芝芝啊。"庄鸣晖对她露出和蔼的笑容，"要不要喝饮料？叔叔给你买。"

她赶紧摇头："不用不用，我是来找家明哥借电脑的，马上就回去了。"

"这么快回去干什么？你家里也没人。"庄鸣晖去开冰箱，想拿冰棍儿招待客人，可里头空荡荡的，连个鸡蛋也没有，心里便是一痛。

但他不敢在儿子面前表露出对妻子的思念，强忍着酸涩，从裤袋里掏出皮夹，摸了张百元大钞塞给儿子："带妹妹去买雪糕。"

庄家明看他满眼血丝，沉默了下："我自己去买东西，你在家里睡一觉吧。”

“没事没事，爸爸冲个澡就行了，要买的东西那么多，你一个人提不动。”庄鸣晖叮嘱道，“你们去楼下吃点儿东西，我一会儿就下来。”

“我自己去就行了。”庄家明抿紧唇角，语气坚决。

庄鸣晖摇头，不容置喙：“我陪你去。”

父子俩僵持上了。

芝芝赶忙打圆场，拽了拽庄家明的袖子：“我们去买雪糕，我想吃三色杯，走吧，家明哥。”

“你先和妹妹下去吧。”庄鸣晖开始收拾衣服。

庄家明被芝芝拽出了门，但明显不太高兴，只是一贯教养好，不肯对旁人发火罢了。

“不要板着脸了，叔叔专门回来就是为了陪你买东西。”

他道：“我可以自己买，又没多少东西。”

芝芝乐了，解释给他听：“傻瓜，叔叔不是觉得你自己买不了，是想陪你买啊。你马上要读高中了，当爸爸的什么都不做，心里肯定过意不去。那天我和我妈去买东西，我很快买完了，她可不爽了，非要拉着我再去买双球鞋。”

庄家明一怔，转头看她。

少女笑盈盈地看着他：“现在我们可以去吃雪糕了吧？”

31号上午，关家父母在面馆的门上贴了张写着“送孩子上学，下午开门”的纸，大包小包地搬着行李下了楼。

庄鸣晖连忙打开后备厢：“放得下吗？”

“没问题。”关父将行李一件件放整齐，称赞道，“这车够大。”

“院里的车，我老早和他们说了要借来送孩子上学。”庄鸣晖笑了，他这些年没攒下什么钱，虽然考了驾照，但买不起车，好在单位的福利不错，以他现在的职位，完全可以借公司的车开。

关母感激得很：“这次多亏你了，要不然这么多东西还真不好办。”

“这话太见外了，难得两个孩子在一个学校。”庄鸣晖摆摆手，又问，“今天就分班了？”

提起这件事，关母就有点儿发愁：“可不是，要考不进……”

“考不进就考不进，才高一，不要把孩子逼得太紧了。”庄鸣晖赶紧劝说。在他看来，关家夫妻心肠好，人也勤快，就是太逼孩子，芝芝从小就被盯得紧，实在可怜。

现在再担忧也没用，关母便住了口。

楼道里，芝芝和庄家明提着各自的书包下来了。

关父问："再检查一下，你们没落下什么东西吧？"

"没，我都检查过了。"芝芝瞧了眼面前的小货车，心里松了好大一口气，看来行李绝对放得下，用不着挤着坐了——她真的受够了瘦子就要在后座和别人挤着坐的待遇。

家长们再三检查，确认行李无误，出发去学校。

一中门口人山人海，停满了车，其中有不少是奔驰、宝马。庄鸣晖瞧见了，心里有点儿后悔——早知道就向院里借辆奥迪，这辆车虽然大，但给孩子们丢脸，万一被同学瞧见了不大好。

"门口的车太多了，要不然我们停远一点儿？"他问关父。

两个父亲有默契，关父刚想答应下来，芝芝就趴到了驾驶座的椅背上，提议道："庄叔叔，那边有个小门，是停车场的侧门，你停那里，离宿舍也近。"

"分班的成绩单贴在门口吧？"关母道，"我看那里围了好些人。"

芝芝说："我和家明哥下去看分班和宿舍，你们在停车场等我们就行。"

"成。"

小货车在拐角处停下，芝芝跳下车，嘱咐道："进停车场以后一直往北开，找个离宿舍近一点儿的地方，不然不好搬东西。"

"你这孩子怎么使唤大人？"关母沉着脸，"算了，我陪你们俩去。"

芝芝赶紧关上车门："您算了吧，大门到宿舍远着呢，腿不好的人就省省力气。"

大家都笑了。庄鸣晖说："芝芝心疼她妈呢。"

"她不气我就不错了。"

他们说着，看着两个孩子灵巧地穿过车流，迅速挤进了校门口拥挤的人群里。

布告栏前站满了人，芝芝个头儿矮，踮着脚看了半天瞅不见，只好使劲推着庄家明："你去看。"

庄家明只好一边道歉一边往里挤。

分班的表格从左到右，他很快在最左边的第一张纸上看到了自己的名字，再往下、往下、往下，险而又险地在页末看到了“关知之”三个字，狠狠地松了口气。

“我俩在一个班。”

“几班？”

“高一（1）班，在1号楼，我的宿舍是E楼504，你是D楼303。”

“妥了，撤！”

她熟门熟路地带着庄家明绕了条小路回到了停车场，那里也是人山人海，停满了车子。

三个家长已经把行李都提了出来，看到他们过来，忙问：“怎么样？”

“一个班。”芝芝比了个胜利的手势，为自己省下了一万块钱而高兴。

关父、关母齐齐松口气，露出笑容：“那就好。”

停车场的北门就对着宿舍楼，他们从那里进去，省下不少路程。一中的宿舍区男女界限分明，A楼至D楼是女生宿舍，然后是学生管理中心，接着是E楼至H楼的男生宿舍。

芝芝以前也住在D楼，但不是303，是305，这次舍友变了。

“程婉意？”她叫着新舍友的名字，有点儿意外，“我们俩住一起啊。”

程婉意还是文艺少女的腔调，文文静静地坐在床铺上，看到芝芝进来，弯起嘴角，露出个笑容：“关知之。”

芝芝瞄了眼她的床铺，发现都收拾好了，也就没多管，找到自己的床位，在靠窗的上铺。

床上摆着一个大包裹，里头是宿舍被褥床单的四件套。关父把包扛下来：“这东西好，省得自己买了。”

芝芝蹬掉鞋子，麻利地爬上床：“妈，把里面的蚊帐给我。”

“你下来，我帮你挂，你哪里会挂蚊帐？”

“我又不傻，给我给我。”她伸手。

关母只好递了蚊帐过去，口中念叨不停：“别挂反了，门朝外开……”

芝芝很快找到顶上的四个角，抖一抖，找出正反面，三下五除二便系好了，一个个结打得又紧又快，没一会儿便装完了。

在对面的床铺上忙碌的学生母亲见了，对关家夫妇说：“你们女儿真能干。”她又对下边傻乎乎地站着的自家孩子骂：“你看看你！”

“我们家这个在家里啥也不干，懒得很。”关母可不想让女儿交不到朋友，马上从包里掏出旺仔牛奶递给同学：“小姑娘，拿着。”

女孩子不太好意思，还是她的爸爸接过了旺仔牛奶，又掏出了一大袋的果脯：“我们自家晒的果干，尝尝。”

“爸！”女孩子非常难为情，低声说，“你怎么把这个带过来了？我不是说不要拿了吗？丢不丢人啊？”

果脯又不是什么好东西，丢人现眼不说，农村的东西拿到学校里，大家不都知道她家不是城里的了吗？他们肯定会看不起她的。做父亲的被她一说，面上浮现出尴尬和窘迫之色，伸出去的手僵在那里，一时不知道该不该收回来。

可怜天下父母心。芝芝探出身去：“红枣干吗？我爱吃，给我一个呗。”

这句话解了他的围，他抓了一大把递给她：“同学喜欢吃就多吃点儿，不值钱。”

芝芝接过来尝了一个，笑了：“好甜。”

关母默默地看了看女儿，抽了张纸巾：“给我，我给你放一边，等会儿再吃。”

芝芝暗暗地松了口气，赶紧递给她妈。

女儿讨厌吃枣子，做母亲的哪里会不知道？但关母什么也没说，把红枣干包起来，放到一边的小桌子上，和对方有一搭没一搭地攀谈起来。

芝芝很快整理完了床铺，开始收拾衣柜。

关父本以为自己要累上半天，没想到成了甩手掌柜，只好出去转了一圈，把打听到的琐事一一转告女儿：“你们洗澡要去澡堂啊，那里才有热水，我问过宿管了，说是用学生卡计费……”

他说的事芝芝都知道，但她边听边点头，叫他们放心。

过了会儿，和芝芝有过一面之缘的程妈妈过来了，淡妆绾发，穿着长裙、高跟鞋，气质吊打宿舍里的其他家长。她站在门口，扫了一眼宿舍里乱七八糟的行李，没进去：“婉婉。”

“妈。”程婉意走了出去。

“我已经和王校长打过招呼了，你有什么事就去找他。”程妈妈的声音不大，但宿舍里没人说话，大家都听见了，“每天给妈妈打个电话，有什么想吃的我叫阿姨做好了给你送来，身体不舒服不要强撑着……”

家长们明白了：这个小姑娘的家境不错，看起来还有点儿关系，得罪不起。

芝芝喝着她爸买来的冰可乐，觉得自己解开了一个疑惑——怪不得程婉意好像没什么朋友呢，原来如此啊！

手忙脚乱的上午结束后，芝芝办了学生卡，充了一百块钱，带着爹妈去食堂吃了一顿。他们俩最初不愿意："我们回去下碗面条吃就行了。"

"你们回去都几点了？至少一点。"芝芝不知不觉又拿出了十年后教训爹妈不要转发微信谣言的气势，念叨他们，"一把年纪了，也不知道注意自己的胃，等你们老了后悔就来不及了。"

关家爹妈："……"

庄鸣晖忍着笑："芝芝是关心你们呢，长大了。"

"爸。"庄家明冷不丁地问，"你晚上吃什么？"

庄鸣晖："……"

这下轮到关家夫妇笑了。

关母说："家明别担心，你爸今天晚上和我们一起吃。"

"就是就是，少管我们，管好你们自己就行了。"家长们拒绝继续聊这个话题，开始教育他们好好学习、用心读书。

饭后，三个家长带着满心的担忧回家了。芝芝和庄家明则去1号楼的教室，下午有开学典礼，事情多着呢。

高一（1）班的教室在1号楼的四楼，也就是顶楼，从楼梯上去，首先是两个教师办公室，然后是四个教室，最旁边则是洗手间和另一个楼梯。高一（1）班的教室就在办公室旁边。

还没到一点钟，教室里已经来了不少人，桌椅乱七八糟地堆着，程婉意拿了张表格，正在登记名字，看到他们过来就说："班主任来过了，说女生打扫卫生，男生去搬书。"

"哎呀，庄家明。"有个男生抱着厚厚一摞书进来，看到他马上道，"快和我下去搬书，就没几个人来，累死我了。"

庄家明立刻下去帮他。

芝芝看到角落里还有抹布，拿了一块擦起窗台来，旁边有个扎着马尾辫的女生看到她："关知之，你也在这个班啊？"

"是啊。"芝芝卡了一下，老毛病又犯了——这个女生叫啥来着？

女生继续道："我们班好像就你、庄家明、我、韩琮、程婉意五个是一个学校的，其他都不认识。"

芝芝想起来了，刚才把庄家明叫走的小男生就叫韩琮，那么问题来了：她叫啥？

最后程婉意叫出了她的名字："王诗怡，别用湿抹布擦，全是水渍。"

芝芝终于知道了她的名字！

王诗怡假装没听见，嘀咕着："喊，就会使唤人。"

芝芝被戳中笑点，顿时乐了。

学生们陆陆续续到了，下午一点钟，教室里已经坐得满满当当，芝芝暗地里数了数，发现他们班至少有六十个人。

班主任走了进来，是个有些胖的中年女人，脸圆圆的，戴着眼镜："大家坐好，不要说话了。"

学生们安静了点儿，但还有人咬着耳朵。

她走上讲台，拍了拍桌子："安静。"她的声音不高不低，既不会让学生觉得她温柔好欺负，又不会太凶狠把人吓着，分寸拿捏得特别好。

下面的声音又小了点儿。她不说话，冷淡又平静地注视着说话的人。在迫人的视线下，说话的人情不自禁地住了口，教室终于彻底安静了下来。

"我姓林，是你们的班主任，教数学。"林老师扶了扶眼镜，自我介绍，"能进我们这个班的，大多数是原来学校里的尖子生，应该知道学习是为了谁。况且，你们已经是高中生，不是初中生了，我不会一而再，再而三地强调纪律……"

开场白后，第一件事就是排座位。

"到走廊里排队，从矮到高。"

学生们推搡着排好了队，林老师就站在门口，两个人一组地安排位子。

芝芝个头儿不高，和王诗怡被分到了第二排，做了同桌。

"哟！学校防早恋挺严的，都不男女混坐。"王诗怡大概是个话痨，迫不及待地发表言论。

芝芝也发现了，林老师的位子安排得十分巧妙：一排十个人，分成四个大组，性别则是女男女男，第二排与第一排重合，第三排性别错开，第四排与第三排一样，第五排再回到第一排重复。

所以，对于好几排的同学来说，不仅同桌是同性，前后桌也可能是同性。

重点高中就是重点高中，男女同桌什么的，根本没有生存的余地，言情小说里都是骗人的。

庄家明在她旁边一组，但位子排在后面，她要努力转过头才能看得到。

接下来是选班干部。

林老师点了名："庄家明，你当班长，宁玫，你当副班长，站起来给大家看下。好了，坐下吧，其他的班委大家可以竞选，先从学习委员开始吧。"

王诗怡继续说悄悄话："班长肯定是按成绩选的，我记得宁玫考了第二名。嘿，可惜了，程婉意好像是第三名。"

芝芝点点头。她记不清程婉意和王诗怡的名字，但宁玫不同，"家明与玫瑰"可是经典配对，她当年耿耿于怀了很久——故事里也有一个姓关的"芝芝"，好像预示了她在庄家明的人生中，只是一个路过的配角。

学习委员的竞争挺激烈，好些人上去竞选了，包括程婉意。芝芝决定一会儿把票投给程婉意，毕竟借过她的考卷，不回报一二说不过去。

王诗怡问："你要参加吗？"

"没兴趣。"她大摇其头，重温校园生活，再过一遍高三已经够呛了，其他的事就算了吧。她吃不消，真的吃不消。

一个多小时后，班干部竞选进入投票环节，庄家明和宁玫一起数了选票，结果是：学习委员程婉意、体育委员韩琮、文艺委员纪可人、劳动委员余涛。

阵容和记忆里的一样，芝芝把人和面孔对上了。

班干部选完后，差不多到了三点钟，林老师叫他们去走廊排队，准备去礼堂里参加开学典礼。

所有的典礼都是一样乏善可陈，在此不细表。总之，典礼结束后，新生们热热闹闹地去吃了顿晚饭，然后趁着晚自习前的一个小时洗澡、洗衣服。

芝芝仗着从前的经验，贼精地在同学们反应过来前就洗完了，并且抢到了最好的地方晾上了衣服。

干完这几件事，她才跑去吃晚饭。

庄家明已经吃完了，另打了一份饭等她："怎么这么晚才来？"

"洗澡、洗头。"她坐下，飞快地开吃，"你最好也马上去，记得提热水壶下来，洗完澡打了水回去，衣服可以晚上再洗。"

庄家明："……"

"快去啊，不然下了晚自习很快要熄灯，你难道要用冷水冲吗？"

宿舍里有个蹲坑和淋浴间，但只有冷水，抢不到澡堂洗澡的人只能打了热水上去自己擦洗，可麻烦了。

庄家明还没适应住宿生活，就算有她提醒，也遇到了不少问题，好不容易才赶在晚自习开始五分钟前到了教室。

教室里乱哄哄的，大家忙着认识新同学，桌上堆着新课本，气氛热闹。

林老师见怪不怪，踩着自习的铃声进门，张口就是："今天的晚自习，我们来讲一下你们分班考的考卷。"

学生们："……"重点高中就是这么雷厉风行！

一张考卷，迅速将飘在半空中的学生们拉回了现实。

林老师一边发卷子一边冷笑："怎么，以为中考完就轻松了？我告诉你们，想得美，高中三年只会比初中更重要，中考你们是和市里的人比，高考呢？你们要和全省的人比……"

学生们安静下来，缩着脑袋看卷子。

芝芝听着老师唠唠叨叨，生疏地在考卷上写解题步骤，神思飘远：她再过一遍高中三年，到底是抽到了上上签，还是下下签？

关父和关母有点儿不适应女儿不在家的日子。半夜三更，两个人在床上翻来覆去睡不着。关母担心极了，念念叨叨："你说咱们闺女能适应住校吗？那么多人住一起，她会不会睡不好？"

"不习惯也得忍着，大家都这样，难道就她一个娇气吗？"关父闷闷地说。

关母的嗓门儿大了起来："敢情她是我一个人的闺女，你这个当爹的有没有良心？"

"大半夜的，吵什么吵？"关父翻了个身，挪开枕头，"你不睡我睡了，明天还要早起。"

关母冷笑："行，你睡吧，以后女儿的事和你没关系。"

“你这话就没意思了啊。”关父烦躁地说，“我的女儿我能不心疼吗？但你有什么办法，我们总不能让她走读吧？她好不容易考上了一中，半只脚跨进了大学，你别给你女儿扯后腿。”

关母的语气软了下来：“我也想让女儿读大学，可是……唉！”

“行了，你女儿怎么样你自己不知道？睡着了把她卖了都不知道。”关父安慰老婆，“她心大着呢，没事的，现在去市里你就这样，以后她去外地读大学了，我看你怎么办。”

“放心，读大学我高兴都来不及，倒是你，哪天女儿结婚了你别哭。”关母毫不留情地说，“像我生她的时候哭成那样，那就丢脸丢到家了。”

关父冷不丁地被掀了老底，面上很过不去，嘴犟道：“谁哭了？你乱讲什么？”

“你自己心里清楚。”

“不跟你讲，大半夜的发神经。”

关母打赢了嘴仗，也不和他计较，翻身睡下了。

同一时间，对面的庄家。

庄鸣晖刚刚下班，一如既往地拖着疲惫的身体进了家门，家里一个人也没有，空荡荡的，只有微弱的光透过窗帘的缝隙洒进来。他在门口站了片刻，按亮了灯。

胃里传来阵阵的饥饿感，他趿拉上拖鞋，走进厨房，想看看储物柜里有没有泡面，今天的活赶得急，他连晚饭也没吃，饿得有点儿受不了了。

他拉开熟悉的柜子，本以为会看到几包过期的泡面，然而眼前的场景大大出乎他的意料——里面塞满了泡面、饼干和麦片，一盒盒、一袋袋码得整整齐齐，还有一张从本子上撕下来的纸片，写着“冰箱里有饺子”。

庄鸣晖倏地攥紧了字条，快步走到冰箱前，用力拉开了门。

冷藏柜里空空如也，但冷冻柜里被塞得满满当当，不是速冻饺子、汤圆，就是馒头、包子，全是果腹的食物，也有一张字条，写着“柜子里有泡面”。

“这孩子……”他摘下了眼镜，想说什么，喉咙却哽住了。

天边有一弯月牙。

一中实验班的课程以紧张、快速闻名，但对于芝芝来说，知识点都是旧的，温故比知新容易得多，所以她的生活节奏反而一下子放缓了。

她按照老师的进度学习，顺便重新思考一下自己到底想做什么。

开始没有头绪，不过没关系，她有一盏闪闪发光的明灯。

庄家明同学上辈子是人生赢家，她觉得可以参考一下他的计划，如果合适的话，可以直接偷懒照搬。

但两人坐得远，课间人又多，芝芝等了两天才找到机会。

体育课上，大家花了半节课学完了跑步的姿势，剩下的二十分钟便是自由活动时间。男生们兴致勃勃地抢了篮球，叫庄家明一起去。

芝芝截下他们："把班长借我下。"

男生们露出不怀好意的表情，起哄说："找班长干吗？"

"谈人生。"芝芝随口说。

于是他们更兴奋了，搭着庄家明的肩膀，意味深长地咬字："人生啊……"

芝芝"咦"了一声，直言不讳地道："你们这是啥语气，以为我要表白？我傻了吗？去去，别妨碍我，我有正经事。"

破解暧昧最好的办法就是打直球，她自己戳破了"表白"两个字，男生们反而不好意思起来，顾左右而言他："班长，我们等你啊。"

"不用了，你们打吧。"庄家明摇了摇头，率先走到了活动室旁边的楼道里。

芝芝跟了过去，嘟囔道："说个正经事，搞得跟演《恶作剧之吻》一样。"

庄家明扭头看看她，莫名觉得好笑。小学五六年级的时候，男女生之间的交往就有点儿微妙了，"谈恋爱"三个字是某个刺激的禁忌领域，他们忌惮又向往，沉默又张扬。他收到过很多情书，也面对过很多次的打趣。

然而次数再多也无法习惯，每次遇见相同的事，他依然会感到尴尬、为难和不好意思。但芝芝好像没有这样的感觉，当着那么多人的面也可以说出心照不宣的禁忌词。

她大概是还没有长大吧。他想着，问："你要和我说什么？"

芝芝专注地看着他，庄家明随意地靠在斑驳的灰白墙壁上，一束束光线从天窗里照进来，灰尘浮动，有种梦幻的美感。

事实上，这的确是一场隔着时光的对话。

“如果有一天，你回到了七岁的时候，你最想做的事是什么？”

她把气氛搞得那么严肃，问题却如此幼稚，简直像是个捉弄人的玩笑。但庄家明想了想，认认真真地回答：“多陪陪我妈。”

这是个意料之外却在情理之中的答案。芝芝点点头，又问：“除此之外呢？”

“看住旺财，不要让它死了。”

芝芝的心情陡然低落起来。

旺财是庄奶奶养过的一条土狗，很可爱，小时候的芝芝和庄家明都很喜欢它，隔三岔五去和它玩。可是没两年，它就因为误食了毒香肠死了。当时他们正在念小学，放学回家的时候，一切都尘埃落定，甚至都没见到它最后一面。

庄家明看她不说话，想了想又道：“我的小浣熊卡片没有集齐。”

芝芝倍感无奈，旋即回过神：也对，她说的是七岁，七岁能干什么呢？她叹口气，总结道：“你想弥补遗憾。”

“嗯。”他点了点头，脑海中浮现出母亲苍白的面容——温和秀丽的妇人忍着化疗的疼痛，握着他的手说：“妈妈没事，妈妈还要看着家明长大。”

可是他现在明明还没有长大。

芝芝看他神色黯然，半是好奇半是打岔地问道：“你就没想着发家致富、走上人生巅峰什么的？”

庄家明挺认真地思考了一下，坦言道：“我现在也不知道什么发财的办法，回去了也没什么能做的。”

这倒是和她现在的想法不谋而合，变成了高中生，她除了好好学习，又能做什么呢？

“你问这个干什么？”他问。

芝芝找了个借口：“没什么，就是想如果能回到小时候，我一定好好学习，天天向上。”

他听了，关心地问：“上课听不懂吗？”

“还好，就是……”她支吾道，“从小开始好好学，肯定比现在省力，哎哟，随便想想而已，不要当真嘛！”

他摇摇头，认真地道：“离高考还有三年，现在开始好好学，一点儿都不晚。”

芝芝犹豫了下，想起另一件事来："那长高呢？"

"也不晚。"庄家明笑了，"以后每个星期跟我打球。"

她胳膊交叉比了个"×"，严肃地道："讨厌篮球。"

他换了一个："羽毛球？"

"那还可以。"

庄家明站直了身体，招招手："器材室里还有一副拍子，我陪你打吧。"

"现在？"

"所有的事，只是从'现在'开始不算晚，从明天开始的话……"他顿住，回忆纷至沓来——

"家明，外面下雪了，今天是不是平安夜啊？"

"明天才是。"

"哦。"她有些惋惜的样子，但很快振作起来，"差一天也没什么，晚上叫上你爸，出去吃个饭吧。"

他歉疚地问："今天要去老师家里补课，明天去好吗？"

"看我这记性。"她懊恼地抚了抚额角，笑了起来，"你明年就要中考了，当然补课重要，明天吧。"

然而，23号的晚上，他的母亲就病重进了医院。四天后，她就过世了。

阴影吞噬了少年俊秀的面孔，悔意如浪潮淹没了他，直到……

"行了，这碗'鸡汤'我干了。"芝芝揪住了他的袖子，小跑着把他拽出楼道，冲向灰尘浮动的器材室，嚷嚷道，"咱们赶紧的，还有十五分钟！"

然后她被"虐"了十五分钟。

庄家明欲言又止，终究没忍住，不可思议地说："你的水平也太差了。"

"滚！"

下午，关母收到了丈夫的通知："美娟，一会儿咱们买点儿东西，回乡下一趟。"

关母吓了一跳："怎么了？"

"大哥又生了一个。"关父摸出打火机，把香烟叼在嘴里，含混不清地说，“怕我反对，一直没和我说，嫂子也没住院，今天早上才打电话过来。”

关母皱起眉头：“小子还是闺女？”

“小子，六斤八两。”关父吐了个烟圈，表情复杂，“家里还有多少钱？包个红包过去，得交好几千元罚款呢。”

关母冷笑：“三个了，他怎么养得起？”

关父也没话说。大哥家是农村户口，能养两个，一胎生了个闺女，二胎还是个闺女，大哥心里头一直不大得劲。这不，小闺女还没上学，他们拼死拼活又生了一个。

“家里也没多少钱。”关母算算账，不情不愿地说，“我本来还想着芝芝没交赞助费，省下来的钱给她买台电脑——现在哪个学生的家里没有电脑啊？连家明的爷爷奶奶都知道要买一台送给孙子。现在好了，买不起！”

关父说：“暑假再买。”

这算是个保证。关母满意了，揣上卡去银行取了两千块钱，用红纸包了，又买了些奶粉、水果。夫妻俩关了店，骑上摩托车去乡下。

关父的全名叫关大河，他大哥叫关大江，是个地地道道的农民。当地的经济尚可，虽然是乡下，但房子是自建的两层楼房，不气派，但干净敞亮。

“来啦？”关大伯身材瘦小，皮肤黝黑粗糙，三十多岁的人像四十来岁，很显老，但四肢精壮，很有力气。他看到弟弟、弟媳过来，很高兴地叫母亲：“妈，大河和美娟来了。”

关老太太穿了件花褂子，头发花白，坐在小板凳上搓尿布，看到二儿子回家，笑得眯起眼睛：“大河，快去看你侄子，哎哟，长得可好了。”

“妈，这个给大嫂。”关母递了东西过去，撸起袖子，“我来洗吧。”

“不用不用。”老太太很能干，一把推开儿媳妇，“你去看看你大嫂。”

关母也不勉强，顺势上楼了：“那我看看孩子去。”

二楼的卧室里，关大伯的妻子李翠正抱着孩子喂奶，关母一进门就注意到了哇哇大哭的孩子，胳膊和腿都像一截截莲藕，白白胖胖，生得是好。与之相反的是哺乳的李翠，面色蜡黄，像是生了场重病。

“大嫂。”关母放下东西，先夸孩子，“娃长得真好。”

李翠露出一丝笑意，神态放松：“总算是个儿子。”

“唉，苦了你了。”关母体会得到她的难处，忍不住叹气。

不知道是不是产后的情绪很不稳定，李翠的眼圈一下子红了：“美娟啊，你知道这两年我过的是什么日子吗？我出门都不敢直起腰杆说话……我没底气啊，没给老关家留个后……”

“男孩儿、女孩儿都一样。”关母口中说着，心里也很清楚这里到底不比城里，女人没生儿子，生再多姑娘都是“绝后”，出门要被指指点点，还有七大姑八大姨一天到晚劝男方离婚再找一个。

“我的日子过得苦啊。”李翠抱着怀里的儿子，像是抱着世界上最珍贵的宝贝，“幸好这孩子争气，要不然我喝药死了算了。”

关母知道她不是随便说说，大嫂是人家抱养来的，亲生父母不要她了，和养父母又因为结婚的问题闹翻，要是和关大江离婚，真的是无路可走，喝农药倒也不稀奇。

于是关母赶紧劝：“都过去了，这不是有了吗？取名了没有？”

“还没，孩子爹说要请大爷爷取。”李翠的脸上又露出笑意，“是个儿子呢。”

关母明智地没有继续这个话题，问起她的身体来：“你脸色不大好，还是去医院看看吧。”

“不要紧，我之前都生过两次了，好好坐月子就行。”胖乎乎的小子忽然哇哇大哭起来，李翠发愁地说，“我这次奶不多，喝了几天豆腐汤都不下来，孩子吃不饱，老哭。”

关母赶忙说：“我买了奶粉，给孩子冲一杯。”

“好。”李翠应着，晃着怀里的孩子，哄个不停。

窗外，隐隐约约传来小女孩儿玩闹时的尖叫声。

门外，关父和关大伯也在聊天。关父塞了红包过去：“给大嫂和孩子买点儿好的。”

关大伯捏一捏红包就知道有几千块钱，眼眶发酸：“唉，大哥……大哥没本事……”

“自家兄弟，客气什么？”关父摸出烟盒，让了兄长一根烟，自己舍不得抽，叼在嘴里过过瘾，“我养一个，总比你养三个负担轻。”

关大伯也舍不得抽，把烟夹在耳朵上。

“真有困难，别扛着。”关父看着田埂上跑来跑去的小女孩儿，“那是二妞吧？两个小的能不能照顾得过来？要不然我接咱妈去住两天？”

关大伯摇头："家里多亏妈帮衬着，二妞……我想着送她去村里的托儿所，我们实在照顾不过来。"

"大哥，不是我这个当弟弟的说你，要生，你也该等二妞大一点儿，现在你们全照顾小的，她还不懂事，难道让大妞带？大妞也要读书啊！"关父按捺不住，数落起来。

关大伯讪讪地笑了笑，说："还是得有个儿子。大河，你也再生一个。"

"我不生。"关父摇头，"你是知道我的心事的，我就想让芝芝读书，供出个大学生来。"

"芝芝是争气，但是啊，"关大伯语重心长地说，"闺女用不着读那么多书，再养一个，总得有个儿子。"

关父摆摆手："不养不养，闺女也挺好的。"

"闺女不行。"关大伯有了儿子，终于能挺直腰杆，理直气壮地劝说，"儿子才能传宗接代啊！"

"我只想让孩子有出息。"关父的追求和兄长完全不同，他斩钉截铁地说，"我要供个大学生出来，芝芝要是还能往下读，我砸锅卖铁也要供下去。"

关大伯皱紧眉头，依旧不赞同，但笨嘴拙舌，实在说不出什么理由，只好叹了口气，心里想：好在自己已经有了儿子，列祖列宗看在关家没绝后的分儿上，也不会太怪罪这个弟弟。

他这般想着，终于得到了些慰藉，嘴角连同眼角露出深深的纹路："走，看看你侄儿去。"

关父和关母在老家待了一个下午，四点多才回去。

关大伯送走夫妻俩，回头和老母亲说："妈，你咋也不劝劝大河？没个儿子总归不像话。"

老太太唉声叹气："美娟身体不好啊，他们又是城里户口，查得严。"

这是事实，关大伯没辙了。他对弟媳妇没什么不满，觉得她是个踏实本分的女人，也做不出来因为要让弟弟生个儿子就撺掇人家离婚的事。

思来想去，他最终得出了一个能接受的结论："唉，老二的命不好啊！"

命不好，三个字，所有的苦难都能得到解释。

国庆节前两天，林老师宣布了两个消息：一是10月15号、16号月考，二是17号、18号开运动会。两件大事占了整个周末。

鉴于一中的学生本来就是半个月回家一次，平日里不能回家的周末，他们也要坐在教室里上半天的自习，因此高中第一次运动会还是挺令人期待的。

大家第二天要回家，体育委员拿到报名表以后，抓紧时间在班里逮人报名。机灵点儿的学生都知道早报能选轻松的项目，晚了只能被分配，男子一千米和女子八百米可是苦差事，谁也不想尝试。

王诗怡运动细胞不错，主动报了跳远。韩琮登记完，顺口问她的同桌芝芝："关知之，你要不要报一个？"

芝芝在和物理题做斗争，头也不抬地说："不报。"

他提醒："班长报了一千米。"

"哟，为人民服务，伟大。"芝芝随口表扬了一下，继续做题，笔尖在纸上"唰唰唰"地移动。

韩琮不肯罢休，再接再厉："你不表示表示？"

芝芝沉思片刻，慎重地道："到时候我一定写个加油稿，好好表扬这种为同学分担，大公无私的人民公仆精神。"

韩琮使计不成功，恨恨而走。

人一走，王诗怡就转头问她："你真不报名？"

"月考为重。"芝芝咬着笔杆，含混不清地说，"我要是考不好，会挨骂的。"

初中时她们俩虽然同班，但各有各的圈子，关系很疏远，这学期成了同桌才熟悉起来。王诗怡不清楚她家的情况，信了，又说："韩琮真狡猾，居然拿班长当借口。"

芝芝被她提醒，倒是想起来了："拿这个哄我，是在其他人那里成功了？"

王诗怡同学的八卦雷达十分敏锐，她立刻接了句："他第一个找的是班长，第二个找的是宁玫，第三个是程婉意！"

两个女孩对视一眼，窃笑起来。

他们班里，宁玫和程婉意是最出挑的两个姑娘。程婉意自不必说，程妈妈在宿舍里说的话很快传遍了女生宿舍，大家都知道她家挺有背景，兼之她为人清高，独来独往，同性缘一般，却是男生们尤为喜欢的女神级人物。

而宁玫不遑多让，长得比程婉意美，家里不算富贵，但父母都是老师，做事落落大方，对老师的态度不卑不亢，女生缘很好，很快有了个以班干部为主体的小团体。

据说男生宿舍已经以两个女生谁更受欢迎为主题展开了讨论，最后程婉意因太符合梦中情人的标准，险胜。

没过多久，宁玫听说了，少女心高气傲，不知道从哪个初中同学那里听到程婉意对庄家明有好感，最近似有若无地和他走得很近。

“这可是班花的竞争。”王诗怡非常理解，兴奋地小声道，“一山不容二虎，必须分个高下啊！”

芝芝觉得挺有意思：“她们俩是要比谁能拿第一吗？”

“也可能比谁能拿下班长？”王诗怡揣测。

芝芝一惊：“这不行。”

王诗怡八卦的眼神飘过来：“为啥？”

“以班长这条件，”芝芝压低声音，“起码得配个真正的‘白富美’，家里有上亿家产，出身名校，人美心善的那种。”

王诗怡：“你还真敢吹啊！”

芝芝自觉说得不夸张，因为事实正是如此，但还是补了一句：“真心喜欢就算了，较劲拿感情开玩笑，过分了啊。”

王诗怡瞅瞅她，想问什么又忍住了。

芝芝岔开了话题：“下节课要默写单词，你考我一下吧。”

“行。”一中的英语老师可不好糊弄，每节课必默写，谁错一个就要叫小组长盯着重新默写，错五个以上，办公室见。

芝芝而今虽没想好未来的打算，但考个更好的学校，有机会去国外交换一年的念头已经有了，故而在英语上狠下功夫。

剩下的几分钟就在默写英文单词里过去了。

他们明天就要回家，还是国庆节长假，返校后没多久又要月考。晚自习的时候，芝芝抽出空来，好好斟酌了番假期的学习计划。

高中的课程排得相当满，足足九门课。她还没想清楚高二文理分科的时候选哪一科，所以必须门门吃透，来年选文理的时候才能游刃有余。

芝芝上辈子念的是文科，语文和历史的功底都在，政治基本靠背，难的是地理和理科的三门课程，几乎已经忘光，而数学开篇就是函数和方程，一中的教学进度又极快，想要扎扎实实地掌握并不容易。

然而，老师在月考、期中考前都是不复习的，一边往后讲，一边要求学生自己复习前面的内容，加上每天并不少的作业……她散漫下来的心顿时一紧，她觉得再不用功，月考要完蛋，于是赶紧写复习计划。

一般来说，计划本里都会附上当年的日历，如果用电脑或手机软件更简单，可以直接在日历页上操作。但芝芝这会儿既没有笔记本电脑和手机，也没有先进的计划本，唯一能买到的硬皮笔记本后面只有一张又细又密的日历页，压根儿不顶事。

所以她早早做了准备，购买文具时以极低的价格买下来一本当年的日历，拆下了内页，塞在了笔记本里。

她翻出10月份的那一页，掏出一张A4纸，照着上面的格子画起表格来。10月1号是星期五，31号是星期日，五行七列，一下子就搞定了。

而后她再慢慢添计划。

国庆节放七天长假，适合让她从头到尾理一遍理科的公式和推理过程，再做一套习题。国庆节假期后返校的那个星期要上课，时间零碎，她可以见缝插针地背些知识点。

哦，对了，历史已经讲了两个单元，“古代中国的政治制度”和“古代希腊罗马的政治制度”，很适合做个纵横向的时间表。她翻翻目录，发现后面已经有个附录：公元前2070年，禹建立夏朝……公元前八世纪至公元前六世纪，出现了城邦……公元前202年，汉朝建立……公元前27年，罗马帝国建立……接下来是“近代西方资本主义制度的建立”和“近代中国的反侵略、求民主的潮流”，又是一组对比。

芝芝对着时间表往下看，忽而生出了一股奇妙的感觉——教科书的章节和内容安排，彼此之间自有其联系，而她以前浑浑噩噩地读书，老师教什么就学什么，从来不肯自己去思考整理。

原来，会读书和不会读书之间真的有区别。

幸亏一切都还来得及。

下午的两节课结束，一中正式开始放假。

芝芝回宿舍收拾东西。她的衣物都是每天换了就洗，没有积存——听说隔壁宿舍有个女生从来不洗衣服，全部放假带回家让家里人洗，室友苦不堪言——她只是整理了一下几件薄T恤，准备带回家换几件厚的。国庆节假期后天气可能就要慢慢变冷了。

她收拾了个小包，背上装满了作业的书包，和室友打招呼："我走了。"

"我和你一起。"程婉意说。

芝芝不介意，和她搭伴走："你妈来接你？"

她点点头，欲言又止。

芝芝和她仅限于说得上话的普通朋友，远不到亲密的程度。芝芝想了想，还是假装没看见她的动作，笑着说："国庆节出去玩吗？"

"去意大利。"程婉意咽回了邀请她坐自家车的提议，顺着这个话题聊了下去，"你呢？"

芝芝耸耸肩："写作业，看电视。"

程婉意的脸上闪过一丝歉意，她有些生硬地附和："我也喜欢看电视。"她顿了顿，神情复杂地说，"我妈不太让我看。"

芝芝觉得意外，包括自己在内的很多人觉得程同学有点儿装，比如大家聊毕淑敏，她说喜欢村上春树；大家说九寨沟的风景好，她会提议去十六湖国家公园……如果这还不算装，大家也不知道什么才算装。

可是现在，她好像很想表现出"亲民"的一面，有点儿奇怪。芝芝想着，道："爸爸妈妈都这样，很正常啦！"

程婉意便不再说，又问："你运动会报了什么？"

"什么也没报。"芝芝坦言，"你呢？"

程婉意道："四百米。"

芝芝夸她："你腿长，跑得快，我就不行了，人矮又没运动细胞，给你们加油就行。"

程婉意看起来开心了一点儿，建议她报个接力："这个比较省力，也不会有太大压力。项目那么多，大家应该都要报，晚了就只剩八百米了。"

"不，我不喜欢。"芝芝的语气坚决。

她对运动会有些不太美好的回忆。芝芝作为"短腿星人"，又不爱体育活动，体育成绩一向踩在及格线上，对运动项目自然也没什么兴致，并不想报名参加。可是，一边老师发话，说要有集体荣誉感，另一边同学说已经写上名字不好更改，她被赶鸭子上架，硬着头皮参加，结果当然十分惨。

然而今时不同往日，不愿意做的事，她就会堂堂正正地拒绝——她已经有了对任何人说“不”的勇气。

程婉意被震慑，认真地看她半晌，苦笑道：“我有点儿羡慕你。”

“我也羡慕你。”芝芝绝无虚言，程婉意十六岁就能用上名牌唇膏和面霜，谁不羡慕啊？

程婉意微动嘴唇，似是想吐露心事，可犹豫了会儿，还是什么都没说。

芝芝也不勉强，两人走到校门口便挥手告别。

程婉意上了母亲的车，系上安全带。

程母的目光却追随了芝芝好一会儿，她问道：“那是图书馆里的女生吧？”

“嗯。”程婉意知道母亲的意思，但一个字也不想多说，紧紧闭着嘴巴。

程母另有要事，不多纠缠，问道：“你们马上要开运动会了吧，你报了什么？”

“四百米。”她回答。

程母满意地点头：“死读书是没用的，现在讲的是素质教育，你申请学校的时候，人家不单单看你的成绩，其他的也很重要。下次要是学校里举办演讲比赛，你要记得参加，申请学校很看重个人能力的，知道了吗？”

程婉意抿了抿嘴：“知道了。”

女儿乖顺的态度令人满意，程母踩下油门，驾驶着宝马车从公交站台前开过——那里站着等着公交车回家的同学们，当然也包括芝芝。

大家都没注意到开走的宝马车，王诗怡在问：“关知之，你坐几路车？”

“7 路，我们得转个车。”一中到县里没有直达的车，芝芝要先坐 7 路再转 17 路才能回家。

王诗怡抓的却是另一个关键词：“我们？”

芝芝抬抬下巴，朝着校门的方向看去。庄家明提了个手提袋走过来，张口便道歉：“对不起，我慢了。”

“你又留下打扫卫生了吧？”芝芝闭着眼睛都猜得到。放假了，值日生偷懒开溜的不少，经常留下几个老实的干活，庄家明撞见后，留下来帮着他们扫地、倒垃圾。

说真的，要不是劳动委员是个男生，她都要觉得庄家明对人家有想法了。

庄家明没否认，伸手要接她的包：“重不重，我帮你拿吧？”

王诗怡“啧”了一声：“班长，我的包也很沉，你替我拿吗？”

庄家明笑了笑：“我们坐 7 路车，你同路的话可以帮你拎一会儿。”

“我是 7 路转 11 路。”王诗怡大大咧咧地笑着，抬起胳膊，晃悠着手里沉甸甸的帆布包。

庄家明就接了她的帆布包，还道：“那你记得拿走。”

王诗怡刚想说话，车来了。庄家明提起她的袋子，站在后侧方护着她们：“慢慢走，别挤。”

他最后才上来。

王诗怡服了，用手肘碰碰芝芝，小声道：“班长真是不给人活路，长得那么帅，也不知道高冷一点儿。”

芝芝忍俊不禁：“他高冷了谁帮你提东西啊？”

“话是这么说。”王诗怡看了看，她们在车的中部，庄家明在车头，应该听不见。她道，“但这样亲民很没姿态，你看小说里的男主角，谁不是用鼻孔看人啊？”

芝芝：“……”男主角归你，庄家明归我！

王诗怡痛心疾首：“要是校草的头衔落到十六班的萧野头上，我真是死不瞑目！班长长得一点儿也不比他差啊！”

芝芝觉得这个名字有点儿耳熟：“萧野？”

“其他班封的校草。”王诗怡撇撇嘴，带着好学生对差生惯有的不屑，“听说家里的条件挺好，自己长得也挺帅，就是成绩一塌糊涂，不过据说很会打架。”

芝芝“哦”了一声，想起来了。

萧野同学，是她暗恋庄家明的同时“红杏出墙”的对象，原因无他，人家痞帅痞帅的，有偶像剧《斗鱼》男主角的范儿。

而好学生会喜欢差生，就好比王子爱上了灰姑娘，是接触另一个世界、另一种生活的反差魅力。庄家明太乖太暖，说不定很对女混混的胃口，但对周遭安分守己的女生来说，反而没那么吸引人。

“萧野啊，”芝芝摸着良心说，“是挺帅的。”

王诗怡用诡异的眼神看了看她：“所以你喜欢这一款？”

“都喜欢。”小孩子才做选择，大人当然都要啦！暗恋这种事，她喜欢两个，别人也管不着。

王诗怡被说服了。

公交车晃晃悠悠，很快到了转车的地方，庄家明特地挤到两个女生旁边，把袋子还给王诗怡：“我们走了。”

“拜拜。”

转车的地方在市区，街边摆了不少摊子。17路车二十分钟一班，庄家明等了会儿，看到有人推了个小车卖萝卜丝饼，便问：“你要吃吗？”

现在已是下午四点多钟，她摸了摸肚子，点头：“吃，加辣。”

庄家明买了两个萝卜丝饼回来。萝卜丝饼热腾腾的，带着油炸的香气和甜面酱的咸味，勾得人食指大动。

芝芝狠狠咬了一口，过分贪心，嘴没接住，掉了一块到手背上，拖出一条油腻的痕迹。她口齿不清地喊：“餐巾纸！”

庄家明还没吃，翻出口袋里小包的纸巾，看她一手提袋子一手拿着饼，干脆抽了一张替她擦拭起来。他动作很小心，先用纸包起掉落的萝卜丝饼，小心折好，再用干净的那一面细细抹擦。

两人靠得很近，芝芝觑着眼瞧着，能看清他浓密的眼睫毛——美少年给擦手什么的，她实在吃不消。

“好了。”庄家明丢掉了垃圾。

芝芝“嗯”了一声，心想：就算她自己擦也不过随便抹两下完事，哪有他这么细心周到？

啧，去他的都喜欢，她就喜欢庄家明！

芝芝和庄家明回到家已经是傍晚六点多钟。

关母看他们一起回来，力邀庄家明一起吃饭：“家明啊，这么晚了，你在我们家吃吧。”

庄家明提前和爷爷奶奶说过，明天才去吃饭，故而也没拒绝，道了声谢，坐下了。

关父做了两碗黑鱼面，面上压了满满当当的黑鱼片，佐着咸菜的香气，钓起无数馋虫：“饿了吧？快吃。”

“路上吃了个饼。”芝芝说着拿起筷子，“不过我饿了。”

关父在围裙上擦了擦手：“那我再给你们炒个菜。”

“不用了，叔叔。”庄家明赶忙推辞。

芝芝白了他一眼，真没用，这么拒绝是没效的，看她的：“不要菜，拌黄瓜还有没有？”

“有，有。”关父盛了一碟拌黄瓜、一碟拌三丝出来，“汤要不要？”

“要！”

他又舀了一大碗咸菜豆腐汤。

其他食客不满意了：“老板，我们怎么没上凉菜和汤？”

关母擦着桌子，抬头说：“那是我们家闺女。”

“哟。”有个大叔瞅瞅庄家明，笑了，“那个小伙子呢，女婿？”

“喀喀！”一口菜汤呛进气管，庄家明捂着嘴咳个不停，耳朵全红了。

关父哈哈大笑：“我倒是想呢。”

狭小的店里响起此起彼伏的笑声，充满了善意和打趣。那个大叔还开玩笑：“小姑娘，你要努力了啊！”

“高考完再努力，早恋我妈要打死我。”芝芝一本正经地说。

庄家明震惊地抬起头。

关母收拾了脏碗，路过他们那桌的时候翻个白眼：“你想得美。”

“做梦也不行吗？我还想嫁给周杰伦呢。”芝芝抗议。

关父、关母都没理她。

芝芝撇撇嘴。她又没说谎，周杰伦五年后娶了昆凌，庄家明十年后有了“白富美”未婚妻，她想嫁给哪个都是做梦，没啥区别。

芝芝的国庆节假期过得十分平淡，大部分的时间用来写作业和复习。关父、关母看到她放假也那么努力，相当高兴，觉得女儿终于懂事了，恨不得一天烧三炷香告慰老祖宗。

然而芝芝自己清楚，她能坐得住好好学习，最重要的原因不是“要读书”，而是智能手机还没出现，外界的刺激少，她不容易分散注意力。要是现在手头上有部智能手机，五分钟一条微信，十分钟一条新微博，她就算以成年人的自制力也扛不住。

所以她已经决定，高中毕业前不买手机也不要电脑——没办法，自制力差的人需要外界条件的控制。她以前为了少玩手机，自己坐在客厅里工作，手机丢在卧室充电，想着刷微博要站起来、进卧室、拉开抽屉，这么麻烦，十次能忍住八次！

落后的年代也有好处。

庄家明的日常生活和她差不多：他早晨起来简单地弄点儿早饭，然后洗晒衣服、拖地，做完家务就约上芝芝去图书馆写作业，中午去爷爷奶奶家吃饭，下午就在图书馆里借书，拓展阅读。

县城的图书馆毕竟小，藏书量不大，大多是些名著。他有时候看文学小说，有时候看传记，闲得无聊了，借套辅导书做习题。

芝芝年少时不觉稀奇，这会儿再看，方觉得他比同龄人坐得住，多年苦读，怨不得人家能考上常春藤大学。

她决定跟着明灯走。

但庄家明毕竟是个货真价实的青春少年，有自己的烦心事——昨天晚上他去爷爷奶奶家吃饭，发现家里来了个客人，说是奶奶朋友女儿的同事，年纪约莫三十岁。

他就猜到她是父亲的相亲对象了。

坦白说，那个阿姨看着很端庄和气，并不讨人厌，但他只要想起这个人是来当自己继母的，便觉得浑身不自在。奶奶希望父亲有人照顾，他不觉得有错，可理智归理智，接受一个陌生女人，他从感情上又极难接受。

“家明哥，”芝芝唤回了他的神思，“你是不是有心事啊？发半天呆了。”

庄家明犹豫了下，试探着问：“芝芝，你觉得……我爸是不是该再找一个？”

芝芝恍然，答道：“找不找都行啊。”

“我爸一个人，有个人照顾也好。”庄家明想起几天前回家，拉开柜子看到里面的泡面少了一大半的情景，心里十分不是滋味。

芝芝笑了起来：“家明哥，你傻了啊？庄叔叔多大了，没少手没少脚，可以照顾自己。”

庄家明抿着唇：“你不懂。”

“是你不懂。”芝芝一针见血，“庄叔叔要是有喜欢的对象，结婚很正常，他还想着阿姨，你就为了找个保姆让他卖身，不太好吧？”

庄家明哭笑不得：“别瞎说。”

芝芝道：“我没瞎说，你说他没人照顾，想让他再找一个没错吧？这是保姆，不是老婆。庄叔叔多喜欢阿姨啊，你用这个理由劝他，他肯定不会同意的。”

庄家明怔住。他是没劝，但奶奶劝了，结果父亲的反应和芝芝说的差不多："我有手有脚，委屈不了自己，你们就别操心了。"

"叔叔那么喜欢阿姨，一看就不是个为了过日子凑合的人。"芝芝摸着下巴，语气笃定，"你要是想劝叔叔再找一个，得换个台词，比如说'人总是要向前看''阿姨也肯定希望他能幸福'之类的。"

庄家明："你小说看多了。"

芝芝没有否认，言情小说里也有传世名作，只是说："随便你怎么说，问题在于，你想不想让叔叔再婚？"

庄家明沉默不语。

芝芝使劲回忆，印象中他似乎没怎么和她提起过自己的想法，只是说"看我爸的意思"，或许是她最近表现得比较成熟，他才说出了心里话？

"我知道了，真相只有一个。"她思忖片刻，打了个响指，"让我这个外表看似小孩，智慧却超过常人的'关柯南'猜一猜。"

庄家明："……"她还演上了？

芝芝假装没看到庄家明的神色，一本正经地道："你说叔叔一个人，希望他有人照顾，看来是不反对他再结婚，但你心事重重，也不像是全无芥蒂的样子。那么，答案就是，你可以接受叔叔再娶个老婆，可不想再有个妈代替阿姨，对不对？"

庄家明愕然。

"看来我猜对了。"芝芝扶了扶眼镜，她的眼镜度数低，只在学习时戴，这会儿正好可以装装样子，"这就是演绎法，谢谢。"

她这一番表现，终于把庄家明逗笑了。少年弯起唇角，笑得像是偶像剧的宣传海报上的男主角："嗯。"

芝芝收敛了嬉笑："那你闷着干吗呀？你和叔叔说呗。"

他摇了摇头："我和他这么说，他肯定会为了我不找了。"

"那怎么办？"

他为难地道："我也不知道，可能奶奶会说通吧。"

芝芝知道后来庄鸣晖还是再婚了，因此也不担心："好了，这种事大人心里有数，用不着我们操心，我们还是关心一下月考比较好。"

庄家明担心她有压力，安慰道："月考只考新学的，不会太难，你好好发挥就行了。"

"我想考得好一点儿。"

她考得好一点儿，能抓住的命运就多一点儿。

七天的假期一眨眼就结束了，一个星期的上课时间也嗖地一下过去，月考到了。

一中对月考的态度轻慢得不得了，老师不复习，考试不换教室，只叫他们把桌子反过来便算是防作弊。班主任林老师更是只在前一天随口提了一句："月考而已，这样都有人作弊的话，干脆退学算了。"

学校不看重，学生们也有点儿散漫。考试前一天的晚自习，芝芝还看见韩琮和庄家明、宁玫商量运动会开幕式的事，王诗怡同学在看安妮宝贝的书。

搞了半天就她一个人紧张，但她还是选择了背单词。

没办法，她心虚……

月考的卷子有难有易。物理、化学、生物考的是新课程，内容有限，题目便出得十分基础，他们只要上课好好听，作业认真完成，基本上都能做得出来；其他科目考到了不少初中的知识点，难度明显要高不少。

但这不是重点，两天考九门课，白天的时间安排不过来，一中就带上了晚自习。他们可谓是早上睁开眼开始考，考完也该洗洗睡了。

"我总觉得最后一道题没写对。"第二天的最后一门是生物，考完才八点钟，离晚自习结束还有一个半小时。教室里闹哄哄的，学生们多在商量明天运动会的事。芝芝挤开了庄家明的前桌，蹭他的奥利奥吃，"你写的是什么？"

庄家明："核酸。"

她松了口气："蒙对了！"她又吃了一块奥利奥。

韩琮坐在庄家明的斜后方，瞅着她："关知之，你干吗老蹭家明的饼干吃？"

"我饿。"她理直气壮地说。

韩琮："你不能自己买吗？"

"你懂啥？我自己买了就要全部吃完，饼干的糖分多高啊，不利于健康。"她处在发育期，动脑又容易饿，对甜食的渴望与日俱增，想要控制自己多摄入蛋白质而非糖分实在太难，只好忍住不买。

庄家明跟着解释："她给我买了牛奶。"

芝芝"咔嚓咔嚓"地啃着，含混不清地说："礼尚往来，我又不白吃他的。"她说着，又对庄家明竖起一根手指，"再给我最后一块，吃完就不吃了。”

庄家明把包装拆开一点儿，方便她拿。等她取走，他转身递给韩琮：“你吃吗？”

“谢了。”韩琮没客气，考了一天，他也饿了，“吃完我们商量下明天运动会的事？”

庄家明点点头。

芝芝随口问：“商量啥啊？”

韩琮气她不仗义，顶回去：“你又不参加，告诉你也没用。”

“哎哟，小气兮兮的，我也不是故意不帮你。”她回道。

韩琮故意道：“我们还缺个接力赛的替补，要不你帮帮忙？”

芝芝镇定万分：“心有余而力不足。”

“关知之，你就别谦虚了。”宁玫在去倒水的路上听见他们的对话，停下脚步笑道，“体育课上你五十米的成绩比我好。”

韩琮抽出报名表：“就是，接力赛替补吧，我替你写上去了。”

芝芝咽下口中的饼干，吐出三个字：“‘大姨妈’。”

韩琮：“……”这个人好无耻。

庄家明别过脸，唇角微扬。他记得前两天去图书馆的时候，她是带着卫生巾上厕所的，这会儿肯定是睁着眼睛说瞎话。但他不拆穿她：“你负责写加油稿好了。”

芝芝想了想，自己和韩琮生疏是因为已有十多年没联系了，但实际上这个时候，韩琮和庄家明玩得好，与她也颇为亲近，否则不会为她不报名气到今天——站在他的角度说，她的确不够义气。

“行。”她试图修补同学关系，“交给我吧。”

韩琮终于消了气：“这还差不多。”

宁玫等到他们说完，才道：“我们商量一下口号吧，最好想一个特别的，不然不容易出彩，毕竟我们都没怎么排练方阵。”

韩琮这方面的细胞不发达，他想了想，提议道：“程婉意的文章写得挺好，叫她帮忙想想？”

庄家明自然没有意见。

韩琮就去喊了程婉意过来。她捧着一杯红茶，袅袅婷婷地走过来，像只白天鹅，气质胜过常人：“商量什么？”

宁玫看着程婉意，态度挺友好：“我们在说明天开幕式的口号，韩琮说你是才女，肯定能想出一个特别好的。”她停了停，十分苦恼地说，“我们的队列没什么亮点，只有靠口号挽尊了。”

在芝芝的记忆里，学生时代的同学们都挺复杂的，有聪明的，有会讨好老师的，也有精明的。但等长大了，她回过头来想一想，又觉得应该是错觉，十七八岁的学生，就算有些小心思，也不会太夸张，只是她当时年龄小，误以为非常严重罢了。

直到现在，芝芝突然发现，她的记忆才是准确的。青少年受阅历限制，未必做得出太复杂的事，但人性中的善与恶和年龄毫无关系，甚至因为不懂事，对世界缺乏畏惧心，他们做得出比成年人更过分的事。

当然，大多数人不至于做出伤天害理的事。宁玫没有这么大的恶意，但芝芝敢拍着胸脯确认，她说“韩琮说你是才女，肯定能帮上忙”这句话，绝对是挖了个大坑。

她瞅着宁玫，又去看程婉意。

程同学非常镇定地笑了笑，语气谦和：“我只是随便看了两本书，不一定能帮上忙。现在已经有几个了？”

韩琮毫无城府，爽朗地说：“还没开始呢。”

程婉意就瞧着宁玫，笑道：“副班长说得对，我们班第一个出场，口号响亮点儿才能出彩。这样，我们每个人想三个，再选一个最好的，怎么样？”

芝芝托着头，若有所思：程婉意的提议合情合理，姿态也不高傲，她提出了评判标准，掌控了话题节奏，等于反客为主了。

天哪，她一直以为宅斗文都是作者乱写，正常的小姑娘哪有那么多弯弯绕绕的心思？结果艺术果然来源于生活，是她太蠢了。

宁玫没有理由不同意，又看了眼在一旁坐着的芝芝，忽而道：“关知之，你也来帮忙吧。知之，这个名字就很有文化，你肯定知道得很多。”

宁玫说到最后，语气带了十分的调侃意味。如果在五分钟前听到这句话，芝芝肯定以为宁玫是玩笑打趣，并无恶意，但现在咂摸出一点儿味道了。

“错，二者没有必然的逻辑关系。”她笑了笑，也用开玩笑的语气说，“又不是我自己取的。”

宁玫面色不改：“可是很贴切啊！”

芝芝懒得介入她们的明争暗斗，敷衍道："哈哈哈，是吗？我回去写作业了，你们加油哈。"

话音未落，人已蹿远。

不过她很好奇后续，下了晚自习，拉着庄家明一块儿走："口号想好了吗？"

庄家明念了出来："永不放弃，争创佳绩，一年一班，同心协力。"

芝芝"哟"了一声，一、二、四句押韵，第三句不押，有绝句的风范啊！她很笃定："程婉意想的吧？"

庄家明颔首："嗯。她说口号要简单上口才能喊得响亮，宁玫想的'雷霆万钧'什么的太文艺了，而且最后是平声，气势会吐出去，不比仄韵掷地有声。"

芝芝哈哈一笑："挖坑不成反被打脸，活该。"

"宁玫比较要强。"庄家明淡定地说，"你不用理她。"

芝芝顿住脚步，惊疑不定："你看出来了？"

昏黄的路灯下，少年秀气的眉毛微微蹙起："我又不傻。"

芝芝："……"真的只有她傻。

翌日，市一中运动会。

难得不用上课，也没有考试紧追不放，芝芝很放松地睡到了起床铃响起，慢吞吞洗漱后去食堂吃早饭。

一中的食堂还不错，能找到大多数种类的早饭。她徘徊了会儿，决定奢侈一下，吃个蛋饼，加肉松和香肠的那种，又加了一碗咸豆花。

芝芝吃过早饭去教室，大家都已经到了，准备搬椅子去操场——看台上的座位被高三和高二的学生占了，作为新生，他们得自行搬椅子去划定的场地。

芝芝没有比赛，掏了个帆布袋，把提前借到的名著塞进去，又塞了一瓶水和两块巧克力。

"放一下。"庄家明走过来，把自己的水杯塞进她的包里，然后道，"书包拿掉，椅子给我。"

芝芝马上反应过来，三下五除二摘下书包和椅背上的抱枕，有些怀疑地问："两把一起拿，行吗？"

"可以。"庄家明斜过椅子，握住下面的钢管提了起来。他脱掉了校服外套，只穿着短袖，小臂上隆起肌肉，线条流畅。

芝芝脑内的老司机踩下油门，飙出不少精彩大戏。

“有个同班的青梅竹马真让人嫉妒。”王诗怡毫不客气地把自己的书包塞给她，自己艰难地搬椅子，“我也想有个人帮我搬啊！”

芝芝笑嘻嘻地背上她的包，帮她抬起一个角：“行了行了，我帮你。”

另一头，韩琮看在昨天程婉意帮了忙的分儿上，主动帮忙搬了椅子。他人高马大，提着两把椅子下楼轻轻松松。

剩下的劳动委员也是个男生，瞧宁玫自己在搬椅子，发挥绅士风度：“我帮你吧。”

“不用。”宁玫笑笑，“自己的事情自己做，椅子挺重的。”

王诗怡撇撇嘴，朝芝芝使了个眼色。

芝芝假装没听见。她算是发现了，程婉意交朋友有门槛，宁玫要强，喜欢明里暗里较劲……有没有搞错？这才开学一个月啊！

肯定是因为作业太少，又是青春期，少女们才会如此活跃吧？老阿姨就心如止水，只想每天看一看少年男神……哦，还有好好学习。

芝芝叹了口气，仰起头。10月的阳光洒在脸上，和煦温暖，蔚蓝的天空上飘着大片白云，密而不厚。这样的天气可真不错，既不会太晒，也不会阴沉，让人心情愉悦。

这么好的日子，她想那些乱七八糟的事干什么？那些事又影响不到她，爱咋咋的。她得到了体验第二次校园生活的机会，应该好好享受，不要为区区小事烦恼。

“我们快点儿走，去占个好位置。”她加快了脚步。

等到了操场，到处都是人头。高一的座席在跑道里面的草坪区，每个班级的位置都用白粉画好了，一班占了便宜，离入口最近，方便进出。

庄家明放下椅子，招呼芝芝：“看着东西。”

芝芝觑了一眼，见两把椅子并排放在一起，马上就笑了：“好。”

庄家明也对她笑笑，匆匆跑了。教室里还有垃圾桶、旗帜、记录本等一大堆东西等着他去拿。

王诗怡看韩琮挨着庄家明坐下，自觉地把椅子搬到芝芝旁边：“班长真心没的说，幸亏没女朋友，要不然女朋友吃醋都要吃死。”

芝芝深以为然：“我也觉得他挺难的。”

庄家明因为母亲常年生病，自小就比同龄人懂事，帮邻居提菜、帮小朋友捡球，好人好事做过不知道多少，是货真价实的暖男。但他在大学的时候交过一个女朋友，据说因为他帮别的女生补习，他们大闹一场，不到一个月就分手了。

平心而论，女生都有这样的心态，要不然霸道总裁对别人都没兴趣，只对女主有感觉的梗也不会如此风靡。更不要说后来争议性极大的“副驾驶座能不能坐老婆、老妈以外的人”了。

芝芝很理解，直到她扒了这个女友的校内动态和微博，想找出那个女生是谁，结果发现那个“别的女生”就是她本人。

她蒙了。

大三那年，她因为和男友闹分手，发挥失常，六级没考好。大四那年，她再考不过就来不及了，但经济拮据，付不起辅导班的钱，急得抓耳挠腮，想着既然有个读名校的竹马，就问了问他能不能帮忙补习。

庄家明答应了，每天晚上九点到十点和她视频聊天，帮她补习英语。

然后她成了他的女友及其闺密们口中的“别的女生”。

很多人说她不知廉耻，不懂和有了女朋友的竹马保持距离。她当时真心觉得冤枉，庄家明是别人的男朋友不假，但又不仅仅是“别人的男朋友”这个身份，依然是庄叔叔的儿子，也是她从小一起长大的朋友啊！

他们之间有十几年的友情和亲情，因为他有女朋友，就连开个视频通话辅导一下功课都不行了吗？

这过分吗？可能真的很过分吧。爱情充满了占有欲，不管她是抱着什么心态和他维持联系，在“女朋友”看来，青梅竹马的、依赖着庄家明的她，就是一个极大的威胁。

庄家明没告诉她分手的事，但她知道后，与他的联系只剩下逢年过节的问候和见面时的颔首致意。

她不是惧怕，不是心虚，是愧疚。

她喜欢他，不希望他错过自己该有的幸福。

芝芝抬起头，望向抱着一大堆东西跑过来的庄家明，心想：她再也不会犯同样的错误，但是希望这一天来得晚一点儿，再晚一点儿。

“芝芝，”后来和她疏远的年轻男人现在还是个翩翩少年，正关切地看着她，“你的眼睛怎么红了？”

她回过神，这才发现眼角微微湿润，连忙抬起手背擦掉：“太阳有点儿大。”

庄家明："没睡醒？"

她胡乱点头，脸颊冷不防地被拧了一下，骤然疼痛："你干吗？"

"醒醒，马上要排队了。"庄家明察觉到她情绪低落，却想不出为什么，只好转移她的注意力，"过来帮我分旗子。"

芝芝揉着脸："这不是你们班干部的活吗？"

"你还好意思说？就你没报项目，当然归你干。"韩琮跟着指使她，"横幅上的彩带掉了，粘一下。"

"来了来了。"

算了，以后的事，以后再说吧。

运动会开始了。一班头一个进场，这占了大大的便宜，他们排着中规中矩的队形，挥舞着小旗子，喊出口号，然后变阵、退场。

接下来就是等待。

芝芝站在草坪上，觑眼瞧着举牌的宁玫。她站在队伍的最前端，双手交握，举着班级的牌子，短裙下一双玉腿笔直，青春靓丽。好些男生在瞄她，挤眉弄眼，用夸张的口型传递着"好白""好直"的评价。

背景音乐的声音很大，他们的声音没有传到前面的女生那里。但庄家明听见了，瞪他们："少说两句。"

男生们不怕他，但多少承过他的情，窃笑着停止了点评，打趣道："班长心疼了。不说不说。"说着，他们做了个拉拉链的手势。

庄家明解释道："要尊重女生。"

"我们懂。"男生们拖长了语调，更添几分暧昧的语气。

庄家明闭了嘴。

然而，班上的同学对最近的风波多少有些了解，一个高挑的女生耳朵尖，听到了全过程，开幕式结束后便找机会和宁玫说了庄家明维护她的事。

宁玫看起来有点儿意外，颊边微红："真的吗？"

"当然啦。"论同性缘，程婉意绝对不如甜姐儿宁玫。高个儿女生笑着说，"又不止我一个人听见。"

宁玫和她道了声谢，又说了好一会儿话，这才若无其事地走到庄家明身边。他在拆一个纸箱，学校给每个班级都发了水。庄家明看到她过来，顺手就递了瓶水过去。

“谢谢。”宁玫弯起眉眼，“以及……谢谢。”

庄家明吃了一惊：“什么？”

宁玫没有解释，笑着走了。搬着一箱面包回来的韩琮吹了声口哨：“跟你一个班，每天活得跟电视剧似的。”

“无聊。”庄家明拿了两瓶矿泉水，穿过一排排椅子，递到芝芝手里，“拿着，我的也放你这里。”

芝芝拿着纸笔，脑子在想加油稿，顺口哼了段：“热爱105℃的你，滴滴清纯的蒸馏水……”

“蒸馏水？”庄家明有点儿奇怪。

“啊？”芝芝回过神，想起自己说了什么，赶忙弥补，“口误。”

庄家明觉得是首歌，但没听过，也想不起来，正好宁玫叫他：“班长，日程本在你那里吗？给我一下。”

“在，等等。”他将这个小插曲抛之脑后，拉开芝芝挂在椅背上的帆布袋，找出比赛日程本，“接着。”

宁玫朝他望来，只见他抬起手臂，随意一掷，雪白的本子便似飞盘般飞了起来，在空中画出一道优雅的抛物线，精准无比地落到了她臂弯里捧着的硬壳笔记本上。

“哇喔！”一个男生响亮地吹了声口哨，竖起拇指，“这准头，服了。”

芝芝掀起眼皮，撇撇嘴：“耍帅必备，有本事教我啊。”

“写你的稿子。”庄家明放下胳膊，顺手按下了她的脑袋，“不要乱说话。”

芝芝翻了个大白眼，觉得自己说得没毛病。现实不是偶像剧，重点高中里基本上看不到打架斗殴，更不要说滑板、街舞，耍酷内容有限，掷东西百发百中真的很吃香。

瞧宁玫的眼睛多亮，好像他飞的不是本子，是玫瑰花一样。关知之同学化身“柠檬精”，酸得泛泡泡。

“我偏要说。”她瞪他，“有本事打我。”

庄家明瞥她一眼，深觉幼稚，转头就走：“无聊。”

大了他十岁的芝芝：“……”

然后她一上午都没理他，按照套路写了十来张加油稿交差，剩下的时间就躲在树荫下看书。言情小说都看过了，重温没意思，她不如老老实实地读些名著，提升一下文学素养，还能在作文里卖弄两句名言加分。

庄家明却是个大忙人，不是帮着点名就是给比赛的同学加油、递水，还要时不时关注广播，提醒有比赛的同学做准备。

他跑来跑去，难免吸引了一些人的注意——要知道，运动会是少数几个全校师生集中在一处，并且很多人闲得无聊的场合。所以，教室离得远，没碰过面的同级生，以及教学楼在另一栋，没啥机会遇见学弟的高二、高三生，通通看见了阳光下肤白貌美、见人三分笑的帅哥。

庄家明的脸，就算放在摄像机下也很标致，妥妥的明星脸，更不要说在现实中了。一中又不是电影学院，99.99% 的人是路人级别的颜值，大家也没有在现实生活中见过明星，毫无疑问，庄家明是他们见过的颜值的最高峰。

于是庄家明同学出名了。

“同学，你是哪个班的？”大胆的女生直接上来搭讪。

“同学，你也报了这个项目？”这是稍微矜持一点儿的。

“同学，你是来给谁加油的？她，她，还是她？”也不乏谨慎的人打探消息。

一次两次，庄家明没注意，被问到七八次的时候才警觉起来，找了个借口跑出了操场，回班里避风头。

他很聪明，坐下第一件事，便是拿起椅背上搭着的校服，假装遮太阳，把脸盖住了。然后他才伸手去摸水。一上午没喝水，他口干舌燥，也没看，就拧开瓶盖灌了一口，喝完掂了掂分量，觉得不对，好像不是一整瓶。

“这不是我的？”他抬起手肘，碰碰青梅。

芝芝瞄了一眼：“我的。”

“我喝了。”他有些不自然，竭力克制，“你喝我的吧。”

“哦。”她低下头，继续翻书。

时近中午，庄家明有点儿饿了，又去掏面包。学校发的面包有两种口味：原味的吐司和奶油面包，他想了想，拿了原味的。

这回他留了个心眼儿，拆开前注意了下包装，确定完好才拆开咬了一口。

芝芝就等着他吃，然后说：“这个也是我的。”

庄家明：“……”

“我不吃奶油，含糖量太高。”她盯着他手里的吐司，“这个是全麦的，健康低糖，饱腹感强又不容易胖。”

庄家明看看吐司，又看看她：“可我已经吃了。”

芝芝露出了“你怎么可以这么过分”的表情，控诉道：“难道你还想再吃一口？”

庄家明沉默了会儿，又咬了一口：“那你打我吧。”

芝芝哪里会怕，挥起拳头就捶了下他的肩膀。她心黑，下手用力，谁知揍的地方不对，遭到了肩胛骨的反作用力，手瞬间红了：“痛痛痛！”

“行了吧？”庄家明心安理得地继续吃了起来。

芝芝：“你这样会没有女朋友的。”

“好好学习，不要早恋。”五分钟前惨遭全校女生围观的男生如是说。

芝芝：“共勉。”

运动会最多每人报三个项目，庄家明除了报一千米，还报了个跳高。他没有受过训练，不是很擅长，只提前一周在体育课上练了练，完全没有拿奖牌的打算。

“应该在初赛就会被淘汰。”他的心态很轻松，“我就走个过场。”

芝芝点头。这是他的优点，他没有偶像包袱，行就是行，不行就是不行，尽力而为就可以，输了也不觉得丢脸。

但她还是放下书去围观：“我去给你加油，不能太冷清，没面子。”

庄家明觉得可有可无。

然而男神的一大待遇就是被围观。从广播里念出“庄家明”这个名字，到他到达比赛场地后的五分钟，围观者从十几人增加到了几十人。

更富有戏剧性的是，十六班的萧野，高一的另一个帅哥，也报名参加了跳高！

芝芝一下子精神了。

萧野通身都是不良少年的气质，校服松松垮垮，双手插裤袋，摇摇晃晃地走过来，站没站相。但架不住他的脸长得好，是棱角分明的那种英俊长相，一下子从小混混变成了道明寺，酷得很有型。

人群中传来女生兴奋的私语。

“好帅啊！”

“真的超像智银圣！”

“啊啊啊！”

芝芝蒙了一下，心想：智银圣是谁？好耳熟啊！她没想出个所以然，萧野就报了到，酷酷地排到了队尾。

而庄家明来得早，排在前面。两人一前一后，一乖一酷，把队伍里的其他男生衬成了歪瓜裂枣。

围观群众看看这个，再看看那个，不约而同地发出了兴奋的呼声，气氛瞬间热烈。

负责当裁判的体育老师忍不住笑了，今年高一居然有两个长相出色的孩子，而且类型截然相反，实在很有趣。他强忍笑意，吹了声哨子："一个个来，301 号。"

队首的男生助跑，起跳、落地，动作很标准。但几乎没人注意他，大家的目光依旧停留在庄家明和萧野身上。

芝芝心有不忍，拍手鼓掌——这个男生是倒了血霉才和他们俩分在一队，惨，太惨了。

接下来她为每一个人都鼓了掌。

很快轮到了庄家明，第一轮的竿很低，他很轻松地跨过去了，绕到队尾等待第二轮。又过了几个人，轮到了萧野。

他个性十足，助跑挺随便，不像其他人认认真真地跑，带了股漫不经心的劲儿，但也正因如此，当他轻松跨过时，现场的掌声和欢呼声十分热烈，胜过庄家明。

芝芝没鼓掌，有点儿不爽。

这一轮过去，开始下一轮，竿子抬高，开始有人被淘汰。

跳高的过程很短，轮数进行得飞快，转眼过了一点八米，场上只留下了五个人。

芝芝看得出来，有两个人明显是田径队的，受过专业训练，跳到一点八五米不成问题，还有一个完全靠运气撑过上一轮，剩下来的庄家明和萧野，都是靠人高腿长占便宜。

"休息一下，"体育老师吹了哨子，记下他们的号码，"等下决赛。"

队伍散开。

庄家明朝他们走过来，一脸迷茫："你们这么紧张干什么？"

"能不紧张吗？"韩琮揉了揉脸，刚才绷得太紧，都僵了，"和你分在一个队的那个是萧野。你要是被刷下来，他进了，那不只是在全校女生面前矮了他一头，我们班都要比十六班差一点儿啊！”

等在一边的宁玫也点头：“看得出来，大家一直拿你们比较。”

庄家明“哦”了一声，没什么大反应。

事实证明，群众的眼睛是雪亮的，一个小时后的跳高决赛，“吃瓜群众”的人数又翻了倍，里三层外三层，围得密不透风。

“长得帅就是占便宜啊！”体育老师摸了摸自己的脸，深深感受到了颜值的差距，那么多小女生，没有一个正眼看他的，“排队排队。”

决赛上来就是一点八米，然后一厘米一厘米地往上加。

参加决赛的一共有十二个人，初赛侥幸逃过颜值暴击的几个男生，没能躲过决赛的对照，其中一个满脸青春痘的男生最窘迫，下巴都要戳破胸口了。

“开始。”体育老师吹了哨子。

围观的学生都屏气敛声地等待着。第一个田径队的轻松过了，第二个也过了，第三个碰到了竿子……第六个是庄家明。

他的神情很平静，和之前数次一样助跑、起跳，T恤在他跳起来的时候扬起一角，露出一截白皙劲瘦的腰。

嗯，他果然还是青少年啊！她使劲鼓掌，想起重生前偶然瞥见他拿东西时的腰，已经有了肌肉，顿时无比怀念。

第七个是萧野，他的动作十分干脆利落，背越过竿子时，后背和竿子尚有一厘米左右的空隙，为此，掌声格外热烈。

芝芝感慨：“估计要输。”

“不要长他人志气，灭自己威风。”宁玫冷冷地说了一句，扭头鼓劲：“班长加油！”

芝芝撇了撇嘴，觉得过去自己讨厌宁玫是有道理的——宁玫有淡淡的敌意，不明显，但总是抓紧时间给人扣上各种大帽子。

下一轮是一点八一米。庄家明两次都碰到了竿子，被淘汰。

满场全是遗憾的嘘声。

他很平静地接受了结果，走到芝芝身边，站定，继续看。萧野比之前严肃了很多，视线集中，非常规范地助跑、起跳。

他的动作有点儿大，袖子的拉链钩住了衣服的下摆，他跳起来的时候掀起一大片。他的腰同样劲瘦，不同的是，他的腰侧贴着一个英文单词的贴纸，有些反光，不太好分辨，但衬着白皙的肤色，非常带劲。

他落地，竿子没动。现场响起了极其热烈的掌声。

萧野整理好衣摆，绕回队尾，半途路过庄家明面前，步子放慢了一瞬，递过去一个挑衅不屑的眼神。

庄家明沉得住气，假装没看到。芝芝冷笑一声，瞪回去，非常响亮地夸他："腰不错！"

萧野的脚步顿住，他扭过头，一字一顿地问："你说什么？"

"你——腰——不——错！"

萧野的脸铁青一片。

芝芝泰然自若，他敢瞧不起庄家明，自己就敢耍流氓。呸，区区萧野，焉能和家明哥相比？他跳高赢了一局了不起啊？她家明哥又不像他，隔三岔五地翻墙逃课，没怎么练习过，有本事比月考成绩啊！

幼稚，庄家明次次考第一，也从不见他鄙视学渣。

当着那么多人和老师的面，萧野不好和她多计较，冷着脸说："我记住你了。"

"无聊。"芝芝翻了个白眼送他。

比赛继续。庄家明拍了拍她的肩膀："回去了。"

芝芝掉头就走。

两人离了队回到看台区，庄家明才道："你不用这样，没什么的。"

"我怎么了，夸人还不行吗？他的腰是不错啊，又软又白。"芝芝故意道，"男生就能说女生大长腿，女生就不兴看男生的腰了？性别歧视哦。"

庄家明摇头："你知道我不是这个意思。"

"可我是这个意思。"芝芝像煞有介事地点评，"你的腰也不错，有机会练练腹肌啊，腹肌多好，帅！"

庄家明开始认真思考要不要和青梅绝交。

芝芝没想到萧野居然那么记仇。她下午去操场旁边的体育馆里上厕所，正好碰到了萧野，他拽下搭在肩头的校服，"唰"一下甩过来，挡住了她的去路。

"喂，"少年把手插在口袋里，洗过的头发半干，凌乱地翘着，"你找死啊？"

芝芝瞅了他一眼，回答："我找厕所。"她说完，推开他就往里走。

萧野一把拽住了她的胳膊，手指捏紧："我让你走了吗？"

“干啥，你不让我走，我就不能走了？”芝芝反问，“女厕所是你家开的，还是我吃你家大米了？闪开！”

萧野不松手。

芝芝掰了会儿，没成功，发育了的男生力气已经远远超过女生，何况她又手无缚鸡之力，只好气势汹汹地说：“再说一遍，松手，不然我喊人了。”

“你喊啊！”萧野冷笑，“我就说你拦着我，非要向我告白。”

“行，那我就说你要流氓。”芝芝瞪着他，“试试看大家会信谁？”

萧野有一点儿意外，没想到镇不住这个实验班的女生。但他从没有尿过，面孔贴近她，热热的呼吸喷到她的脸上。

芝芝心想：要流氓什么的，她这个成年人没有怕的，她就不信要不过这个货真价实的未成年人。

萧野冷笑：“你的胆子挺大。”

膀胱传来催促之意，芝芝不想多纠缠，不耐烦地问：“你撒不撒手？”

“不松，怎么样？”他挑衅。

芝芝沉默，在息事宁人和打脸之间犹豫了下，最后觉得重生女主应该有点儿逆袭的剧情，遂探过头，将两人面孔间的距离缩短得几乎为零。

萧野心头一跳，怀疑她真的喜欢自己，想趁机占便宜——这可是万万不能的。于是他赶紧抽出裤袋里的手，牢牢抵住她的肩膀：“我跟你说，你今天必须和……”

话音未落，他的脚背就被狠狠地踩了一脚，而她低下头，脑门儿撞向了他的鼻梁。一时间，上下两个地方都传来剧痛。

他松开手，捂住鼻子吼道：“你居然敢打我！”

“我没踢你下半身就很对得起你了，再叽叽歪歪的，要你好看！”芝芝放下狠话，头也不回地冲进了厕所。

一分钟后，膀胱解放。她长长地松了口气。内急面前，神挡杀神，佛挡杀佛。

她走出厕所，萧野还在。鬓边带着几颗小水珠，他应该是刚刚洗过脸：“你还敢出来。”

“唉。”芝芝解决了生理问题，心态顿时平和不少，“你逮着我不放，不会是暗恋我吧？”

“你胆子不小，居然敢打我。”萧野斜着眼，神情桀骜。

芝芝反问：“你掐我，我当然能打你，正当防卫听过吗？”

“我记住你了，”体育馆里的人不少，萧野听到了一连串的脚步声，丢下句狠话，“你给我等着。”

“不等，没空。”芝芝干脆地回绝，扭头就走。

接下来的时间，她一直安安分分地待在班级区里，萧野没来找她麻烦。等到第二日，芝芝已经把这件事抛到了脑后，全心扑在了庄家明身上。

今天有男子一千米的比赛！

这次萧野没有参加，是她家明哥的主场了——呃，虽然还没有比出胜负，但是从内圈站着的密密麻麻的围观者来看，没有人能反驳她的这句话。

连林老师都跑过来看热闹：“我们班长的人气真是高啊！”

二班也是实验班，班主任是个戴眼镜的男人，斯斯文文的，闻言便说：“可有你头痛的了。”

“那可不一定，庄家明是个让人放心的孩子。”林老师语气笃定。她从教十几年，教过的学生不知有多少，自认看学生很有准头。庄家明这样的学生，就是老师们梦寐以求的类型——他成绩好、懂事、会调解班里的矛盾、做事有决断、深得班上同学的支持……有他一个，班主任的重担至少轻一半。

林老师想着，耳畔传来女生们兴奋的“同学加油”“班长我们支持你”，心头一跳，又补了一句：但他可能会影响别人的学习。

没有人知道抱着手臂观看的班主任心里想着什么，包括芝芝。她钻到内圈边缘，对庄家明使劲笑：“加油。”

庄家明正在帮隔壁跑道的人别号码布，瞧见了她的动作，不由得朝着那边笑了笑。

他的笑容温暖而干净，像是春日花枝下透过的阳光，也像是雨后青草的味道，充满了勃勃生机。芝芝毫不怀疑，如果这一幕被拍下来传到网上，他能立刻火成男版的“奶茶妹妹”。

随着一声尖锐的哨响，比赛开始了。

有个腿长的男生如离弦之箭疾驰而出，但更多的人顾忌体力消耗，不紧不慢地跑着。庄家明也一样，跑在中间的位置，保持着有规律的呼吸，节奏稳定。

宁玫带着几个同学追着庄家明陪跑，时不时地喊一声“加油”。广播里传来女主持人抑扬顿挫的声音：“高一（1）班的庄家明同学……”

芝芝乐了，果然群众的眼睛是雪亮的，第一个念的名字就是颜值最高的！

第一圈平稳地过去，从第二圈开始，大家默契地开始加速超越。跑在最前面的那个是原来的第二名，如今反超，他长相普通，但腿部的肌肉很发达。林老师看了会儿，说道：“那个是田径队的吧？”

“好像是十四班的。”二班的江老师附和，“看起来就练过，你们班悬了。”

林老师笑了笑，不动声色：“重在参与。我们班的学生精力还是放在学习上，庄家明的成绩挺好的，这次月考也考得不错。”

芝芝竖起了耳朵，想再听几句，谁知道意外突生。

原第一名、现第二名的男生突然加速，在快要超过第一名的时候，脚下一崴，整个人冲向了第一名的后背，两个人收不住，突然滚成一团。

落在后面的第三名就是庄家明，此时离终点只有一百米的距离了。

他放慢速度，跑到两人摔倒的地方时已经顺利停住，立刻扶起倒在第一名身上的第二名，查看他们的伤势：“肌肉痛还是骨头痛？”

超人的第二名只是踉跄了一下，膝盖擦破点儿皮，血都没流一滴。严重的是第一名，倒下的时候压到了腿，脚踝高高肿起，看着就吓人。他听庄家明问起，稍稍动了动，额头上渗出冷汗：“嗞，好像只是崴到了，疼。”

“对不起，我没注意。”第二名爬起来，瞄见第四名已经离他们很近，抬腿就跑，只留下一句，“不好意思，比赛还在继续，回头再和你道歉。”

体育老师也跟着跑进了跑道，查看伤情后立即倒水冷敷，同时对庄家明道：“同学，这儿交给我，你继续比赛。”

庄家明点点头，继续跑他最后的一百米。只是刚才他停了下来，一口气已经散了，肌肉酸痛，难以回到之前的状态，险之又险才以零点三秒的优势夺得第三名。

虽然他没拿到第一名，不过班上的同学谁也没怪他。等在终点的韩琮一把扶住他：“慢慢走几步，别坐下。”宁玫递了拧开的水，程婉意递了纸巾，都说他干得漂亮。

庄家明有点儿歉疚：“最后实在跑不动了。”

“没事没事，第三名已经很好了。”同学们异口同声。

庄家明笑了，接了水慢慢喝着，目光却到处搜寻。很快，他就在林老师背后找到了笑嘻嘻的芝芝，她的手里也拿了半瓶水，但可能是没找到机会递过来，干脆就不送了。

他看着她还带了点儿婴儿肥的面颊，莫名觉得心里挺高兴的。

他和同学们说了会儿话，然后自然而然地走到她身边：“耽误的时间太长，可能总成绩只能排到前六了。”

“没事，那个奖牌又不是金镶玉，不值钱，能加分就行了。”芝芝碰碰他的胳膊，故意道，“从小到大拿了多少奖状，少拿个奖牌也不会怎么样，给别人留条活路啊。”

庄家明说：“前三名有笔记本。”

“你不是一直都记在课本上？”芝芝没放在心上，随口道，“要不我给你几张白纸？我现在觉得用这个更好发挥。”

庄家明应了声“好”，却想：本来是想送给她的……算了。

下午的重头戏是接力赛，芝芝虽然顶了个替补的名头，但没机会上场，只在操场上喊喊加油。一班的成绩不好也不坏，全年级十六个班，他们班排第五名。算过总分以后，年级排名掉到了第六名。第一名是成绩最差的十六班。

萧野趾高气扬，十六班的其他学生也喜气洋洋，越发衬得一班和二班两个实验班的同学讪讪的。

不过，风水轮流转，运动会结束的第一天，月考成绩陆续出来了。周三的早晨，高一教学楼底层的布告栏上就贴出了红榜。

一个年级有九百多个人，红榜只公布前二百名，其他人的排名只在班级里公布，叫不少人狠狠地松了口气。

芝芝的成绩还不错，她考了班级第十名，年级第二十三名。比起初中时不上不下的排名，和刚入学时擦着边进实验班的分数，已经好得多了。

但她自己觉得糟糕透了。

作为一个经历过高考，勤学一个多月的成年人，她居然没有考过二十几个高一新生……他们也只学了一个月啊！考不过庄家明，她能自我安慰说是智商差距，但前面二十几个人都比她考得好，就真的很打击人了。

“怎么能这样？”她趴在桌子上，嘟嘟囔囔，“不给我‘金手指’就算了，还这样对待我，不知道穷人逆袭全靠异能吗？”

王诗怡没听清内容，但看脸色也知道她耿耿于怀什么：“你考得不错啊，干吗这副模样？”

“你考得怎么样？”芝芝无精打采地问。

王诗怡耸耸肩，表情轻松：“第二十五名，够交差了。”

芝芝记得没错的话，王同学每天晚自习看小说，只完成基本作业，就这样只比她少了几分，差了两名？

她深深地怀疑起自己的智商来。

庄家明隔了几排座位，往她那里看了五六次，每次都看到她恹恹地趴在桌子上，全无平时奋笔疾书的模样。他心里奇怪，等到下课，主动走过去：“怎么无精打采的？”

王诗怡抢答：“她考砸了。”

庄家明抽出被她压在胳膊底下的试卷，仔仔细细地看了一遍，疑惑地说：“还行啊，这几题比较绕，很多人没做出来。”

“那你做出来了吗？”芝芝幽幽地问。

他顿住，转移话题：“你考得比分班的时候好多了，叔叔阿姨不会骂你的。”

“不，我是不理解。”芝芝郁闷地道，“我是不够用功，还是脑子太笨？为什么你能考这么好，我不行？”

今天轮到宁玫坐在讲台上监督。她正好从讲台上下来拿东西，闻言扑哧一笑。芝芝也知道自己这话问得蠢了，但就是不明白差在了哪里，总不会是天生智商低，事倍功半吧？

庄家明瞥了宁玫一眼：“这没什么好笑的。”

“我没别的意思。”宁玫耸了耸肩，打趣道，“只是想说，为什么他能考这么好，因为他是庄家明啊！”

芝芝面无表情地说：“他的名字还不如我呢。知之知之，我不知啊！”

“我帮你看一下。”庄家明低头把她压在胳膊下的试卷抽出来，“一会儿还给你。”

她点点头，翻开物理练习册做题。

第二节晚自习下课，庄家明又来了，半蹲在她的座位旁边，边用铅笔画题干边给她讲解思路：“你错的题都是和初中的知识点结合起来的，注意看题干，一步步来……”

芝芝本来还有点儿不服气：初中的知识点她可是刚复习过，听了两句却觉得好像有点儿道理，立刻被吸引住了。

他们一直到打铃的时候，才发现林老师就站在讲台边上。庄家明吓了一跳，因为长时间蹲着，腿阵阵发麻，险些跌倒，好在手疾眼快，立刻扶住了课桌边。

“我先回去了，你先消化下。”他低声说。

芝芝问他要试卷：“借我参考下。”

“等会儿给你。”他的试卷老早就被同学们借光，他得去要回来才行。

芝芝点点头。

庄家明要了一圈，找回了物理和数学的给她。芝芝翻了翻，扭头冲他小声说：“英语给我看看。”

两人相距不近，声音稍微有点儿大，讲台上的宁玫咳嗽了一声，提醒道：“不要说话。”

芝芝假装没听到。

庄家明撕了张纸，写上“把你的卷子给我”，然后团成一团丢了过去。字条画出个抛物线，精准地落到了芝芝的笔袋里。她找出英语试卷传了过去。

十五分钟后，庄家明又给她传了回来。

错题上不仅写了正确答案，选择题的每个选项都写了具体的意思，还把相似的词组列在旁边帮她区分，阅读理解同样给了解释，并且在原文里画了线翻译。

芝芝恨不得踢开韩琮，自己做他同桌！

而这些互动，无一不被躲在后门窗户外偷窥的林老师收入眼中。她在心中暗暗记了一笔，自有一番盘算。

两日后的下午，活动课，例行开班会。

林老师说了很多什么“你们让我很失望”“我教数学但我们班的平均分比隔壁班低了一点五分”“不要以为只是月考就不重要”“你们的学习态度有问题”之类的长篇大论。

第一次月考，多多少少还是有些警醒作用，平时懒散的同学们垂下头，有一点点的羞愧之心。但做老师的很清楚，这些情绪都是暂时的，用不了多久，大部分人还是该干吗干吗。

所以她开始换座位了：上课爱讲话、做小动作的人，通通坐到第一排，在老师眼皮子底下过日子；自习课上喜欢和同桌说话的，拆开，全部拆开，并且天南地北，下课都得走好几排才能到；月考成绩排名在前面的，调到第二、三、四排的黄金座位。

考虑到庄家明这个班长自律又乐于助人，林老师思前想后，给他安排了几个有上进心的邻居。

庄家明原来的同桌韩琮，被调到了教室的斜后方和一个上课爱睡觉的男生坐在一起，一动一静，林老师期盼他们互相感染一下。新的同桌换成了一个偏科比较严重的男生，叫王之行，为人沉默，但是学习很努力，林老师认为他只是缺了个点拨的人。

而他前面，是被“拉郎配”的芝芝和程婉意。宁玫这次又考了全班第二名，就在芝芝隔了一个过道的位子，等于是庄家明的斜前方。

芝芝的心情先喜后惊，一边收拾桌子，一边和分离的王诗怡说：“我这算是左拥右抱，享齐人之福呢，还是当汉堡里的夹心肉呢？”

王诗怡和她差了两个名次，座位在后一排，但隔了好几组。她闻言说：“祝你好运，不过班长就在你正后面，你可以偷着乐了。”

“这倒是。”芝芝一想起这个就心花怒放，“我觉得期中考我可以再进步一点儿！”

王诗怡：“……”愿望如此美好，可能青梅竹马就是不一样吧。

芝芝兴高采烈地搬了座位。凳子还没坐热，她立刻扭头朝庄家明说：“英语作业借我对一下。”

庄家明的唇角忍不住上扬：“我还没写。”

她马上退一步：“写完第一个给我。”

“嗯，”他漆黑的眼中映出小小的她，盛满笑意，“第一个给你。”

林老师暗暗点头。关知之认真刻苦的态度她一直看在眼里，月考的成绩比分班考的时候好了不少，这段日子确实下了苦功，看来这个座位是调对了。

只是人在江湖，身不由己。芝芝左边是宁玫，右边是程婉意，后面还坐了个庄家明，接下来的日子，注定不会太平。

到了11月，气温一档一档地往下掉。春秋季的校服已经发下来了，11月起，他们必须每天穿校服，不穿的被值日生查到，得扣仪容仪表的分。

但是校服真的很丑……有些学校与时俱进，搞起了西装外套和衬衫格子裙的搭配，一中不然，坚持蓝白配的运动服，每届就在袖子的花纹上搞点儿创新，丑得难以恭维。

不过，凡事都有例外，校服再丑，穿着校服丑的只有普通人。

芝芝穿上校服，上半身和下半身等长，看起来就是根萝卜。庄家明穿上，人高腿长，浑然一股休闲风。

幽怨之心顿生，她每次看他从讲台走过，都要死死地盯着他的腿。宁玫对她非常关注，隔三岔五地笑话她："你怎么老盯着班长的背影？"

"好看。不行？"芝芝反问。

宁玫又说："行啊，这不是觉得你很关注班长吗？"

"咋，不行？"芝芝的台词都不改一下，"你还一天到晚关注我呢，我说啥了吗？"

埋头抄单词的程婉意微微弯了下唇角。她不喜欢与人争执，母亲也总是告诫她说话要得体大方，所以对宁玫的挑衅，她多是一笑了之。可装作不在意不等于真的不在意，芝芝每次顶回去，她都有种大快人心的感觉。

"知之。"她亲昵地叫，"你还有铅笔芯吗？给我一根。"

芝芝顺势不再搭理宁玫。程婉意同学有点儿清高不假，但安分，不挑事，当个相安无事的同桌还不错。相比之下，宁玫真的比她还像"恶毒"女配——加个引号是因为芝芝觉得宁玫固然讨人厌，但没什么害人之心，不算恶也不算毒，最多惹人厌。

这不，宁玫挨了挤对，依旧面不改色，笑嘻嘻地说："开个玩笑嘛，你真的好容易生气啊！"

瞧，宁玫说话不痛不痒，却让人很不舒服。高中生一天有十几个小时坐在座位上，周围的同学就是生活的全部，所以她真的很烦躁。

"我不喜欢你开的玩笑，请你以后停止开这种玩笑。"芝芝正色道，"我觉得一点儿也不好笑。重复一遍，不好笑，请你闭嘴！"

宁玫吃了一惊，没想到她会突然发作，一时下不来台，讪讪地道："你别生气，我真的没有别的意思，你不要多想哦。"

"嘴长在你身上，想怎么说都行，你说了算呗。"芝芝懒得理她。

"真的生气了。"宁玫缩了缩脑袋，对同桌的女生吐吐舌头，"看我这嘴，老管不住自己。"

同桌安慰道："甭理她，她眼里只有庄家明，看不见别人。"

"嘘，小心被听到。"宁玫侧过头，悄悄竖起食指。

同桌咕哝了一句，转移了话题："宁玫，把你的化学作业借我看下，我有几道题做不出来。"

"最后两题吗？我写是写了，但都是乱做的，不一定对。"宁玫把作业递过去。

同桌笑了："你化学考得那么好，肯定没问题。"

宁玫谦虚："考试是运气好，你随便看看就行了。"

她们的声音不高不低，芝芝捕捉到只言片语。她想顶一句，怕是误会，忍下来，如鲠在喉，最后只好自我开解：身为成年人，没必要和未成年人计较。

等到上课铃一响，她的注意力就集中到了英语默写上，很快把这件事抛到了脑后。

但庄家明不知从哪里听说了，中午去食堂吃饭的途中，特地和她说："宁玫就爱乱说，你别理她。"

芝芝不是真的十六岁，很明白人活着不可能讨每个人喜欢，因此不需要太过在意旁人的看法，自己开心就好。

芝芝说："她找我麻烦，无非觉得你对我比较好，有点儿不服气，毕竟她比我好看，比我优秀，不爽很正常，我没放在心上。"

同学两个月，说争风吃醋可能有点儿早。但她将心比心，女生中很少有人不喜欢庄家明，宁玫肯定对他有好感。

但庄家明待她何其好。她说要借英语作业，他就先写英语；他起身去倒水，必定会顺路问问她要不要接一杯；她被点名朗读课文，遇到不会念的单词，他就低声提示……这种区别对待，放在谁身上都肯定不甘心。

程婉意好歹家境优越、气质出众，输了一点儿，宁玫还能忍。

关知之呢？她平平无奇，没特长、没家世、没颜值，连成绩都远逊于人。

有好感的男生心心念念另一个不如自己的人，比喜欢一个平分秋色的更让人气恼。

然而庄家明听了她的分析，反应出乎意料地大，皱着眉头问："是不是有人说了什么？"

芝芝茫然地道："说了啥？我不知道啊。"

她真的不清楚，庄家明却当她在反问，低声说：“他们半夜三更发神经瞎说的，你不要放在心上。”他停顿了下，不自然地说，“你……我没觉得你不好。”

芝芝回过味来了。

他们半夜三更瞎说的，还能是什么？肯定是男生们晚上熄灯后点评女生了呗，之前程婉意和宁玫的“班花之争”不就是这么来的吗？

她撇撇嘴，好奇地问：“他们说我什么了？”

“没说什么。”庄家明否认得极快。

竹马不爱在背后说人坏话，这是个优点，但这时就有点儿讨厌。芝芝白了他一眼：“好，我知道你不会说，我问别人去。”

“哎，别，真没什么。”庄家明叫住她，极力否认。

芝芝不理他，快步跑进了食堂。

她和王诗怡吃了顿饭，八卦小能手立刻说出了她想要的信息：“他们夜聊，说班长福气好，周围坐了好几个妹子，又问他欣赏哪个。”

“他肯定说没这种事。”芝芝咬着筷子哼哼。

王诗怡戳着饭盆里的番茄炒蛋，笑嘻嘻地说：“班长一向这样，但是大家都不信。之前运动会的时候，他不是还为宁玫说话了吗？他们就说他欣赏宁玫，还说什么宁玫人缘儿好、会做人，和程婉意那种清高的人不一样。”

一群没眼光的小男生。芝芝嘴角抽搐：“还有呢？”

“有的说程婉意是女神，作也认了，反正班长脾气好，能忍。”王诗怡回忆着，复述道，“后来好像韩琮说班长对你最好，他们就说他没眼光，你……”

芝芝鼓励她：“说吧，我不生气，就想听听。”

王诗怡不太好意思地笑笑，小声说：“说你不好相处，脾气特别大什么的。”

芝芝低头拨弄了会儿青菜，问道：“逻辑不通，是不是说我‘丑人多作怪’？”

王诗怡愣住了。

“没什么，我不生气。”她心平气和地说，“我长得也不是有碍市容，就是和庄家明站在一起差距大了点儿而已，我懂。”

王诗怡连忙补救：“你也不是不知道，男生嘴巴里就没有一句正经话，信他们有鬼。”

芝芝耸耸肩：“没什么，吃饭吧。等会儿去不去小卖部？我想买瓶酸奶。”

“去，我的茶包没了。”王诗怡咽回了后面的话。

嘴上说着“没什么”，芝芝还是有点儿在意的。

熄了灯后，她躲在帐子里，打着手电照着镜子，端详着自己的脸。光影憧憧，镜子里的女孩十六岁，脸上是满满的胶原蛋白，双颊看不到毛孔，说漂亮可能违心，说句清秀不为过。

丑人多作怪……她丑吗？

芝芝关上了手电，埋在枕头里，浑身不爽。

作为男神的青梅，她被人挑剔似乎是理所当然的事。上一次在十六岁时，她也一样被挑刺了，不过那时，她面对长相甜美和气质出众的程婉意，并没有勇气直面，有的是……自卑。

芝芝翻了个身，零星的记忆片段涌上脑海。

那时，她拿了物理作业去问庄家明，他在给宁玫讲题，说讲完这道就给她讲。她站在一旁等着，结果宁玫听完题，问她：“关知之，你哪一题不会？”

老实的她指了指题目。宁玫便很热心地说：“我会，我给你讲吧。正好让班长有空去趟厕所。”

她没有理由拒绝，就答应下来。

宁玫就给她讲题，态度很热情：“这个你都不会啊？很简单的，套一下公式就行了。”

她没听懂，却不好意思再去问庄家明，不然太不给宁玫面子，含糊地应了。

结果呢？大家都说宁玫热情大方，还不藏私，有问必答，人缘儿好得不得了。她却是宁玫口中的“这题我和你讲过了，你怎么又错了”的人，浑然一个愚笨不堪，朽木难雕的丫头。

她一错再错，再高的学习热情也会被打击没了。她也信了自己笨的评价，自暴自弃，干脆放弃了那几门功课，高一结束的时候，离开了实验班。

…………

不，她不认为自己失败的原因在于宁玫。宁玫只是个同学，即便要了点儿花招，也只是口头上的打击，没干过真正意义上的坏事，把责任推卸到旁人身上是可耻的。

这是个诱因，诱发了她内心的自卑感。

很难说这样的心理是谁造成的。可能是父母，他们怕她不懂事，不好好念书，错过改变命运的唯一机会，所以打压多、夸奖少，动辄拿庄家明举例："你这次考得好是侥幸，不能骄傲自满。看看家明，他次次考第一。"

他们想要用这种方式激励她，然而，人和人之间注定是有差距的，她的参照物太高大，赶着赶着，赶不上，心里就怯了。后来又有宁玫、程婉意这样的明珠对照，还有她作为男神的青梅，难免被别的女生挑剔……很多原因加起来，才导致了最后的结果。

但她的运气还不错，到了普通班，老师放慢了节奏，她远离了庄家明，也就远离了充满敌意的环境，慢慢跟上了进度，重建信心，成绩就稳定下来了。

可惜，那个时候，她已经认定自己与他们有天壤之别，一心安稳地待在普通班，再也没想过努力一把，去实验班闯一闯。

用将来的话说，便是她走不出舒适区。

不过，她真的有那么差吗？芝芝枕着胳膊，一丝睡意也没有。就在这时，枕头边的手机突然亮了起来。

她瞄了眼，是庄家明发来的："睡了吗？"

芝芝看了眼时间，十点半，熄灯已经半个小时了。

她回："没。"

"上 QQ。"

芝芝登录了 QQ，有一条庄家明发来的未读消息："芝芝，你记不记得，我妈妈去世的那天，你来医院看我，一进病房就哭了，旁边的护士还以为你是我妈妈的女儿？"

这事说来也就发生在 2009 年末，但于她已经隔了十几年。

"是吗？我不太记得了。"

他发："我记得。还有，办葬礼的那天，你不肯回家，非要陪我守夜。晚上我们在殡仪馆的走廊里，你又哭，问我'你以后没有妈妈了怎么办'，我本来忍了一晚上，你这句话把我说哭了。”

芝芝有点儿尴尬：“啊……”

“但你哭得太厉害，我只好不哭了安慰你。”

芝芝羞愧难当。她当年都做了什么，太不靠谱了吧？

“如果不是你一直陪着我，我都不知道怎么熬过去。”

庄家明侧卧在狭小的床上，手机屏幕的光照亮方寸之地。

他喉头微涩，摁键输入：“不要理别人怎么说，我们从小一起长大，我知道你是什么样的人。”

“我是什么样的人？”

他眨着眼，想了想，回答：“很善良，很可爱。”

“不漂亮？”

呃……他为难了会儿，小心翼翼：“我觉得不是不好看。”

她秒回：“也不是好看。”

庄家明顿住，懊悔不已。可惜这时 QQ 没出撤回的功能，他只好道：“我不是这个意思。”

“我知道你想安慰我，但说我‘好看’，你说不出口，我也不相信，所以只是‘不是不好看’，大部分人就是这样，不好也不坏。”

庄家明读完消息，不由得掀起被子，散去焐出的一身燥意。对面的床铺摇摇晃晃，下铺的人敲着床栏，有谁窃笑了一声，私语着什么。

他深深吸了口气，回复道：“芝芝，不是这样的。”

他删删减减，花了三分钟才发送：“好看分很多种，脸只是其中之一，气质好的话，看起来也很漂亮。”

芝芝回得飞快：“所以，你更欣赏程婉意那种气质型的，而不是宁玫这种脸好看的？”

庄家明：“不要乱讲，我在认真地和你说。”

芝芝：“我没乱讲，这不是你自己说的吗？我又不会打扮，你说的肯定不是我啊。”

庄家明：“我是形容，不是特指某个人。”

庄家明：“我的意思是，你不要在意他们说的好看不好看。”

“我没在意，真的。”她竭力否认。

庄家明顿住，久久不知该发什么。他脑子里有点儿乱，有个念头盘桓着，却怎么也组织不出精准的语句描述。他手足无措，越说越乱。

最后，他只好道："那就好，别想太多。"

芝芝："你不喜欢宁玫那样的我就放心了，不然我就只能当一次小人，向叔叔告状了。"

接着她又发来一条："所以，刚才我是不是说对了，你喜欢程婉意那样的？"

庄家明很没好气，用力摁下键盘："我谁也不喜欢，不要乱说。睡觉吧，晚安。"

在女生宿舍，芝芝躲在被窝里，盯了好一会儿那句"我谁也不喜欢"，说不出是释然还是失望。

过了会儿，她发了个"晚安"，关掉手机塞进了枕头下面。

十点五十分。

庄家明还没睡着，结束聊天后，他终于想到自己想说的内容：不好看不等于难看，她的五官不如宁玫精致甜美，但他觉得挺好的。而且，女生"好看"与否，也不全在脸，还有其他……他说不上来的东西。

芝芝并没有相信庄家明的安慰之词。她很清楚，他是一片好心，想告诉她颜值不重要，重要的是内涵，心意她领了。但这也侧面印证了：在他眼里，她的确不是个好看的女生。

男生就是男生，十七八岁的时候看女生不看脸而看内涵，太难为人了。她十年后追星还看颜值呢。

庄家明也只是个普通的少年。

十六岁的关知之，一定会为此自卑难过。可二十六岁的关知之想的是：我就不能变得好看一点儿吗？

在曾经的青春时代，她也不是不知道要漂亮，爱美是人的天性。但家中拮据的经济条件，父母"学生用不着打扮，把心思放在学习上"的耳提面命，让她不敢露出一丝一毫想打扮的痕迹。

所以，她任由宽大邋遢的校服、土土的发型和超丑的框架眼镜淹没了自己的高中生活。

她不得不说父母错了。青春期是一个敏感的阶段，身体发育的变化、异性之间萌芽的情愫都会导致心理敏感。一个被抨击外表不堪的学生，多半也是个极度缺乏自信的人。

芝芝忽然很羡慕程婉意。程妈妈看着高傲，但对女儿的培养没的说。

程婉意的外表被打理得十分妥帖，护肤品不算高级，却也一应俱全，定时修剪、护理头发，衣服合身，搭配腰带和胸针一类的配饰。学生不方便戴首饰，她就戴了三种不同风格的手表，依照衣服的类型搭配。

她不比宁玫漂亮，但非常自信，走路抬首挺胸，待人接物不卑不亢。

芝芝很感激自己的父母，他们给了她最好的，也理解他们希望孩子专心学习、改变命运的做法，这条路当然是合适的。

她不恨、不怨、不怪，也能理解和体谅父母的苦心。但有些事，她有自己的主意。

爱美之心，人皆有之。但家庭条件放在那里，她追求程婉意的水平绝对不明智。芝芝花了好几个晚自习思考，决定用最少的钱，在最大限度上改变自己目前的形象。

月中回家的时候，她问父母要了钱，说要去剪一剪头发。知女莫若母，关母有点儿狐疑："你不是中考完才剪过？"

"刘海长了，挡眼睛。"芝芝淡定地说。

影响学习，事态严重，关母立马松了口。

芝芝找了家熟悉的理发店，请师傅把头发修一下。

"刘海呢？"师傅比画着，"你留刘海不好看啊。"

芝芝笑了："嗯，这次不留了。"

初中的时候，她的额头上长过痘痘，她深以为丑，非要剪个刘海挡住，结果看起来土不说，还不利于痘痘恢复。现今好不容易等到刘海长长，她绝不能再犯同样的错误。

"行，其他的我给你打薄点儿。"这家理发店的师傅年过五十，戴着一副眼镜，风格踏实严谨，一点儿也不像外面的"Tony 老师"。

"麻烦师傅了。"芝芝十分感动，现在的她居然需要打薄头发，没秃的感觉好极了。

师傅做事麻利，不到半个小时就修剪完毕。芝芝望着镜子里清爽的面孔，不由得感叹，理发果然是改变颜值的最佳武器，怪不得电视剧里的女主角一剪短发就能变成美女呢。

她对着镜子研究了半天，追加了一个要求，请师傅帮她修一修眉毛。

"你们小姑娘不用修得太精细，不好看。"师傅操着带有方言的普通话，拿着镊子小心翼翼地拔去杂毛，"稍微弄弄，看起来精神点儿就行。"

十五分钟后，大功告成，镜子里的少女看起来精神又清爽，是家长和老师会喜欢的造型。

芝芝心满意足地付了钱，但这还远远不是结束。回家途中，她杀进两元超市，用剩下的零钱买了一包发夹和一个发圈。

她平时图快，一直扎马尾，不好看也不难看，但最适合她的发型是丸子头。她在鬓边留了两绺头发，打湿后用手指卷起来，其他头发倒梳弄得蓬蓬松松，而后梳成马尾辫，盘出一个饱满的丸子。

如此一来，脖子上没了碍事的头发，显得人瘦又很有气质，鬓边的两绺弯曲的头发落在脸颊上，修饰了脸型，脸看着小了一圈。

芝芝对自己还有些蹩脚的手艺很得意，等父母回家，第一时间冲出来问："爸，妈，我这样好看吗？"

关父走在前面，听她一叫，先吓一跳，等看仔细了，满口夸奖："好看，比你扎马尾辫精神。"

芝芝很满意："妈，好看吗？"

"还行。"关母的脸色有一瞬间变得古怪，可很快恢复正常，"怎么想起弄成这样了？"

芝芝当然不说实话："我没事瞎捣鼓，好看的话我以后就这么扎了。"

关母敷衍地应了声，问道："今天剩了点儿东西，家明在吗？叫他一起来吃点儿东西。"

"在啊，他已经从奶奶家回来了。"芝芝沉浸在变美的喜悦里，没留意母亲的异样。

关母"哦"了一声："那我一会儿给他端过去吧。"

芝芝声明："我不要吃面！"

"有的吃还不够，挑什么挑？"关母沉着脸，"还有点儿饭，要不然做个盖浇饭？"

"吃饭。"

关母做了咖喱盖浇饭，盛了一碗："你自己盛，我给家明端去。"说着，她端了碗就走。

芝芝："……"

关母去隔壁敲门。庄家明应声出来："阿姨？"

"还在写作业呢，你爸在不在？"关母换了副和颜悦色的面孔，"阿姨做了夜宵，吃点儿再用功吧。"

庄家明弯腰拿出拖鞋：“我爸说晚点儿回来，谢谢阿姨。”

关母放下热气腾腾的盖浇饭，欲言又止：“家明啊……”

“啊？”他疑惑。

“阿姨有件事想问你。”关母压低声音，不安地问，“我们家芝芝，是不是谈恋爱了？”

庄家明震惊地道：“谈恋爱？和谁？”

“没有吗？”关母看他吃惊，暗暗松了口气，嘴上却说，“其实有也没关系，阿姨只是问问。”

“没有。”庄家明很肯定，又十分奇怪，“出了什么事吗？”

关母的心彻底回到肚子里，她摆摆手：“没事，芝芝今天突然剪头发、换发型，我还以为芝芝早恋了呢。”

庄家明怔了怔，露出犹豫之色。

关母看到了，心又悬起：“家明，芝芝出了什么事吗？你和阿姨说，阿姨保证不说出去。”

“没什么。”庄家明斟酌着，委婉地说，“您别怪芝芝，有人说了些不好听的话，她不是早恋，就是……”

关母急切地问道：“就是什么？”

“她可能不太开心。”他说，“我们学校管得不是很严，班上的女生都挺会打扮的。”

关母沉默了一下，轻声问：“是不是有人说她家里穷？”

“不是。”庄家明无意让亲近的长辈自责，犹豫了会儿，委婉地暗示道，“就是说她不……不会打扮什么的。”

庄家明说得隐晦，关母却全明白了。她忍下愤怒和酸涩的心情，笑着说：“阿姨知道了，谢谢你啊，家明，吃夜宵吧。对了，先拿个碗盛出一点儿，给你爸留着，他大半夜回来肯定饿。”

庄家明一一应下。

关母这才返回屋里，环顾一周，发现女儿已经把碗洗了，正在房间里写作业。她按兵不动，等到晚上睡觉前才把事情和丈夫说了。

关父一下子就恼了：“说我女儿不好看？谁说的，长不长眼睛？”

“家明没说，肯定是他们班上的。”关母沉声道，“那天去报到你也看到了，他们班有几个同学家里条件很好。”

关父说：“我看农村来的也有，条件好的也就那几个。”

“你这么自我安慰有意思吗？现在的学生势利着呢，人家都这么欺负你女儿了，你说怎么办吧？！”关母压抑了一晚上的火气瞬间爆发。

关父翻个身：“能怎么样？她们现在是学生，要什么好看？好好读书才是真的。我们家芝芝这次考了班级第十。”

“第十，前面还有九个呢。”关母一针见血，“我不管，反正我受不了。”

“那你说怎么办？”关父说归说，何尝忍心闺女被人说三道四。

关母下定决心：“我明天带她去买点儿东西。”

关父沉默了会儿，关照道：“买点儿好的，别买便宜货。”他停顿了下，补充道，“也别买太多，省得她把心思放在打扮上。”

“嗯，我心里有数。”关母望着泛黄的天花板，心里沉甸甸的。

芝芝从来没想过打扮这种事会得到父母的认可。但现实是，翌日，关母叫她出来，专门带她去了本地最大的一家眼镜店，说要给她换一副眼镜。

她本来戴着细框的长方形全框眼镜，是粉红色的，没黑框眼镜那么丑，但也和好看不搭边，是学生们最常戴的款式，戴在她的脸上，不仅挡住了长得还算不错的眼睛，也让人显得呆板起来。

但她的计划里不包括换眼镜，这很贵。她拉住母亲：“我的眼镜还能用，不用换。”

“一副怎么够，万一碎了怎么办？”关母自然不会主动提起女儿的伤心事，若无其事地说，“再配一副，而且你的度数要重新测了。”

这倒是真的，芝芝感觉自己的近视度数增了不少，看远处有些吃力。

她一验光，果然度数增了，接近三百度。

关母问店员：“最近哪款卖得最好？”

店员自然推荐流行的款式。学生款嘛，大多是规规矩矩的，芝芝看不上。她自己溜达一圈，挑了一副超大的金色细框眼镜：“我要试试这个。”

关母摇头：“金色太老气了，而且太大，都有你半张脸大了。”

“我先试试！”芝芝坚持。

“金色还是很有气质的。”店员说话滴水不漏，拿出来给她试戴。

说来也奇怪，看着笨拙普通的金色细框眼镜，戴到她的脸上，反而衬得脸小小的，眼睛大大的，眉毛弯弯的，清秀又精神。

芝芝笑嘻嘻地问：“妈，好看吗？”

关母酝酿了会儿："成熟了点儿。"

芝芝不由得笑起来。再过些年，这种复古款的眼镜就会流行起来，被称为"素颜神器"。重生前，她刚花了大价钱购入一副某奢侈品牌的复古款眼镜，和这个极像。

但因为这副眼镜现在不是流行款，价格非常便宜，才一百元出头就拿下了，加上镜片也不过三百元左右，极其划算。

买了眼镜，关母又带她去了当地唯一的百货大厦，在某国产化妆品牌的专柜里，花了八十元给她买了支淡粉色的口红。

芝芝震惊了："妈？"

换眼镜就算了，还买口红，这是教育她学生要朴素的亲娘吗？

"干什么？"关母沉着脸，"我告诉你，给你买不是让你分心打扮的，你的心思还是要放在学习上。这是给你月考的奖励，期中考要是考不好，什么都别想。"

芝芝一个字也不信。

关母浑身不自在，瞪她："不要算了。"

"要要要！"芝芝劈手夺过，藏进口袋里，"不过，妈，你怎么想起给我买这个了？不像你啊！"

关母的脸上露出一丝复杂的神色："我是觉得你舒沅阿姨说得有道理，女孩子还是要打扮得漂漂亮亮的，才不会让人欺负。"

芝芝愣住了，舒沅阿姨不就是……庄家明的母亲？

关母记起往事，笑着说："你们小的时候，她最喜欢打扮你了。我喜欢家明，家明乖，她却喜欢你，说你是小棉袄。"

芝芝都不记得了。

"她长得漂亮，还会打扮，会跳舞，也会弹钢琴，书读得也多，是个大学生，你的名字也是她取的。要不是生病……"关母唏嘘，"好人不长命啊！"

芝芝也觉得庄家明的妈妈有点儿红颜薄命的味道。她出身好，自己也争气，嫁的男人一往情深，儿子聪明优秀。或许是她太好了，老天不允许，偏偏得了癌症，年纪轻轻就去了。

"不说了，总而言之，你期中考要是考不好，这个就没收。"关母感叹完，无缝切换到训人模式，"听到没有？"

"知道啦。"芝芝抱住母亲的胳膊，"妈，你真好。"

“死丫头，给你买口红我就好，平时不好是吧？”

芝芝笑嘻嘻的，关母紧绷的表情没坚持多久，她也笑了：“走，回家了，给你爸看看你的新眼镜。说真的，挺好看的，你现在挑东西有眼光……”

母女俩手挽着手走回家。芝芝听着母亲絮絮叨叨的话，心想：或许不只是父母有错，她也有，假如她当初好好和他们交流，可能是另一番光景。

他们毕竟是爱她的。

周末转瞬即逝。

芝芝拎着大包小包，在周日的下午和庄家明坐上了回学校的公交车。深秋时分，公路两旁的梧桐树已经变黄，落叶纷纷。

庄家明很有兴趣地看着她的新造型：“怪不得阿姨惊讶，你这样盘起头发，看起来成熟了很多。”他端详了会儿，又道，“眼镜也很衬你。”

“我的度数变高了，平时也得戴。”芝芝笑了起来。她扎着马尾辫，戴着土土的眼镜时，看起来很学生气，同样，也没有任何特点，大街上随便拉一个中学生都是这样。

她刚回来的时候，欣喜于不需要任何护肤品保养的年轻面孔，满心想着再次体验青春，没有想过要恢复从前的打扮。但此时此刻，她望着玻璃窗上熟悉的倒影，反倒觉得找回了自己。

青春一去永不回头，她是以二十六岁的年纪，在面对未来的人生。而这个年龄赋予她的信心，自然要比懵懂的十六岁多得多。

“好看吗？”她问身边的少年。

“好看。”庄家明给予肯定的答复。

“那就好。”芝芝抬手搭上他的肩头，语重心长地说，“从今天起，你就管我叫芝芝姐。”

庄家明无语，敲敲她的脑门儿：“没大没小。”

芝芝回道：“比我大几个月，摆什么哥哥的谱儿？”

“大一天也比你大。”

芝芝瞥他一眼，决定不和他计较，暗爽就行了。

芝芝到了学校，新造型引起了小范围的关注。程婉意一向矜持，只微微颔首，夸了句：“挺好看的。”

而宁玫就夸张很多，低低地“哇”了一声，问道：“关知之，你是烫头发了吗？”

可能是疑神疑鬼，芝芝现在听宁玫说什么都觉得像坑，毕竟学校不允许烫发染发。她瞄了宁玫一眼：“没。”

“那你怎么弄的？”她很好奇的样子。

芝芝不动声色：“技术好。”

“挺好的。”宁玫仔细看了两眼，笑道，“不过眼镜有点儿土，你怎么买这种过时的款啊？现在流行半框和无框的了。”

芝芝扶了扶眼镜，慢条斯理地说：“显而易见，你缺乏对流行的敏感，现在复古才是潮流。”

宁玫噎了下，觉得今天的芝芝大不一样。芝芝以前也和人斗嘴，可没有今天这么……斗志昂扬？

“说实话，”芝芝放下书包，仿若随意地说，“无框眼镜虽然流行，但不适合你，显得你的脸比较宽，放大了你的缺点，刘海太厚重，换成轻薄的会更合适。你用了润唇油啊，嗯……桃子味，初恋的味道？光泽感太重，像是刚亲过猪油，亚光质地更适合你哦。”

宁玫吃惊地睁大了眼睛。

“啊。”芝芝又装作不太好意思的样子，“不小心说多了，但我们俩是同学嘛，互相帮助是应该的，不用谢。”

她说到最后，语气陡然变冷，眼中的冷笑像是随时要溢出来似的。

宁玫有一点点被吓住，忘记了反驳，也不知道该从何处反驳。

而芝芝过了叛逆期，比起当场反驳，还是奉行适可而止，当下只是警告地瞥了她一眼，随后不再说话，安安静静地翻起书来。

这几分钟里，周围一片寂静。

宁玫下意识地用余光瞄庄家明。他低头写着题，看似没注意，可是微微翘起的唇角出卖了他。她的脸颊一下子涨得通红。

芝芝眼观鼻，鼻观心，无意拿她的窘迫处境取笑，心想：宁玫到底知不知道那些话很伤人呢？她可能不知道。芝芝不想把自己的同学想得太坏，但不可否认，言语不比肢体冲突严重，却依旧是暴力。

然而大多数人意识不到。

她不是教育家，也不是心理学家，不清楚该如何解决这样的问题。所以，她只好用个笨法子，把耳光原模原样地还回去。针扎到自己身上才知道疼，这下宁玫说话总该过一过脑子了吧？

11 月眨眼就过去了，12 月初，期中考。

芝芝考了班级第十名，年级第十八名，稳中有进。关母十分高兴，手一挥，给女儿买了件呢子大衣和小皮靴。

“一个星期只能穿两天。”芝芝打包着衣服，犹犹豫豫，“带到学校好像不太划算。”

一中的校规严谨之余也不乏人情味，学生平时上课必须穿校服，但周六、周日没有人检查，只要不是有人烫头、染发或是穿着奇装异服，老师们不会管。

关母说：“买都买了，当然要带，马上要降温了。”

事实证明，父母的生活经验还是很丰富的。芝芝回学校的第二天，气温飞速下降，转眼就跌至十摄氏度以下。

但寒冷的天气，挡不住蠢蠢欲动的心。

12 月嘛，四舍五入等于到了 1 月，换言之，他们要举办元旦会演了。

鉴于一班在运动会上的表现普普通通，诸多同学颇觉不忿，想一雪前耻。因此提前一个月，班里就开始如火如荼地准备起来。

班会上，庄家明拿了粉笔，站在讲台上说：“大家先提议节目，然后我们投票选择。”

“唱歌吧，简单点儿。”

“不不，还是跳舞，可人跳的舞可好了。”

“话剧！参与度高，也容易出彩。”

“别搞那么麻烦了，费时费力，谁会钢琴、小提琴？独奏一段呗。”

同学们七嘴八舌，将大部分常见的表演节目都罗列了一遍。庄家明逐一写在黑板上，接着喊人投票。

芝芝投了话剧，这个节目只要剧本找得好，就成功了一半。他们还能看视频学习学习，排练起来也不像跳舞那么辛苦。而唱歌和独奏都是单人表演，个人出风头，不利于团队合作。

和她抱有同样想法的人不在少数，话剧最后以四十多票高居榜首。

庄家明把其他项目擦掉，问道：“那大家来提议一下剧目。”

“《睡美人》！”有男生不怀好意地叫了起来。

下面一片嘘声：“老土！”

宁玫一转眼珠，笑盈盈地问："童话故事要出彩的话，我们搞个性别颠倒的版本吧。"

"对，女强版！"

芝芝笑了，2010 年，"女强文"还不少。但男生集体抗议："不行，绝对不可能。"

韩琮记起了班上男生公认的才女，忙不迭地问："程婉意，你知不知道什么好剧目啊？"

程婉意一直很矜持，被人叫了名字才说："童话故事演绎的版本太多，必须找个特别好的剧本，但不管是现代版的还是性别颠倒的，都太多了。"

"那你有什么提议？"宁玫不甘示弱地问。

程婉意微微一笑："《雷雨》怎么样？内涵和意义比童话丰富，而且是教材里的内容，大家都比较熟悉，不像其他文艺作品曲高和寡。"

《雷雨》是高二的内容，宁玫没看过，但反应很快，立刻求助："班长说呢？"

"《雷雨》的话，"庄家明想想，就事论事，"服装和道具弄起来简单，就是比较考验表演的人的演技。"

程婉意附和："对的，但表演得好也容易让人眼前一亮。"

宁玫顿住，转头问："关知之，我看你语文也挺好的，有什么想法吗？"

"《雷雨》的氛围比较沉重，不太适合元旦，要演出那种压抑的感觉也不容易。"芝芝思忖片刻，分析道，"同样是悲剧，《梁祝》《罗密欧与朱丽叶》《白蛇传》《红楼梦》这些还有比较轻松的桥段。顺便，我赞同你性转版的改法，虽然说不上创新，但可以再加些别的元素，比如歌舞、合唱。这样看起来丰富又有创新，名次容易高。"

宁玫没想到她站在自己这边，愣住了。

程婉意却改了口："你说得有道理。我比较倾向《梁祝》，结拜和书院的剧情挺欢快的，中间加一段独奏的《梁祝小提琴协奏曲》。"

芝芝顺口给她完善一下："那性转就没意思了，现代版比较好玩。女生误入男校，来'大姨妈'被当作长痔疮怎么样？"

同学们脑补一下，纷纷笑场："哈哈哈，这个好，关知之有才华。"

芝芝扶了扶眼镜，深藏功与名。

后来又有同学提了几个建议，但"大姨妈"和痔疮太令人印象深刻，投票的时候，改编版的《梁祝》毫无悬念地选上了。

那么问题来了：剧本谁来写？主演谁来当？道具谁负责？

芝芝头皮发麻，想推给程婉意，遗憾的是没人肯放过她。她被庄家明无情地写在了编剧一栏，只好捂住心口："我一个人不行，我要婉婉，没有婉婉我会死的。"

程婉意："……"

庄家明忍俊不禁："程婉意，你觉得呢？"

"那我就帮忙改错别字和标点好了。"程婉意落落大方地道。

他说了声"好"，把她的名字写了上去。

接下来需要决定主演。这其实没啥好选的，为班争光，主要看脸。大家一致推举庄家明演梁山伯，而祝英台的角色落到了程婉意和宁玫两个人选上。

程婉意主动退出："我会拉小提琴，到时候给你们伴奏一段好了。"

论出风头，哪个人物能比得上女主角呢？宁玫当然不会傻到推辞，板了大半节课的脸一下子舒展开，笑意盈盈："谢谢大家，我一定努力。"

最后主演只剩下马文才。芝芝忽然举手示意："我列好大纲了，梁祝双向暗恋，马文才改一下，别喜欢祝英台了，爱梁山伯吧。"

庄家明："……"

本来还想参演的男生们退缩了。芝芝更淡定："就一个女生，不太公平，有没有人反串一下？"

文娱委员纪可人是个人高腿长的妹子，不算特别漂亮，但跳舞、唱歌都很拿手。她主动请缨："反串男生吗？我觉得比男女主角有意思，我来吧。"

芝芝比了一个"OK（可以）"的手势，瞬间进入工作模式："今天是星期四，我一个星期内出初稿，再花一个星期排练。16号的班会最好进行一次试演，酌情调整。之后就要开始准备服装和道具，考虑到可能需要网购，最少要两个星期的时间……还有什么问题吗？"

庄家明："没了。"

"OK！"

作为一个靠笔杆子吃饭的人，芝芝写剧本没费多少时间。女扮男装的套路，讲的就是一环扣一环，女主角不断凭借机智破解难题，当然途中还要掺杂一些纯纯的感情戏，梁山伯的烦恼、祝英台的情窦初开、马文才的纠结等。

感情的戏份她交给程婉意处理，程婉意情感细腻，应该很容易把握人物的心理。而她自己主笔剧情，疯狂玩梗，最后写到祝英台的身份暴露，升华一下主题——两情若是久长时，又岂在朝朝暮暮，高中生还是先高考，等毕业后再续前缘。

她觉得这妥妥是好莱坞的剧本，价值观非常正确。

一个星期后，芝芝把剧本发给主演。

庄家明认认真真地看完，惊讶地看着她，欲言又止。

“你这是什么表情，我写得有问题？”她挑眉。

他摇头：“不是，写得很有趣。”

“我没白看那么多言情小说。”她耸耸肩，笑眯眯地说，“哎，我可是特地按照你和宁玫的性格写的，到时候本色出演就行了。我对你好不好？”

庄家明笑了：“好，谢谢。我本来还发愁呢。”

“光嘴上说没用，我想喝旺仔牛奶。”她趴在椅背上，眼镜滑下来，说不出地俏皮。

庄家明放在书桌上的手指动了动，他想碰又不敢动：“好。”说着，他觉得语气不太自然，生硬地掩饰，“你做编剧还挺有天分的，真的写得很好。”

她眨眨眼：“再夸就要两瓶了。”

他瞬间噤声。芝芝大笑起来。

平时的课程排得满满当当，排练只能占用周六、周日。天气渐冷，他们在室外排练吃不消，音乐室和舞蹈房早被其他班级借走，庄家明跑了一圈，找体育老师借到了乒乓球室的钥匙。

周六上午有课，下午自习。一干主演逃了自习课，齐齐到体育馆里排练节目。

他们把乒乓球桌挪一挪，留出空地。芝芝手一撑台面，大大咧咧地坐在了球桌上，挥手宣布：“排练开始，第一幕。”

谁也没动，主演们面面相觑，都有点儿尴尬。

老阿姨欺负小朋友，那是相当有成就感。芝芝添柴加火：“你们是害羞吗？又不演亲嘴！放开点儿，为了班级的荣誉，上啊！”

庄家明卷起剧本，用纸筒敲了敲她的脑袋：“有本事你来。”

宁玫也说：“是啊，你是编剧，给我们做个示范吧。”

“我是编剧兼场记，又不是导演。”她推托道。

程婉意也说：“不要浪费时间了，开始吧。”

对手在侧，不能认输。宁玫硬着头皮上。

开场第一幕是女主角自我陈述女扮男装进男校的理由，背景放到现代，自然不能是女子不能读书。芝芝就改成了祝家父母认为女孩子不比男孩子要精心培育，送儿子进学费高昂的私立男校，却只打算让女儿进普通高中。

女主角不服气，和父母打赌，如果自己能在哥哥的学校获得更优秀的成绩，他们将来就必须公平对待兄妹两人。

“这都什么年代了，爹地和妈咪居然还认为学历只是女生的嫁妆？我祝英台要让他们看看，女孩儿从来不比男孩儿差，什么女孩儿只有小聪明，男孩儿比女孩儿更擅长理科？呸！今朝就看我拳打物理，脚踢化学，在这遍地男生的学校里闯出一番名堂来！”

这个剧本放到十年后，很多人一眼就能看出来，满篇写的不是爱情，而是平权。

芝芝也考虑过，高中话剧需不需要这样的内涵，但《梁祝》之所以流传千古，也并非仅仅因为凄美的爱情故事。祝英台打破门第的限制，反抗封建社会对女性的压迫，追求婚姻自由，争取与男性平等受教育的机会，才是更重要的内核。

她觉得，既然套了《梁祝》的壳子，就应该保留故事里的抗争精神。

或许，演祝英台的宁玫还不懂，协助写剧本的程婉意也还不清楚，甚至，元旦观看表演的一中学生们，十有八九只把它当成了一个喜剧。

但火种在那里，十年后就会燎原。

16号班会表演过后，芝芝根据反响修改台词，调整节奏。而程婉意提出了一个新的想法：“小提琴演奏放在谢幕时比较好，中间的独白部分，我觉得可以用《化蝶》的合唱，但是原曲比较悠扬，我改得欢快了一点儿，到时候用钢琴伴奏。”

芝芝对改编不太懂，感觉是件十分专业的事，不由得问：“难吗？会不会来不及？”

程婉意微微一笑："我已经写好了，你看看。"说着，她递过来一张五线谱。

芝芝蒙了："我看不懂。"

程婉意哼给她听："碧草青青花盛开，彩蝶双双久徘徊，千古传颂生生爱，山伯永恋祝英台。"

曲调欢快，又不乏缠绵之意。芝芝托腮想了会儿："要不简单点儿，中间部分还是你拉小提琴，比较能烘托气氛，等到谢幕的时候再合唱。哦，对了，你还是拉小提琴，钢琴让家明来弹，他会。"

"也可以。"程婉意同意了，又有点儿好奇，"班长会弹钢琴？"

"会啊。"

正如关母所说，过世的舒沅阿姨是个才女，什么都会。庄家明没上过才艺课，全是由母亲教的钢琴，只是后来庄家经济拮据，把钢琴也卖掉了。

程婉意去问了庄家明，他有点儿讶异："钢琴？我不太会。"

"关知之说你会。"程婉意坦言。

庄家明顿住，改口说："我弹得不太好，没有正规学过。"

"你先看看谱子，音乐课上我们试一下。"程婉意眨眨眼，"这个节目大家费了不少心思，越完美越好。"

话都说到这份儿上了，哪里容得下推辞？庄家明苦笑："那我试试。"

音乐课上，音乐老师问起他们的表演，程婉意顺势提出了借钢琴和小提琴的请求，老师当然很快同意了。

冬日的阳光下，程婉意调着弦，长发披散下来，女神范儿十足。班上不少男生吹起口哨："哇，合奏！"

庄家明就只能叹气了。他走过芝芝身边时，狠狠地掐了她一把："叛徒。"

"痛痛痛。"芝芝捂着胳膊叫屈，"你又没说不让说，钢琴多提升颜值啊！"

大家想想看，万众瞩目的舞台上，光照下来，穿白衬衫的美少年弹着黑白琴键，还有什么比这更像偶像剧吗？他绝对能报运动会上被萧野嘲笑的仇！

她要让萧野看看什么叫真正的"男神"！

庄家明不领情，瞪她："我弹不好。"

“你就谦虚吧。”芝芝还是很了解他的。

诚然，庄家明一开始有点儿手生，但稍微练了一下后，悦耳的钢琴声泻出，和小提琴悠扬的声音交织在一起，如梦似幻。

没有什么比这两种乐器更适合演奏《梁祝》的了。

一个段落结束，纪可人的歌声加入，口齿之间满是活泼之意，将新编故事的欢快感诠释得淋漓尽致。

台下一片静谧，大家聚精会神地听着，脸上满是讶然和惊喜的神情。

演奏完毕，程婉意说了合唱的事，问有没有人报名。纪可人补充：“最好男生女生都有，我们可以分两个声部。”

音乐老师跟着凑热闹：“看来你们的节目排练得不错啊！”她叫了几个乐感比较好的学生尝试，又亲自指导他们。等到下课，几乎每个人都充满自信，觉得本班肯定能拿个好名次。

一开始兴致不太高的男生，主动问还需不需要群演，他们可以演宿舍里的A、B、C、D。还有个女生问需不需要帮忙租借服装，自己认识一家租舞台服的店，可以租各种样式的演出服。

“肯定要借，虽然是校服，也不能是我们学校这种吧？必须是偶像剧的那种啊！”这个建议得到一致赞同。

芝芝觉得，他们班到这个时候，才算是真正成了一个集体。

新《梁祝》的临时剧组被拆成了三部分：演员组、道具组、音乐组。

芝芝负责演员组，程婉意负责音乐组，庄家明、纪可人在演员组和音乐组两处跑，道具组则分配给了其他班委。

这么一安排，芝芝和宁玫的相处时间就多了起来。

宁玫作为女主角，却前有芝芝写剧本，后有程婉意演奏，中心位置不保，言语间就带了点儿不满的感觉出来：“没想到你会提议让班长和程婉意合奏。”

“这有什么没想到的？”天气越来越冷，芝芝捧着保温杯，时不时呷一口热水，画风格格不入，“养眼啊！”

宁玫半真半假地说：“其实，剧本是你写的，或许你当女主角更合适。”

“编剧当演员的还是少数吧。”芝芝不上当，“术业有专攻，两回事。”

宁玫摆了摆手：“关知之，你比我想的聪明，肯定知道我在说什么。

程婉意的心思又不难猜。”

“我又不是你肚子里的蛔虫，你不说，我咋知道你想什么？”芝芝装傻充愣。

宁玫不说话了。过了会儿，她若无其事地说：“我排得差不多了，你帮忙去趟音乐室，叫班长和纪可人来和大家对一对戏吧。”

场地有限，音乐室只借到了两节课，大部队还在乒乓球室里排练。而体育馆和音乐楼不远，芝芝没推辞，就当松松筋骨：“行吧，我跑一趟。”

周日下午是自由活动时间，大部分学生不在教室里。男生们齐聚篮球场，大冬天也穿着单衣，打得热火朝天，浑身散出白气来。

今天风大，芝芝的脸被吹得发红。她吸了吸鼻子，没绕路，沿着篮球场旁边的空地走，然而没走几步，背后有人叫：“喂！”

她下意识地扭头，一个巨大的物体冲入眼帘。

“咚——”脑门儿上传来剧痛，眼镜被撞飞，篮球落地，砰砰地跳了两下，滚远了。

芝芝捂着额头，眯着眼朝球场上看去。穿着篮球背心的萧野大大咧咧地站在那里，挥手一笑：“哎哟，这么巧啊！”

他慢悠悠地踱过来，“哼”了一声，笑道：“我叫你等着，你该不会忘了吧？”

“无聊。”芝芝翻了个白眼，早把这事忘了，“还有事吗？没事我走了。”

萧野抬起下巴，轻蔑地道：“你打我一次，我揍你一回，两清，以后别让我再看见你。”

呵，他还挺恩怨分明的。芝芝嗤之以鼻，捡起眼镜瞧了瞧，见没摔坏，懒得和他计较，转头就走。

到了音乐教室，庄家明一眼便看到她通红的脑门儿：“你头上怎么了？”

“被篮球砸了一下。”她四处找镜子，“肿了吗？很明显吗？”

庄家明离开钢琴，走过去扳住她的头：“别动，我看看……怎么都是灰？”

他靠过来，轻轻吹气，热乎乎的气息扑在芝芝的额头上，搞得她浑身不自在。她垂下眼眸，看到的又是他微微滚动的喉结。

邻家少年初长成，可惜与她毫无关系。

那一刹那，芝芝忽然生出无尽的委屈，鼻酸眼胀，泛出些许泪意。

庄家明用余光瞥见，还以为她是疼的，赶紧抽了两张纸巾沾着冷水，敷在她的额头上：“忍一忍，我陪你去医务室。”

“不用，皮都没破。”芝芝假装没事。

程婉意一直默不作声地看着，此时却道：“都肿起来了，去医务室喷点儿云南白药吧。”

“哎呀，真的不用，一会儿就好了。”芝芝转移话题，“宁玫叫你们去排练，他们差不多了。”

程婉意看看表：“差不多到时间了，下节课要借给十班，一起走吧。”

练习合唱的姑娘齐齐道“好”，一块儿收拾东西走人。

庄家明说：“你们去，我带芝芝去医务室上点儿药。”

芝芝：“说了不用……”

“闭嘴。”他冷冷地说。

芝芝噤声。

医务室在学校的另一头，两人自音乐楼的另一个楼梯下去。庄家明问：“谁打的你？”

“没人打我啊。”

“你当我傻？篮球从后面砸过来，你躲不开也就算了，这砸在前面，难道是你傻，看见篮球过来不躲一下？”他问，“谁打的你？”

芝芝觉得没什么好说的，小矛盾而已，不必闹大：“真没有，我走路想事情，没留意碰了下，也不严重。”

“说谎。”她的竹马站定，语气中带了三分怒意，“真是不小心，你刚刚就该反问我‘是谁傻’。你在骗我，关知之。”

芝芝哽住了。

庄家明定定地看着她，半晌，放过了她：“算了，你不想说，我不逼你。”

“哎呀，家明哥。”芝芝追上去，无奈地说，“别用这种语气，搞得好像我做了什么对不起你的事一样。”

庄家明下意识地反问“难道不是吗”，话到嘴边却停住了——她的确没有和他解释的义务。她是快成年的人了，连对父母也不是事事都说，何况和邻居家的哥哥。

她不想说实属正常，可他心里，怎么那么不是滋味呢？

他埋头走路，很快到了医务室，但值班的老师不在，只好无功而返。

芝芝说："也不太疼了，算了呗。"

庄家明瞥着她，脑门儿红彤彤的，也不太疼？亏她说得出来。他气着了："你这只小老鼠，不知道的还以为你属猪呢，皮这么厚实。"

芝芝跳脚："打人不打脸，骂人不揭短。你叫谁小老鼠呢？"

"谁应了叫谁。"

芝芝气得鼻子都歪了。

关父关母给她取的"芝"是芝兰的意思，寓意高尚的品德，但幼儿园的小朋友领会不到《离骚》的高雅，只知道有一首儿歌叫《小老鼠造房子》。

"捉领子，盖顶子。小老鼠，找洞子。东钻钻，西钻钻。吱吱吱吱上房子。"

幼儿园一教这首儿歌，她就惨遭戏弄。调皮的男生拿了被粘鼠板粘住的死老鼠吓唬她："关芝芝，吱吱就是老鼠，你就是大老鼠！"

她吓得哇哇大哭，拼命说自己不是老鼠，谁哄都不听。回到家里，她又闹着要改名，关父关母都说"芝芝"好听好写，大家都叫习惯了，劝她不要改，她不肯，哭哑了嗓子。

最后，还是庄家明的妈妈抱了她，给她改了两个字："叫知之吧，生而知之者上也，希望我们的芝芝聪明博学。"

她这才改名叫作关知之。

"庄家明，你找死！"她最讨厌"小老鼠"的叫法，扑过去揍他，"我和你拼了！"

庄家明闪身避开，转头就跑。

她追上去："你给我站住！"

庄家明停下脚步，积在胸口的闷气不知不觉地散了，笑容重新显露在脸上："不站，你有本事就来追我。"

"我才不上当。"她叉着腰，"跑得了和尚跑不了庙，你等着。"

他假装没听到，抿着唇对她笑。冷风把他的头发吹得乱糟糟的，但脸好看，乱翘的头发也像是由发型师精心打造的，有种凌乱的美感。

芝芝……很不争气地跟着笑了。

元旦是法定节假日，31号就得放假，学校的元旦会演就放到了30号的晚上。高三学生要备战高考，不参加，高一和高二的几十个班级抽签决定次序。

林老师的手气不太好，她抽到了比较靠后的次序。庄家明却说："这样也好，我们的准备时间更充分了。"

"道具都准备好了吗？"林老师看过彩排，信心挺足，只怕出意外，"上台之前再仔细检查一下。"

庄家明回答："关知之在负责，应该没问题。"

"关知之啊，那我放心了。"

开学那会儿，林老师对芝芝的印象较淡，觉得就是个成绩不好，挺安分乖巧的小姑娘。后来她看到芝芝学习刻苦，两次考试都有进步，好感顿生，她又认为芝芝是个踏实本分、以勤补拙的好孩子。

但直到芝芝改头换面，在筹备节目中调配有度、做事干练，她才惊觉自己看走了眼——小姑娘没什么表现欲，却是个稳重能干的孩子。

老实说，林老师执教多年，宁玫这样热爱表现的年年有；程婉意那样心高气傲的也不少见；韬光养晦，心里门儿清的，她还是头一次见。

关知之成熟得都有点儿不像个学生了。

然而此时此刻，芝芝并不知道自己被班主任认可了。她有点儿抓狂，校园里公开演出什么的，就等于是在古代小说里参加宴会，必定出事。这不，先是画好的背景板倒塌了一半，不知道被谁踩了一脚，她不得不去找美术老师借水彩补救。接着，提前两天租来的合唱服本来应该干了，谁知道晾的时候掉了下来，没干不说，还脏了一块，只能临时再洗一次。

"别慌，这种料子很容易干，你现在马上去宿舍洗干净，不要全浸湿，就这一块打点儿肥皂，冲一下，然后拿吹风机吹。"芝芝心里觉得崩溃，脸上还要装作"多大点儿事"的样子安慰人，"一会儿礼堂里开着空调，肯定能吹干。"

打发了合唱团的人，她找到程婉意，就一个心愿："姐姐，看好你的小提琴！这个绝对不能出事。"

"我检查过了，没问题。"程婉意的小提琴价值上万，她也不敢乱放，整天带在身边，就怕出意外。

整个傍晚，芝芝都来不及吃口饭，看时间差不多了就逮着人换衣服。合唱团的服装他们提前借到了，主演们的校服却因为时间问题，下午刚到。

祝英台是女扮男装，宁玫就算穿的是小号的服装，裤管和袖子也有点儿大了。她也急：“关知之！”

“来了来了。”芝芝没找到皮带，剪了根丝带穿进裤腰，狠狠地扎紧，顺便调戏她，“哎哟，腰真细。”

这种时候，宁玫顾不得和她打嘴仗，看她要走，赶紧喊道：“别走别走，裤子拖地了。”

“卷起来啊。”

“像农民工！”宁玫跺脚。她早试过了，可以的话哪里用得着找别人？

芝芝只好回忆了一下“男生的裤管怎么卷才好看”的科普，尝试了几次，居然折腾得不错，配着球鞋挺时尚的。

“不行，不能你一个这么搞，得统一一下。”她赶紧跑去找庄家明。

男生比较豪放，教室里人走得差不多了，他们就没进厕所换衣服，用课桌挡一挡就开始脱。芝芝冲回教室的时候，几个需要登台的男生正在换裤子。

“你们换好衣服没有？”她一个箭步冲过来，宛如临时检查的教导主任。

男生们齐齐一惊，脱口就叫：“妈呀！”

庄家明也被她吓到了，手忙脚乱地套上裤子：“你过来干什么？”

芝芝愣了一下，赶紧忍住笑意，假装什么也没留意到，板着脸说：“衣服换好没有？裤子有没有长？”

庄家明暗暗松了口气，站起来整理了一下衣服，居然正好。

芝芝退开两步打量着，庄家明进入发育期后，个头儿就蹿得很快，这会儿已经具备了男神的三要素：人高、腿长、腰细，十分养眼。

她放弃了统一服装的念头，扒拉出配套的领带：“低头。”

庄家明犹豫着，耳朵发热：“我自己来。”

“你会系领带吗？”芝芝将信将疑，“这不是红领巾。”

他无言以对，只好低头。芝芝踮着脚给他系上领带，动作不太熟练，磨蹭了会儿。

两个人靠得有点儿近。庄家明忽然不敢看她的脸，急急地垂下眼眸，看见的又是女孩儿的碎发和白皙的脖子，明明没什么，耳朵却更烫，视线变了又变，无处安放。

这几秒钟变得格外长，心跳得怦怦响。

“好了。”

终于等到她大发慈悲，宣布结束。庄家明如释重负，唯恐她发现异样，刻意往后退了半步：“好了是吗？”他说的话也像是欲盖弥彰。

芝芝没在意，饶有兴致地欣赏了下新出炉的男主角——他身穿衬衣和西裤，打着领带，略显单薄，但毫无疑问，偶像剧里的美少年就是这个画风！

她脱口而出：“好看死了。”

“哎哟！”围观的男生们挤眉弄眼，故意问，“关知之，我们也不会系领带啊，要不然一起？”

“系什么系？舞台那么远，你们必须和男女主角有区别，不然观众不好辨认……等等，宁玫的发型！”

芝芝跳起来，奔回去找宁玫：“梳子、皮筋！”

他们不仅要考虑发型，上台的每个人还得化妆。

芝芝考虑过这个问题，但请化妆师太贵，班费去掉租衣服的钱，不够再请人，最后只能自力更生。但高中生中会化妆的凤毛麟角。老师们都三四十岁了，大多素面朝天，芝芝掐指一算，除了特别注意形象的程婉意，只有她这个伪未成年人掌握了这门技术。

七点钟，元旦会演正式开场。

礼堂外面的厕所边，芝芝饿得肚子咕咕叫，却没法儿腾出手来吃块饼干。她一手拿着粉饼，一手拿着海绵粉扑，面前坐了一排妹子，流水线作业上妆。亏得青春少女底子好，略施脂粉就可以，不然她真的要去死了。

咕噜，腹如雷鸣，芝芝连吐槽的力气也没有了，有气无力地说：“可人姐姐，别动，马上好。”

纪可人问：“要不然你先吃点儿？”

“没事。”芝芝刚拒绝，背后就有人说：“关知之，张嘴。”

她闻到一股浓郁的菜园小饼的香味，下意识地张嘴。庄家明塞了一块饼干过来，皱眉说：“没吃饭怎么不说？给你带个包子也好。”

“忘了。”她含混不清地说，手上的动作不慢，稳稳当当地画好了眉毛，又去找下一个。

庄家明看她腾不出手，只好步步紧跟，见缝插针地喂她吃。

芝芝顾不得细细咀嚼，嚼了嚼就吞下，嘴巴里满是咸香，口干舌燥，又厚着脸皮，得寸进尺：“给我找瓶水。”

庄家明开了一罐旺仔牛奶，插了吸管，送到她的嘴边。

芝芝狠狠地吸了一口，温热的甜牛奶滑入喉管，宛如一针鸡血。她瞬间“原地复活”：“活命之恩，无以为报。坐下，轮到你了。”

庄家明硬着头皮坐下，之前那种无所适从的感觉又来了。他闭着眼睛，感觉到她温软的手指触碰在脸颊上，就好像小猫的尾巴蹭啊蹭，痒得不得了。手不知道往哪里放，他只好捏着牛奶的罐子，双腿伸展又缩回，后背沁出一层汗。

芝芝察觉到他的异样，却以为是男生不适应化妆，使劲安慰：“舞台的灯光太强，不化妆会很奇怪。放心，就上层粉，马上好。”

她语气温柔，像是对着小朋友说话。庄家明忍俊不禁，突然放松了点儿。

“好了。”时间紧迫，芝芝来不及发挥，但目前的效果已经让她十分满意。她放下狠话，“就凭你这张脸，我觉得第一名非我们莫属。”

庄家明：“瞎说。”

“我觉得有道理。”纪可人一本正经地说。

其他人也七嘴八舌地附和：“对，没错，就是这样。”

芝芝得意地觑他一眼，继续忙碌。

八点半，彻底完工，芝芝累成了废人，拖着疲惫的身体找到座位，瘫着起不来了。舞台上是别的班在表演，一群穿着银色小裙子的美少女拍手跺脚，跳着传遍大街小巷，几乎每个人都会唱两句的*Nobody*（《没有人》）。舞裙飞扬，掌声连绵不绝。

“关知之，我们班排在下一个，会不会不太好啊？”同学们担忧地问。

芝芝累得不想说话，但强撑着精神安慰：“别担心，要对我们班有信心！”

事实也正是如此，一班的表演非常出色。

开场两分钟，窃窃私语的声音就没了。随着剧情的推进，观众席时而传出笑声，时而爆发掌声，芝芝扭头四顾，发现大家都看得十分认真。

台上，祝英台凭借自己的智慧，化解了一次又一次的突发状况，和梁山伯的感情也突飞猛进。就在她以为自己会在男校念完三年时，父母却因为改变了对女孩儿的看法，决定送她出国深造。

高二的期末表彰大会，她作为优秀学生上台演讲，坦露了自己的真实性别，并且说出自己的宣言：“我来到这里，只是为了向所有人证明，女生从来不比男生差。女生可以选择读文科，将来做一名老师、作家、记者……也可以选择读理科，做科学家、程序员、建筑师……性别不是否定一个人的理由，我们都可以！”

当然了，爱情故事嘛，最后免不了来一出送别。

这一次，没有十八相送里祝英台的百般暗示，只有一句特别含蓄的告白：“我们M国再见，我知道你可以。”

芝芝写这句台词的时候，心里有种莫名的惆怅。她不知道十年后宁玫在哪里，但庄家明必然会与真正的玫瑰在M国相逢。

是的，很巧，他未婚妻的英文名就叫作Rose。

《梁祝》的小提琴声和钢琴声响起，合唱的女生上台，唱出了结束曲：“碧草青青花盛开，彩蝶双双久徘徊，千古传颂生生爱，山伯永恋祝英台。”

灯光下，程婉意身穿一件白色的小礼服，琴弓颤动，全情投入，清秀的面孔绽放出耀眼的光彩。

芝芝看看她，又看看穿着白衬衫弹钢琴的庄家明，心底响起一声叹息——

恨台上卿卿或台下我我，不是我跟你。

无限酸楚。

第三章

豆乳香：一些改变，一些收获

一班的新《梁祝》惊艳全场，毫无疑问地获得了元旦会演的第一名，收割了校长“大胆创新，不失灵魂”的高度赞扬。

散场的时候，极度兴奋的同学们议论纷纷，高谈阔论，一会儿说“宁玫你演得真棒”，一会儿又说“程婉意你和班长配合得太好了”，此起彼伏，一浪高过一浪。

而男主角庄家明同学更是老天赏饭吃，走到哪里都有女生盯着他。纵然他平日里隔三岔五地被围观，这会儿也有点儿吃不消，耳朵发烫，芒刺在背，额角沁出细细的汗珠。

偏偏男生们还爱起哄，一刻不停地叫他：“班长，那边有女生在看你呢。”

等到散场的时候，情况越发严重。女生们故意加快脚步，从他身边挤过，然后再假装叫“同学”，扭过头来看他的脸。她们自以为妙计得逞，窃窃私语说什么“真的很帅”，哪里知道他其实都听得见，只是装作不知道罢了。

千辛万苦地走出礼堂，他才发现没看见芝芝。

“韩琮，你看到芝芝了吗？”他问好友。

韩琮转头四顾，摇头说：“没，她坐后面，应该早走了吧。”

庄家明的心骤然一沉。他想起同学们对其他人的盛赞，胸口突然闷得慌，没头没尾地说：“这次做得最多的就是她。”

环境嘈杂，韩琮又不是心思细腻的人，只顾着和隔壁班的熟人吹嘘自己班的表演，压根儿没留意他的异常，随口问：“你说啥？”

“没什么。”庄家明想起芝芝似乎没吃多少东西，不由得加快了脚步，“我有点儿事，先走了。”

“啊？”韩琮抬起头，只看到他小跑着挤出人群的背影。

庄家明一路小跑到了宿舍楼的小卖部。这里是晚自习后全校最热闹的地方，挤满了加餐吃夜宵的同学，他到的时候，芝芝正坐在搭出来的棚子里喝粉丝汤。

小卖部是承包出去的，开店的小夫妻很有头脑，到了冬天晚上，会煮一锅粉丝汤，榨菜、葱花、肉粒，还有一勺粉丝，盛在小小的塑料碗里，才三块钱，填不饱肚子，却能暖胃。

芝芝错过了饭点，胃里空空如也，有些不舒服。她原本什么也吃不下，可担心不吃会伤胃，干脆点了粉丝汤。榨菜混着葱花的香气飘散出来，倒是勾出了她的馋虫。

庄家明到的时候，她已经喝了大半碗，整个人暖洋洋的，低落的情绪也舒缓了不少，瞧见他笑道：“你吃不吃？”

他摇摇头，喉咙里堵了很多话，此时却说不出来——他能说什么呢？说我知道你做了很多，这次能拿奖都是你的功劳，不要在意同学们对别人的夸奖？他说不出口，毕竟其他人也出了力，得三两声赞扬亦是应有之义。他也怕她本来没在意，说破了她反而要难过。

因此，他咽回了所有的劝慰，若无其事地去买了根热狗：“再吃点儿吧。”

“谢了。”粉丝汤唤醒了饥饿，芝芝一点儿也不客气地接了过来，三下五除二就吃完了。

庄家明又买了一袋热牛奶，嘱咐说：“睡觉前喝。”

“啊，一碗汤、一袋奶，我今天晚上要跑厕所了。”她打了个哈欠，却依旧接了过来，用牙齿撕掉一角，叼着就喝，“都给我了，你吃什么？”

“宿舍里还有半包饼干。”他说。

芝芝歪头看了看他，总觉得有点儿奇怪。庄家明却说：“九点四十五了，快回去吧，要熄灯了。”

她点点头，起身走了几步，又扭头看。

庄家明站在小卖部的屋檐下，头顶有老板夫妻拉出来的一个旧灯泡，昏黄的光照亮了他俊秀的面孔，睫毛的阴影落在眼下，衬得他的五官立体而俊秀。

热腾腾的粉丝桶里冒出缕缕雾气，袅袅升起，萦绕在他身前，朦朦胧胧。而屋檐的最上方，深色的夜幕托着月亮，远处的宿舍楼隐隐约约的。

此情此景，比提前构图的油画更高明，比精心修饰的海报更细腻，多一分显假，少一分嫌不足，一切都恰到好处。

她无端地鼻酸眼胀，险些流下泪来。

她是为什么事伤心呢？不知道，她只是觉得难过，或许是因为十年来渐行渐远的距离，又或许是二人之间从未消弭过的鸿沟，也或许……她有一点点为今天的事委屈。

唉，大概她回到少女时代，心思也变得敏感了，这可不好。芝芝强忍下泪意，对他挥了挥手，若无其事地回宿舍了。

芝芝洗漱完躺到床上，已是十点半。她没了睡意，翻了几个身也没睡着。

同宿舍的女生在问程婉意："你的小提琴拉得真好，练了多久？"

"八年。"程婉意说，"我从小学就开始练了。"

众人咋舌："难不难？"

"上手不难，练好很难。"程婉意平时上床就睡，很少和舍友闲聊，今天可能是太过兴奋，竟然逐一回答。

芝芝把被子拉起来，盖住脑袋。她没事可做，习惯性地打开了手机，点进 QQ 看有没有未读消息。

有，是庄家明发来的："睡了没？"

芝芝："没。"

他应该也上了床，回复得飞快："还不睡？"

芝芝："那你发消息干吗？"

庄家明："……"

芝芝回了个问号。

庄家明："其实，大家都知道这次能拿第一，多亏了你写的剧本好。"

芝芝："然后？"

庄家明："不只是我们上台的人的功劳，你还有其他人都做了很多。"

芝芝趴在枕头上，戳着按键："谢谢表扬！"

庄家明："我和你说正经的。"

芝芝："我也回得很正经啊，不然你要我谦虚一下？也行。那个……我也没做啥，多亏了大家齐心协力！"

宿舍里，庄家明气得摔了手机，"咚"的一声，吓得说话的男生一个激灵，赶忙补救："班长你别生气，我不说了。你们也不许说了，听见没？再说宁玫，班长要生气的。"

他故作严肃，但话里透露的意思无疑让其他人笑得更厉害了。

庄家明压根儿没听清他们在说什么，但男生在宿舍里说女生，话题都不会太纯洁，遂道："我是叫你们别讲话了，被抓到了怎么办？"

宿管老头每隔一个小时会巡视一次宿舍，抓到夜聊的，一次警告，两次记录扣分，算到班级的总分里，对学生来说，还是有点儿分量的。但男生们普遍不咋重视，只觉得他是欲盖弥彰，闷在被子里窃笑。

他深深地叹了口气，正色道："别老把我和宁玫放在一起说，我没这个意思。"

这是他第一次正面表态，韩琮也忍不住探出个脑袋："你不喜欢宁玫啊？"

"大家都是同学。"庄家明被表白的次数多了，攒出了婉拒的经验，"你们这样说很不好。"

然而没人当真。大家关注的重点是："所以你喜欢的是程婉意？"

庄家明："都是同学……"

"那……关知之？"夜谈是最容易吐露心事的时刻，舍友们锲而不舍。

庄家明刚想说话，手机就振了一下，弹出来芝芝的消息："这个回答你满意了没？我睡觉了。"

他顾不得解释，掀开被子下床，进厕所打电话，带上门前提醒他们："别说话了啊。"

宿舍里一片安静。

庄家明这才关上门，打了个电话过去。电话响了半分多钟，那边的人才接起来，问道："干吗？打电话很冷啊。"

"我根本不是那个意思。"他怕她再误会，犹豫了会儿，还是问，"你是不是哭了？"

话筒那边的呼吸声顿住，她过了一会儿才说："没啊。"

庄家明轻声说："芝芝。"

“干吗？”口气已经软下来。

“你不开心可以和我说，没关系的。”他轻声道，“不要憋在心里，好不好？”

芝芝在那头沉默。他压低的声音传到这里，有些微失真，却更添几分磁性，听得她耳朵里痒痒的，有种想把心事和盘托出的冲动。

可是她忍住了，轻轻地道：“有些事，我没有办法和你说。太迟了。”

十六岁的她惊愕于他越发难以遮挡的光芒，对比自身的黯淡模样，不敢问他：你变得越来越受欢迎，以后会不会再也看不到我？如今她二十六岁，已经知道故事的结局，也不必再问了。

太迟了。她对他说，也对自己说。

“我要睡了，晚安。”芝芝挂断了电话。

庄家明蒙了，完全不知道发生了什么，更不明白什么叫作“太迟了”。他们一起长大，青梅竹马，知道对方人生中发生的每一件大事小事，哪怕是今天的事，他也可以确定她是因为被同学们忽略而有些难过。

他等不到明天，夜里就发了消息，甚至打了电话，“太迟了”三个字从何谈起？可她话语里流露的情绪又不似捉弄和赌气。隐隐约约地，他感觉到她似乎……并不是真的在为被忽略而难过。

发生了什么？少年费解地拧起眉头，一点儿头绪也没有。

放假的前一天晚上，庄家明握着手机，一晚上没睡好觉。他早晨起来，又发生了一件哭笑不得的事，上课的时候，头都是晕的。

好在即将放假，大家都心思不宁，老师们见怪不怪，未多追究。一眨眼，时间到了下午，他们上完两节课就放假了。

芝芝回宿舍拿行李的时候，发现自己来了“大姨妈”，怪不得睡了一觉还没缓过来，情绪低落得不像话，原来是激素的缘故——女孩子嘛，每个月都有那么几天情绪大起大落。

她熟练地泡了杯红糖水，在回家的公交车上时不时抿一口，虽然对缓解痛经的效果有限，但摄入糖分带来的愉悦感，大大缓解了“姨妈期”的异样情绪。

但这个月的“大姨妈”可能为了迎接即将到来的2011年，热情得过了分。

公交车刚到县城，芝芝就不行了，面色苍白，身体蜷成了虾米，一声不吭。

庄家明酝酿了一路，想问问她昨天说的话到底是什么意思。他好不容易决定开始话题，扭头就看到了她病恹恹的样子，吓了一跳："怎么了？"

"我的肚子……"芝芝痛苦地皱起眉毛，"痛。"

庄家明："……"要不是闻到了红糖水的气味，他肯定会想到某些不靠谱的古装剧，这台词太让人误会了。但就算面对最普通的痛经，青春期的少年也毫无经验，小心翼翼地问："要去医院吗？"

她摇头。

"我打电话叫叔叔来接你？"公交车站离家还有一段距离，平时走路不过十来分钟，现在他却觉得她肯定走不了。

"别。"芝芝深吸了口气，"我爸这个时候正忙呢，我缓缓就行了。"

庄家明没有强求，他们在这个年纪有种微妙的自尊心，总觉得已经踏入了成人的行列，反感事事找父母的做派——当然事实是，芝芝独立惯了，一个人去医院、一个人打针，对父母那边能瞒就瞒——他选择下了公交车后，叫了一辆小黑车送二人回家。

县城的小黑车都是改装后的电瓶三轮车，有简陋的棚子遮风挡雨，但司机没有驾驶执照，存在安全隐患。如非迫不得已，庄家明一般不会坐。

今天没有办法。他扶着芝芝上了车，一路提心吊胆，紧紧握住她的手臂，生怕来个急刹车，自己摔一下没事，芝芝没坐稳摔出去就麻烦了。

好在司机的水平还不错，平平稳稳地载着他们回了家。

付了车钱，庄家明把两人的书包拿下来，放到墙脚："我背你上去。"

痛经都是一阵一阵的，芝芝这会儿好点儿了，赶忙摆手："我行的。"

庄家明看着她："你是在和我客气吗？"

他的语气不凶，表情也很平淡，但凭借着多年相处的经验，芝芝还是嗅到了异样的气息："呃，不是，我真的可以。"

"随你。"庄家明一把提起两人的书包和行李，头也不回地上楼了。

他有什么好生气的啊！她在内心疯狂地吐槽着，气沉丹田，慢悠悠地往上爬。她刚走到二楼，楼上就传来急促的脚步声，没一会儿，庄家明出现在楼梯口："走得动吗？"

芝芝果断选择撒个小谎："扶我一下呗。"

庄家明绷紧的脸蓦地舒缓下来，他走过来搀起她的胳膊。男生的力气十分大，芝芝的腿都没使劲，人已经上了台阶，再一晃，家门口到了。

现在是饭点，家里当然没人。

芝芝脱了鞋，往沙发上一靠："好了，我躺会儿就行。"

"我给你灌个热水袋吧。"庄家明对关家的熟悉度仅次于自家，熟门熟路地进厨房拿水壶烧水，又问，"热水袋呢？"

"在我床上吧。"她有气无力地说。

他走进她的卧室，在床尾发现了一个红色的热水袋，是上海的永字牌，好多年了。他再看床单，也是洗得发白的碎花图案，从小看到大的老款式，底下还压着一片布料，提出来一看，是只袜子。

袜子短短的，粉白二色条纹，起了许多毛球。

"啊！"芝芝以不符合身体状况的速度冲过来，劈手夺下，"我的袜子！我妈怎么没收走？"

"压在床单下了，可能没看到。"庄家明忍着笑，抬高了胳膊不给她，"你居然把臭袜子脱在床上。"

"臭个屁！这是我睡觉的时候穿的。"芝芝瞪他，"我喜欢冬天睡觉穿袜子，不行吗？"

庄家明不逗她了，把袜子放下："行，行。"

厨房里，水壶"呜"地响起来。

他小心地灌好了热水袋，没忘记倒过来甩干溢出的水珠，这才递给她："我要去吃饭了，你怎么办？"

"我和我妈说不去吃了，让她晚上带点儿回来给我。"芝芝焐着热水袋，腹部的疼痛骤然减轻。

他想了想："我七点多回来，到时候帮你带过来吧。"

"行。"

庄家明离开了。他到爷爷奶奶家时，比预计时间晚了二十分钟。

庄奶奶看到他进来，皱巴巴的脸倏地绽开，笑得看不见眼："家明来了，饿了吧？快坐下，我给你盛饭，一直温着。"

她说着，赶紧走进厨房里端菜盛饭。庄家明跟进去帮忙，被奶奶赶出来了："厨房那么小，你进来干什么？"

嘴里念叨着，手上的动作却不慢，奶奶飞快地给他盛了饭，还用饭勺压了压。她又去端蒸锅里的菜，盖子一掀，白气倏地散开，热气腾腾。

庄家明见缝插针，拿了三双筷子。

庄奶奶笑得更开心了，口中却说："这种事不用你做，厨房不是男人进的，出去吧。”

他选择性听了最后三个字，端着饭出去了。

庄爷爷已经坐到了饭桌前。他是典型的男性长辈，家务不沾手，油瓶倒了也不扶一下，但看到孙子摆筷、端饭也没说什么，只是问：“今天有事？来得比平时晚，你奶奶菜端出来又去热了一次。”

“嗯，有点儿事。”庄家明说，“以后你们先吃，不用等我。”

庄奶奶笑眯眯地给他夹菜：“没事没事。这次元旦放几天啊？”

“三天。”他说，“星期一回去。”

2011 年的元旦正好是周六，学校也就没调休，直接放到 3 号，让学生们 4 号回去上课。

庄奶奶连忙点头：“明天你爸也放假，我多做两个菜。你想吃什么就和奶奶说，奶奶给你做。”

庄家明最爱吃的是酱排骨和鲫鱼豆腐汤，但前者老人咬不动，后者又多刺。他想了想，说：“虾、炒南瓜。”

然而事实证明，老人对孩子的了解远超出他们的想象。庄奶奶立刻问：“做个鱼吧，你不是爱吃鲫鱼吗？学校里没有吧？”

“有，虾比较少。”庄家明撒了个小谎。

庄奶奶一听就改主意，但又提议：“我看到今天肉摊上卖的排骨挺好的，就买了一块，给你做酱排骨吃。”

庄家明低头看着碗里的饭，慢慢说：“那冬瓜排骨汤吧，我想喝汤。”

“那就排骨汤。”庄奶奶毫无立场，瞬间改变计划。

第二天，他就吃到了白灼虾、红烧鱼、冬瓜排骨汤和炒南瓜。

芝芝短暂地睡了一觉，醒过来时，庄家明带回了关母做好的水蒸蛋。嫩黄的蛋液凝固，滴着鲜美的酱油，光滑的表面上撒着虾米和葱花，简单却香得勾人。

“阿姨说叫你先吃，再喝红糖姜水。”他晃了晃保温杯，里头是过滤后的姜茶。

芝芝饿了，迫不及待地舀了勺送进嘴里：“嗯，果然下面还放了肉末，好吃。”

关父烧菜的手艺不错，养出了她刁钻的胃口，就算是最简单的水蒸蛋，也必须放虾米和肉末，沾点儿肉的香气，不然她就不肯多吃一口。

平时关父关母都嫌她麻烦，简单地做个水蒸蛋就完了，今天估计是看在她身体不舒服的分儿上，她才吃到。

一碗水蒸蛋很快见了底。

庄家明一直等到她吃完，面色舒缓，才问："什么叫太迟了？"

他问得突兀，打了芝芝一个措手不及，饱嗝卡在喉咙里，半天才吐出来："呃……啥？"

"昨天晚上。"他紧紧追问，"到底怎么回事？"

芝芝眼珠一转，装傻充愣："就……就是没必要说的意思。你打电话过来的时候我已经好了，又不是什么大事，是我自己选的幕后工作，再酸有点儿矫情，况且表演的成功实际上就是我的成功啊。"

庄家明将信将疑，唇角紧抿："你现在很多事不肯和我说了，我哪里得罪你了？"

芝芝有点儿惊讶，没想到他也会纠结这种事——众星捧月如庄家明，也会有"朋友不理我，是不是不和我好了"的烦恼吗？但她转念一想，这才是人之常情。

学生的圈子很小，只有同学、朋友和家人，在成人看来没什么大不了的事，对他们来说却十分严重。她已经将昨夜的事归咎于"大姨妈"的影响，他或许已经在乎一天一夜了。

"你没有得罪我，只是……"她斟酌着，无奈地说，"我们都不是小孩子了。"

他们是青梅竹马，两小无猜，小时候，她什么都能和他说，不高兴了就冲他哭。可是现在，他们都长大了，男生和女生之间，除非成为情侣，以另一种方式相处，否则，终归会渐行渐远。

庄家明愣住了。

芝芝捏着不锈钢的勺子柄，刮下碗壁上的葱花，嘟囔道："你也一样啊，早自习明明和韩琮他们在说什么，我问了又说没事，大家半斤八两。"

"那怎么一样？"他脱口道。

她反问："怎么不一样？"

当然不一样！庄家明的耳朵又开始发烫了。

今天早上，他因为没睡好，很早就起了，记起昨天晚上回来得迟了，熄灯前没来得及洗衣服，就打算趁着多出来的十几分钟，把裤子和袜子洗干净晾了。反正他带回家也是自己洗，没什么区别。

然后，他就遭到了其他室友的调笑，具体内容就不说了，总之不是可以说给女生听的内容。

这要他怎么和芝芝解释呢？

庄家明最后也没找到合适的理由，只好抽象地说："现在和以前没什么两样，你有事还是可以和我说，不要闷在心里。"

芝芝不想骗他，也不想敷衍，抱着热水袋瘫在沙发上——感谢"大姨妈"！

庄家明却不是能轻易被糊弄的人，沉住气，静默地看着她，一副看谁耗得过谁的架势。两人在客厅里大眼瞪小眼。

芝芝撑了五分钟，败下阵来，垂头丧气地说："你和我说，我也和你说。"

"一言为定。"

芝芝没当回事，印象中，他不久后就会慢慢和她疏远。高二、高三那会儿，他们的话题只有学习和家里的事，心事什么的，她从来没听他说过，这次也不会例外——重生的人，就是这么自信。

然而她隔日就被打脸了。

2011 年的第一天夜里，芝芝扛过了"大姨妈"的疼痛，开始狂补作业。晚上九点多，她的手机响了，庄家明发了一条消息过来。

"我今天和我爸出去，碰上了一个女人，姓夏。"

芝芝手一抖，手机差点儿砸到脚背上。

第二条消息弹出："我觉得有点儿……怪怪的。"

芝芝："……"

原来庄叔叔的第二个老婆这个时候已经出现了？家明哥怎么这么敏锐啊……怎么办？

她颤抖着拿起手机，摁键回复："什么怪怪的？"

庄家明和她叙述了一遍始末。

时间线拉回 1 月 1 日的上午。

元旦是法定节假日，庄鸣晖得到了一个久违的假期，31 号晚上就回家了。次日上午，他翻了翻家里的衣柜，和拖地的儿子说："天冷了，爸爸陪你去买几件衣服。"

庄家明想说自己有衣服，但视线落到父亲钻了毛的羽绒服上，嘴边的话就改了："去哪里？"

"红星大厦吧。"

这是县城里最大的百货商场，别看此地只是个县城，但处于东部，经济发达，商场里的男装基本都是五百元起，贵的能直逼两三千元，比外头开的服饰店贵多了——芝芝小姨家的女装店，人均才两三百元呢。

正值假日，商场里的人流量多了不少。

男装在三楼，庄鸣晖看上了一家很时尚、休闲的店，刚想指路，就见儿子走进了一家成年男装店，清晰地对柜员说："请帮我爸爸挑一件合适的外套。"

庄鸣晖惊讶又感动，赶紧走过去说："今天是给你买衣服，爸爸不用。"

柜员瞧着他们，笑出了声："这是你儿子？真孝顺，长得也俊。"

庄鸣晖点点头，十分为这个儿子骄傲，口中却谦虚："唉，说了给他买衣服，谁知道他主意大……"

"这件都飞毛了。"庄家明拽出钻出缝线的羽绒，"买件新的吧，一会儿去奶奶那里吃饭。"

这句话戳中了庄鸣晖。他从不在意自己穿什么，可母亲看到了，多半又要怪他不知道照顾自己，然后暗示他再找一个。今天家明也会一道去，他不想让儿子知晓这件事，遂改了主意，对柜员道："给我拿件简单的就行。"

"长款。"庄家明看向父亲，轻轻地说，"妈说你穿长的好看。"

庄鸣晖的眼眶一热，他情不自禁地点头："那就长的。"

两人在商场里消磨了一上午，给庄鸣晖买了件羽绒服，给庄奶奶买了件棉裤，给庄爷爷买了护膝，庄家明自己也买了双冬季的球鞋——"学校里都穿校服，衣服就算了，不划算。"庄家明说。

庄鸣晖当时没说什么，出了商场却带庄家明拐进了旁边的一条商业街，这里的衣服价格要比商场便宜很多。他对儿子说："我知道你心疼钱，但还是买一件吧，就算只穿一年也行。"

"不用了。"庄家明竭力反对。

庄鸣晖平静地说："你这件毛衣的袖子都短了。"顿了顿，他又说，"家明，爸爸只有你了，赚来的钱不给你用，给谁呢？"

庄家明转过头去，没说话，心里却想：万一你还要再结婚呢？彩礼之类的事离他太遥远，他只是模模糊糊地知道，如果父亲要再婚，肯定是要花钱的。

他的想法很矛盾。一方面，他自私地不希望父亲再婚，无法想象其他女人取代母亲的位置；另一方面，又怕自己拖累父亲，害父亲找不到合适的人，想着家里的钱多一点儿，或许会好一些。

几个想法全然矛盾，弄得他也不知道哪个才是自己的真实想法。

正当父子俩僵持的时候，有个女声响起："庄工？"

庄家父子齐齐抬头看去。那是个三十岁出头的女性，身材看起来还很苗条，脸上却有了皱纹，没化妆，五官秀丽，眉宇间笼着淡淡的愁容，一看就是生活得颇为艰辛的女人。

"你是……夏丽？"庄鸣晖想起来了。

夏丽拘谨地点点头，问他们："要进来看看吗？今天到了新款式。"

父子俩这才发现他们站在别人家的店门口，怪不得会让人主动询问。庄鸣晖一看卖男孩子的衣服，顺势就进去了。

庄家明只好跟进去。

"你不在院里做了？"庄鸣晖寒暄。他认识夏丽，盖因对方在设计院工作，做些打扫卫生、整理文件之类的杂活，因为手脚勤快又不多话，很得同事们的好评，故而他也有些印象。

夏丽解释说："这是我姐姐的店，今天放假，我过来帮帮她。"顿了顿，夏丽看向庄家明，眼里是所有女性长辈看到他时共有的赞赏，"您是来给儿子买衣服的吧？长得真好。"

"对对。"庄鸣晖说，"你拿几件合适的给我看看。"

"好。"夏丽手脚麻利，很快挑出了几件适合庄家明这个年纪的衣裤，"这几件卖得最好。"

庄鸣晖就催儿子去试。

然而庄家明的脸和身材导致他穿个麻袋都像是穿了奢侈品，只要板型过得去，上身就是帅。于是庄鸣晖都想买，庄家明只挑了件外套，父子俩谁也说服不了谁。

夏丽忍不住笑起来，真心诚意地说："你儿子真懂事，我女儿要是有他一半贴心就好了。"

庄鸣晖谦虚了几句，顺口问："你女儿多大了？"

"十五岁，读初中，学习不太好。"夏丽的笑容中带着忧虑，她又夸庄家明，“我一来就听说了，庄工的儿子成绩特别好，是在重点高中读吧？”

庄家明回答：“市立一中。”

“一中啊，最好的了。”夏丽的脸上满是羡慕。

“你女儿呢？”

“七中。”

“那也挺好的。”

“学校和老师都很一般，就是我表姐的妯娌是那里的教导主任，把孩子托给她了。”

“是不是谢主任？”

“对，你认识？”

“她弟弟是我同学。”

小地方的特色是就算两个陌生人，也能通过七弯八拐的亲戚搭上关系。庄鸣晖和夏丽聊了没一会儿，就摸到了两个人之间的关系网。

两人有了共同的熟人后，关系一下子被拉近了。夏丽给了个优惠的价格，说服庄家明买了两件衣服，加起来才五百元出头。

离开服装店，庄家明才问：“那个阿姨是？”

“院里新来的，她的女儿比你小两岁。”庄鸣晖有感而发，“她一个女人带孩子，比我更不容易。”

庄家明当时没说什么，晚上回了家，越想越不对劲，就给芝芝发了消息。

芝芝听完来龙去脉，抓起作业本，丢给客厅里看电视的爹妈一句“我去找家明哥问题目”，直冲门外，砰砰敲门。

开门的是庄鸣晖，一看见她就笑：“找家明？”

“叔叔好，我问个题。”芝芝说着，冲着出来的庄家明晃了晃作业。

“进来吧，叔叔给你拿点儿饮料。”庄鸣晖打开橱柜，里头是今天傍晚和儿子去超市采购后的战利品。他拿了两杯奶茶，对儿子说：“和妹妹一起喝。”

庄家明应了一声，泡了两杯奶茶，拉着她进了卧室：“你好点儿了吗？喝点儿热的。”

大晚上的，喝奶茶何其罪恶，芝芝想严词拒绝，谁想庄家明领悟不到少女戒糖的决心，插上吸管递到了她的面前。

她只好“迫不得已”地接过来吸了一口，含糊地说：“我过来是想问问你到底怎么想的。”

“我没什么想法。”他捏着吸管，半天不喝一口，“就觉得……”

“觉得有戏？”芝芝歪着头，“她对庄叔叔是不是很热情啊？”

庄家明沉默地点了点头。

“这挺正常的，庄叔叔工作好，看起来就是有本事的，外表又很像样，初婚的看不上他，再婚的就不一定了。他在二婚市场肯定很吃香。”芝芝老到地分析，“一个带着女儿的单身母亲，对叔叔有点儿意思很正常啊，成年人嘛！”

据芝芝对夏丽的了解，她不是个精明的女人，但也不蠢，都三十岁出头的年纪了，难道还学高中生偷偷暗恋？不可能的，她该出手时就出手，错过这个村就没这个店了，婚恋市场是很残酷的。

她心里想着，吸了口奶茶，继续说：“至于庄叔叔嘛，可能还没这个心思，应该是想着把你带大，以后一个人过。所以，你要是不希望他再婚，和他说就行了，他肯定会同意，你爷爷奶奶那里，他也会搞定的。”

“你上次和我说的话，我想过。”庄家明指的是国庆节假期时两人聊的内容，纠结地说，“如果只是和我爸做个伴，我也不是一定要反对，但是……”

“嗯？”

他吞吞吐吐：“是不是太快了？我爸工作那么忙，有必要吗？”

芝芝眨眨眼：“你的意思是，你想过叔叔再找，但是等到他年纪大了，一个人在家比较孤单，然后可以找一个阿姨搭伙过日子？”

庄家明莫名觉得忐忑：“不对吗？”

“也不是不对，有很多这样的夕阳恋啦。可是……”芝芝犹豫着要不要继续往下说。

庄家明轻声道：“你说好了，没关系的。”

“那我就说了。”她清了清嗓子，虽然关着门，但还是鬼鬼祟祟地瞄了眼门口，“你不要大惊小怪的，也别追着我问。”

他有些奇怪，但点头应下：“嗯。”

芝芝拖着椅子，靠近了点儿，庄家明配合地探过身去。她酝酿了一下，在他的耳边低声说：“等到年纪大了，真的就是做伴，不是做夫妻了啊。”

庄家明一怔：“什么意思？”

芝芝急了："三四十岁还能过夫妻生活，五六十岁有这个心没这个力啊！"

这句话在庄家明的脑子里过了两圈，他才后知后觉地领会到其中的意思，登时涨红了脸，尴尬得说不出话来。

芝芝说的事完全超出了庄家明的思考范围。他一直觉得，父亲再婚是想找个一起生活的伴侣，但他自己住宿，父亲又忙于工作，不提内心深处抗拒外来者的加入，理智上也觉得没必要。

家里没人做饭，父亲可以去奶奶家吃，奶奶肯定很高兴看到儿子过来；家里没人做家务是乱了点儿，但父子俩在家的时间短，他们定期打扫就是了；个人的琐事可以自己做，他现在住宿，基本上能做到自己搞定自己的事情，父亲也不是不会用洗衣机。

奶奶说找继母的另一个目的是照顾他，可他不需要，现在这样就挺好的，他也自私地认为，父亲或许和他的想法是一样的。

然而他想得太简单了。

在孩子的视角之外，尚有一片他未曾注意的天空，那是属于夫妻之间的世界，不仅仅有生活上的互帮互助，还有……还有很多他不了解的东西。

芝芝一口气喝下了一杯热奶茶，撑得打嗝儿。这个声音唤回了庄家明的思绪，他复杂地看着熟悉的邻家妹妹，不知道该说什么才好："芝芝……"

她趴在他的书桌上，懒洋洋地说："干吗？"

"我是不是太自私了？"他也望向卧室关着的门，似乎想透过这个看到父亲的身影，"虽然说我希望有人照顾我爸，可这个人真的出现了，我又觉得很难接受。"

她乐了："你这样还能叫自私啊？自私的人根本不会这么说，你希望有人照顾叔叔，证明你很爱他，你心里不能接受，这也是人之常情。世界上没有哪个孩子是真心实意想要继父、继母的，当然，亲生父母太坏的不算。"

他坐在床沿，垂头不语。

"其实，你不用想那么多，八字还没一撇呢。"芝芝说着没有意义的安慰。她很清楚，庄鸣晖最终还是会和夏丽结婚，而她当年怕继母待他不好，竭力反对，但他还是同意了父亲的婚事。

后来的十年里，庄鸣晖和夏丽过得不错，没有轰轰烈烈的爱情，却也彼此扶持照顾，家庭安定和谐。所以，她没想过从中作梗，破坏这对中年男女的二次婚姻，反而劝着庄家明，想让他早些释怀。

孩子们终归会离开父母，展翅高飞，父母有自己的生活未尝不是好事。而庄鸣晖没能做到一生一世一双人也没什么大不了的，现实生活不是爱情小说，大家都是普通人，过着普通的生活。

大家都想开点儿吧。

芝芝深深地叹息，拉住了庄家明的手，用力握紧："没什么大不了的，别担心。"

她说的都是毫无意义的话，但也不知是不是她刚喝过热奶茶，双手暖乎乎的，她握着他的手时，他冷冰冰的身体突然得到了抚慰，热意传到心脏，周身都温暖起来。

"芝芝。"他的唇角荡开一丝笑纹，"谢谢你。"

"我们之间就不用说谢了吧？"她做了个鬼脸，拿起作业，"回去了，拜拜。"

庄家明送她出去。

"妹妹走了？"庄鸣晖进厨房倒水，"她最近成绩怎么样？"

"挺好的，进班级前十名了。"庄家明回答。

庄鸣晖笑了："那就好，你有空就多教教她，你们俩从小玩到大，别长大就疏远了。爸爸现在还和小学同学出去喝酒呢。"

"喝酒？"庄家明倏地抬头，"你喝酒？妈不是不让你喝吗？"

庄鸣晖说漏了嘴，连忙补救："就吃饭的时候喝了一点点，没多喝，真的。"

庄家明："……"

元旦假期结束返校，芝芝忽然发现了一件事：她的人缘儿变好了。

高中开学半年，她最要好的是前任同桌王诗怡同学。和所有的小姑娘一样，两个人会一块儿上厕所、吃午饭、上体育课或音乐课。但在林老师突如其来地换座位后，两个人离得远了，下课专门绕到教室的另一头去叫对方上厕所不方便。所以她们虽然还会偶尔一起吃饭，关系却慢慢地变淡了。

新同桌程婉意是高冷女神，独来独往，从不和人一起行动。芝芝不是真正的高中生，并不需要一个形影不离的闺密，久而久之，也就习惯了。

这就导致她几乎没有同进同出、关系要好的女性朋友。

但是现在，宁玫向她抛出了橄榄枝。不是她重生前见识过的“塑料闺密”，也不是之前披着亲近的皮，实则挑事的撩拨，而是实打实的少女友谊——宁玫在食堂看到端着饭盒的她，主动招手问她要不要坐一起；她问庄家明借纸巾时，宁玫主动递出自己的纸盒；最后，宁玫邀请她一块儿去厕所了。

芝芝非常困惑，搞不清宁玫葫芦里卖的是什么药。但俗话说，伸手不打笑脸人，她没什么理由拒绝，可有可无地应承下来。

过了几天，她后知后觉地发现，自己仿佛被拉入了宁玫的小团体。有意思的是，这个小团体的人数不多，团体中的人却都是一班女生的“金字塔顶尖阶层”。

比如宁玫，她长得最漂亮，在“女神”的称呼花落程婉意的同时摘得了“班花”的桂冠，在女生中成绩最好，是当之无愧的中心人物；还有一个名叫余若妃的团支书，不参与班级的管理，地位却很高，据小道消息称，她爸在市政府里工作。

另外两个女生中，一个是能歌善舞、才艺丰富的纪可人，另一个则是学习成绩同样排在前五的范芸，她不是班干部，却是班主任林老师的课代表，每天都能和林老师直接交流，比大部分班干部还有面子。

这些人让芝芝自叹不如，同时她越发好奇，宁玫拉她入伙，到底要干吗？组团孤立程婉意吗？

结果并不是。观察了数日，芝芝确定，宁玫拉她入伙，并没有什么阴谋——也是，大部分人的高中生活平静如死水，天天明争暗斗的不是宫斗剧就是美剧——非要说是什么原因的话，大概是认可。

简而言之，宁玫的小团体聚集了班里某方面最厉害的女生，现在她们认为芝芝也拥有这样的能力，所以决定吸纳她成为自己团体的一部分。

坦白地说，芝芝的心情有点儿复杂。

曾几何时，宁玫是她需要仰望的人。有人听着很好笑，同班同学，哪里需要这么夸张地用上“仰望”两个字？宁玫不过是个家境不错，样貌漂亮点儿的普通女孩儿罢了，放在十四亿人口的大背景下，两人半斤八两。

可少女的世界很小，眼界也很窄，就只装得下班级那么大。

她当时就觉得程婉意特别有女神范儿，走路都和别人不一样；觉得宁玫特别厉害，成绩好、人缘儿好，自己与之相比，那还真的是萤火和皓月。

而如今，或许是她当编剧和导演时显露出来的能力，又或许是她不经意透露出来的成人的思想，让宁玫觉得她有资格做自己的朋友了。

这是一种很微妙的感觉，三分好笑、三分高兴、三分释然，还有一分怅惘。

因为她回不去了。今日的友谊，弥补不了十六岁的自卑感，用作弊的手段得到的认可，骗得了别人，骗不了自己。她只有变得比二十六岁时的自己更好，才能无愧于自己。

换句话说，元旦过后就是期末考了！

她还想什么有的没的？她还是赶紧投身于期末复习的宏图伟业中吧！

过了1月6日的小寒，天气骤然转冷。芝芝周五早晨起来，猛地发现外头亮得不同寻常，瞄一眼闹钟，是六点一刻没错。

她哆哆嗦嗦地在被窝里换好衣服，披上羽绒服下来一看，窗外银装素裹，竟是下雪了。

“下雪了？”睡在窗边的女生揉着眼睛爬起来，看到白皑皑的树枝后，忍不住兴奋地叫了起来，“啊，真的下雪了！”

这儿算是南方，三年里也就一年会下次雪，还是薄薄的一层，所以对于本地人来说，下雪还是件很新鲜的事。

没一会儿，整个宿舍都活跃了。

大家忙忙碌碌地上厕所、刷牙洗脸，到了六点四十分，晨跑的铃声没响，取而代之的是柔和的音乐。这代表学校今天取消了晨跑，大家多出了二十分钟的时间。

芝芝起得最早，在去教室自习和好好吃顿早饭间犹豫了半天，决定看在下雪的面子上，稍稍放松一会儿。

她去食堂买了碗热气腾腾的白粥，佐着流沙的咸鸭蛋慢慢吃。平时晨跑完只有十五分钟的早饭时间，去掉排队和路上的时间，根本不够坐下来好好吃顿早餐，她都是买了包子、馒头或蛋饼回教室吃。

寒冷的冬季早晨，一碗热腾腾的白粥下肚，整个人都暖和了起来。芝芝吃得心满意足，又买了一个茶叶蛋和一个葱卷，准备在课间补充能量。

结果在第二、三节课的间隙，庄家明和几个男生出去了一趟，回来塞了个烤红薯给她，热腾腾的，她捧在手心还嫌烫。

她瞪大了眼睛：“哪儿来的？”

“嘘。”庄家明比了个噤声的手势，轻声说，“买的，快吃吧。”

芝芝掰了一半给他，剥着皮说：“少糊弄我，我昨天才问过老板娘卖不卖烤红薯，她说不卖，你们从哪儿弄来的？”

一中管得很严，不允许学生从校外买饭，怕学生吃坏肚子不好交代，唯一卖零食的只有小卖部和食堂。这个红薯闻着就是用老式的铁桶烤出来的味道，庄家明肯定是从街头小贩那里买来的。

庄家明只好说：“宿舍后面的小路上，有人在卖这个。”

男生宿舍位于校园的西北角，后面是一条小路，偶尔有推车的小贩经过，香味一阵阵飘进来。不知是哪个胆子大的男生率先翻墙买了东西回来，反正没过多久，好多人就这么干了。

芝芝歪过身瞅他的裤子：“今天下雪，路这么滑，你也不怕摔着。”

“没事。”他屈起手指，遮住发红的掌心，“你什么时候想吃和我说，给你带过来。”

芝芝咬着软糯的红薯，有点儿开心，又有点儿不开心。

期末的最后半个月眨眼即过，芝芝只记得复习、复习、复习，考试、考试、考试，然后……就没有然后了。

寒假的第一天，她在全班第八名，年级第十六名的光环下，安安心心地睡了个懒觉。或许是心神太放松，她做了个长长的梦，内容全不记得，只是醒来时心中恋恋不舍，多半是个美梦。

她窝在暖暖的被窝里，惆怅地叹了口气，好半天才爬起来洗漱。

她吃完早饭一看，才九点半。窗外阴沉沉的，看着要下雪，风把路边的树吹得哗啦啦作响，看着就很冷。

芝芝正琢磨要不要勤快一点儿，从寒假第一天就开始写作业，忽然听到门外有响动，拧开门锁一看，是好久不见的庄鸣晖。

他看到对门探出了个脑袋，忍俊不禁：“妹妹在家啊？”

“刚起来，家明哥呢？”她问。

“快起了，要不要来我们家玩？”庄鸣晖让开门，笑着说，“放假了好好放松一下，和哥哥看个电影，玩玩电脑吧。”

芝芝直乐，和她爹妈爱盯着自己学习不同，庄家父母从来没操过这个心，反倒担忧庄家明一天到晚学习，累坏了身体，一有机会就“勾引”他们看电视——他们读小学的时候，庄鸣晖还特地买过一台 DVD（高密度数字视频光盘）播放机，去店里租各种碟片给他们看。

她愉快地决定听从长辈的建议，揣了钥匙蹿到对门。

庄鸣晖叮嘱道：“家里有水果和香飘飘，叔叔院里发的，我们吃不完，你帮忙多吃点儿。”

“嗯！”她点头如捣蒜。

庄鸣晖很高兴，又关照了两句才出门上班。

芝芝一进门就看到墙脚堆着的纸箱，一箱苹果、一箱橘子，封条都没拆。她摇摇头，敲了敲庄家明卧室的门：“家明哥，我进来了。”

庄家明的卧室从来不上锁，她等了几秒就推门进去。

他翻了个身，睡眼蒙眬：“谁……芝芝？”

“叔叔叫我来找你看电影。”芝芝替他拉开厚重的窗帘，“你居然起得比我还迟，稀奇哦。”

他抬手挡了挡眼睛，还有点儿不清醒，含糊地说：“晚上有点儿事。”

“起来啦。”芝芝坐到书桌前的椅子上，抬腿踹了踹他的被子，“不起我掀被子了。”

“哦。”他用力眨眨眼，撑着床坐起来，“起了起……”

他像是个被拔掉了电源的机器人，以极其别扭的姿势僵住了。芝芝没留意，翻着他书桌上写了几页的寒假作业，叹为观止：“我的妈呀，你居然昨天晚上就开始写了，不是吧？”

亏她还觉得自己第一天想写作业勤快得过分，某些人可是刚到家就开始写了。比你优秀的人还比你努力，真的不给人活路。

庄家明一个字也没听见。他陷入了万分尴尬的境地，大冬天的早晨，后背竟然开始出汗，整个人热得发烫，脑袋一片空白。

芝芝没得到回应，转头去看他。庄家明坐在被窝里，一动也不动，手指无意识地攥着睡裤，捏出深深的痕迹。

“你……傻了？”她觉得莫名其妙。

庄家明缓缓地扭过头：“我……”

“嗯？”

“有点儿头痛。”他竭力镇定，又躺了回去，“再睡会儿。”

芝芝吓了一跳："你不会发烧了吧？"她摸了摸被子，觉得有点儿薄，"这个是秋天的被子吧？对了，叔叔肯定忘记拿冬天的厚被子出来晒，昨天晚上又降温了。"

她心痛又难过。早在一个星期前，关母就给她晒好了冬天的棉被，她昨天回来盖的时候，还能闻到阳光的味道，摸着都是软乎乎的。可庄家明呢？会留意给他添衣加被的妈妈，永远不在了。

"量一下体温吧。"她掩饰好情绪，严肃地说，"温度高的话就去医院，听到没有？"

庄家明尴尬又窘迫，支支吾吾地说："我就是没睡醒，眯会儿就好了。"

芝芝才不信，跑去客厅翻温度计。他赶紧起身，拉开衣柜找出换洗的衣物，紧紧藏在手里，直奔厕所："我没事，我起来了。"

"啊？"芝芝蒙了。他这么急着跑厕所，难道是拉肚子了？

五分钟后，庄家明出来，很镇定地说："没事了，我洗了把脸，好多了。"

芝芝举着温度计："量了再信你。"

庄家明："……"

"不然就打电话给叔叔。"

他妥协了，顺从地接过温度计，体温三十七点二摄氏度，正常得不得了。

芝芝放了心，叮嘱道："把你冬天的被子找出来，天晴就晒一下，这几天都很冷，别感冒了。"

庄家明心里的不自然悄然退去，取而代之的是满满的暖意："知道了。"

庄家明按照她说的取出了棉被和被套，两人齐心协力换了一床被子，又去看庄鸣晖的卧室，发现他盖的也是秋天的被褥，于是一起换了。

他们把两套寝具统统塞进洗衣机，倒入洗衣液，洗衣机轰隆轰隆搅动起来。

庄家明泡了麦片，就着昨天剩下来的葱花卷吃了顿早饭。芝芝捧着香喷喷的热奶茶，着实没有心情写作业，遂问："看电影吗？"

"好。"

此时大家还没有什么版权意识，电影全靠资源下载。芝芝找了个熟悉的网站点进去，选了部电影，迅雷跳出提示，她顺手按了下载键。

下载列表跳了出来，名称是字母和数字的组合。仿佛有一道光劈中了脑袋，芝芝混沌的大脑骤然闪现明光：“啊！”她懂了！

庄家明吓了一跳，消去没多久的窘迫感再度出现，他忐忑不安：她“啊”什么，不会知道了吧？不会吧，这个下载记录又没写片名，就是字母，她怎么会知道？都怪胡健他们，昨天晚上好端端地给他发这个链接，说他一定要看，不看就不把他们当朋友……结果都是些乱七八糟的。

“你紧张啥？”芝芝咬着吸管，不以为意，“我又不会告诉叔叔。”

庄家明扭头看着她，神色惊悚：她真知道了啊？

“干啥？你知道我也能知道啊。”仗着多出来的十年经验，她终于找回了一点点女主角的优越感。不过她现在也找回了青春期的感觉，很理解地表示：“好了好了，我知道你不想和女生说这个。我懂，我啥也没看见，放心吧。”

为表诚意，她还顺手删掉了记录，仿佛是为了证明也把这事从自己脑子里删除了。

庄家明却不知怎的，心里隐隐觉得不太舒服。他当然不想和她说这个，男生和女生谈这方面的话题，等同于耍流氓。但是……前段时间，他还信誓旦旦地说过不会瞒着她，两人要相处如从前，这么快出尔反尔，总让他觉得很不好，仿佛两人之间的鸿沟被进一步拉大了。

他不喜欢这种感觉，所以犹豫了下，没头没尾地道：“别人传给我的。”

芝芝大吃一惊。

庄家明的人品没得挑，但他们生长在县城，父母的见识有限，与大部分的家长一样羞于谈起——关母和她说例假都不说“月经”两个字，只用“那几天”“那个”代替——他也从来不和她谈这方面的话题。

少男少女都半懂不懂，仿佛心照不宣，但其实都朦朦胧胧、屁也不懂。她是在大学里和一个父母是医生的妹子当室友，才间接获得了比较靠谱的知识，而庄家明作为男生，大概是和大部分男同学一样，靠片子里博爱的小姐姐们了。

“你看我干吗？”他竭力保持镇定。

芝芝不知道为什么，突然特别开心，笑着问：“谁给你的？”

庄家明讲义气，不肯出卖同学，含糊地说：“男生。”

“哦。”她咬着吸管，眼珠乱转，“什么类型啊？”

他的耳朵开始泛红：“很普通，没什么好看的。”

“这个不普通吧，都是艺术夸张过的。”芝芝也不想耍流氓，非常正经地传授知识，“现实没这么夸张，你别当真。”

庄家明惊得魂飞魄散，震惊地看着她：“你……你不会……”

她愣了下才反应过来，赶紧摇头：“我不是，我没有，我看书看到的。”

“咚——”心脏落回胸腔，他吐出口气，竟然没法儿掩饰刚才的紧张感：“那就好，你……你是女生，不能乱来，知道吗？”

“你是男生也不能乱来啊！”芝芝不甘示弱。

他反驳：“我才不会。”

“那我也不会。”

两个人杠了一下，气氛却奇异地缓和了。

芝芝不想一口气做回“老司机”，吓坏竹马，主动结束话题，点开下载好的电影看了起来。很巧，她刚才随手下载的高口碑作品不是别的，正是2010年罗伯·莱纳执导的作品，《怦然心动》，一个关于青梅竹马的故事。

芝芝不记得以前有没有看过，仿佛有，又仿佛没有，今日重看一遍，又有截然不同的体会——男神重要吗？重要，但是自我更重要。

她把这个感想和庄家明说了，换来他一个意外的表情。

“你说呢？”她反问。

庄家明其实没想那么多，剧情刚刚开始，他唯一的感觉是朱莉不值得。

她喜欢一个不理解自己、不懂得尊重自己的人，有什么意思呢？同样是青梅竹马，他和芝芝就从来不这样，她小时候喜欢跳皮筋，他就算不感兴趣，也会充当柱子陪她玩；她不喜欢看书，但他看的时候，她也会耐心地坐在一边吹笛子，虽然他会觉得很吵。

他们虽然也拌过嘴，但始终是为彼此着想的，母亲去世的时候，她哭得比他还要伤心，为他没有妈妈难过……

“问你话呢！”芝芝碰碰他的胳膊，不满地说，“你怎么不理我？”

庄家明这才从回忆中惊醒，想起刚才的思绪，不由得有些窘迫，不自然地说：“我在想呢。”

"那你想好了没？"

"应该后面会变的吧。"庄家明临时想了个答案，"他已经开始注意朱莉了。"

芝芝悄悄撇了撇嘴，知道他肯定走神了，但她愿意原谅他的敷衍。在货真价实的十七岁，他应该还体会不到个中滋味。

她歪过头，颊边出现一个浅浅的梨涡："我也这么觉得。"

青梅竹马，怦然心动，这个意象就已经够美好了。

冬日里，天色暗得早，又将近年关。关父关母不再营业到晚上十点多，八点左右就准备关门了。

两人正在厨房里收拾着东西，玻璃门推开，一对母子走了进来。

母亲局促地问："关店了吗？"

"没。"关母瞧见她的肩膀上湿了一片，心知外头又开始下雨，孩子又极小，脸冻得红彤彤的，语气不自觉缓和下来，"吃点儿什么？"

那个母亲仰起头看墙上贴的菜单，最便宜的葱油拌面七块，贵一点儿的咸菜肉丝面八块，番茄鸡蛋面八块，其他什么鳝丝面、鱼片面都要十五六块钱，有点儿贵了。

"妈妈，我想吃牛肉。"小孩吸了吸鼻涕，讨好地拉了拉母亲的衣角。

牛肉面最贵，十八块。母亲犹豫不决，半晌，狠狠心说："吃个番茄鸡蛋面吧，你不是爱吃鸡蛋吗？"

小孩说："我想吃牛肉。"

母亲很想训斥孩子不懂事。快过年了，年货要钱，人情红包要钱，他们去探望父母，也得给个一两百意思意思，一个春节下来，这一年攒下的工资也就不剩多少。过完年，他还要读小学，学费又是一笔开支。

但她忍住了，说："妈妈想吃番茄鸡蛋面。"

孩子难掩失望的表情，吸吸鼻涕，低头不吭声了。

"我们快关门了，牛肉不放过夜，十二块。"关父摁灭了烟头，"差不了几个钱。"

只差四块……母亲狠狠心，轻轻点头："那就牛肉面吧。"她停顿了下，又不太好意思地问，"上面是不是写着，加面三块？"

"对。"

"那我就要一碗，多加一份面。"母亲说。

"红烧白烧？"

"红烧吧。"

关父平静地点头："知道了。"他走进厨房里，抓了两份半的面条下锅，又拿出牛肉，切了一大块下来，麻利地切成薄片。

五分钟后，牛肉面出锅，均匀地盛在两个碗里，上头铺满了薄薄的牛肉。

做母亲的愣住，登时忐忑不安，刚想问是不是弄错了，关父就说："十五块。"

哦，老板没弄错。她安了心，自钱包里小心翼翼地翻出一张十块钱，又数了五个硬币。孩子已经迫不及待地拔出筷子，大口大口地吃了起来。

母亲提醒说："慢点儿，别噎着。"过了会儿，看到关家夫妇似乎收拾完了东西，一边看电视一边等他们，她又不好意思起来，催促说，"快点儿吃，别磨蹭。"

好在孩子正埋头咀嚼着牛肉，没听清母亲在说什么，否则非要纠结该听哪句才对。

九点左右，母子俩吃完了面，并肩走入了夜色中。

关家夫妇收拾好东西，拉下卷帘门。外头飘着雨和雪，地面上湿漉漉的，关母撑开伞，替弯腰锁门的丈夫挡住雨雪："下雪了。"

关父锁好门，自然而然地接过了伞："天气预报说是雨夹雪，放心，积不起来。"

"不晓得女儿收没收衣服，别忘了。"关母忧心忡忡。

关父说："她都读高中了，总不会连个衣服都不会收。"

"我什么时候说她不会了？我是怕她忘了！"关母反驳。

关父是传统的男人，不擅长和老婆拌嘴，立刻投降："行行，我说错了。"

夫妻俩边说边走，身影没入夜色中，路灯下，一片片晶莹的雪花飞舞着，与丝丝细雨交织，勾勒出一个平凡的冬夜。

很快到了除夕。关家夫妇开了半天的店，吃过午饭就关了。接着他们收拾收拾，带上前几天买好的年货，一道去乡下过年。

路上，关母委婉地告诉芝芝，她多了一个堂弟。

芝芝想起这事，顺口问了句："能上户口吗？"

“过两年再说。”关母叮嘱她，“你懂点儿事，别和你佳丽表妹抢东西。”

芝芝很无奈：“我不是小孩子了。”

关大伯前头生了两个女儿，大女儿乳名大妞，大名关佳丽，今年十四岁，读初二，小女儿就是二妞，大名叫关佳芳，明年才读小学——是不是很奇怪，关大伯比弟弟年长数岁，为啥长女的年纪反而比弟弟的闺女小呢？

答案很简单，他的老婆李翠之前怀过一个，小诊所的人觉得可能是女孩儿，她打掉了，休养了两年才怀上关佳丽。后来没打，是因他们听老一辈人说女孩儿招弟，所以留了下来。

谁知道第二胎又是个女孩儿。

她想了想，问：“佳芳怎么办？”

关佳丽已经是个半大的孩子，只要给够钱，食堂吃饭，寝室睡觉，身边有同学、老师，问题不大。关键在于马上要上小学的佳芳还小，家里突然多了个弟弟，谁来照顾她？

“有你奶奶呢。”关母也觉得他们好端端非得再生一个有毛病，但当着孩子的面不能说长辈坏话，一个劲地往好了说，“再说她明年就上学了，也就多双筷子的事。”

芝芝不知道该说什么，像她父母这样不奉行“棍棒底下出孝子”，通常只用“我是为了你好，你以后就懂了”做理由的，已经算是非常文明、讲道理的了。有些家长更是一言不合就上手，揍到你听话为止。

儿童的心理健康是啥？孩子有口饭不就长大了吗？他们又不是不让孩子读书，矫情啥？

“唉！”她长长地叹了口气。

关母开始觉得女儿有毛病了：“年纪轻轻的，叹什么气？今天过年，别整什么乱七八糟的。”

芝芝马上用出万能金句：“大过年的，你能不能别说我了？”

关母噎住，奇迹般地没再说下去。

他们走过湿滑崎岖的乡间小路，大伯家到了。今天的天气不好，屋里暗得很，但为着省电，家里并没有开灯，关佳芳搬了把小矮凳坐在院子里写作业，关佳丽则在厨房里帮忙洗菜。

关母一到就接过了侄女的活，撸起袖子说：“水冷得很，你别洗了，我来。”

关佳丽已经懂事了，很有眼色地说："婶婶，没事，我马上就洗好了。"

"给我。"关母一把夺过菜篮子，随口指了个活，"有苹果，你削一个和二妞一起吃。"

话音未落，院子里的关佳芳就叫起来："二婶，不要叫我小名，我有大名。"

"没大没小！"李翠斥责道，"你的名字咋了，叫两声怎么了？"

"孩子大了，是不该叫小名了。"关母是过来人，芝芝小时候也有一段时间不爱别人叫她小名，说长大了就该叫大名，所以很理解侄女的别扭心理。关母改口说："佳丽，你削个苹果给佳芳，可甜了。"

关佳丽最近深深体会到什么叫"儿子是宝，女儿是草"，对母亲偏心小弟的行为很不满，一听便说："哎，好，我这就去。"

李翠喊她："先给浩浩泡奶粉。"

"我来！"芝芝仗义执言，让表妹吃水果去。表妹大过年的还要伺候弟弟，太难了，独生子女万岁！

李翠对侄女不像对女儿那样颐指气使，改口说："我来吧。"

芝芝很想马上闪开，但想了想，还是拿了奶瓶过来泡奶粉——算了算了，总要有人做事。她不是小孩子了，总该搭把手。

泡奶粉没难度，但喂小孩儿有，李翠怕侄女不知轻重，呛到宝贝儿子，主动放下手头上的活，风风火火地给儿子喂奶去了。

芝芝揶揄道："金贵！"

"没大没小！"关母瞪她一眼，赶她离开厨房，"家里的油瓶倒了都不扶一下，别在这里碍手碍脚。"

芝芝知道这是她妈心疼她，笑嘻嘻地躲出去了。

后院里，关大伯在杀鸡，关奶奶拿着碗接血，准备点血豆腐吃。他们看到她饶有兴致地看杀鸡，连忙说："别过来，地上脏得很。"

早上下过雨，地上还未干透，又是乡下的泥土路，被鸡一扑腾，遍地是鸡毛和血渍，脏兮兮的，无处下脚。芝芝爱惜自己新买的雪地靴，乖乖地停了脚步，站在屋檐下说："那我就站这儿。"

"芝芝是不是馋了？"关大伯笑着说，"一会儿让你吃鸡腿。"

关奶奶也笑："爱吃鸡腿，像她爸！"

关大伯麻利地放了鸡血，开始舀热水烫鸡毛，捋下来的尾巴毛也不扔，洗了洗，递给她："拿去做毽子。"

芝芝一下子愣住了，回忆汹涌而至。

她小的时候，在乡下住过几个暑假。当时女孩子流行踢毽子，关母为了骗她跟奶奶住，哄道："街上卖的毽子不好，叫你奶奶给你做鸡毛毽去。"

"好看吗？"她瞪着眼睛问。

"好看。"关母很笃定。

小女生也是有虚荣心的，她抱着做个特别好看的毽子，让小伙伴羡慕嫉妒恨的心态，乖乖地去了乡下，头一天就闹着要雄鸡的尾巴毛。

那时一只公鸡是很值钱的，但她不懂事，非要个毽子，关奶奶怎么都哄不好。最后关大伯一咬牙，直接把鸡宰了。于是，她不仅吃到了一顿非常美味的红烧鸡肉，也得偿所愿，有了个鸡毛毽子。

他们都不是坏人，连对侄女都不错，更不要说对亲生骨肉。关佳丽有一次发烧，村里的卫生所看不好，关大伯就背着她一路走到了县城。李翠也是，关佳芳早产，生下来很是虚弱，她衣不解带地照顾了佳芳几个月，每天只睡一两个钟头。

他们是可恶的极品父母吗？不是。可是，他们要生儿子，更看重儿子，认为家产都该给儿子。

芝芝接过了鸡毛，心情复杂极了。

傍晚吃团圆饭，关奶奶把第一个鸡腿夹给了李翠，说"以后不用再吃苦头了"。李翠知道是在说她有了儿子，眼圈瞬间就红了，但没吃鸡腿，给了小女儿关佳芳。

关奶奶又把另一个鸡腿给了芝芝，笑眯眯地说："芝芝难得来，多吃点儿。"

关母飞过去一个眼刀。芝芝会意，又把鸡腿还给了关奶奶："奶奶，我不爱吃鸡腿啦，你吃吧。"

"我不爱吃，你吃你吃。"关奶奶用筷子挡着。

芝芝就给了关佳丽，以姐姐的口吻说："你吃，多吃点儿，长长个。"

关佳丽也很谦让，捧着碗不接。关父笑了："别让来让去的了，一个鸡腿，又不是吃不起。"他又对母亲解释："她在学校里经常吃鸡腿，吃腻了。"

“那不一样，这只鸡是我们自己养的，不打激素。”关奶奶不识字，但电视看得多，也能说出科学名词。

“我吃鸡翅。”芝芝结束了这场争执。

鸡腿最后归了关佳丽——父母是不吃的，他们吃的是鸡头、鸡屁股、鸡杂，还有鱼背、菜梗、老豆腐。

李翠吃得最少，桌上的菜还剩一大半的时候，半岁的关浩就开始扯着嗓子哭。她不得不放下筷子去哄儿子，给他换尿布、喂奶，忙得像个旋转的陀螺。关佳芳不太喜欢这个弟弟，听着他的哭声烦得很，皱鼻子翻白眼。

同时，关大伯一边啜着黄酒，一边笑得眯起眼睛：哎，听这哭声多有劲儿，是个强壮的小子呢。

除夕夜，团圆饭，全是人间烟火。

关家在吃年夜饭的时候，庄家明也在爷爷奶奶家吃饭。比起芝芝面对的父母和子女的人生难题，庄家的话题就简单多了。

庄奶奶一门心思扑在孙子身上，问他“读书吃不吃力”“老师讲的能不能听得懂”一类的话。

庄家明清楚地记得，自己读小学的第一天，晚上回来吃饭，他奶奶就是问了这样的话，一模一样。他的答案也没有改变：“不吃力，听得懂，挺好的。”

“对家明还有什么不放心的？别啰唆了。”庄爷爷等老伴儿问完，才像模像样打断了她。

可过了不到十分钟，他自己也忍不住问：“明年是不是就要分文理科了？”

庄奶奶马上接话：“我问过了，都说读理科好，以后好找工作，工资也高。”

文理分科是高二的事，林老师也只顺口提过几句，并没有仔细分析。庄家明没有什么特别喜欢的专业，也没有所谓的梦想，想了想，说：“看大学的录取率，理科容易就读理科。”

换作别人说这话，只能说是从实际出发，但庄家明这么说，意思就是——都学得不错，文理都一样。这就是学霸的自信！

庄鸣晖对儿子极有信心，只提点了一句：“也要看专业。”论学校，当然是清北复交，可医学、航天、政法、农林这样专业性强的专业，又有不一样的选择了。

庄家明没考虑得这么远，说：“我想想。”

“不说家明了，你呢？”庄奶奶话锋一转，直逼儿子。虽然当着孙子的面，她不能明说，委婉地暗示还是可以的，“最近工作怎么样，忙不忙？”

庄鸣晖从设计相关的专科毕业，一开始并不是建筑师，而是进了关父关母所在的工厂里做设计师，因此结识了妻子舒沅。后来厂子倒闭，许多工人下岗，他又托了朋友的关系，进了一家设计建筑院工作，干满五年才考到了建筑师资格证。

如此一来，工作量翻倍，收入也多了不少。他本想着多赚点儿钱给妻子看病，谁知道……

“忙是忙了点儿，但都挺顺利。”他说。

庄奶奶忧心忡忡：“你这样不是个办法。”

说实话，儿子要是没那么忙，能天天回家，左右已经有了孙子，她也不一定要他再讨个老婆。可是儿子忙得很，没空打理家里的事，家明放假回家还要自己搞卫生、洗衣服，她要不是身体不好，恨不得自己去儿子家里帮忙。

庄爷爷亦是有备而来，试探着说：“要不然挂靠一下？”

“不行。”虽然挂靠是行业里的潜规则，但庄鸣晖想也不想就拒绝了。

他有自己的打算：“我打算供家明出国读书。”

庄家明一惊：“爸！”他年少气盛，没吃过多少苦，看父亲为了自己这般拼命，感到说不出的难过和愧疚，不假思索地道，“我不出国，国内的大学也很好。”

然而，他的这点儿意气在大人眼里，只不过是“有孝心”。庄奶奶说：“家明啊，奶奶知道你懂事，但这是大人的事，你不用管。”

“你爸的想法是有道理的。”庄爷爷附和道，“现在家里能供得起的，都要送小孩出去，长长见识也好。”

庄奶奶忙不迭地点头，举了几个例子，什么小姐妹的孙子去了国外念书，回来以后工资上万；老同学的孙女在外面读了几年书，找了个外国老公等。

庄鸣晖耐心地听老妈唠叨完，这才对儿子说：“你读不出来，我不会花这个冤枉钱，还不如买套房子给你以后结婚用。但是家明啊，你读书读得这么好，爸不能耽误你，读书读出来，你自己就能买得起房子。”

庄家明一时不知该说什么好。

“是这个道理。”爷爷奶奶一起附和。

这顿饭变成了留学讨论会。

饭后，庄奶奶在厨房里洗碗。她借口拿不动盘子，叫儿子过来帮忙把盘子放进橱柜。她一边递着盘子，一边低声说：“你们单位里有没有谈得来的？”

“没有。妈，你别瞎想了。”庄鸣晖说。

“谁瞎想了？我想啥了？我是你妈，问两句都不行了？”老太太拔高了声音。

庄鸣晖敷衍：“行行行。”

老太太步步进逼：“别人给我介绍了一个离过婚的，但没孩子，前头那个男人打她才离的，三十岁。你这两天放假，要不然就去见见？”

庄鸣晖拿儿子当挡箭牌：“妈，家明这个年纪，心里已经有想法了，突然家里多个人，你让他怎么想？他过两年就要高考了，你不能让他分心啊！”

孙子是老太太的命根子。庄鸣晖一提到庄家明，庄奶奶就犹豫起来。她一方面觉得家里有个人照顾，孙子可以过得更好一点儿；另一方面又怕他心生反感，反而让他受了委屈。

“我无所谓。”冷不丁的，厨房门口传来庄家明的声音，吓了两个人一跳。

被儿子听到这种事，庄鸣晖难免讪讪的：“家明啊……爸爸和奶奶就是随便聊聊，没别的意思。”

庄奶奶连连点头：“对对，奶奶就随便说说。”

“我也是随便说说。”庄家明纠结大半年了，终于决定说清楚，“爸如果要再婚，我同意。他喜欢就行，不要是为了我。”

庄鸣晖一怔，心里酸酸的：“家明……”

外国片里，这样的场景适合拥抱和一句“I love you（我爱你）”，但国内的父母与孩子从来不会这般直接地表露爱意，都是矜持、含蓄、隐忍的。

庄家明说了这几句话，就已经觉得不好意思。他稍微站了一会儿，找了个蹩脚的借口出去了。庄鸣晖也是，被儿子的心意感动，却努力装作什么也没有发生。

庄奶奶则是特别高兴，忽然不再催促儿子，而是大包小包地将别人送来的年货整理好，在父子俩离开时叫他们带上。没有哪个儿子、孙子能拒绝母亲、奶奶的盛情，庄家父子带着两箱牛奶、一箱苹果和一箱坚果大礼包回了家，而家里的苹果、橘子、奶茶都没吃完。

看着客厅里满满当当的年货，父子俩面面相觑。半晌，他们敲开了对面的门。

关家人已经从乡下回来了，一家人正窝在沙发里看春晚，看他们父子提了水果和牛奶来，连忙推辞："干什么干什么？快拿回去。"

"家里的吃不完。"庄鸣晖挡开他们夫妻，不容分说地提进了厨房，"给芝芝吃。芝芝，过来吃水果。"

芝芝：我的减肥大业进行不了了。

关家夫妻阻拦不住，只好退而求其次，从冰箱里取出乡下的土鸡蛋和冬笋塞给他们，算是礼尚往来。

庄鸣晖推辞不了，只好接受。

关母觉得只有他们父子俩在家太过冷清，端出茶和水果、瓜子，招呼他们一起看春晚。芝芝很大方地让出了半个沙发："坐我这儿！"

在长辈的眼皮子底下，庄家明不好意思和她靠得太近，和父亲坐在一起。但是关母拍拍他的肩膀："坐妹妹那里去，吃的都在她那儿。"

橘子、坚果、果汁、薯片，都被疼爱女儿的父母堆到了芝芝面前，庄家明坐的那一侧只有烟灰缸和茶杯。

他依言坐过去，马上得到了芝芝分享的薯片："吃不？"

薯片薄而脆，撒着咸香的粉末，咬在嘴里咔嚓作响，芝芝不知不觉就摄入了大量热量。她认为，肥胖不是一个人的事，所以把剩下的薯片全塞给他了。

她自己开始吃橘子，剥了两瓣，突然给他一个："你也吃。"

庄家明拿起橘瓤一看，果然里面有个核。关知之同学打小不爱吃有核的橘子，丢了又怕被父母说浪费，所以都会非常"大方"地分享给他。

他接过来吃掉了。

关母很快发现了女儿干的"坏事"，沉着脸问："你这孩子太不懂事了，怎么又欺负家明？"

“我没有啊。”芝芝无辜地说。

“给人家吃自己剩下的，亏你做得出来。”关母拿了个大橘子塞给庄家明。她慈爱地说：“家明吃，别理她。”

庄家明给青梅打掩护：“吃不下，分一个正好。”

关母感慨：“家明真懂事。”

芝芝：呵呵，滤镜！

十二点整，春晚倒计时归零的刹那，窗外响起一阵又一阵的烟火炸开的砰砰声，五颜六色的烟火急落如雨，一会儿是个圆，一会儿是朵花，五彩缤纷。

芝芝抬起胳膊碰碰庄家明：“放吗？”关大伯买了不少烟火，因为关佳芳还小，他特地买了可以在手里拿着的烟火棒，并且在她离开前硬是塞了一包给她。

这么幼稚的事不能一个人做，他们得同甘共苦！

外面冷得很，庄家明也不是小孩子了，对此不感兴趣。然而他想起了前几天看过的《怦然心动》，便说：“我陪你去吧。”

长辈们没阻止，只是叮嘱：“家明，照顾好妹妹，别离烟火太近。”

“知道了。”两个人拿了烟火棒下楼了。

路灯暖色的光束下，淫雨霏霏，扑在脸上冷飕飕的。芝芝拿了打火机，可风太大，几次都没点着。“我来。”庄家明接过来，拢着手点着了火。

“嗖”，烟火棒发出一团明亮的光，丝丝金线缠绕着，火花朵朵。

十年后早就禁止燃放烟火，芝芝很久没玩，很是感慨，一圈圈晃动着烟火棒，闪烁的火焰描绘出一个个圆圈。

庄家明就在旁边看着她，忍不住笑：“你又要变身了？”

芝芝蒙了：“啥？”

“你小时候不是经常这么干吗？”青梅竹马的坏处就是，童年的糗事对方都记得一清二楚。庄家明回忆了一下，居然还记得台词，“什么隐藏着黑暗力量的钥匙……之类的？”

芝芝想起来了。是的，没错，在童年时代，她疯狂地迷恋《魔卡少女樱》，不只买了假魔杖，逢年过节放烟火的时候，还喜欢模仿小樱的动作。

她现在杀了他还来得及吗？芝芝沉默片刻，比了个手枪的手势，冷酷地道：“你知道得太多了。”然后她配音“砰砰”两声，配合着开枪的动作，一副女杀手的模样。

庄家明再也忍不住，轻声笑了。

大年初一的凌晨，芝芝将近一点钟才睡下，醒来时已经是十点多了。按关家的习惯，他们这天会去金外公家里拜年。

关母一大早起来心情就不太好，带去父亲家里的东西添添减减，无比纠结。但这不是因为她太关心父亲，想不好拿什么去，而是态度过于复杂，拿多了不爽，拿少了又心疼。

为啥她多给亲爹东西会不爽呢？这就要说一说金外公这个人了。

关母的父亲叫作金远瞻，年轻时吃过苦头，后来娶了个不识字的乡下姑娘，就是金外婆了。

这对夫妻虽说不是父母之命、媒妁之言，但实在不是什么恩爱夫妻——还不如关爷爷和关奶奶都是农民，门当户对，普普通通地过一生——金外婆勤劳能干，把家里收拾得妥妥当当，可是长得普通，人也粗俗，为了几毛钱能说一大串污言秽语。

金外公觉得丢人，金外婆觉得委屈，两个人磕磕碰碰地过了大半辈子，每天都在互相折磨。

芝芝读初一的时候，金外婆得了重病去世，金外公恢复单身。

据关母和金小姨说，她们的母亲死了，父亲一点儿都不伤心，反而松了口气。姐妹俩自此就存了芥蒂，觉得当爹的没心没肺——就算你不喜欢，她好歹伺候了你这么多年，这样着实无情。

可是爹妈的感情问题，做子女的不好插手，也就睁一只眼闭一只眼，稀里糊涂地过吧。

然而她们姐妹都小看了金外公。

在他看来，自己可是被困在婚姻里几十年，每天对着不喜欢又唠叨的女人，那可是一种精神折磨。现在好了，他解脱了，立刻过上了新生活，每天溜达出去和人下棋、逛逛花鸟市场、打打太极，日子那叫一个美。

不久，他遇到了人生的第二春。最美不过夕阳红，在金外公看来，能在入土前找到真爱，简直是祖宗保佑，所以马上开始考虑再婚。

金家姐妹惊呆了：爹，我们的妈才刚死不到半年，你就要再婚，有人性吗？

两个女儿都反对，金外公气坏了，心想：老子一大把年纪，不知道啥时候就没了，难道你们还想让我和年轻人一样谈恋爱？

他一定要结婚。关母和金小姨极力反对，还拉上了关父和芝芝的姨夫帮忙说服他。父女僵持了足足一年，谁也不肯服软。

最后，金外公的女朋友提出了个建议："老金，咱们都是有儿有女的，再婚让孩子们尴尬，不如算了，反正也就是做个伴，扯不扯证不重要。"

于是就在去年，金外公和他的女朋友……同居了。

这个女朋友姓蔡，丈夫死得早，有两个儿子，大儿子在外地工作，逢年过节才回来，小儿子在县城里开了家店。她以前就跟着小儿子一家住。

小儿子娶了媳妇，婆媳间难免有矛盾，因此和金外公处上后，她基本上就在金家住——金外公有房子。

关母一大早就纠结个没完，就是怕去了碰上蔡婆婆。

"大年初一，她应该跟着儿子住吧？"路上，关母这么问关父，想得到肯定的答复。

关父点点头："是吧。"

可人就是怕惦记，关母惦记了蔡婆婆一路，很不幸在金外公家碰上了。她只好装得很自然地点点头："蔡姨。"

"美娟来了啊。"蔡婆婆比起金外婆来，绝对是个时髦的人，一把年纪，头发烫鬈，穿花裙子，门口还摆着高跟鞋，"拿这么多东西干什么？快进来。"

关母很客气地说什么"都是乡下种的菜"，但芝芝觉得她老妈的内心想法是：老娘拿东西来孝敬我爹，又不是孝敬你，一副主人口吻是什么意思？这是我家，不是你家！

芝芝脑补着，没忍住笑了。

蔡婆婆又夸芝芝："芝芝越来越漂亮了。"

虽然知道是客气话，芝芝还是很高兴，回道："您也很精神。"

蔡婆婆的眼里闪过讶异之色。可能是青春期敏感反叛，也可能是受到母亲的影响，芝芝从来都对她不冷不热，现在突然这么懂事，看来是读高中以后长大了。

而关母对于女儿的"背叛"行为很不满，瞪了她一眼，拎着东西去了厨房，顺便检阅一遍他们的伙食——木须肉、水蒸蛋、炒青菜。

关母皱起眉头："爸，你怎么就吃这点儿东西？一点儿都没有营养。"

芝芝觉得这句话可以翻译成对蔡婆婆的指责：你是怎么照顾我爸的？就给他吃这点儿东西？

金外公也听出了大女儿的言外之意，护着女朋友："咋了，不是挺好的？我现在就想吃点儿清淡的。"

蔡婆婆解释："老金嘴里烂了，我不敢让他吃太上火的。"

芝芝想了想："那该补充维生素。"

"我拿了苹果。"关母雷厉风行，马上削了个苹果，切成小块放在碗里端给金外公，又说他，"身体不舒服就去看医生。"

金外公哼哼哈哈地敷衍着，把话题转移到芝芝身上："芝芝期末考得怎么样？"

"还行。"关母一提到女儿的成绩，立刻从去年的含糊变成了得意，"老师都说进步得很快，年级第十六名，班里第八名。"

金外公点点头："终于晓得要用功了。"他顿了顿，又训诫她，"不能骄傲，考了第十六名，前面还有十五个人考得比你好。"

芝芝毫不意外这种打压式教育，"嗯嗯啊啊"地敷衍过去。

金外公很满意，走进卧室，从床头柜里取出红包，额外塞了两百块钱进去，轻描淡写地递给外孙女："拿去买点儿吃的。"

"谢谢外公。"芝芝幸福地接过来，无视她妈丢过来的眼色，妥帖地收进了自己大衣的口袋里。

真好，她又可以拿红包啦！

午饭前，关母和金小姨都不想和蔡婆婆吃饭，不约而同地准备离开，金外公也没挽留。

一出门，芝芝就听到她妈和金小姨迫不及待地嘀咕起来。

关母愤愤不平："我一说他就急着护人，好像我会吃了她一样。"

金小姨心里发酸："老头子真是过分，咱妈在的时候，油瓶倒了他都不扶一下。现在好了，那个女人叫他做事，答应得不要太快。"

关母感慨："妈真不值得。"

金小姨沉默了下，轻声说："对，不值得。"

芝芝安安静静地听着，心想：婚姻这种东西，可能是世界上除了父母与子女的关系之外，另一大无解的难题了。

做客、拜年的流程过去后，芝芝启动补作业计划。

她以前很不愿意写寒暑假的作业，总是抄庄家明的，后来听说老师压根儿不会看，干脆直接乱写了事。

现在从头来过，她自然不好意思敷衍，认认真真地把几门课的作业都写了。

最后剩了四天的空余时间，她和庄家明去市里玩了一次。那里新开了一家博物馆，陈列附近发掘的古董，门票很便宜，才五块钱，很适合钱包并不鼓的他们。

博物馆里很冷清，没什么人。他们主要看个热闹，消磨了一个多小时就离开了。时间还早，芝芝看看手表，建议道："我饿了，去吃个麻辣烫吧。"

"好。"

街对面就有一家麻辣烫店。他们穿过马路，和从少年宫里出来的程婉意碰了个正着。她穿着驼色大衣、小羊皮靴，肩上背着琴盒，正错愕地看着他们。

"哎，婉婉，"芝芝熟稔地打招呼，"你怎么在这儿？"

程婉意的表情有点儿微妙："我来这里上课。"

"哦，对，你学小提琴。"芝芝对她嫉妒又同情，嫉妒她能有机会得到大把同龄人没有的资源，也同情她的生活都被学习占据，没有什么玩耍的时间。

"你们两个……"她的目光游移，语气迟疑。

芝芝轻快地说道："我们来参观那个博物馆，现在准备吃午饭。你要一起来吗？"

程婉意咬了咬嘴唇，笑得有点儿勉强："我一起去不太合适吧。"

"有什么不合适的？"芝芝纳闷了一下，很快恍然，"哦哦哦，我们只是约好一起来，参观而已。"

程婉意讶异地问："是吗？"

芝芝坦然地道："我们从小就认识，习惯一起玩了。"其实，在真正的少女时代，她还是有几个初中里的同性朋友的。但人生倒带了十年，她在感情上已经和她们是陌生人了，干脆默默地疏远了她们。以至于她现在除了庄家明，一个玩伴都没有。

"对吧，家明？"

庄家明点点头。

程婉意显而易见地高兴起来，主动道："我要去前面那家'江南人家'吃饭，你们去哪里？"

芝芝“呃”了一声，记得没错的话，江南人家不就是前面那家看起来装潢不错，打折菜也是二十块钱起的那个餐馆吗？她吃不起啊！

她干笑一声，指了指不远处的小店：“麻辣烫，你吃吗？”

这下轮到程婉意尴尬了。她家教甚严，父母向来不允许她吃这种看着就不干净的食物，尤其是麻辣烫、烧烤、大排档。

庄家明看出了她的窘迫，解围道：“你下午还要上课吗？”

“下午上舞蹈课。”程婉意说，“我在学芭蕾舞。”

芝芝献上膝盖，主动取消邀约：“吃麻辣烫有点儿慢，你迟到就不好了，下次吧。”

然而程婉意想了想，像是下定了什么决心：“没事，还有一个多小时，我和你们一起吃吧。我没吃过，好吃吗？”

“好吃。”芝芝挽住她的胳膊，笑眯眯地说，“我喜欢吃鱼豆腐和蟹肉棒，鹌鹑蛋也超棒的，午餐肉烧进汤底的味道也特别好吃！对了，一定要放蔬菜，叶子吸饱了汤汁以后，吃起来特别入味……”

程婉意听着听着，忽然觉得饿了。

麻辣烫店的店面很小，但碗柜干净，不锈钢的桌面被擦得锃亮，映出人影。芝芝拿了篮子，拉开柜门挑选自己爱吃的菜品，又照顾程婉意：“你以前不吃这个，可以吃不辣的，这种肉丸怕吃了不舒服的话，就吃蔬菜吧。”

程婉意的确有点儿挑剔。街边的肉丸不知是用什么肉泥打成的，她不敢吃，反倒是蔬菜新鲜不新鲜一目了然。

她选了一些青菜、豆芽、土豆、蘑菇，还加了一些豆制品，肉类斟酌半天还是下不去手，放弃了：“就这些。”

芝芝没这些忌讳，装了满满一篮子，递给老板的时候闻到锅底的香味，馋得口水都要流下来了。

锅里有六个提篮，老板动作麻利，按照菜品煮熟的时间下锅，没多久，三个人点的麻辣烫就被端了上来。

芝芝拿出一次性筷子，掰开，迫不及待地夹起一颗滚烫的鹌鹑蛋塞进嘴里。温度太高，烫得她直抽气，庄家明打开一听可乐：“吃得这么急干什么？”

“饿了。”她吹了两口，埋头苦吃。

程婉意看着她，心里竟然有些羡慕。

“给。”庄家明把打磨好的一次性筷子递给程婉意。

“谢谢。”程婉意接过，挑起一片菜叶放进嘴里，吃相斯文。

芝芝扭头看她：“好吃吗？”

程婉意诚实地说：“太咸了，不健康。”

“但是快乐啊。”芝芝抱着可乐吸了一口，振振有词，“人就是这么低等的动物，明明脱离原始社会很久了，可是你的基因还是没变，一摄入高糖、高脂肪的东西，身体就拼命告诉你：啊，开心！啊，快乐！放弃抵抗吧。”

程婉意并不觉得麻辣烫有多好吃，但被她的话语感染，竟然无端觉得美味了些。

可庄家明想着程婉意平时吃得很清淡，乍一摄入麻辣的食物，很有可能造成肠胃不适，便无情地拆了芝芝的台：“她很会找借口，你别听她的，不喜欢就少吃一点儿，吃多了肠胃的负担比较大。”

程婉意笑了笑，拿塑料小勺撇掉了上层的浮油，又尽量析出汤汁，只吃蔬菜。

这点儿分量当然不够午餐，可是她直到看见庄家明放下筷子，才跟着装出一副吃饱了的样子停止进食——她很少和同学一起吃饭，不想让他们不高兴。

但芝芝和庄家明都发现了这点，吃完麻辣烫后，很默契地走进了不远处的一家面包店。

“带回家吃。”芝芝这么解释。

这家面包店是市里的连锁店，程婉意平时常去。她也跟着买了面包，预备等下再吃一点儿。

“我们去书店看看，你去吗？”庄家明问她。

程婉意摇了摇头：“我该去上课了。”

“那再见。”

“再见。”

她背着琴盒往回走，过了会儿，忍不住扭过头。她的两个同学并肩走着，不知交谈了什么，笑得特别开心。

程婉意突然发现：自己真的很嫉妒关知之。

芝芝下午的时间就消磨在了书店里。

对于囊中羞涩的学生来说，蹭书看是非常划算的事。毕竟县里的图书馆进书慢，借名著还好，想找新书还是得来新华书店。

一般来讲，他们只要不过分，书店对于蹭书看的人是睁一只眼闭一只眼的。芝芝熟门熟路地拿了本新书，找了个不会妨碍别人的角落，就地坐下看了起来。

“你真转性了。”庄家明坐到她的对面，“腿收一下。”

芝芝盘起腿，郁闷地道：“我在你眼里就这么爱看言情小说吗？”

“那倒不是。”他说，“其他乱七八糟的也看。”

芝芝：“……”

她决定不理他，继续看手上的《1Q84》。这本书是2010年的畅销书之一，但芝芝当年没有看过。因为同一年的畅销书还有《致我们终将逝去的青春》《微微一笑很倾城》……

她回来之前，这几部小说已经都被翻拍成了电视剧或电影。她刚才在书台上看到这几本书的时候，觉得太有年代感了。这都是她的青春啊！

不过现在，关知之要洗心革面，重新做人了。看完村上春树的《1Q84》，她还打算看下渡边淳一的《失乐园》。

趁着智能手机还没走进千家万户，网文还没有侵蚀她的意志，她必须好好珍惜这最后的能专心看书的时间。

两人一窝就到了四点多，各自挑了本辅导书买了。

“你又买习题？”芝芝一脸惊悚的表情，“学校的卷子还不够你做吗？”

庄家明道：“多看看不同的题型总是好的。你买英语书？”

“我的语法不太好，补一补。”

芝芝以前觉得英语是最没用的学科，又没钱出国，学好有啥用？后来她才知道，英文好才能看到更广阔的世界，能够接触更多的信息，不至于被割掉耳朵、堵住喉咙。

她发誓要学好它。

她买了书，当然不能不买文具。

可惜的是，现在市里还不能很方便地买到派通、国誉、斑马、写乐一类的品牌，充斥各大文具店的只有晨光、真彩、白雪、英雄，她偶尔可以看到三菱。

芝芝挑挑拣拣，面对那么多中性笔难以抉择，半天才挑了三支。庄家明比她麻利得多，买了支配色好看的英雄钢笔，又买了瓶墨水，完事。

“你选好了？这么快？”

庄家明说：“你慢慢挑，不急。”

“有风度。”芝芝拍他马屁，心安理得地又磨蹭了好一会儿，买了本漂亮的牛皮笔记本，准备用来写子弹日记。

高一上半学期，她在接受高中课程的同时，见缝插针地温习了初中知识，加上老师也会有意无意地和初中的内容结合起来，这方面的基础已经打得十分牢固。

下半学期，她有新的任务。除了日常的课程，有两个规划的重心：一是她打算把教学大纲里的《中学生课外阅读书目》罗列的名著都重新读一遍。说实话，每个学生都拿到过这个书单，照着看完的恐怕没几个。大家总以为名著就在那里，早晚会读，然而并不会。

这些经典之作，芝芝有些看过，有些没看过。于是她决定从头读一遍，并且写好笔记。

写读书笔记是个大学问。中学时代，老师们多半会要求学生摘抄好词好句，抑或每周上交一篇读书报告。然而就算学生们写了，这书真的读进去了吗？

芝芝以亲身经历告诉大家，并不会的。看书这种事，读者很有可能今天看完，过段时间就只记得看过，完全记不住里面写了啥，又对自己有什么帮助。

他们记不住，是因为看过的内容并没有真正被纳入知识体系。就好像是游离在外的一颗星星，没有进入地球的引力场，因此很容易飞远、消失。

写批注、记笔记都可以很好地解决这个问题，因为它们会让人思考，人一旦与知识发生互动，印象就会加深。

不过芝芝是“借书党”，不能随手记录在书上，只能单独写笔记。

好在自己的笔记是为了思考和整理，她不需要像上交的作业那样硬是写出八百字，简单明了就可以了。

等干完这个大工程，她高考的八百字作文就有足够的素材了吧。

二是她开始尝试阅读英文小说。学英语很无聊，但看小说不是！芝芝的英语水平巅峰就是大学时代，刷美剧、刷同人文，为了看《暮光之城》的原版小说还学会了看外文网站。

她现在看不了太难的小说，但是可以看《哈利·波特》。她是《哈利·波特》的粉丝，辛辛苦苦攒钱去Y国旅游，就是为了在九又四分之三站台上拍张cos（角色扮演）照。

她把自己的伟大计划和庄家明说了，并且很慷慨地发出邀请："要不要和我一起？"

庄家明想想，看小说是比做英语周报有趣，遂同意了。

过了正月十五，高中就开学了。

经历过腊月二十九放假，大年初七就上班的日子，芝芝对寒假的长度感激涕零，全无怨念，兴高采烈地奔向了学校。

大半个月没见，同学们颇为亲切，晚自习也压抑不住聊天的冲动。庄家明制止了三四次，全被当作了耳旁风。

连芝芝都在和程婉意小声聊天。她们俩居然买了一样的英语辅导书。

程婉意挺奇怪："你也在上这个？我怎么没见过你？"

"上什么？"芝芝蒙了。

程婉意也很惊讶："你不上詹老师的课？"

"詹老师又是谁？"她很茫然，学校里有这个人吗？

程婉意了然，和她解释了一下。原来，芝芝买的这本辅导书专业性比较强，一般没有人会买来自己看，而市里有个很有名的英语老师开了个私人辅导班，拿这本书做教材，教得非常好。

价格也很高，五百块钱一堂课。

芝芝倒吸了口冷气，不由得讪讪地道："我是随便买的。"

"其实总结得挺好。"程婉意闹了个乌龙，也觉得尴尬，补救似的说，"要不我把笔记本借给你看看吧？"

芝芝心花怒放："好啊好啊，谢谢你。"

程婉意翻出自己的笔记本给她抄。

芝芝大致翻了翻，发现这个老师的确水平很高，很多不甚明了的地方经过他整理，立刻变得十分清晰明了。

她深深地嫉妒了。

高考是公平的，但学生们的起跑线不是。关知之工作一年后才有积蓄出国旅游，但高一时，大家在程婉意的QQ空间里已经能翻到她在日本、韩国、新加坡、法国四个国家的旅游照片，更不必说她还会小提琴、钢琴、书法、芭蕾这么多才艺。

而芝芝呢？她就算经济独立了，也没有时间和多余的存款去学习音乐和舞蹈——钱要用来付首付，禁不起这样的投资。

十年的无形距离，也弥补不了她们的差距。

庄家明有天分，我有什么呢？芝芝握紧了手中的笔，茫然又不安地想：就凭十年后的灵魂，真的能够弥补天分和家庭条件带来的巨大鸿沟吗？

新学期一开始，芝芝和程婉意就因为英语笔记的事，友情迅速升温。她们比不上去厕所都要一起的闺密，却也有了很多共同语言。

平心而论，芝芝觉得程婉意是个挺不错的姑娘：和宁玫希望自己独占小圈子的中心不同，程婉意并不会想处处压朋友一头。

因为，她已经全部压了别人一头。

两人熟悉起来后，芝芝才知道看起来就很有气质的程妈妈是在县里排得上号的有钱人，商业中心那一带有几栋楼都是她家的！程妈妈不仅在县里人脉广博，面子极大。

当初，程婉意要学书法，市里最好的书法老师是书法协会的，在全国都有名气，不收徒弟，但是程妈妈就有办法让他教程婉意书法。

而且和小说里有钱人家的父母不关心子女，只给钱不同，程妈妈非常注重对女儿的教育，每次回家，她都会花费几个小时和女儿谈心，问老师教得好不好、用不用心，班里有没有害群之马。

芝芝琢磨着这话，怎么都觉得像是程婉意说“不好”，她妈就要想办法把老师们搞下去或者把害群之马转到其他地方。

“那你怎么不去省里读初中，反而和我们一个学校？”芝芝纳闷儿。

程婉意淡淡地道：“我不想去。”

“为啥？”

“在哪里读都一样，”这会儿，程婉意像所有的青春期少女，冷漠又叛逆，“没什么意思。”

芝芝捶桌，惹来讲台上的宁玫一个警告的眼神。芝芝指着自己说：“看我，看出什么了吗？”

程婉意疑惑：“什么？”

“我嫉妒得眼睛都红了。”芝芝仰天长叹，“我们家要是能让我随便挑学校，供我出国留学，我做梦都能笑醒。”

程婉意抿紧了唇：“我还羡慕你呢。”

初中的时候，因为自己说了句英语老师“年纪大，教得刻板”，不到一个星期，班上就换了个更年轻的女老师，会和他们用英文聊《泰坦尼克号》。可是，原来的老师也并不坏，只是她习惯了照本宣科，注重单词背诵和课文，大家都觉得无聊而已。

程婉意觉得是自己害了原来的老师。

以后不管母亲问什么，她再也不说实话了。

“我有什么好羡慕的？”芝芝诧异。

“很多。”芝芝想做什么就做什么，想吃什么就吃什么，不用下了课就赶着去上辅导班，不用没完没了地学习乐器……不像她，连在家里追个偶像剧都不被允许。

“你有自由。”她说。

芝芝：“……”

程婉意同学的这点儿抱怨，在她看来就好像是一个富二代痛苦地呐喊：“钱有什么用？你以为钱是万能的吗？我想要的不是钱！”

她的痛苦当然是真实的，不是矫情，可是在穷人芝芝看来，真的好想打人：钱当然重要啊，你不要给我啊，身在福中不知福！

“真是旱的旱死，涝的涝死。”芝芝除了叹气也就只有叹气了。

但程婉意已经十分开心：“你能理解我吗？”

“理解。”芝芝点头。虽然听着很像在炫耀，可程婉意确确实实在为自己得到的这些东西感到痛苦——成年人最不该犯的错误，就是拿自己的想法去衡量少年人。

少年人的世界很小，芝麻大的事就可能让一个人辗转反侧一天，很多年后，自己回首再看也会觉得小题大做，没什么大不了的。

可是，这不代表这个人该被嘲笑。

芝芝想了想，诚恳地说：“可能这么想你会觉得好一点儿，你觉得讨厌的东西，其实是我们很多人做梦都想要的。”

程婉意当然不能理解老阿姨的想法，就事论事：“你想上辅导班？”

芝芝决定和她讲个故事：“小学的时候，我很想学电子琴，但是一直没有学，你知道为什么吗？”

她问：“你父母不同意？”

“他们同意，可是电子琴太贵了，我买不起；老师的课也太贵了，我上不起。”芝芝坦然地道，“为了安慰我，他们给我买了根竖笛。”

“但这不是你想要的。”程婉意的眼中流露出同情之色。

芝芝却笑了：“是啊，不过竖笛也很好，他们尽力了，很多事情没有办法。所以你想想，当你练琴练得很痛苦的时候，有的人想痛苦都没有机会。”

程婉意怔住了。

“把你的笔记再借给我抄一下。”芝芝结束了晚自习的聊天，“那啥，你那本单词书能不能也借我看看？”

程婉意点点头，立刻找出来递给她。

芝芝不由得想：很多尖子生吝啬于分享自己的学习经验，绝对不会轻易答应借出笔记和资料，程婉意却从不推阻，十分大方。男生说程婉意有女神范儿还是挺有道理的。

唉，重来一回，她没加智商就算了，连显摆的机会都没有。

日程本被翻到了 3 月。

芝芝翻着课本的目录，开始给每门课画思维导图——这是她思考过自己的情况后，具体问题具体分析得出的学习策略。

对真正的高中生来说，所学的知识都是崭新的，需要消化吸收。等到学完了再从头开始复习，构建骨架，补充细节。但她已经全部学过一遍，再把自己当作新人重新接纳，未免浪费了多活的十年。

她决定把这三年当作一次漫长的复习，先搭框架，再填充血肉。这并不难，因为教科书的框架本身自有逻辑。

以历史为例，上学期的主题是政治，总共八个单元，一条线顺着下来：古代中国、古代希腊罗马、近代西方、近代中国、现代中国、当今世界。

这学期的主题就变成了经济，一样是古代中国、西方资本主义、近现代中国、近代世界格局里的资本主义和社会主义、当今世界格局。

她以前跟着课本学，就是政治归政治，经济归经济，可是高考题目考查的知识点却混合在一起。因此，她思考时必须有个统一的知识框架，而非独立的两条线。这时候，思维导图就非常重要了。

芝芝以前看过不少相关的教学视频，眼睛说它会了，但是脑子表示不同意。所以抓瞎了一节课后，她决定学张无忌——全忘了！

她按照自己的方式来画，一张时间的纵轴，一张空间的横轴。

而构建框架的途中，她也没有忘记好好听课，有些细节老师在复习的时候不会深入讲，这会儿却讲得颇为仔细。

芝芝就好像一只勤勤恳恳的小老鼠，努力搬运着知识，填充自己的知识框架。

程婉意看着不错，问她借来复印。她很大方地递过去："给，终于轮到你抄我的笔记了。"

庄家明当然也有。在真正的学霸面前，芝芝相当谨慎，只是说："你看我有什么遗漏的，帮我补补。"

庄家明翻了翻，第一个问题却是："你想读文？"

"对。"芝芝不假思索。

她之前就是文科生，对文科的知识更了解，凭借过去的底子和现在的努力，不是不可能考上国内最好的几所学校。但假如换作理科，后面的知识点对她来说就是陌生的，她必须花费更多的精力学习。

她是个实际的人，老早就决定读文科，在理科的课程上投入的时间并不多，准备会考完毕就全部放下。

庄家明有点儿意外："这么快就想好了？"

"你还没想好吗？"她好奇地问。

他摇摇头，追问："你为什么选这个？"

"擅长、适合、喜欢。"

撇去其他因素，她的文科成绩比理科好。她也很擅长阅读，和那些看到大段文字就头痛的学生截然不同，记忆力也好。至于家长比较担心的文科生就业空间小，那是他们没想到几年后自媒体遍地发芽，网络文学流量爆炸，糊口并不难。

庄家明又一次有了异样的感觉。原来的芝芝是他的小尾巴，整天稀里糊涂的，要他拉着才磕磕碰碰地往前走。

可是现在，她知道自己要什么，适合什么，又该怎么做。

他低头看着课桌上铺开的思维导图，忽然想起很久以前母亲的话："家明，不要嫌妹妹幼稚哦，女孩子要长大只是一眨眼的事。"

原来真的是这样。

那么他呢？

随着4月第一次月考的落幕，学生们彻底告别了厚重臃肿的冬装，穿上了轻盈亮丽的春衣。并且，不知从何时起，女生们的手腕上出现了各式各样的手链，上头的串珠放到阳光下，会折射出爱心或星星的光斑。

据说这是现在最流行的款式。

芝芝蒙了："啊？"她这一个多月埋头搞几门课的思维导图，完全不知道世界已经变了个样子，"咋搞啊？"

王诗怡恨铁不成钢："你怎么这么迟钝？你都没发现做广播操的时候班长身上总有这个吗？"

芝芝叫屈："他排在我后面啊！"

"你仔细看就知道了。"

芝芝将信将疑，特地在课间操时观察了一下。

一中的课间操在第二节课和第三节课之间，除了周一是升旗仪式，周二到周五都要做广播操。一班因为班次在最前面，排在高二旁边，处于相当中心的位置。

队列是女在前，男在后，芝芝排在庄家明前面，正常情况下看不到他。

但是，广播体操里有一节叫作体转运动。第一个八拍顺时针转九十度，第二个八拍逆时针转九十度！

这就是偷看别人的绝佳时机啊！

芝芝伸直了脖子，转身的时候就往庄家明身上瞧——蓝白相间的校服上，无数光斑晃动，有爱心，有星星，还有各种英文字样。

她无比震惊，教导主任就在旁边，她们这么大胆吗？

课间操结束，学生们三三两两地走回教学楼。春日的阳光明媚，柔风徐徐，庄家明和韩琮不知说到了什么，笑得嘴角弯起。

女生们抵挡不住这样的神仙颜值，接二连三以打闹的形式从他身边擦肩而过，再装模作样地道个歉："对不起。"

庄家明当然说"没关系"。

于是这一路走回教室，他被撞了五六次。

芝芝笑疯了，趴在课桌上捶了半天，差点儿缓不过来："笑……笑死我了，看杀卫玠，哈哈哈哈。这再来几次，你就能cos维纳斯了。"

庄家明踢她的凳子："别笑了。"

"我就笑。"她揉着肚子，"有本事你揍我。"

庄家明当然不敢揍她，于是一个上午没和她说话。

芝芝：幼稚！

她不想放弃学生时光中宝贵的八卦机会，借着午饭的时间，和王诗怡痛痛快快地聊了一下："真不知道她们这么做有什么意思，敢在老师眼皮子底下要花招，真是老寿星上吊，嫌命长。有这个勇气，还不如学学袁湘琴呢。"

"那不行，被当场拒绝多尴尬。"王诗怡却觉得是个好主意，"这样比较安全。"

芝芝觉得这有点儿像是愚人节的告白，攻可进，退可守，就是不太诚心，估摸着没法儿打动庄家明。

"而且很浪漫啊！"对着残羹冷炙，王诗怡捧着脸颊，毫无压力地开始畅想，"有种谍战爱情片的感觉。"

芝芝开始思考自己以前有没有过类似的幻想。

好像有……但她幻想的不是用摩斯密码谈情说爱，而是穿着高跟鞋和礼服裙参加酒会，关键时刻掀开裙摆摸出手枪，一击必中，而后趁着骚乱优雅地离开。

虽然这种反光告白和谍战的距离有地球到月亮那么远，但看在同为白日梦少女的分儿上，她违心地说："你说得对，挺刺激的，但我觉得持续不了多久。"

芝芝一语成谶。一中是省重点学校，不是私立学校，也不是国际学校，校领导最关心的就是升学率，所有会让学生分心的事物，在校领导的眼里都是重点打击对象。不出一个星期，学校就发通知，禁止男生女生戴除了手表以外的首饰，值日生每天都会到各个班里巡视，一旦发现就要扣分。

女生们被迫收起了各式各样的手链、手镯，但春天的脚步已经到来，什么也阻挡不了少女们追求美的决心。

她们不能戴首饰是吧？那她们就化妆！

精品店里很快出现了化妆品大礼包，基础款二十块钱，里面有一对假睫毛、一支眉笔、一支变色唇膏，升级版则多了眼影和腮红，价格则升到了七十块钱。

同学们还记得芝芝在元旦会演上大显神威的事，因此将她奉为化妆大师，纷纷讨教技巧。

芝芝琢磨了下，觉得画眼影和腮红太夸张，假睫毛也没必要，所以只开班授课，教大家画眉毛。后来她因为周末闲来无事，编了几个与众不同的发型，又升职成了发型师，引领全班的编发潮流。

同学们也投桃报李，有的替她买饭，有的请她吃水果，连上厕所都有人愿意给她让位。芝芝从来没有那么受欢迎过，受宠若惊之余，终于有了一点点女主角的体验——也不容易。

可惜的是，和手链风潮一样，化妆的旋风也只刮了小半个月就被学校毙掉了。

"你们啊，要我说什么才好？"班会课上，宣读新禁令的林老师恨铁不成钢地看着自己的学生们，"十六七岁，正是读书的好时候，心思不放在学习上，一天到晚搞些乱七八糟的东西，等到十年以后，你们肯定会后悔。"

这是过来人的肺腑之言，可惜哪个少年人能意识到呢？大部分女生低垂着头，依旧沉浸在不满的情绪中；还有些人不爱折腾，事不关己，两耳不闻；男生们就更无所谓了，一只耳朵进一只耳朵出，窗外叽叽喳喳的麻雀都比苦口婆心的老师有趣。

唯有芝芝心情沉痛地点头：对，就是这么回事！但是老师说了也没用，老人们的经验说上千百遍，也没有他们自己经历过一次来得明白。

可是重来的只有她一个，所以大部分人依旧在挥霍青春。

林老师叹了口气，大概也很清楚说了也是白说，便抛出了另一个重磅消息："下下个星期，学校要组织春游。"

沉寂的班级瞬间爆炸。

"老师，我们去哪儿啊？"

"去几天？"

"算放假吗？"

林老师拿黑板擦拍了拍讲台："安静。"

下面的骚动略微平息。

"去一天，23号。"林老师无视了学生失望的表情，慢悠悠地说，"本来学校打算让你们去植物园逛一圈，但是考虑到最近大家都比较'活泼'，我们决定换一个，去乡下做野火饭。"

同学们愣了下，随即展现出极大的兴趣——植物园有什么好玩的，不就是看看花、看看树、吃吃点心吗？相比之下，自己动手做饭，更让这群几乎没有摸过灶台的学生觉得有趣。

“老师，野火饭怎么做啊？”

“要带什么东西去？”

“去乡下是烧土灶吗？”

林老师淡定地说：“是你们春游，又不是我们春游，要带什么、怎么烧，你们自己看着办。班长那里有班费，你们自己规划。”

然后，她就结束了讲话，慢悠悠地坐下来喝茶，观察着交头接耳的学生们。她看到班长稍微思考了下，就拍了拍前桌的椅背：“芝芝，你有什么想法？”

近来比较活跃的关知之同学说：“按照习俗，野火饭只能自己带锅碗瓢盆，米、豆、肉、笋全都要去别人家里讨或者偷。老师，这不行吧？”

“偷当然不行。”

“现在田里的豆子应该正当季，而且新鲜的才好吃，提前买就老了。”芝芝毕竟在乡下待过几个暑假，说起来头头是道，“老师，你说的乡下是真正的乡下还是农家乐？”

林老师这才道：“农家乐。”

“有灶台吗？还是要自己搭灶台？有没有烧烤架？不然我们能顺便吃个烧烤……”

她越说，同学们越兴奋，尤其听到还可以吃烧烤的时候，恨不得蹦起来：“烧烤好！我们要吃烧烤！”

庄家明保持着理智：“谁会烧烤或是做饭？”

芝芝安慰他：“放心吧，我会。”她待的公司比较小气，团建不肯出国旅游，只肯包个农家乐，爬爬山、烤烤串儿，她的技术就是这么一年年锻炼出来的。

做竹马的觉得新奇：“我怎么不知道？”

“你不知道的多了去了。”芝芝淡定地说。

林老师对具体的情况也不太了解：“我去问问，可能有吧。”

“那还是保险一点儿，再想想别的吧。”庄家明比较谨慎。

宁玫不甘风头旁落，积极发言：“农家乐不是可以钓鱼或者摘水果吗？如果能烤自己钓上来的鱼，肯定特别有意思。”

有个男生机灵地说："咱们还可以钓小龙虾，或者带个网捞鱼。"

这可比烧烤还要好玩！韩琮马上高声说："我家有钓竿。"

"我们家也有，我爸是钓鱼发烧友。"纪可人也跟着发言。

群情踊跃，班会课的二十分钟一下子过去了。

林老师拍了拍手："行了，这事下周再商量，你们的心思还是多放在学习上。有空可以想想分科的事，5月份应该会开家长会。"

然而所有当过学生的人都清楚，这番话注定起不了任何作用。

春游已经成为整个高一的热门话题，尤其是大家打听到，高二的学生明年就要升高三，今年只有在学校的大礼堂里看纪录片的待遇，而高三压根儿不存在春游这种事，就更加兴奋了。

如果没有意外的话，这将是他们高中生涯中第一次也是唯一一次集体出游。

在全班同学的催促下，林老师终于在下周一给出了确切消息："那里有十来个灶台，肯定够了。但要你们自己生火，豆子可以去旁边的农田里采，锅和烧烤架都可以借，其他的东西都要自己带，班长安排一下吧。"

"好的。"庄家明开始写清单。

芝芝举手："老师，几个班一起去啊？一锅饭最多十几个人吃，是不是要分组？"

林老师再次惋惜自己看走了眼，这个开学时学习成绩倒数的小姑娘，做事很会抓重点，没当班干部可惜了："一到八班周六去，其他班周日去，分不分组你们自己讨论吧。"

芝芝觉得，做野火饭的第一要务是烧熟、吃饱，所以每组做自己的饭，全参与进来，有余力再搞搞别的。但宁玫不同意，认为大家的兴趣特长不同，应该按照内容分工，做饭、钓鱼、烧烤、摘水果都该有专人负责。

显而易见，同学们更偏向于挑选自己感兴趣的工作，投了宁玫的票。

芝芝慢吞吞地道："那不如大家举手报名，看看人数够不够。"

结果比她想象中好很多，大概少年人对什么都感兴趣，报名做野火饭的人不比烧烤的少，粗略地看下来，各组的人数还算平均。

"我就说吧。"宁玫很得意。

芝芝原本只是担心有人不想做累活，现在既然大家主动报名，自然痛快地说："行，那就这么办……不对，我又不是班干部，问我干啥？"

宁玫顿住了。

庄家明说："你也是班级的一分子。"

"说得太有道理，我居然无言以对。"芝芝严肃地表示，"我已经尽了班级一分子的力量，准备写作业了，没事别打搅我。"

但她忘了自己得天独厚的座位：隔了个过道是宁玫，同桌是程婉意，后桌是庄家明，其他班干部自然也围绕着他们的座位坐了过来，讨论声依旧飘进了她的耳朵。

纪可人说："烧烤的香肠、烤串可以去超市里买，我看到过。"

"我也见过，还有火锅料。"宁玫突发奇想，"要是能吃火锅就好了。"

程婉意道："还要买一些零食，大家肯定需要吃点心。"

"什么零食？瓜子、橘子？"

"水果可以，其他不方便吧。"

"面包店里有那种小蛋糕，两三口就能吃掉一个。"

芝芝写公式的笔一顿，她忍无可忍："你们买没买过菜？六十个人要多少食材你们知道吗？一顿吃掉几斤米算过没？"

其他人扭头看着她，左脸写着"茫然"，右脸写着"多吗"。

芝芝："……"

庄家明肯定没买过菜，程婉意是千金大小姐，估计连鸡蛋几毛钱都不知道，宁玫的父母都是老师，家里的条件肯定也不错……就连她家这样并不算富裕的家庭，一般也不会让小孩子摸炉灶。

"我们这个年纪，一顿饭的主食是三两到四两，也就是一百五十克到两百克。"不要问她为什么了解得那么清楚，减肥的人都懂，"考虑到有其他东西，就少算点儿，一百五十克，这么多人差不多也要十八斤，一袋大米十斤，便宜的米三十块一袋，贵一点儿的七八十块钱都有。"

芝芝问出关键问题："班费还有多少？"

庄家明沉默片刻，缓缓地说出答案："去年元旦用掉了很多，还剩六百块钱。"

芝芝幽幽地说道："一包大概十个人吃的牛肉串就要一百多块钱哦。"

在场的人不约而同地感受到了窒息。

不当家不知柴米贵。如何用六百块钱购买够全班同学吃一顿的野火饭食材，成了一班的班干部们最头痛的问题。

庄家明想求助青梅，结果她摇头：“我不懂，我不会，我不知道。”

这话当然是骗人的。可芝芝已经意识到：不在其位不谋其政，自己不是班干部，过多发表意见的话，很容易给人造成“干政”的错觉。

反正也就是一次野炊的事，做不好就做不好，就当锻炼他们了。

所以她牢牢闭上嘴巴，庄家明问她愿不愿意和他们一起出去采购的时候，她也以作业没写完为借口拒绝了。

宁玫和纪可人他们都挺高兴：关知之就是一介“平民”，什么都让她干了，好像其他人都很没用似的。

韩琮暗地里和庄家明说：“我也知道关知之能干，但是名不正言不顺，你知道不，他们现在都说什么‘后宫不得干政’。”

“无聊。”庄家明没有这样的官僚意识，拧起眉说，“不懂的事，当然要请教懂的人。不是芝芝，是别人也一样。”

韩琮挤眉弄眼：“这多没面子啊，而且有损咱们的威信。”

班级里也是有阶层的，班干部是管理层，和被管理层自然有着微妙而明确的界限，身为圈子里的人，班干部会有意无意地维护自己阶层的利益。

目前来说，他们虽然知道关知之的能力很不错，可她不是班干部，甚至也不是课代表、小组长，连边缘人物都不算。所以，他们服气的同时，也在排斥她。

庄家明不傻，也不想违背多数人的意见，想了想，私底下问了芝芝。

芝芝这下肯说了，把自己的经验和盘托出，但叮嘱：“就说是你自己想到的，别提我的名字。”

“我觉得把事情做好最重要。”他不解，“这样有意思吗？”

芝芝道：“把事情做好很重要，让跟着你办事的人得到好处也很重要。”

他怔住了，过了会儿，认真地问：“你愿意当班长吗？”

芝芝吓了一跳，飞快领会到他的意思：“你该不是想和老林说，把班长的位置让给我吧？”

庄家明还真有这个想法。

“傻瓜，你成绩最好，有威慑力，长得好看，代表一班的脸面，人也好，人家愿意听你的话，这才是当领导最重要的条件。”芝芝拍拍他的肩膀，“没有人比你更适合当班长了。”

“可是……”

芝芝打断他：“而且我也没兴趣，家明，我的目标是高考，不想因为其他的事分心。”

这半年来，她用实际行动证明了自己多么看重学习，班里的事和高考比起来，当然后者更重要。庄家明未曾怀疑，放弃了不靠谱的想法：“好吧。那我们明天下午出去，你有没有要买的，我给你带？”

“有什么吃的就给我带点儿吧，其他不用。”

“好。”

周四下午的班会课，班上的座位空了一半。庄家明不只带走了班干部，还挑了几个人高马大的男生跟着，方便搬东西。

芝芝周围没什么人，安安静静地自习了一下午，做出了几道高难度的数学题，心情甚好。

傍晚时分，采购的同学陆续回来了，搬回了大米、一次性的杯子和碗筷、饮料、华夫饼干……

“烧烤的呢？”心急的同学追问。

韩琮掀起衣衫下摆擦了擦脸上的汗水：“别急，班长他们还在找合适的。你们是不知道，肉串可贵了，我们都考虑自己买回来穿算了。”

把烧烤当游戏和工作的同学们完全不介意。

上晚自习的时候，庄家明他们才回来。他借着课本的遮挡，低声说：“买好了，寄存在林老师家里。”

“自己穿？”芝芝问。

他点头：“成品太贵了，反正我们人多，自己弄也没什么。”

芝芝“扑哧”一笑，善良地没有戳破他美好的幻想。

周六很快就到了。

七点钟，全班人到齐，大家穿着清一色的校服，辨识性十足。林老师指挥几个男生把东西搬到自己的车里，然后让大家去校门口排队。

所有人都以为会看到大巴，包括芝芝。

然而领队的老师在清点人数后，往庄家明手里塞了一面运动会时用过的旗帜，和大家说：“跟我走。”

大家穿过马路，等红灯，绕过街道……十五分钟后，他们回过味来了：“我们要走过去吗？！”

领队的是他们的物理老师，高高瘦瘦的小伙子："踏青嘛，当然要走了，不然呢？"

同学们："……"他们难道不坐车吗？

"身体是革命的本钱。"林老师开着小轿车，笑眯眯地从他们身边驶过，"同学们加油，老师在终点等你们。"

众人用埋怨的眼神看着她。

林老师神清气爽，挥挥手，一踩油门，飞快地消失在了众人的视线里。

庄家明犹豫了会儿，问物理老师："老师，路上大概需要多长时间？"

"两个小时吧。"老师估算，安慰说，"放心，不远，你们聊聊天，唱唱歌就到了。"

天真的同学们信了他的鬼话，开始叽叽喳喳地聊天。

一个小时后，日头渐渐大了，炽热的阳光晒在脸上火辣辣的。说了半天话的学生口干舌燥，忍不住问："老师，真的还有一个小时就能到了吗？"

"应该是的。"物理老师信心满满。

又一个小时过去，城市的喧嚣退去大半，乡间的春景映入眼帘，油菜花已经开了，大片绿色上跳跃着几点明黄，白色的菜粉蝶在其中飞舞。

疲惫的学生们以为目的地将到，又有平日难得一见的景色可看，不由得兴奋起来："我们唱首歌吧。"

2011年，谁的歌比较火？对不起，还是周杰伦。2010年他发售了专辑《跨时代》，里面有一首古风的《烟花易冷》，传唱无数，谁都会哼那么两句。

"雨纷纷，旧故里草木深，我听闻，你始终一个人，斑驳的城门，盘踞着老树根，石板上回荡的是再等……"

一开始只是几个人在唱，后来越来越多的人加入其中。大家的声音交融在一起，不算整齐，偶尔也跑调，但是朝气蓬勃，洪亮高昂，引得路人纷纷注目。他们在看见校服的刹那，会心一笑——我们都年轻过。

芝芝仰起脖子，斑驳的阳光透过树木的枝丫，落到她的面颊上。她幸福地眯起了眼睛，心想：真好啊，青春。

同学们连唱了三首歌，又焦急起来："老师，还没到吗？"

"快了快了。"物理老师镇定自若。

一个小时后。

“老师，到底还有多久？”宁玫累惨了，气喘吁吁地道，“我们七点钟出发，这都快十点了，说好的两个小时呢？”

“就在前面。”老师随手指了个方向，感叹道，“现在的小孩子身体素质不行啊，走这么点儿路就坚持不住了？”

众人：“……”

十点五十五分，他们终于到达了目的地。林老师靠在藤椅上，不客气地说：“太慢了，这要几点才能吃上饭？”

“这不能怪我们，好远啊！”

“就是，我们是走过来的，又不像老师开车。”

林老师喝着饮料，笑眯眯地说：“你们是年轻人，怎么能和老师比呢？”

又饿又累又渴，庄家明没力气抱怨，找到班级的饮料和点心，拆封分发：“每个人一瓶矿泉水、两块饼干，先吃着垫垫。”

没人有意见。

到底年轻，学生们狼吞虎咽地啃完了点心，一下子复活了，按照先前分好的组开始行动。

班里有乡下来的学生，会烧土灶，自告奋勇承包了做野火饭的工作。宁玫、纪可人、韩琮等人带了钓竿，迫不及待地提上桶和网兜去河边钓鱼。

林老师忙不迭地叮嘱：“小心一点儿，不要掉到河里去。”

“知道了——”他们落下一路银铃般的笑声。

芝芝作为老阿姨，既不想去河边垂钓——有虫，也不想去摘桑葚——会被晒黑，躲在只有外面铺了一层茅草的房子里，借了刀准备割肉。

庄家明被她叫去洗土豆和茄子。

“洗干净，削皮，切片，然后穿起来。”她对男生的家务能力信心不足，讲得很仔细，“看我哦，切成这样不厚不薄的片，太厚了烤不熟，太薄了容易断。”

庄家明觉得头皮发紧，前所未有地感受到了压力：“我试试。”

“别急，慢慢做。”芝芝鼓励他，“做坏的你自己吃就行了。”

庄家明：“……”

芝芝开始切肉。烤五花肉一级棒，油分被烤出后，不会像瘦肉那般紧实，也不会太过油腻，猪肉的精髓就在此！

“芝芝，这个是不是这么卷的？”王诗怡举着手里的培根金针菇卷问，“好像很容易散开啊。”

“用牙签固定，等会儿一串可以分着吃，不然来不及。”芝芝头也不抬地说。

王诗怡继续奋斗。

林老师从灶台那里巡视回来，边摇头边说：“现在的小孩子，连个火都不会生，今天这饭估计悬了……你们做得倒是不错。”

“老师要不要一起来？”芝芝拉起壮丁来毫不手软，“帮帮忙嘛，我要去烧炭。”

林老师伸着脖子瞧了瞧，发现庄家明的土豆削得坑坑洼洼，忍俊不禁：“班长在家里也不做饭吧？”

庄家明窘迫地点点头。

“我来吧。”林老师仗义地出手，“你去替我到河边看看，让他们都小心点儿，万一掉下去不是好玩的。”

庄家明如释重负，赶紧让位置。

芝芝说他：“没出息，不会就学，饭都不会做，以后肯定没女朋友。”

“行了。”他耳朵微红，“我回来就帮你。”

芝芝大发慈悲，放过了他：“行，顺便把打火机带过来。”

他应了一声，逃也似的走了。

伪农庄旁边有条真小河。

两岸杂草丛生，被学生们踩得七歪八倒，小河不宽不窄，水比城里的河清澈许多，隐约可见鱼游动的身影。蚂蚱、瓢虫、菜粉蝶趴在草叶上，时而停驻，时而飞向蓝天，消失不见。

虽然只是寻常的乡间场景，但对于长在城里的孩子来说，已经足够好玩的了。几个男生有坏心眼儿，蹲在泥地里揪出了几条蚯蚓，故意在女生眼前晃：“啊！小心掉到你身上了！”

蚯蚓软趴趴的，被揪在手里弯曲扭动，看着就很恶心。女生们不停地尖叫，边躲边打：“拿开拿开！别过来！”

男生们就像是干了件大事，哈哈大笑。

“别闹。”庄家明一过来就看到这样的场景，赶紧阻拦，“河边滑，你们小心摔倒。”

他次次考年级第一，在学生心目中自有威严。男生们停下脚步，笑嘻嘻地说：“我们在挖鱼饵呢。”

“谁要你们的鱼饵？”宁玫扭头戗道，“脏死了。”

“没有鱼饵你们怎么钓啊？”

宁玫提起一个小塑料袋：“我有鱼饵。”

“你这不也是蚯蚓做的？”

“瞎说，这是假的。”宁玫装好诱饵，是一条活灵活现的塑料小鱼。她跟着外公学过钓鱼，装饵、甩竿有模有样，惹来陪同女生的夸赞：“宁玫好棒，我们能不能吃上鱼就看你的了。”

“包在我身上。”她抬起下巴，笑容甜如蜜糖：“班长也来钓鱼？”

庄家明说：“老林叫我过来看看，怕有人掉下去。”

“没事没事，有我呢。”物理老师也对钓鱼饶有兴致，正拿着网兜到处捞虾，“你回去吧，我看着。”

庄家明道：“麻烦您了。”他说着便要走。

宁玫叫住他，笑眯眯地问：“野火饭做起来了没有？烧烤那边呢，别我们钓上了鱼，你们火还没生起来哦。”

“他们已经淘好米了。”庄家明笑着说，“也有人教，应该没问题。”

“那就好。”宁玫说着，鱼饵一动，忙叫道，“哎！哎！上钩了，你来帮我一下，我怕拉不动。”

庄家明自然不会拒绝，上前帮她拉竿。宁玫的手指碰到他的，火燎似的松开，她又欲盖弥彰，假装是去绞鱼线。

“你慢慢转。”庄家明叮嘱道，“我帮你拉着。”

“嗯。”女孩笑了，缓缓转动鱼线轮。

鱼被提出水面，是条普普通通的草鱼，约手掌大，在阳光下奋力地甩动尾巴，晶莹的水花飞溅开来，像是扯断了水晶链子。

“啊啊啊！宁玫好棒！”女生们爆发出尖叫声。

韩琮跟着叫：“小声一点儿，你们吓走我的鱼了！”

没有人听他的。

虽然只是一条小鱼，都不够一个人吃，但大家热情高涨，一致决定把鱼放回去，并且信誓旦旦地认为，接下来肯定能钓到更大的。

工作人员背着手，笑而不语，心想：呵呵，想得美。

但他啥也没说，鼓掌表示：“同学们真厉害，我们这里也有出租钓竿的，其他人要不要也试试？”

被钓到一条鱼的胜利冲昏头脑的学生纷纷掏钱租钓竿。

宁玫问：“班长要不要钓？我的借给你好了。”

庄家明从喜悦的心情中回过神，想起来芝芝还等着他帮忙，赶紧道：“不了，我要回去帮忙。你们玩，小心点儿，别靠得太近。”

“宁玫，和你说呢。”有个女生笑嘻嘻地起哄。

宁玫的双颊泛起薄薄的粉红色：“和你们说呢，别打打闹闹，小心掉下去变成落汤鸡。”

“哟！”众人起哄。

庄家明小跑着回去，一看手表，大为讶异。他明明只在河边待了一会儿，怎么半个小时都过去了？这下可糟糕了。

果然，芝芝搅拌着碗里的调料，幽幽地瞥了他一眼，不轻不重地哼道：“送你送到小村外，有句话儿要交代，虽然已经是百花开，路边的野花你不要采……”

庄家明的脸由白转红，又由红转青，他忍无可忍：“关知之！”声音又高又响，吓了旁人一大跳，屋里帮忙的林老师探出头来：“出什么事了？”

“没事。”芝芝淡定地说，“他喊我帮忙呢。”

“吓我一跳。”林老师拍拍胸脯，年纪大了禁不起吓，“没人下河吧？”

庄家明控制住了情绪，回答说：“没有，李老师也在。”

一听有别的老师过去监督，林老师顿时放心了，招呼他说：“你过来把这盘拿过去，我们穿好了，叫关知之烤吧。”

“好。”庄家明捧起托盘，搬去给外面通风处的芝芝。

她耿耿于怀：“干吗凶我？”

“你唱什么呢？”庄家明比她更介怀。《路边的野花不要采》的后面是“记得我的情，记得我的爱”，怎么听都怪怪的。

芝芝说：“你心虚吧？”

“我没有！”他反应极大。

芝芝瞪着眼：“没有，你那么急干什么？叫你快点儿回来帮忙，结果我火都生好了，要你何用？”

庄家明顿住：“你是说这个……我在那边帮了会儿忙，都是同学。”

“不然说哪个？”她纳闷地抬头，投以疑惑的目光。

庄家明也不知道，下意识地看着她。四目相对的刹那，他心跳如擂鼓，像是做了什么坏事，飞快地转开目光，掩饰似的拿起托盘里的烤串：“先烤哪个？”

“给我几串香肠，这个不用刷调料。”芝芝拿起水果刀给香肠“开花”，然后丢到一边慢慢烤，“你要吃哪个？”

庄家明饿着，拿了串五花肉：“这个是不是比较快？”

“还行，一起来吧。”她一口气烤了三四串，刷上调料。炭火一烘，肉的香味随着烟气到处飘：“要不停地翻，你过来帮我，我来刷调料。”

“好。”

烧烤的气味最霸道，没一会儿就吸引来了一群人。语文老师第一个过来，表示愿意以身试毒：“我尝尝熟了没有。”

然后他就吃掉了一串火腿肠，还点评：“不错不错，手艺挺好，你们俩可以开店了。”

芝芝立刻拿起熟了的五花肉给庄家明：“吃，马上吃。”

她太凶，庄家明不敢反对，拿起来吹凉了，小心翼翼地咬了口。芝芝问他：“怎么样，我的技术还不错吧？”

“嗯。”他咬下一片，又道，“你也吃。”

芝芝也不亏待自己：“我也尝尝熟了没有。”然后她吃掉了一串培根金针菇卷，呃……稍微有点儿生。她只好吐了里头的金针菇：“这个得再烤烤。”

庄家明犹豫了下，递过去自己的：“我没碰到下面的，你吃吧。”

“不用，烤的人还怕吃不上吗？”她拿起熟了的烤串，“给老林他们拿过去。哦对了，这样串不好分，叫他们把素的和荤的混在一起吧。”

庄家明三下五除二吃掉烤五花肉，捧着一把竹签进去了。过了会儿，他端着杯可乐出来给她：“喝点儿东西，这里晒，小心中暑。”

“等等。”她忙着刷调料、翻转烤串，两只手都腾不出来。

庄家明端着杯子等了等，看她始终抽不出空来，干脆递到她嘴边：“张嘴。”

男神亲手喂水，多么像偶像剧的场景，简直自带粉红泡泡的背景。至少程婉意过来拍照的时候是这么想的，但下一秒，她马上意识到现实和虚构故事的区别。

芝芝尖叫："啊啊啊你挡着我了！"

庄家明被她一吼，吓得赶紧拿回来，结果一滴油正好溅到芝芝的手背上。她吃痛地抽手，好巧不巧地打到了他的胳膊。

可乐就这么被打翻了，泼得两人的衣襟全湿了。

芝芝气得快要冒烟："庄家明！要你何用？！"

"对不起，对不起。"他抽了纸给她擦，刚碰到，觉得不对，又尴尬地僵在那里，"要不你自己擦……"

芝芝多么怀念他的二十七岁，据说早就练出了一手好厨艺。

为什么重生的只有她一个？她好气啊！

"咔嚓"，程婉意拍下了这对青梅竹马"反目成仇"的一幕。

"婉婉，你来了。"芝芝决定单方面和他绝交几分钟，热络地招呼同桌，"快过来吃，一会儿就没了。"

在程家，烧烤属于不健康食品。程婉意拒绝了："我等会儿吃饭好了。"

"你去拍照了吧？"芝芝了然。程婉意因为有不错的摄影技术，被聘为本日的摄影师，啥也不用干，到处拍照就行，"那边饭做得怎么样了？"

程婉意抿着唇笑："还不错，我们班上有好几个会做饭的。"

班上有几个学生来自乡下，比如她们寝室的刘心怡，当年她父母送她来学校的时候，还带了自家的枣子和鸡蛋，惹得自尊心强的小姑娘很不痛快呢。

野火饭最难的便是生火的技术，她从小在家帮忙干活，烧的还是土灶，这活儿对她来说是小菜一碟。

"给你看照片。"程婉意翻转屏幕给他们看。

小小的屏幕里，刘心怡半跪在地上，认真地添着柴火，一直略显自卑的脸上满是笑容，眼睛亮亮的，像是落了星子。

这个平日里沉闷寡言，生怕自己的出身会被人嘲笑的小姑娘，今天终于成了班级里的明星人物。

"你去慰问一下她们吧。"芝芝出主意，"带两瓶可乐过去。"

庄家明问："那你能不能忙得过来？"

"没问题。"她竖起大拇指。

庄家明想了想，等到新一批的烤串出炉，才捧着烤串和可乐过去慰问做饭组。有两个女生坐在一边聊天，时不时地问一句："刘心怡，饭好了没？”

砖头垒成的灶台前，刘心怡拍了拍手上的灰尘：“再等等，东西多，熟起来慢。”

“没事，慢慢来。”庄家明看了那几个游手好闲的女生一眼，没说什么，但拧开可乐，倒了满满一杯递给刘心怡，“辛苦了，喝点儿可乐休息一下。”

刘心怡对着他，本能地手忙脚乱：“没……没事。”

“吃一点儿垫垫。”他蹲到她面前，让她先挑烤串，“芝芝烤的，还不错。”

她犹豫了下，拿了一串土豆，慢慢地咬了一口。

“再拿一串。”他递过牛肉串，看她接了才递给其他人，“你们分一分。”

“好香啊！”玩耍的女生之一迫不及待地拿起香肠，咬了一口，又说，“怎么不放辣？我喜欢吃辣的。”

“烤的时候又不知道别人吃不吃。”庄家明有些生气，戗道，“要加辣的自己去。”

女生得了他的冷脸，愣了愣，嘀咕了一声走开了。

庄家明转头问：“刘心怡，大概还要多久？我一会儿过来帮你。”

“没事没事。”她胡乱摆着手，“我自己来就行了。”

“老林也在问。”他抬出班主任。

刘心怡这才说：“还要半个钟头吧。”

“好，我一会儿就过来。”他点头，又对在场的男生说，“都让女生忙，你们也好意思。”

男生们嘻嘻哈哈，靠过去凑热闹：“看火加柴是吧，我来我来。”他们说着就塞了好几根木柴进去，姿态潇洒，从容不迫。

然后，灶下的火灭了。

刘心怡：“……”

下午两点多钟，同学们终于吃上了野火饭。

雪白的米粒里夹杂着咸红的腊肠、新鲜的豌豆、脆生生的笋，兼之柴火烧出来的饭与电饭锅不同，更香一些，吃起来别有一番味道。

庄家明叫了几个男生一起，把灶上的锅抬回了屋里，拆开买好的塑料碗筷，任由大家取用。

到处疯玩的同学们三三两两地回来了，有好些自告奋勇，想试试自己烧烤。芝芝乐得清闲，立刻退位让贤，盛了一大碗野火饭开吃。

日头有点儿晒，风也不吹了，烦人的小虫在脚边飞来飞去，脖子后面好像还被叮了个包。

但芝芝就是很开心，说不上为什么，就是有一种白捡了一百块钱的感觉，贼爽。她捧着饭碗，看着院子里啄来啄去的鸡崽，吃完了这顿令人难忘的野火饭。

哦，令人难忘不是因为野趣，而是饭里吃出了鸡毛。

小清新不过三秒。

钓鱼组是最晚回来的，他们钓上了三四条不知名的小鱼以及若干小龙虾。宁玫放走第一条鱼后，只钓上来一条小鲫鱼，十分宝贝，想要把它烤了祭五脏庙。

但是没有人会杀鱼，她只好请工作人员帮忙。

“你这条鱼这么小，也没什么肉。”工作人员不太情愿，不停地推诿。

宁玫求了又求，他才松口帮忙杀了。她千恩万谢，找了竹签穿好，小心翼翼地放上烧烤架。结果当然是烤焦了，她勉强吃了一口，苦得不行不说，刺还特别多，到最后只好全吐了。

令人欣慰的是，有类似经历的不止她一个。有个男生想吃炭烤小龙虾，然后被它夹了手指头。

此外，一个女生摘花被蜜蜂蜇了，还有一个女生扭到了脚，一个男生摔了跤，校服裤子上沾满了泥巴。

林老师深深地叹了口气，和同事说：“我就知道。”她带学生出来，没有一次不出事的。这次没有人掉河里，没有人被烫伤，也没有人花粉过敏休克，已经算十分顺利了。

回程已是五点。学校还有几分良心，没让累得迈不动腿的学生们再跋涉几个钟头走回去，而是派了大巴车来接。

芝芝一上车就控制不住睡着了，醒过来时，学校到了。

林老师站在司机背后，和颜悦色地说：“我知道同学们都累了，现在是六点半，大家回寝室洗洗澡、喝喝水，七点钟晚自习准时开始。”

累成狗的同学们：“……”今天还要上晚自习，是人干得出来的事吗？

“一会儿班长点名。”林老师拍拍庄家明的肩膀，“有谁没来给我记下。”

庄家明艰难地应了。

晚自习时，大家歪倒一片，人人萎靡不振，毫无学习的动力。值班的老师知道他们玩累了，睁一只眼闭一只眼，任由大家浑水摸鱼。

芝芝也学不进去，强撑着眼皮看完了半本小说，回到寝室洗洗就睡了。

室友的鼾声此起彼伏，她也一夜好梦。

春游过后，便是五一。

纵然林老师耳提面命说要期中考了，松了骨头的学生却没法儿进入学习状态。怎么说呢，这骨头被春风一吹，就变得懒洋洋的，大家不仅不想学习，学校里还有了春天的气息。

这或许是初中和高中最大的不同。初中的时候，男生女生刚刚发育，对于谈恋爱这种话题都很敏感，无法抑制荷尔蒙，随时处于躁动之中，像是颗随时会炸开的花种。

高中就不同了，大家“长大”了，不把初中忌讳的事情当回事。他们虽然也瞒着老师和家长，但在学生之间已是寻常，再也不会像初中时那么一惊一乍。

芝芝还特地留心观察了几次，发现他们平时就是帮忙带水带饭、下了晚自习一起走、课间聊聊天。

老阿姨一边觉得这种偷偷摸摸的行为没劲，一边又暗暗地羡慕。她没经历过这种青涩的、紧张刺激的、偷偷摸摸的事情，羡慕又不屑，淡然又很有兴趣，闲着没事就爱往那些人的方向瞄两眼，长吁短叹，十分纠结。

而庄家明平时坐在她后面，自习课坐在讲台上，很快发现了她的异常，心里咯噔一下：她不会是喜欢张霖吧？

张霖是其中一对中的男方。

他很紧张，纠结了三天，在周三下午的活动课上把她揪了过去：“去借书。”

芝芝和妹子约了打羽毛球，有些为难：“我借来的还没看完呢。你自己去不行吗？”

“借你的卡。”他马上想好了理由。

芝芝二话不说就要掏卡，亏得庄家明反应快，抢先问女生们：“行吗？”

长得帅的男生在女生中无往不利，基本遇不到滑铁卢。妹子们很给班长面子，纷纷表示：“行啊，我们先打。”

呵，女人。芝芝哀怨地看着这群“重色轻友”的同学，不情不愿地跟着庄家明走：“你不和他们打球，借啥书？你不是也刚借过吗？”

庄家明犹豫着要怎么开口，没回答。

芝芝扭头看着他，顿悟：“你有话和我说？”

她态度直爽，庄家明不好再扭扭捏捏，直截了当地问：“你觉得张霖怎么样？”

他们做青梅竹马久了，有的时候脑回路会被同化。芝芝脑子一转，想的是“他无缘无故问起张霖是想和他比吗？莫非他喜欢上了杨榕榕”，她吓得瞬间警惕万分：“你问这个干什么？”

“随便问问，你快回答。”庄家明看她满脸防备之色，心里更紧张了。

芝芝想：感情这种事勉强不来，不是长得好看就能逆风翻盘的，还是劝他死心为上，遂谨慎地开口：“我觉得他挺好的，人很开朗，有点儿腼腆，不过很细心。”

庄家明：“他和杨榕榕……”

“我知道。”芝芝盯着他，心想：你知道还问我？

庄家明沉默了会儿，艰难地挑明：“换个人吧。”

“对，换个人吧。”她鼓励。

庄家明：“……”

芝芝回过味来：“……”

两人面面相觑。好半天，芝芝捂住胸口，震惊地问：“你以为我喜欢张霖？”

“没有吗？”庄家明松了好大一口气，“吓我一跳。”

“你才吓我一跳。”她拔高声音，“我还以为你喜欢杨榕榕。”

这回轮到庄家明吓了一跳：“怎么可能？”

“你好端端问我，我能不想歪吗？”芝芝反问。

庄家明辩解：“我是看你总看他，所以有点儿奇怪才问的。你不喜欢他，怎么老看他？”

“我不是看他，我是看他们两个。”提起这个，她就有止不住的惆怅心情，“羡慕啊！”

庄家明迟疑片刻，问道：“羡慕他们？”

“是啊。”芝芝捂住胸口，开玩笑道，“我的少女心蠢蠢欲动。”

庄家明：“现在谈早了点儿，等高考完吧。”

芝芝好奇地问：“你想过谈恋爱吗？”

他摇摇头。

“为什么？没一个看得上的？”她追问，“别和我说是怕影响学习，你有什么好影响的？”

庄家明想想，认真地道：“我就觉得，谈了也不一定有结果，说不定什么时候就分了。”

“谈恋爱图的是感觉，你年纪轻轻就想着结果，也太那啥了。”她摇摇头，暗中给他戳了个“老干部”的章。

庄家明问：“你想谈？”

“想。”芝芝真心实意地憧憬。如果她能在学生时代谈次偷偷摸摸的恋爱，大概老了回想起来，也会觉得很甜蜜开心吧。

庄家明没吭声。

芝芝陷入畅想中不可自拔，没注意到他的异常。两人各怀心事地到了图书室，各自找书借——来都来了，再借两本呗。

天气渐热，图书室里却凉爽极了，书架上摆着满满当当的书，他们一进来便能闻到纸张特有的气息，电风扇呼啦啦地转着，整个空间仿佛有一种魔力，叫进来的人情不自禁地放轻声音。

芝芝穿梭在小说区的书架间，许是刚才谈到了感情，寻觅半天，她最终决定借《霍乱时期的爱情》。马尔克斯伟大是伟大，《百年孤独》著名是著名，可她摸着良心说，这本巨著真的太难读了。她几次拿起、几次放下，最后决定承认自己是个俗人，彻底放弃阅读。

庄家明借的是伍尔夫的《到灯塔去》，她觉得他是个勇士。

借完书，两人都没了回操场玩耍的心情，决定结伴回教室写作业。

路上，庄家明接上了来时的话题，问她：“那你喜欢什么样的？”

“异性，”芝芝很肯定地缩小了范围，“我喜欢男的，对妹子没有感觉。”

庄家明：“具体的呢？”

“很多啦。”

“你举个例子。”

“真的很多。那种有异能的，活了几百岁，随随便便在北上广有地产的最好；不然的话，有钱的父母愿意为了让我离开他随手甩一百万的也可以；这些都没有的话，本人看上去非常禁欲、实际上很闷骚的男人我也很喜欢……”

她洋洋洒洒地罗列了一堆男主角的设定，然后总结：“我的要求一点儿也不高，范围也很宽，对年龄也没多大要求，只要长得好看，其他我都能忍！”

庄家明一开始还认真听，后来觉得她发神经，拿着这个标准去找，不仅不用担心她早恋，估计她上完大学都找不到。他刚想说“算我没问”，她就突然来了句：“当然了，我也知道这些都是不存在的，所以非要说‘初恋’的话……”

他的心随着她拖长的语调慢慢提起。

芝芝思索着，找到了个合适的形容：“江直树那样的，”她停顿了下，补充说明，“不过不是郑元畅的脸，是柏原崇那样的。”

说个秘密，庄家明的气质和柏原崇很像。

第四章

柠檬汁：丑陋的我，美丽的你

有句话叫思想上的巨人，行动上的矮子，指的就是关知之同学这样的人。她嘴上嚷嚷着“好想谈恋爱”，实际上什么举动都没有，该干吗干吗。

室友们觉得被欺骗了——之前杨榕榕讲自己的经历的时候，关知之可是叫得最欢的，说什么老了也会怀念之类的。

结果呢？骗子！

今天晚上，宿管查房结束后，室友们旧事重提。

“关知之，我给你介绍一个吧。”杨榕榕率先开口。

芝芝挺好奇：“谁？”

杨榕榕说了个名字，是他们班上一个挺清秀的男生，学习成绩也不错——这就是学生中的“门当户对”。他和张霖是好朋友。

“张霖说他挺在意你的，夸过你好多次。”杨榕榕现在既有些骄傲得意，也有点儿紧张，怕老师们查，恨不得多出现几对，来个法不责众，是以非常热心地撮合，“你觉得怎么样？要不要试试？”

芝芝拧灭了手电筒，沉思片刻，摇头：“没感觉。”

“试试嘛，”鉴于关知之是唯一一个对恋爱有兴趣的人，大家都很期待她的表现，怂恿道，“感情都是处出来的。”

“拉倒吧你们。没有火花就是没有火花，为了处而处，是处不出结果来的。”芝芝语重心长地说，“感动不是喜欢，也别贪图别人对你好，没用的，男人变心起来可快了。”

室友们：“说得好像你谈过一样。”

芝芝搬出万能金句：“你们以后就懂了。”

“呵。”床铺上传来一声声的嘲讽。

又有人说：“那你就说吧，喜欢什么样的，我们给你介绍。”

“首先要长得过得去，不能太丑，不然辣眼睛。其次是要爱干净，底线是一天刷两次牙、洗两次脸、天天换洗内裤和袜子。”

这两个要求挺良心的，大家表示接受：“还有吗？”

“当然有，刚刚说的是底线。”芝芝咬了重音，接着说，“我喜欢身材好的，脸是天生的，不能强求，端正就行，但身材好不好是看后天管理。”

杨榕榕忍不住插嘴，问道：“怎么样的身材算好啊，有肌肉的吗？”

“穿衣显瘦，脱衣有肉。”芝芝翻出手机，“来，我给你们发张我珍藏的图片。”

她戳进自己的寝室群，发了张偷偷下载的男模图，体形消瘦，但半裸的上身肌肉结实，还有完美的胸肌和八块腹肌！

十六七岁的小女生还停留在看脸阶段，一时无法接受老阿姨的审美，全场沉默。

芝芝继续叨叨：“我还喜欢智商高的，高智商是种性感，反社会人格就算了，我不喜欢‘病娇’，不爱伺候大爷。”

女生们坚强地忘掉了前面的话，逮着这个追问：“那你觉得班长怎么样？”

“家明吗？不行。”芝芝沉默了一下，半真半假地说，“他是个有前途的人，没必要在这种事情上浪费时间。”

“你不是说不谈恋爱会后悔吗？”伶牙俐齿的同学反驳。

“和前途比起来，这点儿后悔根本无关紧要。”她仰起头，盯着宿舍的天花板上转动的风扇，“你们摸着良心说吧，交了男朋友，是不是想让他宠宠自己？不开心了是不是要作一作？他的女朋友……应该是能帮他的，不是拖后腿的。”

她了解庄家明。他如果有了女朋友，肯定会照顾她、体贴她、迁就她，可是他的时间很宝贵，出身寒门的学生想要走到更高的层次，需要付出比有钱人家的孩子更多的努力。

他留在原地太可惜，必须要搏出一番成就，才无愧于自己的天赋。所以，恋爱对他来说，弊大于利，他现在不适合谈恋爱，就该好好学习。

“等到他进了最好的学校，就会有最好的女朋友。”

芝芝很嫉妒他后来的未婚妻，但也很清楚，婚姻是阶级上升的最佳通道，那个女生的地位和财富会帮他在新的圈层站稳脚跟。更不必说她本人亦很优秀，完全配得上他。

这是一段完美的婚姻，这才是庄家明需要的恋情。

可惜，年轻的女孩子们无法体会她的心情，只觉得她像只护崽的老母鸡，霸道之余，还有点儿势利。她们无法认同，甚至反感：“那关知之，庄家明要是喜欢别人，你打算拆散他们吗？”

“怎么会呢？”芝芝回过神来，哈哈大笑，“我看着是那么坏的人吗？”

大家刚要回答，一束光就从窗户照了进来。查寝老师用手电敲着铁窗，冷冷地问：“说什么呢？还不睡，十点半了！”

“老师，我的腿抽筋了，这就睡。”芝芝睁着眼睛说瞎话，然后淡定无比地躺下了。

但她们的寝室还是因为熄灯后说话被扣了分。

第二天，庄家明找她算账。

“关知之，303 的 6 号床不就是你吗？你昨天又在熄灯后说话了？”他翻着扣分表，冷冷地瞪着青梅。

芝芝假装失忆，震惊地问：“有这样的事？我不记得了，说梦话吧。”

庄家明：“……”

她笑嘻嘻地不说话。

但到了下午，庄家明就从韩琮那里听到了张霖从杨榕榕那儿听来的真相，知道了昨天晚上扣分的始末。

他很震惊。老实说，他对未来最远的打算就是考什么大学，从没有想过之后的事，她却很笃定地说他是个“有前途的人”。深入考虑谈恋爱和女朋友什么的……他都没想过。

可她居然替他想得这么多、这么远，全然不像是个小女生。

他惊讶又感动，想问她为什么这么想，又莫名觉得窘迫。纠结了大半天，他依旧没敢问出口，只在心里慢慢琢磨。

而这些芝芝一无所知。

室友们听了她的恋爱标准，觉得她不是审美比较“色”，就是在消遣人，所以懒得理她，放弃了牵线搭桥的话题。

正巧，5月中旬就是期中考了。

因为文理分班的申请是在期末前上交，所以用林老师的话来说，这就是“你们考虑文理的参考”。

理想很美好，但对于大部分人而言，兴趣不是最主要的，哪一科的分数较高，有利于上更好的大学、更好的专业，哪一科就是首要选择。

当然了，这不包括庄家明。

林老师在自习课上把他叫去办公室，和颜悦色地说：“再过两个月就要分科了，你是班长，也是我们学校成绩最好的，老师想问问你，你是怎么想的？”

庄家明犹豫了下，诚实地说：“我还没有想好。”

“来，坐下。”林老师没有失望，反倒是指了指面前的椅子让他坐，又从抽屉里掏了几颗巧克力给他，慢慢说，“以你的成绩，不管是读文还是读理，问题都不大，但是文理分科关系到你大学的专业，你有没有感兴趣的学校？”

他不太好意思地说：“我想考好一点儿的学校。”

“那就是清北复交了。”林老师了然，笑着说，“你只要能保持现在的成绩，有七八成的把握。但每个学校的特色不一样，王牌专业也不同。拿清北举例，清华的工科很好，北大却是文理科更出名。而且城市也不一样，北京是政治中心，上海是国际大都市，具体要看你怎么想了。”

庄家明低头不语。

林老师放缓了语速：“家明，老师知道你是个成熟的孩子，所以和你说得多一点儿。考上一个好的学校，学一个好的专业，都不是你人生的终点，但可能会决定你未来的方向……”

她说了将近十五分钟，看庄家明依旧没有想好，便道：“你回去好好想想，和家里人也商量一下，不着急，慢慢想。”

“谢谢老师。”他鞠了一躬，退出了办公室。

期中考算是大考，班里墙上贴的通知通通被粘上白纸掩盖。每个人的书都收进桌肚里或是教室后排的柜子里，桌面上不允许摆放任何东西。

学校没有重新安排考场，但每门课开考前，监考老师都会随机调换组次，打乱安排，道：“作弊这种事，骗的不是我们，是你们自己，考得好、考不好，和我们也没什么关系。大家愿意自觉最好，非要找死的……呵呵。”

下面一片安静。

大家并非敬畏，而是习惯了。

芝芝拔下笔盖，淡定地在试卷上写下了自己的大名。

一个星期后，成绩出来，林老师宣布召开家长会："下周五开家长会，下午两点到四点。这次说的是分科的事，很重要，没什么特殊的理由，必须来一个。"

"老师，什么叫特殊的理由？"好事者插嘴。

林老师冷冷地道："就是你不读了，辍学了，就可以不来。"

该生顿时闭嘴。

芝芝和庄家明回去转交了学校发的通知单。关家简单，一向都是关母出面参加女儿的家长会，倒是庄家有点儿为难。庄鸣晖不敢确定当天是否能够准时到。

"爸爸一定会来，具体几点钟不好说。"他如实对儿子说，"你可能要等等爸爸了。"

庄家明很平静："你不来也没事，我可以和芝芝一块儿回来。"

"爸爸肯定会来的，你放心。"庄鸣晖慎重允诺，但对于通知单上写的分科的事，心里一点儿底也没有，试探着问，"文科还是理科，你想好了吗？"

庄家明反问："爸，你觉得呢？"

庄鸣晖笑了："我儿子这么聪明，读哪个都行，爸都没意见。"

庄家明知道父亲这话是真心实意的，父亲绝不是个会逼儿子采纳自己想法的人。可他满心迷惘，父亲这样反而让他更纠结。

思考再三，他去问了芝芝："你觉得我适合读什么？"

芝芝很奇怪："你倾向于哪个？"

"我觉得都行。"他诚实地说，"想听听你的想法。"

这对芝芝来说还真不难回答："那你念理工科吧。读清华，然后出国，好一点儿的有普林斯顿、加州理工、麻省理工，稍微低一点儿的还有佐治亚理工。以后十年，人工智能什么的会很火，你努力一点儿，发家致富、娶'白富美'妥妥的。"

她拍着他的肩膀，真诚万分地"抱大腿"："苟富贵，勿相忘！我要求也不高，婚礼在国外办的话，你包机票和酒店就行了。"

庄家明："你怎么不把我生几个孩子都安排一下呢？"

"不要得寸进尺。"芝芝戗回去，"又不是从我肚皮里爬出来，我怎么知道？"

什么和什么？！他心头一慌，面色不可控制地红了。

夜色昏暗，两人又是各自站在自家的阳台上，是以芝芝并没有发现他的异常，打着哈欠说："最重要的是，我听说理科出国比较容易，好拿奖学金，文科比较苦。我要是运气好，能够出去交换一年，已经很满意了。"

5月的晚风吹着很是凉爽。庄家明靠在阳台上，问她："然后呢？"

"什么然后？"

"你说到我结婚，自己没想过吗？"他反问。

"想过，但是……"芝芝仿佛回到了重生前的日子，叹息道，"好对象难找啊，我和你不一样，没钱，没颜值，也没才华，优秀的男人看不上我。"

她身边最优质的男人就是庄家明了，假如不知道他未来的女朋友这么优秀，她可能真的忍不住会提前下手。

可她知道，也很清楚婚姻能够带给人多大的利益，说一步登天也不为过。而她再怎么努力奋斗，就算考上了名校，又能怎么样呢？

她不可能给自己换个爹妈，所以只能忍着。

一想到这里，她就心如刀割，摆着手说："别说了，我的心好痛。"

她脸上的失落表情不似作假，庄家明吃了一惊："你喜欢谁啊？"

小男生就知道喜欢不喜欢的。芝芝翻了个白眼，回答他："江直树。"

庄家明沉默了。

"你在阳台上干吗呢？"关母出来上厕所，看到女儿还没休息，立刻催促，"快睡了，都几点了。"

"睡了睡了。"芝芝关上窗，对隔壁的庄家明摆摆手，回屋睡觉去了。

隔壁，庄家明也关了窗回屋睡觉。

躺上床，他翻来覆去没有睡意，总是忍不住在想，芝芝说的"江直树"会不会……是他？并不是他自恋，初中的时候《恶作剧之吻》正火，班上一直就有人这么说他。

到了高中，他也时常从同学口中听说其他班的女生这么称呼他："你们班的那个'江直树'有女朋友了吗？"

还有个说法是《情书》里的藤井树。

这个比喻芝芝也用过。他不知道她是有心还是无意，却知道自己不知为什么特别在意。

芝芝到底是怎么想的呢？她好像没别的意思，一心觉得他以后能找个很好的女朋友，可他一点儿概念也没有。然而她要是只出于对竹马的关注，真的会这么详细地推算他的未来吗？

他的心忽高忽低，一时忐忑，一时又欢喜。如此辗转到了后半夜，他才在睡意的笼罩下慢慢睡去。

翌日返校。他们依旧是吃过午饭，午睡了一会儿就准备出发。行李里塞上了薄薄的夏衣，还有每次往返必带的零食。

临出门，庄家明还被关母揪住，她叮嘱道："家明，今天天气好，你回宿舍把被子拿出来晒一晒，现在天气热了，可以盖薄毛毯了。"

他一一应下。

关母心底的怜爱之情更甚，却不敢表现出来，化作最实际的行动——塞了满满一兜的零食给他，全是饼干、蛋糕之类的零食："你们现在正是长身体的时候，晚自习到那么晚，回去饿了不要忍着，该吃就吃。"

"阿姨，你给芝芝吧。"他吓一跳，赶忙推辞。

"她有，这个是给你的。"关母不容分说地塞进他的手里，"好了好了，不早了。关知之，你怎么还没好？"

芝芝一听她妈叫大名就犯怵，赶紧喊："好了好了，我在厕所，我来'大姨妈'了。"

"这孩子。"关母马上急了，"我给你泡一杯红糖水带着。"

"不用。"她道，"现在还好，到学校我再喝。"

关母改为嘱咐庄家明："家明，芝芝有点儿不舒服，你路上照顾着点儿。"

他忙道："好的阿姨，你放心。"

芝芝怕路上肚子疼，催促道："快走吧。"

"路上当心啊。"关母一路送他们下楼。

庄家明主动提了大部分行李，关切地问："你还好吧，疼不疼？"

"还行。"芝芝衷心祈祷公交车上有空位。

然而周末公交车上的人不少，他们上车一看，并没有空位。庄家明安慰她说："一会儿肯定有人下车。"

芝芝也这么想。

可有的时候，事情偏偏如此之巧。没过多久，公交车上来了一群老年人，看起来像是组团去什么地方玩，戴着统一的鸭舌帽，好几个年轻人让了座，一个空位也没留。

芝芝暗想：天要亡我。

果然，人还在半路，“大姨妈”已经开始拍门叫嚷，阵阵抽痛从下腹传来，活像是里头塞了个绞肉机。

她撑不住，先是把提着的行李放在了地上，而后把书包也拿下来，可还是不行，恨不得蹲到地上抱成团。

庄家明犹豫了一下，扶住她的胳膊：“芝芝？”

“别和我说话，”她面色煞白，“我疼。”

他不知该怎么做，紧张又慌乱地看着她。过了会儿，他发现自己帮不上忙，便环顾四周，想找个空位给她：“我问问别人能不能让个位子好不好？”

“别，”芝芝咬紧牙关，“丢脸。”

“那怎么办？”他踟蹰片刻，小心翼翼地问，“要不你靠在我身上？”

小腹的疼痛太过厉害，芝芝没有矫情，直接靠在了他的肩膀上，他温热的体温透过夏天的薄衬衣，灼着她的脸颊。

我已经有十几年没有这么靠近过他了。她这么想着，疼痛感悄然远去，无尽的心酸上涌，鼻子酸得像是吃了柠檬。

庄家明一直密切关注着她，看到她的鼻尖发红，还以为她疼哭了，越发小心：“芝芝，我们下车找地方坐一下好不好？还早呢，没事的。”

她摇头。

前面有一个大转弯，芝芝没来得及抓住旁边的椅背，身体不受控制地被甩了出去。庄家明手疾眼快，一把揽住了她：“小心。”

车子逐渐平稳。

他放下手，又怕她再摔，犹豫了下，把手抬高：“你靠着我。”

芝芝骤然收紧五指，把他的衬衣抓得一团皱，但没多久又缓缓松开，低声说：“算了，我没事。”她改为拉住吊环，视线也转到了窗外，一副不想再说的样子。

庄家明摸不着头脑：“你……你好点儿了吗？”

她点点头。

他却觉得不对："你是不是生我的气？"

她摇头，低声说："不是，我只是觉得……不太好。"

"你不想让我扶你？"他的胸口翻涌起酸涩和委屈之情，但强忍着，解释说，"我没有别的意思，芝芝，我真的没有。"

他怕她误解，拼命想解释，可越说越觉得难过。他想不明白两人一起长大，怎么就变成了这个样子，于是也动了气，干脆不说了。

芝芝并不是闹脾气，决定和他说清楚："我知道，只是我们都大了。你……我的意思是，有很多女生喜欢你，宁玫好看，婉婉也很不错，我不会告状的。然后……然后我们这样不注意保持距离的话，对你、对我、对……都不好。"

她在高二的时候就和他分班了，陆续听过一些关于他的绯闻。可她心虚，不敢问，迄今不知道是真还是假。

庄家明纳闷儿极了："你为什么老想这个？"

"这不是很正常吗？"芝芝干脆用聊天来转移注意力，"你现在不找，以后也肯定会找，不只是找，还会结婚。"

"我只是想扶你一下……"他万分不解，简简单单的事至于上升到找男女朋友甚至结婚的程度吗？她到底在想什么？

而芝芝听到这句话，就好像是个被戳破的气球，一下子蔫了。也是，大家才高一，后来的事都没个影子，她大惊小怪，不过是昔年的阴影作祟。

"对不起，家明哥。"她喃喃地道，"我不知道该怎么和你说，对不起。"

"没事。"庄家明抬起头，轻轻摸了摸她的脑袋，"不用道歉，可能是我不理解你吧。"

她沉默了下，在疼痛与委屈的双重作用下，突然不想再忍下去，靠过去紧紧抱住了他。庄家明被她吓了一跳："又疼了？到学校了我带你去医务室吧。"

芝芝不说话，把脸埋在他的颈窝里。

眼泪濡湿了衬衣的领口，贴在他的皮肤上。庄家明咽回了安慰的话，安安静静地站着，轻轻拍着她的背安慰。

霎时间，时光仿佛倒流回了小时候。

芝芝是个爱哭鬼，被老师训了会哭，被男生推了把也要哭，午饭吃到不喜欢的菜还是想哭。反正只要受了委屈，她就会抹着眼泪跑过来要他抱抱，顺便告状，说“家明哥，谁谁谁欺负我”。

他就拉着她的手去找欺负她的人讲道理，要他们道歉。

男孩子通常不肯，凶巴巴地问“就不道歉，怎么样”，他就只好去告诉老师。老师说了再不管用，那他就只能打了。

有时候他打得赢，她就得意地冲人家做鬼脸；有时候他打输了，她就冲过来帮忙，对着人家拳打脚踢，被推跟头就咬人抓人，像个小疯子。

她很黏他。幼儿园午睡，她不和他睡相邻的床铺就不肯闭眼睛，吃饭也非得和他坐在一起，然后偷偷地把不喜欢吃的菜给他。

他也是，喜欢和芝芝待在一起。她会在他不开心的时候说笑话，在他得了表扬的时候笑得最开心，在他为母亲担心的时候，一直陪在他身边。

所以，她勾勒的未来蓝图听着很美好，可他一想到两个人会渐渐疏远，再也不复幼年的亲密，心里总是有点儿低落。他出生几个月就认识她了，两个人睡过一个摇篮，用过同一个小推车。在人生的前十几年里，她是他生活的一部分，他和她在一起的时间甚至比父母还要多。

一想到将来的某一天，他们会变得很疏远，就好像只是普通同学，见面不过点头寒暄，随意聊些家长里短，他就觉得很难过。

为什么非要这样呢，他就不能不和她分开吗?

到了学校，庄家明问了至少十遍要不要去医务室，芝芝都拒绝了。他没办法，只好一路送她到了楼下，叮嘱说：“你晚上别来上晚自习了，我给你请假。”

芝芝没有逞强，有气无力地点头应下。

男生不能进女生宿舍楼，庄家明就把行李托付给了宿管阿姨，请阿姨帮忙提到楼上去，又关照道：“关知之不舒服，晚上请假，让她在宿舍休息吧。”

“好，我知道了。”没有一个宿管阿姨不喜欢庄家明，他一说，阿姨立刻点头同意，连带对芝芝都和颜悦色，送她上楼的路上一直在讲“痛经就是宫寒”“少喝冰饮料”云云，还在临走前给她倒了一大杯热水。

芝芝一口气喝下热水，浑身冒汗，疼痛也略微得到缓解。她趁机收拾衣服，拿了衣物和脸盆去浴室洗澡。

周日，浴室开放一整天，比起平日人挤人的情况好很多。芝芝洗了十几分钟才出来，懒得吹干头发，用毛巾包住吸水便躺到了床上。

舍友们陆续回来，看到她像咸鱼一样躺着，露出心领神会的表情：“那个来了？红糖要不要？”

“喝过了。”她以极其扭曲的姿势趴在床上，痛苦地呻吟，“我要死了。”

十个女生里有七个会痛经，大家深有同感，却都爱莫能助。

程婉意问：“我带了蛋糕，要不要吃点儿？”

“好，抵抗疼痛也是需要能量的。”她满口答应。

程婉意递给她一块芬芳蓬松的奶油蛋糕：“底下有点儿焦，我烤过头了。”

芝芝惊讶：“你自己烤的？”

“刚学。”比起各式各样的才艺班，程婉意倒是不讨厌烘焙，微微一笑，“尝尝看。”

芝芝咬了一大口，然后说：“好吃，你缺老公吗？为了吃的，我可以改变一下性别。”

啊，这又是一个充满年代感的习惯。

不知从何时起，女生之间流行起了“老公”“老婆”的称呼，是一种代表了亲昵的爱称。

芝芝觉得，这或许暗示着女孩子在青春期间，对同性友谊的渴求超出了对异性爱情的追逐。据她所知，妹子间因为“你和她好不和我好”吵架的事，似乎比争男生要多得多。

没有荷尔蒙和颜值的干扰，其实女孩子也更喜欢和女孩子玩啊！

可惜，庄家明的颜值和性格都作弊了，没办法。

程婉意不晓得她的想法，笑笑说：“你喜欢就行。”

芝芝“嗯”了两声，瞥见宿舍里另外两个女生交换了个“炫耀”的口型，忍不住叹了口气。

最初，程婉意也带给其他人吃过，但表达诚意的方式是“我用的是土鸡蛋和动物奶油，比市面上的要好”。其他人听了，不仅感觉不到她的心意，反而认为她是炫富——我们平时吃的东西是垃圾吗？就你吃的高贵？

所以她们的回答是：“不用，我们平时吃的蛋糕就挺好。”

热脸贴了冷屁股，程婉意自然不会再自讨没趣，只有芝芝装傻充愣，假装很饿的样子接过去吃了。

于是到了现在，也只有她吃程婉意的东西。

如果不是因为之前元旦会演刷了存在感，而后到处帮忙博取了妹子们的好感，芝芝觉得，同学们在背后可能会说她是程婉意的小跟班。

社交真是门学问。

晚自习，林老师没来，值班的是体育老师。他看到芝芝的座位空了，不由得问："这个同学呢？"

"她身体不舒服，请假在寝室休息。"庄家明回答。

老师对他一向放心，不再追问。

但今天的晚自习注定有些骚动。

体育老师在普通班的学生中都没什么威信，更不要说在实验班。他自己也很清楚，因此只要下面不搞出大动静，他就睁一只眼闭一只眼。

通常这个时候，同学们会偷偷地换座位。

韩琮有时候会和王之行换一下，趁机找庄家明问几道题，有时候又是其他男生，总的来说，还没有哪个女生敢和他当同桌。

可是今天芝芝不在，她的位子就被人盯上了。

邹雨妍大大方方地走过来，坐到芝芝的位子上，拿了卷子，问道："班长，我有几道题不会，你能教教我吗？"

她的声音不高，但旁边的宁玫和程婉意都听见了，不约而同地朝她一瞥。

在此，不得不说一说高一（1）班的女生小团体了。

一班地位最高的小团体，莫过于宁玫和纪可人的姐妹团，前文曾提到过，在此不做赘述，反正她们都是成绩不错还有点儿本事的，可以被称为"好学生女团"。

接下来比较有名的小团体，就是以邹雨妍为中心的"赞助女团"。别忘了，芝芝去年还为赞助费发过愁，高一的实验班除了靠成绩，也能靠钱加塞儿。

邹雨妍和她的小姐妹们就是被爹妈塞进了一班。家长们抱着孟母三迁的美好希望，想让孩子们和好学生们在一个班，能沾染点儿读书气。可是，实验班节奏快，学渣本来就听不懂，到了这个班里更是容易怀疑人生。

他们上个学期还算努力，但发现自己跟不上后，基本已经放弃。邹雨妍之所以没有转班，和庄家明这个班长有着很大的关系。

邹雨妍对读书不是特别上心，但对庄家明很有兴趣。

小姐妹说："近水楼台先得月，咱们到了高二估计不能和他一个班了，现在不下手更待何时？"

邹雨妍蠢蠢欲动，挑准时机下手。

庄家明不是不知道事出反常必有妖，但班上的同学来问题，作为班长能拒绝吗？他不能。所以他只能说："哪一道？"

邹雨妍假模假样地指了一道题，是空间几何。这个是挺难的，需要想象力。

他想了想，先在上面画了辅助线："这种几何体你首先考虑画辅助线。你看，这样就很清楚了，它求的这个体积，其实是两个几何体体积的差。"

铅笔是普普通通的自动铅笔，卷子是人人一份的普通卷子，可被他拿在手里，仿佛就成了游戏中辛辛苦苦打败了 boss（首领）后掉落的宝箱，会发出柔和的荧光。

为什么她从这个角度看，这张脸也这么好看？为什么他说话这么温柔？霎时间，邹雨妍胸膛里的小鹿蹦蹦跳跳，快活得不得了。

"听懂了吗？"他讲完解题过程，抬眸看她。

邹雨妍猝不及防地撞上他的视线。那一刹那，她陷入了这辈子最窘迫的状态，大脑一片混沌，又急又羞，热气涌上脑袋，双颊发烫，嘴巴先于理智反问："什么？"

庄家明立即低下头，佯装什么也不知道："我把步骤写给你，你回去再看看吧。"

她终于回过神来，急急忙忙地说："还有别的，下面那道也讲一下。"

庄家明有点儿为难，迟疑着说："我这样说你也不一定听得懂，不然你先试着做做看，不会我再教你？"

"行啊。"邹雨妍说，"你借我支笔。"

庄家明递给她一支不常用的黑色水笔。

邹雨妍装模作样地在几个数字上画了横线，但什么也没看进去。过了会儿，她又转过身想继续问。他正在写英语周报，姿态专注，眼睫微垂，电扇的叶片从白炽灯下方转过，落下一片片阴影。

他白皙的面孔上明暗不定，越发显得五官俊秀，怎么看都好看。她突然改了主意，拿着卷子和水笔溜回了自己的位子上。

庄家明悄悄地松了口气。

九点半，晚自习结束。他习惯性地留在最后准备锁门。邹雨妍平时溜得快，今天却一反常态，一会儿收拾课本，一会儿整理桌子，假装很忙的样子。

劳动委员余涛同学反应比较慢，被韩琮踢了一脚才反应过来，匆匆提着垃圾袋走了。

教室里只剩下邹雨妍和她的小姐妹。

她鼓足勇气，走上去和拿单词本的庄家明套近乎："班长，你的数学卷子能不能借我看看？我还有几道题没弄懂。"

"借出去了。"庄家明似乎意识到接下来会发生什么，低着头假装整理课桌。

邹雨妍"哦"了声，扭头瞥了眼好朋友们。她们做了个"加油"的手势，溜出了教室，躲在后门那里偷看。

"班长……庄家明！"她略略拔高了声音，开门见山，"你有女朋友吗？"

庄家明的反应也超快："我暂时不考虑这个。"

就此铩羽而归不是邹雨妍的性格，她追问道："你能不能考虑我一下？"

他硬着头皮道："我们还是学生，还是该把心思放到学习上。"

"我对学习没有兴趣，但是为了你的话，我可以好好学。"邹雨妍坚持不懈，"要不然这样，我下次考试进步多少名，你就考虑考虑我？"

庄家明："对不起。"

"真的不行吗？"邹雨妍说到最后，说不出是窘还是羞，还有点儿难过。

他重复道："对不起。"

"那你是有喜欢的人了吗？宁玫？程婉意？还是关知之？"

"和她们没关系。对不起，我要回去了。"他转身就走。

邹雨妍咬住嘴唇，快步冲出门外，头也不回地跑进了厕所。躲在外面的同学们赶紧贴墙而立，减弱自己的存在感。

庄家明看也没看他们，假装什么事也没发生，锁上门走了。

一个班里没有秘密，芝芝当晚就在夜谈会上听到了这个八卦。她特别淡定地说："很正常，以后还会有这样的事，习惯就好。"

庄家明同学的颜值还在成长期。等到高二、高三，他的个子再往上长长，五官再长开一点儿，就是真正意义上的"人高腿长，皎若玉树"，分分钟让人以为自己穿越进了青春偶像剧的片场，大呼“言情小说诚不我欺，那种把白衬衣穿出高级感的男生真的存在”。

无知无畏，真是让人嫉妒的青春啊！她拉上被子，盖住脑袋，惆怅地叹了口气。

邹雨妍的“告白”事件轰轰烈烈，不仅传到了隔壁班，连老师们也依稀有所耳闻。

事情可大可小，林老师自然要敲打他们一番：“我带过好几届学生，读书的时候偷偷摸摸谈的，到最后都得分，熬到毕业再说的，反而成了几对。所以说啊，这人就是该在什么时候做什么事，读书的时候好好读，谈对象的时候才能好好谈。”

她当了多年班主任，有经验，年纪在老师里也不算大，又算是比较开明的，这番话说得诚恳又严肃，还不讨人厌。

同学们低头受教，偷偷摸摸的人更是乖如鹌鹑，心里却七上八下——不会吧，老师肯定是骗人的吧？

林老师很满意下面的反应，就此揭过。

但也不是每个老师都是这样。他们的政治老师说话重了一些：“有些人进了实验班，就不好好读书了，老想着有的没的，自己不想学就算了，还要妨碍人家想学的。这种学生，自己心里有点儿数，别以为家里有点儿钱就能乱来。”

大家都不蠢，听得出老师是在骂谁，都悄悄地往邹雨妍那里瞄。邹雨妍的面庞涨得通红，她却不敢出言反驳，老师没指名道姓，跳出来不是自己承认吗？

而庄家明听了这番难听的话，觉得自己连累了旁人，心里也不是滋味。

“既然进了实验班，就该有点儿自觉，把心思用到学习上，别搞那些乱七八糟的东西。”政治老师按着讲台，视线冷冷地扫过下面的人，“其他同学也要引以为戒，自己不要前程也就算了，让你们家里人跟着丢脸，对得起辛辛苦苦挣钱送你们上学的父母吗？”

芝芝有点儿烦她，叫中学生不要谈恋爱，好好学习，这话没错，但上升到不要前程、全家丢脸的高度，这话就有点儿重了。

“老师，年纪到了，喜欢人是多正常的事，有什么好丢脸的？”她正来着“大姨妈”，情绪不太稳定，一时憋不住就顶了回去，“不偷不抢，不劈腿、不脚踏两条船，人品就没有问题。”

政治老师没想到会有人反驳自己的话，顿时气着了：“你还有道理了？”

芝芝说：“老师，我理解你的意思是希望我们好好学习，不要把有限的精力分散开，但人少则慕父母，知好色则慕少艾，本来就是很正常的事，不丢脸也不是乱来，是人之常情。”

“你给我站起来。”

芝芝站了起来。

政治老师深吸了口气：“你的意思是我说得不对，你们这个年纪搞对象还有理了？”

教室里一片寂静。

“我的意思是，老师的说法有失偏颇。不要早恋不是错的，但喜欢一个人不等于人品不好，更谈不上给家人丢脸，并不该被污名化。”芝芝说着，气也消了，主动息事宁人，“对不起，老师，我不该顶撞你，咱们上课吧。”

芝芝自觉已经递上台阶，可不承想这种口吻对于注重权威的政治老师来说，更像是挑衅。她胸口起伏，冷冷地甩下一句“你这样的学生我教不了”，然后扔下课本，扭头走出了教室。

芝芝：“……”

教室里这才骚动起来，同学们用佩服又激动的眼神看着她，轻声道：“有你的。”

连宁玫都说：“你行啊！”

芝芝叹了口气，有点儿后悔出头了。她不是害怕，只是觉得生出事端总是个麻烦，想了想，说：“我去找班主任认错。”

“你又没错。”大家声援她。

芝芝道：“你们不懂，我不认错，老师不好下台。”她说着，真的跑了出去。

庄家明不放心，说了句“你们安静自习”，也跟着出去了：“你等等，我跟你一块儿去。”

芝芝没有拒绝。

两人找到林老师，乖乖认错。

芝芝的态度很温顺，她把责任揽在自己身上，又说："我知道错了，真的很对不起。"

林老师表情无奈。她不是没见过顶撞老师的学生，但这样顶撞完了就能拉下脸来道歉的，实在少见。关知之懂事得不像个学生就算了，居然还敢和老师叫板喜欢不喜欢，刷新了她对学生的认知。

她上上下下审视着芝芝。当事人十分镇定，庄家明却有点儿担心，开口道："老师，我也有错，没能及时阻止。"

"你们这些小孩子……"林老师叹了口气，"老师肯说你们，是还对你们抱有希望，为了你们好，真要是放弃了，说都懒得说，懂吗？"

芝芝点头如捣蒜。

芝芝态度太好，林老师无处教导，心里也觉得张老师说得有点儿过了，伤到了学生的自尊心。她想了片刻，起身说："你跟我去和老师道个歉，好好说，知道吗？"

"是是是。"芝芝连声应下。

有了林老师从中调解，政治老师总算勉强原谅了芝芝出言不逊，但找了部纪录片让庄家明回去放，不肯回去上课。

林老师也没勉强，亲自过去监督了半节课，敲打胆大包天的学生们："老师都是为了你们好，有的时候就算说得严重了点儿，你们也不该这么没礼貌……"

同学们："嗯嗯嗯。"

下课后，班里就炸开了锅。一部分人觉得芝芝说得很爽，一部分人则认为她不尊敬老师，争了两句，差点儿吵起来。

但总的来说，学生"反抗"老师——尤其芝芝说得很在理，并不是为了反抗而反抗——更有一种不畏权威的青春勇气。所以，芝芝就算不是班干部，成绩也不是最好的，在班里的地位却突然变高了。

转眼到了周五的家长会。

关家夫妇是对家长会很上心的那种父母。刚过中午的繁忙时间，关母就回到家里，脱下油腻的旧衣服，换了条去年才买的裙子，把脏破的球鞋换成了软底的皮鞋，拿上一百多块钱买来的真皮手包，理了理头发才出门。

他们家没什么钱，也没有人脉，但能做好的地方，就不给女儿丢脸。

坐上公交车，关母开始认真回忆昨天晚上和关父讨论的事——问问老师女儿在学校表现怎么样，文科和理科读哪个更好，以她现在的成绩读实验班会不会吃力……

与此同时，庄鸣晖也关掉了电脑，从抽屉里拿出剃须刀和剃须泡沫，去卫生间刮胡子。他连续熬了几天夜，下巴上全是密密麻麻的胡楂儿，看着就很邋遢。

他洗了把脸，刮完胡子，镜子里的人看起来精神多了。

咚咚咚——宿舍外有人敲门。

庄鸣晖打开门，外面站的是拎着西装的夏丽。她笑了笑："庄工，衣服拿回来了，给你放在这里。"

"谢谢，"庄鸣晖不太好意思，"太麻烦你了。"

他有一套比较正式的西装，之前穿过一次就丢在了衣柜里。前几天得知要参加家长会时才想起来，他翻出来一看，皱巴巴的，连忙送去干洗店。

他原想着今天上午去拿，可临时有事走不开，只好拜托夏丽去拿。她二话不说就答应了，午饭都没吃。

"没事没事，跑一趟而已。"夏丽摆摆手，笑着说，"你也帮过我，不用那么客气。"

庄鸣晖这才想起来，问道："你考过了没有？"

"还没出来。"夏丽有点儿紧张，"今年考不过，就只能明年再考了。"

"初级考试应该不难，你放宽心。"庄鸣晖安慰了几句。

夏丽在单位做的是文秘的工作，实际上和打杂没什么区别，工资也低，但她做事认真勤快，同事们都觉得不错。他会注意到她，却是因为有一次去茶水间，看到她坐在板凳上复习初级会计资格考试的资料。

当时她还有点儿难为情，解释说自己的文化水平不高，也没本事做生意，就想着考个会计资格证，好换一份工资高点儿的工作。

庄鸣晖依稀听人说过，她离婚了，独自带着女儿住在母亲家里，心知她的日子难过，原就有几分同情心，这会儿看她肯下功夫，自己争气，更是欣赏，鼓励了好几句。

两人就是这么熟悉起来的。

"不耽误你的时间了。"夏丽和他聊了几句，很识趣地告辞。

庄鸣晖急着去参加儿子的家长会，也没多说，匆忙换上衣服就出去了。路上堵了一会儿，他到达一中的时候，不小心迟到了十分钟。

他停了车，急急忙忙地去找教室。

芝芝第一个看见他，招手喊："庄叔叔，这里！"

"芝芝啊。"他左右张望，"开始了没有？"

"没有，老师还没从办公室里出来呢。"芝芝乐坏了。

家长们很热情，早早就到了学校，把林老师堵在了办公室里，你问一句我问一句，就耽搁到了现在。

庄鸣晖长舒了口气，问道："哥哥坐在哪个位子？"

"他坐我后面，我妈在那儿。"芝芝给他指了指方向，又说，"家明哥被老师叫去搬东西了，很快就回来。"

"好。"他走进教室，找到儿子的座位坐下。他和关母打招呼："美娟，你来得这么早啊？"

"刚来。"关母悄悄地检查完女儿的课桌，没发现什么出格的东西，安心地寒暄起来，"没想到两个孩子坐得这么近。"

"挺好，他们互相照应。"

他们正聊着，有位母亲走过来，问道："你是不是庄家明的家长？"

庄鸣晖吃了一惊："我是，你是哪位？"

"庄爸爸你好，我是余涛的妈妈，我们家儿子总是在家里说你儿子的成绩多么好，我就是想问问，你平时怎么教儿子的，给他报了什么辅导班？"余妈妈急切地问。

其他家长听见，不约而同地围过来："你就是庄家明的爸爸？哎哟，你儿子的成绩真好，他是怎么考的？"

庄鸣晖答不上来，说道："没有，我们没请老师，他是自己学的……对，也不逼他，我们从来不逼他的，他就自觉学……"

其他家长不信，还想再问，亏得林老师已经到了，拍拍讲台："各位家长坐到自己的位子上，我们今天的家长会就要开始了。"

老师一来，家长的注意力马上转移。

庄鸣晖擦擦额头上的汗，望着帮忙分发通知的儿子，心里愧疚又骄傲。

家长会的主题是解释文理分科，以及捎带提一下各个大学的专业，最后再表扬一下期中考试里表现出色的学生。

完事后，就是老师和家长的问答环节，其他科目的老师到处串门，基本上一踏进门口就会被家长堵住，问自家的孩子如何如何。

只有一个人例外，庄鸣晖。

他什么也不需要问了。林老师把他儿子翻来覆去夸了好几遍，成绩单上明晃晃的第一名，他还有什么要问的？

他就是担心会再度被别的家长围着问怎么教儿子！

趁着家长们前呼后拥地“围攻”老师，庄鸣晖抓紧时间走出教室，找到儿子，递过去十块钱：“天热，带妹妹去买雪糕吃。”

庄家明和芝芝：“……”

他们当着班上同学的面被当作七八岁的小朋友，有种诡异的羞耻感。庄家明试图转移父亲的注意力：“老师说了什么？”

“没什么大事。”他轻描淡写，“爸爸去抽根烟。”

庄家明微皱眉头。

当父亲的还挺怕儿子管他抽烟喝酒，顾不得多说，快步下楼，到楼下时，烟已经点燃了。

芝芝也假装不存在买雪糕的事，和他说：“要不你去找叔叔，我等我妈？”

庄家明迟疑了下，晚了，被其他家长逮了个正着。

他们揪着自家的女儿、儿子围过来：“你就是庄家明吧？长得可真俊，考得也好，听你们老师说你每次都考第一名，能不能也教教我们家×××？”

庄家明一脸茫然的表情。

被父母拽着胳膊拉过来的同学们也又羞又臊，嚷嚷声此起彼伏：

“妈，你别说了。”

“老爸，你够了。”

“别去妨碍人家。”

…………

但家长们不可能体会得到孩子的自尊心，只要能让自家孩子提高成绩，什么事都愿意去做。

庄家明被淹没在了人潮中。

芝芝无奈，进教室溜达了一圈，而后跑出来喊：“班长，老师叫你去拿卷子！”

庄家明在关键时刻相当机灵，马上道：“对不起，老师叫我，请让一让。”然后他发挥自己年轻力壮的优势，艰难地挤了出来，快步跑下了楼。

芝芝深表同情：“你好惨啊！”

他重重地呼了口气，出了一身的汗：“吓死我了，你刚刚说拿什么卷子？”

“我瞎说的。”她想想，忽然笑了，“要不咱们吃棒冰去？”

庄家明也跟着笑：“行，反正我是不想回去了。”

两人便去小超市买棒冰。有些同学不乐意等家长，或是在学校里闲逛，或是回宿舍整理东西。超市里的人也不少，但不知道庄家明就是全年级第一，他们轻松买到了碎碎冰。

这是他们从小吃到大的棒冰，不贵，还能掰成两半分着吃。上端有个吸嘴，方便拿在手里，庄家明就把这个让给她。

“每次都是我吃这个。”芝芝咬着塑料管，柔软绵密的沙冰挤到口中，甜甜蜜蜜又清清凉凉。

“谁让你晚生几个月呢？”他就大了几个月，但哥哥就是哥哥，从小被父母耳提面命要照顾妹妹，有什么办法？他当然只能认了。

开完家长会，大家各回各家，各找各妈。

程婉意跟着母亲上了车，里头空调开得足，日头虽大，也感觉不到热。

她的母亲并没有对女儿第五名的成绩表示不满，只是道：“婉婉，妈妈不要求你考第一，考试成绩不是全部，你要上舞蹈课、小提琴课，精力不如其他人是肯定的。”

程婉意低头不语。

程母又道：“你的英语考得很好，看来补习很管用，继续读。明年或者后年，我就送你出国。”

“高考呢？”程婉意问。

“很多学校不承认国内的高考成绩，考了也没用。”程母戴上墨镜，淡淡地道，“在国内读本科，不如直接在国外念，大学里的氛围很重要。”

程婉意望着车窗外来来去去的家长和学生，冷淡地问：“那我读文还是理？”

“你觉得哪个更适合你？”

程婉意道："我想读文科。"

近年来，程母和女儿的关系越发差，她不想在这种小事上和孩子起争执，点头道："那你就读文科吧。"

十步之遥，宁玫跟在母亲身后，两人的步速都很快。

"小玫，"宁母是典型的人民教师模样，戴眼镜，着装朴素得体，神情略有疲惫，嗓音沙哑，"妈妈要回学校一趟，你自己回家行不行？"

宁玫大为不满："你又有事了？"

"有个学生发烧了，妈妈要去看看。"宁母的语速很快，"你自己回家吧，奶奶应该做好饭了。"

宁玫冷笑："你今天来参加我的家长会，就没有什么要说的吗？"

"你考得很好，妈妈很高兴。"宁母说得又轻又快，仿佛早已复述过无数遍，"你只要努力学习了，不管考多少分，爸爸妈妈都为你骄傲。"

宁玫顿住脚步，盯着她说："我考了年级第二，如果不是庄家明，我可以考年级第一。"

"你们班那个男生是挺聪明的，你没必要和他比。"宁母开导女儿，"一中是市里最好的学校，以现在的成绩，你只要保持住，考个985没有问题。"

宁玫咬紧牙关，心想：你是不是就觉得我没问题，所以才不肯多分一点儿注意力给我？

"那文理分科呢？"她纠缠不休，"你觉得我应该读哪一个？"

宁母的电话振了一下，她扫了一眼，匆忙道："这个你自己先考虑下，回头和你爸爸聊聊。好了，妈妈要走了。"

她说着，匆忙地上了车："妈妈去的是反方向，不能送你了，你坐公交车回去吧。"

宁玫一声不吭，指甲死死地抠着手掌心。

母亲的车很快消失在了视野里。她站在原地许久，上了回家的公交车。

家里只有奶奶在。老人家听见响动，出来开门，只看见孙女一个人，不由得好奇："你妈呢，不是参加你的家长会了吗？"

"回学校了。"宁玫冷漠地说，"她恨不得一天二十四个小时住在学校呢。"

“唉，你妈是老师，也没办法。”宁奶奶劝慰宁玫，“学生出了事她要担责任的。”

宁玫不应声，快步走进了房间里，书包一扔，仰面躺在床上看着天花板上的吊灯，一动也不想动。

宁奶奶在门口徘徊了会儿，问：“吃不吃蛋糕？”

“不吃。”她把胳膊盖在眼睛上。

隔了五分钟，门外的奶奶又问：“我买了光明冰砖，要不要吃一点儿？”

“我什么都不想吃。”她发泄似的喊出来。

宁奶奶叹了口气，不再问了。

晚饭五点钟做好了，他们六点钟才开饭，因为宁父这个时候才回来。好在天气渐热，菜凉了也不要紧，宁奶奶盛出饭来，叫孙女：“囡囡，吃饭了。”

卧室里一片安静。

她又喊：“你爸回来了，快来吃饭。”

里头有了点儿动静，宁玫走了出来，不声不响地在饭桌前坐下。

宁父边吃边问：“今天你妈去给你开家长会了？”

“嗯。”

“考得怎么样？”宁父问。

宁玫说：“第二。”

她的父亲便露出欣慰的笑容：“考得不错，爸爸给你买个新书包。”

“我开学刚买了，不用。”宁玫拒绝。

“那就买块手表。”宁父说着，从钱夹里掏了两百块钱出来，“辅导书有什么要的，你也自己买。”

宁玫瞥着父亲：“去年期末考试也是手表。”

“那你自己买点儿喜欢的。”宁父草草吃完饭，抱起带回来的一摞卷子，说，“我要批卷子，先去忙了。”

“去吧去吧。唉，你们两个……”宁奶奶无可奈何地摇摇头。她的儿子、儿媳妇都是教师，工作体面，工资也高，就是太忙了，不是值班就是改卷子、备课，每天忙到深夜才休息。

人的精力就这么一点儿，夫妻两个都是班主任，管着几十个学生，分到自己女儿身上的注意力反而少了。

“你爸教的是初三，马上要中考了。”宁奶奶语重心长地说，“你也知道初三有多忙，学校里还有指标。”

宁玫面无表情地点了点头。

小的时候，她希望父母能够多注意自己一些，所以拼命读书，从来不开小差。当时很成功，她每次考一百分都可以得到父母的夸赞与鼓励。

可是渐渐地，他们似乎习惯了她的独立和优秀，越来越放心，放心到比起亲生女儿，更关心非亲非故的学生。

春蚕到死丝方尽，蜡炬成灰泪始干。老师，一个多么伟大的职业。

家长会后，就是高一学生的又一件大事：会考。

理论上来说，会考都会过，毕竟都得给学生发毕业证。更不要说是一中这样的重点高中，大部分学生不把这当回事。

学习进度不因此改变，教室作为考场，却得按照教育局的规定进行布置，免得有人作弊。

于是，大家不得不擦去了黑板报，用纸糊住了墙壁上的标语，把贴着的乱七八糟的表格也全部撕下来，把书整理好，集体搬去别的地方。

重点高中都偏爱尖子生，一中也不例外。

高一总共十几个班级，差班的学生被撵去了大礼堂，他们热热闹闹，哄哄乱乱，想要静下心来复习难如登天。

普通班的学生则被安排进了多媒体教室和实验室，虽然桌椅不太合适，但一个班级一间教室，也没太大的区别。

实验班的待遇当然是最好的，他们的临时教室是阅读室，安静空旷不说，还有空调。

“一班坐左边，二班坐右边。”林老师粗暴地划分了座位。

阅读室是典型的图书馆座次，一张大桌子上可以围坐四到六个人，比教室里两人坐同桌有趣得多。

“随便坐吗？”有人问。

林老师笑了：“可以，但不许说话。”

难得能和不同的人坐在一起，大家暗暗地兴奋起来。

相信很多人期待过换座位。虽然只是往旁边挪了一组，但是大家一想到喜欢的人会离自己近一点儿，就有种说不清道不明的激动心情。

世界上最遥远的距离，不是生与死，是我在第一组，你在最后一组，偷看你要隔着千山和万水。世界上最近的距离，是你换到了第一组，我到了第二组，只要一扭头，就可以看见你的侧颜。

所以不要笑，对于一天二十四个小时里有十四个小时在教室的中学生来说，换座位乃是人生大事。他们可以不坐在教室里，在阅读室自由组队，更是大事中的大事！

大家谨慎地挑选着座位。不能离喜欢的人太近，容易被发现自己的小心思，也不能离得太远，最好就在隔壁，不经意地一抬头，就能来个四目相对。

这是一场空前激烈的争夺战。

只是众星捧月的人注定不会知道。庄家明一无所觉，看芝芝找地方坐下，就捧着书放到了她旁边，随口道："我坐这儿了。"

"哦……"她觑了他一眼，什么都没说。

三分钟内，他们这桌的座位就被瓜分完毕：韩琮第一个过来，拽上了另一个好哥们儿；程婉意和别的女生说不上话，自然选择和芝芝继续当同桌；宁玫自觉应该和同样成绩好的人坐在一起，拉着纪可人过来凑热闹。

七个人围坐在一张长桌旁，稍微有点儿挤，但阅读室的桌子不多，其他桌旁也差不多是这个人数。

林老师看到他们几个扎堆坐，暗暗叹息：果然是人以群分，爱念书的和不爱念书的泾渭分明，等到了高二、高三，情况会更明显。

但她什么也没说，只是关照庄家明："班长看着点儿，别乱扔垃圾，也别随便动这里的东西，平时在教室怎么学，在这里也怎么学。"

庄家明点头。

林老师满意地走了。阅读室里顿时热闹起来，沙沙的翻书声、咕噜的喝水声、窃窃的私语声交织在一起，给这个开阔安静的空间增添了无数回响。

"喀。"二班的班主任捧着杯子进来，锐利的视线扫过骚动的学生，一屁股坐在了平时管理员的位子上。

空气都安静了。

芝芝缩缩肩膀，翻开地理书准备复习。高一的会考有三门，地理、物理、信息技术，最后一门最简单，就是按照要求搞搞办公软件，四舍五入等于玩电脑，毫无难度。

她着重复习的是地理和物理，一门有时差计算，一门有经典力学，考及格容易，考高分难。

为了争口气，芝芝翻开错题本，开始找自己最不擅长的题目死磕。习题册的题目都做过，她就找“刷题魔王”求助：“哎，给我找道力学的题。”

庄家明探头瞧了一眼，翻翻自己的物理辅导书，很快找到合适的题目：“纸。”

芝芝递过去张白纸。他抄了两道题给她：“喏。”

她瞅瞅，果然眼生。“刷题魔王”真无愧于她偷偷取的绰号，她平时做完规定的作业，写写思维导图就没啥时间写题了，他倒好，写完作业不说，还能多刷完一本习题册。

真不知道他的时间是哪里来的。芝芝长叹一声，低头刷题。

“哎。”韩琮拍拍他的肩膀，“班长大人，你这是不是有点儿偏心？怎么就给关知之出题，不给我们出？”

庄家明：“书借你，自己抄。”

韩琮作为他从初中到高中最好的朋友，老觉得这对青梅竹马有点儿意思，故意道：“你咋不叫她自己抄？”

“她是女生，你是吗？”庄家明拍掉他的手。

韩琮道：“这儿可不止一个女生。”

“就是，班长偏心哦。”宁玫正好坐在庄家明的对面，抬起头来时，一张粉嫩的俏脸映在白炽灯下，光滑细嫩得看不见毛孔，“什么题目，我们能不能看看？”

庄家明递过书去。宁玫绽开笑容，欢欢喜喜地接了过去，和纪可人一块儿翻看起来。

芝芝递过一个意味深长的眼神，觉得自己破案了——她的竹马在高中时期可能喜欢的是宁玫，不是程婉意！

唉，男人就是肤浅，小男生更不例外，基本看脸。婉婉这种腹有锦绣的女孩子，他们可能要年纪大了才懂得欣赏，年少气盛，当然是玫瑰醒目。

家明和玫瑰果然是经典搭配，有魔咒的。

她想着，忍不住地叹气摇头。

庄家明莫名其妙：“你这么看我干什么？”

“没什么。”她解出了两道力学题，没有再问他，只翻着错题本，慢慢查漏补缺。

庄家明总觉得怪怪的，瞅了她几次，主动问：“题还要吗？”

“不了，你借给宁玫吧。”她别过头，脑袋枕在手臂上写作业。

庄家明对上她的后脑勺，左看右看不顺眼，干脆伸手托起她的脑袋：“坐正，这样对脊椎不好，还容易近视。”

芝芝不理他，气沉丹田，努力梗着脖子不动。

庄家明暗想：真幼稚。他松了手，过了片刻，瞥着她说：“你头发上停了只蛾子。”

现在已经入夏，晚上室内的白炽灯开得这么亮，时常有夜蛾飞进来扑人。芝芝打小就怕虫子，被他一吓，忽地弹坐起来，死命抓头发：“哪里哪里？”

庄家明捉弄了她，却并不见高兴，抿着唇说谎：“飞走了。”

“没了？”她将信将疑。

“本来就没有。”对面的宁玫笑眯眯地说，“班长骗你呢。”

芝芝扭过头，瞪着庄家明：“你耍我？”

庄家明：“……”

一阵悦耳的音乐响起，是一中特有的下课铃声。

芝芝冷笑一声，一把扯掉皮筋，拢好被抓得乱糟糟的头发：“耍我很好玩吗？你知不知道这样很恶劣？我要是有心脏病，现在就得被你吓到进医院。”

“我不是故意的。”庄家明很少捉弄人，被她一骂，顿时窘迫。

芝芝翻了个白眼送给他，顺便大范围打击：“男生就是幼稚！”

韩琮觉得很冤枉：“关我们啥事？”

芝芝哼了声，看着窗户上的倒影重新盘好了头发，然后看也不看他们，低头继续刷题。

庄家明的脑子里有点儿乱，他忽然想不起来自己刚才为什么要吓唬她，想道歉，又觉得她也有错，没事干吗又不理他？他正犹豫着，韩琮叫他：“走，咱们出去遛遛。”

此举正中下怀，他干脆不想，跟着哥们儿出去了。

这个年纪正是男生好动的时候，晚自习有十五分钟的休息时间，他们也不肯放过，跑到阅读室旁边的篮球场，抓紧时间打了会儿球。

韩琮一边运球一边说："家明，我发现你有点儿怕关知之啊！"

"我哪里怕她了？"庄家明纳闷儿。

"你平时对谁都能冷得下脸，对她怎么一句重话也不敢说？"韩琮好奇极了。

几年的朋友，他很清楚庄家明虽是公认的暖男，但绝不是懦弱的、四面讨好的人，该坚持原则的时候，从来没含糊过。所以，庄家明借他作业抄没问题，考试帮忙递答案不行；装病请假可以，打架一定记过。

庄家明怀疑他脑子坏了："怎么会？我老说她。"

他是哥哥，要让着妹妹不假，但也得管着她，每次她偷懒调皮，他都一定会教训她，这还叫不敢说重话？

韩琮："你不觉得你'说'她的时候，和别人不一样吗？"

庄家明想了想，解释说："其他人都是同学，不好多管，芝芝像我妹妹一样，我当然对她更严格一点儿。"

韩琮是独生子女，家中并无兄弟姐妹，听他这么一说，自己反倒先糊涂了：也是，哥哥教训妹妹，自然该是好言好语，不像爹妈那么凶巴巴的。

可是，好像还有哪里不太对劲。他一时想不通，也懒得再想，看准机会突破防御，跳起投篮。

篮球完美地落入篮圈之中。

他握拳自得，把刚才乱七八糟的思绪抛到了脑后。

十五分钟转眼即过。

芝芝看着几个运动过后，脸上血气未消的男生，撇了撇嘴。啧，少年人就是精力十足，大热天的还要跑出去打球，肯定是仗着天气热可以直接用冷水洗澡，肆无忌惮了。

"我哪里惹你了？"庄家明看到她时不时递过来的眼神，不解极了，"你干什么又对我横鼻子竖眼睛的？"

芝芝："看你好看，多看两眼，不行？"

庄家明："……"女生真的好善变啊！

周六上午考物理，下午考信息技术。

考题都十分简单，属于实验班没有意外，七成能考到九十分以上的程度。大家一看闭着眼睛都能过，复习的心一下子淡了。

芝芝平日在地理上花的时间不少，不像考物理那么费劲，翻了翻错题本就没了兴趣，改而翻出双语版的《哈利·波特》，问庄家明："我们来做听力吧。"

庄家明还记得昨天的事，想问一句"你不闹别扭了"，又怕她想起旧事，继续对他冷言冷语，只好忍气吞声，假装也忘了："行。"

芝芝把书递给他："那你先出题。"

他们用《哈利·波特》刷题的方式很简单，随便挑一个没啥咒语和专有词汇的段落，抄在白纸上，留出一些填空的位置。然后一个人念原文，一个人听着写，一共十个空，来回三次，谁错得多，谁就得帮对方做一件事。

目前为止，关知之同学输了六次，干过倒水、倒垃圾、带零食、打饭、擦黑板、发作业的活，血泪无数。

庄家明很快出好了题目，问："准备好了吗？"

"念吧。"芝芝握紧笔，竖起耳朵。

"Harry, do you know why Professor Quirrell couldn't bear to have you touch him？"

（"哈利，你知道奇洛教授为什么不能忍受你碰到他吗？"）

少年温润的朗读声传进耳朵里，但芝芝只抓住了知识点：bear，及物动词，忍受，词组有 bear down，意为击败、压倒；bear on，对……施加压力，对……有影响。

"It was because of your mother, she sacrificed herself for you."

（"这是因为你的母亲，她为你牺牲了自己。"）

又有词组了！ sacrifice for，为……而牺牲，她拼得出来！

芝芝奋笔疾书。

人们对于同样的一天，会有不同的记忆。因为会考搬到阅读室的这个周末，每个人心里都留下了属于自己的青春回忆。

韩琮记得的是阅读室旁边的篮球场，下课就能摸一摸球真爽啊！他感叹了不下十遍"如果教室搬到这里就好了"。

宁玫记得的是庄家明的物理习题集。临近期末，他已经把高一的这册写完了，所以很大方地借了出去。她把最后几章没写的综合卷用铅笔做了，认认真真，小心翼翼，一个字没写好都会擦掉重写。

她还在边角的地方画了个小人儿，写了句“谢谢你啦，老好人班长”。

她期待着他哪天翻开习题本，准备刷题的时候会看到，然后会心一笑，记住她这个俏皮的举动。

然而青春的悲剧性也在于此。

把这本习题做完后，庄家明再也没有翻开来看过，在高一结束后便塞进了家里的书箱，高三毕业后就当废纸卖了。他始终没有看到。

程婉意记住的则是自己来了例假，突然肚子疼。阅读室里又没有饮水机，庄家明注意到后，特地跑到高二的办公室里，倒了满满一大杯热水给她。

6 月的天很热，水也很烫，但她捧着杯子，久久不肯放开。

芝芝的记忆是……阅读室开空调真的好凉快，要是考完还能继续窝在这里上晚自习，她一定会流下感动的眼泪。

而庄家明的回忆比较糟糕。

短短两天的晚自习，他发了三次火，真心觉得班上的一些男生太欠揍了——他吓唬芝芝，也就是骗骗她，但某些男生简直还在幼儿园，居然真的捉了虫子来吓唬人。

平日里两个班都在顶楼，看不到什么小虫子。这会儿好了，阅读室在底层，旁边是篮球场和一片绿化带，什么乱七八糟的小虫子都有。

他们就在晚自习的下课时间，偷偷捉了一只特别大的昆虫，趁机丢到了一个女生的头发上。

当时那个女生就吓哭了。

这只虫子长得又黑又肥大，外形格外唬人，旁边的朋友不敢去碰，想用笔挑开，结果一戳，虫子受惊，爬到了衣服里。

“怎么了？”庄家明小跑过来，看到女生眼泪横流的样子就知道麻烦了。

“虫……虫子！”她呜咽着说不出话来。

庄家明特别温柔地说：“没事没事，我帮你捉走，在哪里？”

她的朋友就指了指她的头发，满脸惊恐：“爬……爬进去了。”

庄家明就拿了支水笔，一缕一缕把她的长头发挑开，最后在领口上发现了罪魁祸首。老实说，他看着也头皮发麻，但绷住了，轻轻地用作业本一掸，将它抖落在地，然后赶紧一脚踩死。

“好了好了，死了。”他长松了口气。

女生“哇”的一声哭了出来，拿起笔袋就往丢虫的男生身上砸：“你浑蛋！你神经病！我打死你！”

“别打了。”庄家明口头劝着，一动没动。

男生也心虚，抱头被她揍了一顿。

此人被记过。

按理说，有了前车之鉴，应该没有人会再搞这种恶作剧才对。可是，成年人永远搞不懂少年人的脑回路。

有个男生看到庄家明帮妹子捉虫，灵机一动，想了个馊主意，叫哥们儿帮他丢虫，自己站出来帮妹子赶走，这么一来，妹子对他的好感度岂不是噌噌噌地往上涨？

他摩拳擦掌，暗中筹备了这个计划。他们有点儿良心，没丢在妹子的头发上，而是丢在了妹子的脚下，她果然被吓得叫起来。

进展顺利，他主动站出来想踩死这只虫子，谁知道它居然是会飞的，并且一头栽进了另一个妹子的水杯里。

庄家明心说：我要打死他们。

第三次，还是男生们。

他们在阅读室里发现了一本《寻秦记》，黄易的原著版本。但只有一本，没法儿轮着看，两人抢着抢着，打起来了……

这就是庄家明对会考两天的全部印象。

然后会考就结束了，大家搬回教室，日子回归原样。他们开始奋战期末考。

这个时候，芝芝画好的知识结构图就派上了大用场，依据框架来复习各个知识点非常方便，也很容易在脑海中形成固定印象，展开联想。平时用功，考试轻松。

不过她还是琢磨出了个新玩意儿：闪卡。这是翻译过来的名字，国外叫 flashcard，也译作抽认卡。

闪卡上一面写名词，一面写内容。芝芝以前复习英语的时候用过，用来抽查其他知识点也不错。只不过以前有专门的本子卖，现在她却只能自制。

普通的白纸太软，不适合当作卡片，她就拆了各种各样的包装盒裁成小片。在白色的一面写上题目，另一面贴上便笺写内容，拉着庄家明抽签。

“银行的分类及职能。”她提问。

庄家明稍加思索，答道：“中央银行、商业银行、政策性银行。我国的中央银行是中国人民银行，职能是：依法制定和实施货币政策……”

林老师有次路过，围观了会儿，感慨道：“关知之，我发现你还挺能创新的，这办法不错。”

宁玫笑嘻嘻地说：“林老师，她不只会做这种卡，还搞了个知识点框架，做得可好了。”

芝芝撇撇嘴：啧，都一年了，宁玫同学还是这么幼稚。宁玫这么说，无非是希望老师把芝芝的框架图拿去复印，你好、我好、大家好。

但她太天真了。几年后，各式各样的学习方法会遍布网络，很多学霸都分享了自己的学习方法，那又如何？有几个人会照搬，照搬了还坚持的更是寥寥无几。

一个人如果有这份心力，早晚会成功，如果没有，给了他武林秘籍也没啥用。

所以她一点儿都不在意。林老师问能不能看看的时候，她很爽快地同意了：“老师，你要哪门课的？我就只写了历史和政治的。”

“都行，老师欣赏一下。”林老师知道有的尖子生不喜欢分享经验，生怕别人学了超过自己，对芝芝爽快的态度格外赞赏。

芝芝随手递了历史的过去。

林老师认认真真地看了会儿，表扬她：“你很有想法，要坚持下去，老师看好你。”

“我会的。”她点头。

林老师又征求她的意见，问能不能让历史老师看看，然后叫同学们都学习一下她的方法。

芝芝笑了：“老师，我不介意，但我不是第一第二，没有说服力啊！”

“那你们就都上去，互相交流嘛！”林老师一锤定音。

于是，在最后一堂班会课上，期中考试的前十名都上去讲授自己的学习经验了。

照理说，庄家明的办法应该是最受欢迎的，然而他的办法是——及时消化每天的内容，多做两套题，过段时间就进行总结。

同学们心说：你说的我都懂，然而并没有什么用。

宁玫精明，着重讲了英语这一门，说了说她如何背单词，以及记忆词根的办法。芝芝听得出是改良过的什么单词记忆法，有点儿含金量，就是不太诚心。

程婉意则罗列了一些书单，其中有不少日本作家的作品。她似乎很偏爱那样的文风，甚至念了自己最喜欢的句子：“迷蒙马背眠，月随残梦天边远，淡淡起茶烟。”

仅仅一行文字，就勾勒出一幅静谧而遥远的画卷，确实美。好些女生认真地抄下了程婉意列的书单。

然后轮到芝芝。她没有说思维导图的画法，并不是想藏私，而是只要同学用心看书，基本上都能总结出来，各种辅导书上也有总结，没太大意义。

所以她选择的是以后很火的康奈尔笔记法：

“把你的笔记本分为三个栏目。”她在黑板上画了个长方形当作页面，而后在自上而下三分之二的地方画了条线，再在上面的栏目上，从左到右三分之一处又画了一条线，将矩形分成大小不等的三块。

“这是主栏目，主要记录课堂笔记。这是副栏目，可以写目录提纲或者修订的内容。下面这部分是总结和思考。”她大致介绍了下，最后表示，“不一定要完全按照别人的办法来，自己觉得合适的才是最重要的。”

2011 年，这个笔记法还很新鲜，大家很给面子地鼓掌感谢。

芝芝鞠了一躬，下台坐下，心想：武林秘籍有了，能不能练成，关键在于持之以恒，如果做不到，还不如学庄家明同学多刷题呢。

她忽然想起自己请他帮忙复习六级的时候，很着急地问：“有没有什么秘诀可以教给我？比如三短一长选长的，三长一短选短的，差不多的就选 C？”

庄家明：“没有。你好好做题，把单词背了就行。”

说起来轻松，做起来难。她上完课回到宿舍，就躺着不想动，是剧不好看还是小说不好刷，非要和六级单词死磕？所以总有那么几次，她安慰自己休息一两回不要紧，然后愉快地开始刷手机。

偷懒只有零次和无数次，结果可想而知：她的复习计划没有完成，模拟题只做了三分之一。

当时庄家明同学在视频里沉默了足足五分钟才和她说：“我每天九点半回宿舍，你和我开视频，我看着你做。”

但不得不说，外部的强控制非常有效，就算只是通过镜头，她一想到有人盯着自己，手机也不敢玩了，美剧也不敢追了，就差上厕所也要报备一下。

后来，他就不再和她开视频，而是给了她一个背单词的网站，让她完成日常打卡后分享给他，并且每周检查一次作业，要是没按时做完规定任务，她就完蛋了。

当时她还以为他是看在她努力的分儿上良心发现，谁晓得是因为这个和女朋友吵架了……啊啊啊！她怎么又想起这件事了？！

芝芝拍了拍自己的脸，想把糟糕的回忆丢出去，然而并没有成功。

下了班会课，她对庄家明说："你有没有什么读书的秘诀？现在快点儿交出来，不许藏私。"

庄家明："我能有什么秘诀？"

"我不管，反正快点儿交出来，不然以后就不好问了。"她摊开手，凶恶地逼问。

庄家明低头看着她的手心，有种直觉："为什么不好问了？"

因为我不想再害你和女朋友分手啊！芝芝想着，嘴上却说："因为你以后可能会出国啊，我怎么问？"

总感觉她不是这个意思，但庄家明说："这有什么关系？可以视频啊。"

芝芝：这也太能往她心上扎刀了吧？

"你这是什么表情？"他狐疑。

"相信的表情，感动的表情，毫不怀疑的表情。"

庄家明将信将疑地看了她会儿，说道："你有不会的，什么时候都能来问我，见外的话，我会生气的。"

芝芝顿住，心想：是的，他对她一直都这么好。正因如此，她才更不能让他因此而受到伤害。

这一次，她会好好保护他。

庄家明开始怀疑：是不是女孩子长大了，就会有一些奇奇怪怪的想法？他越来越搞不懂芝芝的脑回路了，总觉得她有时候会说一些莫名其妙的话，无端地让人不高兴。

张霖同学有相似的困惑。夜晚，宿管巡视过后，他蹑手蹑脚地下床，跑进了卫生间，用手捂着手机，软语哄道："榕榕，我不是这个意思，不……不，我只是刚好没看到你发的消息……”

大家忍不住笑出声：“当孙子呢？”

“榕榕，我不是这个意思。”上铺的男生掐着嗓子，似模似样地模仿着张霖的口吻，惹得大家鸡皮疙瘩层出不穷，纷纷道：“别说了，好恶心。”

“哈哈哈。”模仿的人捂在被子里，闷声笑了起来。

十五分钟后，哄完杨榕榕的张霖出来，满头是汗，不知情的人还以为他刚刚跑完八百米。

“唉，有的时候，我真不知道女生在想什么。”他靠在门板上，由衷地感慨。

“男人来自火星，女人来自金星。”又有个男生说，“你要是懂就有鬼了。”

张霖顶回去：“我不懂，难道你懂？”

对方翻过身，指着自己说：“我不懂，但我知道有人懂。”

“谁啊？”

“我们的班长大人。”

“对对。”另一个室友火上浇油，看热闹不嫌事大，“我们班上的女生，哪个看见班长不是脸上带笑？哎哟，我要是有这本事……班长大人，你要不教我们两招？”

庄家明关掉手电筒，说：“我也不懂。”他停顿了下，督促他们，“别讲话了，睡觉。”

大家嘘他：“小气。”

“不，我做证，他真不懂。”韩琮在关键时刻挺身而出，出卖了朋友，“每次关知之朝他发脾气，他都要问我‘我怎么又惹到她了’，惨！”

“你们是青梅竹马，不是应该更了解吗？还需要问别人？”其他人都没有青梅，对这种传说中的关系十分好奇。

庄家明沉默了会儿，说：“女生的想法很奇怪。”

男生们举双手双脚赞同，七嘴八舌地议论：“一下子生气一下子高兴，有的时候说得好好的就翻脸了，都不知道哪里得罪她们了。”

“就是啊，明明什么也没说，突然就凶巴巴的。”

“最过分的是，我都认错了，她还要说‘不，你没错’，没错生什么气啊？”张霖憋不住，幽幽地道出自己的心酸经验，“错了不对，没错也不对，到底要我怎么样啊？！”

也有人充当专家，语重心长地说："你不懂，女生要的不是你认错，是你的态度，懂吗？态度！"

"不懂啊。"

"那我给你总结一下，就是——是你的错，你要认，不是你的错，你也要认。"

"为什么？"

"因为你让她生气了，这就是你最大的错！"

男生们齐齐地"啊"了一声。

庄家明听着不舒服，反问："错误不分男女，为什么没错也要认？"

"班长，咱们是男人，男人就要让着女人。""感情专家"装模作样地教训了一句，然后抖出老底，"我爸就是这么和我说的。"

大家："……"原来你爹是个妻管严。

对方继续卖弄不知从哪里看来的经验："记住，女生做什么都是对的，就算不对，参照前面那句话。"

张霖闻言坐起，朝着室友的方向抱拳："阁下金玉良言，在下受教了。"

室友摸着不存在的胡须，假装世外高人，格外慈祥地说："孺子可教也。"

旁观者憋不住笑起来。

"砰砰——"值班的宿管老头儿用手电筒敲了敲窗户，明黄色的光束照进室内，他冷冰冰地说："睡觉！"

所有人噤若寒蝉，一秒躺倒。

情感讲座被迫提前结束。

庄家明躺在床上，又想起刚才的事。假如是他做错了，他肯定会道歉并且改正，但如果没错，难道因为对方是女孩子，他就变得有错了吗？真是莫名其妙。

再说了，女生也不是都这么不讲道理吧。芝芝偶尔会闹脾气，可错了也会乖乖道歉，从来不会这么无理取闹。

等等，他在想什么？

接下来几天是期末考试。

这关系到大家暑假生活的质量，每个人都很上心，熄灯后的夜聊也改成了打着手电背单词。

当然，不包括庄家明。别人临时抱佛脚，他却像没事发生，一熄灯就闭目养神，过了十几分钟就睡着了。

室友们听着他平稳的呼吸，羡慕嫉妒恨——为什么老天给了他这样的脸，还要给个这么聪明的脑子呢？就不能劫富济贫一下吗？

上苍不公啊！

期末考试有三天，说长很长，说短又是眨眼的事。

高一的学生很快结束了高一的生活，回宿舍打包行李。高二要分班，宿舍也要重新划分，因此住在一起一年的小伙伴们，或许明年就不会再住一个寝室了。

因为一中只要求高一的新生住校，高二起可以走读，有的人已经选择不再住宿。

程婉意就是其中之一。她和芝芝说，原本母亲就不赞同她住校，觉得不方便也不卫生，但一中非常强势，要求学生们至少尝试一年的集体生活，她才会和那么多人一起住。

“大家住在一起虽然热闹，但是不太方便。”程婉意对集体生活的感受很复杂，既觉得新鲜有趣，也觉得麻烦闹腾。但总的来说，她还是松了口气——以后再也不需要和人抢厕所和水龙头了。

其他人却在依依惜别。

比如农村出身的刘心怡。她刚开学的时候比较自卑，和室友相处有些敏感，怕她们看到自己便宜的肥皂、被洗到褪色的内裤，遮遮掩掩，小心翼翼，以至于大家都觉得她小家子气，不肯和她交朋友。

但是有一天杨榕榕扭了脚，下楼一瘸一拐不方便的时候，是她主动站出来，把杨榕榕背下了三楼。

她生得瘦小，怎么看都不像是能背人的。杨榕榕心惊胆战，唯恐自己掉下来，谁承想刘心怡稳稳当当地把自己背下了楼，还笑着说：“我在家也帮忙干活的，你这点儿分量不算什么。”

今时今日的农村，当然已经现代化了，可工作量放在那里，刘心怡的力气不是普通人家娇养的妹子能比的。

接下来几天的早上，刘心怡都等着杨榕榕洗漱完，将她背到楼下才去晨跑。

她们在一个班、一个寝室，生活基本重合，就算家境不同，也不愁没有话聊。一来二去，她们就成了很要好的朋友。

可是，刘心怡也有芝芝曾经的问题：逐渐跟不上实验班的节奏，几次考试的名次都在一百名开外，恐怕无缘高二的实验班。

杨榕榕比较娇气，这会儿眼眶都红了。刘心怡安慰她："我们只是分开上课，平时还和以前一样。"

"嗯，"杨榕榕点点头，说着自己都不信的话，"和以前一样。"

芝芝笑着摇了摇头，继续收拾行李。年轻的时候，我们都以为《友谊地久天长》，后来才知道，《童话》里都是骗人的，最终都是《老男孩》："青春如同奔流的江河，一去不回来不及道别……各自奔前程的身影，匆匆渐行渐远……"

多少人毕业一别，再也未见。

他们手忙脚乱地把行李搬回家后，暑假就正式开始了。

庄家明暂时还没想过开学后要和青梅分开的事，他在犹豫另一件事。他想了好几天，想要问一问芝芝的意见——他越来越习惯向她征求意见了。

"什么，你要在家做饭？"芝芝听完竹马的想法，有些意外，"为什么呀？"

"我去奶奶那里吃饭，她肯定会给我做很多菜。"庄家明无奈地说，"我不想让她太累。而且如果家里有饭吃，我爸就不用在单位的食堂吃了。"

庄鸣晖以前也没这么忙，午饭没办法，晚饭一定会尽力回家吃，以便和妻子、儿子多相处一些时间。妻子死后，他想替儿子多挣些家底，这才经常加班熬夜。

芝芝懂了，但不建议："做饭很难的，每天买菜不说，洗菜、切菜、做饭、洗碗，超级麻烦。"

"反正是暑假，没什么事做。"庄家明已经在网上下载了好些菜谱，研读过后发现没自己想的那么难，"我本来想让奶奶教我，但估计她不肯。"

庄奶奶是个保守的老人，坚信男人不该进厨房，绝对不可能允许自家孙子学烧菜做饭。所以说归说，庄家明还没想好怎么和爷爷奶奶开口。

"我要是说想给我爸每天送饭，你觉得他们会答应吗？"他问。

芝芝："肯定不会。"

庄家明叹了口气，也这么想。

芝芝在“枪毙”他的念头和鼓励他之间犹豫了半天，最后想想，他早晚要出国，锻炼出一手好厨艺也不错，便仗义地道：“那这样吧，你先别和他们说，自己偷偷做，做好了再给他们看。他们看到你能做到，说不定就松口了。”

大人对孩子独立的态度很复杂，一方面觉得他们什么都做不好，有种不信任感；另一方面，等到孩子真的独立了，他们又会觉得失落难过。

在这种时候，行动永远比言语有说服力。

庄家明听从了青梅的建议，决定从明天开始试着自己做一顿饭。

芝芝指点他：“最开始难度不要太高，从番茄炒蛋和红烧排骨开始吧。”

庄家明点了点头。

他行动力强，计划好今天做的事，不会拖到明天。隔日一早，他就早早起来，去附近的菜市场买了菜，又按照菜谱里列的清单，去超市里买好了调味料。

芝芝八点多起床的时候，发现他已经出门回来，还给她带了早饭。

这种人考不上藤校，世界上就没人能考上了。

“吃吧。”少年把豆浆和油条放在她家的桌上，淡定地说，“吃完过来帮我的忙。”

芝芝：“帮啥？”

“就……帮我念菜单？”庄家明初次尝试做饭，心里没底，下意识地想让她在旁边作陪。

芝芝松了口气：“行。”

幸亏他没叫她帮忙烧菜，以为她会烧烤就会做饭，那可就大错特错了。独自生活的人，谁也没有耐心自己开伙，下班回家累成狗，当然是选择叫外卖吃。

她会烧烤，会做三明治和沙拉，会做手磨咖啡，但是烧菜嘛……呵，老阿姨也有没来得及学会的事啊！

做饭，说简单很简单，说难也很难。

刚开始的时候，庄家明就算是学霸也一样笨手笨脚。芝芝看着被他切得软趴趴的番茄、剁得大小不一的排骨，深深地叹了口气：“算了，我来帮你吧。”

“没事，我自己来。”他有点儿不好意思，不肯让她接手。

芝芝道：“一口吃不成胖子，咱们俩一起弄快一点儿，不然来不及吃午饭。”

庄家明不是好面子的人，听她这么说就答应下来，但不同意她动刀，只肯让她打鸡蛋。

芝芝不服：“说不定我刀用得比你好。”

“你削个苹果都会伤到手，你忘了？”庄家明反问。

芝芝大恨。相隔十余年，她早把童年的事忘了个七七八八，现在想找出个打击他的梗都没办法，真是岂有此理！

“庄家明，你芝芝姐就让你看看，什么叫作技术！”她推开他，从刀架上取了一把锃亮的菜刀，“看我的。”

她看准排骨，重重地剁下。

砧板震了震，排骨应声而碎，而后……飞到半空，重重地跌落，并且好巧不巧，落到了垃圾桶里。

庄家明静静地看着她：“很准。”

芝芝：“意外……”

她切普通的肉是没问题的，但排骨比较硬，她估摸着现在的臂力没法儿轻易斩断，所以真的只是稍微使了点儿劲。

“还是我来吧。”庄家明没嘲笑她，“你们女生力气小，一会儿会手酸。”

实际上，她的手现在就有点儿酸了。芝芝揉揉手腕，决定把“天鹅臂”和平板支撑提上日程。

接下来的工序就简单很多，芝芝打好蛋液，加料调味，然后把抽油烟机打开。庄家明握着炒锅的手柄，小心翼翼地倒入油和蛋液，挥动锅铲翻炒。

“翻翻翻！快焦了！”芝芝催促。

他手忙脚乱地把蛋倒出来，却已经太迟了，本应金黄的炒蛋上，有着大片焦黑色，显然是过了头。

芝芝怕他气馁，昧着良心说：“不错不错，焦一点儿更香，炒番茄吧。”

庄家明看了她一眼，依言开始炒番茄，过了几分钟，再把鸡蛋倒进去一起翻炒——当然，不可避免地更焦了。

他自己看着都没什么食欲，自然不好意思叫芝芝尝：“我尝尝。”

他吃了口，蛋焦而咸，番茄又生了点儿，口感难以形容。他放下筷子叹气：“再试试排骨吧。”

他把排骨焯水，撇去浮沫，捞出，锅里放油，放入调料和排骨一起翻炒，再盛出。他洗干净锅，再放酱油、白糖和水，加入排骨，等待汤汁收干。

整个过程最多二十分钟，但庄家明浑身冒汗，觉得比跑八百米都吃力。

而芝芝啥也没干，只帮忙递调料，也累得心力交瘁：“好麻烦，居然要弄进弄出这么多次，红烧排骨不是很简单的吗？我爸做起来可快了。”

庄家明：“我也没想到。”

他以前觉得炒菜就只是把菜和调料加进去翻炒一下就行了，现在想想，好像太天真了。

两个人气喘吁吁地对视了会儿。芝芝叉腰：“我累了，歇会儿，咱们吃个冰棍儿吧。”

“你吃吧，我收拾一下。”庄家明难以忍受一片狼藉的灶台，撸起袖子先洗碗。

芝芝很没良心地抛下他，独自吃起了冰棍儿，边吃边说：“菜都炒了，中午我就在你家吃吧，好歹还有我一份功劳。”

“不用，”庄家明知道她是好意，菜做出来总归要人吃。但弄成这样，他实在不好意思叫她陪自己受罪，“我吃得完。”

“得了吧，夏天那么热，菜最好不要放过夜，我陪你。”她打了个哈欠，给父母打电话说中午不去吃了。

关父、关母以为她出了门，没有多问，说句“知道了”就挂了电话。等到晚上回来，芝芝又通知他们“明天不去吃”，他们这才疑惑：“你去哪里？”

庄奶奶传统，不爱让男人进厨房，关家却没有这个规矩，掌勺的一直是关父。故而芝芝未曾隐瞒，把庄家明学做饭的事和盘托出。

关母大吃一惊：“这怎么行？他还在读书！”

“怎么不行？庄爷爷和庄奶奶年纪都大了，万一身体不舒服，总不好让老人家带病做饭吧？”芝芝随口道，“再说了，他要是以后出国留学，不也得自力更生？”

这个道理，关母不是不知道，但依旧心疼——在她看来，孩子们唯一的任务就是好好读书，其他什么都不用操心。可她转念一想，没了妈的孩子到底不同，得学会自己照顾自己，不由得又叹了一口气："家明命苦。"

"行了，你少说两句，被家明听到多难受。"关父站在阳台上抽烟，对面是一户户亮起灯光的人家。他们正对着的那家，一对夫妻正追着几岁大的小娃娃喂饭，让他记起了女儿和家明小时候的样子。

芝芝调皮，不爱吃饭，每次喂她都要又哄又骗，一顿饭下来，他和老婆都累得半死。家明却乖得很，自己坐在椅子里慢慢地舀着白米饭，还时不时地说"妹妹吃"，懂事得让人心疼。

关父叹了口气，板着脸说："你们才几岁，在家里动刀动油的太危险，明天你叫他来店里，我教他。"

芝芝惊讶："啊？"

"啊什么啊？就这么定了。"关父一锤定音。

芝芝只好"哦"了一声，转达了这个消息。

庄家明很难为情，拒绝道："这不太好吧？叔叔要做生意，教我太浪费时间了。"

"我爸烧菜是多少年的手艺，你让他指点你几天，不知能省多少事。"芝芝努力说服他，"咱们上午九点多去，没啥客人，不妨事。"

他还在犹豫。

芝芝吓唬他："他们都觉得你在家搞太危险，你要是不同意，他们回头肯定告诉你爸，到时候就没戏了。"

庄家明听着觉得有道理，便同意了。

一个人只要肯下功夫去做一件事，就算不能尽善尽美，也不会糟糕到哪里去。何况，关父教得仔细，庄家明学得认真，不出一周，做徒弟的就能单独做些简单的菜了。

庄家明不知道该怎么谢这个长辈好，犹豫来犹豫去，用零花钱买了荔枝送过去，怕他们不收，特地说是给芝芝的。

关父很欣慰，收下了水果，叫他去阳台上说话："家明，东西叔叔收下了，这个社会就是讲究人情往来，你懂这个道理，我很高兴。"

庄家明窘迫地低下头。

"不过就这一次。你是我们从小看到大的，在我和你阿姨的心里，你就像是我们的另外一个孩子。"关父的工作不比庄鸣晖"高大上"，收入也不见得多，但他精于人情世故，这会儿娓娓道来，自有一番说服力，“你和我们太见外，反而疏远了，明白吗？”

庄家明点了点头，耳朵微红：“对不起……”

“傻孩子，你有什么好对不起的？你做得很好。”关父笑了，拍拍他的肩膀，“芝芝要是有你一半懂事，我和她妈就不知道能少操多少心。”

庄家明忍不住替青梅辩解：“芝芝很懂事。”

“比以前好一点儿。”关父称赞起别人家的孩子来毫无压力，但对待自己的女儿十分吝啬，只肯说“好一点儿”，“要不是这样，她和你分在两个班，我还真不放心。”

“不放心啥？”芝芝探头过来，恰好听到这句，“又在说我坏话？”

“什么坏话不坏话的？”关父瞪她，“大姑娘了，还一点儿都不懂事。”

芝芝：“……”她爹说她坏话还要倒打一耙，有没有天理了？

庄家明轻轻笑了起来。

既然出了师，庄家明就开始了给父亲做饭的计划。考虑到庄鸣晖一大早就走，他选在晚上下厨，把饭菜做好后放进冰箱冷藏，庄鸣晖第二天天带去单位热一热就能吃。

芝芝闲来无事，去他家里旁观。

短短十天不到，那个在厨房里手忙脚乱的少年就换了副模样，有条不紊地切着土豆和胡萝卜。虽然他的动作慢了些，但他切出来的土豆丝和萝卜丝粗细均匀，少有断裂。

把菜下锅翻炒时，他对菜谱上所谓的“少许盐、醋、料酒”也有了数，不像之前，他看到这类描述只有迷茫的份儿。

除了酸辣土豆丝，他还试着做了道糖醋里脊。

里脊肉要用调料和蛋清腌制，每家的比例不同，庄家明是跟着关父学的，自然也是按照关家的菜谱来。

不多时，芝芝就闻到了熟悉的香味。

庄家明盛到碟子里，让她尝味道。她也不客气，拿起筷子就夹了一块塞进嘴里，细细咀嚼。

他很紧张地问：“怎么样？”

有点儿酸，番茄酱放多了，糖放少了，但对于才下厨的人来说，这点儿小瑕疵根本算不了什么，没老没生就很棒了。芝芝咽下，大夸特夸：

“特别好，特别棒，叔叔肯定会感动死的。”

庄家明由衷地松了口气，拿出新买的便当盒，将饭和菜按格子盛好，还用胡萝卜丝在米饭上摆了个笑脸。

芝芝因为他的童心失笑，但笑着笑着，突然笑不出来了。

眼前十七岁的少年，和记忆中归国的青年重合了起来。她还记得，那天她奉母亲之命来庄家借葱，一进门就看到了一个陌生又熟悉的身影。

他刚刚到家，在厨房里下面条吃，打鸡蛋、切火腿的动作轻巧而熟练，一看就知道经常做。

她当时就呆住了。

他看见她，一下子就猜到了她的想法，笑着说：“在外面吃不到这些东西，我就学着自己做了，你要吃吗？”

她犹豫了下，疏离地摇头：“我来借葱。”

庄家明似乎意识到了什么，顿了好一会儿，才若无其事地说：“在阳台上，你自己拔吧。”说着，他捞面出锅。雪白的面条上撒着碧绿的葱花，碗里还有艳红的火腿、黄澄澄的鸡蛋，他还滴了几滴香油，令人食指大动。

她饿得很，可是忍住了，说了句“我妈还等我吃饭”就逃之夭夭。

时光倒转，十七岁的庄家明也问她：“你要吃吗？”

恍惚间，芝芝有种错觉，这句话仿佛是个魔咒，在暗示她：一切还未发生，你可想要改变答案？

这是个极其富有诱惑力的问题。她为什么不去改变呢？他还年轻，很容易受到身边的人的影响，而她现在是他除了亲人最依赖的人，想要乘虚而入并非难事。

她了解庄家明，假如自己坏一点儿，不断地表示没了他就活不下去，他是不会推开她的。而一旦确定了关系，她小心经营，两人没有理由分手。

她回到年少时期，和大佬“捆绑”在一起，爽不爽？太爽了！

谁不想一夜暴富，谁不想天降忠犬？关知之只是个普通人，说不心动绝对是在自欺欺人。君不见她回来的第一件事就是回忆彩票号码。

但对庄家明，她不想这样。

她的改变，应该是避免他因为自己的求助和女友不欢而散；应该是让他变得更厉害，拥有更美好、更广阔的舞台；应该是放他自由，让他去选择真正喜爱的人。

爱是克制，不是放纵。占有虽好，成全难得。

芝芝沉默了会儿，放下筷子说："不了，我爸今天做了我喜欢的菜。"

她纵然知晓，今朝陪他苦练技艺，来日这顿饭也不会做给她吃，可是那又有什么关系呢？他帮助关知之的时候，也从来没有想过回报。

所以，她不后悔，哪怕到头来都是为他人作嫁衣。

正如所有关于回到过去的影片所讲述的，重生必然会带来蝴蝶效应。哪怕芝芝没有刻意去改变过什么，但任何一个行为的改变，哪怕只是换一条路走、多吃一口饭，都会带来一连串的变化。

庄家明学会做饭，算得上是蝴蝶效应里比较明显的一件事了。芝芝不知道他是受了什么刺激，不过这绝非坏事，也就没有深想。

没想到的是，此后又发生了一件过去她没有印象的大事。

庄爷爷早起散步的时候，被没有拴绳子的狗吓了一跳，一不小心摔了跤，住院了。于是乎，庄奶奶前两天刚数落庄家明"没出息的男人才进厨房"，这会儿就庆幸孙子会做饭，不然她医院、家里两头跑，肯定忙不过来。

正好是在放暑假，庄家明无事可做，便说要去医院帮忙。庄奶奶拒绝了几次，他都不听，最后只好带着欣慰又担忧的复杂心情答应了下来。

这一天，他刚到病房，就听见庄爷爷在和隔壁床的病人吹嘘："我孙子，不是我说，真的会读书……在哪里读书？一中啊，这次期末考试又考了第一名。"

庄家明决定晚点儿再进去。

可他低估了老年人炫耀孙子的耐心，足足等了五分钟，他爷爷还没说完，并且越说越离谱，"没有人比我孙子更孝顺""知道我喜欢吃猪耳朵，每次来都要买，我拦都拦不住"……他生怕爷爷再编出什么离奇的事，赶忙推门进去。

然而被抓了个正着的庄爷爷毫无心虚之意，甚至格外欣喜地介绍："我孙子，家明，我刚刚还在和宁奶奶说起你呢。"

庄家明礼貌地叫了声"奶奶好"。

"哎，真是个端正的孩子。"宁奶奶原本以为病友是夸大其词，一见真人，立刻被庄家明的好样貌和懂事的气质俘虏，笑得慈祥极了。

庄爷爷说："也巧，你宁奶奶的孙女和你好像是一个班的。一中的高一（1）班，是吧？"

"我孙女叫小玫。"宁奶奶笑眯眯地问，"你认不认得？"

庄家明吃了一惊："宁玫吗？"

"对对，果然是一个班的。"宁奶奶更是高兴，把传闻中考过孙女的第一名和真人联系了起来，连连夸奖，"我们家小玫总说起你呢，会读书，特别厉害。"

庄爷爷反而谦虚起来："也没什么，他就是读书比平常人用心了点儿。"

庄家明硬着头皮打断老年人的"商业互吹"："奶奶呢？"

"你奶奶去打热水了。"宁奶奶回答。

"那爷爷，你要上厕所吗？"庄家明又问。

庄爷爷不太好意思地点点头："你给我把壶拿来。"

庄家明便拉上帘子，服侍爷爷解手。

刚完事，庄奶奶就回来了，看到庄家明过来很高兴，问他路上堵不堵车，午饭吃了什么。

"昨天剩了点儿菜，晚上我爸回来，再弄新的。"医院里有饭菜，庄奶奶原本想自己熬骨头汤给老头子养养，被庄鸣晖和庄家明父子一起否决，故而老两口最近就在医院解决吃饭的问题。

而庄家明每天吃过午饭后来换奶奶回家休息，等晚上再回家准备和父亲的晚饭——庄鸣晖现在天天回家，一来陪儿子吃饭，二来次日清晨可以在上班前去医院探望下父亲。

庄奶奶盯着庄爷爷吃了午饭，终于坚持不住，准备回家睡个午觉。

庄家明知道爷爷也有午睡的习惯，替他拉好了帘子："爷爷，你睡会儿，有事叫我。"

"好，你也不用一直待在这里，出去转转好了。"庄爷爷不舍得拘着孙子，叮嘱道，"我有事会按铃叫护士，没事的。"

庄家明应下，却并未照办，而是在窗边放了把椅子，低头看书。

宁玫来的时候，看见的就是穿着白T恤的美少年倚窗而坐，金色的阳光洒满肩头的绝美场景。

她的呼吸似乎一下子就停止了。

老实说，高一刚分班的时候，她接近庄家明除了那么一点点的好感度外，更多的是想让程婉意不痛快。至于喜欢他……不，她和其他肤浅的女生才不一样，绝对不会因为一个男生长得好就对他另眼相看。

但庄家明不只是长得好看。

他在男生面前维护她。说起这个，她的心态很矛盾：她一会儿认为男生在背后议论自己，正是证明了自己的魅力，一会儿又非常厌恶他们评头论足。所以她有时恼恨庄家明看不见自己的优点，有时又觉得他的行为很绅士。

不知从何时起，她越来越想在他心里留下印象。他注意她的时候，她激动又紧张，周身的毛孔会散出大量的热量；他注意不到她的时候，她总会忍不住大声一点儿说话，或是从他桌前走过。

她想自己是喜欢上他了。

因为这样，她反而不大想再针对程婉意和关知之——不能让男生认为你在为他们争风吃醋，他们会把尾巴翘到天上去。所以她越是在意，越是要表现得不在乎，和别的女生不一样才算是与众不同，对吧？

她甚至还会开一些他和程婉意或者关知之的玩笑，当着他或者其他人的面，表现出那种调侃又无所谓的态度。

今天也不例外。

哪怕心跳如擂鼓，宁玫也竭力表现出一副吃惊而不惊喜的态度："班长，你怎么在这里？"

"我爷爷骨折了。"庄家明压低声音。

宁玫也放低嗓音，柔声道："我奶奶也是，扭到了腰。"

"我知道。"他指了指宁奶奶的病床，"她睡着了。"

宁玫的心中忽然涌起一股莫名的欣喜之情。那一刻，她觉得自己像是故事的女主角，因缘际会，能和男主角的人生产生交集。

她轻手轻脚地放下东西，靠过去问："你在看什么？"

庄家明给她看封面，《瓦尔登湖》。

"平时看你借的书都是习题册、辅导书，没想到你还会看这个。"宁玫靠在窗台上，柔和的阳光洒在她的头上，发丝像是变成了金棕色，温柔又灿烂，少女的身体被薄薄的夏裙包裹着，凸显出发育期的特点。

庄家明猝不及防看见了同班女生的另一面，吓了一跳，不自然地低下头："随便看看。"

母亲还在世的时候，就鼓励他和芝芝去图书馆借书看，有些书看不懂也没关系，书读百遍，其义自见，他们读着读着就懂了。

他也觉得武侠小说更有趣些，初中的时候也熬通宵读，但闲来无事的时候，就会读一读这些名著。

他看得多了，确实品出了几分兴味。

宁玫笑嘻嘻地说："我老看不进去这种书，大概是没有文艺细胞吧。还是理科更适合我。对了，你以前有没有参加过竞赛？我初中的时候……"

闲来无事，庄家明和她聊了起来，好像说了很多话，但他回到家里时就不太记得了。

《瓦尔登湖》还剩最后一百页，他吃过晚饭，没一会儿就看完了，想去隔壁和芝芝换一本——他们俩一直换书看。

但芝芝家里没有人，他打她电话也没人接。

一直到晚上七点多钟，门口才传来脚步声。庄家明开门出去："你去哪儿了？"

芝芝顶着湿漉漉的头发，拿出钥匙开门，闻言答道："游泳。"

他讶异。

"市中心那边有个新小区，里面有游泳池，晚上五点到七点，三十块钱。"她打着哈欠，"我教个小屁孩儿游泳，一对一，一天五十块。"

天气热得很，能下水游两圈再好不过，既能解暑，又能塑形，更不要说还能赚个外快。芝芝非常满意自己的点子，有心在这个暑假攒点儿私房钱。

"你去几天了？"庄家明跟着她进了家门，心里莫名失落，"都没和我说。"

"你不是忙着照顾你爷爷吗？我也没碰到你。"她抿了抿唇，若无其事地说，"庄爷爷怎么样？好点儿没有？"

"还好，就是出院后还得养上一段时间。"庄家明竭力忽视自己的不安感，"对了，我今天碰到宁玫了。"

"她病了？"

"是她奶奶，正好和我爷爷住在一个病房。"

她拧着头发，随口道："那你们可以做个伴了。"

不知是她态度太漫不经心，还是这个"做个伴"刺激到了某根敏感的神经，庄家明的心里突然蹿起一簇无名之火："关知之！"

“干吗？”芝芝吓了一跳，莫名其妙地看着他。

庄家明想质问她，关键是并不知道自己想质问的是什么。他定定地看了她几分钟，抿着唇说：“没什么，你说得对。”

然后他就莫名其妙地转身回去了。

芝芝在原地站了会儿，像是什么都没发生，自顾自地洗澡、洗头发。暑假作业摊在桌上，她却久久没有下笔。

她大致猜得到他在生什么气。有些事情，就算没有任何言语，也能够通过最细微的地方传达出迹象，他应该是察觉到了她疏远的行为。

高一整年，他都在努力挽回他们的友谊。她知道，也很感动，可是青梅竹马的关系真的很尴尬。

她维持着友谊，他或许觉得开心，但他未来的女朋友和她都不会高兴。

被人指着鼻子骂的经历她这辈子都难以忘记，有谁能想象她一打开自己的主页就看到对方的闺密指名道姓地骂吗？

平白无故地被扣了小三的帽子，芝芝超级愤怒，很想骂回去，说“你才是小三，你全家都是小三”。

但芝芝忍住了，想着真要是骂回去，估计庄家明夹在中间很难做人，遂压下了火气，捏着鼻子道歉，表示自己不知道会给她带来这样的困扰，真的很对不起，以后不会再打扰了云云。

当时，芝芝觉得自己的道歉绝对算得上诚心，甚至还有点儿忍辱负重。可惜就像所有上网的人都知道的那样，这不但没能解决问题，反而把事情弄得更糟糕。

尤其是后来对方找到她，痛骂了她一顿：“他说我不该来找你，把‘无辜的人’拖下水，说我冤枉人，我冤枉你了吗？他看不出来你的心思，我很清楚……好了，我们分手了，这下你高兴了？你处心积虑不就是想拆散我们吗？”

毫不夸张地说，芝芝直接被吓蒙了。

她原本觉得自己行得正、坐得端，没什么好怕的。但分手的结果一出，她就没办法再心安理得下去，反复地想：真的有这么严重吗？补个课而已啊，他还给别人当家教呢，为啥轮到我，我就变成小三了？他就是隔着视频看我写作业，比老师还严格，有什么问题啊？

但她再不想承认，结果就在那里。

她越想越愧疚，很想和庄家明解释“我不知道会这样”，但考虑到上次弄巧成拙，思来想去，也没把消息发出去。

也幸亏她没有，如果再发这么一条消息，估计跳进黄河也洗不清了。她选了个当时看起来是缩头乌龟，但事实证明非常明智的办法：和他断绝联系。

她不再针对这件事做出任何回应，注销了校内的账号，专心复习六级，然后在下半学期找了份很忙碌的实习工作，彻底与他割裂了关系。

如今回首，芝芝已经知道错误在哪里。

她犯的错是太自以为是，以为没做就不必怕，其实落入别人的眼中，未必是这么一回事。

瓜田不纳履，李下不整冠。人生在世，不仅要问心无愧，也要记得避嫌。

这么简单的道理，她却摔了一个跟头才学会，好在不算迟。同样的误会，这回应该不会再有了。

但怎么好像不太对？

芝芝反思，是不是因为他现在还没有谈恋爱，所以对她疏远的做法会格外敏感？或许她应该放慢脚步，等到大学再说。

可是，她也有她的顾虑。别看她今天信誓旦旦地说“我可以”，时间久了，很容易放不开手，人性是最禁不起考验的。

就好像减肥一样，回来前，她好不容易减到了九十斤，和肥肉说了“拜拜”，现在直接只有八十斤，当然可以仗着体重轻多吃点儿好的。可一旦放纵自己，再飙到一百斤轻而易举，她到时候再说要减肥，又得经历一次痛苦的过程。

相比之下，当然是从八十斤就控制饮食、加强锻炼来得明智。

更别说感情之复杂非减肥能比，她能成功一次，不一定能成功第二次。

问题是，她现在想到他会难过，就非常不忍心……救命啊！为什么小说都是教俘获男神的，没有这种教程啊？

芝芝抓着头发，打心底觉得：重新选择一次，并不比原来的路简单。

人生永远不能作弊。

庄家明很少和女生发脾气，更不要说芝芝。她的年纪比他小，就算只是几个月，那也是妹妹，哪怕她做错了什么事，他也愿意原谅她。

但这次不行，他特别生气，气得三天没理她。

当然，他也没有如她所说，和宁玫“做伴”。宁奶奶只是扭到了腰，住院观察两天，没啥大事就安排出院了，他们俩充其量也就寒暄了下，其他也没什么。

又过了两天，庄爷爷也出院了。

庄家明和父亲商量过后，暂停了在家锻炼厨艺的计划，继续去奶奶家吃饭，以免庄爷爷有什么事，庄奶奶一个人搞不定。

这么一来，他的作息又回归正常，每天晚上六点多回家。

坐在公交车上的时候，他看着西边渐渐暗下去的天色，紫中带着橙，很漂亮，路灯已经亮起来了，发出淡淡的黄色暖光。

路边，三三两两的家长拿着游泳圈，牵着小孩子往前面走。

他忽然想起来，芝芝好像就在这个小区里的游泳池里兼职。现在六点多，天色尚早，但七点多回家，肯定已经暗下来了，那她岂不是要走夜路?

他这么一想，顿时坐立不安。

恰好这个小区门口设了公交车站，他想也不想地就下了车，顺着人流往里走。

人很多，大部分是家长带着小孩子，也有中学生和老年人，十分热闹。不宽的小路上挤满了人，空气里散发着汗液的气味。他跟着走进去，听售票的阿姨说，下水要三十块钱，陪同不要钱，只是买了票的人才有彩色的手环，谁没戴手环就下水，要罚款五十元。

庄家明没打算下水，径直沿着通道走了进去。

一深一浅两个泳池里挤满了白花花的身体，大人、小孩儿都挤在一起，像是一锅煮熟的饺子。

池边亮着路灯。他在人群中寻找芝芝的身影。

他找到了，在浅水池的边沿，芝芝正托着一个幼儿园的小朋友，教她踢水。小朋友胡乱使劲，两条腿蹬得很有力，一不留神，踹到了纠正她动作的芝芝身上，正中胸口。

他看到她的脸扭曲了一下。她飞快地把手按在胸前，但忍着不说，继续掰小妹妹的腿：“蛙泳的腿不能这么翻，我抓着你，你感觉一下。”

小朋友的妈妈就坐在一边看着：“宝宝好好听老师的话，认真学。”

庄家明没有上前，安静地看着。

芝芝教到六点半，天色已经非常昏暗。她精疲力竭，不想穿过人肉森林，爬台阶上去，用手撑着泳池边缘，打算直接跳出来。

水有浮力，她一蹬，人就脱水而出，坐到了岸上。

庄家明也是才看清她的模样。泳衣是新买的少女款，花色和造型都很普通，上身背心，下身短裤，但浸了水，十分贴身，露出了雪白的胳膊和浑圆的大腿。

背脊很瘦，胸前却有弧度，甚至因为她不停地揉着胸口，形状越发明显。

他忽而面红耳赤，踟蹰老半天，方才慢吞吞地走过去："芝芝。"

"呀！"芝芝吓了一跳，"你怎么在这里？"

他竭力保持镇定，若无其事地说："你不是说在这儿吗？我路过，就进来看看。"

芝芝长长地"呃"了一声，有点儿感动——她觉得这是个示好的表现，代表他主动道歉，略过了上次的争执——她犹豫了会儿，顺坡下驴："哦，这样啊。"

"嗯，你要回去了吗？"他问。

芝芝点点头。

"我去外面等你。"

"好。"

庄家明在门口等了几分钟，她套上T恤出来了，里面的泳衣没脱，水洇湿了衣服。他奇怪地问："为什么不换掉？"

"听说前两天有个变态。"芝芝露出嫌恶的表情，"这里管得不是很严，我有点儿担心，干脆不换了，反正没多远，回家洗澡。"

庄家明大吃一惊："你为什么不早点儿和我说？"

"已经报警了，和你说干什么？"芝芝纳闷儿。

他抿起嘴角："我来接你，你一个人回家不安全。"

芝芝摆摆手："就十分钟的路，我也不走小路，不会有事的。"

两个人正说着话，前面传来一个女生的尖叫声。他们抬头看过去，才发现从前面的树丛里跳出了个看不清脸的男人，正在骚扰那个女生。

芝芝一个箭步冲上前去，劈头盖脸地骂人："神经病啊！多长一条腿了不起啊？滚开！"她说着，抡起手里的泳镜就砸。

变态男提上裤子，掉头就跑。

庄家明既没有见过这种变态，也没想到芝芝居然会说出这种话，彻底惊呆了。

芝芝转头安慰女生："别哭了，我把人骂跑了，没事的。"

女生啜泣不止。

庄家明回过神来，快步上前："没事了，你家在哪里？我们送你回去。"

大概是男生看起来更让人有安全感，她不哭了，指了指前面的小区。芝芝就拉着她的胳膊，带着她往前走："没事了，这种人就是变态，说不定还不行，一般的正常人谁会那么无聊？你以后别一个人走这条路了，找个人陪你吧。"

女生红着眼睛点头。

芝芝和庄家明就一路送她回了小区，看着保安送她上楼才离开。

回去的路上，芝芝忍不住疯狂念叨："我们这里居然还有这种变态，我从来不知道。哕，真是太恶心了。"她也是第一次看见这种变态，一想到对方或许离自己只有一步之遥，浑身起鸡皮疙瘩。

"现在知道怕了？刚才冲那么快干什么？"庄家明板着脸，"万一出了事怎么办？"

"这种事就是要一鼓作气，吓跑他才行。"芝芝没经验，但有理论知识，"而且我知道你在，咱们三个人，他不敢怎么样的。"

"关知之！"他拔高声音。

芝芝瞪回去："干什么？！"

他又气又难受，好一会儿，声音缓和下来："没什么，对不起。我不是想吼你，但是太危险了，你该让我去的。"

芝芝想：让你去干什么？你才几岁，我又几岁了？

但她口中安慰道："谁去都一样，我去难道你会丢下我不管吗？没事的，我这不是没什么事吗？"

庄家明不想和她吵架，只是说："我明天来接你。"

虽然路上人不少，可凡事都怕个万一。芝芝想想，没拒绝："好，我七点左右结束，你在门口等我就行了。"

"那说定了，你不能反悔。"

"嗯，那你也要答应我，这事别和我爸妈说。"芝芝叮嘱道，"咱们就说听别人说的，让他们知道我碰见了，肯定会很担心。”

庄家明同意了这笔交易。

回到家后，芝芝赶紧洗了个澡，换上干净的衣服。头发湿漉漉的，她也不想用吹风机，就在阳台上乘凉等头发干。

庄家明在自家的阳台上看见，想着她一个人在家或许会害怕，便敲敲窗户：“看不看电影？”

芝芝举手：“看。”

“过来。”

她就带上冰牛奶和冰荔枝过去了。

“看什么片？”

“我看到有人说《恋空》很好看，你要看吗？”

芝芝应该看过，但剧情基本上忘了，只记得主演是新垣结衣：“看吧。”

《恋空》的剧情狗血到无以复加，让人看了会怀疑人生——他们的青春里有这种东西吗？

但镜头很唯美，新垣结衣很漂亮，打发时间也不错。

芝芝捧着碗，里面是满满一碗藏着冰冻荔枝的碎冰。这是她对夏天最基本的敬意——蝉鸣聒噪，空调呼呼，再来几颗冰荔枝，人生就非常圆满了。

庄家明看她辛辛苦苦地剥壳，问：“冰箱里有西瓜，吃吗？”

“糖分太高，不吃。”芝芝递了荔枝给他，“吃这个吧，冻得正好。”

荔枝被放在冰箱里冰冻后，会有极其奇妙的口感，冰冰凉凉，酸酸甜甜，一颗下去，赛过神仙。

庄家明接过来，用手指捏破壳，一瓣瓣地剥下来。他突然想起来，有篇课文讲的就是荔枝。

“壳如红缯，膜如紫绡，瓤肉莹白如冰雪，浆液甘酸如醴酪。”他还能背得出课文，“你还记不记得是哪篇课文里的？”

芝芝惊恐地看着他：“你是魔鬼吗？”看个电影他还要考课文，神经病啊？！

他道：“答不出来就算你输了。”

芝芝鄙视他好幼稚，嘴上乖乖回答：“《南州六月荔枝丹》，但这不是作者写的，是他引用了白居易的《荔枝图序》。”

哼，他想考倒她？别忘了，她一年前可是刚刚恶补过初中的课文，答上来毫无压力。

她得意地看着小伙伴："我赢了，怎么样？"

"真乖，奖励你。"他说着，把手上剥好的荔枝送到了她的嘴边。

送到嘴边的荔枝，她不吃是不是看起来太刻意了？他会伤心的吧？她纠结了一下，小心翼翼地张嘴咬住。

庄家明看她吃了，心里抑制不住地欢喜。他努力控制住扬起的嘴角，假装什么也没发生，继续看电影。

她发间的水分渐渐蒸发，散发出香喷喷的洗发水的香气，绵绵不绝地传到他的鼻端。

几个小时前，泳池边的场景冷不丁地跃入脑海里，他忍不住用余光瞥她。她穿着普通的旧T恤和短裤当作家居服，刚洗过澡，没穿内衣，把盛着荔枝的大碗搁在腿上，裤筒往上提，露出的大腿雪白光滑。

突然间，他心跳加速，浑身发热，惊得赶紧收回目光，可是身体的异样不能一时消失，只好调整姿势，免得被她看出端倪。

然而芝芝早就看过电影，注意力原本就不在剧情上，自然瞅见了他的异常状况。她赶紧目不斜视，假装全神贯注地看着电影，心里吐槽：啧啧啧，"老婆"的称呼不是白叫的，男生果然都喜欢新垣结衣这一款。

看来他今天晚上，要做个很不和谐的梦了。

翌日梦醒，庄家明躺在床上，好一会儿没起来。不需要上百度搜索弗洛伊德或是周公解梦，他也知道自己昨天晚上梦见的事代表了什么。

他终于可以确定，自己对芝芝产生了超越朋友的心思，虽然有点儿难为情、有点儿尴尬，更多的却是释然。

很多同学有喜欢的人，他也有，没什么好奇怪的。

至于为什么是芝芝……不如问为什么不是她。青梅竹马之间的感情不是再寻常不过吗？

她了解他。他不开心的时候，她总是第一个发现。

他高兴，她比他还高兴；他难过，她比他还要难过。

她也很懂事、很善良、很可爱，和她待在一起，他总是很开心。

当然了，最近她有的时候会说一些比较奇怪的话，对他忽冷忽热，也让他感到烦恼，但是现在，他觉得这些都不是什么问题了。

芝芝担心的无非是以后他和别人在一起，难以处理他们之间的关系。可他喜欢她，只要他们在一起，这个难题就迎刃而解。

他一想到这里，彷徨不安的心就安定了下来。

但是很快，新的问题浮出水面：芝芝喜欢他吗？她好像不喜欢吧……如果她喜欢，她构想中的未来，怎么全是他和别人在一起的场景？

庄家明顿时坐卧难安。

他有心问个清楚，却怕答案确实如自己所想。这一刻，他突然敬佩起邹雨妍的勇气来，她敢说出口，而他现在就怯了。

他不敢去问。青梅竹马那么多年的感情，要是毁在心动上，多么可惜。

思来想去，他决定先不说，试探一下。傍晚回家的十多分钟路程，应该是个很好的机会。

夏季的夜晚来得迟，六点多钟，天边还有淡淡的余晖。

芝芝套上衣服出来，抓下湿漉漉的皮筋，半干半湿的头发散在肩头，乱糟糟的，像是鸟窝。她抓着脑袋，觉得自己像梅超风。唉，人认命了就是这样，在男神面前都是无所谓的形象，自己爽最重要。

庄家明望着街道两边："今天没什么人一个人走。"

"大概都传开了吧。"陪小屁孩儿是世界上最耗体力的活，芝芝累得直打哈欠，"在咱们这种小地方，啥消息都传得快。"

庄家明看着她，觉得她碎发奓开的样子特别可爱，像只小白兔："希望早点儿抓到那个人吧。"

"可惜我昨天太紧张了，没看清他长什么样。"芝芝有点儿惋惜。

庄家明忍不住说："你已经够勇敢的了。"他都没想到小时候爱哭的小妹妹会这么勇敢，二话不说就冲上去把人骂走……呃，就是用词粗俗了点儿，他决定忘记这一点。

想到这里，他就难掩惭愧："应该是我去的。"

芝芝忍俊不禁。他们生活在小县城里，生活平淡如水，谁家有人跳楼都算得上一件大事，谋杀案遥远得像是电视里的剧情。庄家明从未经历过这样的事，一时没反应过来很正常，他还是个孩子呢。

"没事啦，谁去都一样，你在我后面，我才敢冲上去的。"她拍拍他的肩膀，"别内疚。"

庄家明低头看着她，不安地问："你会觉得我很没用吗？"

"当然不会。"她斩钉截铁地说，"你最厉害了，你以后会变得超级厉害。"

庄家明的心稍稍松快了一些，但随之而来的是满满的压力：芝芝对他有信心当然好，可越这样，他越怕让她失望。

要不然他还是先别问了……等到他变得更好一点儿、更有把握一点儿再问她吧。

他一时没说话，芝芝担心少年的自尊心受到了伤害，忙不迭地转移话题："你爷爷的腿怎么样，好点儿了吗？"

"医生说要好好养，三个月后去拆石膏。"庄家明配合地转移了话题，"现在他每天都要抱怨几次不能出去。"

芝芝记得庄爷爷是个非常热爱新鲜空气的人，早上要出去晨练打拳，晚上要出去遛弯儿下棋，总之闲不下来，就爱到处逛。骨折待在家里几个月，恐怕真的会把老人家闷坏了。

她便建议："要不然买个轮椅，傍晚的时候你推他出去溜达溜达？"

庄家明停住脚步："你说得对。"

晚上，他就和庄鸣晖说了这件事，父子俩当即决定找地方买轮椅。县城里一时找不到，他们第二天开车去了市里，才终于找到合意的。

两日后，庄家明就推着坐着轮椅的爷爷去公园散步了。

小区附近的公园绿化做得很好，绿荫苍翠，夜来香开得正好。臭美的小女孩儿趁人不注意，悄悄掐了一朵戴在头发上，自觉变身成了小仙女，扭着腰对着光滑的柱子照来照去，举止满是童稚之趣。

"家明，去那里。"庄爷爷闷在家几日生出的郁气烟消云散，笑容满面地指着公园里的小广场说，"我去和他们下几盘棋。"

聚在一起下棋的都是白发苍苍的老人，看到庄爷爷坐着轮椅过来，吆喝道："哟，我说你怎么几天没来，摔着了啊？"

"可不是，我在医院待了好几天，可算出来了。"庄爷爷探身，聚精会神地看向棋盘，过了会儿，笑道，"老田要输了。"

"观棋不语真君子。老庄，你就这个毛病不好。"旁边有人数落他。

庄爷爷假装没听见。

跳广场舞的阿姨路过，看见庄家明眼前一亮："老庄，这是你家孙子？"

“是啊，我前段时间摔了腿，好几天没出门，今天实在憋不住了……唉，这孩子孝顺，我说自己能行，这孩子非要陪我出来，拦都拦不住。”没有轮到庄爷爷下棋，他就开始炫耀孙子，夸庄家明如何孝顺，看他在家不高兴就说要带他出来云云，收获了无数羡慕嫉妒恨的眼神。

庄家明：“……”

等到庄爷爷吹嘘他成绩好的时候，有个老人就憋不住说：“会读书的肯定聪明，来来，陪我下一局。”

庄家明忙道：“我不会。”

“不会就学。”老人吹胡子瞪眼，“你爷爷说你考试从来都没考过第二，难道连个象棋都学不会？”

庄爷爷很要面子，哪里肯说孙子学不会：“学会了怎么样？”

“学会了没什么了不起，下赢了老李才行。”旁边的人起哄。

“老李，你说赢了怎么样吧？”庄爷爷半步不让。

老李也不肯认输：“赢了我就把我的铁观音分你一点儿。”

“就这么定了。”

庄爷爷推着孙子：“家明，你去和李爷爷学，下赢他，替爷爷赢点儿好茶回来。”

庄家明一点儿也不想参与赌局：“我……爷爷……算了吧……”

“什么算了？快去！”庄爷爷大手一挥，语气不容反驳。

庄家明硬着头皮走过去：“李爷爷，我……我真的不会。”

“象棋很简单，你听好了。”老李整理棋盘，开始和他讲解下棋的规则。老李留了个心眼儿，只说了一遍，然后就叫他和自己试着下下看。

庄家明没办法，犹豫半天，小心翼翼地推出了一颗棋子。

半个月后，他解锁了下象棋的技能。

芝芝惊得瓜都掉了：“你陪你爷爷去散步，然后就学会了下象棋，还下赢了别人？”

“只赢了一局，凑巧。”庄家明解释，“后面两局都输了。”

芝芝怀疑他放了水，但没多问，感慨道：“有时候我真觉得你很像小说的男主角，人家学下棋是要报班、交学费的，你倒好，随随便便和老人学学就会了。”

庄家明的心态十分矛盾，他既为她夸奖自己高兴，又不喜欢她这种说不清道不明的口吻，自己和她一样都只是个普通人：“随便下下，不能和人家比的。”

“这话不对，你应该好好学，技多不压身。”芝芝认真地道，“你有没有看过这种剧情？就是女主角的爹穿得很普通在街头溜达，认识了个品性很好的年轻人，两个人以棋会友，年轻人间接认识了关键人物，在关键时刻得到帮助，干掉嚣张跋扈的男配角，从此飞黄腾达，走上人生巅峰。”

庄家明：“你小说看太多了。”

“艺术来源于生活。”芝芝感叹。

她听说最先看上庄家明的不是“玫瑰”，而是“玫瑰”的爹，也就是总裁……啊呸，怎么感觉不对劲？重来。

当年，庄家明拿到了三家公司的实习 offer（录取通知），原本中意的是 M 国一家大名鼎鼎的公司，结果有个熟人干了件坏事，把 offer 截了下来。他便退而求其次，进了另一家名气不大，但发展势头不错的公司。

董事长就是“玫瑰”的爹，M 国的华裔，没回过故乡，但心慕故乡文化，在公司的大厅里摆了一副象棋。

那天，庄家明去面试，结果面试官临时有事，延迟了时间。他闲着没事，就在人家大厅里自己和自己下了会儿象棋，半道有个人走过来，接手了棋局。

对方下完，啥也没说，拍拍屁股走人。庄家明也没放在心上，转头面试去了。三个月后，他发现那人就是大老板。

半年后，他和同校的女实习生谈恋爱，谈了差不多一年多，关系稳定，他被告知她是老板的千金，以及她会来自家公司实习，全是因为她爹亲口说公司里有个不错的年轻人，她可以考虑下。

妹子一时好奇，真的考虑了，然后发现男人看男人，果然比女人看男人要准。

莫欺少年穷，假如一个男人自律又上进，就有很大的概率成功。所以，穷不怕，怕的是自卑或自傲，除了能力，还要看他的品性。

如果他苛刻自我，也漠视旁人，那么他所做的一切就都是为了成功，未来有极大的可能忘恩负义，踩着岳父家上位后抛妻弃子。

而他若是待人以诚，不避讳自己的出身，也愿意帮助别人、尊重别人，尤其是无法给予他任何帮助的人，那么，他们就算日后劳燕分飞，他多半也不会忘记今日提拔的恩情。

庄家明就是个“宝藏男孩”，所以妹子慧眼识珠，果断追求，成就一段佳话。

说真的，要不是男主角就是她的竹马，芝芝肯定会当作是段子，小说都不敢这么写！

“万一你未来的岳父就喜欢下棋呢？”她半是认真半是开玩笑地说道。

庄家明停下脚步，皱眉说：“关知之，你再说这样的话，我就真的生气了。”

芝芝顿时从回忆中抽离，暗叫“糟糕”。她忘了庄家明还没成年，说这些话在他看来戏弄多过建议，不由得讪讪地道：“对……对不起，我瞎说的。”

“我不明白，”昏黄的灯光下，他身姿笔挺，宛如玉树，“你为什么总是觉得我会和什么千金小姐在一起？”

庄家明十分奇怪。照理说，芝芝就算觉得他会和别人在一起，也应该只会想宁玫或者程婉意这些身边的人吧？

比如说，他就想过她挺喜欢和韩琮说话，是不是喜欢韩琮；也想过她和人说萧野长得帅，是不是暗恋萧野，但从没考虑过其他不切实际的人。

可是芝芝说的时候，总让他觉得好像未来真的有那么一个人，怪得不得了。他无法理解。

“你不要糊弄我，和我说实话，”庄家明费解地问，“为什么你会这么想？”

芝芝抿起了嘴角。这件事已经在她心里存了很久，她反复斟酌，今天能够说开了也好，决定和他说实话：“那你不准生气。”

“好。”

“你的成绩一向很好，只要能够保持下去，考个北大或者清华没有问题。对有些人来说，这就是人生最辉煌的时候了，可你不是。”

她抬头看着身高又蹿了一小截儿的少年，异常认真地说：“家明，你是那种考了一百分，不是因为能力只有一百分，而是考卷只有一百分的人。等去了大学，你会有更广阔的舞台，被局限的能力才会发挥出来，然后……然后你就会走到更高的阶层去。”

庄家明以为，她的心结只是他未来会谈恋爱，两个人会疏远，万万没想到她居然会想得这么远。他愣住，说不出话。

“我们都是普通人家的孩子，想要不重复我们父母的路，就只能靠读书。本科毕业只是个开始，大学生这么多，北上广的985，应届生的工资也就是三千到五千元，而房价那么高，你要多久才能买得起房子？”

庄家明倒吸一口冷气，彻底蒙了。

“你只能继续读书，拿全额奖学金出国。”芝芝望着他，眼里写满了诚恳之情，“你要读藤校，这是全世界都认可的资格证。你能进M国最好的公司……回国也可以，国内也有很多大公司……你也可以自己开公司，只有这样，你才不会辜负你的能力。”

庄家明张张口，半天才问：“这和谈恋爱有什么关系？”

“有啊！”芝芝叹了口气，觉得自己挺残忍的，少年的梦还没做完，她就戳破了。但是由她委婉地告诉他，总比他走出这个县城，到外面去跌个跟头才学会来得温柔些。

“阶层固化你有没有听过？呃……算了，打个比方，在古代你中了举，寒门弟子，金榜题名也只能被发配去当县令，三年一考核，有的人可能一辈子就只能止步于此。可你要是娶了三品大员的闺女，世界就不一样了。

“你认识的是朝里的重臣，人家看在你岳父的面子上，会指点你、照顾你。同样是去当县令，长官看在你岳父的面子上，也会给你好评，让你顺顺利利地升官。

“婚姻有时是阶层晋升的捷径，有个好老婆，少奋斗三十年！”她精辟地总结。

这下，庄家明懂了，换了个版本的总结词：“你让我卖身？”

芝芝：“我不是这个意思！”

“你就是这个意思。”他又急又气，还带着几分羞恼的语气，“什么乱七八糟的？我要什么不能自己挣，非要和我不喜欢的人结婚才能达到目的吗？这对我不公平，对人家也不公平，这是……这是骗财骗色。”

芝芝蒙了：“不是，你冷静点儿，我不是这个意思。”

“你就是。原来在你心里，我是这样的人。”庄家明疾步走远，过了几分钟，忽然想起这条路并不安全，忍下怒气停下等她。

芝芝快步赶上去，试图解释：“我没有这个意思，我只是……只是现实就是这样……不是不是，呸，你听我说啊！”

“你说。”

芝芝急出一身汗，不自觉加快了语速：“刚才我说的只是一部分缘故，最主要的是，人都是和同层次的人才会有共同语言。和你同一个起点的女生，有几个能跟上你的脚步？”

他没说话。

“我知道我这么说可能很势利，说不定你还会看不起我。”芝芝咽回喉头的酸涩感，坚持把话说完，“但真的是这样的，有钱人家的小孩儿，条件更好，起跑线比我们高出太多，和未来的你精神上更匹配。而且她们不缺钱，就不计较你家有没有钱，只看你这个人好不好，可缺钱的，第一眼就看你家里有几套房。”

庄家明愣住了，眉头蹙起。

芝芝深深吸了口气。

玫瑰为什么敢选庄家明？因为她有钱，不需要节衣缩食，辛辛苦苦地等到他成功，把自己熬成黄脸婆，动不动就说“我当年为你牺牲了多少”。

她自己的日子过得好，就不会生出怨气，永远只看到庄家明有多么好、多么值得，而不会将情意消磨在柴米油盐的琐事里。

“我知道你不爱听我说这个。”她在少女时代，何尝喜欢听这些世俗功利的话，没骂这个人掉进钱眼里已经很给面子了。可就算被他讨厌，她还是要说，正如父母、老师不厌其烦地一遍遍讲述着他们不爱听的话。

这是一个轮回，她变成了自己曾经讨厌的样子，然后终于理解了父母和老师的苦心：宁可被讨厌、被嫌弃，也希望在某一日，自己的经验能够帮到你，让你少走一段弯路。

只要有那么一点点可能性，就足够让我赌一次。我赢了，证明我做得对；我输了，表示你一帆风顺。怎么都好，足够了。

“你讨厌我，想和我绝交的话，随便你，反正该说的我都和你说了。”痛痛快快地讲完后，芝芝反而感到轻松，好像负重前行了许久，终于可以休息一下了。

她缓缓吐出憋在胸口的浊气，疲惫地往家里走。

庄家明回过神，追上去拉住她的胳膊：“站住。”

天气闷热，芝芝有点儿烦躁，想挥开他的手，可是忍住了。她想：我不能半途而废，帮人总得帮到底，否则岂不是前功尽弃？于是她停下脚步，抬头看着他。

她不知道自己红着眼睛，强忍着眼泪的样子有多可怜。庄家明的怒气一下子烟消云散了。

他小心翼翼，柔声细语地道：“芝芝，你别哭，我没想凶你。只是……我……我不想这样，你讲得不是没有道理，可我不想，你明白吗？”

“我知道你没有想过这些，你不是这样的人，所以我才要和你说。”她终归不希望他误解自己，情不自禁地分辩，“家明，我不是要你出卖色相，只是觉得你值得很好的未来、很优秀的女生，我没有别的意思。”

“对不起，对不起，我误会你了。”庄家明的语气越发温柔，“你希望我好，我知道，可是喜欢一个人的心情也不能控制对不对？如果她只是个普通人，我难道要因为这些外在条件就放弃她吗？那太没有良心了。”

芝芝抬起手背，擦掉眼角的泪痕，心里半分不奇怪：谁少年时没有一腔意气，觉得只要我喜欢你，一切都不是难题呢？

摸着良心说，她很喜欢他现在的纯真性格，太难得了，好像真的只要喜欢，就不必去考虑其他任何现实因素，爱情可以打败一切魑魅魍魉，就好像做梦一样。

她不忍心，也不想戳破，所以点了点头：“你说得对。”

庄家明高兴起来，揉了揉她的脑袋，笑着说：“小小年纪，想得倒多，连工资、买房都想到了，哪里看来的？”

“不告诉你。”她佯装方才的争执不存在，拍掉他的手，“回家了，很晚了。”

夜幕四合，他们走在回家的路上，蚊虫如影随形，热浪的余韵烘烤着年轻的身躯。路边开满了香气馥郁的夜来香，花香随着晚风飘得很远。

街道两边的居民楼里飘出了浓郁的饭香，这户人家做了鱼汤，那户人家做了葱煎蛋，混合在一起，勾勒出夏夜的平凡模样。

芝芝仰起头，看见天空中升起了一轮明月。

她不知道，身边的人看似也在望月，实际上却偷偷用余光瞄着她的脸孔，而后悄悄地露出了一个淡淡的笑容。

夜里，芝芝躺在床上，辗转难眠。

和他说出那些憋了很久的话，她觉得轻松很多，该做的事都做了，便可以坦然地想：我重生回来，没有办法减少父母的辛劳，不能解救死去的人，但至少对于你，我尽了最大的努力，希望可以帮到你，一如你始终帮着我。

然而释然之余，她又觉得十分不安。

她的建议当然不是空穴来风。

二十六岁的时候，庄家明订婚，而就在大半年前，她也险些头脑一热和别人结婚了。

那个对象是老家这边的一个阿姨介绍的，家也在本地，却和她一样在省城工作，同样是本科毕业，所在的公司也很不错，重要的是家在一处，在关家父母看来，多少都是认识的，知根知底。

不得不说，这种爹妈绕着弯子就能算是认识的熟人社会，会带给人很大的安全感。大家总是下意识地想：两家有共同认识的人，对方或许不敢冒险做坏事，否则容易在老家这里抬不起头来。

于是，在父母的催促和长辈的推荐下，芝芝有了第二个男朋友。

两个人的学历相当，工资也相差无几，她对着他，没有丝毫的自卑感，相处起来很随意。而他不算很好，但也不算太坏，她来“大姨妈”，他只会说多喝热水，她感冒了，他也会买了药送过来。

芝芝和他不咸不淡地相处了一年多，父母问起来，就说“还行吧”。男朋友对她的评价稍微高一点儿，和父母说的是“挺好的”。

怎么个挺好法呢？她不作，不会故意折腾男朋友，非要他做什么来表达爱意，也不虚荣，礼物非要奢侈品包包不可。

她的消费水平和性格，都让他觉得可以结婚。因此自然而然，双方家长把结婚提上了日程。

最初她是有些抵触的，恋爱归恋爱，结婚就完全是另一回事了。

但关家父母和她推心置腹地说了一番话，大意是：你看起来是不想回老家工作的，那么在省城，以我们家的经济条件，不可能给你买房。但你和他结婚，两家一块儿凑钱，出个首付和装修费没问题，这样你也可以安定下来，不用再租房过日子了。

她当时已经不再是天真的少女，还向往着“霸道总裁爱上我”的故事，工资、房租、交通费、水电费……一切都是那么现实。何况，男朋友的家境比她家略好一些，虽然不多，但她掰着手指头数一数身边的男性，以她的条件，找不到更好的了。

婚姻就是如此现实，社会地位、经济条件是这么重要。

她妥协了。

两家开始商量婚事，其他都好说，最大的问题在于房产。关家的意思是，双方各拿出一半的钱，凑个首付给他们，然后他们自己还贷款，可男友家却说自家出得起首付，不需要关家拿钱，婚后男方自己还贷款，但是房产证上没有关知之的名字。

关家明白，这一招就是防着芝芝。婚后还贷的资产是夫妻共同财产，但如若离婚，法院只会折合部分赔偿给她，房子归男方一人所有。

房价涨得何其之快，物价也是，那点儿赔偿算什么啊？芝芝对于婚姻最后的幻想，就在赤裸裸的算计中彻底破碎。

两家谁也不让，最后谈不拢，崩了。

经此一事，她终于意识到了婚姻的现实和残忍之处。她如今回来，皮囊变得年轻，心却不可能重回天真。

可是，她这么世故真的对吗？

他还是个少年人，应该拥有一往无前的勇气和纯真的心。她一股脑儿地说了这么多世故的事，会不会“污染”了他？

她怔怔地看着天花板，久久无法入眠。

同样失眠的还有庄家明。他刚听见芝芝说什么结婚、什么跨越阶层，心中有说不出的怒气，觉得她自作主张，压根儿不考虑他就胡思乱想，难道在她心里，他就是这样的人吗？可现在回过味来，他又无法责怪她。

她字字句句，全是出自真心。如若不是把他放在心上，谁会没事替他做这样的打算？她考虑得这么长远，绝非一日之功。如此一想，他的心中便涌起许多欢喜，甜蜜的滋味瞬间冲淡了胸膛里的郁气。

是了，这些事他从来没有和她说起过，又怎么能怪她乱想呢？只要他找机会和她说明白，自己并不在乎这些，她就懂了。

他找到了合情合理的理由，最后一点儿不快也消散了，随之涌上来许多疑惑与心疼的情绪。

从什么时候开始，芝芝变得这么懂事了呢？一年前，她看到个混混模样的人走过来，都会紧张得躲到他的身后，可现在，她敢直接冲到变态面前将其骂跑。

是不是他太没用了，才让她不再信任自己？就算是这样，她又是因为什么，会去想房子、结婚的事？

庄家明仔细回忆，怀疑到了金外公头上。他听说过她外公的事，是不是金外公那里出了什么事，让她知道了这些大人才会想的东西？

他越想越难过，掏出手机就想发消息，可输入框里的文字写了又删，删了又写，反复数次，依旧没能组织好合适的语言。

芝芝不告诉他，或许就是不想让他知道，他贸然追问，也许反而会惹得她难过。可要是不说，他又非常想要开解她，希望她能对自己倾诉，释放一下压力。

他如此纠结了大半个晚上，什么也没说，迷迷糊糊地睡着了。

次日天亮，他在卫生间的镜子前刷牙的时候，又想起了这件事。可过了一夜，再说昨日的事，他又有点儿难以启齿。

他纠结再三，还是选择放在了心底。

暑假的最后一段时光也倏地过去。

庄爷爷的腿好了不少，他不再需要坐轮椅也能走几步。芝芝结束了自己的暑期课程，除掉成本，赚了五百块钱。她在网上找了代购，买了支凌美的钢笔送给庄家明，作为他今年的生日礼物。

庄家明很惊讶。他们两家的经济条件都不算宽裕，所以生日互送的礼物都比较普通，基本上都是什么热水袋、杯子、笔袋、围巾之类的小东西，礼轻情意重，但凌美的钢笔就算是找代购也要将近两百元，属于非常昂贵的范畴了。

“好端端的，你送我这么贵的东西……”他拿着笔，摇了摇头，递过去想还给她，“我不要，你退了吧。”

芝芝握住他的手指，合拢拿住笔：“收下吧，开学我们就不在一个班了，你要好好努力，不要放松。”

“你才是……”庄家明想起这件事，情绪无端低落起来，叹气道，“我们还是第一次不同班呢。”

他们十几年形影不离，突然要分开，他总觉得胸口空落落的，一颗心向下沉，深不见底。

芝芝笑了笑，没发表什么“早晚要分开”的论调，只是道：“之前我和你说的事，其实是我胡说八道的，你随便听听就行了，以后怎么样，全看你自己。”

她想通了。那些世故的道理，并没有对错之分，只是并非人人都需要这么做。这只是个选择，有人想要省却几十年奋斗，有人却宁可自己争取，条条大路通罗马，哪有绝对的对和错呢？

他上一次选了和玫瑰在一起，是人生赢家。但这一次没有她的干扰，他可能就不会和清华的女友分手，走上另一条崭新的道路。

无论这条路艰难与否，他愿意就比什么都重要。她终归只是个朋友，只能给予提示，无法代替他做出选择。

他将来走什么样的道路，终归还是由他自己决定。

庄家明那么优秀，或许不管如何选择，都会成功吧。

至于她……想说的话都说了。

这个决定也许做得对，能够帮助他尽早规划好人生的道路；也许做错了，反而害他陷入了迷惘的境地——没有人知道未来，包括她。

未来已经被她亲手改变。

事已至此，无论结果是好是坏，她都没必要再去后悔。因为她用亲身经历证明了，人就算重新选择一次，依旧不可能找到绝对正确的道路——“黄色的树林里分出两条路，可惜我不能同时去涉足”，人们总是怀念那一条从未选择的路，却不知道，选择的意义正在于珍惜已经做出的选择。

她需要接受现实，然后往前走。

“我说了很多让你觉得莫名其妙的话吧，对不起。”她笑笑，轻描淡写地概括这一年的辗转反侧，“你就当我是小说看多了，脑子不灵光，原谅我吧。”

“没事，我不生气，你不用道歉。”庄家明犹豫了一下，心跳渐渐加速，“我也想过了，你说的不是没有道理，但我……”

他说着，忽然胆怯得不敢看她的眼睛，低头拔下钢笔的盖子，又盖回去，假装随意地说：“觉得和差不多的人更好。”

芝芝无奈：“亲，这个难度好像更高。游戏里刷个紫武还是有可能的，成长型的武器有几个？”

他顿住了。

芝芝暗暗呸了自己一下，强行圆回来：“不过，梦想还是要有的，万一实现了呢。我看好你，你加油。”

庄家明心说：这个猪脑子。

芝芝转移话题：“你明天怎么过生日？还是去奶奶家吃饭吗？”

现在班上的同学过生日，大多流行叫同学去饭店里吃饭庆祝，可他们俩的生日一个在暑假，一个临近寒假，不好约人，也没这个条件。所以他们都从简，只和家里人吃个饭，然后互相分蛋糕。

庄家明点点头：“明天晚上带蛋糕给你吃。”

“好嘞！”

这次的生日和过去也没什么区别。庄鸣晖中午就下班回来，特地带儿子上街买衣服，既是生日礼物，又为几天后的开学做准备。

庄家明拒绝了柜员天花乱坠的推荐，挑了普普通通的T恤和长裤。他生得标致，越是普通的衣服，他越是能穿出味道，清清爽爽，惹人喜欢。

他们买完了衣服，又添了些生活用品。

庄鸣晖看着快和自己一样高的儿子，心里有一点儿纠结。

几天前，庄鸣晖和好朋友一起吃饭，中途听朋友倾诉了一桩烦恼的事：“老庄啊，你是不知道，我家那个臭小子，偷偷把女生带回家了。我一回去就吓了一跳，生怕他们做出点儿什么事来，你是不知道，现在的小孩子不比我们那个时候，懂得太多……”对方长吁短叹，满腹纠结，“我想说他，又不知道怎么说，但要是弄出点儿什么事来总归也不好，你说是吧？”

大人也是从那个时候过来的，男孩子在这个年纪想什么，庄鸣晖很清楚，可清楚归清楚，不好和孩子直接说啊！可不说，自己的儿子自己清楚，他在学校里肯定有女孩子喜欢，万一一不留神越了界，对不起人家姑娘。

庄鸣晖几次张口问他在学校里怎么样，和同学们相处得好不好，都得到了“挺好”的答案，更不知该怎么起头了。

庄家明发现了父亲的异样表现，却只当他是担心自己，自然全部往好里说。

父子俩鸡同鸭讲了一路，到庄奶奶那儿才罢休。

庄奶奶已经为孙子做好了满满一桌的菜，全是他爱吃的，还有特地订好的水果奶油蛋糕。

一家人先吃饭，再分蛋糕。

庄家明知道奶奶爱吃奶油，特地斜斜地切了一块给她，也知道爷爷嫌奶油太腻，爱吃蛋糕胚，也多切了些蛋糕胚。

“家明真乖。”庄奶奶毫不吝啬地夸奖。

庄鸣晖却叮嘱母亲：“妈，你少吃点儿，容易血糖高。”

“知道知道，今天不是家明的生日嘛！”庄奶奶舀了一勺奶油塞进嘴里，吃得微微眯起眼睛。她对庄家明道：“家明也吃。”

庄家明分了一块水果最多的给父亲：“爸，你也吃。”

“我不爱吃甜的，少吃点儿。”庄鸣晖把碟子推给他，“你吃吧。”

庄家明没有勉强，接过来吃了。奶油很香很甜，蛋糕胚之间塞着满满的水果粒，他一颗颗地挑出来吃，心底有种平淡而温馨的快乐。

饭后，他留了一块给爷爷奶奶，将剩余的蛋糕重新盖好、系带，准备带回去。

庄奶奶问：“给芝芝的吧？”

“嗯。”

“你们还是这么要好。”庄奶奶自然晓得芝芝是谁，随口道，“她读文还是读理啊？”

“读了文科。”庄鸣晖笑着回答，“她的成绩也蛮好的。”

庄奶奶点头：“女孩子读文科好，大学毕业出来当个老师，工资高又稳定，也好找对象。”

“考公务员也行。”庄爷爷附和，“女生嘛，安安稳稳的最好。”

庄家明手上的动作停顿了一下，他心想：她说我以后要出国，还要考最好的常春藤，那她呢，大学毕业就回老家做个老师，随便找个人结婚吗？

那一刻，他朦朦胧胧地感觉到了些什么，却说不出个所以然，只觉得胸口闷闷的。

傍晚，芝芝收到了庄家明带回来的蛋糕。

松软微黄的蛋糕配着雪白的奶油，一朵朵彩色的奶油花点缀在边缘，表面还留着两片草莓和写着“生日快乐”的巧克力插牌。

“哇，生日快乐！”她笑道。

庄家明道：“我特地把草莓和巧克力都留给你了。”

其实蛋糕上的巧克力牌一点儿也不好吃，淡而无味，可芝芝很喜欢，每次都要把“生日快乐”四个字吃掉，仿佛是什么重要的仪式。不知不觉，他就习惯把蛋糕上的巧克力牌留给她吃了。

“谢啦。”她说，“我当夜宵吃。”

庄家明面露犹豫之色：“芝芝啊……”

“干啥？”

他问：“你有没有想过以后做什么？”

“想过啊。”扯下青春少女的面具后，芝芝彻底放飞自我，“先考一所好大学，最好是北上广的名校，然后看看能不能出国，交换一年的那种——文科很难拿奖学金的，读不起硕士。但一年的学费估计也要三十万元，所以上了大学就找地方写稿子赚钱，早点儿把雅思考了。

“假如没成功，那就找地方实习，最好能进名企，多学点儿东西，毕业就转正。努力工作，努力赚钱，然后给自己攒一套小公寓的首付款，每月还贷款。有闲钱就去买股票，有的赚就能买辆小车了。”

或许对于很多人来说，这样的规划完全不符合重生女的风范：你了解未来十年的大趋势，不考虑干一票大的吗？

她当然是心动过的，但现实有风险。她完全没有开公司的经验，对投资一头雾水且没本钱，贸然跟风，也许会赔得连底裤都不剩。

家底薄，禁不起折腾，她以原来的生活为参照，往上一个台阶，是风险最低、回报最稳定的选择。

这些千回百转的心思，庄家明自然想不到，只觉得她不是回老家当老师、结婚、生小孩就好。他暗暗松了口气，又有点儿好奇：“那你打算什么时候结婚？”

“结婚……结什么婚？”大龄少女漫不经心地说，“和喜欢的男人谈恋爱就行了，腻了就分。我只希望自己以后能赚很多的钱，这样老了还能有十八岁的男朋友！”

庄家明千想万想，没想到是这么一个答案。

她怎么会有这样的想法？她不结婚，那也不生小孩？这就算了，单身的女人也不是没有，可她居然还想老了找十八岁的男朋友？

她就算是说想嫁给霸道总裁、豪门少爷也比这个答案好啊！

第五章

碎碎冰：黄金树林，自我和解

世界上最遥远的距离，不是生与死，而是我还想着结婚相守到白头，你却已经抛弃了婚姻，只想着老了以后找十八岁的男朋友。

隔着十年的鸿沟，关知之只想当事业型女性，成为人生赢家，庄家明却还是 2011 年的青春少年。他尚且不知横在两人之间的是什么，却已感受到无法跨越的鸿沟。

他自然而然地停下了脚步，不敢再往前试探。

芝芝也不知道自己错过了什么，认真地筹备起了即将开始的高二生活。

第一件事当然是买文具。前几天，她在网上意外发现了一家东西很全的文具店，价格稍微有些贵，但她还是毅然下了手。

然后她辛辛苦苦一个暑假攒下来的零花钱就花得差不多了。

但这都是值得的，背着这一书包的崭新文具去学校时，她觉得自己是个装备齐全的战士，神挡杀神，魔挡杀魔。

分班一如所料，一班是理科实验班，二班是文科实验班，两个班都在教学楼的顶层。

值得一提的是，教学楼每层有四个教室，顶楼却只有两个班，剩下的两间教室是选修教室，只有上选修课的时候有人。

换言之，大多数时候，两个实验班的学生能够享受到更为清静的环境和人更少的厕所。

毫无疑问，这是学校对优等生的照顾。

芝芝原来在六班，无此殊荣，这回继续留在了实验班，终于尝到了一点儿好成绩带来的实际好处。

当然，她觉得比起人少什么的，装个空调更实际——实在是太热了。

9 月 1 日，暑热还未退去，她背着一书包的东西气喘吁吁地爬上高楼，一点儿都没有俯视的快感，只觉得累到腿断，热到爆炸。

教室里的六个电扇已经开到最大，哗哗哗地扇着，可风也是热乎乎的，带不走丝毫热意。男生们举着湿漉漉的拖把，一遍遍拖着地，希望能用水降低些温度。

“为什么不给我们装空调啊？”芝芝发出了灵魂的呐喊。

“这是培养你们吃苦耐劳的精神。”分班后，改做二班班主任的林老师走进教室，这么回答。

芝芝撇了撇嘴，一个字也不信。读书是件费神费力的事，可人的精力就这么多，用来抵抗嘈杂、炎热、寒冷的环境，放到学习上的自然就少了，有害而无一利，学校不装空调，多半是没预算。

林老师没有错过她的小表情，瞄了她一眼：“关知之，你跟我出来下。”

芝芝一头雾水地跟着林老师进了办公室。她一进门，空调的凉风扑面而来，她舒服地眯了眯眼睛，希望这次的谈话时间可以稍微长一点儿。

“坐。”林老师指了指旁边的空椅子。

芝芝乖巧地坐下：“老师找我有什么事吗？”

林老师笑笑，轻飘飘地抛了个炸弹出来：“老师希望你能当二班的班长。”

芝芝：“啊？”

“怎么样，你愿意吗？”林老师笑眯眯地问。

芝芝的第一反应就是拒绝：“老师，我不行的，我没当过，我不合适。”

“你行的，你可以，你合适。”林老师谆谆教导，“老师觉得你很棒，要对自己有信心。”

在以前，芝芝肯定会为老师的信任而高兴。但她现在不是小孩子，对于班长这个职务没有丝毫兴趣，委婉地说：“老师，我觉得其他人可能更合适，我没有这种领导力。”

林老师似乎有点儿奇怪：“你觉得自己没有领导力吗？”

她摇头，心里纳闷儿：难道重生整整一年后，自己突然多了个高能光环？这不科学啊！

“知之啊，你是个非常优秀的孩子。”林老师却没有放弃，温和地说，“高一分班的时候，你的成绩还是中等偏下，但是过去的一年里，你的表现老师都看在眼里，你很努力，也很有担当，同学们都很信任你。”

芝芝挠挠头。她是个成年人，肯定比普通孩子靠谱，但这不代表她有领导力，毕竟重生前她也……哎，等等，她好像就是因为升职成了项目负责人出去喝酒，喝醉了才回来的。

当时，她的顶头 boss 是怎么说的来着？

“知道我为什么选了你接替 Selina 的位置吗？你的学历不是组里最高的，业务能力也比不上 Tina，但你有个优点，同事们都很信任你。做领导最重要的是……”

恍惚间，上司的话和林老师的话重叠了。

“没做过可以学，谁都有第一次，老师和同学都会帮助你的。”林老师的语气柔和有力，在教师光环下有着极强的说服力，“你要对自己有信心。”

要对自己有信心。这句话林老师说了两遍。

芝芝不由得纳闷儿：难道我没有吗？

林老师仿佛看穿了她迷惑的想法，鼓励道：“很多事尝试了以后才知道行不行，你还没有试过，怎么知道自己胜任不了呢？要相信自己。”

她又来一遍。

芝芝弄不清这是老师惯有的鼓励手段，还是她真的觉得自己缺乏自信，犹豫了下，觉得话说到这份儿上，自己再拒绝有点儿过分，只好硬着头皮答应下来：“那好吧。”

“这才对。”林老师满意地笑了，“把这张名单拿过去，点个名，然后把暑假作业收上来。”

“好。”芝芝痛快地答应下来。她在职场上学会的第一件事，就是态度一定要端正，领导说什么都不能推诿，不会可以问嘛！

不过这种任务，真的没啥挑战性。芝芝回到教室，拿着名单叫人，被叫到的上台交作业。这样她既认了人，又顺带把没交作业和没来的人记下了。

接下来的任务是排座位和选班干部。

林老师似乎特别信任她，交代一声就走了，都没在班里压阵。

芝芝无奈了，能怎么办呢？当然是好好替上司分忧啊！

她遵照惯有的套路，叫同学们去走廊按身高排队，依次分组。然而同学们对于座位的事都很在乎，女生们想和好朋友坐在一起，插队乱排的不在少数。

芝芝看到身高差不多的，睁一只眼闭一只眼过去了。看到悬殊大的，她很诚恳地和她们商量："你们俩坐在一起会挡着后面的人，坐前后桌行吗？"

大部分学生很好说话，离得近就很满意了，并没有闹事。只有一个男生，无论如何都要坐靠窗的位子，还挑衅她："我就坐在这儿，你能把我怎么样？"

芝芝冷笑："站起来。"

"哼。"男生嗤笑，跷起了二郎腿，"你去告诉老师好了。"

芝芝走到他面前，抱起他的书就往走廊上一扔，纸张哗啦啦地落地，颇为壮观。而后她非常淡定地走回讲台，继续安排座位："你们两个，坐在中间两排……"

话音未落，只听"咚"的一声，占座的男生踹翻了课桌："你这是什么意思？敢扔老子的书，别以为我不打女人。"

"你是小流氓还是学生？我告诉你，寻衅滋事，最少也是个处分，我还能报警。"芝芝冷冰冰地说，"把桌子扶起来，去你的位子上，我不想说第二遍。"

她镇定冷漠的态度震慑了男生。他家虽然有点儿钱，却也不是道明寺，他既不能真的打人——毕竟被叫家长就麻烦了，也没能力发动全校霸凌她，一时僵在座位上下不来台。

芝芝不理他，继续安排座位。

等到其他人就座，她瞄了眼男生，平静地说："事不过三，你是打算自己过去，还是我去叫老师来请你过去？"

他此时已经有点儿后悔，又要面子，犟着不肯换。

芝芝目不斜视地走了出去，往办公室的方向走去。男生立刻蹿起来换了个位子，嘴角勾起笑容，准备等老师来了好好说道说道。

可是三分钟后，芝芝独自一人回来，若无其事地说："按照刚才排好的顺序排队，我们要去礼堂了。”她一个眼神也没给那个男生，好像全然没有看见他换了个位子。

他的脸忽青忽白，他知道自己被她骗了，但气势已在换位子的时候衰竭，再也鼓不起勇气挑事，坐着拖到最后才走出教室，不甘不愿地排进了队伍。

芝芝没有留意他，因为庄家明看到她在整队，非常惊讶地问：“怎么是你？”

“说来话长。”她沉痛地说，“我被老林赶鸭子上架了。”

他眨眨眼，睫毛在阳光下根根分明，长而浓密：“班长？”

她点点头，一脸惨痛的表情。

庄家明想起她当年“不在其位，不谋其政”的说法，莫名高兴，唇角弯起：“加油啊！”

真好，她终于有了能够展现自己的舞台。

芝芝的高二生活就这么开始了。

平心而论，班长的工作不少。选出语文和英语课代表之前，她要带领大家晨读；自习课要坐到讲台上监督；上课有人被老师点名批评要记录在小本本上；每天要去拿班级的扣分表；早上要第一个到教室开门，晚上要最后一个走锁门，等等。

她很累，真的。

尤其是班上的学生还相当好学，有的在晨跑前就已经起床，要到教室里自习一刻钟再下去。芝芝不知道这么赶来赶去有啥意思，但同学要学习，总不能拦着。她干脆在前一天晚上就问第二天谁要提早来，直接把钥匙给对方，晨跑完再收回。

但晚上锁门的任务，一般还是得由她自己来。庄家明也是，他一贯负责，鲜少提前离开，经常是最后一个走的。

他们意外地拥有了固定的相处时间。

“我本来以为没什么机会找你了，”庄家明明知道晚回宿舍很麻烦，心里却只有满满的欢欣，“以后晚上我们就一起走吧。”

芝芝也觉得挺好的，每天一块儿回宿舍的五分钟路程，正好能维持一段不错的友谊：“好啊。”

他抿唇微笑，比月色更动人。

开学半个月后，芝芝适应了班长这个角色。说实在的，校园的环境不是社会可比的，有老师在上头压着，学生们闹不出多大的事。

比之去年，高二最大的两个改变，一是选修课，二是值日生。

文理分科后，学生们要么少学一门物理，要么少学一门地理，总之就多出了一节课的时间。但学校并不打算给高二学生减负，推出了选修课程，分别是：电影鉴赏、文学鉴赏、音乐美术鉴赏三门，单周上课，双周自习。

当然，这种课一看就是为了素质教育，没有考试，期末只需要交一篇小作文就行，等同于娱乐。

芝芝毫不犹豫地选了电影鉴赏。

这门课就是上课看电影，期末写感想，简单到不能再简单。庄家明问清楚了她的选课情况，二话不说选了一样的："这样我们就能一起上课了。"

选修课能不能选上，全看上学期的期末考成绩，他一点儿也不担心。

明白的人知道他是不放心她——上一次的高二也是这样，他在选修课上给她补课，不明白的人还以为他暗恋她呢。但她也有点儿迷惑：自己现在进了实验班，他和她选一堂课的理由是什么？

她遂问："你干吗和我选一样的？"

"不行？"他反问。

"行，行，你开心就好。"芝芝将此归结为他对朋友的不舍。

第二件事就是他们要值日了。

高一学生是新人，啥也不懂，高三学生是重点保护对象，一切为了高考，所以，学校的值日工作全部由高二的学生承担。

值日生要干什么？他们要在校门口检查有没有走读生迟到、去宿管阿姨那里记录每个班的扣分情况、在做课间操的时候检查各个班有没有人偷溜、检查卫生有没有搞干净、每天检查两次眼保健操、晚自习点名，等等。

简言之，值日生很忙。这对每个轮到的班级来说都是大事。

庄家明所在的一班头一个轮到。他花了一个晚自习安排值日生，给他们发表格，余下的就去校门口站岗，顺带检查晨跑请假的女生——女生们都有记录"大姨妈"的小本本，每月可以请假五天不晨跑。

“班长，这个袖章好脏啊，我能不能换一个？”有个新升入实验班的女生揪着发黑的红袖章，冲他撒娇。

庄家明头也不抬地道：“回去洗一下。”

“这个洗不干净了。”她不及宁玫容貌娇艳，却有黄鹂似的嗓音，撒起娇来不惹人厌，只显得可爱，“给我换一下嘛！”

庄家明放下笔，正色道：“有人愿意和你换就行，我都发完了。”

女生还想说话，宁玫忍无可忍，斥道：“行了，别矫情，不是你一个拿了旧的，我们都一样。要是大家都和你一样要换，还值不值日了？”

“我和班长说，和你有什么关系？”女生反问。

宁玫没好气地翻了个白眼。有对比才有伤害，多亏新同学的衬托，她忽然觉得程婉意和关知之可爱多了。

她们两个可不会这么娇滴滴地说话，宁玫的鸡皮疙瘩都起来了。

女生还想说话，铃响了。

庄家明如释重负，赶紧赶人：“回去坐好，上课了。”

下了晚自习，他就在回宿舍的路上把这件事和芝芝说了，叮嘱道：“安排之前有人提要求，可以答应，但安排好了就不要再改，不然谁都要来找你换一换，你就不好做事了。”

朝令夕改的弊端，芝芝自然懂，可他毫无保留地传授自己的经验，手把手地教她做班长，依旧让她非常感动——不是谁都愿意掏心掏肺地分享自己的成功经验，无论是学生还是成年人，留一手才是常态。

“我知道。”她认真地说道，“你放心。”

庄家明点头，又说：“芝芝，虽然我们现在不在一个班，你有事还是随时可以来找我。”停顿了下，他补充说，“没事也可以，碰不到就给我发信息，我每天睡觉前都会看一下QQ。”

他又顿了一下，假装不经意地透露：“我这周不用晨跑，很早就去食堂，你有没有什么要带的？”

一中食堂的伙食还不错，早晨的鸡蛋煎饼是热销产品，去晚了就没有了。偏偏芝芝太弱，早晨跑完八百米就没力气冲到食堂了，很难买到。故而她一听这话，马上道：“我想吃鸡蛋煎饼。”

“豆浆要吗？”

“要。”

庄家明点头：“那你晨跑完直接回教室就行。”

“拜托你啦。”芝芝投桃报李，“下周轮到我们班，我也帮你带。”

“好啊。”他徐徐地微笑起来，心甜意洽，说不出地高兴。

这个星期，芝芝过得很幸福。

在大热天跑完操，她不用气喘吁吁地去食堂人挤人，慢悠悠地吹着风回教室，就能吃到热腾腾、香喷喷的鸡蛋煎饼了。

她后来还换了花样，吃了甑糕、豆腐脑和生煎包。

到了第二周，一班值日结束，就轮到二班了。这是大家唯一可以光明正大地去别的班参观的机会，各有各的要求。

特地和芝芝说想去十六班的女生特别多——萧野在那里嘛，她上回也这样。但人多不好分，她就全部回绝，选了个男生去十六班，自己则光明正大地假公济私，去隔壁班。

她去隔壁班不用爬楼梯，爽。

一班的人大部分是老同学，看到芝芝很熟悉。有的时候地上有纸片没打扫干净，余涛还和她说：“关知之，手下留情啊！”

芝芝完全不介意这种小事，笑道：“我啥也没看见。”

谁晓得她放水的行为被进门的化学老师看见了。他头发花白，手里拿了杯刚泡好的枸杞茶，声音不疾不徐，却很有威严：“同学，学校让你们执勤，是对你们的信任，你这样徇私可不太好。”

此时大家正在做眼保健操，在“二二三四,五六七八”的背景音乐里，庄家明偷偷睁开眼睛，有主动站出来揽下责任的冲动——这是他们的班主任，对他一向不错。

但芝芝的反应很快，她笑嘻嘻地说：“大德不逾，小节不拘。法理之外，尚有人情嘛，我保证下不为例！”

一中作为省重点中学，实验班的班主任都是能力出众又经验丰富的老教师，绝不会因为学生顶嘴就大发雷霆。相反，化学老师听了她的话，愣了下，笑了：“你是哪个班的？”

没等她回答，他自己想起来了：“上周是我们班，这周该是二班吧，你叫什么？”

芝芝：“红领巾！”

做眼保健操的同学们憋不住，纷纷笑出声。

恰好第四节操将近尾声，芝芝鞠了一躬：“老师再见。”然后她飞快地逃之夭夭。

庄家明放下手，要非常努力才能遏制上扬的唇角：她真是太可爱了。

第三周的星期四下午，芝芝上了高二的第一堂选修课。

教室就在隔壁，她借地利霸占了一个中间靠后的座位。电影鉴赏都是看电影，她坐在前面反而容易眼花。

庄家明也到得早，看到她已经就座，很自然地坐到了她旁边："这么早？"

"占座位。"她今天午休的时候赶了作业，没打盹儿，这会儿困得慌，哈欠连连，眼角沁出泪水。

庄家明问："喝不喝咖啡？"

"你不喝茶了？"芝芝擦掉眼泪，好奇地问。

她喝咖啡是工作后养成的习惯，回来后喝不起星巴克，速溶咖啡还是可以的。要不是植脂末和白砂糖不健康，她恨不得一天三杯。但庄家明是从父母那里继承的习惯，喜欢喝茶提神，立顿的红茶、绿茶、茉莉花茶都是他抽屉里的常备品。

庄家明当然不会说想试着多了解她一点儿，所以开始改喝咖啡，含混地说："尝尝看。喝吗？"

"喝。"她说着，忍不住又打了个哈欠。

庄家明忍俊不禁，去教室泡咖啡。路过二班的时候，他有过一秒钟的停顿，但随即若无其事地走进自己班里，用自己的杯子泡了一杯速溶咖啡。

然后他回到选修课教室，随手递给她，还要装作注意力被她摊着的英语课本吸引，一本正经地问："背单词？"

"晚上默写。"芝芝接了过来，发现是他的杯子，犹豫了一下。

庄家明瞥了她一眼："我兑了冷水，不烫。"

不是这个意思啦……芝芝晃晃杯子，咖啡在浅蓝色的玻璃杯里起伏，下面的颗粒全部化开了。

他都记得帮她摇匀，怎么就忘记用的是自己的杯子了？她暗暗叹了口气。可他泡都泡好了，不喝就浪费他的一番好意，她不想他误认为自己没事找事，便拧开盖子，避开上面的饮水口，直接喝。

杯沿上留下润唇膏的印痕。她连忙掏纸巾："对不起。"

“没事，一会儿我会洗。”他阻止了她的动作，又把话题转移，“不知道今天会给我们看什么。”

“《歌舞青春》，”咖啡流过喉咙，她明明知道没那么快起效，大脑却因为这个动作而清醒起来，感觉到困意拍拍翅膀，就这么飞走了，“不然就是《死亡诗社》《肖申克的救赎》《辛德勒的名单》之类的。”

庄家明也这么想。然而他们都猜错了。

“本来想给你们放卓别林的片子，但是想想你们可能都不喜欢看这种，所以呢，今天就给你们挑了一部我自己最喜欢的片子。”三十多岁、身材微丰的女老师笑着说，“以你们的年纪，可能还不懂它真正的韵味，但是书读百遍，其义自见，艺术的美不在于理解，而在于感受。”

她点开U盘，拖出了文件，双击打开。

开场，大雪纷飞，黑衣女孩子在银白的雪地里孤独地走着，画面澄澈干净，极具空灵感。

这天是一个人的忌日，他的名字叫藤井树。

芝芝有点儿惊讶，完全记不起上一回是否也放了岩井俊二的《情书》。但不要紧，重看这部影片，她依然为之动容。

一封藏在借书卡背面的情书，一场从未说出口的暗恋——就好像她一样。

选修课只有四十分钟，原本远远来不及放完一部电影，可是下课铃响时，大家强烈要求继续看，反正下节是自习课，没什么关系。

老师有些犹豫。芝芝站起来，有理有据地陈述：“老师之前说，艺术在于感受，可半个月后再看，剧情都忘了，感觉也没了。何况我们就算回去上自习，肯定也念念不忘，不能专心，不如一口气看完，我能保证大家不会耽误学习的。”

“你保证？你拿什么保证？”女老师笑着问。

“我是二班的班长，做不到的话，我就引咎辞职。”芝芝面不改色，甚至有些期待。

女老师深觉有趣，一本正经地问：“哦，那二班留下，一班的……”

庄家明举手：“我也保证。”

宁玫趁机道：“这是我们一班的班长。”

“你们两个班倒是心齐啊！”老师失笑，最终还是在他们渴望的眼神中点头同意，“那就继续看吧。”

同学们爆发出一阵欢呼。

于是电影继续。

到学妹们找出旧日的借书卡，藤井树翻过来，发现背面有自己的肖像时，故事终于达到高潮。

教室里响起低低的抽泣声。

芝芝看过一遍，并不像其他人那般触动，只是惊讶于一个奇妙的巧合：已故的藤井树留给女主角的那本书，是《追忆逝水年华》的最后一卷《重现的时光》，感觉很微妙。

而电影和听歌一样，大家看的是故事，又不仅仅是故事。庄家明的注意点又和芝芝截然不同。

在过去，他会惋惜藤井树为何不早早地将情意说出口，也许送书的那天告白了，一切都会不同。可如今真的暗恋一个人，他反而能够体会到那种心情。

患得患失，犹豫不决，不敢当面表述，只好用委婉的方式转达。

《情书》很长，接近两个小时，直到最后一节自习课下课还没有放完。老师急着去吃饭，便走到芝芝身边，低声嘱咐她一会儿看完了关电脑、关门。

芝芝点头应下。

等到电影放完，已经是晚饭时间了。窗外红霞漫天，地面上是成群结队奔向食堂的学生，夏日的热气随着夜风逐渐消散，耳畔却还残留着电影里的呼喊声：

“你好吗？

“我很好。”

同学们坐在位子上，低声交谈着，久久没有离开。

芝芝走上讲台，关掉多媒体设备，提醒大家：“快去吃饭，晚自习别迟到了。”

“关知之，你越来越有范儿了嘛！”宁玫最先回过神，笑嘻嘻地打趣。

芝芝假装惆怅：“你有庄家明，我可没有。婉婉没良心，抛下我选了音乐课。”

宁玫瞅瞅收拾课本的庄家明，语气微妙：“是你的庄家明。”

庄家明脸皮薄：“嗐！”

宁玫做了个鬼脸，却没继续说下去，和纪可人去吃饭了。

同学们三三两两地离去，只剩下他们两个。

“去吃饭吗？”庄家明看看手表，询问道。

“都没菜了，不去。”芝芝摇头道，“我先去洗个澡，回头买点儿面包什么的，随便吃两口吧。”

她是个热爱养生的女孩子，就算是夏天也要打热水洗澡，和只用凉水冲澡的男生不一样。庄家明已经很清楚她的习惯了，顺势道：“那我给你带吧。”

“你也不吃？”

“没菜了啊。”他笑道，又把剩下的半杯咖啡递给她，“你晚上喝吧，回头把杯子还给我就行。”

芝芝也想起这件事：“你等等，我去拿个杯子，你倒给我就行。”

“那不是要多洗一个？”他拿起笔袋和课本，仗着人高腿长，三步并作两步蹿回教室，把她留在原地，“回头给我，我先走了。”

芝芝心想：他差这两分钟吗？男生好没耐心哦。

她摇着头，回教室把咖啡倒进自己的杯子里，然后将杯子洗干净，拐进一班，找到庄家明的座位，放回了他习惯塞杯子的地方。

她抽手的时候，不小心带出了一封信。粉红色的信封，封口的贴纸是一颗紫色的爱心。

芝芝无语：不愧是庄家明。然后她面不改色地把信塞了回去。

五点五十分，庄家明给芝芝送了全麦吐司，在抽屉里发现了那封信。他吓了一跳，下意识地左右看看，见没人注意，赶紧夹进了习题册里。

让别人看到这个可不是什么有趣的事，他被开开玩笑也就算了，万一寄信的人被曝光，重则被打小报告，轻则被取笑，一点儿也没意思。

他若无其事地继续找书，很快看到了洗干净的水杯。手指在上面逗留了会儿，慢慢松开了。

六点钟，晚自习正式开始。

从高二开始，晚上的第一堂课不再是自习，不同的任课老师有不同的安排。有时候讲试卷，有时候随堂考，他们运气好的话，还有可能看会儿视频。

今天，语文老师就给他们放了一段1987年版的《红楼梦》里，林黛玉进贾府的片段。这个学期的第一篇课文就是它，他们刚刚学过。

庄家明心不在焉地看着，多少为习题册里的信而坐立不安：芝芝在还水杯的时候有没有看到这封信？她会不会误会什么？

好不容易熬到看完视频，他打开习题册，借着书的遮挡，悄悄地抽出了那封信，里面是一首抄录的情诗：

> One word is too often profaned.（有一个字经常被亵渎。）
> For me to profane it.（我不想再把它亵渎。）
> …………

老实说，他在看到英文的刹那，暗暗松了口气，再仔细一读，更是放松下来——没有署名。

他草草读完，悄悄收起，随手塞进了装满试卷的整理袋里。

这种信件他不能乱扔，谁知道会不会有人去翻垃圾桶？而且若是被对方知道，也不知道会有多么伤心。

所以他从不回信，都是好好地收起来带回家里，塞进床底的纸箱里。或许哪天搬家的时候，它们会不知所终，又或许会一直在那里，等到他白发苍苍时翻出来，依旧猜不到是谁给他的。

庄家明确认藏好信后，心思就放到了如何和芝芝解释上——他刻意问起来，会不会叫她误解什么？可若是等她主动问起，又像是不想让她知晓。

怎么办呢？明明是一件再小不过的事，他却如此烦恼。

情书这种东西，芝芝没有写过，也没有收到过。

她在大学里和男朋友交往，也是因为提前加了QQ，聊着聊着聊出来的，表白也只是非常简单的一句“我挺喜欢你的，要不咱们在一起吧”。

说真的，就算是2011年，学生们也很少写情书了，用QQ更方便，也更不容易被发现。但是，那句“从前的日色变得慢，车、马、邮件都慢，一生只够爱一个人”会火遍全网，并不是没有缘故的。

大家都怀念一句句用笔写出来的情话。

她有点儿羡慕庄家明。

下了晚自习的路上，她主动提起这件事：“不好意思，我放杯子的时候不小心看到了，不过没拆开啊，什么都没看见。”

庄家明正烦恼该怎么开口，如此正中下怀，解释说："没事，就是封普通的信。"

"现在写信的人很少了。"她说，"你要好好珍惜啊！"

庄家明顿住脚步，盯着她问："珍惜什么？"

"以后就不一定还有人愿意写信了。"芝芝拍拍他的肩膀，感叹道，"我已经很久没有写过信了。"

庄家明真不知道该生气还是该松口气："你现在也可以写啊！"

"不一样了。"星光漫天，蛾子飞舞，芝芝走在回宿舍的小径上，陷入回忆，"上小学的时候，我还交过笔友。唉，那些信我还留着呢，一晃好多年了。"

庄家明的表情有点儿奇怪："你说的是那个叫'禁林独角兽'的笔友吗？"

"对啊，我还给你看过他的信，你记得吧？"芝芝兴奋起来。

她上小学的时候，大家流行交笔友。当时没有电脑，交友的启事登在杂志内页最下面的栏目里，她精挑细选，找了个自我介绍说很喜欢魔法的"禁林独角兽"，洋洋洒洒地写了一页多，给对方寄了过去。然后她日盼夜盼，盼着收到回信。

她记得很清楚，自己足足等了半个月才收到回信。对方很有礼貌地说"很高兴和你做朋友"，其他的，她不记得了。但是这绝对是关知之小学生涯中最有纪念意义的事。

在她的印象中，他们通信了大半年，基本不聊日常生活，说的全是魔法——因为《哈利·波特》《魔卡少女樱》和《圣少女》一类的作品流行，她一度坚信世界上有魔法的存在，一本正经地和人家讨论"五角星不叫五角星，应该叫作五芒星""世界上有风、水、火、土四大元素"。

"后来不知道怎么就失去联系了。"时隔二十年，芝芝记不清了，惋惜之余又有点儿庆幸，"不过这样也好，都是黑历史啊！"

庄家明决定保持沉默。

周五晚上，庄家明从奶奶家吃完饭回家，锁上房门，从床底下拖出了纸箱。他先把不知名的情书塞进文件袋，然后从最下面翻出了一个饼干盒。

他费了些力气掰开盖子，里面是叠得整整齐齐的信件。信封是粉红色的，很花哨，他拆开之后，信纸还顽强地散发着劣质香水的味道。

他被熏得咳嗽了下，抖了抖信纸，这才展开看了起来。

“禁林独角兽你好，我是芝士少女。看到你在杂志上的交友启事说很喜欢魔法，决定给你写一封信，因为我也是个魔法师……”

他控制不住，趴在枕头上笑疯了。

信封上有邮局退回信件的红戳。

唉，自称是魔法师的芝士少女并不知道，她抄人家地址的时候抄错了几个字。邮递员发现查无此人，又给她退了回来。

而当时，庄家明作为班长，负责收取班上所有的信件。他知道她有多么期待来信，发现信被退回后，悄悄地收了起来，冒充对方寄了一封回信，还绞尽脑汁编了个搬家的借口，给了她新的地址。

往事过去了太久，早已尘封在记忆的深处，没想到今时今日，竟然会以这样的方式重新出现在他的脑海中。

原来他们曾有过这般美好的岁月。

庄家明回顾完昔年的通信，已经十二点多了。但他全然不知，时不时为她幼稚的笔触和漏洞百出的瞎话而大笑。

合上信，他忍不住想，芝芝小的时候这么可爱，现在怎么变得这么成熟了呢？他不是说成熟不好，可她变得太快，总让他感觉无所适从。

就好像昨天的情书，他以为她会好奇，也想过她会不会吃醋，谁知道全没有，她只说要“好好珍惜”。

好好珍惜……他听着就不像是反对。所以她大概是不喜欢他吧，只把他当作“家明哥”，一个亲密的兄长、一个一起长大的朋友。

庄家明说不失望是假的。从小到大，喜欢庄家明的女生两只手都数不过来，他收到的情书一个文件袋都装不下，情人节收到的巧克力，小时候是德芙，长大了是费列罗。

某些人还吃得很高兴呢。

可或许就是因为太亲近了，她才对他没感觉吧。

庄家明叹了口气，将所有的信收回了饼干盒子里，放回原处。他拧灭了台灯，上床睡觉。

淡淡的月光透过窗帘的缝隙照在枕头上。

一丝睡意也没有，他辗转反侧地想着：她不喜欢我，怎么办呢？

这个问题太难，解开无数附加题的脑袋也解不开。庄家明失眠了一晚上，第二天起来，看到韩琮问他数学题答案的时候，忽然灵机一动。

“问你个问题。我有一个朋友，喜欢上一个女生，但她不喜欢他，怎么办？”

韩琮看到消息的时候，正靠在冰箱旁边喝可乐，乍一看清消息，惊得手一抖，整罐可乐就掉到地上了。

“韩琮！”韩妈妈暴怒。

“家明有事找我！”一听被叫了大名，韩琮惊得魂飞魄散，飞快逃离一片狼藉的厨房，把自己关进了房间里。

然后他颤抖着手指回复：“兄弟，你听过没有，所谓的我有一个朋友，其实就是自己？！”

庄家明：“没有，真的是朋友。”

韩琮的八卦之火高高蹿起：“你的哪个朋友？”

“小学同学，家长原来和我爸是一个单位的，后来搬走了。具体是谁不能告诉你，不知道就算了。”

韩琮听着像是真有这么回事，不由得怀疑起自己的猜测来……也是啊，换作别人，那个朋友应该就是自己，可这是庄家明啊！他会有一个喜欢的女生，然后对方不喜欢他吗？不可能的！

“真的不是你？兄弟，你和我说实话，我保证不说出去。”

庄家明很机智地反问：“你觉得像我吗？”

“不像。”韩琮终于打消了猜疑。

庄家明很谨慎，继续瞎编：“我觉得她既然不喜欢他，那就算了，你说呢？”

“为什么要算了啊？她现在不喜欢，不代表以后不喜欢，还没追过就放弃，太不爷们儿了！”

一语惊醒梦中人。庄家明突然发现自己被芝芝带偏了，总是去想些有的没的，事实上完全不必顾忌这么多，喜欢就该去说，万一呢？但是……

“搞砸了怎么办？”

韩琮这个单身狗认真地思考了两秒钟，给出答案：“天涯何处无芳草，到时候再说呗！话说真的不是你？那你也太能操心了吧？”

庄家明忽略后面的话，又问：“可我劝他去追是不是不太好？耽误他们学习怎么办？”

不愧是班长。韩琮心里的天平又摇摆回去："你只是建议，追不追还不是他的事吗？他也怪不到你头上啊！"

"也是。"庄家明敷衍了一句。

韩琮想起正事："数学卷子给我对下！"

庄家明："……"

他昨天晚上都在看信，还没做作业！但他狡猾地回复："数学还没写，晚上给你吧。"

韩琮发了个"OK"的表情过来。

庄家明收好手机，立即翻出数学卷子做了起来。他学习时向来心无旁骛，种种杂念都能被摒弃在侧。可今天只做完了选择题，他居然就不受控制地开起小差来。

笔尖在草稿纸上无意义地画来画去，他满脑子都是追女生……要怎么追啊？

他不敢再问韩琮，只能自己琢磨。

这段时间，关知之同学的心情很不错。

她发现进入高二后，自己和庄家明自然而然地疏远了。忙的时候，他们或许一整天都见不到一面。他不在眼前晃悠，有些烦心事就不会冒头，她能把更多的注意力集中到学习上。

班长的工作她也干得不错：晨读转交给了课代表，自习课时她、副班长和纪律委员轮流上岗，劳动委员终于记得每天在值日生检查前倒垃圾了。

一切走上正轨，林老师表扬了她好几次，同学们也很信服她。除了程婉意，她又新交了几个朋友，大家一起上厕所、一起吃饭，感情很好。

没有了阴阳怪气的争执，生活是如此阳光明媚。

10月初的时候，她的"事业"也迎来了新的高峰。

那一天下了课，语文老师招手叫她到走廊上，问："关知之，你有没有兴趣竞争一下广播员？"

"啊？"

一中的晚自习前，有二十分钟的广播时间。周一是新闻资讯，周二是音乐点播，周三是文学赏析，周四是学校动态，周五是生活百科。

而广播员的职责，当然就是整理投稿、播报节目。

芝芝以前没干过这个活，有点儿讶异："我吗？"

"对啊，"二班的语文老师是个长发飘飘，身上带着香水味的美人，说话温温柔柔，特别招人喜欢，"你的普通话很标准，吐字清晰，声音清亮，很适合当广播员，去试试吧。这周五下午选拔。"

芝芝记得以前没听说过选拔的消息，十分怀疑是老师们内定了。她想了想，觉得拒绝不太给面子，反正只是试试，最多被刷下来，遂点头："好的，我一定准时去。"

语文老师微微一笑，翩然离去。

芝芝动动鼻子，是圣罗兰的黑鸦片香水，语文老师真是个妙人哪！

同样被挑中参加比赛的还有程婉意，但她似乎兴趣不大，和芝芝说："我想好好准备演讲比赛。"

这个芝芝也知道。林老师在班里讲过流程，每班推选一个，先在学校进行初选，选出三名再参加市里的复赛，复赛完了还有个决赛。

她嫌麻烦，假装没看到林老师疯狂暗示的眼神，无辜地赖在椅子上，死活不肯上台拉票。最后程婉意以绝对的优势胜出，成为本班代表，算算时间，初赛也就是下周的事。

芝芝说："你可以都参加啊，也不冲突。"

"我要在演讲比赛上拿个好名次。"程婉意和她已经算是朋友，没有隐瞒高三就可能出去留学的事，道，"到时候会录像，表现好的话，到时候就当作材料寄出去。"

芝芝没留过学，不太懂："哦哦，这样啊，那你好好准备。"

晚上下了自习，有个女生迟迟没有收拾完东西。芝芝等了好一会儿才锁门，离开的时候，发现庄家明靠在走廊的栏杆上，正等着她。

"有事找我？"她吃惊。

他"嗯"了一声，慢慢站直："走吧。"

朦胧的黄色灯光下，白衬衣少年的杀伤力有点儿强。

芝芝无比艰难地挪开目光，深吸口气，克制住怦怦乱跳的心脏："干啥？"

"不干什么。"他抿着唇角，"你好凶啊！"

芝芝："……"

他垂眸盯着她。芝芝吃不消，后退一步避开他的视线，胡乱道："瞎说，我哪儿凶了？找我干吗啊？"

“我看到吴老师找你了，是不是和你说广播站的事？”他问。

她点头。

“那你去吗？”

“去啊！”芝芝记得他上回没参加，随口道，“你不去吧？”

庄家明瞅瞅她，答道：“不知道，看情况吧。”

芝芝奇怪：“你就想问我这个？”

他卡了一秒，飞快开动脑筋：“还有一件事。”

“嗯？”

“没什么……”他欲言又止，“算了。”

芝芝眯起眼：“亲，你这一点很过分啊，说一半留一半是故意要吊我胃口吗？快说。”

“真没什么。”他说的是实话。

可芝芝不信：“别捉弄我了，快说。”

“没什么，别问了。”他继续否认，并加快了脚步。

芝芝心痒难耐，追上去：“你说啊！”

他换话题：“你饿了吗？要不要买点儿东西吃？”

“我不饿，你快说。”

然而一直到回宿舍，庄家明也没说是什么事。芝芝开始怀疑他故意捉弄人，又觉得不像，暗中揣测了八百遍，愣是想不出个所以然。

熄灯上床后，她依旧记挂着，忍不住发去消息：“你到底说不说？不说我今天睡不着了！”

过了足足三分钟，庄家明才回复：“那你不能说出去。”

芝芝讶然，不知道什么事这么严重，忙道：“我保证，你说吧。”

庄家明已经想到了个绝佳的主意，躲在被窝里，一字一字地输入：“你知道怎么追女生吗？”

九个字犹如一道惊雷在芝芝的脑海里炸开。霎时间，她好像被无形的拳头击中面门，鼻酸眼胀，耳畔嗡嗡作响，什么声音也听不到，视线一下子就模糊了。

几个小时前，她还在沾沾自喜，觉得摆脱了他的阴影，没想到短短一句话，就将她瞬间打回原形。

芝芝做了好几个深呼吸，才勉强忍住泪意，回复道：“你有喜欢的人了？”

庄家明："我就问问。"

你就问问？鬼信你。芝芝抹了把脸，强装镇定，心想：他或许是不好意思，所以不敢和我承认，逼他承认也没什么意思，便说："你想让我给你出出主意？"

庄家明字斟句酌，费脑细胞无数："我就是想听听女生的想法。"

芝芝在枕套上蹭掉眼泪，加快了打字的速度："那你就问对人了！追女生，有几个点你一定要注意！"

消息"嗖嗖嗖"地发过去。

"你长得好看，已经是很大的优势。只要对她好、体贴关怀，在她需要的时候帮她一把，在别人面前维护她，基本上就能成了。

"不要搞什么假装和别人在一起，看看她会不会吃醋；也不要故意欺负人家，想惹人注意。这两个雷点一定要避开，待人真诚是最基本的尊重。"

芝芝打到这里，手指不由得顿住，往事浮上心头。她长叹一声，又忍着酸楚补充："最重要的是，你要和其他女生保持距离，要让她觉得，她在你心里是最特殊、最重要的，明白吗？"

然而她觉得最关键的，庄家明压根儿就没在意，扫一眼就过去了，反问："就这样？"

芝芝咽回血泪，若无其事地说："你照做就对了，看看她有什么反应，不懂再来问我。睡了，拜拜。"

她生怕再看到什么无法接受的事，发送完就马上退出QQ，手机关机塞回枕头下，好像里头会随时蹦出一头怪兽。

庄家明翻来覆去地看着芝芝的消息，怀疑她在糊弄自己。她说的这些，他不是都已经做到了吗？可她一点儿都没有喜欢他，骗子！

还是……他做得不够好？

少年翻了个身，觉得遇到了十几年来最大的难题。

时间来到广播站选拔的周五下午。

芝芝这两天都故意躲着庄家明，帮着喜欢的人出这种主意什么的，太像是悲情女配角的戏份了，她想拒绝一下。可是庄家明同学体谅不到她的苦心。她先到了教室，他一进来就坐到她后面了，特别自然地说："人挺多。”

“咦，你是一班的班长吧？”坐在芝芝旁边的女生回过头，眼里闪过兴奋之色，“你叫庄家明，对吗？”

庄家明愣了一下，笑笑说：“嗯。”

芝芝假装低头看单词，没理他。

谁知道这个妹子很健谈：“我叫陈梦，本来我们班是关知之和程婉意，程婉意不来，我就自告奋勇了。你们班是你和宁玫吗？”

“不是……”庄家明的神色有点儿尴尬。因为他们班的另一个选手是黄娇娇，就是那个声音特别动听，娇滴滴的女同学。

说曹操，曹操到。

“班长。”黄娇娇一眼看到庄家明，欢欢喜喜地坐到他的旁边，“你来得可真早。”

语气活泼，声音脆如银铃，一下子吸引了芝芝的注意力。她依稀想起，从前广播站里似乎是有这么个好嗓音，她每次听到都要忍不住和同学讨论一下，想知道主人是谁。

她忍不住朝黄娇娇多看了两眼。

“你是关知之？我叫黄娇娇，宁玫总是说起你呢。”黄娇娇同学一上来就把宁玫卖了个干净。

芝芝现在疑神疑鬼，觉得看谁都像嫌疑人，打量了她会儿才说：“你好。”

黄娇娇还想说什么，一个陌生的男老师走进教室，敲着黑板说：“同学们安静一下，开始了。”

下面顿时鸦雀无声。

“我们这次的广播员选拔很简单。”老师将一摞纸放在讲台上，“我念到名字的，就上来抽一篇稿子，抽到什么念什么。”

学生们交换眼色：这么说来，是没有准备时间了。

这老师雷厉风行，宣布完规则，立刻就报出了名字：“高二（1）班，庄家明。”

一班的班长，永远都是第一个吃螃蟹的人。庄家明暗叹口气，站起来走上讲台，拿起最上面的一张纸，大致扫了一眼就开始念。

“李白句：‘燕山雪华大如席。’这话靠不住，诗人夸张，犹‘白发三千丈’之类……”

他的音色清朗如泉水，像是淡云流风，不疾不徐，娓娓道来，很像是午夜的谈心节目，能抚慰人心头的焦躁与忧郁。

负责的老师暗暗点头：这脸、这声音，他必须入选。

下一个是黄娇娇。她语气活泼、吐字清脆，如大珠小珠落玉盘，相当悦耳，只是稍微有点儿紧张，结巴了几次。但老师觉得问题不大，这是老天赏饭吃，稍微培训一下就行。

第三个就是芝芝。平心而论，她的表现并不算惊艳，但台风极好，遇到念错的、拗口的，一点儿停顿也没有，面不改色地往下读，听众不留心听根本发现不了。缺点也很明显：她的感情不够充沛，语调太平淡，读不出深情高昂的韵味。

芝芝念完稿子下来，又看了几个选手的表现，自觉十有八九要被淘汰了。能被老师挑中来参加比赛的人，肯定没有什么大问题，但有几个尤为惊艳。

比如四班有个男生，嗓音浑厚低沉，要不是脸嫩，大家听着准会以为是哪个电视台的节目主持人。

还有七班的一个女生，似乎得过朗读比赛的大奖，朗读起散文来抑扬顿挫，时而高昂，时而深情，伴随着夸张的表情，情绪丰沛，富有感染力。

果然还是没我什么事。她自我安慰，就当是积累经验了。

稿子很短，就一两分钟，但三十几个人还是足足读了一堂课的时间。等到大家全部读完，老师挥挥手："回去吧，过几天会公布结果。"

大家作鸟兽散。

回去的路上，陈梦和芝芝说："我觉得我不行。"

"我觉得我也不行。"不是她不努力，是同学们的实力太强。

庄家明瞥着她们："不一定，结果还没出来呢。"

芝芝掀起眼皮："赌吗？"

"赌什么？"他问。

"你们俩能进。"她指着他和黄娇娇，"不进我请你喝酸奶。"

庄家明道："我也赌你能进。"

"输了也一瓶酸奶啊！"她说。

他点头："行。"

下周一，林老师告诉芝芝，她输掉了一瓶酸奶。

她很惊讶："我以为我不会进呢。"

"你呀，就是对自己太没信心了。"林老师其实也觉得奇怪，关知之在管理班级时很自信，一向能镇得住同学，但在别的事上，总显得有点儿信心不足。林老师不知是什么缘故，暂且归咎为家长缺少鼓励，遂想方设法增强她的自信心，夸奖道，"很多老师和我夸你呢。"

她举例："隔壁班的李老师说你胆子大、反应快，一点儿都不怯场，是个很有主意的人。"

呃，这不就是上次徇私的事吗？芝芝头皮发麻，干笑连连："没……没吧。"

林老师使劲夸她："有，老师还会骗你啊？你要相信自己，知道吗？"

芝芝只能点头。

"行，那你明天中午去一趟5号楼的广播室，好像还有什么安排。"林老师嘱咐她。

芝芝记下了。

次日中午，她叫程婉意代替自己坐镇讲台，自己去了5号楼的广播室——一中的大楼很好记，高一在1号楼，高二在2号楼，高三在3号楼，4号楼是实验室，5号楼是教务楼，校领导们的办公室就在这里。

广播室在二楼，地方不大，设备塞得满满当当。召唤他们的还是上次负责选拔的老师，他自我介绍说姓何，是学校办公室的，不教课，但他们也可以叫他何老师。

"这次叫你们过来，第一件事是想说一下你们的值班安排。"何老师拿着名单叫名字，"周一，新闻资讯，庄家明，×××，周二，音乐点播，黄娇娇，×××，周三……周四，学校动态，关知之，×××，周五……"

芝芝听到自己和庄家明不在同一天，失望之余又很庆幸。

"广播时间是每天下午五点四十分到六点钟。你们要提前十五到二十分钟到，准备一下稿件。广播结束后打扫一下卫生，写一下这本值日手册。"何老师把一本薄册子递给他们，轻松地道，"稍微记录一下你们的播报内容就行，不用写太多，但还是要写的。好了，有什么问题现在可以提出来。"

庄家明举了手。

何老师对他印象极好，和颜悦色地问："你叫庄家明是吧，有什么事？"

"我们班周一的晚上是化学随堂测验。"庄家明犹豫着说，"李老师要我主持考试。"

何老师皱了皱眉，随即想起来高二理科实验班的班主任是李瑞年。这可是一中的王牌教师之一，化学组的组长，几年前经常被抽到去出高考的化学卷子。但是他去年突发心脏病，险之又险地被抢救了回来，又做了心脏搭桥手术，休养了半年才好。

但因为这个，他现在虽然回来继续教书，学校却不敢让他太累，名义上是班主任，大部分事却由副班主任代劳，晚自习的测验让班长主持也很正常。

何老师不敢质疑李老师的安排，想了会儿，问："还有谁是实验班的？"

芝芝和黄娇娇举手。

"你们班不会也有随堂考吧？"何老师问芝芝。

芝芝尴尬地说："周一数学，周四英语，但不是每个星期都考，就是……每个月都会考几次。"

其他八个同学露出了敬畏的表情：实验班真的太疯狂了！

何老师叹了口气，实验班是学校冲成绩的关键，当然要迁就他们。但广播员必须是一男一女，并且音色和风格都要搭配，他只好多调整了几个人。

就这样，芝芝迷茫地发现，自己和庄家明一起被调到了周二的音乐栏目。

呃，俗话说得好，怕什么来什么，想找的东西永远找不到，想避开的人，兜兜转转就是会被塞到一起。

此所谓命运。

虽然有些小意外，但还是解决了。何老师满意地看着他们："广播从下周一开始，到时候来我这里拿钥匙就行。第二件事，学校马上要开运动会了，这届的主持人就从你们中间选。"

众人："……"

"这是稿子，你们按照刚才的组合上去念一遍。"何老师递给他们五张纸，道，"给你们十分钟的时间磨合，开始吧。"

主持这种事，讲究长相、台风、配合。

庄家明凭借自己的外表，第一项打了满分，关知之同学及格。第二项台风，关知之同学九十分，庄家明也可以有八十分。最后的配合……还会有比青梅竹马更默契的组合吗？

所以，结果毫无悬念。何老师虽然从声音上更倾向于周一的新闻组合，可综合分这么一打，还是选择了青梅竹马组合。

“你们两个运动会不要报名项目了。”何老师抢先预订，“具体的事，我会再找你们的，就这样。”

芝芝、庄家明：“……”

9 月末的那个星期二，芝芝和庄家明开始了第一次合作广播。

之前，芝芝很好奇广播站的稿子从哪里来，尤其是音乐点播，真的有人会寄稿子要点歌吗？那岂不是很容易出绯闻？

她现在才发现，想太多了——稿子全靠广播员自己瞎编。

流程说白了很没技术含量，他们先用广播室的笔记本电脑上网，搜一搜各种乐评，然后截取其中一段念出来，再放这首歌，大功告成。

当然了，比起其他节目，他们有个小小的权力：可以放自己喜欢的歌！这个……聊胜于无吧。

芝芝想了想，戳着他的肩膀：“你选吧。”

“你选好了，我无所谓。”他没领会她的意思，连忙谦让。

芝芝想提醒，又不想给自己扎刀子，特别委婉地说：“这个是放给大家听的，你懂吗？你懂吧？”

庄家明想想，点头说：“要挑大家比较喜欢的歌才行，放周杰伦的吧。”

然后他选了《千里之外》。

“我送你离开，千里之外……”这家伙还真的特别能往她心上扎刀，现在绝交还来得及吗？

10 月中旬，高二第一次月考。

文理分科后，排名自然也分开算。芝芝摆脱了学得最糟糕的物理，成绩往上蹿了一下，变成了年级第二名。

关家父母惊喜万分，觉得新学期以来，女儿给他们的惊喜越来越多，先是当了班长，然后又考了年级第二名，这是前所未有的好成绩啊！

芝芝觉得他们大惊小怪："文科人少，理科多，以前排我前面的大部分在隔壁班，不代表什么。"

"你懂什么？"关母训她，但脸上是掩饰不住的笑容，"以后大学文理科的分数线不一样的，理科怎么样不用管，你只要好好保持就行了。"

关父反驳："她不骄不躁是好事。这次考第二名，不代表下次还能考第二名，就是个月考而已，而且第二名前面还有个第一名，不能放松。"

芝芝其实看得出她爹也很高兴，只不过努力绷住了而已，却假装不知道，老老实实地点头。

关父微微放松，换种方式奖励女儿："你明天想吃什么？"

芝芝立马点菜："油爆大虾！"

这个季节的虾不便宜，关母有些心疼，可还是答应下来，只嘴上道："就知道惯着她。"

"芝芝两个星期回来一次，吃个虾怎么了？"关父一锤定音，"明天给你买。"

次日，关父买了虾回来，夫妻俩在厨房里忙碌，又提起了这事。

关母感慨："咱们闺女真的长大了，以前哪里能想到她会当班长，还考了年级第二名？说不定什么时候，就能给咱们考个第一呢！"

"这话咱们说说就算了，别当着孩子的面说，不能给她压力。"关父嘴里叼着烟，手上处理虾的动作一点儿不慢，一拗一拉，就把背上的泥肠抽掉了。

关母说："我知道，用得着你提醒？"她停顿了下，又说，"老关，你说……"

"什么？"关父一张口，牙没咬紧过滤嘴，烟头掉进了水盆里，一下子浸湿了。他"哎哟"了声，赶紧捞起来拿纸巾吸了水，放到外头晾着。这还没抽几口呢，扔了可惜。

关母很烦他："你能不能好好听我说？"

"你说你说。"

"我听老庄说，他打算送家明出国。"关母的语气有些沉重，"你说，我们要不要也给闺女准备起来？"

这年头，有条件的人家都会想办法送孩子出去，就算交换一年也好，长长见识，镀一层金，回来也好找工作。就算是谈对象，出过国和没出过国，那也是两种说法。

从前，关家夫妻没想过这件事。芝芝读书不好不坏，能考上一本，他们就觉得是烧了高香，没必要花那个冤枉钱。可是她现在成绩连连攀升，看着也越来越懂事，他们心里头难免有了更大的期待。

关父斟酌许久，慢慢说："现在还不急，才高二。"

关母也是这么想的，口中却道："这事是不急，可钱是不是得攒起来了？我本来和她说暑假买个电脑，她说不用，这笔钱咱们就给她存起来，每年再添点儿。"

"那点儿钱有啥用？"关父摇头叹气，"出国起码要几十万元。"

关母吓一跳："这么多？"

"你以为呢？"关父没好气地说，"除非把房子卖了。"

房子是大部分人的命根子，夫妻俩辛辛苦苦大半辈子，也就买了家里的一套房和现在的这个小门面，说要卖掉，如何舍得？

可耽误女儿，他们也舍不得。夫妻俩对视一眼，双双陷入了沉默。

芝芝不知道父母已经在考虑她出国的资金问题。摆在她眼前的，是即将到来的运动会。

不知怎的，她老觉得才开过运动会，一眨眼就又到了这个时候。日子过得那么快，掐指一算，回来都一年多了。但她回首望去，收获不小——把成绩搞上去了，顺利地留在了实验班，还当上了班长兼广播员。

她这么一算，居然真有了点儿重生女主角的风范。

芝芝高兴又欣慰，暗暗地定了个新一年的目标：高二保持成绩，争取期末考到年级第一名爽一爽，以及努力忘记最大的执念，远离庄家明。

目前看来，前者可期，一片光明；后者……她瞄着和自己并排坐在主席台上的少年，心里万分纠结。

为什么呢？她以前那么努力，还和他渐行渐远，现在顺其自然，反而越靠越近。

难道这年头流行不争就是争，全程"躺赢"吗？

"开始吧。"坐在芝芝旁边的校长低声说。

芝芝一秒回神，飞快地踢了踢庄家明。他会意，在她调整了背景音乐的音量后，立刻按下了开关："尊敬的各位老师……"

"各位同学。"她接上。

“大家上午好。”两人一起说。

何老师坐在后排的椅子里，默默点头。这两个学生说台词都不是慷慨激昂、节奏分明的类型，和去年的那对截然不同，但声音极稳，不会中途停顿，吐字也不是时有时无，平和而有力，亦有一种魅力。

他们会有这样的表现，当然是因为练得多。

庄家明从小到大，一直是学生代表，新生代表讲话、国旗下讲话、毕业生代表讲话……次数多了，自然就练出来了。而芝芝在学生时代没啥机会，工作了隔三岔五做报告——报告是否成功，关系到她能不能接下项目、赚到钱，她当然也下过苦功。

台上一分钟，台下十年功。

哪儿有什么轻轻松松，“虎躯一震”就有主角光环的好事？现在有多轻而易举，曾经就有多少血泪付出。

三分钟的开场词结束，各个班级准备入场。

每个班级都有自己的介绍词，那么多个班级念下来，他们口干舌燥，只能稍稍含一口水润润。他们好不容易挨到校领导讲话，芝芝的嗓子都开始冒烟了。

她生平第一次觉得校领导讲话结束得太快了！他只讲了十分钟，平时不是随随便便二十几分钟的吗？校领导太不给力了。

幸好坐在另一头的体育老师看看腕表，开始播报即将开始的比赛，给了他们喘息之机。

庄家明递给她一板草珊瑚含片：“吃吗？”

她接过来，连吃了两颗，这才觉得喉咙舒服了一点儿。

但现在还远远不是休息的时候。比赛一开始，各个班级就开始写加油稿过来了，每个班有两三张，他们不可能全部念一遍。

芝芝扫了一眼，挑最短的念。

“关知之。”她背后传来黄娇娇动听的嗓音，这妹子和她撒娇，“能不能让我念一个呀？我想亲自给我的好朋友加油。”

“请。”芝芝让位。

她让位。

黄娇娇欢欢喜喜地坐下来，问庄家明：“班长，这个怎么用呀？”

庄家明言简意赅地指示：“这个。”

黄娇娇点头，揿下按钮，用最娇柔动听的声音念完了给一班的加油稿，末了意犹未尽，又问："要不要我帮你们念几个？"

庄家明："不用。"

芝芝虽然很想找个外援，但大领导们还坐在旁边，太放肆不好。她只能遗憾地摇摇头，然后悄悄地和黄娇娇说："你下午再来。"

领导们最多坐半天，下午就能放飞自我了。

黄娇娇没想到她那么好说话，嗲声嗲气地说："谢谢你哦。"

"不客气哦。"芝芝现在能体会公司喜欢招实习生的缘故了，这都是免费的劳动力啊！

黄娇娇开开心心地走了。

芝芝回归工作岗位，和庄家明商量："咱们分个工，我念通知，你念加油稿。"

通知隔三岔五就有，加油稿却没有硬性规定。庄家明担心她的嗓子吃不消："要不还是我念通知吧，这个多。"

"通知都是编号，稿子都是名字啊。"芝芝凑过去，耳语道，"被你念到自己的名字，肯定会很开心的。"

被喜欢的人当着全校念出自己的名字，四舍五入等于牵手，如果是她肯定会小鹿乱撞，高兴整整一个星期。

如果那个被他暗恋的人也喜欢他，应该也一样吧。

庄家明："关知之。"

"干啥？"

"没什么。"他扭过头，觉得她就是个骗子！

芝芝还沾沾自喜："就这么定了。"说着，她就要拿起体育老师递过来的表格准备播报。但庄家明手疾眼快，先她一步夺了过来，并且立刻按下开关："请参加男子立定跳远的同学到操场 A 区集合……"

广播一开，她不敢打闹，生怕在全校面前直播一次青梅竹马的斗嘴，只好忍下这口气，等到他播报完才瞪过去："不是说好了吗？"

"谁跟你说好了？"

芝芝哽住，半晌，狠狠地道："狗咬吕洞宾。"她好心好意地忍着酸涩的心情帮他出谋划策，他就是这么报答她的。

呵呵，这个男人活该单身！我再帮你我就是傻子！芝芝在心里疯狂放狠话，全然忘记类似的决心自己下过不止一次。酸归酸，气归气，事到临头，她还是会乖乖地拿起悲情女配角的剧本。

谁知道她都这么凄惨了，庄家明居然还火上浇油，说：“不用你好心。”

芝芝顿时气成河豚，要不是校领导就在旁边，分分钟和他翻脸：“随你的便！”

她决定这两天的运动会绝对不和他说一句多余的话。

然而人总是逃不过“真香”定律。

上午十点多，发零食的人来了。不得不说，坐在主席台好处多多，他们不用在外面晒太阳，两边还有风扇对着吹，喝的不仅有水，还有乌龙茶、冰红茶、橙汁等饮料，果腹的也不是超市里的吐司或普通面包，而是三明治。

庄家明拿了一瓶冰的冰红茶给她。

芝芝扭过脸：“糖多。”

他换成乌龙茶。

“饮料都含糖。”她的表情冷淡。

庄家明本来也很生气，喜欢的女生非要把他推给别人，任是谁都觉得窝火。可他转念一想，是自己没敢说清楚，她纯粹是好心，怒气瞬间消散。他耐着性子哄她，赶紧换成了冰水。

这下，芝芝总算没有再拒绝了。他暗暗地松了口气，小心翼翼地递过三明治：“吃吗？”

她盯着他。

“你饿了吧，吃点儿东西垫垫，这个给我好了。”他主动拿过她面前堆起的稿子，接手了念加油稿的任务。

芝芝想：不能拿别人的错误惩罚自己的身体。于是她撕开三明治的薄膜，狠狠地咬了一口。

那凶狠的架势，仿佛她不是吃东西，而是在和怪兽搏斗。

庄家明瞥见，不由得弯起唇角，朝着她笑了。

秋光正明媚，桂花如香雪。人说秋萧索，相看一笑温。

芝芝：完了，我刚刚气啥来着？

两天运动会下来，关知之同学光荣地成了一个废人。她学林老师喝起了胖大海泡枸杞，再加两朵清热解毒的菊花，捧着保温杯提前开始养生。

然而这临时抱佛脚的抢救并没有什么用，她的扁桃体发炎了。喉咙疼得要命，她完全说不出话来，好在没有发烧，只是不大舒服而已。

让她心里不平衡的是，庄家明屁事没有，还说她："你太缺乏锻炼了。"

喂喂，你不要太过分，大家都是早上起来晨跑八百米的好不好？

可她哑着嗓子，反驳不了，只能憋着，气到两颊微鼓，嘴巴噘起。庄家明见了，反而生出亲切感，觉得以前的邻家妹妹又回来了，心中莫名雀跃："以后活动课不要偷懒回教室，多锻炼锻炼，你们女生不喜欢打篮球，打打羽毛球也好。"

芝芝捂住耳朵。

庄家明假装看不出她的厌烦表情，跟她约定："周三的活动课，我来找你打羽毛球，不来的话，我就告诉你妈。"

芝芝吐血："你还打小报告，幼不幼稚？"

"有用就行。"

这还真有用！关母要是知道她病了没和家里说，肯定会念叨她一整天。无奈之下，芝芝同意了这不平等条约。

但周三她来了"大姨妈"。这个时候，烦人的"大姨妈"就是护身符，庄家明只要一想起她前几次的悲惨模样，就胆战心惊："那你回去休息，多喝点儿热水。"

"多喝热水是男人最没用的一句话。"芝芝摇头叹气，"你这样活该单身啊！"

庄家明愣了愣，虚心请教："不对吗？"

"说不如做，"芝芝怀疑自己得了斯德哥尔摩综合征，自虐上瘾了，明明心如刀割，却还是忍不住要给他传授经验，盼着他心想事成、顺顺利利，"你嘴上关心一百遍，对方也就开始几次感动，哪里比得上真的做了？"

庄家明瞄了她一眼，思忖着：所以，他现在该跑去给她倒杯热水吗？可是他跑到他们班里去倒水，好像有点儿明显啊！

芝芝看着他那样，万分好奇对象是谁，忍了忍，没忍住，旁敲侧击："当然了，一般我们都会客气一下，说'不用了'，但你要分得清什么时候是真的拒绝，什么时候是意思意思……你要不仔细和我说说，我好给你有针对性地分析一下？"

庄家明瞅瞅她，平静地说："你在说什么？我听不懂。你要喝热水是吧？我去给你倒。”

他瞒得这么紧，至于吗？芝芝万分费解，却因为自己心里有鬼，不敢多问，只好继续瞎猜。

庄家明一路把她送回教室，还给她倒了杯热水。

程婉意看着恹恹地趴在桌上的芝芝笑：“平时活泼得不行，这会儿就蔫了。”她说着，递过去一块巧克力，“补充点儿糖分。”

芝芝接过来吃了。

庄家明瞥见她课桌上放的练字本，有些好奇：“我能看看吗？”

她道：“随便看。”

他便抽出来翻了翻，发现不是临摹的字帖，是本教人如何拆解笔画，将字写得端正好看的书：“你在练字？”

“为了卷面分。”她苦着脸道。

如果问她回来有什么事最不习惯，那就是键盘用得少了，笔用得多了，有的时候还会忘记某个字怎么写，全是后来无纸化的后遗症。

“以前不努力，现在后悔了吧？”庄家明笑话她。

他的妈妈写了一手好毛笔字，幼年时也曾教过他们。家里穷，备不齐东西也不要紧，把旧报纸攒起来，先用毛笔蘸了水写，等到写满了，把报纸在太阳下晒一晒就行。

他们练到差不多了，再用墨汁练。那会儿砚台和墨条都贵，他们用的是墨汁，黑乎乎一大瓶，能写上好久。

还有，他记得很清楚，每次自己好好练字的时候，关知之小朋友就拿着竖笛在旁边“呜呜”乱吹，或者突然冲上来“汪”一声，不停地捣蛋、干扰他。

这样一来，她写的字就比他好看，可以得到两颗大白兔奶糖和一包无花果干作为奖励。可神奇的是，她拿到了零食也不是一个人独吞，而是会分给他一半，只不过有要求：“你让我亲一下我就给你。”

他妈妈就在旁边笑个不停，推着他说：“妹妹这是喜欢你呢。”

妹妹小，他要让着妹妹。他被父母耳提面命，只能假装写不好，然后把零食都留给她，回头等到她回家了，自己再翻出描红本来练。

但他都这么让了，某些人还是没能坚持下去。比起练字，《还珠格格》《新白娘子传奇》和《西游记》对她更有吸引力。她年年暑假蹲在电视机面前不肯走，上小学就有点儿近视了。

风水轮流转，到了高中，她居然又捡了起来。

“家里的字帖还没扔，你要的话我给你找出来。”他说。

芝芝打了个寒战，仿佛又看到了被描红本支配的恐惧：“不了不了，我要求不高，能写得端正就行。”

她原来的字比较潦草，不够大方端正。她这会儿练习硬笔书法，不求能写出什么韵味，整洁大方，给阅卷老师留下好印象就心满意足了。

要知道，语文作文分那么高，字迹是否工整占了很大比例。

庄家明只好算了。

倒是程婉意很有兴趣，问道：“是谁的字帖？柳公权，颜真卿，黄庭坚？”

“都搜集了点儿，但我小时候练的是钟绍京的《灵飞经》。”庄家明说着，忽然想起来，“关知之，当时选这个就是因为你要练字吧？”

钟绍京的《灵飞经》飘逸秀美，女生练的人数比男生多，他是跟着她学的。因为某些人死活要和他练一样的，不肯自己单独学。

芝芝装傻：“啊，是吗？我不记得了。”

庄家明：“……”

芝芝飞快转移话题：“婉婉，你也练字吗？”

“我练的是颜体，写得一般，老师说没什么天赋。”程婉意坦然地道。

“你已经写得很好了，”做了那么久同学，芝芝已经调整好了心态，“不光中文写得好，英文也好啊。”

程婉意很谦虚：“随便写着玩。”

“那也很好了，这次的英语书法比赛你肯定能得奖。”芝芝语气笃定。

一中不是死磕高考的高中，虽然不会像动画片里的高中一样办什么校庆典礼，但在不妨碍学习的情况下，也会搞些校内活动，英语书法比赛就是其中之一。

这个没什么门槛，想要报名参加的学生主动交一篇作文上去就行。芝芝看过程婉意的英文字，看不懂是什么字体，但看着就好像影视剧里道具上的字，特别优雅复古。

“这可不一定，班长——我是说庄家明，你也参加了吧？”程婉意问。

庄家明点点头：“我们班没什么人报名，我就凑了个数。”

芝芝说了句公道话：“汉字不好说，英文嘛，我赌婉婉拿第一。”

她说对了。

下一周，英文书法比赛的结果就被公布了：一等奖是程婉意，二等奖是庄家明和三班的一个女生，三等奖是另外三个眼生的名字。

他们的作品被张贴在2号楼的公告栏里，供人参观学习。

芝芝路过的时候瞄了一眼，没多在意。然而这引出了庄家明高二生涯中一件不大不小的事。

事情发生在星期二的晚上，有人告诉芝芝："班长，你知不知道，庄家明的英语作文不见了？"

"啥作文？"芝芝蒙了。

"就是贴在楼下布告栏里的作文，和程婉意的贴在一起的那篇。"该女生非常兴奋，眼中闪着诡异的光，"我刚刚下楼的时候，发现那里空了，作文不见了。"

芝芝随口道："一篇作文而已，奖都评了，没了就没了，可能被风吹走了吧。"

因为布告栏在室内，不受日晒雨淋，所以也没有玻璃防护，作文没粘好，掉了很正常，她不知道有什么大惊小怪的。

可真正的高中生不这么想。

"肯定是有人偷偷拿走了！"她笃定地说。

芝芝心说：啥玩意？

然而妹子们是对的，只隔了一天，这桩"失踪案"就破了。

楼下五班的男生在一个女生的书包里发现了那张纸，然后趁着妹子上讲台擦黑板，手疾眼快地抢了出来，一看上面写着庄家明的名字，立刻高声喊了起来："看看这是什么？一班那个庄家明写给蒋盈的情书！"

"啪——"那个妹子手里的黑板擦掉在地上，她呆呆地看着对方，清秀的脸庞顷刻间涨成了番茄色。

高二的孩子正处于看热闹不嫌事大的年纪，一听到这样爆炸性的消息，纷纷"哇"了起来，兴奋又八卦地看着讲台上的女生。

蒋盈慌乱无比，冲过来想抢："还给我！"

男生吹了声口哨，跳到了课桌上，把那张被小心翼翼地折叠好的作文纸举得高高的："你们是不是在谈恋爱？"

"不是！"蒋盈又羞又气，"快还给我！"

男生眼珠一转，笑嘻嘻地说："是吗？让我看看上面写了什么。"他说着，展开匆匆看过，马上发现这不是情书，而是之前英文书法比赛的稿子，乐不可支，“你偷偷拿了他的作文，你暗恋他？哈哈哈，你们快看！”

蒋盈的大脑一片空白，焦急惊慌和害怕不安交织在一起，她手足无措，只知道重复：“还给我，还给我……”

她说到最后，已然有了哭音。

同学们的反应不一而足。有人路见不平，喊道：“快还给她，别闹了，老师要来了。”

“这又不是她的东西。”也有女生看不惯她的行为，“我说那篇作文怎么不见了，原来是她偷了。”

“偷”是个很严重的字眼。蒋盈浑身一哆嗦，下意识地说：“我没偷。”

“那是他主动给你的？”

“我……”蒋盈答不上来，急得落了眼泪。

就在这时，门口传来班主任不满的声音：“上课了，你们在干什么？”

完了。蒋盈如坠冰窖，浑身发抖，然后眼睛一翻，倒在地上失去了意识。

班上乱成了一锅粥。

在学校这种半封闭的环境中，八卦传播的速度比流感还要快。

当天的晚自习上，庄家明就听说了自己作文的下落，并附赠一条“五班的蒋盈暗恋你，并且有病”的消息。

老实说，他觉得有点儿不舒服——不是因为蒋盈，而是别的什么，但说不清楚——所以他只看了对方一眼，什么也没说就低头继续写作业了。

没在当事人这里得到什么有趣的反应，对方很是遗憾，锲而不舍地追问：“她说那个不是她偷的，难道是你给她的？你们在谈恋爱吗？”

“和你有关系吗？”庄家明冷冷地道，“你很无聊。”

遗憾的是，不是人人都能听得懂话的。大概是平日里庄家明好说话的样子太深入人心，对方并未察觉到他话中的不满，自动理解成了另一个意思：“哇，看来是真的，你居然喜欢蒋盈！”

声音太大，瞬间吸引了班上大多数人的注意力。

庄家明十分烦躁，当然想说“我才不喜欢她”，可心里非常清楚，这句话一说出口，分分钟会传遍全年级。

那个女生一定会非常可怜。

他忍了又忍，改口道：“不要胡说八道，你再乱说我就生气了。”

该生终于后知后觉地意识到了不妙，讪讪地笑了笑："我就开个玩笑，你不要那么认真嘛！"

"那我想，把你上课偷看小说的事记下来，也挺好笑的。"庄家明问他，"你觉得呢？"

他闭嘴了，但流言不会因此停歇。第二天，庄家明觉得好像所有人都知道了这件事，并且很有兴致地讨论着。

嘴长在别人身上，他不可能让所有人都闭嘴，唯一能做的就是在别人过来询问他"你在和五班的蒋盈谈恋爱"的时候，果断地否认。

然而并没有什么用。

昨天下午，大家说的还是蒋盈拿了他的英语作文，可到了晚上，就变成了他送给蒋盈情书，等到今天晨跑完，好了，变成了他们在谈恋爱。

庄家明冷着脸，满脑子想的都是该找芝芝解释一下。可她今天值日，留在宿舍打扫卫生，没来晨跑。

等到回了教室，他又被数学老师叫去拿试卷。他折腾完，已经到早读了。

他打算等到下了晚自习，那是他们固定的聊天时间。

但事情的发展超出了他的预料。他没能等到晚上，下午的美术课上，副班主任就把他从班上叫走了："庄家明，你跟我过来一下。"

李老师年纪大，平时一班的琐事都是由副班主任管的。她是他们的语文老师，为人非常体贴细心，和学生说话从来都是和风细雨，但此时此刻，她的表情看起来有些严肃，让蠢蠢欲动的同学们不敢多问。

他们今天在学素描，庄家明放下手里的画笔，不安地走了出去。

副班主任搭着他的肩膀，像是长辈一样安抚道："别担心，不是什么大事，有点儿事老师想问问你，很快就好。"

他稍稍安心，沉默地跟着语文老师走。

他们没去同一楼层的办公室，往下走了。庄家明的心一点点往下沉，他想：应该就是那件事了。

两分钟后，副班主任带着他走进了英语办公室。

一个低声抽泣的女孩子站在那里，旁边站着一个和她有点儿相似的中年女性，正骂着女生："我怎么生了你这么一个不懂事的东西？！"

中年女人又马上对老师们诚惶诚恐地道："孩子不懂事，我回去好好教训。"她再厉声呵斥女生："愣着干什么？还不和老师说对不起？"

女孩子哽咽了一下，哭得更大声了。

胖胖的中年男老师尴尬地笑了笑，劝说道："我们只是想问问清楚发生了什么事，这位家长，你也别急着骂孩子……"

"喀。"一班的副班主任清了清嗓子，侧过身，露出庄家明，"我把我们班的庄家明带过来了，有什么事，当面说清楚吧。"

蒋盈脸上的血色霎时褪得一干二净，脸色白得仿佛她随时会晕过去。

中年男老师是五班的班主任。他瞧了庄家明一眼，看清庄家明外貌的刹那，基本上就猜到了是怎么回事："庄家明是吧？我是五班的王老师。"

"王老师好。"庄家明微微垂着眼睛。

"这是你的英语作文吗？"王老师将旁边折叠好的纸递给他。

庄家明看了一眼，点头："是。"

"我们班的蒋盈说……"王老师轻轻叹了口气，目光锐利起来，"这是你给她的，有这回事吗？"

庄家明抬起眼睑，朝蒋盈望了一眼。办公室的采光很好，11 月的阳光落在他的眼睛里，金光粼粼，分外动人。

蒋盈看着他，手是凉的，脚是木的，舌头是麻的，眼泪不受控制地流下来。她几乎已经能预见到接下来的事，整颗心都被恐惧感淹没了。

庄家明将要出口的"不是"两个字凝固在了唇边。他当然有些气愤这个陌生女孩给自己带来了麻烦，可此时此刻，他突然想：如果自己否认了这件事，她会怎么样呢？

她看起来那么害怕，仿佛随时随地会冲出去，做出什么不可挽回的事情。

这种恐惧感传染给了他，让他不敢说出真相。

"家明，没关系，你可以说实话。"副班主任却以为他是害怕，立刻站到他身边给予支持。

庄家明沉默了片刻，简简单单地道："是。"

王老师的眼里闪过诧异的情绪，神色严肃起来："我没看错的话，这是莎士比亚十四行诗的第一百一十六首吧？"

庄家明有点儿尴尬。当时他不知道这个书法比赛该写什么，就随手抄了一首莎士比亚的诗——他承认，自己从图书馆借那本《世界经典爱情诗 100 首鉴赏》时有别的想法，可抄的时候，真的没多想。

谁能想到这种比赛还能出这样的事呢？

“当时，”庄家明停顿了一下，很快地编了个故事，“这位同学问我，说她很喜欢这首诗，能不能借回去抄一下，我答应了。”

王老师挑起眉头，重复说：“要抄一下？”

“是。”庄家明镇定地说，“可能是英语原文不太好找，她又特别喜欢吧。我想，虽然大家不认识，但都是同学，应该互相帮助，就同意了。”

办公室里的老师都笑了。到底是年轻，他还不知道说得越多，越证明是假的。他说得那么仔细，无非是给蒋盈听的，要她顺着自己的借口往下编。

可无论是他的副班主任还是王老师，都没有戳穿他的谎言，甚至王老师还顺着问：“蒋盈，是这样吗？”

蒋盈万万没想到他会帮自己圆谎，感激又惊慌地点头：“是……是的。”

为了逼真，王老师继续保持严肃：“什么时候的事？”

“前……不是，昨天上午。”蒋盈结结巴巴地说。

“原来是这样。”王老师露出一丝微笑，缓和了语气说，“看来是个误会，说清楚就没事了。”

蒋盈立刻松了口气，脸上多了些血色。

王老师点点头，将稿纸递给庄家明：“好了，你们先出去吧。家长留一下。”

庄家明说了句“老师再见”，转身走了出去。

蒋盈犹豫了下，在王老师摆手的动作里跟着出去了。走出门的刹那，她听见老师和母亲说：“这次找家长，倒不是因为这个。蒋盈在学校里晕倒了，我们建议家长带她去医院检查一下……不，当然不会被退学，但她可能不适合参加一些激烈的活动……”

她的面色又开始发白。

“你还好吧？”庄家明看她虚弱的样子就害怕，“要不要去医务室休息一下？”

蒋盈完全没听清他在说什么，似乎整个人被劈成了两半，一半为自己的病情而害怕羞愧，一半又为他和自己说话而雀跃不已。

“谢……谢谢你……”她听见自己磕磕巴巴地说，“我……我不是故意的。”

庄家明看看她，接受了道歉：“算了。”

蒋盈鼓足勇气，问他："那……那个……能……能不能……"

老实说，庄家明并不把这么一张写过的纸放心上。他借出去的笔、夹子、回形针很少有要回来的时候，女生的这种心理他不难理解。

但这毕竟是首情诗，上面还有他的名字，被人误会也不好。

庄家明想了想，撕掉了页尾的署名，将剩下的部分递给她："不是说了借你抄吗？给。"

蒋盈的眼泪又下来了——他主动把这个给她了，她不算是偷了，他没怪她。

她捂住脸，泣不成声。

庄家明叹了口气，掏出口袋里的纸巾，连同稿纸一起放在了旁边的窗台上，然后什么也没说，悄悄走了。

蒋盈再也忍不住，蹲到地上，抱住膝盖大声哭了起来。

当日的晚上，庄家明等在二班的后门，终于逮到了锁门回宿舍的芝芝。

她看见他就笑："哎，我也听说啦。"

他瞬间紧张起来："我和她没什么，今天之前，我都不认识她。"

"那就是说，她真的偷偷拿了你的作文？"芝芝很好奇，印象里似乎没有这件事。

庄家明原原本本地将事情说了一遍，然后忐忑不安地问："你会不会觉得我做错了？"

"做错？你是说和老师说谎吗？"

"不是，我……"他犹豫着，"我说了是我送给她的，这样会不会……不太好，会被误会什么的？"

他语焉不详，芝芝却马上领会了他的意思：他在问，那个他喜欢的女生会不会生气在意？

说真的，芝芝觉得他有问自己的工夫，不如去和当事人解释。但他看起来的确为此苦恼，她便耐着性子问："你后悔吗？"

"没有。"庄家明实话实说，解释道，"我觉得我当时说'不是'，她就要昏过去了。我真的……真的说不出口。"

芝芝忍不住笑："我也觉得你做得对！"

"真的吗？"他欣喜。

“嗯。”芝芝用力地点头。她之所以过了十年还对庄家明念念不忘，不仅仅是因为他长得好看，更因为他的人格。

在自己受到老师怀疑和指责时，男主角从天而降，一力揽下所有的罪责，是不是很像女主角的待遇？可是，女主角只有一个。

人人都以为自己是那个被霸道总裁青眼相待的特殊存在，却不知道，其实普通的我们，全是女配角——男主通常只会冷漠无情甚至残忍霸道，来衬托女主角特殊。

她相信，蒋盈并不是女主角，正如自己也不是。庄家明却把她们都当成了女主角，给予最基本的尊重和善意。

“如果你喜欢的人觉得，你只能对她一个人好，那你……”芝芝本来想说“换个人喜欢算了”，可想想觉得很像挑拨离间，临时改口，“要辛苦一点儿了。”

庄家明瞥着她，唇角微微弯起：“她不是这样的人。”

芝芝一怔，随即哑然。也是，人家多半人美心善，她操什么心？于是她耸耸肩，假装无所谓地说：“那就好，但你还是要解释一下，态度很重要，祝你好运……我走了。”

还剩一小段路，她却不肯再和他一起走，小跑着进了宿舍。

庄家明来不及阻止，眼睁睁看着她跑进女生宿舍，纳闷儿又惊疑：她怎么又不高兴了？他都暗示得这么明显了，她难道完全没有感觉吗？

蒋盈的事情闹得很大，整个年级都传了一遍，才在老师们的警告中慢慢平复。但这对芝芝来说无关痛痒，她烦恼的是……自己更喜欢庄家明了。

还有比想疏远忘记一个人，却好感度翻倍更惨的事吗？

有，那就是她期中考试的排名退了三名，变成了第五名。

芝芝的心态彻底崩了。没能把感情问题处理好已经很让人郁闷了，她居然还会因此影响学习！要知道，人家小说里和她有同样经历的女主角，要么和心上人在一起甜甜蜜蜜，要么一心学习，摇身一变成学霸，更有甚者，恋爱、事业两不误。

可她呢？她竭尽全力想要摆脱曾经的执念，自一段无望的感情中挣扎出来，不去想过去的对与错，着眼于现在和未来。

然而她并没有做到。她一听到他说起喜欢的人，表面上再假装若无其事，也无法欺骗自己，心里泛酸又泛苦，无比痛恨自己不争气。

好吧，就当感情问题是顽固的疾病，一时半会儿好不了，学习总该搞上去了吧？一个多活十年的人，连这点儿基本的小事都做不好，还是人吗？

但现实就是，她啥都没干好，情绪没调整好，学习成绩还下降了。

这就好像是一个巴掌扇在了她脸上，疼得她怀疑人生。

为什么呢？为什么她做不到？她既不能和喜欢的人“撒狗粮”，也没办法不恋爱脑，彻底成为女强人，怎么会有她那么差劲的人？

芝芝十分怀疑，所谓的改变命运究竟能不能成功。她会不会兜兜转转，到最后还是一样的结局，甚至更加糟糕？

人生重来一次，真的会更好吗？

“发什么呆？”关母举着筷子敲了敲碗碟，唤回她的神思，“不就是没考好吗？我和你爸又没骂你，好好吃饭。”

芝芝下意识地扒了口饭。

关父给妻子使了个眼色，示意关母不要再说，说起了别的话题：“她的被子拿出来了吗？降温了。”

“要你提醒？早晒过了，床单也换了。”关母瞥着女儿，也没逮着期中考试的成绩不放，唠叨别的事：“你的呢子大衣和毛衣我给你找出来了，记得自己放到袋子里，明天带回学校。”

芝芝胡乱地点头：“哦。”

“学校里还有没有牛奶？”关父问，“天冷了，要不买奶粉吧，下了晚自习回去喝杯热的，也好睡觉。”

关母补充：“买那种一小袋一小袋的，方便，省得受潮。”

这下芝芝彻底回过神：“知道了，我这次回去就买。”

她在面馆里吃了饭，和父母告别，独自回到家里赶作业。高二少了一门课，作业量却不减反增，实验班的学生作为重点培育对象，已经开始做一部分的高考模拟题了。

好在沮丧归沮丧，芝芝基本的自制力还在，简单洗漱后，她就趴在桌前赶作业。

她写完数学作业，编了一篇周记，就到晚上十点钟了。

冬天即将到来，父母将关门的时间提前到了九点半，这会儿刚刚到家，客厅里传来一阵响动。

然后卧室的锁动了动，没打开。

芝芝飞快地检查了一遍自己的课桌，没什么奇怪的东西才去开门：“爸？”

关父不太喜欢女儿锁门，但孩子大了要有独立空间，也没办法。他走进女儿的屋里，瞅了眼她的书桌：“做作业？”

芝芝“嗯”了一声。

关父拉开她的椅子，坐下，说道：“爸有些事想和你说。”

卧室很小，堪堪塞进了一张一米二的小床和书桌。芝芝只好坐到床上，奇怪地问：“什么事？”

“关于你的期中考试，”关父大概酝酿了一路，说得很顺溜，“你有没有分析过，自己是哪里丢了分？”

芝芝头皮发麻。她在之前的高中生涯里，最怕的就是她爸和她分析考试成绩。这种一对一的会谈绝对是噩梦。她好不容易靠着努力学习，一路高歌刷新名次，摆脱了谈话，没想到高二卷土重来。

“有几道题没做出来。”在往常，芝芝还镇定些，今天心态失衡，瞬间被打回原形，又有了以前战战兢兢的感觉。

关父的态度却很和蔼：“是大意了，还是不会？”

“都有吧。”

“那也很正常。”关父看着郁郁寡欢的女儿，正色道，“每次考试的难度不一样，有的时候你考得好一点儿，有的时候考得差一点儿，爸爸妈妈都不会怪你的。人都有粗心大意的时候，这没什么。”

芝芝愣住了。

关父又道：“我和你妈都知道你现在比以前用功多了，但你在努力，别人一样在努力。这次你考得没有人家好，不要紧，找出原因，下次不要再犯就行了，你不断改正，等到高考的时候，就能避免很多错误，考出一个好成绩。”

芝芝沉默。她爸说得有道理，但她并不纯粹是因为考得不好难过。

“你现在跌个跟头，是好事。”关父语重心长地说，“从高一到现在，你太顺利了，名次一直往上走，你是不是就觉得自己很厉害了？关知之，我和你说，你现在在市里最好的学校，你的同学，是全市最厉害的学生，人家不比你差。”

人家是不比我差，可我二十六岁了，加上回来的一年，二十七岁了。

芝芝在心里呐喊，却没办法说出真相。

也许父母和子女间真的有特殊的联系。关父不知女儿的心事，却敏锐地察觉到她不甘与不服的表情，字斟句酌地说："以前呢，我和你妈都怕你不够用功，读不了大学，走我们的老路。可现在呢，我们又怕你太要强了——芝芝啊，人的能力是有限的，就好像爸爸一样。"

芝芝讶异，不晓得她爸是什么意思。

"爸爸有时候觉得对不起你，对不起你妈。"关父叹气，喃喃地说，"我一个四十几岁的人了，什么也没挣下来。你别看家明家和我们家差不多，但你庄叔叔是个有本事的人，他要不是……肯定比我们家好得多。"

灯光下，这个平凡的四十多岁的男人语气平静，却无端有些辛酸。

他说："爸爸以前不甘心，想学人家做生意，可是被人骗了钱——那个时候你还小，可能不记得了——那个时候，我才晓得，人和人真的是不一样的。同样的机会摆在那里，别人做得到，我不一定做得到。"

芝芝怔住。

"所以爸爸就死心，不做生意了，和你妈开始出摊。"关父简简单单地带过自己下岗到再创业的十年多时间，"现在我们家的日子也好过一点儿了。"

"爸……"芝芝动了动嘴唇，想说什么，又不知该说什么。

关父深深吸了口气，说道："我和你妈希望你好好读书，将来有出息，但是不要求你必须考第一，什么都做到最好，只要你努力了就行了。现在才高二，你不要把自己逼得太紧，这次的失败，我们就当它是个考验，让你发现了自己还不懂的地方，只要你把不懂的弄懂了，就算成功，明白吗？"

他不像庄鸣晖是大专毕业生，只有初中文化，说不出花团锦簇的长篇大论，用词朴素简单，其中的道理却让芝芝热泪盈眶。

她终于挣脱成年人的心态，在父母面前显露出脆弱的一面："我想考好一点儿，我可以考得更好的……"

"爸爸相信你。"关父笑了，"下次我们考得好就行了，没事。"

芝芝扭过头，强忍住眼泪，努力不让它掉下来："嗯。"

这是对父母的保证，也是对自己的保证。

"好了好了，大姑娘了，别动不动就哭。"关父站了起来，假装平静地说，"你妈包了馄饨，应该好了，出来吃点儿东西再做作业吧。"

她胡乱地点头。

关父出去了。过了会儿，关母在外面叫："出来吃夜宵。"

芝芝赶紧抽出纸巾擦了擦眼泪，跑出去吃夜宵。

一碗鲜肉馄饨，汤汁清澈，漂着两片葱花。

关母仿佛没看到她红通通的眼圈，说："你先吃，我给家明端一碗去。唉，老庄还没回来，也不知道他家里有没有东西吃……"

这个点，庄家明还没睡，听见敲门声就急忙迎出来："阿姨？"

"我们家包了馄饨，吃不完，你帮忙吃掉几个。"关母把碗塞给他，没多说，"快点儿吃，别坨了，碗回头给就行。"

庄家明心里淌过暖流："谢谢阿姨。"

"谢什么谢？快吃吧。"关母叮嘱。

他点点头，看到关母回了家才关上门，端着热乎乎的馄饨开吃。

皮很薄，肉很鲜，汤很热。他坐在空荡荡的客厅里，慢慢地吃完了这一碗馄饨，从心到四肢全是热乎乎的。

深夜，芝芝躺在卧室的小床上，月光透过窗帘和墙体的缝隙钻进来。

她翻来覆去睡不着觉，脑海中反复回荡着父亲的话。不得不说，关父的自我剖析触动了她的内心。

父母的那个年代，遍地商机，很多人一夜暴富，可同时，也有无数人倾家荡产。她的父母或许是缺乏手段，或许是缺乏眼光，总而言之，错失了机会。

现实终归不是小说，不是只要敢做就一定会有回报。大浪淘沙，他们都是剩下的沙砾。

而她虽然拥有十年的时差，可和真正有能力的人比起来，这算得了什么？先知能让她瞬间掌握全部的知识吗？不行的，这又不是学霸系统。

她爸有句话说得对：她在努力，别人难道在偷懒？

人家可能比她更努力。没有谁一定会成功，她承认自己是一个普通人，才能踏踏实实地往前走。

之前的她太片面了，自以为是小说女主角，非要像她们一样才算不辜负奇遇。但其实并不是这样的。

小说里，主角面对极品亲戚可以骂回去、打回去，甚至一刀两断。现实里不行，人们通常顾忌太多，犹犹豫豫，最后还是选择了忍耐，而极品亲戚并不是脑残的反派，说不定也曾在自家有困难时伸出过援手。

小说里，主角面对感情纠缠，说断就断，潇洒分手，然后再觅良缘，幸福快乐一辈子。现实里不行，挂念前任、忍不住发消息、回头又后悔是常事，更惨的是，后面找的或许还不如前面的那一个。

承认自己的普通是成长的第一步。从此往后，她要明白道理人人都懂，实际上做不到也很正常。

她应该放过自己。这次考不好，继续努力就是了，难道她还不能忍受一次失败吗？

她放不下他，也就不要再勉强。庄家明那么好，她舍不得多正常，只要不伤害别人，又有什么不可以？

关知之，你只是个普通人，不是超人，就算做得不够完美，也没有关系。

想通的那一刻，芝芝仿佛感觉到肩上卸去了无形的重担，又可以喘气了。

她深深地呼出口气，浑身轻松地睡下了。

草莓青梅三分甜

（下册）

青青绿萝裙 著

青岛出版集团 | 青岛出版社

第六章

可可脆：怦然心动，少年思量

庄家明发现，芝芝对他的态度又变得很自然了。这不是说之前她有多恶劣，而是总好像欲言又止，心事重重的样子。

现在好多了，他邀请她一起走，提出帮她提行李的时候，她再也不拒绝了。他不知道发生了什么，但没有追问。

或许在时机成熟的时候，她会主动告诉他。现在他就暂时忘掉那些有的没的，好好给她讲一讲语法吧。

是的，在回学校的公交车上，他们坐在后排的座位上，开始讲虚拟语气。这是英语语法里比较难的一部分，芝芝有的时候刚刚背完，回头又搞混了。

他就拆开慢慢讲给她听。

阳光很好，透过公交车的玻璃窗，落到书上光影斑驳。他借着说题的机会，光明正大地朝她看去。

天冷了，她穿了件浅粉色的毛衣，是那种带了些灰调的粉色，不刺眼、不张扬，低调而娇艳，头发没有扎成平时的丸子头，而是编成了很复杂的辫子，他看不懂，但挺可爱的。

她的嘴唇上涂了润唇膏，大概是女生当中很流行的变色款式，颜色比唇色深了点儿，像是蜜桃的粉红，很好看。

他多瞄了两眼。

芝芝发觉了，下意识地摸脸："我脸上有什么吗？"

"没有。"他飞快地低下头，视线定在英语书上。

"那你看我干什么？"芝芝费解。她看他是好看，她有什么好看的？

庄家明避重就轻："你这个辫子……晚上拆起来不麻烦吗？"

芝芝："不麻烦。"

他看起来还是有点儿怀疑的样子。

她心情挺好："我可以拆给你看。"

"不用，散了就麻烦了。"他又看了眼缠绕编织的发辫，真心诚意地说，"挺好看的。"

芝芝摸了摸辫子，没说什么，但心里挺高兴的。

庄家明也很想摸一摸她的辫子，可是迟迟没找到机会。也是奇怪，公交车平时总有急刹车、急转弯，今天的路况却出奇地好，一路平平稳稳，什么颠簸也没有。

他的手一会儿放到身侧，一会儿放在腿上，怎么都找不到舒服的位置。

但芝芝没有发现他的小心思，心里也有鬼。

他离她那么近，转弯的时候，他的肩膀会微微朝着她这一边倾斜，身上有一股熟悉的洗衣粉的香气，超好闻。

男孩子不是都一身汗臭味吗？他作弊！

她要很努力才能忍住凑过去闻闻的冲动。

就这样，两个各怀鬼胎的人有一句没一句地聊着英语语法，晃晃悠悠地到了学校。

他们走过梧桐树下的时候，一片偌大的秋叶飘落到了芝芝的头上。"别动。"庄家明观察良久，终于找到了合适的机会，假借给她摘叶子，悄悄撸了一把她的发辫。

丝丝缕缕的头发自指间流淌过去，像是丝缎，也像是流水，还有些香香的洗发水的味道。

芝芝慌了：浑蛋，别靠我这么近啊！

她纠结地别过脸，小心翼翼地避开他外套上的拉链，等等，拉链？芝芝豁然抬起头，惊悚地发现自己的头顶居然只到他的下巴了，明明去年好像还在嘴唇的地方啊！

"你多高了？"她问。

庄家明吓一跳，赶紧丢掉叶子，若无其事地回答：“一米七几吧。”

芝芝又不想理他了。

庄家明很清楚她的不爽心理，忍着笑说：“叫你不锻炼。”

“我以后叫你爹吧，管那么多。”芝芝非常不爽，“你懂什么，矮怎么了？体重不过百，不是平胸就是矮，我选矮，你管得着吗？”

庄家明下意识地瞄了一眼，一脸无奈的表情。

芝芝在羞耻和尊严间选择了后者，解释说：“今天穿得厚，真的，你信我。”

“信……”穿泳衣那会儿他就看到了，她不要再解释了！他忍住窘迫的心绪，赶紧另起个话题，“我今天晚上把英语整理一下给你吧。”

芝芝同意，主动道：“这个学期有历史会考吧，我把我整理好的图表借你，不一定有用，参考一下。”

庄家明马上答应：“好。”

他们又有理由说话了。

芝芝自以为没人会发觉心态的变化。谁晓得过了两天，程婉意突然问她：“你和班长和好了？”

她一头雾水：“我们吵过架吗？”

“也不是吵架，就是前段时间，你对他好像爱搭不理的。”程婉意道，“还以为你们闹别扭了呢。”

芝芝断然否认：“没有。”

“那可能是我多想了吧。”程婉意识趣地不再提起，转而告诉了她个好消息，“演讲比赛我拿了第一。”

“哇，好棒！”芝芝很捧场地鼓起掌来。

“谢谢。”程婉意笑了笑，却不像真正高兴的样子，“其实，我都不知道自己这么做有没有意义。”

“为什么这么说？”

可能是芝芝一贯表现得成熟，也可能是程婉意自己压抑得太久。程婉意犹豫了下，终于忍不住倾诉：“为什么非要出去，国内不是也很好吗？要我一个人去外面念书，她就没有想过我的感受！”

芝芝知道那个“她”是指程妈妈。

平心而论，如果她有程妈妈的能力，也会要求女儿这么做。父母爱子女，则为之计长远，出国能够增长见识，名校更是个学习和拓展人脉的好地方，有能力为什么不去？

她之前对庄家明的计划也是这样，出于好意，却未必能被现在这个年纪的孩子理解。连她自己亦是如此，少年时期最烦的就是父母说的“为你好”。

她想了想，问程婉意：“你是不想去，还是反感你妈安排你的人生？”

程婉意答不上来。

“假如你对自己的人生有安排，那你可以选自己要走的路。没有的话，听家长的话也不失为一个保险的选择。”芝芝分析道。

程婉意咬了咬嘴唇，问她：“如果你是我呢？”

“我肯定会出去啊！”芝芝不假思索，“我们这个地方太小了，不出去看看，不知道世界是什么样的——我们做选择题，总得把所有的答案看过，才知道选哪个，是吧？我觉得人生也一样，多看看，才知道自己要的是什么。”

程婉意侧了侧头，若有所思。

芝芝又道：“看书，看的是别人的内心世界，走出去，是看看我们生活的世界，两者都不可或缺。”

“关知之，你有的时候看起来不像是个学生。”程婉意眼神复杂，“你想的很多事，我从来没有想过。”

“你看过的书，我也从来都没有看过啊！”芝芝笑眯眯地说，“我这个人就是比较爱瞎琢磨，你就是没深想，多想想，肯定也会明白的。”

程婉意轻轻叹了口气，迷惘地道：“出国……真的很远。”

芝芝感觉得到，程婉意应该对独自出国生活有些畏惧。也是，大家从小到大都在家人的庇护下生活，突然要孤身一人去那么远的地方，谁会不害怕呢？

可大家都是要走出这一步的。

“你也就比我们早一年吧。考上大学，我们都是要出去的。”芝芝整理着下堂课的课本，安慰她，“再说了，离开你妈，你才能独立生活，到时候说不定爽到不想回来。”

这是肺腑之言，她独自在外生活，虽然偶尔怀念父母的关切，但大部分时间很爽，想干什么就干什么。兴致来了，她可以邀请朋友在家喝酒、看剧到天明，无拘无束，特别棒。

有人恋家，有人爱闯荡，自己喜欢什么样的生活，试过才知道。

程婉意心里的抵触感减轻了一些，她忽然好奇："那你以后打算出去吗？"

"有机会的话，肯定去的。"芝芝点头。

这对程婉意来说是个莫大的安慰和支持。她有了兴致，轻声道："那说不定你能来找我。"

芝芝乐意给她些美好的想象，配合地勾画蓝图："对，到时候你就是老江湖了，我有什么不懂的都能问你——你可不能不理我。"

"肯定不会。"她说。

"那我就先谢谢你啦。"芝芝煞有介事地说道。

程婉意弯起唇角："嗯。"

2011 年的 11 月，芝芝过得非常平静。

她和庄家明的关系走向平淡。白天，他们在走廊里遇见就聊两句，没事晚自习下课一起回宿舍，顺便交流下学习进度，等到了周末，一块儿去阅读室借书。

当然了，这段时间里，她也没停下猜测他的心上人是谁。

第一嫌疑人是宁玫同学。路过一班的时候，她老能看见他们俩在一起说话——不要追究为什么每次路过都要偷看，辛辛苦苦上厕所就为了看一眼什么的很正常——正副班长本来就容易出问题，"家明和玫瑰"又有经典故事，可以说宁玫绝对是嫌疑最大的那个。

但她老觉得少了点儿什么，太像了，反而应该不是。她又想：会不会是程婉意？

高一那会儿，他们习惯在活动课去阅读室，跑完步、借书、回教室很顺路。可从今年开始，他就建议周末下午过去了。而他们每次去阅读室的时候，程婉意都在。庄家明还会和她聊聊哪本书好看，互相推荐。

她怎么看都像是他拿自己当作挡箭牌，好顺理成章地和女神说说话的样子。

但当她旁敲侧击地试探时，庄家明送了她个白眼，明确告诉她："不是，别瞎猜。"

他说不是就肯定不是。

芝芝推翻猜测，继续观察，然后发现这位同学的地下工作搞得不错，把树叶藏进了树林，水滴藏进了大海，她看着谁都像，没有更多的线索根本推测不出来。

她不服输，怀疑他在搞那种“在意你所以偏偏冷落你”的戏码，决定倒推看看他对谁比较冷淡。

对此，庄家明只有无奈。

他不傻。一次两次没察觉到，次数多了，他当然看得出芝芝在找什么。最初他有过要不和她坦白算了的念头，可到了后来，有种莫名的倔强念头阻拦了他。

他和她杠上了，心想着：我看你什么时候能猜得到。

这个傻子。

芝芝“我猜，我猜，我猜猜猜”的游戏一直玩到了12月。年末了，各种活动要搞起来，又是一年元旦会演。

但高二的课程比高一紧凑许多，很多老师准备在高二讲完所有课程，把高三一整年都留出来复习。所以，像去年那么复杂的话剧什么的，今年别想了，没时间。

林老师定下了省时省力的标准后，芝芝就很快筛选出了二班的节目——《一眼万年》。

这是林俊杰在2010年发行的歌曲，也算是今年传唱最多的歌之一。

“深情一眼挚爱万年，几度轮回恋恋不灭，把岁月铺成红毯，见证我们的极限……”

纪可人和某位男生一起演唱，程婉意伴奏。

芝芝相当高兴，今年终于没她什么事了，万岁！

她高兴得太早了，忘记了自己在广播站的工作。她和庄家明，以及另外一对播报新闻的组合，被点名成了元旦晚会的主持人。

他们在元旦前一周，由何老师带领去外面租礼服。

他们去的那家服装店里，店主就很时髦地在门口挂上小彩灯和彩纸，禁不起细看，但气氛十足。

“何老师来了，这次要借什么衣服？”老板娘笑眯眯地迎上来，态度极其友好。

何老师早有腹稿：“四套礼服，两个男生都穿西装，女生矮的那个穿短裙，高的穿长裙。你有什么好的，拿过来我看看。”

女生矮的那个——关知之瞅着玻璃上四个人的身影，流下了悲痛的泪水。

而老板娘打量着四个学生，第一眼就看庄家明，并且附赠“哎哟”的赞叹声，再看其他人，就只有笼统的一句：“你们学校的学生就是精神。”

何老师笑了笑，没有否认。

老板娘就说：“女士优先，我们先看看女孩子的衣服吧。”她说着，从衣服堆里推出了一排衣架，上面挂满了长长短短的礼服裙。

高个儿的女生靠得近，老板娘就先替她找裙子，一口气拿了三件，问她想试试哪条。女生犹豫了一番，选了条装饰着白色蕾丝的长裙。

芝芝一点儿也不意外，每个女生都有个白衣梦，追忆着那个白衣飘飘的年代。

但是她还是选择小黑裙，百搭好用，啥场合都能穿。

所以，当女同学试穿了好几件礼服，最终还是选了白色曳地的蕾丝长裙时，芝芝也选好了自己要的礼服：露肩一字领的短袖 A 字裙，遮肉瘦腰还显白，完美！

老板娘看着她笑：“同学，你穿衣服很有想法哦。”

“她穿白的，我穿黑的，正好。”芝芝说。

“本来还想给你搭条亮眼一点儿的腰带，你这么一说，反而俗了。”老板娘显然也非常有品位，思考了会儿，从旁边的配饰堆里揪出了一条白色的纱巾，轻轻地拢在她的肩上。

芝芝“哇”了一声：“香奈儿！”

“什么香奈儿？”何老师原本在帮男生选领带，听见动静走过来，打量了会儿，皱眉说，“这也太素净了吧？”

老板娘笑道：“这样正好，不需要再画蛇添足了。”

“对。”芝芝上上下下打量着镜子里的自己，小黑裙素净简约，没有任何花纹装饰，原本略显沉闷，不适合她的年纪，但纱巾一披，整个人都灵动轻盈起来，什么亮片腰带或是锆石胸针，不仅没法儿提升气质，反而弄得廉价了。

何老师将信将疑：“女孩子还是应该穿粉红色吧。”

芝芝和老板娘同时看着他，没吭声。

何老师妥协了，冲着男生那边说：“女生是一黑一白，你们俩也这样搭吧。”

老板娘知道谁是主顾，捧场道："何老师说得对。说起来，白西装男生很难穿好看，一般黑灰的多，但是你们那个个子高的男生长得好，衬得出来。"

她说得没错。另外一个浓眉大眼的男生不丑，但穿白西装有点儿为难人家，黑色的正好，端庄大方，和他的搭档站一起，有种春晚主持人的正气。

庄家明就不一样了，脸太出众，白色西装一衬，越发显得俊秀。他和芝芝并肩而立，怎么看都像是奥斯卡颁奖典礼的主持人，璀璨亮眼，精致得很。

虽然没有粉红色，但何老师还是挺满意的，随口点评："挺般配。"

然后四个学生里，三个人心里"咯噔"了一下，面色微微泛红。老板娘见多识广，忍不住"扑哧"笑出了声。

何老师投以疑惑的眼神。

老板娘摆摆手，又道："除了衣服，要不要再试试妆？"

何老师想了想，说："男生就算了，女生弄一弄吧。"

他以为就算是女生，化个妆最多也是十几分钟的事，没想到她们从盘头发到试色，花了一个多小时。

结束的时候都已经五点多了，他频频看手表，面露焦急之色。

浓眉大眼的那个男生非常会做人，主动问："何老师是不是有事？我们可以自己回去。"

他们本周住校，自己回去等于可以在外溜达一圈。芝芝眼睛一亮，马上点头："对，老师有事的话不用送我们，我们坐公交车回去就行了。"

何老师今天约了女朋友吃饭，本以为四点钟就能结束，没想到拖了那么久。他闻言，犹豫了会儿，想着他们都是高中生了，又在市区，不会出什么事，便道："行吧，那你们结束就马上回去，别到处闲逛。"

大家都乖乖地点头。

"路上小心，过马路注意安全。"何老师走到门口，回头又叮嘱一句。

他们继续点头："老师，你放心吧。"

何老师不怎么放心地走了。

然后四个学生交换了眼色，忍不住笑了。老板娘笑眯眯地说："今天是平安夜，送你们四个苹果吧，可以送给喜欢的人。"

他们推辞，但由于老板娘非常热情，最终还是收下了。

他们离开的时候，天色昏暗，两边的路灯都亮了起来，朦胧的黄光中，丝丝如柳絮般的雪花斜斜落下。

芝芝“咦”了一声：“下雪了吗？”

“好像是。”大家纷纷抬起头，似有若无的小雪伴随着缕缕雨丝飘落，冰冰凉凉的，特别醒神。

公交站台就在不远处，他们要坐 122 路转 7 路。

此时正是晚高峰，路上堵得厉害，他们好不容易等到了一辆公交车，等候在站台上的人就争先恐后地拥上去。

芝芝人矮、力气小，没挤过旁人，放弃了这辆。她扭头一看，另外两个人已经上去了，庄家明因为要护着她，也被剩下了。

“学校见。”两个同学探出车窗，吼了一句。

芝芝摆摆手。

公交车摇摇晃晃地开走了，站台上顿时冷清不少。

庄家明问：“要不要坐会儿？下一班车要十五分钟以后才来。”

芝芝摇摇头。她不累，但饿了，想了想，掏出口袋里的苹果，拿纸巾擦擦，咔嚓一口咬下去，很脆。

庄家明：“……”

芝芝又啃了一口，含糊地点评：“就看着好，不甜，不好吃。”

“你就这么吃了？”他的语气非常惊讶。

“不然呢？”芝芝对这个苹果很嫌弃，吃得眉头紧皱，“我又没有人要送，填肚子最划算了，今天的午饭都没怎么吃，饿死我了。”

用来送人的苹果当然个头儿不大，她只啃了几口就没了，果肉难吃，懒得啃果核，随手扔进了垃圾桶。

庄家明把自己的苹果递给她。

芝芝推辞：“你留着送人吧。”

“吃吧，不是饿吗？”庄家明叹了口气，“现在回去肯定没饭吃了。”

芝芝本来是不在意什么苹果的，平安夜送苹果，原本就是商家杜撰的噱头，但觉得他有点儿在意，不肯接受：“算啦。”

庄家明瞥她一眼，自己咬了一口，然后把完好的一面递到她嘴边：“吃吧。”

芝芝：“……”他是个狠人！

小时候家里穷，两个人分吃零食是常事。她也就不再矫情，接过来啃了两口，感觉比她的那个甜一点儿。

一个半苹果下肚，总算消弭了饥饿感，公交车也来了。

这一班车的人并不比上一辆少。芝芝努力往里面挤，庄家明推着她的后背，两个人努力了半天，终于成功上车。

不大的车厢里挤满了人，有孩子坐在家长的腿上，两个小学生挤在一把椅子上，后排的四个老人正在讨论刚才抢到的便宜鸡蛋。

冷风从未关紧的车窗缝隙里吹进来，很快被里面的热气同化。

公共交通工具、菜市场、医院，是世界上最有烟火气的地方。

芝芝被夹在人群中，够不到两旁的椅子，上面的吊环又被其他人霸占，顶部的横杆则太高，完全够不着。她找了半天，愣是没找到借力点。

唯一值得欣慰的是，按照这个挤法，也摔不到哪里……她念头刚起，公交车就很不给面子地来了个大拐弯，把她直接甩到了旁边小姐姐的胸前。

她眼看就要埋胸成功，腰上却传来轻缓的力道，直接拦截了她的“非礼”行为。她抬头一看，是庄家明一手握着杆子，一手抱住了她：“当心。”

“意外。”她坚强地站直，以为他会松手。

可是他没有。他不仅没松手，还用力收紧了手臂，两个人完全就是紧紧拥抱的状态。她的脸正好贴着他胸口，外套的拉链随着车子的摇晃时不时地甩在她的脸上，怪痛的。

芝芝有点儿蒙：“我……我站得稳。”

“你站不稳。”他低下头，认真地说，“别动了，行吗？”

芝芝倒吸了口冷气，以她有多年看小说的经验，这句台词非常危险，与之相比，避嫌什么的完全可以退一万步，遂点头如捣蒜：“好好好。”

她不动，保证不动，千万不要出现狗血的桥段啊！

平安夜的晚上，芝芝失眠了。

她的脑海中不断回放着公交车上的一切。事实上，回想完没多久，芝芝就知道自己误会了。

这是个很单纯的拥抱。正因为如此，反而不太正常。庄家明好端端的，抱她干什么？芝芝想着，不可避免地稍微幻想了一下，莫非他喜欢的人是她？

她一念及此，无数偶像剧的粉红情节涌入脑海。

什么掐着时间等你上学，什么嘴上说不在乎其实背地里一直关注，还有什么在空教室……呸，打住打住。

芝芝拍拍脑门儿，理智上线，克制住了想入非非的冲动。

虽然脑补的情节很爽，但现实就是现实，不是小说，她幻想一下爽一爽可以，当真就算了，不可能的。

青梅竹马要是双方有意，还有“天降”什么事？

她泄了气，又有点儿如释重负，辗转反侧地想了会儿，觉得大概自己想多了——他可能就是觉得公交车里太挤，不想让她摔倒而已。

真相往往都是最简单的，想太多是庸人自扰。芝芝自觉找到了答案，呼出口气，翻个身睡了。

周末两天没有晨跑，庄家明起得稍晚，慢悠悠地吃了早饭才去教室。一进门，他就感觉到有好些视线集中在自己的身上，有好奇的，有揶揄的，也有期待的。

他有种不祥的预感。

果然，刚刚坐到座位上，他就发现抽屉里多了点儿东西——哦，是苹果。

没有署名，没有信笺，只有一个贴着贴纸的苹果，很红，很圆，外形非常漂亮。但他因昨天的经验，总怀疑它的口感恐怕并不像外表看起来那么美妙。

庄家明思考了两秒钟，并没有丢掉它，而是决定等一会儿值班老师过来的时候，借花献佛代表班级送给他——这样就不会浪费了。

教室里暗暗关注他的人不止一个，看到他似乎不打算收下苹果，有人欢喜有人愁。

课间时分，韩琮揽住他的肩膀，说：“哎呀，有点儿饿了，要是能吃个苹果就好了。”

“你敢拿就拿去。”庄家明面不改色地说，“祝你好运。”

“别，我可不敢，这可是人家的心意。”韩琮才不想惹事上身，抬起手肘碰碰他，“你就不好奇是谁送的？”

庄家明说：“她不想让人知道，为什么要知道？”

韩琮用力拍拍他的肩膀：“兄弟，我就欣赏你这个态度，是个好人啊！”

“没事的话，你可以滚了。”他的好兄弟毫不留情地拍掉了他的手。

“真要我滚？我可是好心好意过来告诉你个小秘密哦。”韩琮故作夸张地捂住胸口，一脸受伤的表情，“现在人家不高兴，不告诉你了。”

庄家明头也不抬：“不想听。”有些秘密，他知道了反而会束手束脚，不如不知道，一如往昔。

可韩琮想说的并不是这个，挤眉弄眼：“真不听？和关知之有关系哟。”

庄家明抬头，皱眉问：“她怎么了？”

“我就知道。”韩琮打了个响指，也没卖关子，压低声音说，“我早上路过二班的时候，看到有人往她的课桌里放了点儿东西。你猜猜看，会是什么？”

庄家明的面色微微变了。

没错，关知之同学今天也收到了一份神秘的礼物。但她的运气比庄家明好，不是个棘手的红苹果，而是一张平平无奇的贺卡。

贺卡纸张略厚，图案精美，表面撒着金粉，打开来就会有“叮叮当当”的音乐，留言处是端正得过分的祝福：“关知之，祝你节日快乐，永远开心！”

毫不夸张地说，芝芝在看到这张贺卡的刹那，眼眶瞬间红了。她当然知道，这只是张圣诞贺卡，但又不仅仅是贺卡那么简单。

它的背后，隐藏着青涩又厚重的情意。

她在进入大学之前，从来没有男生对她表示过好感。她暗恋庄家明，暗恋萧野，却从未被人爱慕过。

她也不觉得自己有什么值得被人喜欢的，成绩平平，样貌平平，性格也平平。所以大二的时候，有个男生主动追求她，她说不上有多喜欢对方，可自从知道他喜欢自己后，莫名其妙就觉得自己也喜欢他了。

那就是她的第一个男朋友。

直到今天，她也无法分辨，自己到底是真的慢慢喜欢上了他，还是仅仅因为他的喜欢产生了错觉。

看，有的时候，恋爱和感情完全可以是两回事。

这张贺卡很普通，又很不普通，对于关知之来说是一种认可，也是一种赞美。她真的非常、非常感谢这个人。

芝芝小心翼翼地合上贺卡，将它妥善地收藏在了文件夹里。

午饭时间，陈梦一副“我有秘密要说”的神秘模样，将她拉到了一边，小声问：“你觉得怎么样？”

“什么怎么样？”周末下午是自由活动时间，芝芝打算先回宿舍睡个午觉，闻言，不由得十分奇怪。

“贺卡。”陈梦提醒。

她恍然，笑意盈盈：“我收到啦，挺好看的。”

陈梦兴奋地眨着眼睛：“我帮他放的。”

芝芝忽然调皮，假装惊讶地道：“咦，不是你送给我的吗？我还想和你说谢谢呢。”

“当然不是我！”陈梦急得跺脚，脸颊上泛起激动的红晕，“是我们班的一个男生哦。”

芝芝“啊”了一声，很快地说：“那帮我谢谢他。”

“你可以自己说。”陈梦慎重地转达消息，“今天下午两点钟，如果你愿意的话，就去阅读室后面的花坛那里。”

芝芝：“啊？”

她很喜欢贺卡，但没想过见面啊！

“就这样。”陈梦握住她的胳膊，目光炯炯，“你会去吗？”

芝芝迟疑了下，内心并不想赴约。口头上开两句玩笑是一回事，真的有人想和她有所发展，她的第一反应还是拒绝。理由很多：早恋影响学习、她心里装着别人、和小孩子谈恋爱好奇怪，等等。

可陈梦严肃地说：“你不去的话，他应该会很失望的。去吧，反正也没什么事，就当聊聊天也行啊！”

芝芝蹙眉想了会儿，模棱两可地说：“我考虑一下。”

“你好好考虑。”朋友再三叮嘱。

庄家明原想下午找机会问问礼物的事。可两人一碰头，他就发觉芝芝有心事，拿着本书半天不翻一下，还时不时瞄着腕上的手表。

“你有事吗？”当她第八次看表时，他终于忍不住问出了口。

芝芝没有隐瞒：“有人约我一会儿见面，我在考虑要不要去。”

庄家明瞬间明白："男生？"

"应该是吧。"芝芝觉得自己身上应该没有百合花的香气。

"那你想去吗？"他问。

芝芝托着腮，纠结无比："就是这个让我为难。"

庄家明沉住气，克制着语气的起伏："你说说看。"

"我觉得，可能不知道是谁更好，不然以后可能会很尴尬。"芝芝拧起眉头，"但别人约了又不去，感觉很不礼貌。"

她说得在理，庄家明想了想，也给不出更好的建议，只好说："去不去其实都可以，看你想不想去了。"

芝芝出于某种微妙的心理，并不想去。

暗恋她的不会是什么王子，应该只是个非常普通的男生。她看到他，或许会失望、会遗憾，而这种心情又有可能伤害到对方。没有揭晓谜底的暗恋才是最美好的，因为有足够的想象空间。

她自私地希望保留一份美好的幻想："你能帮我个忙吗？"

"你说。"

芝芝撕了张笔记本的内页，在上面写了句话，折成了一只纸鹤，然后说："一会儿你帮我去看看，花坛那里有没有人。"

庄家明很愿意帮她这个忙。

快到两点的时候，他跑过去看了一眼，花坛那里什么人都没有。

这正如芝芝所料，那个男生肯定会躲在暗处，悄悄地看她去了没有，没有的话，自己就不会露面，免得被人发觉。

她鼓起勇气，小跑过去丢下纸鹤，然后没敢看周围，一路冲回了阅读室。

心在怦怦乱跳，哎呀，她第一次做这种事，居然有点儿紧张。

她耐心地等了十几分钟，然后又请庄家明去看了一眼。他回来说："没了。"纸鹤被人捡走了。

芝芝如释重负，浑身放松下来："那就好。唉，应付这种事还挺累的，你平时肯定很辛苦吧。"

庄家明不答，问道："你为什么不去？说不定是你喜欢的人呢。"

"不可能的啦。"芝芝随口否定。

"为什么？"

"不可能就是不可能。"

庄家明顿住，盯着她说：“所以，果然是有这个人了？”

芝芝顿了两秒钟才反应过来，愕然地问道：“你在套我话？”

“你一直在问我，就不准我问你？”他反问。

芝芝差点儿吐血：“你根本没回答我好吗？”

“你也可以不回答我。”庄家明瞅着她，神情复杂，“至少我确定，是有这个人了。”

芝芝艰难地找借口：“我说不可能，就是因为没这个人。”

“看起来可不像。”庄家明其实并不能确定，只是诈她，故作叹息，“要我说，你瞒得可真好。”

芝芝果然被骗到了，犹豫了一下，以攻代守，回敬道：“是你瞒得好吧？问你八百次了也不肯告诉我，亏我还给你出主意呢。”

庄家明冷冷地道：“根本没用。”

芝芝一个踉跄，惊讶的心情压倒了苦涩感，脱口问：“没用，你确定？”

“确定。”少年居高临下地看着她，眼里闪过微微的笑意，“这样吧，我成功了，就告诉你是谁。”

芝芝在“不干了，为啥要帮他追求别人”和“帮他实现心愿顺便破获多年谜案”之间挣扎许久。最终，后者占了上风。

“成交。”她抬起手。

庄家明和她击了一掌，无比辛苦地控制住了上扬的嘴角。

元旦会演没什么好说的。

芝芝提前三天开始背台词，当天下午最后两节课都没上，跑去换衣服、上妆，大冷天的穿着小礼服和高跟鞋站了一晚上。

虽然的确是万众瞩目的场合，但光鲜之下，她真的很冷！

芝芝次日回家就有些鼻塞，但想着自己年轻任性，觉得睡一觉就能扛过去，没太在意。结果第二天早晨醒来，身上一阵阵发冷，骨头发酸，四肢无力，一量体温，三十八点四摄氏度。

爹妈都不在家，虽然是元旦，可开门做生意的哪有假期，照样上班挣钱。芝芝头重脚轻地起来穿衣服，揣上钱包，准备自己去趟医院。

她走到楼下时，庄家明正在阳台上晾衣服。他看到她出门，觉得奇怪，叫住问：“芝芝，你去哪里？”

今年冬天的雪下得早，前几日的初雪后，昨天晚上也下了会儿，地上虽然没积起来，可湿漉漉的，今天绝对不适合出门。

发烧，没力气，芝芝就摆摆手，没回答。

庄家明觉得不对，套上外套冲下楼，追上去问："你怎么看起来病歪歪的……你病了？"

她点点头，沙哑地说："有点儿发烧。"

庄家明抬手覆上她的额头，果然是滚烫的，立即道："你一个人去怎么行？我陪你去。"

"不用。"又不是什么大病，最多是挂瓶药水，芝芝不想麻烦他。

庄家明看着她："我陪你去，或者叫阿姨陪你去。"

芝芝："行吧。"

庄家明说："等我一分钟。"说着，他三步并作两步飞奔上楼，拿了钱包和钥匙，想了想，又回去拿了个水杯。下楼的时候因为心里急，还剩三四阶楼梯也等不及，他直接跳下来，落地时发出"砰"的一声。

底楼的老人家不由得探出头来，看见他吃了一惊："家明啊，有什么事吗？"

"对不起奶奶，我有事。"庄家明匆匆解释了一句，快步跑到芝芝身边，脸不红气不喘地说："你病了，我们打车去。"

县城里出租车稀少，他们还是选择了坐小黑车。

庄家明非常自然地扶住她，摁着她的脑袋到肩膀上："过来点儿，别吹到风。"

芝芝没挣扎，反正大家还是单身。她其实并不想推开，懒得再纠结异性之间的距离问题，靠在他的肩膀上休息。

脑袋昏昏沉沉，冷风无孔不入。

庄家明侧了侧身，替她挡住风："还冷吗？"

"还行，"她吸了吸鼻子，"我扛得住。"

医院不算太远，十来分钟就到了。庄家明让她找地方坐着，自己替她去挂号。元旦人多，他们等了二十几分钟才轮到芝芝。

量体温、验血、等报告，结果的确是感冒，毫无意外地开了药，让她吊水。药物就几小瓶，但其中还有一大瓶生理盐水，芝芝看着三大袋药，绝望地闭上了眼睛——这得挂上四五个小时。

庄家明在输液室里找了个僻静的位置，挂好吊瓶，问她："要不要喝水？”

她点头。

他就去接了一杯热水给她：“慢慢喝。”

芝芝小心地吹凉，喝了两口。他接过来，盖上盖子拧紧，然后坐到她旁边：“你困的话就睡一会儿。”

“还好。”芝芝挂上了水，心就定了，和他说，“你回去吧，不用陪我。”

庄家明看着她：“留你一个人在医院？我看起来像是这么没良心的人吗？”

“不是啊！”芝芝解释，“挂个水要很久，你不用陪我浪费时间，我一个人可以的，发个烧而已。”

发个烧而已？庄家明有时真不懂女生怎么就能瞬间变那么多，初三那会儿她感个冒还像是开了刀，要吃这吃那，还指使他去借小说，不然就是不关心病人。

现在就是“而已”了，她都不要他陪。他心里嘀咕着，口上说：“我不觉得浪费时间。”

他都这么说了，芝芝不好再推辞，靠着椅子发呆。输液室的小电视机里在放《甄嬛传》。啊，没错，时间已经到了放这部电视剧的时候了，2011年，娘娘们霸占了妈妈们的电视机。

屏幕上，华妃娘娘哼笑一声，冷冷地说出名句：“贱人就是矫情。”

芝芝笑出了声。

庄家明听见笑声，顺着她的视线看过去：“你在看这个？”

“陪我妈追了几集。”芝芝看着这些熟悉的事物，感觉到日子一天天向记忆里的模样靠近，有一种很神奇的感觉。

庄家明没看过这部大火的电视剧，接不上话题，只好问：“讲什么的？”

芝芝就和他简单地说了下剧情。

庄家明：“……”

“没什么意思。”芝芝现在回想起来，越新的电视剧，记忆越淡，看过就过去了，小时候喜欢的却依旧记忆深刻，随时都能想起经典桥段，“以前看新白、西游、神雕、射雕，那才是真的好看。”

庄家明想起来了，嘲笑她：“窗帘。”

“闭嘴！”芝芝恼羞成怒。

他们小的时候，《新白娘子传奇》正火，赵雅芝饰演的白娘子法力高强又贤惠聪明，很受人民群众的喜爱。而芝芝作为小女生，也不会太过深入地思考许仙渣不渣之类的事，主要注意力都在造型上。

然后……谁小时候没有披着床单、窗帘装过仙女呢？

芝芝拒绝继续聊这个黑历史，换了个话题：“《倚天屠龙记》也挺好看的，你喜欢赵敏还是周芷若？”

每个人的心里都有红白玫瑰，她暗暗地试探一下，说不定就能缩小范围了。

结果庄家明说：“都不是。”

“小昭、蛛儿？”

庄家明犹豫了下，说：“张三丰。”

芝芝：“武功最高？”

“嗯。”

芝芝心想：对不起我错了，直男的脑回路果然与众不同。

她不再问，庄家明也就没说另一个原因是张三丰和郭襄的往事——少年时匆匆一别，记挂百年，虽无多少轰轰烈烈的爱恨纠葛，可读到最后，“张三丰瞧着郭襄的遗书，眼前似乎又看到了那个明慧潇洒的少女，可是，那是一百年前的事了”，心头油然生起怅然之情。

闲来无事，芝芝又不想在这里睡觉，暖气开得不足，睡着了怕感冒，就一边看电视剧，一边和庄家明闲聊。

过了大概一个小时，庄家明发现她总是摸自己扎了针的手，不由得担心：“痛吗？要不要调慢点儿？”

“没事，就是有点儿凉。”她说。

庄家明选座位的时候，特地坐在了她扎针那只手这边，免得旁边坐了别人，一不小心撞到她的手。听到她说冷，他下意识地伸手在她的手腕上摸了下。

嗯，冬天打进去的药，那可真是冰凉冰凉的，她不仅是扎针的手背冷，整个胳膊都是冰的，衣服盖着都没用。

“我给你焐下。”他说着，把手心覆到了她的手上。

少年血气足，大冬天的，手脚也还是热乎乎的。芝芝就觉得暖意从两个人皮肤相贴的地方传来，一下子驱走了药液的寒冷，冻僵的胳膊很快回暖。

芝芝假寐，用余光瞄着他。他在看电视，全神贯注，似乎没把焐手的事放在心上。她又去看他的手，修长白净，指甲修剪得十分圆润整齐，叫人好感倍增，五指自然屈拢，搭在她的手臂上。

他真的不觉得他们太亲密了吗？她狐疑地想着，试着回忆初三的时光。

印象里，两个人进入发育期后，自然而然地减少了和彼此的肢体接触。她当时是怎么想的实在不记得了，应该也不可能很自然地和他拉手吧？

他们拍拍肩膀、拉一把、扶一下很正常，但是摸手是不是有点儿奇怪？

芝芝不太敢确定，老阿姨当久了，实在找不回青春期的那种敏感——成年人互相调戏很正常，她以前公司还有个“姐妹”，大家开玩笑的尺度也很大——可用脑子推理，就有点儿不太确定。

是她想多了吗？他就是很自然地照顾着病人？

“有没有好点儿？”她纠结的时候，庄家明突然回过头来，“还冷吗？”

芝芝马上摇头：“好多了。”

“我再给你倒点儿热水吧。”他拿起水杯，非常淡定地跑去接水了。

芝芝心想：果然是我想多了。

然而实际上……

庄家明跑到饮水机前，确定她看不见自己，这才重重地舒了口气。她一直盯着他的手，弄得他浑身不自在，满脑子都是“她是不是看出来了”“万一她要是问我，我要不要说”之类的想法，他如坐针毡，最后忍不住找借口跑了。

他借着倒水的工夫，平复了下呼吸，然后若无其事地回去。

过了会儿，一瓶药没了，他叫了护士来换，和她说：“我看你要挂到下午，要不然还是和你妈说一下吧。”

“也好，”芝芝摸手机，“我给她打电话。”

“我打吧。”庄家明拨通了关母的电话，和她说明原委。

关母一听女儿发烧，还自作主张地跑到了医院，惊怒交加，幸亏记得对面是庄家明不是女儿，才按捺下来：“谢谢你啊，家明。阿姨知道了，你再陪她一会儿，阿姨马上过来。”

“阿姨，没关系的，反正是放假，你不用急。”庄家明说着，摸了摸芝芝的额头，肯定地说，“她的烧退下去很多了。”

可做母亲的哪有不惦记女儿的？关母嘱咐了几句，挂了电话立刻吩咐老公：“芝芝发烧了，你给她弄点儿吃的，我回家一趟。”

“发烧了？”关父立刻摁灭烟头，“她在家？我送她去医院。”

“呵，你女儿有能耐着呢，自己跑过去了。”关母丢掉围裙，冷笑道，“还好家明懂事，陪她一起去了。我这个妈做得可真是没出息。”

关父明智地换话题：“我给她做个疙瘩汤，马上好。”

关母回家拿了毯子，等到关父做好疙瘩汤，立刻放进保温盒里，套了件厚外套挡风，气势汹汹地骑上小电瓶车，一头撞进了寒风里。

冬天骑车最冷，风吹在脸上像是下刀子。但关母骑得很快，十五分钟就到了医院，急匆匆地跑进输液室。

芝芝正在劝庄家明：“十二点了，你回去吃饭吧，别饿着。”

“对，家明你走吧。”关母沉着脸走过去，“她能耐大着呢，用不着我们管。”

芝芝觉得脖子后面汗毛直竖，下意识地咽了咽口水。

关母放下保温盒，冷冷地看着她：“关知之，你还有没有把我当妈？！”

完了，她妈叫大名了。芝芝立马揪着庄家明的袖口，弱弱地呼唤：“家明哥……”

我都叫你哥了！你别走，救我！

因为生病了没有通知爹妈，自己跑去医院看病，关知之同学在元旦期间遭到了母亲全方位的冷嘲热讽和打压。

回学校的那一天，她由衷地觉得自己不是去上课，是刑满释放。

她得罪谁都不要得罪老妈。

只是学校的日子也不算太好过，因为……他们马上就要会考了。

是的，又要会考了。这次考的科目是历史、化学、通用技术三门，时间依旧定在周六、周日两天。

于是到了周五，芝芝他们又得辛辛苦苦地封住教室的各个角落，收拾好堆积如山的课本，带着三门考试的课本，搬到了阅读室。

一班、二班会师了，老同学重逢，话自然很多。

“老师，我们能不能和隔壁班坐一起啊？”有人问林老师。

林老师笑了笑，无情地驳回："不行。"

同学们发出遗憾的声音。

高二了，大家不像高一时那么兴奋，短暂的骚动过后，就投入了复习。芝芝从高一开始就搞思维导图，对历史的考点基本了然于胸，只抓紧时间背了些细碎的知识点，确保大事件的日期和地点不会记混就完事了。

大部分的时间，她用来复习化学。

化学是一门让人头秃的学科，她上回就学得很一般。但这次她抱着"以后买化妆品也要看成分"的心态，认认真真地搞懂基础知识，免得表面活性剂和肥皂的关系都不知道，白白交智商税。

一夜无事。

第二天，考完历史已经临近午饭时间，芝芝没回阅读室，直接去吃了午饭，而后又去逛了逛小卖部，买了块蛋糕。

她回到阅读室，发现座位上有个包装盒，没包纸，贴了张便笺，粗暴简单地写着"生日快乐，多喝热水"八个字。

"隔壁那个庄家明给你的。"陈梦立刻汇报消息。

"我知道，我认得字。"芝芝拆开盒子，里面是个红配绿的保温杯，还印着卡通图案，容量约五百毫升。她拿起包装盒，读出上面的字："儿童保温杯……儿童？"

嗯？她看起来像是会喜欢这种花里胡哨的杯子的人吗？

像……她是每年星巴克出新款的杯子都会搜集的人。

芝芝"勉为其难"地收下了这份生日礼物。

"今天是你的生日，怎么不提前和我说？"程婉意说。

芝芝道："又不是什么重要的生日，一般不过。"她和庄家明一样，过生日就是买个蛋糕和家里人一起吃，不叫同学来家里庆祝，也没钱请大家去外面吃饭唱歌，意思意思就行了。

所以很多时候，他们只能收到来自彼此的生日礼物——亲人的红包不算的话。

各家有各家的习惯，程婉意没有追问。而陈梦看起来有点儿好奇，但想着他们是青梅竹马，互送礼物很正常，也就没说什么，只是开玩笑："你这样真的会被很多人嫉妒的。"

"那她们嫉妒错人了。"芝芝随手把蛋糕塞进抽屉里，准备当下午茶吃。

他们下午考通用技术，这门几乎算不上考试，随便画些电路图就完事，简单得很。

考完，她碰见庄家明。

他问："杯子喜欢吗？"

"为什么给我买儿童款？"她好奇地问道。

庄家明说："这个看起来像番茄，比较容易引起食欲，让你多喝点儿水。"

芝芝震惊："好有道理，我居然无言以对！"

"什么？"宁玫听见他们的对话，过来凑热闹，"班长送了你什么东西？"

"保温杯。"芝芝吐槽，"多喝热水，直男典范。"

宁玫眨眨眼："杯子？"

"对啊，怎么了？"她问。

艳若桃李的女同学歪了歪头，用意味深长的语气说了句"没什么"，然后不等芝芝发问，袅袅婷婷地走了。

芝芝思考片刻，感叹道："现在养生好像是太早了。"

"她应该是觉得你水喝得太多了。"庄家明面无表情地走开，"要不然怎么脑子里那么多水呢？"

芝芝：这个人是怎么回事，最近老来惹她，叛逆期到了吗？

2012 年，传说中的"末日年"的除夕很早，所以期末考也很早，几乎是跟着会考来了。芝芝他们复习完会考的两门，又开始马不停蹄地复习其他课程。

他们一番"兵荒马乱"后，高二的第一个学期结束，寒假到了。

今年的冬天十分冷，芝芝再也没法儿靠大衣挨过去，老老实实地穿上了长款羽绒服。衣服是她妈挑的，大红色，非常喜庆，也非常丑，她穿上活像是个行走的辣椒。

"这是我夏天的时候买的。"关母和她炫耀，"反季节买衣服，晓得吗？便宜，这么一件才三百块钱。我和你说，你给我老老实实穿着，省得再感冒。"

芝芝："行吧。"

除夕，关家自然还是在奶奶家过。去年出生的浩浩虚岁两岁了，正是好动的年纪，但对于芝芝这样的客人来说，逗逗这个年纪的小朋友还挺有趣的。

她非常恶劣地抢走了他心爱的小玩具，把关家的“小皇帝”惹哭了。

大伯母李翠不好骂她，但关母才不留情，揪着她训：“你手欠是不是？浩浩才多大？你欺负他，屁股痒了是不是？”

芝芝说：“我就想逗逗他。”

“你可拉倒吧。”关母沉着脸，劈手夺过玩具，好声好气地哄起孩子来。

芝芝偷偷翻了个白眼，溜了。

她吃过团圆饭，口袋里揣着奶奶和大伯给的红包，高高兴兴地回了家。她来不及洗漱，先把电视机打开，春晚已经开始了。

说实话，春晚是个神奇的节目，芝芝看过一遍，第二遍看的时候完全和没看过一样，什么印象都没有。

于是她也看得很高兴，几个小时吃掉了两个橘子、一包薯片，十二点还吃了一碗芝麻汤圆……发育期的饭量，就是这么任性。

大年初一，芝芝睡懒觉、走亲戚、拿红包。

大年初二，金小姨来家里。

大年初三，芝芝开始补寒假作业……

今年的冬天格外冷，芝芝不想出门，就在家写写作业、看看电视。庄鸣晖好像怕她无聊，每天都要过来叫她去家里玩电脑。

芝芝推辞不过，和庄家明一起补完了新一季的《识骨寻踪》。

庄鸣晖有一回进来看见，镜头正好转到非常精彩的尸体特写，把他吓了一跳，和儿子说：“别给妹妹看这种电影。”

庄家明：“这是她喜欢的电视剧。”

芝芝讪讪地笑：“下饭，下饭。”

庄鸣晖心想：现在的小孩子，喜好都这么特别吗？他什么也没说，关上门出去了。

庄家明问芝芝：“你怎么喜欢看这种剧了？”

他的青梅最喜欢看的难道不是《恶作剧之吻》《王子变青蛙》《转角遇到爱》之类的吗？前几年，她好像改了点儿胃口，喜欢什么《终极一班》。

现在她突然喜欢这种成年男女解剖、破案的故事，变得也太多了吧？

“我喜欢女主角。”芝芝诚实地说，“我以前以为，女生只能和一个男生交往，看了这个才发现，原来还可以这样。”

这是她看的第一部美剧，剧情不必说，女主角一边和男主角暧昧，一边还和别的男人来往，甚至同时有两个男朋友，大大震撼了少女时期的她，然后新世界的大门就打开了。

庄家明原以为她在说女主在专业上的能力，那的确无话可说。他只好努力无视里面的亲热镜头，假装没看见。

过了会儿，他反应过来了：“什么叫以前以为只能和一个男生交往？”

“意思就是，在我们的环境里，大部分是一男一女的感情关系，好像所有人都这样。”芝芝咬着草莓，含混不清地说，“可实际上，世界上还有更复杂的情感关系存在，比如《霜花店》。”

庄家明记下这部电影，而后追问：“你还没有回答我，以前以为？现在你不这么想了？”

“庄家明同学，你的阅读理解不过关哦。”芝芝摇晃着手指，“我的意思是，以前我认识的世界很窄，现在知道世界很大。但了解别人不等于要效仿别人，我还是觉得，感情里一对一是最好的。”

庄家明不由得微微脸红，刚才的注意力完全被“交往”两个字吸引过去，其他什么都没来得及多想。

她又说：“所以我真的很想出国看看，哪怕交换一年也好啊！”

藤校什么的她不奢望，她只希望以后读的大学有交换项目，能让她走出国门，去其他国家看看，见识一下世界的不同面貌。

“你想的话，肯定可以的。”庄家明抬起手，摸了摸她的后脑勺。

芝芝叹息：“希望如此，你呢？”

“我爸他们有这个想法。”庄家明原本对出国感觉很一般，听她这么一说却起了兴趣——她说过，站在同一层次的人才会有共同语言，不然不能长久。

他不想被她甩在后面。

芝芝笑了：“你努力吧，别把目标定得和我的一样，至少是常春藤，不然丢你全年级第一名的脸。”

庄家明顿住，定定地看着她：“关知之……”

“干吗？”

“你还记得不记得，”他缓缓地问，“自己今年期末考试是文科第一名？”

芝芝愣住了。

期中考试时，她因为他的事发挥失常，掉到了第五名，但后来解开心结，不再勉强自己做个女强文女主角，反倒卸下了枷锁。这回期末考试，她考到了文科第一名。但是……

“这怎么一样呢？”她好笑又纠结，“我只考了一次，你次次都是。”

“考了一次，就有第二次。”庄家明道，“你为什么不对自己有点儿信心？”

“我和你不一样啊！”她实事求是地说。

庄家明摇摇头：“我俩生在一个医院，吃一样的饭，穿一样的衣服，有什么不一样的？你以前成绩不好，就是不爱读书，偷懒不写作业，真的就比我差什么吗？清华北大年年都有贫困生，人家的营养还不如你呢。”

芝芝摆摆手：“话不是这么说的啊！”

“芝芝，我是班长，你也是；我做广播，你也是；我主持，你也是；我考第一名，你也是。”庄家明注视着她，坚定又有力地说，“你不比我差什么，是我比你差了很多，你要对自己多点儿信心。

“如果你觉得我可以考清北，那你也可以。”

芝芝从来没有想过和庄家明相提并论。

每年考上清北的都是各省的顶尖人才，各年有多少应届高考生，清北录取的又有多少个？更变态的是，他还能上藤校啊！

这是从国内考出去，不是从 M 国考上去，难度简直超出了她这种学渣的想象，属于只能仰望的层次。

她给自己定的目标是次一级的 985，不然 211 也行。结果庄家明和她说：我能行的，你也能行。

最开始她很想笑。但庄家明好像看出了她不以为意的想法，疑惑地问：“你为什么觉得你不行？”

芝芝顿住了。她当然不能说你以后会多么厉害，我根本比不上。在他看来，不管过去的十几年两人有什么差距，现在却是在同一个水平线。

同一个水平线……芝芝倏地沉默了。

她和庄家明的差距是逐步拉大的，托儿所、幼儿园、小学、初中……过去十几年里，他们唯一的差距可能就是性别、身高和期末考试的成绩。

假如她不知道未来，在两个人都是优等生的情况下，会觉得自己和他有那么大的鸿沟吗？应该不会。

可是，这不代表他们真的是一样的。庄家明和她现在都能考一百分，看似相同，实则不然。她是拼了命努力才考到了这个分数，他却是因为卷子只有一百分。

出了校园后，很多事是无法用成绩衡量的。她非常清晰地明白这一点，所以哪怕多拥有十年的时间，也不敢认为自己和他是一样的人。

平时，芝芝思量到这里，基本上就结束了。可这半年的生活，潜移默化地给予了她更多的信心。

她继续往下想。

既然十年的差距是客观存在的，那么，二十七岁的关知之，能不能和十七岁的庄家明比一比呢？

这十年是谁也无法偷走的筹码。今后，会一直是三十七岁比二十七岁，四十七岁比三十七岁。

世人都说笨鸟先飞，她挣扎着扑腾了十年，能不能依靠这点儿优势，再往前扑腾一段距离呢？不用发家致富走上人生巅峰那么夸张，她就混个名校文凭行不行？

“你真的觉得我能行？”她的语气中充满了疑惑的意味。

庄家明总觉得她越长大越不自信，也为此感到奇怪——那个厚着脸皮吹嘘自己是魔法少女的小姑娘哪里去了？他考虑了一下，没有片面地说“你能行”，而是反问：“你为什么觉得自己不行？”

芝芝心说：因为我上次就不行！

可是，假如人生如游戏，上一回失败了，回到存档点，谁会觉得下一回依旧不成功？大家肯定是抱着再试试的信念继续打啊！

她觉得脑子有点儿乱，过了会儿，列举：“我不够聪明。”

“也不笨。”庄家明实事求是，“每年考上清北的人里，大部分也只有普通智商。”

芝芝顿了下，继续道：“我没有才能。”

庄家明：“才艺？”

“才能。”她纠正，“才华，能力。”

庄家明反驳：“你之前写的剧本就很好，我们班还拿了第一呢。这个学期你参加征文比赛也拿了个奖吧？”

呃……征文比赛年年都有，通常是市里举办的比赛，主题宏大，不算好写，但她掌握了套路，又非常简单。

语文老师次次点名叫芝芝和程婉意参加，所以她们俩收割了不少奖项。但这些算得了什么呢？这是奖品只有一本笔记本或是一支钢笔的比赛啊，又不是新概念作文大赛。

“你当班长也挺好的，管得很好。会考那几天，我看你们班比我们班安静多了，大家都很服你。”他极其费解，“这不算有能力吗？”

“算吗？”她纳闷儿。

“当然算。”庄家明看着她，苦笑道，“有的时候，我都觉得很有压力。”

芝芝震惊：“因为我？”

他点头：“你说的很多事，我从来没有想过。感觉和你比起来，我真的很不懂事，很幼稚。”

这点芝芝倒是信的，高中到大学是个坎儿，大学到社会又是个坎儿。庄家明再怎么说也只是个高中生，有些事肯定比不过她。

她说到底还是占了多活十年的便宜，可这十年的确属于她啊。

“啊啊啊！”芝芝抓着脑袋，“你让我想想，我的脑子有点儿乱。”

她现在的脑海里有两个小人儿。一个冷漠轻蔑：“就凭你，也想和庄家明比？也不掂掂自己几斤几两，重来一次就飘了，是不是？”一个元气满满：“亲，不要轻易放弃！只要你肯努力，一切皆有可能！不是谁都有运气重来一次的，你就是那个中了彩票的幸运儿！你可以的，冲啊！”

两个小人儿打成一团。

“不行不行。”纠结了半天，芝芝艰难地叫了停，“现在说这个都为时太早，等高三的时候再说吧。”

她只考了一次第一名，并不能代表什么。

再看看吧，她要用考试成绩说话。

高二的下学期开始于一场细密的小雨。

芝芝去领了新的课程表，化学已经从他们的课程表中彻底消失，只有生物还坚挺着，不过等到今年的6月，这门课程也会和文科班的学生说再见。

音乐和美术一样，两周一次，单双周轮流；选修课照旧；体育课还是一周两堂，其他课程没有什么太大的区别。

而各门主课的老师，不约而同地在第一堂课上表示，这个学期的任务很繁重，他们必须把所有的内容全部学完，然后用一整年的时间来复习。

“你们马上就要高三了。”老师们沉重地说，“把该收的心收一收，最关键的一年就要来了。”

然而并没有用，这一届的高三学生还没毕业呢，高二的学生是怎么都紧迫不起来的。他们已经度过了高一的新鲜期，高考的利刃还未悬在头顶，依旧看小说、玩手机，该干吗干吗，全然不把老师的教训放在心里，很有点儿老油条的味道。

除了关知之。她认真考虑了庄家明的话，紧张地发现，如果自己的目标不再是普通的985，而是国内顶尖的名校，那么就必须从现在开始努力了！

一中是省重点高中，每年都有几个考上985的学生不假，可不是年年都有人进清北的。她不仅要考第一，而且必须考得比其他几个重点学校的学生还要好才行！

芝芝忽然发现，自己还有好多事情要做。

语、数、外三门主课。语文的基础分好拿，拼音、错字、语法、背诵都有很明确的知识点，她背下来就行。难搞的是作文，这年头高考都是材料作文，给考生一段材料，让考生根据材料写一篇作文。

然而一千个读者就有一千个哈姆雷特，你以为材料讲的是这个意思，实际上它完全是另外一个意思，审题一旦出了偏差，那就是几十分的差距，瞬间让你和梦想说拜拜。

她假如记得作文题目也就罢了，问题是她还忘了……这六十分根本没法儿作弊，得老老实实地学解题的套路。

数学更不用说了，题目全不记得，她唯一记得的是那一年的数学题目特别难，号称有史以来最难的一次。所以她必须攻略所有难题，才能接近目标。

英语……万恶的英语。选择题、完形填空题先不提，最坑的是阅读理解题。就算你能全部读懂短文，也未必能跟上出题人的思路——你以为某句话表达的是这个意思，但实际上并不是。绕了一个弯的阅读理解，选对很需要运气。但这是无法控制的，她唯一能做的准备，就是多背一些词汇，确保能够看懂整篇文章。

然后是文综。

地理综合题超难，在一道题里能同时考查时区、经纬度、气压、洋流等无数个知识点，她一抓瞎，后面就会全部解错。

历史和政治也是，所有课本里的知识点混合在一起，不熟悉的人可能根本不知道这道题要从哪个角度去写。

芝芝花了一个晚上，紧赶慢赶写了一份本学期的计划书。等到下了晚自习，她少见地主动在一班门口等庄家明。

他很惊讶："有什么事吗？"

"你做今年的复习计划了吗？"她开门见山地说，"借我看看。"

庄家明："没有……"

芝芝眨着眼："那你这个晚自习干吗了？看小说？"

"把课本翻了一遍。"庄家明想了想，说道，"你要我的计划的话，我明天写。"

芝芝摇摇头："你没写就算了，不过都高二下学期了，你没什么想法吗？"

"没有。"庄家明纳闷儿地说道，"老师说这个学期会把课都上完，我觉得跟着他们的节奏好好学就行了。你说的想法是什么想法？"

以他的经验，老师对课程节奏的掌握更科学，肯定会留出足够多的时间进行两到三轮的复习。所以，在目前阶段，他根据他们的步调，踏踏实实地学好每一个知识点才是最重要的。

所以他的学习步骤通常是：预习、上课、写作业掌握、额外刷题巩固，他以此确保完全掌握新的知识点。

他把自己的方式和她说了，又道："你不用参考我的办法，想怎么学就怎么学好了。不过你做了计划的话，能不能给我看看？"

芝芝点头："明天给你。"

她的方法和庄家明完全不一样。他的办法听起来容易，事实上大部分人无法照做：每天有五六堂主课，内容累积在一起非常庞大，而课间和晚自习就那么点儿时间，普通人根本没办法当天就全部掌握。

每天剩一点儿，到期末就……上一个高三，她就为此焦头烂额，发现自己有好多以前没有弄懂的地方。为了搞定它们，她不得不花费大量的时间，到最后勉强学完，却少了全局观。

所以这次，她很痴迷于列提纲和画思维导图，就是想早做准备，免得明年顾此失彼。

芝芝不知道，其实自己给了庄家明不小的压力。

庄家明自小就是老师的宠儿，学什么都又快又好，考试发挥稳定。迄今为止，他只有三次没考到第一名。

第一次是小学三年级，他和关知之吃冰激凌拉肚子，错过了期末考；第二次是他太担心医院里的妈妈，晚上没睡着，早上睡过了头，匆匆赶去学校，没写完卷子；第三次他发烧，没考完就去了医院。

对他来说，考第一名很容易，老师们也都说以他的成绩，可以进很好的大学。虽然这么说有点儿不好意思，但实际上，庄家明在学习上并不算努力。

他认真上课、认真做题，与其说是好学，不如说是自律。

直到关知之同学开始发愤图强，考试成绩嗖嗖嗖地往上蹿，最后升到了第一名。

只有成绩也就算了，更让他倍感压力的是，她对未来有非常明确的规划，对很多事的考量是他从来没有想过的。

庄家明觉得自己不太行，还需要努力。他开始认真思考芝芝说过的话：未来他想做些什么，成为什么样的人？

这是他从来没有想过的问题，他原以为很遥远，但或许并非如此。

他想要什么呢？

芝芝想要出国去看看，见识一下更大的世界，他也赞同。通过互联网，他已经知道外面有更广阔的天地，没有人愿意做井底之蛙。

可是出国念书也就是几年的事，毕业之后呢？

芝芝的目标是买个小公寓，以及……在八十岁找十八岁的男朋友，但他决定忽略这一点。她是想有个属于自己的家吗？也就是说，她要离开父母独自居住。

那他呢？假如他希望能够待在外面，自然也是要和父母分开的。这么一想，买房子确实非常重要。想想也是，他有时候听奶奶说起别人家的家长里短，最常听到的论调就是：男人没房子，怎么娶老婆？

他要买房子，就得有钱。

庄家明对家里的经济条件还算了解，很清楚自家并没有多少钱。就算有，也是他爸爸的，未来如果爸爸再婚，肯定需要用钱，所以他不能全部靠父亲，必须自己挣钱。

所以串起来的规划就是：考上一个好大学，出去留学，回来找一份好工作，挣钱买房子……

不对，既然是为了挣钱，他为什么不毕业后马上投入工作呢？

因为出国留学回来，能得到更好的工作？可他记得爷爷奶奶含糊不清地提过，出去留学要几十万元。

这么大一笔钱，别说家里拿不拿得出来，就算出得起，出国回来的工作要比毕业直接工作的工资高多少，才算不亏本？

庄家明对行情完全不了解，得不出答案。

他决定去问芝芝。但周一到周五，他们都太忙了。班级的事务、广播站的工作、每天的课业……能聊天的时间加起来不足十分钟，不能探讨那么深入的话题。

而且他觉得，这些话被别人听去怪不好意思的。

只有周日的下午才行。

天气尚未回暖，他们还是约在阅读室。

芝芝拿着笔和日记本过来，借了本书，看起来像是准备下午写完周记。他们班也有这项作业，周记本每周都是要交上去的，语文老师会选取好的文章分享。

"你要写周记啊？"他问。

芝芝觑他一眼，立刻看出他有话说，顿时来了精神，合上本子说："我晚上写也行，你有事和我说？"

他来找她，肯定不是别的问题，十有八九是感情咨询。她做好准备了，一定要知道他喜欢的人是谁。

两辈子了，她必须破案！

结果庄家明问她："你之前和我说过的你对未来的计划，还记得吗？"

芝芝回忆了一下："出国、工作、买房、养猫？"

"没说养猫。"他一惊，"你想养猫？"

"狗也行。"芝芝随意得很，"总得养点儿什么，植物我养不活嘛！你问这个干什么？"

庄家明不答反问："你为什么想买房子？"

她奇怪："你问这个干什么？"

"没什么，就是想知道。"他避而不答。

芝芝很谨慎，声明："我说的只是我自己的想法哦，给你做参考而已。是你主动问我的，不要到时候又说我。"

他笑了："好。"

初春的阳光照进室内，落在他身上特别柔和。

芝芝想，肯定是光线的缘故，他的神色看起来才那么温柔，搞得她还以为他的眼神含情脉脉，心差点儿跳出嗓子眼儿。

"嗯？"他转着笔，催促她。

她回过神，想了想，道："我毕业以后要留在外面，不回到这里。但是租房子不是长久之计，房租不稳定，房东有事就把你赶走，总归不算是自己的家。我得有个自己的家——你明白吗？我不是说我现在的家不是自己家，是我需要一个属于我自己的、没有任何人打扰的家。"

庄家明并不能理解，甚至还有点儿疑惑她为什么想离开家里。可他明智地没有开口问，安安静静地听着。

"这是感情上的需求，更多的还是现实因素吧。"芝芝思索着，"咱们这边的习惯是男方出房子，女方出装修和车。但是吧，如果离婚打官司，房子归男方，装修折旧不值几个钱，也就是说女方可能啥也得不到就要滚蛋。所以婚前财产很重要，等于是个保障吧。"

庄家明："你不是不结婚，八十岁还要找十八岁的男朋友吗？"

芝芝一愣，继而大笑："不是吧，你当真了？我瞎说的！"

庄家明恨得牙痒痒：她是瞎说的？他因为这句瞎话在意了半年！她太坏了！

"要非常有魅力或者非常有趣的人，才能在八十岁找到十八岁的男朋友吧。"她耸耸肩，"我要求不高，六十岁的老头子就可以了。"

庄家明：再信她，我就是猪！

芝芝开了个玩笑，看他不买账，言归正传："除此之外，也算是投资吧。国内啥都在涨，就是工资不涨，钱留在身边只会贬值，其他投资我也不知道做什么好，买房最保险了。"

赌上多活了十年的尊严，她发誓：一定要在房价疯涨之前凑出首付！

庄家明听着觉得很有道理，又问她留学的事。

芝芝干笑一声："其实，出去交换一年的钱就够出个首付了……"

她是说又要出国又要买房，但实际上可能只能做一件。同样的钱，买房必然升值，错过可惜，也许她这辈子都赚不到那么大一笔钱；而投资到自己身上，或许一时错失，未来却可以买几套房。

问题在于，她投在自己身上，能不能得到比房子更高的回报？老实说，她觉得不行……所以嘴上喊着要出国，拿不到奖学金，可能就会放弃了。

“到时候再说吧，假如拿不到奖学金，就算了，旅游也是出国嘛！”她挠挠头，转移话题，“你问我这个，是在考虑留学的问题吗？”

他不太好意思地点了点头。

芝芝来了精神，问他：“你是怎么想的？和我说说呗。”

庄家明思索道：“我觉得，好像没必要出去。”

什么，他不出去？芝芝喷出一口水，弄湿了日记本，咳嗽着问：“你说什么？不出去？大哥！你醒醒啊！”

他别吓人好不好，要是把他的前途“蝴蝶效应”掉了，她只能切腹赔罪啊！

庄家明浑然不知她为什么有这么大的反应，吓了一跳：“不行吗？”

“当然不……”芝芝忍住了脱口而出的话，反问他，“你是怎么得出这个结论的？”

庄家明把考虑的过程告诉她，又道：“其实我本来也不想出国，学费太贵了。我爸想让我出去，要是我不用这笔钱，他也不用那么辛苦。”

“话不是这么说的。”芝芝深吸口气，冷静下来，组织语言，“出国这个事吧，要看情况，我给你分析下。”

“你读理科，未来报考的专业就是理科或者工科。我简单粗暴地概括一下，理科偏理论一点儿，要赚钱比较难，工科偏应用，赚钱容易一点儿。当然不是绝对的，厉害的人怎么都行，主要你要搞清楚自己是想研究科学，还是想运用创业。

“不管是哪一种，理工科是自然科学，一是一，二是二，学得越多，了解得越深入。而我们文科是人文科学，很玄的。不过我觉得研究世界的终极学问还是文科……当然了，我没这个水平，出国就是为了见识、学习，学到的东西对我有没有实际用处不好说，但你学到的就是实打实的技术和知识。”

庄家明认真地听着，睫毛微微颤动。

“家明哥，你不要被学费吓到，有奖学金的。”芝芝的语气越发温柔，“只要你成绩好，学校会送你钱请你读书，花不了多少钱。我知道你在顾虑什么，虽然看起来浪费了三年，但实际上只要你足够优秀，很快就能把钱赚回来……呃，你不出去可能也能赚到这个钱。”

说到最后，她难免纠结。理论上来讲，出国深造肯定更好，但以庄家明的能力，或许他不出去也能达到同样的高度？

但这事谁说得准啊？万一他成功的关键在国外呢！再有能力的人也有可能遭遇滑铁卢，谁能保证庄家明在国内就能成功？

他还是出国去吧。至少她能确定，他走这条路能够成功。

他应该能成功吧？她这只小蝴蝶，应该不会产生那么大的蝴蝶效应。

芝芝左右摇摆了会儿，得不出结论，不由得迁怒于他：“干吗问我？我对你的事最不擅长了，搞得我很纠结，你自己想啊！”

“你好凶啊，”庄家明特别喜欢她为自己考虑的样子，一点儿也不生气，反而莫名窃喜，“小心真的八十岁也嫁不出去。”

“关你什么事？”芝芝怒目而视，“你没事想那么多干什么？出不出国是以后的事了，等你考上大学再说啊！”

他看着她：“这能怪我吗？”

“不怪你，怪我？”她怒气冲冲地摊开日记本，准备结束话题，写作业。

可庄家明轻声说：“就怪你啊。你考虑得那么长远，我……我想……”

我想有一个和你的人生合并的未来。

芝芝口头上抱怨“为啥问我？我不知道”，心里慌得要命。她翻来覆去扒拉了下自己说的话，绝望地发现可能弄巧成拙了。

要是他真的为了给家里减轻负担，坚决不出国，考虑早点儿买房投资，她也不可能按着他的头说“你给我出去，不出去我宰了你”。

怎么办，她现在开始洗脑还来得及吗？她到底做了什么，居然让他有了这种念头？万一他以后没有成功，她岂不是罪大恶极？

她要疯了。

芝芝辗转反侧了许久，最后憋不住掏出手机发短信：“亲，你再好好考虑下啊！不要急着下结论，事关前途啊！”

庄家明没回复，早睡了。

第二天晨跑的时候，关知之同学顶着两只熊猫眼，幽魂似的飘到他身边，无比凄婉地说：“求你了，哥，家明哥，你好好想想，三思啊！”

庄家明：“……”

韩琮听见，好奇地凑上来：“三思什么？你要干啥？”

“没什么。”

庄家明侧身躲开，和芝芝说：“回头和你说。”

芝芝：“答应我，你一定要好好想！”

庄家明忍笑：“好。”

她飘走了。

晨跑完，人群浩浩荡荡地拥向食堂，像是一群搬家的蚂蚁。芝芝累得手脚发软，拖着身体慢吞吞地挪动。

庄家明走到她身边：“要帮你带早饭吗？”

“不用，婉婉给我带蛋糕。”芝芝有气无力地说。程婉意同学走读后，早饭就在家里吃，昨天晚上发短信说试着烤了蛋糕，问她要不要吃，要的话就带过来。

有这样的朋友，她还能说什么，当然马上答应下来。

庄家明点点头，拽住韩琮，叫他帮自己带几个包子，然后放慢脚步，和她并肩一起走：“你是不是很想让我出国啊？”

芝芝赶紧点头。

“为什么？”

她脱口道：“对你好。”

他假装思考了会儿，摇摇头：“如果你还是昨天那套的话，没什么说服力。”

芝芝卡壳了。

“你再想想吧，如果有特别好的理由，我就好好考虑。”庄家明说。

芝芝绞尽脑汁，甚至开始剧透：“我做了一个梦，梦到你出国后事业有成，迎娶白富美，走上人生巅峰！”

他的脸黑了：“又来？”

“那你要怎么样啊？！”芝芝觉得自己如果是台机器，已经被故障卡死了，遂恶向胆边生，“说白了，你的人生关我什么事，爱去不去！”

庄家明却没生气，好言好语地说：“你知道就好，想让我听你的，总得有个理由吧？”

比如说……她希望他和她一起出去什么的，他在疯狂暗示她。

然而芝芝一脸茫然之色：“啥理由？你说吧，要怎么样你才肯好好考虑一下？”

“不知道。”他气闷，“慢慢想。”

芝芝："喂！"

他加快脚步走了。

芝芝又气又委屈："想什么？！我不想了，你不领情随你的便！当我自作多情，你爱怎么样怎么样好了，本来就是你的人生，关我什么事？"

他成功也好，失败也罢，说到底和她又有什么关系呢？他成了人生赢家，她不沾光；他做了小白脸儿，也和她没有一毛钱关系。

他爱怎么样怎么样吧，她受够了。

再多嘴关心他，她就是小狗！

"关知之！"他叫她。

芝芝扭头跑了。

庄家明懊恼不已，赶紧追上去。谁知道她刚才还累得气喘吁吁，这会儿跑得飞快。他竟然没追上，眼睁睁地看着她走进了教室。

他们在教室里拉拉扯扯就不太好看了。

庄家明放慢脚步走过他们班，见她压根儿没往外看一眼，只好回了自己的教室。

韩琮买了包子来，随口问他："你跟关知之又怎么了？我也是服了你们了，从小一起长大，还有那么多话要说？"

庄家明啃着包子，没吭声。

"干啥，吵架了？"韩琮挠挠脸，更觉得稀奇，"你们青梅竹马的，怎么搞得和小情侣一样？"

庄家明抬起眼睑，问他："那我们也吵架啊！"

韩琮哑口无言。

接下来一个星期，芝芝都没理他。更过分的是，周五庄鸣晖正好有空来开车来接他们，她也沉默了一路，坚决不和他说话。

等回到家，他就被老爹审问了："和妹妹吵架了？"

庄家明沉默。

"你的错还是妹妹的错？"庄鸣晖很民主，没有让他无条件地道歉。

"我的错……"

庄鸣晖笑了："那就去道歉，男子汉大丈夫，别怕认错，不丢脸。"

"她不理我。"庄家明申辩，"我找了她几次，她都假装没看到。"

庄鸣晖忍俊不禁："妹妹是女生嘛！你们为什么吵架？"

庄家明没敢说是自己暗示失败，反而让她误会，没吭声。当父亲的见状，并没有追问，孩子大了，心事不肯和父母说很正常，便说：“那你自己找机会和她说清楚。”

他点了点头，欲言又止。

“有事和爸爸说？钱不够用？”庄鸣晖说着就想掏钱包。

庄家明按住了他，犹豫了一下，还是问道：“你现在……还是这么忙吗？”

庄鸣晖犹豫了一下，看着几乎和自己差不多高的儿子，还是选择了说实话：“爸爸多接了几个任务。”

“为了以后送我出去留学？”

庄鸣晖明白了，拍拍他的肩膀，笑着说：“和你没关系，别想这么多。爸爸是觉得自己还年轻，该多挣点儿钱。”

庄家明并不相信，所以换了个角度问：“那你希望我出国吗？”

“怎么，你们班已经有人要出去了？”庄鸣晖略感意外。

“嗯。”他也不算说谎。芝芝说，程婉意高二结束就会出国读国际学校，然后直接考 M 国的大学。

庄鸣晖道：“你要是读得出来，爸爸当然希望你出去。”

“为什么？”

“多看看、见识见识，肯定是好的。”

父亲和芝芝说得差不多。庄家明想着，问父亲：“如果我不想呢？”

“为什么，钱？”庄鸣晖似乎感觉到了什么，这不是儿子和自己闲聊，儿子有心事，所以马上认真起来，语重心长地说，“家明，这不是你需要考虑的事，爸爸会解决。”

“但是花钱的是我。”庄家明和芝芝说没理由就不考虑，当然是骗她的。他在认真地考虑这件事，想在父亲身上得到答案。

庄鸣晖笑着摇了摇头，暗道“果然”。他没有想到是芝芝引发的思考，只当是儿子心疼父亲，希望用这个借口让他不要那么辛苦，可做父母的，谁不想给孩子最好的呢？

“老子给儿子花钱，不是应该的吗？”他轻松地说，“你要是能出国去读书，爸爸只会觉得高兴，家明，钱赚来是给人花的。你能成为一个优秀的人，爸爸就觉得值得，这不是钱可以衡量的。”

庄家明怔住了。

翌日，周六。

芝芝一大早就被庄家明逮住了。她想躲但没躲掉，被他拉着手腕拽进了卧室。

“庄家明，你干吗？”她大叫。

庄家明关上门，把她摁到椅子上：“我有话和你说。”

芝芝板着脸：“那就好好说，动手动脚的干什么？”

“怕你跑了。”他拉来另一把椅子，和她面对面坐着，“不许打岔、闹脾气，很重要。”

芝芝气过了，当然不会再装琼瑶女主角，点头说：“行，你说。”

庄家明一五一十地转述了昨天和父亲的对话。

芝芝听到“多见识总是好的”，忍不住想插嘴说“叔叔说得对”，但忍住了。后来她听着听着，心里就掀起了惊涛骇浪。

成为一个优秀的人就很值得，这不是钱可以衡量的。

她劝庄家明的时候，总是说他未来会有多么成功，从来没有想过，变得更好这件事本身就极具价值，与钱和回报没有任何关系。

从什么时候起，她变得这么功利了呢？

她开口谈钱，闭口谈成功，自诩是成年人，其实是个庸俗不堪、眼里只有钱的势利小人。更可怕的是，她居然还将这种想法传达给了庄家明，险些害他行差踏错，万劫不复！

她到底做了多么可怕的事？她到底变成了一个多么可怕的人？

这个丑陋无比的人是关知之吗？

“不……”她捂住脸，被羞愧和惊惧淹没，“天啊！对不起……我……我怎么可以这样？”

庄家明被她吓住了：“芝芝，你怎么了？”

“对不起……对不起。”芝芝弯下腰，喃喃道，“我不是故意的，家明哥，我不是故意的……我错了……”

庄家明完全不知道她错在哪里，蒙了会儿，坐到地上哄她：“没事，没事，我没有生气。你别哭了，乖，别哭了，没事的。”

“家明哥，我不是故意的。”她紧紧地抓着他的衣服，战栗着流泪，“我不知道，我错了，我不该这么说的……我太功利了，不是这样的……我不该是这样的……”

世界上有很多的事，是没有办法用金钱和成功衡量的。

家明娶“玫瑰”，真的是因为婚姻能帮助他跨越阶层吗？还是她一厢情愿地这么认为，让自己心里好过一些？

她希望他成功。可成功有很多种，也不等于幸福。假如他过得开心，就算无钱无名，又有什么关系？

她回到现在的最大意义，真的在于积累财富、走向人生巅峰吗？或许不是。

时光倒流，她再回青春时代，是将一颗在世俗红尘里打过滚的心，丢回澄澈的世界里，重新认识自己、找回自己，然后做更好的自己。

芝芝痛痛快快地哭了一场，积累在内心深处的负面情绪好像都随着眼泪排出了体外。整个人像是减掉了十斤重量，她感到说不出的轻松和释然。

她擦掉眼泪，呼吸渐渐平缓——然后被狠狠地吓了一跳，自己居然一直抓着庄家明的衣服，他还拿了纸巾给她擦眼泪和鼻涕？

芝芝赶紧直起身，瞪着他。小伙伴却好像一点儿都没察觉到不妥，拍着她的背顺气：“好点儿没有，要不要喝点儿水？”

他还把自己桌上的杯子递给她，让她补充水分。

芝芝觉得有点儿丢脸，推开他的手，一时不知道怎么下台。

庄家明善解人意，主动说：“你要不要回去洗把脸？”

她点头，然后以不符合平时“弱鸡”状态的矫健动作飞快撤离，十秒钟之内就回到了自己家。

爹妈都去店里了，没人看到她的糗态，谢天谢地！

就假装这事没有发生过吧——芝芝很有阿 Q 精神地自我催眠了十分钟，然后整个周末都没有再理庄家明。

庄家明十分费解：我找她不是道歉的吗？为什么突然变成了她道歉，完了又不理我了？

他纠结了一天，在返校的路上和她搭话，结果她很自然地回应了，还威胁他：“昨天没发生什么事情吧，嗯？”

他秒懂，上道地点头：“我什么也不记得了。”

“哼。”她用鼻音回应，结束了一周的冷战。

庄家明转过头，偷偷地笑了。

芝芝想通以后，忽然觉得很多事并不需要那么烦恼。

船到桥头自然直，她已知的庄家明的终点是八年后，中间有无数变故不说，谁能确定八年后他的成功就是真的成功呢？说句不好听的话，国内多少名人昙花一现，烈火烹油，过些年却连个影子都不见了？

八年后的终点，不是人生的终点。她没必要考虑有钱了是买房还是出国，因为她现在并没有钱。

预知的能力只有在合适的时机才会发挥作用，在普通的日子里不过徒增烦恼罢了。

别去想未来了，她把握当下才是真的。

比如说，在高二的课程上完以前，她要把手头的几本书看完了。

芝芝看书是这样的，除了中学生必读的名著经典书目之外，她是随着课程的进度补充阅读。

比如说，语文课学到莫泊桑的《项链》，她就去把莫泊桑的生平了解一下，然后听说他没结婚，但有三个私生子，没耐心看长篇小说，把短篇小说集看了。

再比如说，学到《杜十娘怒沉百宝箱》，她就去了解一下《三言二拍》。故事都很短，一个晚自习就能看完好几篇，长了不少知识——古代花魁，一晚白银十两！

这物价是个什么水平？她又去找资料，冯梦龙是明朝的，要找这个时代的参考，一般是用米价来计算，一两银子合六百至八百元人民币。

十两银子就是六千多块钱，杜十娘不愧是花魁！

所以，她虽然每周都很努力地看书，但看着看着总会萌发奇怪的兴趣，然后继续往书单上添加书目。

年少不懂事的时候，她觉得言情小说好看，如今看得多了，反而觉得名著更好看——一般的言情小说哪有这么内容丰富？

不过，等到了高三，这样愉快的阅读就必然要减少了。她打算在高三刷大量的题目，然后针对高考题型写作文。

现在的语文老师委婉地告知她，虽然她的文笔很好、阅读面很广，可是，八百字的应试作文要取得好成绩，她必须深谙套路。

芝芝曾经非常厌恶，觉得那种作文写出来千篇一律，充满了假惺惺的味道，看着鸡皮疙瘩都要起来，故而屡教不改。

现在她却想开了——甲方虐我千百遍，我待甲方如初恋。在被甲方虐过的人看来，高考的作文要求已经非常低了。

3月份平平淡淡地过去了，无波无澜。

4月1日是愚人节，一个打着捉弄人的幌子，实际上充满了告白的节日。

芝芝被整了一次，对方传话说“林老师叫你过去一趟”。她忘了日子，当了真，去了，结果发现被骗了。

林老师倒是没生气，笑眯眯地说：“你也太容易相信人了，以后走到社会上要多长点儿心啊！”

早已走到社会上的芝芝：“……”

庄家明同学比较惨，吃过午饭回教室的路上，一个不认识的女生拦住他：“我喜欢你！”

他吓了一跳，迟疑着说：“谢谢……”

“不用谢，骗你的啦！”女生“咯咯”笑着，一溜烟跑了。

他愣了愣，苦笑着叹气：既然对方选在这一天，那就当作是个玩笑吧。但这种事真的好烦，今年比去年更烦了。

过年的时候，他发现自己去年的裤子短了一截，个头儿蹿得非常快。奶奶说他瘦了，或许是的，高一时还残存在脸颊上的肉少了很多，轮廓更加清晰。

女生们对他更热情了。

韩琮总是拿他开玩笑，说自己要是能这么受女生欢迎，可以一年不吃肉。但这个好朋友并不知道，大多数时候，他在为此而烦恼。

他真的很烦，不管走到哪里，周围都有女生朝他看，而后和同伴们窃窃私语——他不能确定她们就是在说他，可总觉得不舒服。

她们总是找机会和他说点儿什么，哪怕都是没有意义的废话。可他不认识她们，很多时候也不想回应，可出于礼貌和尊敬，必须说点儿什么。

每次应付完，他都觉得很累。

过去，他还可以和芝芝倾诉一下，倒倒苦水，现在怕她误会，守口如瓶，全闷在心里。男生？他试过，他们都不理解，只是羡慕。

只有一个室友在说了一堆“假如是我，做梦都要笑醒”之类的废话后，说了句人话：“你要是真觉得麻烦，交个女朋友不就好了？”

“对，至少能少一半。”其他室友加入话题，挤对他，“她们现在是觉得自己有希望，所以才拼命接近你的。”

庄家明心中一动：“女朋友？”

似乎听出了他语气的松动，室友们来了精神，纷纷坏笑着说：“这个可以有，你考虑一下。正好，你有了女朋友我们就有希望了。”

“没错，不然她们都还做梦想当你女朋友呢。”明明都是单身狗，这群高中男生聊起来却一套一套的，好像个个儿经验十足。

庄家明觉得他们一向不靠谱，思来想去，含糊其词：“我考虑考虑。”

这话传到一群唯恐天下不乱的人耳朵里，四舍五入那就是他同意了啊！他们开始物色人选，点评学校里的女生。

庄家明听到其他人还能勉强忍住，免得被误解，等他们说芝芝“长得还挺可爱的，就是脾气比较大”，憋不住了：“够了啊。”

“干什么？你真喜欢关知之啊？”别说男生迟钝，该八卦的时候，他们的感觉一样敏锐——君不见“第一狗仔”就是个男人。

庄家明既不敢说“是”，也不敢说“不是”，顿了两秒，说道：“这样背后说女生不好。”

“你又来了。”一个室友不以为意，“女生也在背后说我们呢。”

另一个说：“你想得美，哪里来的‘我们’？就他一个。”

其他人哄堂大笑。

“干什么？”木门被砰砰敲响，宿管大爷冷着脸，“熄灯了还说话，嫌扣分不够多是吧？”

八个男生顿时安静。

在手电筒发出的光下，宿管大爷冷漠地扣掉了他们寝室的分。

待脚步声远去，庄家明轻声说：“完蛋了。”

众人如丧考妣。

隔日，副班主任把庄家明叫去，和颜悦色地问起了扣分的原因。

庄家明作为始作俑者，无话可说，低头认错：“都是我不好，对不起。”

老师们很疼爱这个学生。副班主任看他老老实实地承认错误，也不为难，说了几句“你是班长，要以身作则”之类的话，就把他放回去了。

芝芝正好来办公室交参加植树节征文的稿子，听到很是稀奇，忍不住问他：“居然把你叫到办公室来骂，你做了什么？”

庄家明一时没忍住，出卖了小伙伴，告诉了她“交女朋友免得被骚扰”的主意，还作死地问她：“你觉得怎么样？”

芝芝呸他：“无耻！”

庄家明一愣，本来想拿这个作为借口试探她一下呢……无耻？

“别人对你多热情，对你的女朋友就会有多挑剔。”芝芝冷笑，“你这么做，只是把自己的压力转嫁到她身上而已。”

“会吗？”庄家明吓了一跳，完全不能理解，“为什么？”

她们不是应该觉得他有女朋友了，就死心了，再也不会来找他了吗？

“不为什么，爱信不信。”芝芝扭过头，嘟囔道，“马上要高三了，你自己想清楚，别害了人家。”

庄家明还没理清她的思路，但被她一唬，马上道：“你当我没说过，我绝对不这么干，别生气行不行？”

“我没生气。”她断然否认。

庄家明识趣地闭了嘴。

过了会儿，她阴森森地问：“说起来，你喜欢的那个女生到底是谁？”

庄家明心里一咯噔，但很快找到了应对之策，慢慢地说：“我觉得你刚才说得有道理，为了不给她添麻烦，我……以后再说吧。”

芝芝看着他，心想：再一次坑死了自己……

庄家明也看着她，同样暗想：又一次机会胎死腹中……

但这也不算是件坏事。

4月17日，星期二。

升旗仪式结束后，校长上台开始国旗下的讲话，重点批评了男女同学来往过密的行为，宣布对某些学生“行为不当，口头警告”的处分，要求全校男生女生注意保持距离。

一场轰轰烈烈的“严打行动”开始了！

学校当作大事来做，班主任们自然耳提面命。宽松些的如李老师、林老师，都是半认真半开玩笑地说：“要你们保持距离，不是说男生女生不能正常来往，但是要注意尺度，平时讨论讨论题目什么的没关系，但是单独相处的时候就要注意一点儿了。”

他们意味深长地看着青涩的学生们：“毕竟有什么话不能在教室里说，非要躲到楼梯口、小路上说，对吧？”

学生们瞬间紧张起来。

严格一点儿的老师更狠，放话："以后别让我看见男生和女生单独走在一起啊！你们别以为没人知道，回寝室就五分钟的路，走上十分钟、十五分钟的人在干什么，自己心里有点儿数！"

一中开始了严格的扫……呃，不是，"消消乐"行动。

对此，大家的反应不一。

心里有鬼的人惴惴不安，见个面搞得和秘密接头一样，有任何风吹草动就惊得心脏怦怦乱跳，生怕被逮个正着，附赠叫家长套餐。

也有人大放厥词，说什么男生和女生还要保持距离，和古代人有什么区别？反抗，必须坚决反抗！问题是，说这些话的基本上都是单身狗。

但不在乎的人也不少。晚自习下课，浩浩荡荡的人流里，依旧有人"顶风作案"。

芝芝和庄家明作为锁门的人，天天最晚走，目睹了很多"消消乐现场"。

比如今天。他们俩刚走出教学楼，就看到绿化带和围墙中间的小路上，脑门儿锃亮的副校长拦住了两个学生，呵斥着："高三了，居然还有这个闲情逸致，你们怎么对得起父母、老师？……"

芝芝揉了揉眼睛，叹为观止："这么暗的光线，这是怎么抓到的？那个女生还是短头发啊！不仔细看根本看不出来。"

春季，大家的校服都是松松垮垮的运动装，完全遮挡曲线，女生要是剪着短发，走在昏暗的小路上压根儿分辨不出性别。

这校长平时还要戴着老花镜，怎么逮人这么准？

庄家明刚想说话，他们背后就冒出个声音，同时，一道明亮的手电筒光照到了他们脸上："就是这样看出来的！"

"啊！"芝芝吓得差点儿跳起来。

"钱老师。"庄家明也抬起手臂挡住脸，被光照得睁不开眼睛。

钱老师，高二的教导主任，同样在秃头边缘徘徊的中年男人，拿着手电筒在他们身上照来照去："你们两个，干吗呢？"

"回寝室。"芝芝避开几步，心里嘀咕：钱老师不会连他们都抓吧？

钱老师和颜悦色地问："哦，那怎么这么晚回啊？"

庄家明解释道："我们要锁门，就一起走了。"

“为啥要一起走？”钱老师发出灵魂拷问。

但庄家明非常正直地说：“让女生单独走夜路，不太好。”

芝芝点头。她作为曾经的独居单身女性，住酒店检查摄像头、坐出租车拍牌照并且与人通话、走夜路最好找人结伴，是必备的生存法则。虽然在校园里理论上不会有什么危险，但是万一呢？校园暴力也不是没有，听说还有人遇到过蛇，她不能和大部队一起回寝室，就一定要等庄家明一起走！

他们俩的表情看起来都很正常。

钱老师狐疑地扫视着他们，语气却很温和：“男生女生还是应该保持距离，知道吗？你们都是实验班的学生，应该把心思放在学习上。”

教导主任都这么说了，他们不能不听。两人互相看了一眼，然后庄家明说：“你走在前面，我走后面。”

“行。”

他们达成共识，和钱老师告别，在他的注视中一前一后地往宿舍楼走去。

下一周的升旗仪式上，副校长上台，公布了这一周的“严打”成果，抓住“嫌疑人”十一对，地点包括绿化带、操场、楼梯间等多个场所。

“经过慎重考虑，给予以上同学口头警告处分，希望同学们引以为戒。”

场下鸦雀无声，同学们都被学校的雷霆手段震慑到了。

但还没完。吃过午饭，部分消息灵通的同学带来了新消息：有几个学生被叫家长了，其中包括张霖和杨榕榕。

他们俩一个在文科班，一个在理科班，只隔了一道墙，来往很方便。而且不在同一个班里，他们的关系反而更加密切，有空就去楼梯间聊聊人生，据说周末还约好了出去看电影。

当然，这些他们都是瞒着家里的。双方家长一来，这就成了人间惨剧——

张霖被他爹揍了，杨榕榕被父母当着老师的面批评了，他们被迫断绝了往来。

是夜，庄家明他们寝室听了大半夜的感情倾诉。张霖要面子，忍着没哭出声，但声音沙哑，第二天起来两个眼圈都是乌青的。他整个人颓废得不得了，干什么都提不起精神。

杨榕榕是女生，对哭没什么负担，据说哭了一个晚上。

芝芝因为成绩上浮，没和她住在一个寝室，所以只是听二手消息，但看她上课无精打采，眼皮红肿，就知道大概是真的。

芝芝作为班长，需要关心同学的心理健康。她约杨榕榕去小卖部买酸奶，回教室的路上，特地走了偏僻的小路和她谈心。

“老师他们这么做，只是怕你们学习成绩下降。”芝芝说。

杨榕榕有点儿不好意思。她上高二后，因为分科的关系，排名没变，但实际上就等于下降了。她的心思的确被分散了，她没有初中时那么努力，一有空就想着和张霖出去。

芝芝平静地说：“你把成绩搞上去，他们就不会多管你什么。”

杨榕榕咬住了嘴唇。

“你慢慢想，其实这样也挺好的。”芝芝换了个思路，轻松地说道，“天涯何处无芳草，长得帅的学霸很多，比如说……”

“庄家明？”

芝芝嘴角抽搐：“那和张霖有什么区别？我是说普朗克啊，钱学森啊，王德民啊，长得帅还有才华。当然了，海蒂·拉玛也是又美又厉害。”

杨榕榕：“那我还是选迹部大爷。”

芝芝立刻表态：“幸村更好！”她爱柔弱的美少年！

…………

经过激烈的“讨论”，最后她们达成一致：不如全都要。

学校的“消消乐”持续了大半个月，取得了可喜的成效。

5月，离高三学生高考还有一个月，很多人收了心，开始把精力放到学习上。两个实验班在各科老师的主持下，试着考了一次高三的一模，基本全军覆没。

基本的意思是，庄家明凭借着骄人的基础，考了个不错的成绩，但比起平时的水平，算得上是考砸了。

而关知之……一枝独秀。她的语数外考过了庄家明！

成绩出来的时候，她自己都惊呆了，可细细想来，这并不奇怪。

她本来就学过一次，这两年又用心，把原来的知识捡了个七七八八，兼之时不时回顾总结，远比学了就忘的其他同学好得多。

最重要的是，她有高考的思维。

芝芝原来没想到这一点，后面忍不住问庄家明要了卷子，对比了下才发现问题出在哪里。

她犹豫了下，掐着手指头说："虽然这么说有点儿难为情，但我有一点点微不足道的经验想告诉你，你要听吗？"

"要啊。"比起她小心翼翼的模样，庄家明本人并不太把这件事放在心上。他承认芝芝比他更用功，更懂得应试的方法，输给她没什么好奇怪的。

芝芝竖起手指："第一，把能拿的分全拿了。"

这句话是什么意思呢？计算要写详细的步骤，只要思路是对的，就算结果错了，老师也会给一部分分，庄家明同学因为比较聪明，步骤通常十分简略。答案正确的情况下，他肯定得分，但要是不小心写错了……老师只能看他上一步写到哪里。

阅读分析亦然。这句话表达了作者什么样的思想感情？他不要只写一个，想到的全写上去！写错不扣分，写对就得分，不写白不写。

"第二，该刷格调的时候一定要刷。"

这一点针对英语，尤其是作文。英语作文通常比语文简单一些。庄家明写英语作文的思路和语文是一样的，想写好这篇作文，就会写得有理有据、逻辑通顺。可是，英语考查的是语言的掌握情况。同样的情况下，高级词汇越多，句式越新颖，得分会越高。

"用几个高级词汇，再背点儿原版的名人名言。"芝芝尴尬地笑笑，"凑字数很方便，你看我几乎次次都写。"

泰戈尔的《飞鸟集》、莎士比亚的名言、马丁·路德·金的演讲，都是她学习借鉴的重点对象……

庄家明陷入了沉思。

"这个老师高三肯定会讲的。"芝芝认真地说，"你不是没考好，你是没熟悉他们的套路，摸准了一考一个准。"

说完，她又假装很遗憾似的："估计我这辈子也就只有一次考过你的机会了。"

庄家明回过神，忍不住笑了，故意问："那你为什么还要告诉我？"

"不告诉你，你迟早也会知道的，当然卖个人情啰。"她耸耸肩，"你总得意思意思，请我吃个什么吧？"

他们坐在回家的公交车上，马路两侧偶尔有人摆着小吃摊，香气飘进来，勾得她肚子咕噜噜叫。

庄家明一口答应，但又问："那你会和别人说吗？"

芝芝考虑了下："他们问我，我就说，不然搞得像我炫耀一样。"

"所以我是不一样的吗？"他突兀地问。

芝芝顿了顿，笑嘻嘻地说："对啊，我们俩多少年的情分，当然不一样！"

庄家明问："有多不一样？"

芝芝觉得有点儿奇怪，警惕又好奇地问："你问这个干什么？"

"随便问问。"庄家明神色自若，仿佛确实在闲谈。

芝芝心里有鬼，有些不自然，胡乱敷衍："就那样，我咋知道？"

庄家明就不问了。他隐隐约约觉得，芝芝对他不是想象中那么无意。可是有什么横在两个人中间，像是暗色的玻璃，让他无法看清她的心意。

怎么办呢？少年心里着急，脸上却分毫不敢表露。

期中考结束后，芝芝就发现，程婉意请假的时间越来越多了。

程婉意以前也请过假，有一回是报名去参加了哪里的一个夏令营，因为时间和国内的假期对不上，迟了一周才来上课。

但这次，她请了快一周的假。好在老师们也知道她的情况，并未多说什么，大开方便之门。

程婉意回来后和芝芝说："我可能在期末考试前就要走了。"

芝芝吃了一惊："这么快啊？"

"早点儿去，早点儿安顿。"程婉意稍稍停了下，语气很奇怪，"我妈会陪我住一段时间。"

"应该的，你一个人在外面人生地不熟。"芝芝说着，心里有点儿不舍得。程婉意是自己回来后，除庄家明之外，第一个重新认识的朋友。

记忆里，她清高自傲、高人一等、目中无人……总之非常讨厌就对了。可接触了之后，芝芝却发现事实并非如此。

程婉意是个单纯的女孩子。这种单纯的品性也许来源于优渥的家境，她没有吃过苦。

小学的时候有男生欺负过她，当她穿着沾染了灰尘的小裙子回家时母亲就发现了。一个星期后，那个男生就转学了。

程婉意说起这件往事时，表情是很漠然的，带了些自己都未察觉的不满语气——芝芝认为她是不满的。

她不满于母亲的操控和过度保护。

但她并不知道，若非如此，她不会有那么多的闲情逸致。

学生之间的竞争也是很残酷的。比如宁玫，她有危机感，所以在学习上非常拼命，在教别人题目的时候，也会选择性地留一手。

可程婉意不是这样。她并不介意将自己花了上千元钱得来的英语笔记借给朋友看，因为考试成绩高一名、低一名无关紧要。

她的生活富足，未来的道路已由母亲铺平，她只要照做就行了。

当然，这对年轻人来说很难以接受，他们总有被父母操控人生的挫败感，可这未尝不是一种福气。

关知之就必须为自己的将来辗转反侧，彻夜难眠。

不过羡慕归羡慕，程婉意淡泊名利，也不太斤斤计较，芝芝真心诚意地把她当作朋友。听到她不日就将远赴重洋，芝芝多少有些唏嘘："以后也不知道多久能联系一次了，你要记得给我写邮件啊。"

程婉意非常郑重地答应了，然后犹豫了很久，发出邀请："下周是我的生日，正好在周六，你……要不要来参加我的生日宴会？"

她本来想说"愿不愿意"，又觉得太郑重；说"可不可以"，又显得太像哀求，那个关键的词在嘴边滚了一圈，成了个有些居高临下的"要不要"，活像是施舍。

亏得两人已是朋友，芝芝倒没放在心上，想了想，同意了："几个人？怎么过？"

"就你，"程婉意不太好意思地说，"我不想叫太多人。"

芝芝这下是真的意外了，没想到自己在程婉意心目中有这等地位。霎时间，她对待这份友情的态度不由自主地严肃起来，认真地答应："行，我一定去。"

那个周六，天气意外地暖和。

芝芝穿了件新买的卫衣和洗得旧旧的牛仔裤，把头发编出一朵花，然后穿上球鞋，带上准备好的生日礼物，坐公交车去见程婉意。

程婉意原本说可以让司机来家里接她，但是芝芝拒绝了，约在市中心的地标见面。

程婉意比她到得早，穿着一条淡粉色的长裙子，气质绝佳，看到芝芝到了，笑着和她招手：“我家有点儿远，要坐车去。”

芝芝并不觉得奇怪。程婉意有一个家在县城，但还有一个家在市里，按照程妈妈的有钱程度，或许上海也有房子亦未可知。

她们坐上车，到了市里闹中取静的一处别墅区。

家里只有保姆，很白净的中年妇人，也不像偶像剧里一口一个“小姐”，平平淡淡地笑着说：“婉婉回来了，这是你的朋友吧？家里有饮料，你要喝什么？我煮了百合莲子汤要不要？”

程婉意就说：“这是关知之，她喝咖啡比较多。”

保姆就泡了咖啡过来。

芝芝端着咖啡杯，被程婉意带着去看家里的小狗。程婉意家里养了一只萨摩耶，无比可爱而且精力旺盛，一刻不停地往她们身上扑。

就这么和小狗玩了一个多小时，她才被程婉意拉到自己的卧室。

别墅是新买的，但设计很传统，没有套房的设计，只是将卧室、书房和卫生间排布在了一起，就算是程婉意自己的地盘了。

她在书房招待芝芝。

墙脚摆着画架，墙边放着小提琴，桌上堆着电脑和作业，还有一张合影，是年幼的程婉意、程妈妈和一个芝芝没见过的男人。

“这是我爸。”程婉意语气平淡，“他们离婚了。”

芝芝点头，“哦”了一声。

这平静的态度让程婉意松了口气，她不知不觉地说下去：“他和别的女人好了，我妈就和他离了婚，自己开厂养我。”

“你妈是很了不起。”芝芝很佩服程妈妈。从某种意义上来说，她觉得自己和程妈妈很像，都想把自己觉得好的一股脑儿地塞给重视的人——即便他们还不能明白，甚至会怨恨，也无所谓。

所以这一刻，芝芝情不自禁地想替程妈妈辩护：“婉婉，你妈……只是想把她觉得好的给你，她觉得你太小了，还不懂，所以要替你做主。”

程婉意的表情看起来很奇怪。

芝芝有点儿不好意思了，摸了摸脸，硬着头皮说：“假如父母想控制小孩儿，就不会让她离开。最好她在本省读大学，逢年过节就能回家，毕业后在老家找工作，由自己安排相亲——可你妈妈不是。”

就在刚才，程婉意还觉得关知之一本正经地分析很好笑，明明和自己一样是十七岁的女孩子，说起话来却像是她的阿姨。

阿姨经常这么说："婉婉，你妈妈是为了你好。你现在还小，还不懂，以后你就明白了。"

她听了，可是一个字都没信。

然而不知怎么，关知之的这番话听在她的耳朵里，却有了不一样的味道。她们是同龄人，关知之会这么说，难道真是如此吗？

她不由得想起前段时间发生的事。

母亲让她请了假，带她报名参加了一个看学校的团，里面都是要出国留学的孩子和他们的家长。

她们飞了很长时间，到了 M 国，又坐了很久的车，一个个学校看过去。

大巴颠簸，天气也不太好，云层压得很低，好似随时都会飘下雨来。

就在她昏昏欲睡的时候，她的母亲开了口，说道："这几天看了好几个学校，你好好考虑想在哪里念。妈妈不可能一直陪着你，很多事你得自己想清楚，别一时昏头，像刚才那样觉得人家学校好看就想在那里读。"

当时，程婉意觉得母亲在教训自己。她喜欢刚才那个学校，在山上，风景极其优美，像是电影里的画面，可母亲驳斥了她的想法。

她心里不舒服，一上车就假装晕车，歪着头不肯说话。那时她也的确没有应声，假装没听见。母亲就不再说了。

此时此刻回忆起来，程婉意的心中生出一丝后悔和不可名状的触动感觉。

芝芝在这个时候发挥了自己察言观色的好本事，站在书柜前假装看书，给她一些时间思考。

没多久，程婉意就回过神，开始向芝芝介绍自己的藏书。

芝芝发现，就算自己这两年已经努力追赶，并时有时无地被"女主光环"笼罩，但人家打小积攒起来的底子也不是随随便便能打破的——

程婉意的阅读量比自己大。

她居然有一整套神话体系的书，包括中国的、印度的、日本的和其他西方国家的，而她的意向专业居然是宗教和神学。

芝芝瞠目结舌，但和闺密聊天，开读书会是不现实的。两个人在书房的小沙发上坐了会儿，芝芝忽然想起了一件事，问她："你是考完会考走吗？"

程婉意点头。

她又问："那你走之前，有什么想做的吗？"

程婉意认真地想了想，说："已经做了，我一直想邀请朋友来家里过生日。"

芝芝奇怪："你以前都是怎么过生日的？"

"和我爸一起。"少女的眉眼间都是厌倦之色，"我妈不知道为什么，每年生日都让我和他一起过。我不知道有什么意思，很无聊。"

"很好理解啊！"芝芝吃着保姆刚送来的一碟哈密瓜，含混不清地说，"就是想给你营造一个'虽然爸爸妈妈离婚了，但我们还是爱你'的感觉吧。"

程婉意费解："既然是这样，为什么要离婚？"

芝芝咔嚓咔嚓地啃着瓜，这瓜太甜了，肯定超贵的："他们离婚只是过不下去了，不等于不爱你了。男人和女人很容易没感情的，父母对子女的爱却是斩不断的。"

程婉意沉默了会儿，忍不住笑了："你的口气听起来很怪啊！"

心态苍凉，她有什么办法？毕竟她是半只脚踩进婚姻的人啊！不不不，不能这么想，她还是个宝宝。

"我小说看得多，懂的就多了。"她一本正经地胡说八道。

但程婉意居然信了！她叹了口气，拿起叉子戳了块瓜："反正我更想这么过。"

"想就该说，大人不一定同意，但是至少要让她知道。"芝芝也有过和父母斗智斗勇的经历，传授经验道，"态度要坚决，理由要充分。然后看你爸妈是理智型还是情绪型的，理智型的就讲道理，情绪型的就哭惨，你试试。"

程婉意将信将疑："是这样吗？"

"大部分情况下，更爱孩子的父母，一般都赢不过子女，更爱自己的父母，一般都能拿捏小孩。"芝芝端起咖啡杯，慢悠悠地喝了一口，"年轻的时候和父母斗，结婚了和老公斗，生了孩子和娃斗。人这一生，就是一部斗争史。"

程婉意心想：自己的这个朋友，是不是想得太多了？

"不说这些了。"芝芝略不好意思地说，"那个……能和狗再玩会儿吗？"

程婉意说："那我们去下面，我怕它撕我的书。"

"走走走。"

她们和狗玩了一个下午。萨摩耶真无愧于"天使"之名，笑起来可爱得不得了，尾巴甩得像风扇，芝芝又摸又抱，恨不得偷走。

晚饭芝芝是在程家吃的，程母提着蛋糕回来陪女儿吃饭。

饭桌上，程母免不了问问芝芝的家庭情况。

程婉意极其反感，三番五次开口打断："妈，别问了！"这和查人家户口有什么区别？她和关知之交朋友，与人家的父母做什么又有什么关系？

但长辈开口，芝芝为礼貌计，也不能闭口不谈，回答得非常简单——"做生意的""我是独生子女""暂时没有出国的想法"，等等。

芝芝好不容易熬过了盘查。

准备切生日蛋糕，程婉意许了愿望：希望明年能够多交几个朋友，不用什么事都听母亲的话了。

"呼——"她吹灭了蜡烛。

高二下学期的会考前，是高三的高考。

所有的教室都要腾出来做考场，所以高一、高二的学生 6 号就放假了——但作业一点儿也没少。

芝芝的心态很稳，她该吃吃，该睡睡。倒是她的父母居然开始紧张起来，高考当天特地跑到作为考场的学校围观了一下。

被那种紧张的气氛感染，他们回家后就和芝芝说："马上你就要高三了，从今天开始，你就要准备起来。"

芝芝："……"

考过一次的人毫不畏惧。

但高三的学生考完后，他们高二的学生就成了被重点关照的对象。

回去上课的当天晚上，林老师就在晚自习上用极其严肃的口吻说："今年的高考是近十年来最难的一次，尤其是数学和综合。按照惯例，明年你们可能会更难。"

芝芝觉得这话逻辑不通，可架不住效果非常好，立竿见影。林老师这么一威吓，原本心思还没收回来的学生们就有点儿被吓住了。

现场鸦雀无声。

“今天晚上讲试卷。”林老师扫视过五十多个学生，“把你们的卷子传上来，然后一组和二组换，三组和四组换，我报答案，你们批一下，看看自己究竟是个什么水平。”

个别同学心里一抖，他们没写完卷子，打算在晚自习上补来着。这点儿小动作瞒不过林老师的火眼金睛，她冷笑一声：“没做完？放假四天你们干吗去了？都是准高三生了，还不知道努力，你们是打算下学期离开我这个班吧？”

三连灵魂拷问，那几个学生羞愧地低下了头。

惨。芝芝心里想着，面不改色地喝了口茶。

林老师瞟了她一眼，没吭声。这个班长什么都好，就是上课喜欢喝水、吃饼干，但考虑到这个年纪的学生正在发育期，林老师也没说什么：“选择题：ABB……别只顾着打对错，把正确答案写上，再报一遍，ABBCD……”

他们花了十分钟批改完了卷子，然后还给本人。

林老师开始讲解。

九点半，晚自习结束。

芝芝把钥匙交给纪律委员——因为被教导主任抓到过一次，她本学期选择改变策略，和副班长、纪律委员、学习委员轮流锁门——和几个室友结伴走了。

路过一班的时候，她看到庄家明在收拾书本，对他挥挥手，示意自己先走一步。

庄家明没理解她的意思，心里反倒咯噔一下：她为什么不等他一起走了？

这是头等大事。他都忍不到第二天再问，辗转反侧了一个小时，发短信过去，用词斟酌了好几分钟，假装轻描淡写：“你今天晚上有什么事吗？”

芝芝睡着了，没回。

第二天早晨，庄家明也没在晨跑的队伍里看见芝芝，一问她的室友，原来是轮到她打扫寝室的卫生。他只好按捺住焦急的心情，匆忙去食堂吃了早饭，而后赶回教室，希望能够在上课前找到她问一问。

这真是一种奇妙的心情啊！全副心神都被占据，他一夜辗转难眠，一会儿惴惴不安，反思自己是什么时候得罪了她；一会儿又怨气满腹，不知道她好端端的搞什么鬼，有话不肯直说，偏要这样对他忽冷忽热。

明明不知道也没什么，偏生心里头又焦急得紧，他拼尽全力才让自己忽视，不过片刻，思绪又回到原点。他听不到朋友的议论，闻不到蛋饼的香气，记不起早上要收的作业。

原来，如果一个人对他很重要，她的一颦一笑、一喜一怒都能牵动他的心神。

庄家明第三次走出教室——第一次假装去厕所，第二次假装检查走廊有没有打扫干净——正考虑要不要找机会去趟办公室，假借交作业的名头瞄一眼二班，芝芝就从楼梯那里走上来了。

他想也不想就走过去，看见了她轻快的笑容。她跟他打招呼："早啊。"

"早。"他顿住脚步，想找个别的什么话遮掩下，可着急的心思拦也拦不住，直接就把真心话说出了口，"你昨天走得这么早，是有事吗？"

他说到最后几个字，语调不自知地微微拔高，听着十分突兀。芝芝疑惑地看着他，发现他看起来意外地紧张，眼睛一眨不眨地看着她，仿佛很在意她的答案。

"我把钥匙给别人了，不用锁门，就先走了。"她困惑地说，"我不是和你打招呼了吗？你还看着我笑了一下。"

庄家明愣住了。

她又说："现在天热了，回去太晚不好洗漱，轮流比较方便。你们班也可以考虑啊，不然太惨了。"

"是这样啊，"他瞬间放松下来，"我还以为你有什么事呢。"

芝芝纳闷儿："能有什么事？"

"没什么。"庄家明彻底放了心，转头就走，"没事了，要早读了。"

芝芝刚想张口问他不是想去办公室，电光石火间，一个让她难以置信的念头浮现在脑海中：他不会专门是来等她问这个问题的吧？

这个猜测在她看到短信的时候得到了印证。

晚上十一点十二分。他大半夜的不睡觉，专门问她这个……是不是太在意了一点儿？他心血来潮，忽然想问一下，那也不用特地发条短信吧，更不用今天在这里等着她吧？

可她再怎么想，昨天干的事也没严重到要他这么迫不及待地来问吧？

为什么呢？

芝芝心里有个大胆的猜测，直接把自己吓蒙了。

不可能的！绝对不可能的！一定是她想多了，对，一定是！

而与她拼命自我催眠不同，庄家明回到教室的时候，其实有一点点后悔，觉得自己太冲动了，好像很不稳重、藏不住事。可上了两堂课，脑子冷静了下，他又改了想法：他都表现得这么明显了，她有没有可能猜到呢？

他紧张又期待。然而，他等了一个星期，会考都过了，芝芝也没多问他一句。

庄家明很想知道：关知之同学的神经到底有多粗？

会考结束，程婉意离开就提上了日程。

周五，她在最后的两堂自习课上收拾东西，把所有的课本、卷子和零零碎碎的小物件收拾干净。

这周回家后，下一周，她就不会再来学校了。

她收拾的动作很轻，但在同学们心里，却有着一种无形的力量，叫他们觉得胸腔里闷闷的，很不是滋味。

夏天的风带来离别的味道。

芝芝转着笔，走神了。她默默地看着程婉意渐渐收拾干净，高三毕业的记忆重现心头。

“我怕我没有机会，跟你说一声再见，因为也许就再也见不到你。”

很多人高三一别，再也未见。程婉意不日就将远赴他国，未来会回国吗？她回国了，她们还能再见吗？可能不能了。

这或许是关知之这辈子最后一次见到这个朋友。她惆怅地叹息。

下课铃转眼就响起来了。程婉意收拾好了书包，林老师走进教室，和她说：“你妈妈已经来了。”

“谢谢老师。”程婉意看着自己空荡荡的课桌，慢慢地说，“我走了。”

林老师的眼眶微微湿润，她笑着说：“去吧，到了国外也不要放松学习，考个好大学。”

程婉意点了点头，眼眶不受控制地红了。明明和班上的同学关系都很普通，可是为什么她走的时候，心里竟然会这样难过呢？

“老师，我送一送她吧。”芝芝站了起来，接过一袋沉甸甸的卷子，“东西有点儿多。”

林老师同意了："好，你是班长，代表我们班送一送程婉意吧。"

她们在全班同学的注目中走出了教室。

程妈妈在办公室里等着她们，看到两个女孩子一起走过来，主动说："我先去车里了，你们慢慢走。"

楼梯似乎很长，又很短。她们谁也没有说话。

快走到校门口了，芝芝才开口，道："我在你袋子里放了个东西，你等会儿上车了再看。"

"送别礼物吗？"程婉意笑了。

"算是吧，一点儿心意。"

芝芝送她上了车，挥手道别："再见。"

"我会给你寄明信片的。"程婉意摇下车窗，"你也要给我写邮件。"

芝芝点头，努力微笑："好，我等着。"

"我知道你喜欢《哈利·波特》，我去环球影城给你寄礼物。"她又说。

芝芝用力点头，视野模糊了："好！"

"再见。"

"再见，一路顺风。"

她们道别。

车子开走了。

程婉意低下头，悄悄抹了抹眼角。她一动不动地坐了会儿，似乎是发了会儿呆，然后想起刚才的对话，急急忙忙在袋子里找东西。她找到了，是一本笔记本。

她翻开，以为只有关知之一个人的寄语，可是……里面是很多很多人的笔迹。

程婉意：

一路顺风，以后也要加油啊！

落款是陈梦。

程婉意：

一直没告诉你，其实你小提琴拉得真不错，我很羡慕来着。去年元旦和你合作很高兴，未来也要加油哦。

落款是纪可人。

程婉意：

海内存知己，天涯若比邻。

落款是杨榕榕。

还有王斌的、徐蕾的、赵伊人的……班上很多很多人的。

程婉意捂住了嘴，泪眼婆娑。

最新的两个，一个是关知之的。

婉婉：

不要为分别而难过，通信那么发达，其实你在M国和在这里，并没有什么区别，科技会把我们联系到一起。

我们的距离可能只有时差而已，但我是夜猫子，过的都是西半球的时间啦，所以，没关系的，为我们的将来努力奋斗吧！

你的好朋友，关知之

另一个，墨迹都新得像是刚刚写上去。

程婉意：

祝你心想事成，永远幸福。

加油。

庄家明

程婉意合上了笔记本，把脸埋在手心里，低声哭了起来。

她不知道自己究竟是为了什么而哭泣，或许是因为这迟迟到来的同班友谊，又或许是因为关知之的心意而感动，也或许……是为了一些从未说出口的遗憾。

再过几天，她就要离开熟悉的地方，去陌生的国度求学。她一直畏惧、迟疑，只是假装无所谓。

可此时此刻，她看到那些祝福的话语，心底却生出了无穷的勇气。

“婉婉，别担心。”开车的母亲温声细语，“妈妈会陪你去的，你什么时候习惯了，妈妈就什么时候回来。真的不行，妈妈也可以陪读一年。没关系的，有妈妈在。”

程婉意悬在喉咙的心脏落回了原位。

这一刻，她终于不再害怕了。

第七章

芝士咸：三年寒窗，不负青春

程婉意走后的第二天，就下起了雨，缠缠绵绵快半个月还没有停歇，很像是苍天多愁善感，为离别流泪。

然而事实是本地入梅了。一到梅雨季节，整个城市就好像被泡进了水池子里，湿漉漉、黏糊糊的，厕所泛出下水道的气味，令人作呕。瓷砖上结出大片水滴，一道道滑下来，地板上总是潮潮的。

宿舍的走廊上晾满了衣服，可空气的湿度太大，一件衣服都干不了。大家唉声叹气，纷纷表示考验内裤库存量的时候到了。

不得已，到了晚上，陆陆续续有学生们拿了电吹风，到楼下吹头发的区域去吹衣物，内裤和文胸齐飞，景象十分壮观。

在这样潮湿的天气里，期末考试到了。

考试时间依旧是三天，上午、下午各一门，这也是他们最后一次单独考政史地或是物化生。高三开始，他们就要进行综合考试了。

期末考不是很难，出题范围依旧是这半年的内容，考查的点比较细致，但只要上课认真听了，大部分能做得出来。

芝芝这次英语考砸了。其中一篇阅读理解和她想的完全是两个意思，她做错了两道理解题，从第一名落到了第二名。

但她这回心态很稳，高考之前，所有的第一、第二都没有意义。

大家离校前，林老师通知他们："按照惯例，高三要上预备班，8月

13 号开始。这个是完全自愿参加的，有人要是不想来也可以，自己看着办。”

某些学生听到是自愿，心里一动，互相交换着眼色。

芝芝觉得他们在找死，老师不是真的让他们“自愿”，谁信谁是傻子。

果然，林老师又道：“反正开学的时候，我们会按照补习的进度继续复习，没来的就自己想办法吧。”她顿了一会儿，加重语气，“高三了，接下来一年，你们会很辛苦，但只要熬过这一年，以后就不用再辛苦了。”

芝芝暗想：成年人明明更辛苦。算了，不说了，她现在还是未成年人！

暑假正式开始。

芝芝先痛痛快快地玩了两天，待在家里看看电视剧、翻翻小说、睡到自然醒，准备等到第二周再开始写暑假作业。

然而庄家明跑过来和她说了个消息：“补习班你去不去？”

“啥补习班？”她茫然了。

庄家明说：“都有，我们班很多人报名了，主要是数学和物理。你想去吗？”

“你去吗？”芝芝有点儿犹豫。

这种补习班一般都不会太便宜，虽然父母肯定愿意出这笔钱，但她还是希望能省就省。

庄家明和她想的差不多：“你去的话我也去吧。”

芝芝顿了顿，没问他为什么自己去他才去，而是问：“老师讲得好不好？去的都是什么人？”

大部分的补习班是针对差生和中等生的，前者上升空间大，后者可以努力搏一搏更好的学校，但这种补习班对他们没什么意义。

庄家明说：“我去问问。”

他问了一圈，说是补习班的口碑还不错，老师讲得深入浅出，有大班也有小班，大班十到十五个人，小班五到八个，有意向可以试听，一节课两百元，试听免费。

芝芝立即道：“既然试听免费，咱们就去听一节试试。”

庄家明同意了。

数学课是小班教学，在老师家里，物理是大班，老师在培训机构上班，有专门的教室。

两个人决定分头行动，芝芝去听数学，庄家明去听物理。

数学老师住的是老式小区，极富生活气息，与芝芝家住的地方很像，给她一种亲切感。而在门口，她碰到了来上课的纪可人。

她挺惊讶："你也来补数学？"

"听听看。"芝芝脸上笑眯眯的，暗自嘀咕，自己班也有人在这里上，她居然一次也没听到过，这人缘儿和庄家明比也差太多了吧？

只听纪可人说："你成绩那么好，我还以为你不用上补习班呢。"

芝芝道："你的成绩也很好啊。"

"不能和你比啦。"纪可人也很谦虚。

两个人寒暄着走进老师家里。问清楚芝芝是来试听后，老师的妻子就把她安排坐到了沙发上，解释说："饭桌上坐不下了。"

"没事没事。"芝芝没有任何不满。

但对方很不好意思，冲着老公喊："你讲大声点儿，这里还有个学生。"

"知道了。"老师开口，中气十足，吐字清晰，一听就知道是有经验的教师。

他先复习了下高一的知识点，从头串到尾，思路很清晰。然后他发了几道手写的题目让学生做，芝芝也拿到了一张，自己则检查他们的课后作业，一个个叫过去解释。

芝芝花了半个小时做完了几道题，老师过来看了看，点头说："你基础打得很牢，是一中的对吧？这次期末考怎么样？"

她老老实实地报了分数。

"你不用来我这里了。"老师摆摆手，相当痛快地说，"我主要是帮同学们复习一下基础知识，再讲点儿深入的题目，你不合适。"

芝芝有点儿失望，但还是站起来道了谢。

"我给你推荐两本辅导书，你自己买了回家做做就行。"老师随手拿了张草稿纸，写了两本书的书名和作者。

芝芝又道了次谢。

"没事，不用那么客气。"他说，"你要想听就再听一会儿，不听回去也行。"

芝芝没好意思继续蹭课，主动告辞了，想想时间还早，就没回家，去了书店找书，很巧，那两本辅导教材都有。

她翻了翻，觉得题目和总结还算不错，遂忍痛买之。

不久，庄家明找了过来，和她说："我觉得没必要去，只有基础班和提高班。你那边呢？"

"老师说不用去了，我买了两本书。"

庄家明点头，跟着挑了两本："我买英语的吧，然后换着做。"

"不，我有个更好的想法。"芝芝拉住他，目光炯炯，"我们买卷子吧。"

庄家明无条件同意，但是很好奇："你现在就想模拟考了？"

芝芝平静地道："准确地说，我觉得可以模拟训练。"

高考最怕的是什么？不是没复习好，是临场发挥得不好：准考证没带、吃坏肚子了、天气太热、周围有噪声、有同学晕倒了……总有太多太多的意外。

他们要保证考出一个好成绩，除了知识点掌握得牢固外，能够发挥正常水平同样非常重要。

所以，学校也会按照高考的模式提前对学生进行训练，但毕竟次数比较少，不够全面。

"2013 年高考是周五和周六，我们就在暑假里模拟考一下，就按照高考的时间来。"

高考的时间表是这样的：

6 月 7 日：

09:00—11:30，语文。

15:00—17:00，数学。

6 月 8 日：

09:00—11:30，综合。

15:00—17:00，英语。

芝芝说："我们把地方定在图书馆，然后就按照这个时间安排考试。"

她现在不管说什么，庄家明都觉得好，何况这的确是个很不错的主意——嗯，只是现在这么认为罢了。

不久后，他就发现芝芝的目的不是体验高考，而是考验他的心理承受能力。

第二次考的时候，她磨磨蹭蹭，一会儿说水杯没拿，一会儿说袜子没穿。他并不把九点开考当回事，耐着性子等她。

结果她等到八点半，突然跳起来说："喂，考试来不及了，只有半个小时了哦，超过时间就不能入场了。"然后她拉着目瞪口呆的他飞奔下楼，一路夺命狂奔到了图书馆。

八点五十九分，他们险之又险地冲进了图书馆。

她拿出手机定时，飞快地甩出卷子："开始了！你以为迟到了就能顺延吗？高考根本不给你机会。做，马上开始做题！"

庄家明："……"

第三次，考综合的时候，她做题做到一半，突然一语不发站起来冲了出去。他等了十分钟都没看到她回来，不知发生了什么事，跑出去找她。

结果她在小卖部里吃冰激凌，看到他过来，板着脸道："你疯了吗？高考考到一半你也出来，太沉不住气了吧？"

庄家明："……"

第四次，考场搬到了家里。

因为她说："高考的考场是没有空调的，万一明年很热呢？我们只能吹电扇！"

结果那天特别热，电扇吹得他头疼，他考出了最差的一次成绩。不只如此，第二天，他还光荣地感冒了。

芝芝给他拿了包纸巾，温柔地说："还有一天，再坚持下，加油哦。"

庄家明发誓，要不是她也中暑了，自己可能会想和她绝交！

幸好，搞完四次模拟练习，她也撑不住，罢工了。

两个人躲在图书馆里蹭空调，喝着可乐聊天。

她说："你不要以为我在折腾你，每年都有这些事——忘记拿准考证、走错考场、英语广播坏了、外面有噪声、吃坏肚子……多模拟几次，真的发生的时候就不会那么慌了。"

庄家明本来还处于高二状态，被她虐待了一个月，不由自主地紧张起来："你说得也有道理。"

"你的成绩肯定不用担心，关键就是发挥。"芝芝这段时间把自己折腾得够呛，这会儿出于补偿心理，大口大口吸着冰可乐，"只要发挥得好，你肯定没问题。"

可乐罐冰冰凉凉的，握着很舒服。庄家明摸着上面的水珠，却问：

“那我要是没考好呢？”

芝芝当然不会说“你怎么会没考好”，意外随时可能发生。所以她想了想，认真地说：“看是哪种情况，只是没考上那几所顶尖的学校，那也没什么关系，只要是985或者211就行了。往后可以考研，也可以出国，高考很重要，但也不代表什么，你别有压力。”

他看看她，突兀地问：“那……你会失望吗？”迎着她诧异的眼神，他缓慢而轻声地说，“你一直说我会很厉害、会很成功，可是如果我做不到，你会对我失望吗？”

芝芝觉得庄家明的问题有点儿微妙，或者说……有点儿暧昧。她会不会失望和他有什么关系？他有必要这么在意吗？

她的心跳渐渐加速，心脏几欲跳出嗓子，可长久以来的自卑感以及前世的经历，又不禁使她怀疑这是否只是自己心魔暗生、过分自恋导致的幻觉。

庄家明没有催她，只是用余光瞄着她的表情。她掩饰得很好，但由于多年朝夕相处，他依旧读出了她在犹豫。

她为什么犹豫？她是不是听懂了？她在考虑些什么呢？她是在纠结怎么拒绝他，还是别的什么？

一个个念头像是鱼吐出的泡泡，源源不断地浮上心头。

他有些紧张，又有些期待，手心湿漉漉的，不知道是汗还是可乐罐上的水珠，胸膛因为憋气而微微发痛。

芝芝终于开口了，语气假装轻松：“不会啊，你也是普通人，也会有做不到的事，就算做得不好也没有关系。”

庄家明松一口气，觉得轻松了点儿，但失望的浪潮随之涌来。他自嘲地想：她不在乎我，当然不会失望，我在想什么呢？

灰心之下，他一时冲动，说：“所以你果然不在乎了？”话才出口，他立即惊觉不妙。这话说得太过难听，也许伤她的心，他笨拙地弥补，“不，我不是这个意思，我……我是说……我还以为你多少会有点儿遗憾什么的。”

这么明显的异常，芝芝自然有所察觉。她惊疑不定地看着他，想问他到底是什么意思，又莫名畏惧，生怕是自己搞错了，两个人都下不来台。

他们坐在小卖部门口的塑料椅上，你看看我，我看看你，都有点儿感觉。可对方一言不发，他们就慌了，不敢辩解，也不敢问。

时间一分一秒地过去，清洁工提着黑色的巨大垃圾袋，过来收小卖部的垃圾桶。看到他们俩手里拿着易拉罐，清洁工用方言问："还要不要？"

"不要了。"芝芝的可乐没喝完，但糖分太高，不喝也罢。

庄家明也摇摇头，把可乐罐递给了清洁工。

暧昧的气氛烟消云散。庄家明藏起失望的心情，若无其事地说："咱们回去吧，作业还有点儿没写完。"

"好。"老实说，芝芝暗暗松了一口气。她从来没想过这个，根本不知道如果猜测是真的，自己要怎么回答。

他还好没继续问，吓死人了。

高三在即，不只芝芝和庄家明努力准备，家长们也各有思量。

庄鸣晖在单位打听了一圈补习班，回来委婉地和儿子提了提，不要求他一定要去，只是说"参考参考也好"。在他说去看过以后，庄鸣晖掏了五百块钱给他，让他去买些辅导材料。

唯恐孩子担忧经济条件，他又特地补充："不要担心钱，高三是最关键的一年，爸爸这个月拿了几千元的奖金，你别担心。"

庄家明没有推辞，收下了这笔钱。

隔了两日，关家夫妻在庄鸣晖下班后找上门来，送了一碗夜宵，顺带提起孩子们的事。

关母率先发言："听人说，现在人家上高三，家长都是去学校旁边陪读的。我觉得有道理，他们宿舍八个人睡一间房，晚上肯定休息不好，而且要排队洗头、洗脸，多浪费时间。你说，要不要在一中旁边租个房子，让他们走读算了？"

"这个我也听过。"庄鸣晖吃着热腾腾的面条，不耽误说话，"学校旁边有专门出租的房子，很近，早上走几步路就到了。"

关母看起来非常心动："要不然什么时候去看看？"

庄鸣晖想了想，说道："孩子大了，自己有主意，咱们先问问他们。"然后他敲门把庄家明叫了出来，道明原委。

"不用。"庄家明想也不想就拒绝了，"住宿舍挺好的，方便。"

关母待他一向温柔，柔声说："家明啊，你们宿舍没热水，夏天还好，到了冬天洗澡很麻烦，还要自己洗衣服。如果住到外面，这些时间就能省下来了，晚上也能睡得好点儿。”

庄家明不傻，态度坚决：“我觉得没必要，住宿舍挺好的。”他顿了下，又问，“芝芝同意了？”

“还没和她提。”关母原本打算和庄家商量一下，假如两家人都有意向，可以合着租一间房。她一个人照顾两个孩子没问题，这样就不用耽误庄鸣晖的工作，自家也能省一半的租金。

庄家明说：“芝芝应该也不想去。”

他一语中的。

之后听关母一提，芝芝就道：“没这个必要，洗澡就多走两步路，洗衣服也就几分钟的事，来回一趟也就差不多了。”

“你不是说宿舍里有人打呼噜吗？万一睡不好，第二天上课没精神啊！”

芝芝挠挠脸：“习惯了就行，真的受不了就买个耳塞。”

关母原本也在犹豫要不要花这笔钱，现在看两个孩子态度坚决，便暂时搁置：“那也行吧，你再住个半年，明年要是觉得不好，一定要说。高三最要紧，学习是第一位的，其他什么都好说，不要忍着。”

“知道啦。”芝芝再三发誓，如果真坚持不下去，一定会和他们说，这才把忧心忡忡的母亲哄走了。

唉，她和庄家明住在对门就有那么多事，住在一个屋檐下还了得？万一出现他们进浴室看到不该看的剧情，谁来负责？

反正她是不想经历这种狗血剧情的。

暑假的最后几天，芝芝去了趟外公家。

老人家有比较可观的退休金，手里有点儿闲钱，兼之去年病过一次，所以不幸地被骗子盯上，买了几千元的保健品。

关母和金小姨觉得不靠谱，让他别上了别人的当。结果金外公大发雷霆：“我自己的钱，又没问你们要，我想买什么买什么！”

蔡婆婆吓一跳，赶紧打圆场：“她们又不是这个意思，是怕你上当，你好好说话，发什么脾气？”

关母对蔡婆婆不满，但忍住了。

谁知道金外公执迷不悟，冷笑一声：“我看她们就是不想我好过，最好我死了，一了百了，她们就开心了！”

这话说得太重，两个做女儿的瞬间变了脸色。

气氛顿时剑拔弩张，芝芝作为最小的小辈，这会儿也是大气不敢喘一下，悄悄地收回了摸荔枝的手，努力降低存在感。

蔡婆婆这时发挥了自己的高情商，笑了笑说：“荔枝吃多了，上火啊？这么大火气。有什么话不能好好说？知道的，说你是要面子，不知道的，人家还以为怎么样了呢。”

她端了盘西瓜，招呼关母和金小姨，说：“我昨天刚买的西瓜，可甜了，又便宜。一会儿你们带几个回去。芝芝啊，来吃西瓜，别傻坐着，听说你这次期末考考得不错，明年高三了吧……”

其实，话一出口，金外公就有点儿后悔了。他也知道两个女儿不是这个意思，但她们怎么就不为自己考虑考虑呢？

他去年才生过病，医生说要好好养着，买点儿药吃怎么了？他也没花她们的钱。就算他是说得过了点儿，可哪有老子给孩子道歉的？她们两个不说话是什么意思？难道要他开口吗？

老人心里念头无数，做女儿的亦有满腹委屈。她们两姐妹都不是贪图父亲退休金的人，多说两句，不过是怕他攒了大半辈子的积蓄被人骗了。呵，那个女人现在对他好，要是他没钱了，看她还会不会这样！真是好心被当作驴肝肺。

他也不想想，女儿难道还会害亲爹吗？

气氛十分压抑。哪怕芝芝和蔡婆婆努力调解，也没能结束双方的冷战。过了十几分钟，关母和金小姨就找借口走了。

“去我店里吧。”金小姨说，“给芝芝挑两件好看的衣服，大姑娘了。”

关母同意。

她们到了服装店，芝芝单独去挑衣服，两姐妹钻到后面的仓库，疯狂向对方念叨：

“咱爸是年纪大了，老糊涂了吧？”

“就是，那个什么保健品，怎么可能什么都能治？他当是仙丹啊？”

“可不是，以后大家都不用去医院，吃吃那个药就行了。”

“唉，他也真是……吃出毛病来怎么办？”

…………

芝芝不敢在这个时候去触老妈的霉头，磨磨蹭蹭地挑着衣服，最后决定买两条裙子。开学前的那两周补习她不用穿校服，连衣裙正合适，洗起来也省事。

她挑挑拣拣，过了一个多小时，关母才回来。

等到了晚上吃饭的时候，关母又在饭桌上提起了这件事，非要关父评评理："你说我爸到底是怎么想的？"

"唉，你别管他了。"关父的见解又有不同，"也就是吃个心安，随他去吧。"

"吃出病来怎么办？"关母反驳。

关父安慰："应该不会，吃出事人家要担官司的。你爸的性格你又不是不知道，越和他犟，他越不听你的。"

关母又嘀咕了两声，不再说了。

芝芝如释重负。

8月中旬，补习开始。

虽然理论上说，正式开学之前，他们都还是准高三生，但老师们都不那么想。林老师第一天就把倒计时的日历挂到了黑板旁边的墙壁上，确保所有人一抬头就能看见。

这玩意儿一挂，高三的氛围瞬间就出来了。

但大家还都不太适应，原因无他——天太热了。

白天不能开窗，否则有大量的热气涌入，会热得人怀疑人生，但教室里坐了五十多个人，那股味道……一言难尽。

芝芝默默地掏出了花露水，一顿狂喷。

奇怪的味道没了，取而代之的是花露水特有的香味，里面有薄荷成分，虽然不能真的降低温度，可大脑觉得很凉快，这就够了。

她还叫值日生去提了两桶水，早上、中午、傍晚各拖地一次降温。

到了晚上，气温稍微下降。热了一天的众人想要开窗通风，然而白炽灯的光是黑夜中最亮的靶子，无数飞虫前仆后继，尖叫声此起彼伏，一波未平，一波又起。

今年可没有庄家明再帮忙捉虫子了。

芝芝默默地掏出了蚊香，点燃放在了座位下面。

"你牛。"同学们敬佩地看着她。

"过奖过奖，有经验而已。"芝芝抱拳，然后从桌肚里掏出了小电扇，对准自己一阵狂吹。

这下同学们的目光就变成羡慕嫉妒恨了！

连林老师都说："你准备得还挺充分。"

"我不打没有准备的仗。"关知之同学掷地有声。

其他同学不像她准备完善，很是吃了一番苦头。好在老天也怜悯这群可怜的学生，周末的时候，台风来了。

台风天，强风、强降水、大降温。

当天早晨，风就很大了，平地卷起无数灰尘，树木左右摇晃。等大家到了教室，窗外的风声更是呼呼不断，听着就叫人害怕。

实验班在顶楼，芝芝观察了下玻璃，怕被震碎，赶紧说："靠窗这组往里面挪一挪，三组、四组并在一起。"

"干吗啊？"同学们嫌麻烦。

"我怕玻璃会碎，大家小心一点儿。"芝芝在教室里转了一圈，又让靠走廊那排的学生把窗户都关紧了。

有不少树叶混杂着雨水落进了走廊，地上积了不少水。

大家怨声载道："班长，能不能和老师说让我们回宿舍啊？"

"想太多。"芝芝摇头。学生分散了不好管理，统一关在教室比放在寝室散养安全，谁知道会不会有人脑子一抽跑出去。

这种天气，一旦出事就是大事。

果不其然，林老师很快过来，一字没提回去的事，不过夸了夸芝芝会办事："有你在，我不知道少费多少心。"

芝芝挠挠脸，依旧不习惯老师对自己的表扬，怪难为情的。

因为台风，有几个家住得远的老师不能赶来，林老师就连着上了两堂数学课。一堂课随堂考，一堂课讲解，将心思浮动的学生拉回了课堂，暂时忘记了肆虐的台风。

到了下午，风雨更甚。窗外一片白茫茫的雨帘，密得让人看不清对面的教学楼。树木在狂风中弯腰，折断的枝丫铺了一地。

"哎哟，这个台风啊！"林老师摇头唏嘘，打了两个电话，确定其他老师来不了了，宣布，"下午你们就自习吧。"

同学们悄悄地"耶"了一声。

平淡无趣的校园生涯中，能平白少上几节课也是件值得高兴的事。

芝芝被他们的情绪感染，渐渐忘记了对台风天的不安，心里居然生出惬意的平静感。她泡了杯热茶，开始看新买的辅导书。

雨滴打在玻璃窗上，噼啪乱响；水管里是哗啦啦的流水声；周围有人在按笔，嗒嗒嗒；有人在翻页，沙沙沙……这些白噪声令人愉快。

下午最后一节自习课的时候，林老师把芝芝叫出去，嘱咐其晚上小心看着同学，有什么事给她打电话，或者告诉值班的老师。

“雨太大，好几个老师来不了，一层楼就一个值班老师。”出于信任，林老师直截了当地说，“你要负起责任来。”

芝芝点头应下。

林老师还有点儿不放心，但她的女儿年纪尚小，一个人在家怕有危险，只好再三叮嘱，怀着担忧的心情回去了。

老师们的预感总是对的。

千辛万苦冒雨去食堂吃了晚饭，回到教室的同学又开始关心起了台风。

人多势众，他们并不害怕，而是聚在一起讲恐怖故事，有个男生直接讲起了《后天》的剧情，引发了大家的探讨：

“我看网上都说 2012 年有世界末日。”

“对，好像是玛雅的预言！”

“要是真的末日就好了，咱们就不用高考了。”

“末日那天学校会不会放假啊？”

芝芝：想得都挺美。

但这样的骚动很容易出现意外事故，她想了想，悄悄地把教室的门关上了。同学们敏锐地问道：“班长，你要干吗？”

芝芝比了个嘘的手势，然后打开了电脑和投影仪。

“哇，放电影吗？”大家更兴奋了。

芝芝有个 U 盘，是庄鸣晖单位定制的礼物，他拿了两个回来送给她和庄家明。高二上电影鉴赏课的时候，她向那个老师请求拷贝了一些电影收藏，这会儿就派上了用场。

“看恐怖片吧！”

“不要，我讨厌恐怖片，怪吓人的。”

芝芝没理会他们，挑了部不会出错的《辛德勒的名单》。

有的看总比没的看好。同学们接受了这个结果，安安静静地看起电影来。

第一堂自习课过半，值班老师过来检查，她悄悄地走到门口解释：“下午自习课大家都把作业做完了，比较闲。”

值班老师秒懂，也觉得这样比较好管理，遂默许了。下一节课，隔壁一班的灯也暗了。

《辛德勒的名单》将近三个小时，电影放完后，晚自习的时间也所剩不多了。芝芝也没多管大家的窃窃私语——只是要他们小声些，盼着下课铃快点儿响起。

她还急着在下课后做一件事呢——今天是庄家明的生日。

她等啊等，终于下课了。

憋了一天的同学们按捺不住，以比过去任何一天都要快的速度离开了教室，平时磨磨蹭蹭要多看会儿书或者是整理东西的人，今天也在五分钟内走了个一干二净。

芝芝把礼物揣到口袋里，锁上门准备离开。

一阵风吹来，让她体验了把什么叫作“冷冷的冰雨在脸上胡乱地拍”。豆大的雨点砸到她的脸上，直接把她砸蒙了。

此时此刻，芝芝才想起来，看电影有声音，又拉着窗帘，几乎和外界隔绝，自己压根儿没注意到外面的台风不弱反强。

狂风呼啸而来，差点儿吹掉她的眼镜。

芝芝不得不摘下被雨水糊满的眼镜，狠狠地抹了一把脸。

“快走。”庄家明快步走过来拉住她的胳膊，两人匆忙地往楼梯口跑去。

这种天气，大家都无比渴望寝室的温暖，走得飞快，整栋教学楼分外安静。芝芝走下半层楼，忽然想起来，这种天气不适合在外面送礼物，还是现在给了吧。

她停下脚步，把礼物递给他：“差点儿忘了，给你，生日快乐。”

庄家明笑了笑，伸手接过来，拆开外面的塑料袋，里面是一个“漫威”的钱包。

“恭喜你啊，成年了。”芝芝拍了拍他的肩膀，“以后就是大人了，加油吧。”

他在昏暗的楼道灯下翻看了会儿，而后小心地塞回了袋子里：“谢谢。”

“走吧。”芝芝率先下楼。

然而就在这个时候，不知何处传来“砰”的一声巨响，楼道里的灯泡闪了闪，猝不及防地灭了。

芝芝很不巧地在灭灯的一刹那踩中了一摊积水，并且因为走在靠墙的一侧，没拉住扶手，直接从楼梯上滚了下去。

“芝芝！”庄家明下意识地去拉她。

他拉中了，但她摔倒的力量带偏了他的重心，他也摔了下去。

衣裤瞬间被积水浸透，胳膊和膝盖上传来强烈的刺痛感，可庄家明仿佛没感觉到，语气惊慌：“你没事吧？”

借着外面路灯的昏暗光线，他找到了跌在墙脚的她，挣扎着扶她起来：“怎么样，还好吗？”

“没事。”芝芝喘了口气，平复了下呼吸，“脚踝有点儿痛，可能崴到了，你扶我起来试试……你没摔到哪里吧？”

“我没什么。”他摇摇头，半扶半抱着把她弄起来。

芝芝一站直，脚踝处就传来一阵剧痛：“啊！痛！”

“没事没事，你先坐下。”庄家明的心紧紧地揪起，语气前所未有地温柔，他紧紧挨着她坐下，哄道，“这么暗，下楼很危险。我们先坐会儿，可能过会儿就不疼了。”

其实坐下来，脚踝不承受压力，芝芝就觉得好多了。她现在更在意的是……他离她那么近。

两个人身上都淌着水，腿上有，胳膊上有，手心也有，湿漉漉的，很难受。

可他一点儿挪动的迹象都没有。

外面狂风暴雨，风刮过树木，发出令人胆战心惊的呼号。玻璃窗不停地颤动着，终于坚持不住，“哗啦”一声变成碎片。

场景有点儿恐怖。但芝芝并没有感觉到害怕——台风再厉害也刮不到教学楼里，雨只下了一天，距离淹没还早着呢。而且这是学校，寝室阿姨晚上会点名查床，很快就会发现他们没回去。

占据她心神的是和他的距离——他是没有发现吗？芝芝如坐针毡，犹豫许久，试探着动了动。

庄家明马上察觉到了，也犹豫了一下，若在往常也许就移开了，可今天的环境太过特殊，两个人躲着的这个楼梯间仿佛是个孤岛。

封闭的环境、黑暗的视野，让他更有勇气表露自己的内心。

他的心在这一刻加速跳动。她会说什么呢？她要是问我，我要怎么办？他紧张得忘记了呼吸。

而芝芝彻底蒙了，无法再用别的理由欺骗自己。

这太明显了，她完全编不出合适的借口。

怎么办？他难道……真的对她有意思？不是吧？不会吧？真的假的？

芝芝的脑子乱成一团糨糊，她本能地开口："你……你干吗？"

声音轻如羽毛，带着微微的颤音，也不是她平时的音色，更像是小奶猫在喵喵叫的声音。

不过，庄家明也好不了多少。他假装镇定，一开口却出卖了自己："没……没什么。"

芝芝向旁边挪了挪，他就移过去。

双方都很幼稚，换在别的场合，那就是在争执赌气。然而在这个半封闭的环境下，这种角力不仅不搞笑，还带来了很多暧昧的气氛。

芝芝的智商无限下降，她一方面想离开，另一方面又不想成功。两人挨得极近，分也分不开。

他的体温烫得吓人。

"你先松手，"她讨价还价，"万一有老师来了……"

说曹操，曹操到，话音未落，楼梯上面就响起了一阵脚步声，想来应该是巡视的值班老师。

芝芝急了："快放开！"

他的手松开了。

但不知道是不是快被人发现的紧张感提升了肾上腺素，庄家明脑子一蒙，想也不想就做出了个惊人的举动。

他居然在脚步声渐渐靠近的时候，飞快地靠近她。芝芝只觉得耳朵和脸颊相连的地方一热，柔软的触感一闪而过。

这一刻，仿佛有一道闪电劈中了她的天灵盖。

千万思绪闪过，最清晰的那个念头莫名有些搞笑——居然是真的！他居然喜欢我！我该怎么办？

此时，庄家明反而镇定下来。他松开她，起身走上楼，主动问："是老师吗？"

“谁？”脚步声蓦地急促起来，一个女老师惊讶的脸出现在楼梯上方，“你们怎么还没回去？”

庄家明条理分明：“刚才灯忽然熄灭，我们看不见，不小心摔了一跤，她好像崴到了脚。”

女老师打着手电走下来，看他们俩湿了半身，惨兮兮的，不由得头痛：“怎么搞成这个样子？同学，你的脚很痛吗？”

“应该只是崴了一下，没骨折。”芝芝忍着痛摸了摸脚踝，感觉只是筋肉疼，骨头并未有痛感。

女老师还是非常担心，只是现在台风那么大，也不方便去医院，温言安慰了几句，又问：“你自己站得起来吗？”

“我背她吧。”手电筒的光很亮，庄家明不敢去看芝芝的脸，低着头走到下面，“老师帮我们照一下路。”

“好，那你小心点儿。”女老师举起手电筒，给他们照路。

有老师在，芝芝也竭力忘掉刚才的事，若无其事地趴到他的背上，察觉到他不敢碰她的大腿，赶紧道：“我穿着裤子，没事，你别把我摔了！”

庄家明安了心，托住了她的腿。

“慢点儿，慢点儿。”女老师看着胆战心惊，“小心下面的水。”

外面的雨势不见小。女老师想打伞，但伞一撑起来就被吹折了，她不得已地说：“伞打不了，就这么走吧。我走前面，你们跟着我，小心点儿啊。”

“知道了。”左右都要淋湿，庄家明也顾不得许多，不再避开水，一脚踩了下去。泥泞的水泛上他的腿，他身上一阵阵起鸡皮疙瘩。

芝芝一手抱着他的脖子，一手搭棚给他挡雨：“别踩到树，当心摔……到我。”

雨声很大，她几乎是贴着他的耳朵说的。庄家明觉得自己好似分裂成了两半，一半心乱如麻，脑子成了糨糊；一半保留着理智，十分镇定地绕过障碍物，在雨中跋涉。

芝芝的情况也好不到哪里去。她的心跳得特别快，脑海里弹幕无数，什么都有，但她竭力不去看、不去想，放空大脑。

从教室回宿舍的路他们走了无数遍，就今天度日如年。

漫长的跋涉后，女生宿舍到了。庄家明松了口气，请女老师送芝芝回宿舍，自己什么也不敢说，怕被老师和宿管看出端倪，挥挥手就一头扎进了雨中。

芝芝也装作什么事都没有发生，和宿管阿姨解释了前因后果。

“你这样不行的，赶紧回去洗头、洗澡，把湿衣服换了。”女老师扶着芝芝上楼，宿管阿姨就提了两壶热水，两个人一路把她护送到了宿舍。

女老师说：“我今天也住在学校，你有什么事到楼下的102找我就行。”

芝芝赶紧点头。

宿管也说：“马上就要熄灯了，你洗完到我那里去吹头发。”她又关照芝芝的舍友，“到时候你们扶一下。”

室友们连连应下。

还有五分钟就要熄灯，芝芝没时间思考有的没的，赶紧打水洗头、洗澡。宿舍里没有淋浴设备，她只能用盆混合了冷热水，再用瓢泼到身上。

她洗到一半，灯灭了。

芝芝喊：“给我拿个手电筒。”

陈梦找到她的手电筒，递进去问：“你行不行啊？要不要给你找个凳子？”

“没事，我靠着墙呢。”芝芝顽强地洗完了澡，而后用毛巾尽可能地吸干水，一瘸一拐地下楼吹头发。

宿管阿姨的办公室里亮着灯。

“吹风机我给你放在桌上了，赶紧吹干吧。”阿姨说。

芝芝道了谢，坐在凳子上慢慢地吹头发。吹风机的声音很大，暖暖的气流扑在她的脸上，让她不由自主地想起了庄家明。

天啊，他的胆子也太大了……不，该说他搞什么鬼？

所以他喜欢的人一直是她？那不是高二开学时候的事了吗？他就一直忍着不说，看笑话一样地看她辗转反侧地乱猜？他太恶劣了！

不，现在不是骂他的时候，她该惊讶的是他怎么会喜欢她？她虽然在梦里幻想过，可是成真了也太不现实了吧？要不是了解庄家明的为人，她铁定以为自己被捉弄了。

可他看起来是认真的，那……会不会是他弄错了？混淆了友情和爱情的界限，他以为是喜欢她，其实是把她当朋友？

呃……好像也说不通，真朋友会这样吗？如果是真的……怎么办？

芝芝抓着头发，万万没有想到，梦寐以求的男神喜欢自己，首先带来的不是惊喜，而是烦恼。

她心事重重地放下吹风机，和宿管阿姨告别，慢吞吞地挪回了寝室。

室友们送来关心的慰问。她满腹心事，一个字也不想说，然而恐怕她们看出端倪，不得不装出样子来应付。

等到她讲述完今晚的“惊险”事故，十一点了。

她钻进被窝，发现有条未读短信，是庄家明发来的：“好点儿了吗？”

她慢吞吞地摁键：“还行。”

他试探：“没睡？”

芝芝不动声色：“不然我梦游打字吗？”

三分钟没有消息。

到底是做了亏心事的人按捺不住，庄家明小心翼翼地切入正题：“你是不是生气了？”

芝芝不答反问：“你是不是该交代一下？”

天气太热，宿舍的风扇又不给力。庄家明把手机藏在被窝里，手心渗出汗来。他字斟句酌，打了又删，删了又打，磨蹭了五分钟还没回复。

“不说我睡了。”她催促。

他心口一紧，也顾不得许多，随便先发了一句过去：“对不起。我不是故意的。”

芝芝气得差点儿摔手机——他不是故意的？她紧咬牙关：“所以是不小心？那你早说啊，我又不会怪你，意外嘛！”

庄家明虽然没有领会到她话里的讽刺之意，但做人很诚实：“不是不小心，我是……就是蒙了一下，我不是故意的。你别生气。”

他越想越懊悔：“对不起。”

她问：“为什么？你喜欢我吗？”

不知道为什么，看到后面那句话，庄家明突然就笑了起来，喜悦感像是灿烂的阳光，跳动在他春水般的心上。

他说：“是啊，我喜欢你。”

他发送完，又很想笑，接了句：“你终于知道了啊。”

芝芝：“……”

她紧紧地握住了手机，有些无措地锁上了屏幕，呆呆地看着蚊帐顶。浅蓝色的蚊帐被电扇吹动，一下鼓起，一下平复，仿佛波澜起伏的海洋，一如她的心情。

脸颊烫得不可思议，心跳快到不可思议。她惊疑不定，唯恐是梦，忍不住打开手机，又读了一遍他的短信——

“我喜欢你。”

不是她眼花，不是做梦，也不是错觉，确确实实是“我喜欢你”。

霎时间，芝芝鼻酸眼胀，无端流下许多泪来。

她想了无数个这一刻可能的场景。她或许会质疑，他真的确定是喜欢，而不是一时糊涂弄错了？她也或许会回避，劝他不要早恋，好好学习考清北。

但所有的假设都是徒劳的，事情真正发生的一刹那，她的理智就下线了。占据她心神的只有感情，催促她迫切地去回应——什么早恋好不好，什么“玫瑰”未婚妻，什么前途未来，不管了！

她的太阳穴隐隐作痛，血液沸腾，整个世界就只剩下了手机。

“我也喜欢你。”

她盯着发送中的图标，一直到发送成功，才慢慢呼出了口气。此时此刻，才看到他后来的那句“你终于知道了啊”。

前所未有的奇妙感觉充盈了她的全身，笑意不受控制地爬上唇角。她有样学样，也回了一句：“这你不知道吧？”

庄家明还真的不知道。他觉得自己就好像被一个馅饼砸中了，难以置信地问：“真的吗？”

芝芝很想回他一个“假的”，想了想，没这个狗胆，改为调戏他：“干啥？很奇怪吗？你自己长什么样心里没点儿数吗？怪我吗？”

一连串的问题砸过来，成功地把惊喜过度、分不清是真是梦的庄家明砸回了现实。他没理她的问题，反而问：“那你为什么不告诉我？”

“你告诉我了吗？你还看我笑话！”

他分辩：“你一直猜是别人，我不敢说，好几次我都想说了！”

芝芝：“你不说我也不知道，我也没想过你喜欢的会是我啊！我从没想过，我以为你应该会喜欢更好的女生……”

“你没想过，我也没想过。我根本看不出来，你装得太好了。”他抱怨。

“我怕被你看出来了，咱们就回不去了。”

庄家明有那么一瞬间想问她：既然如此，为什么高一时要疏远他？但这个念头也就持续了一瞬间，他被感情冲昏了脑子，只专注以后：“那现在回得去吗？”

芝芝顿时清醒了，敲了敲脑壳，做了几个深呼吸，迫使自己冷静下来：他还年轻，一时昏头是情理之中，我不能糊涂，高三呢！

“你觉得呢？”

少年果然是爱情至上，不假思索地表白：“你愿意做我的女朋友吗？”

芝芝很心动，但残忍地回复：“高三呢！你疯了？”

全校第一名毫不畏惧：“成绩不下降就行了吧？”

芝芝回他六个点。

“你不同意吗？”

她实话实说：“我很想同意，但对我们来说，高考才是最重要的。”

“你对我也很重要。”

芝芝忍不住笑起来，心甜意洽，但正因为太甜太甜，反而下定了决心。

庄家明是肯定不会被什么高考的名头逼退的，他年轻，满腔热血，不会畏惧任何困难。她想要说服他，不能用假大空的官话，只能用心。

“家明，我从来没有想过你也喜欢我，我真的太高兴了，现在还觉得好像不是真的，怕是在做梦。所以我真的没想过和你在一起这种事……我这么说，你可能会很生气。对你来说，喜欢就在一起很正常，但我没想过，你说要在一起，我反而有点儿害怕，可能这就是大家说的还没做好准备吧。”

她言辞恳切，叫头脑发热的庄家明稍稍冷静了下来，他一字一字地读着。

“而且高三太特殊了。我不想长篇大论地和你说高考有多重要，你不需要听别人说。其他方面，我也早就说过了，相信你明白的。

“高考对你、对我都很重要，但人的精力是有限的，用来恋爱，就不能用来学习。就算我们只用十分之一的精力，但其他人在用百分之百的精力学习，他们会追上来，超过我们的。

“我爸和我说，我没考第一名，因为在我努力的时候，别人也在努力，甚至比我们更努力。我觉得很有道理。

“家明，就算你是兔子，打盹儿的话也会被乌龟超过的。何况，你是兔子，我只是先飞的笨鸟，我真的不敢。”

打出这段话的时候，芝芝感到了惆怅，更多的却是庆幸，庆幸自己不是十七岁的小女孩儿，一听能和男神在一起就恨不得马上同意。她思索着，一句一句地和他说掏心窝子的话。

“对我来说，能够得到你的喜欢就已经很高兴了。比起和你在一起的喜悦，我更害怕你因为我成绩下降。家明，如果发生这样的事，我会懊悔得恨不得死掉。”

庄家明看到最后一句话，眼眶蓦地一热。他突然冲动：“你别这样说，都听你的好了。”

“我觉得，出于对我们两个人负责，我们都不该在这个时候分心。”

他沉默片刻，回复：“好，那高考完呢？”

高考完？那不该是考完再说吗？

芝芝被自己蹦出来的第一想法吓了一跳。她后知后觉地发现，梦想成真的狂喜心情过后，另一种情绪悄悄冒了头——这种情绪中混合着逃避、惊慌、无措、茫然。

简而言之：她㞞了。

对，她居然㞞了，不知道该怎么办，有点儿想逃避——和男神谈恋爱什么的，听起来就很……那啥。

不要问那啥究竟是啥，她说不清楚！

芝芝也没想到自己居然那么差劲，这种糗事自己知道就好，不能告诉他。思来想去，她最后决定一切为高考服务，先画个大饼吧：“考得好，手牵手；考不好，都没有。”

庄家明并不意外这个结果，她那么关心他的成绩，肯定会避免让他分心，挂根胡萝卜在前面太正常了。

他好奇的是：“如果你考不好，就不想和我在一起了吗？”

她意外地果断：“对。”

“为什么？”

她义正词严：“学习都搞不好的人，感情怎么可能搞得好？”

庄家明觉得哪里不对，但在多巴胺的影响下，智商有所下降，没深入思考，被她逃过去了，只是说：“考不好也没什么，日子还是一样过。”

“少年，你怎么可以有这样的想法？我不允许！高三就是该拼命的时候，这句话是考完再说的，晓得吗？必须给自己压力！我的底线是211，考不上绝对不谈恋爱！”

芝芝说得坚定无比，不留任何余地。她上一回的大学是普通一本，能考上 211，至少证明她比过去好。

有了这个底气，她才有勇气去接受他。不然，她一定会陷在拖累他的旋涡中无法抽身，就算和他在一起了，也会疑神疑鬼，消磨掉所有的感情。

她需要一根胡萝卜让自己更努力，也需要一份有力的证明鼓励自己，没有什么比高考更合适了。

庄家明被她的决心震慑了一下，琢磨着说："那我要和你定一样的目标。"

芝芝："你能不能有点儿追求？"

"不行，要公平。"他又不是傻子，他们都是年级第一，凭什么他的目标要高？

理由太充分，芝芝哽住，半天才说："我喜欢成绩好的男生……"

庄家明哭笑不得，她究竟是对他多不放心，难道他看起来很像是会因为恋爱荒废学业的人吗？

"知道了……"

她发了个笑脸过来："睡了，晚安哦。"她发了个亲亲的表情。

庄家明莫名觉得不好意思，把脸埋在胳膊里好一会儿，才回复道："晚安。"

他再一看时间，十二点四十分。他们足足聊了一个小时，可就像是十分钟那么快！

天啊，她是对的，和喜欢的人在一起，什么都不做就能浪费大把时光。庄家明躺在宿舍狭小的床板上，欣喜又担忧，满足又不安，一夜辗转难眠。

芝芝也一样，整个晚上都没睡踏实，做了很多奇怪的梦。

她先是梦到自己在电脑面前醒来，这不过是一场梦。微博的私信里全是陌生消息，都是骂她"小三""不要脸""抢别人男朋友"等，最清晰的一条字字血泪——

"现在你终于把他抢走了，你得逞了。你满意了、高兴了吧？"

她吓醒了，可还未撑开眼皮，又坠入另一场梦里。

一个看不清脸的美女看着她，微笑着说："你以为你成功了吗？你只不过是利用了时间，他不会永远都喜欢你。"

她的态度很好，正因如此，才更显得漠然。

早晨醒来，芝芝脸上挂了两个黑眼圈。

室友们问："你这是怎么了？"

坐在床上的芝芝一脸麻木地说："脚痛。"

大家理解，纷纷表示她今天不用去食堂了，她们帮忙带早饭。

"外面还下雨吗？"芝芝想起昨晚的事就有点儿怵。

"小雨，不过风停了。"

这是个好消息。芝芝艰难地爬下床，洗脸、换衣服，顺手把昨晚的衣服洗了挂起来。今天不用晨跑，她有的是时间。

离开寝室前，她鬼使神差地瞄了眼手机。

啧，果然有短信，三条：

"你起来了吗？脚还好吗？

"要不然我等你一起去教室？

"要不要帮你带早饭？"

她回复："起了。还行。不用。不用。"

庄家明："……"

芝芝关掉了手机，烦恼地抓了抓头发。她还记得昨晚的梦，有点儿不知道该怎么迎接新的一天——梦想成真了，然后呢？

现实不是电视剧，告白以后就大结局了。相反，她觉得问题更多、烦恼更大了。

"先冷静一下。"她搓搓脸，爬下床去洗漱。

然而她忘记了，恋爱中的少年是冷静不下来的。

她一瘸一拐地慢慢挪到教学楼下时，看到了飞奔下来的庄家明。他跑得很快，气还没喘匀："你脚不方便，别勉强，我背你上去。"

芝芝吃了一惊："你怎么知道我来了？"

庄家明弯起嘴角，不肯告诉她这个秘密——哦，其实也不是什么秘密。他就一直站在窗边看着，看到她的身影出现就跑下来，果然正好。

他以为她会很惊喜，然而万万没有想到，她脱口而出的下一句话居然会是："你疯了？"

话一出口，芝芝就知道不好，他的笑容僵住了，满脸不可思议，还有点儿受伤的样子。

她捂住了嘴巴，惊慌失措地看着他。

当然，这只是一件小事，只要她马上道歉，说开就好了。可是，世界不是围绕着男女主角的爱情转的，别人的日子也要过，没法儿清场啊！

其他同学陆陆续续地走进教学楼，看到芝芝一瘸一拐的样子吓了一跳。有个女生主动说："来，我背你。"

关知之没白当班长，人缘儿还是挺好的。可她现在嘴里发苦，干笑道："没事没事，我自己走好了，慢慢走就行。"

"我扶你吧。"女生热情地搀住她的胳膊。

芝芝骑虎难下，只好顺着她的力道往上走。

走到二楼的时候，她停下来歇口气，发现庄家明已经不见了。那一刻，她心里难过又懊悔，不知道自己是怎么了，以前也没这个毛病啊，为什么会说出那样的话呢？

他满心赤诚，被她打了个粉碎。这太残忍了。

芝芝打了个哆嗦，不寒而栗。旁边的女生察觉了，说："昨天的风可真大，不过气温降下来了，前两天太热了……"

看，人类的悲欢并不相通。

她千辛万苦地到了教室，林老师早早到了，看到她一瘸一拐的样子，立刻问："你的脚怎么了？"

芝芝只好把昨天的事又说了一遍。

林老师心有余悸："昨天晚上的风真的太大了，好几个教室的玻璃都碎了。你多注意点儿脚，越来越痛的话马上和我说，我送你去医院看看。"

"没事，应该就是肿了。"芝芝说，"我等等去医务室开点儿膏药。"

"你这样太麻烦，我去给你拿吧。"林老师雷厉风行，确定了班上其他人无碍后，马上去医务室拿了膏药和云南白药的喷雾。

芝芝喷了一圈，又贴上膏药，红肿发热的脚踝一阵清凉。

"谢谢老师，好多了。"她说。

林老师点点头，又吩咐其他同学："班长的脚不方便，有什么事你们帮衬着她一点儿。"

同学们满口答应。

课间，芝芝刚站起来要去上厕所，就有人过来扶她，吓得她赶紧摆手："不用不用，好多了，我自己能去！"

但热情而善良的同学们认为她只是害羞，坚持扶着她去了厕所。

芝芝：“……”

她只能在路过一班的时候，用余光瞄了眼庄家明。他坐在传说中“男主标配”的后排靠窗的座位上，光线很柔和，就好像是特意加了滤镜的效果。

她为什么要说那样的话？芝芝忍着悲痛上完了厕所。

上午的几个小时一晃而过，很快到了午饭时间。有妹子帮忙带饭，芝芝老老实实地坐在教室里写作业。

教室里空荡荡的，只有她一个人。

有人走进来，往她桌上放了一瓶酸奶和一袋蛋糕，然后转身就走。

芝芝这次终于超常发挥，手疾眼快地拉住了他的衣服，做贼似的往他的手里塞了个纸团。

庄家明没展开看，但面色微微缓和：“脚好点儿了没？”

“好多了，我贴了膏药。”她要多乖有多乖。

庄家明看看她，没多留，转身走了。教室里没有人，他却还是先摊开了作业本，这才小心翼翼地展开了纸团。

“虽然对不起没什么用，但还是对不起。我也不知道我在想什么，为什么会说出这样的话……我的脑子有点儿乱，等我想清楚了一定会和你说。对不起，一千一万个对不起！”

这不是庄家明想象中的道歉，但奇怪的是，他居然没那么生气了。

因为她很诚恳，不知道就是不知道，没骗他，也没找借口。他感觉得出来，她确实是在困惑什么。

这不是突然有的，她这两年一直这样。

她在烦恼什么呢？

庄家明撕碎了字条，揣着碎片去了厕所，冲进了下水道。

他想：算了，她是妹妹，我让让她也没什么，她又不是故意的。

他愿意等这个答案。

芝芝选择在回家的公交车上和他坦白。这是他们避开老师注意，又不会引起家人警惕的唯一时间。

“我可能有点儿叶公好龙。”她犹犹豫豫地吐露心事。

庄家明吃了一惊：“你怕我？”

“我怕你喜欢我……”她哀怨地捂住面颊，“不要这么看我，别问我为什么，我也不知道！”

可庄家明怎么能不问清楚："你讨厌我？"

"不是。"

"那你有什么好怕的？"他费解。

芝芝也答不上来。可能是前世的阴影作祟，搞得她有点儿心虚；也可能是恋爱中的常见现象——男神一旦喜欢我就不是男神了；还有可能就是……尿。

她不知道该怎么回应他的感情。

这么说或许很奇怪，但事实就是如此——暗恋嘛，她喜欢得多一点儿、少一点儿都可以，情浓时跋山涉水就为了看你一眼，不爽了一秒钟爬墙，喜欢隔壁的帅哥，没有任何负担。

除了之前想要压抑这份感情，她没感觉到什么压力，最多当"柠檬精"泛泛酸。

然而两情相悦是不一样的。他的感情赤诚、灼热、毫无保留，这给了她很大的压力，一时半会儿，她不知道该怎么去处理这份从天而降的惊喜。

她真是太差劲了。

假如没有亲身经历过，芝芝还会以为，两情相悦的人在互诉衷肠后，就该像小说里的男女主角幸福快乐地生活在一起。

然而现实要复杂得多，也要戏剧性得多。

完美结局？亲，想多了，暗恋结束后，考验才真正开始哦。

这是常见现象，不属于七天无理由退货……呃，总之，建议继续努力。

但她完全不知道该怎么办。

幸亏庄家明同学虽然不理解，但也没继续给她甩脸色，只是一路沉默着到了家附近。

他要去奶奶家吃饭，和她半路分别。她不自觉地赔着小心："那我回去了哦，你路上小心，拜拜。"

"拜拜。"庄家明挥挥手，转过身的刹那，心里有点儿难受——她那么小心翼翼的，好像做错了什么事，让他觉得有点儿愧疚，后悔不该非要个答案。

可他又不太明白是怎么回事。

是他做错了吗？还是她错了？明明他喜欢她，她也是，这是好事啊！为什么反而两个人相处起来更不自然了呢？

庄家明满腹心事地走到了奶奶家。

家里有客人，是奶奶的好姐妹，正红着眼眶和庄奶奶说着什么。庄爷爷避到了阳台上，戴着老花镜，全神贯注地翻着一本《国际象棋入门》。

他和家人打了招呼，看离饭点还有些时间，自觉地坐到餐桌旁写作业。

奶奶的姐妹夸了庄家明两句懂事，又无缝接上了刚才的话题："他这么对我，到底是什么意思？我不图他什么，倒是贴了不少……"

庄家明平时写作业专心致志、心无旁骛，今天却因为心里存着事，集中不了精神，断断续续地听了下去。

然后他就震惊了。

这个奶奶今年六十三岁，姓王，就叫王奶奶好了。早年老公死了，她独自把儿子拉扯大，儿子有出息又孝顺，赚了钱后给老妈很多钱，王奶奶有钱又不用操心儿子，孙子有儿媳妇带，生活就比较清闲。

人一有空闲嘛，就想找点儿乐子。她想着自己也一把年纪了，孤零零地在家太寂寞，想找个伴儿。

她的要求不高，四十岁到五十岁就行了，不用大小伙子，但绝对不能超过五十岁，不然用她的话说就是"找个大爷伺候，没事找事"。

其他的条件比较宽松，长得不丑，人老实勤快就行。

经过一段时间的物色，王奶奶找到了李叔叔。

李叔叔是开出租车的，离婚，有个闺女，归了前妻，独自住在一个小破房子里，日子过得很紧巴。

让儿子处理好财产的事情之后，王奶奶想结婚，李叔叔不大愿意，两个人吵了一架，闹翻了。

王奶奶觉得李叔叔就是想骗她花钱，其实对她一点儿也不上心。可要把人甩了，她又有点儿舍不得——

"他平时对我还是蛮好的，我就是想不通啊！"王奶奶拍着大腿，眼中噙着泪。

"唉，我看啊，他就是拉不下这个面子。"庄奶奶摇摇头，又安慰了姐妹几句。

王奶奶的情绪慢慢平复，她看出来庄奶奶准备做饭了，识趣地提出要回去。

庄奶奶没多挽留，讲了几句“放宽心”之类的话，把老姐妹送走了。一关上门，她就和庄爷爷说：“我就知道，那个姓李的不可靠啊！”

“你又知道了？”庄爷爷讽刺，“上次你骂的是她不要脸吧，年纪一大把还找新的。”

庄奶奶假装没听见，继续发表高见：“这种人怎么靠得住啊？一不小心钱都被骗光了。她也不想想自己是六十几岁的人，那人怎么可能是真心的？她昏了头了！”

庄家明其实不是很能理解奶奶和老姐妹的友谊。奶奶是真心实意地关心老姐妹，却又很自然地在背后说坏话，这是什么道理？

但不解归不解，他没敢问。

吃晚饭的时候，庄奶奶冷不丁地提起另一件事，问他：“你爸最近有没有和你说过什么啊？”

庄家明蒙了下，答道：“说什么？”

“行了，你问家明干什么？他一个月就回家两次，能知道什么？”庄爷爷打断了欲言又止的庄奶奶，板着脸说，“吃饭。”

庄奶奶不服气，还想说什么。庄爷爷一句话堵上了她的嘴：“家明今年上高三，除了读书，其他的事都和他没关系。”

高三一出，谁与争锋。庄奶奶闭嘴了。

庄家明却好奇起来，饭后看到他们鬼鬼祟祟地在厨房里说什么，竖起耳朵偷听。

“你和家明说干什么？平白让孩子分心！”庄爷爷教训她。

庄奶奶说：“我这不是着急吗？人家特意来和我说，看到鸣晖和一个女的去医院，那我有点儿想法也很正常啊，你不想知道？”

“你问你儿子去，别问你孙子。”庄爷爷顶回去，“这事不管真的假的，不许让家明知道。”

“行了行了，我知道。”庄奶奶不耐烦地保证，“我不说，我一个字都不说！”

庄家明心里有了底，赶紧避开了。

六点多，庄鸣晖到家了。

庄奶奶忙不迭地迎上去：“吃过饭没有？家里还有点儿菜。”

“在单位里吃过了。”庄鸣晖把刚买的一箱水果和一箱咸鸭蛋放下，“别人送我的，爸，妈，你们拿去吃。”

“又拿东西过来，你留着自己吃就好了。”庄奶奶嘴上拒绝，身体很诚实地接了过来，脸上挂着浓浓的笑意。

儿子惦记他们，多孝顺啊，谁能不高兴呢？

庄奶奶很想问问儿子怎么回事，但考虑到孙子在，拼命忍下了。庄家明也想知道答案，所以非常聪明地开了水果箱，拿了个瓜去厨房切。

果然，他一走，庄奶奶马上就问了：“有人跟我说，你前几天和个女人走在一起，是怎么回事啊？”

“前几天？”庄鸣晖回忆了下，好笑地道，“哦，那个是我们单位的同事，路上被人撞了下，我看见了就顺道把人送去了医院。妈，你别多想。”

庄奶奶松了口气。她本来还准备了一肚子“绝对不可以在家明高考前搞大别人的肚子，有了就一定要打掉”的话，这下好了，啥也不用说。

可她心里怎么就有点儿失望呢？

庄鸣晖略坐了坐，就说还有事，带着庄家明回家了。

半道，他们绕路去了庄鸣晖的一个朋友家里。

他打电话叫朋友下来，从后备厢里拿了水果和鸭蛋送给朋友，还和庄家明说：“这是高叔叔，以前也住在我们那里，你还记得吧？”

庄家明不记得了，但很乖地叫人。

高叔叔说了几句“哎呀，家明长这么大了，走在街上我都认不出来”“你小的时候我还抱过你呢”，然后力邀庄鸣晖上楼坐坐，喝杯茶：“你大老远地跑来给我送东西，太客气了。走，上去坐会儿。”

庄鸣晖用“家里还有事”“真的别客气”“走了走了”的话婉拒。

磨蹭了半天，他们才离去。

坐上车，庄鸣晖和儿子说：“我看你是不记得了。你高叔叔以前和爸爸是一个单位的，你妈妈还是他介绍给我的呢。”

巧了，今天庄家明的心里装着两件事，一件是芝芝的，一件是父亲的。他闻言心中一动，问道：“你和我妈是怎么认识的？”

“人家介绍啊。”庄鸣晖笑道，“我们那个时候都这样。”

“认识以后呢？”他追问。

庄鸣晖陷入了回忆：“当时，我是一下子就相中你妈了，但你妈没相中我，和介绍人说我的条件太好，不合适。”

这个庄家明是知道的。他母亲舒沅因为是个女孩儿，就被亲生父母送给了亲戚家，他的外公外婆是母亲的养父母，待她很好。可惜好人不长命，外公突然得癌症去世了，外婆伤心过度，直接中风，她要照顾躺在床上的母亲，负担很重。

而庄鸣晖当时是大专毕业生，单位又不错，多的是小姑娘想嫁给他。可他偏偏看上了舒沅。

“后来呢？”庄家明问。

“那个时候我就想，不管怎么样得试试再说，就想办法先和她搭上话。”庄鸣晖笑了，有点儿怀念，“我给她写了很多信。”

“然后我妈就同意了？”

庄鸣晖摇摇头，忍俊不禁：“同意什么？她被我吓到了，看也不看就把信扔了。我只好托介绍人和她说清楚——我没别的意思，就是想告诉她，我不看家里条件，就图人合不合适。你妈这才给了我机会。”

妈妈被吓到了？庄家明心中一动，问：“为什么会吓到啊？”他说完，觉得不对，掩饰地加了句，“还把信都扔了，多可惜。”

当爹的没起疑心，还以为儿子替自己抱不平，便为亡妻辩解：“也是我不对，这种事就该慢慢来。在你妈看来，我只见过她一次就非卿不娶，有点儿……唉，我当时太年轻了，心急，一天恨不得写三封信，现在想想……”

庄鸣晖笑着摇摇头，重复了一遍：“那时太年轻了。”

父母的故事并没有解答疑惑，但庄家明已经忘记了原来的念头，情不自禁地跟着微笑起来，喜悦和怀念的感觉像是香草味的冰激凌，安抚了压抑一天的心情。

然而，这一刻的温馨氛围并未持续太久。他忽然想起了之前偷听到的话，情绪又骤然低落：“奶奶问你的事，我听到了。”

“哦，你听到了啊。”庄鸣晖笑了笑，安慰儿子，“别听你奶奶乱说，没有的事。”

“我说过了，没关系的。”庄家明很喜欢父母，如果可以的话，他希望一家人永远都不要分开。可是妈妈已经去世了。父亲这么惦记着母亲，他既觉得高兴，也十分不安。他很害怕父亲永远沉湎在失去母亲的痛苦里，一直走不出来。

他现在还可以陪着爸爸，以后呢？

下午的时候，王奶奶掏心掏肺地说："我知道我儿子孝顺，但儿子终归只是儿子。我不是那种拎不清的婆婆，他有自己的媳妇，不可能一直陪着我这个老太婆。可我一个人在家里，那滋味啊……你不知道，我每天晚上开着电视机，就为了有点儿人气……你和老庄感情好，你不懂的……"

庄家明自然也不懂。可他想，爷爷奶奶虽然总是拌嘴，感情却很好，王奶奶死了老公，又找了李叔叔，芝芝的外公也找了蔡婆婆，可见两个人总比一个人好过些。

他不舍得让父亲一个人孤零零地老去。

所以，就算心里很难过、很在意，他也希望，假如可以的话，父亲可以走出来，重新开始生活。

这些话，庄家明没有说出口，但庄鸣晖都懂了。他觉得喉头酸涩，视线也有些模糊，赶紧眨眨眼——开着车呢。

过了好一会儿，他才说："家明，爸爸明白。你放心，爸爸向你保证，假如真的有这么一天，我肯定不会瞒着你，不会让你从别人嘴里听到，好吗？"

"嗯。"庄家明应了一声，低头遮住了微红的眼眶。

车辆川流不息，父子俩正在回家的路上。

深夜，庄家明在床上翻来覆去，想着他和芝芝的事。

不管怎么想，情窦初开的他都无法理解芝芝的心态：喜欢一个人，不就是想要和她在一起吗？她为什么会害怕，会想逃避呢？

太奇怪了，他想不通，也没法儿去问父亲或是朋友，只能独自琢磨。

他思来想去，记忆中的一段对话跳出了脑海：几个月前，他试探着问她，是不是找个女朋友就能摆脱女生的纠缠。她说，这只是将他的压力转移到了那个女孩子的身上。

芝芝是不是在害怕被人看出端倪，会被欺负呢？

很有可能……不对，这个理由可以解释她当时为什么拒绝他背她上楼，不能解释她说的怕他喜欢她。

唉，好烦。他翻了个身，把脸埋在枕头里，心烦得睡不着觉。

手机亮了一下，他伸手拿过来，是芝芝发来的消息："睡了吗？"

"没。"

芝芝："我睡不着。"

庄家明不知道该怎么回复，发了个困惑的表情过去。

"有点儿饿了，但刷了牙，不想起来，可是又饿得睡不着……"

庄家明："饿了就吃啊。"

"你饿不饿？"

他看了眼时间，十二点半了，本来没什么感觉，被她一说，还真觉得腹里空空，有些饥饿感："有点儿。"

"那你吃不吃？"

"我要睡了。"

"那我也睡了。"

庄家明挺无语："你就和我说这个？"

"那我换个模式。亲，你睡了吗？没有睡的话是不是想我想到睡不着觉？我也是呢，一小时不见如隔三天，我心痛、胃痛，肺也痛，你心不心疼、难不难过？如果不是的话你肯定不爱我了！你怎么可以不爱我？我太难过了，呜呜呜，我要去死！"

一口口水呛到嗓子里，庄家明剧烈地咳嗽起来，还不敢咳出声，用胳膊捂着闷闷地咳，手指飞快地按键："停！"

芝芝置若罔闻，继续让他体会什么叫作肉麻："不，我就要说，我的心好痛好痛啊，你为什么要这样对待我？你明明说喜欢我，现在却连我的话都不愿意听，我活着还有什么意义？我是离开了水的鱼、被丢到太空的鸟，你明白我的痛苦吗？你感受到了吗？"

庄家明丢开手机，暗叫一声"救命"，鸡皮疙瘩都起来了。

缓了两秒钟，他翻过手机，情真意切地说："对不起，我错了。太恶心了，求求你别说了。"

芝芝发了个鬼脸过来，没再继续刺激他。

他拍拍胸口，深深地喘了口气："不要这么吓人好不好？"

芝芝："我看到你下楼来找我，就是你现在这个心情……"

庄家明怀疑人生——自己有这么肉麻吗？

"我和你相处了十几年，早就习惯了你原来的样子，你突然变得那么热情，我需要一点儿时间习惯……"

这不是她害怕的全部原因，却是非常重要的一个。

和所有处于暗恋中的人一样，庄家明在她心里是有滤镜的，就是出场自带 BGM（背景音乐），背景会自动打柔光的那种。但他冷不丁地变成恋爱脑，人设至少崩了一半，造成了强烈的冲击。她需要缓一缓，花点儿时间接受这个“男神也喜欢自己”的新设定。

万一接受不了……那就证明她是那种性单恋者，以后还是换个玩法吧。

芝芝心中忐忑，却不想给他传递这种负面情绪，假装轻松：“套用句女主角的台词，你给我些时间啦，反正还有一年呢。”

庄家明刚才被她捉弄了一下，有点儿信了。

其实他也觉得自己最近做了一些奇怪的事，有点儿不像平时的自己，情绪起伏特别厉害，老是胡思乱想。

芝芝可能真的被吓到了吧。

他有点儿难为情，出于少年的自尊心，不想承认，只是顺着她说：“知道了，学习为重，高考为先。”

“勤学苦读，奋斗大学。”

庄家明：“你写标语呢？”

她发过来一串大笑的表情。

莫名其妙地，庄家明郁结的心情松快了许多，困意上涌。她非常默契地发来消息：“我困啦，睡觉了，晚安。”

“晚安。”

他也睡下了，一夜好梦。

他们再回学校的时候，高三真正来临了。

开学典礼就是动员大会，校长在台上苦口婆心地演讲了半个多小时，什么“你们是最后一年了”“以后是做白领还是去搬砖就看这一年了”“再不拼就没有机会了”……唾沫横飞，他足足喝了三次水。

效果不好不坏，有人被气氛感染，顿时悔悟，决定从明天开始好好学习，也一定有人不痛不痒，一只耳朵进一只耳朵出。

芝芝以前是很讨厌这种事的，“高三多重要”这个话题，讲一次就够了，翻来覆去在一年里不停地洗脑，超级烦。

但她现在不这么想了，外部环境对于人的约束真的太重要了。

这种所有人都在为一件事奋斗，大家都在拼命学习，老师们也不计一切帮你学习的氛围，就好像滚滚洪流推着你往前走。

她坐在教室里，坐到那张课桌后面，自然而然地就会进入学习状态——这不是心理作用，而是身体在做过千百遍后产生的记忆，能在最短时间内切换到学习模式。

只有过来人才明白这是多么难得。

最开始工作的时候，她每天要处理很多邮件、微信消息，社交媒体还会时不时地弹出通知，同事会沟通工作，领导会追问进度，永远会有事打断思路。她要集中注意力做什么事，很难。

她读大学的时候，还能心无旁骛地读完一本书。等到工作两年后，她再也没法儿那么长时间集中注意力，工作五分钟、看手机五分钟成了常态。

不得已，她只能自己解决。

正式工作开始前，她会泡一杯咖啡，然后坐下来工作，就算会分心也坐着。久而久之，泡咖啡就成了一种启动仪式，当她端着咖啡杯坐下的时候，身体就知道——工作时间到了，如此就能更轻易地进入工作状态。

同时，她还使用了奖励措施。工作是反人类的、很痛苦的，也需要消耗能量。所以，她把任务分解成许多个阶段，每完成一个阶段，心理上就会有成就感，然后再吃一些甜食。大脑爱甜食，糖分就是最好的奖励。

双管齐下，她才改变了自己糟糕的习惯，更专注工作——所以她后来升职加薪了。

但是现在，她完全不需要。

十几年读书下来，她坐到课桌前，身体就知道要学习了。

她做完一道题目，会有成就感；写完一门功课，感觉自己棒棒的；放眼四周，大家都在学习，没有人会打搅自己；也没有智能手机分散注意力。

学校、社会、家庭，不遗余力地制造出一个适合学习的环境。

芝芝感动得都要哭出来了——在这么好的环境下还不好好珍惜、努力学习，简直暴殄天物！

不过，像她这么有觉悟的学生还是少数的，在绝大部分同学看来，高三真是让人头皮发麻。

林老师一反高二时比较宽松的管理态度，早晨早早就到了教室，坐着等学生们一个个进来，若是谁在响铃时才慢悠悠地进教室，必会遭到冷冷一笑。

上课的时候，她也会时不时出现在教室后门外，瞅瞅有没有人开小差。坐后排的学生们不止一次被窗外出现的脸吓到。

更惨的是，美术课和音乐课本来是单双周一轮，现在好了，一个月就一堂美术课和一堂音乐课。课上，老师也不再教画画和唱歌，变成了鉴赏。

什么叫鉴赏呢？美术课就看看艺术品，音乐课就看看歌剧什么的。老师们聊聊中外的艺术家，讲讲达·芬奇、莫奈、莫扎特的历史，就当给学生们扩充知识储备了。

体育课倒是依旧一周两节，然而……大家都懂的，总有那么几堂课，因为“体育老师有事”，变成了数学课、英语课、语文课。

唯一令人欣慰的，大概就是七点钟准时收看《新闻联播》了。

2012 年过去了九个多月，都发生了些什么呢？黄岩岛事件、“神舟九号”飞船发射成功、伦敦奥运会、阿姆斯特朗逝世……

八卦一点儿的还有《中国好声音》首次播出、《江南 style（风格）》开始流行等。

芝芝知道，下个月还有一件更劲爆的事等着大家：2012 年 10 月 11 日，莫言获得 2012 年度诺贝尔文学奖——这是高考必考题啊！

她已经看了几部莫言的作品，就等着写高考作文时用呢！

倒计时一天天减少，进入 10 月后，同学们或多或少都紧张起来，晨跑前去教室自习的人有十来个，晚自习结束后，更是有大半的学生留下来继续看书。

芝芝心想：既然大家都留下来，那我就不留了。

她把钥匙托付给了纪律委员，重新过上了久违的下课就走的美好生活。

唯一不好的地方是不能和庄家明同路了，她只能在熄灯后用手机和他聊。不过这样也好，能有效避免少男少女一时冲动犯下什么牵手之类的错误。

而且，芝芝习惯了文字聊天，比面对面更放得开。

她开始调戏庄家明了：“家明哥哥，你在干吗呢？”

庄家明无语，芝芝好像很希望他也体会一下肉麻的感觉，隔三岔五就要演一出琼瑶剧。不得不说，这很灵验，他现在非常怀念正常的青梅：“背单词……”

“你们英语背到哪儿了？”

“我是从后往前背的。”

芝芝头皮一麻，小心翼翼地问：“第几遍了？”

“二。”

她叹了口气，想当初她死磕单词，一本单词书能够从A背到B就不错了，更多人永远停留在以A开头的单词上。但人家呢，已经背到第二遍了！

真学霸和假学霸之间还是有距离的，她还需要努力才是。

10月照旧有运动会，然而高三学子基本上已经是敷衍了事了。班服还是去年的那一套，队形也就是在体育课上随便练练，比起高一、高二时的兴奋模样，唯一让大家高兴的就是白天不用上课了。

不过，作业没少，晚自习还是只有“学习”两个字。

芝芝感觉得到，老师正在用自己的节奏慢慢地给学生们施加压力，让大家逐步进入那种高强度学习的氛围中。

然而，俗语云：甲之蜜糖，乙之砒霜。关知之热爱这种学习的氛围，认为能更容易进入状态，于旁人而言却未必如此。

原来，一中学生的作息时间是这样的：

早晨六点半响起床铃，他们用半个小时洗漱，七点钟晨跑，七点十分到十五分结束，七点四十分开始早自习，八点钟正式上课。晚上九点半下晚自习，十点钟睡觉。

然而，正式开学后，实验班的学生就非常自觉地给自己增加了学习时间。芝芝的宿舍学霸云集，妹子们五点钟就起床了，五点半就坐在了教室里，硬是比别人多学习了一个多小时。

九点半下了晚自习后，学生们也不走，多学二十分钟，赶在宿舍关门前回去，简单洗漱后，掏出手电继续学习——小卖部的手电筒和电池都脱销了！

老实说，芝芝也有点儿被吓到了。她上回在普通班，同学们都没那么勤奋刻苦，只在最后一两个月里冲刺了一下。

实验班不愧是实验班，大家一开学就拼命，从睁开眼睛学到闭上眼睛，一天的学习时间超过十二个小时。

论努力程度，关知之同学只能排在中游——她为了保证睡眠时间，从不早起。

问题随之而来。

人是肉做的，不是铁打的。可能是学习太累，抵抗力下降了，也可能是有人半夜趴在被窝里背书，没盖好被子，总之某一天，班里有个同学感冒了。

五十多个人的教室何等拥挤，一不留神，你传染我，我传染你，倒下了五六个。医生一检查，流感！

这可把林老师等人吓坏了。老师们开始喷消毒液、开窗通风，提醒学生一有不舒服就马上去医务室量体温，以及把体育课还给了他们。

体育老师大概是得到了吩咐，非常严肃地说："身体是革命的本钱，之前自由活动，我看到有好几个学生跑回教室学习去了——精神值得表扬，行为不予提倡。既然你们自己不肯好好锻炼，那么咱们就统一练习。"

文科班女生多，男生少，足球、篮球一类的运动组织不起来，打排球又没有场地，所以最后他们非常朴素地跳起了长绳。

芝芝不想跳，积极地要求甩绳。结果体育老师看了她的身高，直白地说："同学，你太矮了，和我摇不到一个高度，那个男生来吧。"

芝芝在心里哭泣：太……太矮了……

今天气温不高，但是晴天。芝芝在太阳下跳了二十分钟的长绳，又玩了两人三足的竞赛，出了一身薄薄的汗，但不敢脱衣服，只拉开拉链散热。

她在回教室的途中，碰到了来上体育课的一班。

庄家明瞅着她："小心着凉。"

"我，着凉？"芝芝这是今天第一次见他，惊恐地说，"你看看你自己，冷空气来了你还穿单衣？"

庄家明顿了下，看看朋友们，疑惑地问："要穿毛衣了吗？"

芝芝："……"

是的，男生这种迟钝的生物，她怎么能希望他们关心天气，及时增减衣物呢？他们都是一群冻到了才知道穿毛衣和秋裤的人！

晚上，庄家明在熄灯前两分钟上床，习惯性地打开手机瞄一眼，有芝芝的未读消息。

"降温了，明天最高温度才十二摄氏度，最低温度七摄氏度，你给我把毛衣拿出来穿上！秋裤带了没有？也可以穿了！”

他吓了一跳，问室友：“明天是不是要降温了？”

“要降温吗？几摄氏度啊？”大家普遍对气温不太关心。

庄家明果断放弃询问室友，比起这群和自己半斤八两的家伙，肯定是他的芝芝靠谱，遂爬下床去拿毛衣和秋裤。

他刚回到床上，第二条消息来了：“厚被子带了吗？明天出太阳，早上拿出来放到阳台上晒一晒，褥子也是，可以垫上了。”

第三条：“假如被套和枕套超过一个月没洗的话，下周拆下来带回家洗一洗。呃……看周五的天气，周末要是下雨，那就不用拆了，你找块枕巾替换一下。”

他忍不住笑出来，心里暖洋洋的。

韩琮瞥了他一眼，冷不丁地问：“关知之的消息？”

“嗯。”庄家明专注地回复，随口应下。

“咦？”张霖嗅到了同类的气息，发出猥琐的笑声，“你俩在谈？”

“没。”庄家明答得特别斩钉截铁，“她和我说点儿事。”

当了近三年的同学，大家对庄家明的人品还是了解的。被他明确否认的，肯定就不是，他绝对不会嘴上否认，心里是另一种想法——他只会让你自以为得到了答案，而究竟是不是那么一回事，就只有他自己知道了。

张霖难掩遗憾，一不留神点破真相：“我还以为你喜欢她呢。”

“你‘以为’过的人好像不止一个。”庄家明淡定地躺下。

“可关知之特别像。”另一个室友吐槽，“你对她特别好。”

庄家明继续不动声色地挡回去：“我对你不好吗？”

“喂，别这么肉麻。”室友搓搓胳膊，抱怨着睡到下铺，“都怪班上那些女生，总是胡说八道，一天到晚拿人开玩笑。”

说起这个，庄家明也有点儿无语。

他下铺的这位室友眉清目秀，皮肤很白，女生们很喜欢拿他开玩笑，虽然没有什么恶意，但总归让人觉得不舒服。

“我们在背后说女生，女生当然也会说我们。”庄家明想了半天，只能说，“以后都少说两句吧，尤其别笑话人家。”

“哦，这是说给我听的吧，”对面床铺的室友冷笑一声，“凭什么？她就是胖，还不让人说？”

庄家明很平静地说：“她胖关你什么事？她又不刷你的饭卡。而且人家也不是吃得多，是生病吃药才会这样的，你少说两句，积点儿口德。”

“行，就你是好人，我们都是浑蛋呗。”该室友嗤笑一声，翻过身不再说话。

宿舍里一片寂静。

“啪——”灯熄了。

对面传来一声低语：“真把自己当盘菜了。”

庄家明假装没有听到。他知道班上并不是人人都喜欢自己，虽然这么说有点儿难为情，但确实多多少少有人嫉妒他，一方面是女生都比较喜欢他，乐意靠近他；另一方面就是成绩了。高考即将到来，竞争在所难免。

可他知道，不等于不在意。

他躺下平复了下心情，抱着一点儿连自己都没发现的委屈心理，和芝芝提了提这件事。她发来一句热情洋溢的回复：“你太棒了！好崇拜！不愧是我的家明哥！”

庄家明的脸瞬间涨红，好在熄灯了才没人看见。他窘迫极了，赶紧说：“你别闹了！”

“我没有！我是真心的！你好棒！对别人评头论足真的很低级。”

芝芝恨不得举起双手双脚给竹马点赞。

“我们班那个谁谁谁，去年因为有人说她胖，她就每天不吃晚饭，然后有天晚上胃痛得不行，搞得她们寝室的人半夜过来敲我的门，吓得我差点儿打 120！还有那个谁谁谁，因为比较黑，就买了说是会让人变白的面霜，结果过敏了……

“有人高就有人矮，有人瘦就有人胖，有人白就有人黑，因为外貌就对人家冷嘲热讽，这种人真的有病！关他什么事啊，他美若天仙啊？你骂得好，这种人根本不用理！”

庄家明认真应下：“好，不理他。”

芝芝继续吹“彩虹屁”：“你人美心善，他就是嫉妒你。你没错，你最好了！”

他回复：“你也最好了。”

芝芝的“血槽”瞬间空了一半：妈呀，他犯规！

“提醒你一下哈，谈恋爱之前禁止说甜言蜜语，我是不会被你打动的！”

“我是说真的。”庄家明不觉得这是什么甜言蜜语，能够理解他并且支持他的芝芝，最好了。

芝芝心想：更过分了，天然撩啊！

她拿手扇扇脸，决定转移话题："最近感冒的人很多，不要觉得冷了再添衣服，你现在盖的是什么？夏天的薄被吗？"

庄家明心虚，没敢正面回答，发了个表情过去。

芝芝：男生都是……忍住，我刚刚才夸过他，忍住！

她深吸了口气，缓缓地吐出来："亲，这边建议你把毛衣盖在被子上呢，不然今天冷空气一来，晚上你要冻醒的。"

庄家明小心翼翼地回复："好，我记住了。"

事实证明，就算还不是女朋友，芝芝也是对的。当夜，温度又噌噌噌地降了几度，庄家明睡到半夜觉得冷，默默地把校服也盖到了被子上。

第二天早晨，他穿上毛衣，套上秋裤，避免了和其他愚蠢的室友一样哆哆嗦嗦地去衣柜翻衣服的窘境。

他起得早，天还蒙蒙亮，但看得出来是晴天。他拖出厚被子铺在栏杆上晒。

八点钟，太阳出来了，外面有些热，但教室里还是冷冰冰的，尤其老师们为了避免传染感冒，要求开窗通风。

冷风一吹，只穿单裤的几个男生就打了好几个喷嚏。

庄家明捧着保温杯泡了杯热茶，水还没喝，心就热了。

更让他开心的是：他看到芝芝特地溜到他们班门前，借着和朋友说话的机会，往他身上瞟了一眼，看到他确实穿上了毛衣，才满意地去厕所了。

中午，他吃过饭回宿舍收被子，顺便把褥子也晒了。

韩琮眼尖脑子快，立马跟着照做："兄弟，有远见啊！"

庄家明一时没忍住，说漏了嘴："昨天芝芝提醒我的。"说完，他觉得不好，顿时警觉，生怕韩琮发现异样。

结果这个好友该灵光的时候不灵光，第一反应居然是："我不该猜你和关知之的，她这是像你妈啊！"

庄家明："……"

韩琮感叹："只有我妈会催我穿秋裤。"

庄家明觉得喉头一涩，半天才说："我没有妈妈了。"

"唉，我不是这个意思。"韩琮暗恨自己嘴快，讪笑道，"那啥，对不起啊。”

“没事。”庄家明摇了摇头，转身出去了。

当天晚上熄灯前，室友们纷纷地接到了母亲大人的电话，被催促穿上毛衣和秋裤。

庄家明在床上背着单词，却少见地看不进去了，出神地坐了会儿，摸出手机给父亲发了条消息：“天冷了，记得把家里的厚被子拿出来。”

庄鸣晖回得很快：“拿了，你关阿姨都帮咱们晒了。你穿的是什么？毛衣和秋裤都穿了没有？”

“穿了，你呢？”

“也穿了。”

庄家明忽然高兴起来。

有一个段子——

“这样的装备没问题吗？”

“没问题！”

玩家被血虐后，读档重来。

“这样的装备没问题吗？”

“请给我最好的装备！”

所以读档的芝芝面对艰难无比的高三，自然不会亏待自己。气温一日日地降低，她也把冬季装备扛到了学校：毛绒面料的被套、南方夜晚必备的热水袋、毛绒拖鞋——在寝室就是睡个觉，不用准备太多。

教室的装备才叫壮观：

坐垫。教室的课桌椅都是硬邦邦的，她一坐一整天，坐惯了办公椅的屁股痛得怀疑人生。

珊瑚绒毯子。坐过办公室的人都知道，这是必需品，是加班、熬夜的好伙伴。虽然怕冷的同学都是带件厚衣服，没人敢那么夸张地扛毯子过来，可芝芝坚信好的环境有助于节约精力，所以毫不犹豫地带上了。她买的是可以折叠成靠枕的款式，平时不用的时候，把搭扣扣上当靠垫，冷了或是午睡的时候再扯开就是保温毯。

超厚的棉鞋，老年人穿的黑色千层底的那种。没办法，他们因为要上体育课，平时只能穿球鞋，可冬天的球鞋在教室里和没穿有什么区别？虽然丑了点儿，但她也只是在教室里穿穿，没多少人看见，暖和最重要了。而且，这是她去年冬天提了要求后，关奶奶特地给她纳的，亲情款，无价。

套袖一副。别看这是妈妈们才用的，其实好看的款式也不少，最重要的是冬天外套不常洗，学生又一天到晚趴在桌上，袖口容易脏。她戴上套袖，暖和两摄氏度不说，在课桌这个战场上等于穿了防护服——妈妈再也不怕我打翻墨水瓶了。

以上四件装备一上身，就算大冬天开着窗通风，她也不会冻着了。

林老师第一次看见，忍不住开玩笑："你是准备在教室过夜吗？"

关知之同学露出了加班人的微笑。

接下来是文具类。谁不喜欢好看的笔、本子、便利贴等高颜值的小道具呢？但这类东西的实用度有待商榷。

芝芝眼馋归眼馋，荷包让她老老实实地选择了最基础的装备。高三多试卷，所以夹子的消耗量是十分可怕的，她买了一罐长尾夹平时使用，又买了一袋不锈钢的大夹子用来分类——本来她考虑用活页夹的，但是取用没有夹子方便。

她拆开牛奶箱，用透明胶带封好，既可以收纳卷子，也可以用来放参考书，非常方便，关键是比储物箱便宜多了。

她放弃了笔袋，改用笔筒，节省桌面空间，剪刀、固体胶和透明胶带都能塞里面。考试的时候改用透明文件袋，反正高考又不能拿笔袋进去。

封皮好看的空白本子用来当作错题集。一刀白纸作为笔记本兼草稿纸，便宜耐用还省事，她闲来没事，还能自己做一个封面。

她还买了各种各样的便利贴。

她本来还想买个计时器，众所周知，高考做试卷要合理分配时间，平时没有一个多小时的时间用来做整套试卷，分类练习题目就很重要了。可是现在这玩意儿不太普及，有点儿贵，她忍痛放弃了。

剩下的就是食物。巧克力、牛奶糖、奶粉和咖啡粉、麦片，关母给她准备了一大袋，嘱咐她饿了就吃，务必不能虐待自己的胃。

芝芝最近刚称过体重，还没到九十斤，愉快地答应了。

最后，当然是庄家明送的保温杯。她这个时候才想起来，他送杯子，不会是很老土的那个"一辈子"的意思吧？

晚上聊天的时候，她忍不住问了。

庄家明的回复怨气十足："不然呢？"

芝芝：代沟啊……

高龄少女看到保温杯，只能想到可乐泡枸杞，养生走起，这种老梗早八百年就不记得了好不好？

她问："那个……我比较迟钝，还有啥是我不知道的吗？"

庄家明记恨已久，立即点出："上个学期我最后放的歌。"

芝芝赶紧调动记忆，回想高二下半学期最后发生了什么……哦，最后一次广播。

来，我们将时间往前拨到6月份。

又是一个星期二，轮到了他们主持的音乐鉴赏节目。

这是他们最后一次广播，芝芝突发奇想："最后一次假公济私了，你有什么想听的歌吗？"

庄家明看着她，回答："没，你有？"

"有。"她笑嘻嘻地说，"那我放了？一人一首吧。"

"随你。"他装得很像，根本看不出来心中一动。

芝芝很谦让："你先吧。"

"我没想好。"他推辞。

她又说："随便选个喜欢的，我要把我喜欢的那首歌放到最后。"

庄家明就"勉为其难"地说："我看看……喜欢的都放过了。"

芝芝没起疑，因为他喜欢的几首诸如《断桥残雪》都放过了，便说："随便挑一个。"

"那就放容祖儿的吧。"他点开了那首歌。

芝芝一边听一边搜自己要放的歌——*Butter-Fly*（《蝴蝶》）。

"好想变成一只蝴蝶，乘着微风振翅高飞，现在只想赶快和你见面……似乎有什么事会在这片晴空下出现，就算是面对未知的明天，勇敢去冒险……

"在无限延伸的梦想后面，穿越冷酷无情的世界，不想要输给自己，有你的美丽记忆会让我更努力……即使有一双染有停留影像的、不灵活的翅膀，也一定能高飞……"

这个旋律一响起，她眼前就会浮现出数码宝贝进化的场景。谁小的时候没有幻想过自己是“被选召的孩子”呢？她一想起来就热血沸腾，满脑子想的都是一定要找到最好的音源，让其他同学一听就瞬间回到童年。

所以她还真没留意庄家明放的是什么。

容祖儿的歌，是啥来着？她心虚万分，不敢说自己完全忘记了，恶人先告状：“是这样吗？你不早说！”

庄家明很了解她，一秒戳穿：“你忘了。”

她很想狡辩，说“我没有”，但要是他逼她说出来怎么办？芝芝的求生欲爆棚，她飞快地上网搜了一下容祖儿，想了想，加了个限定词“暗恋”。

网上没啥内容。她又飞速地把搜索词换成了“青梅竹马”。

好，出来了，《小小》！

她赶紧看了遍歌词：“我的心里从此住了一个人，曾经模样小小的我们……”

稳了！她理直气壮：“谁说我不记得的？《小小》，对吧？”

他：“上网搜了吧？”

“瞎说。”

她死不认账，然后快速转移话题：“灌了热水袋没有？”

庄家明不是个爱翻旧账的人，她今天知道总比永远不知道好，遂轻松放过，配合地说：“没，不冷。”

芝芝很羡慕：“男生就是不一样，我好冷啊！”

虽然心里清楚她这句话没什么特别的意思，但庄家明的脑子突然失去控制，闪过许多不合时宜的画面。他面红耳赤，半天才平复下呼吸，若无其事地接话：“那你灌热水袋了没有？”

“当然，这就是我的命啊！”芝芝踢了踢被窝里的热水袋，真情实感地怀念自己记不清脸的第二任男友。热水袋能做的事男朋友能做，热水袋不能做的事，男朋友也能做。

幸好青春期的女生和男生不一样，没啥特别的感觉，不然她重生回来也太惨了。

庄家明不知道青梅的念头比他过分得多，老老实实地回复：“那你早点儿睡觉。”

“我要睡了，你要睡了没？”

“我也好了。”

“那一起睡，谁偷偷看书谁是小狗。”

庄家明深吸了口气，屏幕上结了一层淡淡的水雾，热水袋什么的他才不需要，快热死了：“晚安。”

“晚安。”芝芝放下手机，心里莫名觉得很爽。

天气冷，有的时候也不完全是坏事，尤其对于一对互相表明心意，但碍于种种缘故没有正式开始交往的少年，偶尔会有友好的一面。

比如说现在。他们转过一趟公交车后，回仙城的车上就没什么熟人了，不过还能看到眼熟的校服。鉴于某人的脸太有辨识度，以防万一，芝芝和庄家明表现得十分正常。

他们只是并排坐在座位上，有一搭没一搭地聊着复习进度。

中途，车上的乘客就渐渐多了起来，一个母亲带着个八九岁的孩子上了车，站在了他们旁边。

庄家明站起来想给孩子坐，但母亲摆摆手，连连拒绝：“不用不用，他也不小了，你坐吧。”

孩子确实已经过了需要让座的年纪，然而庄家明看到孩子鬓边还流着汗，像是刚刚锻炼过，想了想，就让出了一点儿位置：“我们挤一下吧。”

芝芝也很配合地往旁边挪了挪。

考虑到孩子刚刚进行过剧烈运动，可能比较累，母亲犹豫了下，笑着应了：“那谢谢你们了。来，和哥哥挤一下。”

小孩子占不了多少地方，庄家明只稍微往芝芝的方向靠了靠。可公交车的座位原就不宽敞，他多多少少和她有了点儿肢体接触。

他的手碰到了她的手。只是小手指碰到了小手指，那么一点点的接触面积，两三平方厘米，不会再多了。

但芝芝完全无法忽略这一点儿接触，又痒又热又不自在，好像有只小虫子在心上爬啊爬，难受极了。

芝芝恼了，扭头看了他一眼，抽回手，果断地把手塞进了他外套的口袋里。

庄家明顿时屏住了呼吸，视线根本不敢往那里放，佯装看前方，手却看似很老实地、慢慢地、自以为隐蔽地插进了口袋。

芝芝的手心几乎瞬间热了起来。她一动不动，保持着扭头看窗外的姿势。

幸亏冬天室内外的温差大，玻璃窗上结满了小水珠，要不然，车窗上的影子定然会把她嘴角的弧度出卖得一干二净。

通常来说，高三有三轮复习时间。

第一轮最详细，等于是把过去所有的知识点串起来讲一遍，最适合查漏补缺；第二轮则注重体系，适合搭建知识框架，培养联系的思考能力；第三轮就看各自的情况了，提高的提高，专精的专精，老师能做的已经不多了。

12月，第一轮复习已经进入高二下半学期的内容。

这部分知识点上半年才学过，于学生而言并不陌生。然而并没有用，当初就没学扎实的人，现在满脸都是迷茫的神色；当初学了个七七八八的，变成了三三四四。

老师们恨铁不成钢：

"你们是我带过的最差的一届。"

"这个知识点我们几个月前刚刚讲过！"

"好记性不如烂笔头，光听就有用了吗？听了还不是忘了？记下来！"

"你们这样是不行的，公式背会了不会用有什么用？"

"课代表跟我去一下办公室，今天晚上把这个卷子做了。"

"美术课不上了，这堂课我们讲一下上周的卷子。"

…………

就在这样的天冷心更冷的日子里，12月21日到了。

是的，不是元旦，也不是什么特别的节日，而是一个平平无奇的冬至，却在2012年有了姓名。

一切都来源于古老的玛雅传说。据说，12月21日，地球的磁极会倒转，会出现地震、海啸、低温等剧烈的自然灾害以及连续三天的黑夜，末日即将到来。

芝芝以前没少看末世小说，这可是当年的热门题材，作者也好，电影工作者也罢，都没忘记蹭热度。

她真的考虑过万一出现不明生物怎么办，还想20号是周四，来不及回家，被困在学校可就完蛋了，焦虑地囤了很多饮料和零食。

这回嘛……为了纪念"中二"的青春，她晚上回家和庄家明看了电影——《2012》，非常应景。

两家的爹妈都是比较开明的人，孩子成绩好，半个月才回一次家，放松下没什么——当然，谈恋爱是不可能的，他们万一谈恋爱被发现，估计只能被打断腿了——看个电影还是OK的。

关母还煮了两碗热腾腾的馄饨给他们当夜宵。

从庄家明高三开始，庄鸣晖就自觉地在儿子回家的那天早点儿回家，所以他今天在家。卧室门开着，心里有鬼的两个高三生非常老实地各自捧着碗吃馄饨。

“又是肉的。”芝芝嘟囔。

今天的馄饨是剩下来的肉馄饨和新包的虾肉馄饨混合的，前者多，后者少。她爱吃虾，偏偏连吃三个都是肉馄饨，气死了。

庄家明犹豫了一下，伸过勺子：“给我吧。”

“我吃过了。”她瞪大眼睛。

他不太好意思：“没事，你从我这里舀个过去吧。”

几个月下来，芝芝已经慢慢接受了竹马的新设定，虽然偶尔还是会在半夜患得患失一下，总算没最初的时候那么不习惯了。但……他吃她吃过的东西是不是有点儿突破尺度了？还是这小子心思不正？

“算了。”她有点儿㞞，老老实实地吃了自己的。

庄家明没说什么，用勺子切开了碗里的一个，粉红色的虾肉露出来：“没吃过，要不要？”

“要。”芝芝果断伸勺子捞进自己碗里。

庄家明把剩下的都弄开，虾肉的全归她，自己吃肉的。

芝芝很唏嘘，有些男人是不见兔子不撒鹰，看个电影就想动手动脚，拉个手就四舍五入到开房，相比之下，少年人的感情纯粹得令人流泪。

她决定好好珍惜这份纯真的感情，所以很不客气地收下了。

付出的人也很高兴，说她：“你要多吃一点儿，太瘦了。我们班有人不吃晚饭，你没有吧？”

“没，天大地大，吃饭最大。”

芝芝以前也属于用时间换效率的人，但事实证明，埋头苦学苦刷题的学生未必能够取得好成绩，找对方法才是最重要的。

她该吃饭就吃饭，该逛小卖部就逛小卖部，熄灯后最多背会儿单词，每天熬到十一点多睡觉，都是为了和某人多聊会儿天。

某人也一样。

不过这是精神食粮，比啥灵丹妙药都管用，他们俩最近心态都很稳定。

看完了蹭热度的《2012》，也把馄饨吃干净了，芝芝心满意足地打道回府："碗给我，我带回去。"

"我拿吧。"他不容分说地接过她手里的碗，主动陪她回隔壁。

关母赶紧迎上来拿："家明啊，你叫芝芝带回来就行了，别那么客气。"

"没事，谢谢阿姨，馄饨很好吃。"庄家明说。

关母看他们全吃了，更是高兴："你这孩子客气什么？你们正是长身体的时候，饿了就要吃，不要忍着，别把胃饿坏了。"

"嗯。"他乖乖应下。

关知之同学近两年过于独立，导致关母屡屡感到失落——这孩子吧，干啥啥不会的时候讨人嫌，独立了呢又让爹妈很没有成就感——庄家明的存在很好地弥补了这种遗憾。

嘱咐了一长串"要记得准时吃饭""天冷了要记得加衣服"一类的话，关母心满意足，顺带埋汰自家女儿："你要是有家明一半懂事，我做梦都要笑醒。"

芝芝："呵呵。"

希望她妈以后知道了他们的猫儿腻，还能继续保持这种心态吧。

末日没有到来，星期天，他们还是要收拾行李回学校上课。

但因为圣诞节和元旦节马上就要来了，同学们蠢蠢欲动，要求搞点儿活动。元旦会演没高三的份儿，总能自己搞点儿节目吧？

不然高一、高二学生愉快地玩耍，高三学生苦兮兮地自习，那也太惨了。

林老师一开始不同意，后来被学生软磨硬泡，想想这大概是他们最后的放松时间，松口同意腾出一个晚自习。

二班搞了，一班没搞肯定要翻天，所以他们也顺利地说服了李老师。

大家都以为所谓的元旦晚会，最起码也该有零食，比如橘子、瓜子、糖果什么的，同学们唱唱歌、表演表演节目，或者拉老师们过来一起热闹热闹。

结果林老师笑呵呵地说："想什么呢？浪费时间！"

两个班的晚会都是看电影。

一班看的是《宇宙的奇迹》，二班文艺一点儿，《金陵十三钗》，一门物理一门历史，就算是元旦也不能忘记学习。

楼下传来笑闹声和歌声。

顶楼一片安静。

林老师很淡定：“不看电影，自习也可以。”

“看看看。”聊胜于无。

零食？没有就没有，自己泡杯奶粉和麦片喝吧。

就这样，高三最后一个愉快的晚自习过去了。

元旦假期后，日历翻到了 2013 年。

1 月初，本市第一轮模拟考试正式来临。

这是官方组织的第一次与高考差不多程序的考试，其重要程度不言而喻，与后面的二模、三模一样，是考生们衡量自己水平的关键。

哪怕是为此早有准备的芝芝，也难免紧张起来。

考试时间是两天，第一天考语文和数学，第二天考综合和英语，流程、时间都和高考一模一样。

监考老师走进教室，第一件事就是在黑板上写下考试的科目和时间，非常官方、正式地说：“现在要考的是语文，时间是早上……”

从没有经历过的学生们瞬间被吓住，立刻就有了压力。

老师们交换了个默契的眼神。

按照惯例，一模的题全面，考查学生的复习是否全面，及时在第二轮复习查漏补缺；二模则会提高难度，激励督促学生，顺带为高难度的题做准备；三模最为简单，为的是鼓励学生。

这个套路芝芝已经知道了。所以她最重视一模，想看看自己到底复习到了什么程度，希望能够找到遗漏的点。

还真的有。芝芝之前看书，觉得看无可看，好像全掌握了。这么一张卷子考下来，她突然发现有几道题不确定，是知识盲区，立刻记了下来。

好在一模不是高考，没严格到草稿纸都要收走。一结束，她就迫不及待地翻出课本，找到遗漏的细节，用便利贴做了记号。

两天眨眼过去，老师们加班加点，没几天就把一模的卷子批了出来。

芝芝虽然有记不清的，可凭借搭建已久的知识体系，依旧吊打其他学生，牢牢霸占了第一的宝座。

庄家明……算了，提他干吗呢？

语数外三门课里，芝芝就语文考得比他好。结果并不令人意外，但她十分不甘心，杀到一班去问他要了试卷。

一班的同学誓死维护班级利益：“庄家明是我们班的！”

“你们才是竞争对手，我不是啊。”芝芝理直气壮地说，抢了竹马的考卷就跑。

庄家明：“她说得有道理。”

韩琮大骂：“你就是偏心。”

庄家明十分镇定：“她还回来第一个借给你。”

韩琮：“行吧。”

芝芝很快把卷子还了过来，顺带问他：“我现在遇到个问题，书好像都看过了，但有些地方其实没看到，怎么办？”

庄家明答得很快：“做题。”

“做得差不多了。”

文科生答题费笔墨，芝芝懒得全写上去，自己刷题通常是只列大纲，简明扼要就行了，不然根本刷不完。

在恋爱加成下，庄家明的智商不仅没降，还往上蹿了那么一点点：“那你出题给我做吧。”

芝芝顿时变了眼神，意味深长地看着他：少年，计划通哦。两个人心照不宣，创造了光明正大的交流机会。

但考虑查漏补缺的都是学霸，对于很多学生来说，不怎么好的一模成绩就是狠狠打在脸上的耳光。大家半个学期以来，起早贪黑，刷题刷到吐，可辛苦的付出并没有得到等价的回报。看到血淋淋的试卷的刹那，积攒已久的压力瞬间冲垮了理智。

深夜十一点半，隔壁宿舍的杨榕榕跑过来，敲响了芝芝她们寝室的门。

“关知之，”杨榕榕小声地说，“胡婷把自己关在厕所好久了，问她也不吱声，怎么办啊？”

芝芝一下子就清醒了，二话不说爬下床：“走，看看去。”

自己寝室到隔壁寝室几步路的工夫，芝芝在脑海里迅速回忆了一下胡婷。老实说，芝芝对她没啥印象，只记得她学习非常刻苦，天不亮就去教室，下了晚自习也是拖到最后才走。

芝芝再想想这次一模考试的排名……呃，没想起来。芝芝挠挠头，问杨榕榕："她今天和家里打电话了没有？"

"没，她回来都快熄灯了。"杨榕榕小声说，"她一回来就把自己关在了厕所里，我们怎么敲门都不应，也没听见哭声。"

芝芝毛骨悚然，顿时明白了杨榕榕的恐惧——这听着像是想不开啊！

她轻手轻脚地去隔壁寝室，发现宿舍里的妹子们都没睡，只不过有两个事不关己地戴着耳机听歌，有两个在发短信，按键声清晰可闻，还有两个坐着耳语，看着很心急的样子。

芝芝走到里间的厕所，轻轻敲了敲门："胡婷，你在吗？"

里面没声音。

"婷婷啊，我是关知之，我们宿舍有人在厕所，我有点儿急，能不能借你们的用一下？"芝芝没有一上来就表现得过分关切，少年有奇怪的自尊心，假装什么事也没有是最好的选择。

可是，胡婷没有接她递来的台阶，依旧不吭声。

芝芝有点儿急了，扭头搬了把椅子，问杨榕榕要了个手电筒，直接爬上椅子扒到了门板上——宿舍的厕所不封顶，门就是薄薄一层板子。

她踮着脚扒上去，扭亮手电筒往里一照。

明亮的光束下是胡婷泪流满面的脸。两个人对视了一眼。

"没事，胡婷大概是肚子疼，说不出话来了。"芝芝镇定地说给其他人听，又扭头对胡婷说："来，你把门打开。"

胡婷不想理人，可没想到芝芝会爬门，也来不及擦眼泪，当场就愣住了。就在这当口儿，外头有一束光照了进来，宿管阿姨推门而入："这是干什么？几点钟了还不睡觉？关知之，你怎么在这儿？"

芝芝麻利地爬下来，和宿管阿姨说："我们班同学不舒服，我过来看看。她没什么大事，就是肚子疼。"

高三生是重点保护对象。宿管阿姨一听，顾不得指责她乱跑，走进来问："肚子疼？来例假了吗？"

有些人心里不舒服，恨不得所有人都和她一起不舒服。但有的人就喜欢自己憋着，宁可闷到胸口痛也不想叫人看笑话。

胡婷是后者，早在宿管阿姨进门的时候，她就忙不迭地抹干了眼泪，顺着应下："嗯，肚子有点儿痛。"

这话没人信。眼泪抹干了，两只眼睛还肿得跟桃子似的。宿管阿姨何等眼尖，却没戳穿，没出大事，那就多一事不如少一事："早点儿睡吧。关知之，回你自己的寝室去。"

"哎，好。"芝芝很听话。

胡婷也不好意思继续哭，钻回了自己的床铺。

这事当然没算完。翌日，芝芝就把这件事告诉了林老师。

林老师很重视，先夸了芝芝细心，又叫她以后多留意："有些同学心比较细，压力大了也不和别人说，你们班干部平时多注意些，有什么不对劲的及时和我说。"

芝芝也很怕出现什么高三生跳楼的消息，慎重地应了。

林老师回头就把胡婷叫去了，和她聊了聊人生。

其实胡婷的烦恼说白了也没什么，就是自我怀疑。她的家境不太好，父母一直耳提面命要她好好读书，说考上大学了才不会像他们一样卖力气。穷人家的孩子早当家，胡婷很想出人头地，所以在学习上向来不吝于下苦功，就算周末回家也挑灯夜读，不敢懈怠。

但她不知道为什么，明明那么努力，一模的成绩却不尽如人意，甚至比高二的时候考得更差。

她受了打击，又不知道该怎么和更急的家里人交代，筋就拧上了。

林老师听着出了口气，赶紧安慰她："老师知道你用功，一模本来就是考查你的知识面的，离高考还有一百多天，来得及。"

林老师又怕家长脑子不清楚，就知道骂孩子，反而把人逼到绝路上，主动给她的家长打电话解释了一下。

"别把孩子逼得太紧……对，对，她的压力也很大，家长要配合，不能给孩子太大的压力……鼓励为主……胡婷很用功，也很用心……"

班主任亲自出马，家长还是很给面子的，连连保证："我们都没什么文化，不懂怎么教孩子……就是心里着急……都听老师的……好，好，保证不说……"

如此这般，胡婷悬着的心总算是放下了。

这件事给学校敲响了警钟：是时候干预一下心理问题了。

于是，期末考前临时加了个家长会。主要基调就是：一切为了孩子，鼓励为主，温馨教育，不要逼迫孩子，要相信孩子，坚决杜绝打骂现象；

要离婚的忍着，忍过一年大家都解放了！

大部分家长听进去了，并且严格执行。

于是，这个学期的最后半个月，芝芝都过得很爽。

关父关母看到她的成绩，真的是再也没有任何要求了，甚至没和她说“再努力一下，博个清北”什么的。夫妻俩背地里都叮嘱彼此：“闺女这样就很好了，她有几斤几两，我们心里都清楚。别逼她，别给她压力，过头了反而不好。”

假如关知之打小就和庄家明一样聪明，次次考试拔得头筹，关家夫妻的心愿不会这么简单，谁家父母都希望自己的孩子成龙成凤。

然而，妙就妙在芝芝前十几年都平平无奇，成绩不好不坏，踩着尾巴挤进重点高中。此时有这般成绩，父母都已经喜出望外，只求不跌，不求更大的回报。

关母还有点儿迷信。她听说人的福气是有限的，一口气求了个大的，后半辈子就要过得惨，所以中了奖、路上捡了钱，就得做点儿好事：给乞丐捐点儿钱，把家里的旧衣服打包送人什么的，如此才能太太平平的。

考试也一样，状元好听是好听，也看家里有没有这个福气，反正第十名也能上好的大学，那他们何必强求呢？做人要惜福。

芝芝不知道爹妈朴素的想法，舒舒服服地开始了寒假。

今年的寒假只有十天，比往常少了一半，但这算得了什么呢？年三十回家，年初七上班的日子芝芝都没少过，十天不少了。

芝芝一家按照惯例在奶奶家过除夕。

大伯和奶奶都很关心她的考试成绩，听说她考了第一，高兴得合不拢嘴，直说“看样子我们关家要出个大学生了”。

他们的想法说来也奇怪，重男轻女不假，可要是女孩儿成了大学生，他们又觉得是光宗耀祖的事。

关母很谦虚：“没准儿的事。哎，佳丽明年也要中考了吧？”

说起这个女儿，李翠就头痛，愁眉苦脸地说：“还不知道能不能考得上呢。唉，考不上就只能读个中专了。”

话是这么说，但她私心里觉得，其实读个中专也不错，读完出来就能工作，不像高中、大学这么念过去，没个头，下面还有一个佳芳、一个浩浩呢。佳丽作为老大，总该想办法帮衬家里一点儿。

关大伯原来和关父一样，想着供出个大学生来，光耀门楣。但生了儿子，那他肯定是盼着儿子有出息，所以关佳丽中考行不行都无所谓。

关父本来想劝，可想想大哥家里的情况，供三个孩子不比供一个，吃力得紧，又把话咽了回去。

芝芝在旁边啃完一个红烧鸭脖，基本就把长辈们的心思摸清楚了。她转头找了个借口，单独和关佳丽说："你得再努力努力啊！"

"我不行。"关佳丽愁眉苦脸的表情和她妈如出一辙，几乎是缩小版的李翠，陌生人一看就知道她们是母女。

"哪里不行？"芝芝挺有耐心，"老师讲的能听懂吗？"

关佳丽摇头，又说："现在也不怎么讲了，就叫我们自习，大家也不是很在乎。我觉得我妈说得对，读个中专也行，早点儿挣钱。"

芝芝半天没说出话来，感觉到了深深的绝望。

关佳丽的初中在镇上，口碑不怎么样，想来也不是什么适合学习的环境。听起来老师也不太负责，同学们也就混混日子，爹妈重男轻女，不肯多花钱和心思，满脑子想着让女儿早点儿挣钱……

极限难度啊，这要怎么救？

她酝酿了好一会儿，才说："佳丽，如果读中专也行，为什么我们要努力读书考高中、考大学？现在还有时间，你别去管别人怎么样，你再努力一把，至少要读到高中。"

关佳丽看起来没什么反应。

无知而认命。芝芝对这样的人没有办法，只能尽人事："我把我初中的辅导书给你吧。"

关佳丽点点头，没拒绝。

他们回家的时候，路上下起了小雪。关家没有车，摩托车和小电驴都开得很慢很慢。芝芝坐在母亲身后，感觉到寒风和雪花扑到自己脸上，冷飕飕的。

他们千辛万苦到了家，芝芝第一件事就是洗热水澡。

不久，庄家父子过来拜访。

芝芝当时正在擦头发，看到庄家明的刹那，眼睛迸出光来。他也是，那张俊俏的面孔简直像多了个滤镜，瞬间从纪录片的风格变成了偶像剧。

但他们都不敢多看彼此，爹妈都不好糊弄，被发现就糟糕了，因此看起来还比过去更疏远了些——庄家明都没坐到她旁边，两个人隔了个茶儿。

高考生的爹妈坐在一起，还能说啥？

关母张口就来："听说慈悲寺蛮灵的，我打算初二或者初三过去拜一拜。"

小地方也是有寺庙的，不在本地，在隔壁县，没什么名气，也没有游客。但好歹是座庙，又近，所以……家长们想去拜一拜太正常了。

他们也不是迷信，就是图个心理安慰——别人都拜了我不拜，亏。

芝芝举手："我也去。"

"你去干吗？"关母不烧香不拜佛，也不觉得女儿会信这个，"就是想跟过去玩吧？"

芝芝很冤枉。就算她以前不信，她的经历也让自己心里有点儿怀疑，要不然天寒地冻的，谁愿意去吹这个冷风？她找借口："拜一拜，万一呢！"

关母迅速被说服了。不灵就算了，万一灵呢？

"那家明呢？"关母问。

庄家明不信这个，可是能和芝芝出去玩，没有理由拒绝，遂笑道："那我也去吧，万一呢？"

大家都笑了。

大年初三，关、庄两家就结伴来了个半天的旅行。庄鸣晖有车，这车不再是单位的了，是他今年从同事手里买来的，虽是二手，却只开了两年，和新的没什么两样。

天公作美，舍得给了个太阳。不过羽绒服还是得穿，裹成球没商量。

寺庙很快就到了，不是什么旅游景点，人气不旺也不冷清，本地许多信佛的老太太这两天过来烧香。

两家人都不是信徒，没什么讲究，随便拜了拜，烧了香就原地解散——关父和庄父去外头抽烟，关母看到附近有卖本地的糕点，打算买点儿回去，分给父亲和妹妹。

芝芝和庄家明就得到了单独相处的时间。

他们俩各去求了一道金榜题名符，看看还有零花钱，又求了几张平安符，灵不灵暂且不提，好歹心安。

庄家明有点儿惋惜："没有那个……"

那个是哪个，他不用说芝芝也知道。她白了他一眼，脸上就写着两个字：幼稚。他这不是给家长送把柄吗？

他太嫩了。她在心里摇头，拿起金榜题名符，甩甩干净，然后亲了一下。她今天涂的是无色的润唇膏，只隐约在上面留下了一点点的印子。

庄家明：“……”

芝芝很满意，将符塞到他的手里，抽走了原本属于他的：“好了吧？”

庄家明的耳朵烫得不可思议，亏得他戴了帽子，否则肯定全被她瞧见了。他竭力装作若无其事的样子，把符折好，放到了内侧的口袋里。

可脸上的温度还是降不下去，他再看芝芝，她已经像什么事都没有发生，蹲在墙脚饶有兴致地撸寺庙里的橘猫。

这种事不是女孩子应该比较害羞吗？他气恼又窘迫，站不住，跑去风口吹了半天冷风，总算把脸上的温度降了下来。

家长们回来的时候，就看到一个在专心致志地看石碑上的经文，一个蹲在墙边撸猫。

关母一个箭步冲过去：“要死了你？！这些猫脏得很，有跳蚤怎么办？”

“猫很爱干净的。”芝芝分辩。

关母不听，沉着脸说：“去，把手洗干净。”

芝芝无力反抗母亲，灰溜溜地跑去洗手。

他们拜完了佛祖，接下来就是打道回府。时候还早，关母就说去看看金外公，顺便把买来的糕点送过去。

关父想起他们父女的恩怨，打消了回去开店的念头：“我和你一起去。”

关母没拒绝。

上回姐妹俩和父亲吵了一架，闹得不欢而散。后来多亏了蔡婆婆在中间说好话，双方就着台阶下来，不再提旧事，算是和好了。

但是吵过架的人都知道，不提不代表这件事情过去了，继续来往也不代表心里的刺就没了。不过是日子必须得过，亲爹和闺女难道还能断了往来？唯有糊弄过去，继续这么着呗。

芝芝一家到了金家，金外公对女儿不咸不淡，对女婿倒是不错，主动问起面馆的生意。

关父老老实实地回答，又把闺女抬出来，说这次期末考的成绩不错，老师都表扬了云云。

金外公看芝芝的目光越发慈祥，他摸了个大红包给她："好好读，考个好大学。"

芝芝应了，又把刚刚买的平安符拿出来献宝。

金外公更是高兴，还是外孙女体贴，不像两个女儿，自己买个保健品都要大呼小叫。

芝芝想给外公科普一下，别没事就交智商税，但 2013 年年初，压根儿没有靠谱的科普来源，光靠她的嘴，没有可信度啊！

思来想去，她决定退而求其次，建议外公不要买什么保健品了，买按摩椅。

老人家都腰酸背痛，买个按摩椅揉揉肩膀、揉揉腰，不仅舒服，而且总比吃进去什么乱七八糟的东西好。

关母看到了台阶，出言附和："就是，你的腰不好，自己捶也累，买个躺着按摩的多好。"

金外公还是有点儿犹豫，按摩嘛，自己按也行，没必要花冤枉钱，而且论效果，肯定是吃进肚子里的更好。

芝芝咬咬牙，昧着良心瞎吹："不一样的，人家那个有什么红外线、微电流之类的，叫理疗，医院里都用的。"

她记不清这个说法是美容仪的还是别的什么了，总之，同样是交智商税，折腾不出病来总比吃坏了好。毕竟金外公的保健品不是在正规药店里买的，是街边的小贩推销的，谁知道是不是三无产品，她看着心都在抖。

听说医院里也有，金外公明显心动了。

气氛一下子愉快许多。他们临走时，金外公的脸上终于有了笑容，他还和关母和颜悦色地说了几句话。

父女僵持了小半年，终于和解了。

不过一离开，关母就批评了芝芝："你没事和你外公瞎说什么呢？按摩椅多贵啊，几千块呢。"

"买个破椅子吃灰，总比人吃坏了强啊！"芝芝叹气，"而且这个贵了，他就不舍得买其他的了。我也是没办法啊！"

关母嘴角抽搐："敢情你骗你外公呢？"

"那也没有，松松筋骨总是好的。"芝芝没说的是，好歹有个安慰剂效应，老人心里高兴，身体就少许多毛病。

人啊，不是都懂科学、讲道理的，他们该让的时候就得让一让，只要家庭和睦，老人身体健康，花点儿钱就花点儿钱吧。

关母琢磨了下，觉得有点儿道理。她心里多少还是防着那个蔡姨，生怕那人哄了老爹的钱，既然如此，不如叫爹把钱砸在自己身上，反正真要是有什么事，她们姐妹俩也不会坐视不理。

她回头就和金小姨通了个气。

两姐妹也聪明，合资买了个按摩器，不贵，只能揉肩膀，以此表示一下女儿的孝心。等老爹用着好，自己想去买个贵的按摩椅，那就是顺理成章的事了嘛！

家庭大戏落幕，寒假也步入了尾声。

高中最艰苦的岁月到了。

新的学期，好些同学提交了走读申请。林老师挨个问过，知道都是父母在附近租了房子陪读的，点头同意了，只是要求家长晚上必须过来接，别让孩子单独走夜路。

能为孩子过来租房的家长，肯定都是以孩子为重，全好好答应了下来。因此，到了九点半下晚自习，校门口黑压压一群家长，也算是高三的一大特色。

而于芝芝来说，走读的同学多了，带早饭的也就多了。

不，不是她滥用职权，都是自愿的——大家都知道她画思维导图，纷纷来借，白看不好意思，就想请她吃个零食作为补偿。

芝芝当然不能干这事，吃人嘴软，不好看，但她要是不接受这份好意，人家也觉得欠了人情，更难还。遂折中一下，她请他们帮忙带早饭，钱照付。

外面的早饭比食堂里花样多，煎饼馃子能随便加料，粢饭团也能吃出不同馅来，还能买几个包子、馒头当点心。

她不用晨跑完去食堂排队，又能吃到不一样的菜色，爽得不得了。

只有庄家明不太开心。原本晨跑完去食堂的路上，两人还能说说话的，她不去就没法儿同路，也剥夺了他带早饭的机会。

他不爽，但不说，绞尽脑汁找别的机会。

这天中午，他看到芝芝趴在走廊的栏杆上放松眼睛，马上回教室拿出准备好的本子给她：“题目我出好了。”

芝芝眼睛一亮，马上劈手夺过：“我看看。”

她都快把书翻烂了，再看也看不出花来，想知道知识点的盲区，只能靠做题和与旁人对照。

庄家明就是她的对照组。

“你慢慢看。”大庭广众之下，他努力压抑着嘴角的弧度，“你的题别忘了，我还等着呢。”

“知道啦。”芝芝见题心喜，等不及想做一做，转头就钻进教室。

庄家明没来得及叫住她，眼睁睁地看着她离开，哭笑不得。要不是相交多年，他真的会怀疑她不是看上了自己，是看上了他的题。

他想：今天就放过你，等高考完，你等着。

芝芝并不知道自己一不小心渣了一下。在她看来，高中阶段什么也不能干，不如多花点儿心思在学习上，高考考得好，两人能站在同一个层次，才能正儿八经地谈恋爱、谈未来。

来日方长，他们到时候想干什么都行，何必急于一时呢？他不懂事，她不能跟着胡闹，这是对他负责，也是对自己负责。

然而她不小心忘记了，自己的阈值远比庄家明高得多。于过来人而言，和喜欢的人说话算不上什么大事，拉手悸动一两次就差不多了，可他不是啊！

货真价实的少年根本没想过亲密接触，就惦记着每天和她说说话，有机会拉拉手了。

一言以蔽之——惨。

唯一能够安慰他的只有那个金榜题名符了。他原想塞在笔袋里，上课就能看着，后来想想觉得不保险，折好塞进了学生证里。

值日生每天查三次学生证，课间操一次，眼保健操两次，大家天天要佩戴。学生们一般在里头塞上饭卡，基本不离身。

他将符藏在饭卡和学生证中间，外面还有塑封，万无一失。

每次摸到塑封下微微凸起的纸痕，庄家明心里就泛起绵绵不绝的甜蜜来。这回也不例外，他忍不住想：要不算了，我不和她算账了，她肯定是怕高考考不好，没法儿和我在一起才那么急的。

“不行不行，好几次了。”相反的念头很快跑出来打擂台，气呼呼地说，“某人过分不止一次两次了，必须给她个教训——至少要掐掐她的脸。”

他正天人交战着，短信来了。

“啊啊啊！你找到了我一个记错的地方！一分，我又抢回一分，太开心了！给你的题目我也写好了，明天就给你！”

她真可爱。庄家明看着这条短信，瞬间原谅了她。

芝芝看书“鬼打墙”的问题，其实算得上是复习的最后一关。其他学生还远远不到这个程度，这会儿正面临另一个难题：知识的整合与重建。

第一轮复习是按照书本走的，相当于短时间内迅速过了一遍高一、高二的内容。但考试不是这么考的，得打乱了重来。

比如语文，文言文是个老大难，语文老师就单独把这一块提出来，再过一遍课本，然后开始专项练习。

历史亦然。以前大家学的是古今中外的政治，古今中外的经济，现在就变成了中国的政治经济和外国的政治经济。

芝芝的思维导图就是这么在班里火起来的。

但说实话，很多人借了去抄，作用寥寥。类似的图在各种辅导书上都有，他们光看完全没用，必须自己画出来才行。

老师不会教怎么画这个，用的是最简单的办法——做题。

题海战术饱受争议，却是个非常有用的办法。他们多做多看，就能找到题感。啥叫题感？就是他们看到题干，就知道要考什么，把知识点填充进去就行。

说着容易，做着难。聪明人和笨人的区别就在这里，聪明人做得多了，就知道怎么回事，笨人再怎么努力，也被题目玩弄于股掌之中。

关知之就是笨人，而家长、老师则喜欢用另一种委婉的说法：有点儿小聪明。

什么叫小聪明？就是她虽然也被题目玩弄，但会总结套路。

高考的大部分内容是考查基础知识，只要不蠢，她勤奋点儿死记硬背，多多少少是能拿到分的，再稍微会一点儿套路，比如英语作文用些高级词汇和句子，语文作文用些比喻和排比，老师也会尽量给分。

但她依旧是个笨人，因为没有掌握真正的学习能力。

假如这么说还略显抽象，不妨举个例子。

文学网站的签约写手千千万，不开窍的就是怎么写都没有人愿意看，因为摸不着门路，日更一万也无用。有点儿小聪明的，就是会选题材、蹭热点、找套路的人，他们很难成神，但赖以糊口没有问题，勤劳一些的，未尝不能上金榜。

关知之过去就是这样的层次，靠“日更”和“套路”，抱上了一本线的尾巴。但她不能成神，因为知其然，不知其所以然。

有能力的人，是看了文就知道对方为什么能火，然后写出对读者胃口的大红文——就像看了题目就知道考的是什么的人一样。

庄家明？他更过分了，是那种一本成神，全靠感觉，不分析市场，随随便便出版、卖影视，还觉得自己没做什么的家伙。

芝芝不肖想能变成庄家明那样，但经过磨炼，她慢慢接近了有能力的那种人。

学习能力有天生的，也有后天培养的。在校园环境下要锻炼出这种能力并不太容易，职场里却要明确很多。

上司和同事不会像老师那样倾囊相授，她要学本事就得自己下功夫。二十多岁的芝芝，记忆力、体力甚至对知识的消化能力都不如十几岁的自己，可这种锻炼出来的能力，配合年轻的身体，终于让她迈上了更高的台阶。

离高考不到一百五十天，卷子越发越多，每天的作业就是厚厚一摞。层次不同，芝芝对于浩如烟海的题目，感受到的不再是焦虑、痛苦或是茫然。

她知道自己可以解决，更希望能够碰到难倒自己的题目，每找到一道不会的题，就等于是为自己争取更多的分数。

刷题不再是应付，而是挖宝。她终于明白了庄家明刷题的快乐。她以前不该叫他“大魔王”的，是智商限制了她的想象力。

老师很快发现了她的情况，没有太意外。总有那么几个学生与众不同，没法儿和其他人玩到一起，而这种学生，是不能要求他配合其他人的脚步的。

林老师甚至对她说，假如她自己觉得没问题，可以上课不听老师讲课，自己安排复习，就是作业还得做，没商量。

芝芝满脸震惊：“可以吗？”她居然混到这种层次了吗？

“可以啊，只要老师讲的你都掌握了就行。”林老师温和地说，“你是个有主意的孩子，大家的复习情况不一样，你没必要和其他人一起复习。”

虽然事实上，芝芝不跟着老师的步调很久了，可听林老师那么一说，忽然慌了起来："那我怎么办？"

她们做了三年师生，林老师一双慧眼看得清清楚楚，关知之有能力，却没有信心，需要鼓励支持，让她看到自己的本事，遂笑道："怎么，怕老师不管你啊？别担心，你有什么不会的尽管来问，需要什么帮助也和老师说，老师给你想想办法。"

芝芝还真的有一件事，问道："老师能给我找点儿别的省份的卷子吗？"

"五三"里有真题，也有模拟题，却都是打散的，她想试试做整套的，看看能不能适应外省的套路，转换一下思维。

林老师同意了，叮嘱说："你想多做点儿题当然没问题，但是各省的水平和题型都不一样，你别走偏了。"

芝芝谨慎地应下："好。"

林老师说到做到，回头就搞了几套卷子给她。

芝芝转手抄了给庄家明，顺便告诉了他"上课不听"的特权。

庄家明说："早该这样了。"

"你早就不听了？"她吃惊。

他点头。

"什么时候的事啊？"

"高三开始没多久吧。"庄家明想想说，"老师讲得太慢，我就自己看了。"

芝芝吐槽："我可是认真听了，就怕之前有漏的，你也太胆大了。"

庄家明反驳道："高一、高二我都认真听了，现在总不会比那个时候讲得更细。"

芝芝："……"

"这个卷子没有答案，我们一起做了，然后对一下。"庄家明说不出地高兴。他不会为了和同学进度一样就放慢自己的脚步，可独行必然是寂寞的，有时候上课看到大家都在看同一道题，自己却在做别的，难免生出几分孤独感。

现在好了，他找到了旅伴，别人怎么样都行，只要她在身边，他们在一个世界，一切都不成问题。

他觉得和她更亲密了。

芝芝也是。她脱离了原来的圈子，走到了他的身边，这种感觉很新奇，代替了离开舒适区的惶恐和不安情绪。

她想：我有庄家明呢，他行，我当然也能行，就算不行，跟他学呗。

“好啊！”她点头应下，“你是怎么安排的，和我说说？”

庄家明不是个藏私的人，对青梅兼心上人更是恨不得把一件事掰成两件说。但他的办法还是从芝芝那里学来的，无他，列计划表。

学校下发了教学大纲，高考的范围就框死在里头。他就按图索骥，一边复习一边做题，速度很快，不失稳当。

而芝芝的困惑他也有。

自己看书有盲区，他们正好借互相出题的办法，换换思路。能做题不代表真的掌握，但能出题，就真的八九不离十了。

芝芝的事提醒了林老师。她细心观察了一番班里的情况，又发掘了几个进度超过班级平均水平的学生，同样允许他们上课可以不听——仅限数学课，其他科目还要看任课老师是否同意——自己复习就行。

这时候就显出实验班的优越性了，老师并不死板，基本都通融了。像芝芝这样刻苦自律的，一些老师甚至连作业都允许不做。

芝芝从小到大都没得到过这样的殊荣，虽然没啥用——因为自律，她不允许自己不做作业，难道还会真的不做吗？——但仍然有点儿兴奋。

我也混成了优等生。她想。

而在他们这几个尖子生的刺激下，原本开始疲软的学生们又有了新的精神面貌，主动性大大提高。

春日易困，上课的时候，有学生主动站起来听讲，免得打瞌睡。还有两个学生要求坐到讲台边上，利用特殊的地理位置督促自己好好听讲，不要开小差。

老师们都允许了。

然后就出现了更加稀奇古怪的要求，尤其是换座位，理由千奇百怪：同桌上课喜欢找我说话，影响我学习了；窗边有柳絮、花粉飘进来，我有点儿过敏；请求和某人同桌，互相辅导功课，等等。

因此争吵也多了起来。

被指控影响同桌学习的女生直接嚷嚷：“谁影响你学习了？你没找我说话？我还没说你影响我呢，你就说我影响你？你要点儿脸吧！”

“就是你找我说话了，上课的时候老问我，害我分散注意力。”同桌不甘示弱，振振有词，“反正我不要和你坐一起。”

要求做同桌的两个妹子是商量好的，但其中一个的同桌不同意。她不想搬到后面去：“是你们要搬，不是我要搬，我坐太远看不清黑板上的字。”

顺利交换的也有，有人拒绝坐在窗边，有人主动申请呼吸新鲜空气。

林老师最初比较宽容，说好了都同意的就允许换，后来发现多了很多鸡毛蒜皮的争执，发了通脾气，禁止调换座位，一刀切了。

他们终于消停了。

没过多久，学校又出了个新规定：高三教学楼的灯亮到十点半，熄灯时间推迟到十一点。

“你们天天躲在被窝里打着手电筒，眼睛不要了啊？”林老师在班会课上苦口婆心地说，“学校叫你们十点钟睡觉是保证你们的睡眠时间。不过你们既然要努力，我们当然也要创造条件，九点半以后，想回去的可以回去，想继续留下来的就留下来，都行，不过不准吵闹，知道没有？”

“知道了——”

在明亮的教室里看书，总比躲在被窝里打手电筒舒服，因此，这个政策得到了学生们的一致好评。

芝芝和庄家明商量了一下，都决定不上最后一堂自习课，按时回寝室。

寝室十一点熄灯，他们就有一个半小时的空余时间，能够慢悠悠地吃个夜宵、洗洗衣服、聊聊天。

高三压力大，来点儿精神抚慰是很重要的。

芝芝也不敢像前两年那样，说“你以后一定会成功”什么的，生怕给他压力，于是改成画大饼：“少年，你有什么梦想吗？”

小时候，庄家明写过很多关于梦想的作文，用得最多的梗就是希望能够做医生，治好妈妈的病——不过长大以后就再也没写过，给他妈妈治病的不就是医生吗？

故事里的主人公因为家人生病就立志要学医，并且真的成为医生什么的，美好中透着一点儿不真实。

他感受不到任何对医学的兴趣，也没有强烈的冲动想要攻克这种疾病。大概是他过分现实，总觉得没了这个病还有别的，人是无法真正阻止死亡的。

这个想法有点儿丧，也有点儿阴暗，庄家明没有和任何人说过。

扯远了。总之，梦想这个话题，作文很好写，问真的梦想，庄家明答不上来。他没糊弄芝芝，诚实地回答："好像没有，你呢？"

她回答："我也说不上来。"

庄家明和她开玩笑："不是发家致富、走上人生巅峰吗？"

"假如这个是我的梦想，那你就不需要有梦想了。"

他疑惑地发了个问号。

"我养你！"

庄家明：失策了，我应该抢这句台词的。

"你和谁聊天呢？笑得好荡漾！"韩琮洗完袜子，抬头就惊呆了。

庄家明飞快地板起脸："你这语文水平，老俞该哭了。"老俞是他们的语文老师。

"呵呵，又转移话题，我看穿你了。"韩琮已经摸透了小伙伴的套路，坚决不上当，"现在寝室里就咱们俩，你给我说实话。"

欺骗朋友不是什么好事。庄家明犹豫了两秒钟，考虑到秘密一旦说出口就不会再是秘密。离高考没多久了，闹出事来芝芝定然会受影响，他还是决定昧着良心瞒下去："实话就是，我没谈。"

韩琮不信。

庄家明发誓："绝对没有，如果有肯定和你说。"

"真的没有？"韩琮狐疑。

庄家明斩钉截铁："真的没有。"

韩琮沉思了会儿，打了个响指："你打算考完再说？"

小伙伴越来越不好糊弄了。庄家明暗暗叹气，飞快地蹿上床："考完再说。"

他虽然没有承认，但韩琮觉得八九不离十，嘟囔道："你不讲义气。"

"我不讲义气？"庄家明气笑了，探出身来说，"你喜欢程婉意的事，我可和谁都没说。"

韩琮一惊，颈后汗毛直竖："我说梦话了？"

"没，我看出来的。"庄家明看着他，"我讲不讲义气？"

"讲讲讲。"韩琮㞞了。他都不知道庄家明一直知道，还忍着不问，但既然小伙伴知道了，也就不用客气，"你知不知道她怎么样了？"

庄家明知道，芝芝和他提过两句，可撒了谎："我怎么知道？下次问问芝芝吧，她们俩经常写邮件。"

韩琮犹豫了下，摇摇头："算了。"

庄家明没勉强，躺回去继续发消息。

芝芝已经发来了一串疑问："我的表白没有任何效果吗？你不感动吗？人呢？"

他道歉："抱歉，刚刚有事，没来得及回。"

"你觉得我的主意怎么样？"

"不怎么样，为什么不是我养你？"

"我靠才华吃饭，你靠脸吃饭，没毛病啊！我和你说，我是事业型女性，不做全职主妇的，你想也不要想。"

他们还没谈恋爱呢，她就想结婚？庄家明老被她这种念头弄得难为情，定了定神才回复道："我不是这个意思，男方应该承担更多的责任，因为女方要生孩子，很辛苦。"

芝芝震惊了："你已经想到和我生孩子了？"

他瞬间否认："我没有！"

反应有点儿大，看来他是有这个想法了。

庄家明的脑子转得飞快，他硬是找了个理由："你以前说过，肯结婚，但没说会生小孩，我真没有！"

芝芝按捺不住戏弄他的心情，会心一击："和你生我愿意。"

救命！庄家明在心中呻吟不止，把脸埋在被子里，久久抬不起来——他受不了她了！她怎么能说这样的话呢？太过分了，她肯定是故意的！

他决定今天不再理她："我睡了。"

芝芝笑得差点儿从床上滚下去。

"你和谁聊天呢？"女生比男生更敏锐，提前回宿舍的三个妹子齐刷刷地看着她，语气暧昧。

芝芝一本正经地胡说八道："看小说，太好笑了。"

"你骗谁呢？看小说你打什么字？"

"我给作者写评论呢。"她随口胡扯。

室友们用看傻子的眼神看着她。芝芝不敢再笑，把手机关机后塞到枕头下，去厕所逃避拷问。

当倒计时从一百天变成九十九天的时候，大多数人感觉到的是紧张。

两位数了，这和三位数是有本质区别的。

悬在头顶的利刃已经戳到天灵盖了。

就在这么一个敏感的时期，学校公布了一个好消息：庄家明同学被评上了省级优秀学生。

听起来好像没啥特别的，但是2013年，高考加分政策还没有变化，他可以加十分！

十分啊！一分就能差好多名，甚至决定是一本还是二本，十分的优势，等同于大家还没开始挤独木桥，他就已经往前走了一步了。

除此之外，按照本地的政策，省级优秀学生还可以保送，没有清北的名额，普通的985是有的。

芝芝：失策，把这事给忘了。

但庄家明同学拒绝了保送的名额，表示想自己考。

老师们一点儿也不奇怪，以他的成绩，他肯定是冲着清北去的，保送其他的学校可以理解，选择冲刺一下也没什么问题。

那么接下来他们要面临的就是——自主招生。

去年12月，老师们就暗中筛选了优等生，示意他们可以试着报名考一下自主招生——不是每个人都建议参加，自主招生必然会分散学生的注意力，其考试内容也与高考有区别。

庄家明、芝芝和其他几个学生都报了名，寄了材料。

然而大学筛选过后放出名单，中选的只有庄家明和宁玫，没有芝芝。

芝芝有点儿遗憾，但没有太意外。

她是冲着降分去的，肯定不会报普通的大学，想试一试好学校。而他们要看高中三年的考试成绩、会考成绩、综合素质、获奖情况以及中考成绩和初中的期末成绩。

芝芝的崛起是从高二开始的，她被筛掉并不稀奇。

她喝掉了庄家明买的一罐旺仔牛奶，就彻底忘掉了这件事。

为之烦恼的是宁玫。

宁玫的家就在市区，初中念的是市里口碑不错的学校。在碰到庄家明以前，她一直是班长、全年级第一，拿了很多奖，从小到大，三好学生的证书塞满了一个抽屉。

所以高一刚进一中的时候，她还是有优越感的。谁知道庄家明有无敌的“男主光环”，什么都压了她一头，按理来说，这就该成死敌了。

但青春少女对着长得好看的少年总是很宽容的，宁玫有敌意，更多的却是欣赏、赞叹和爱慕。

当宁玫发现他处处维护自己，做人也没得挑的时候，他们注定做不成敌人。

她把竞争对手定为了程婉意。程婉意被男生叫作女神，她就是班花；程婉意是学习委员，她是副班长；程婉意才艺多样，她就要做女生里成绩最好的……较量无处不在。

考虑到程婉意的人缘儿堪忧，而自己备受同学及老师的喜爱，宁玫暗暗认定，自己的综合分数应该比程婉意高一点儿。

彼时，她是骄傲的。在学校里，成绩是最好的通行证，程婉意和关知之都比不过她。她有什么理由不骄傲呢？

但高二分了科，事情就不一样了。

文理分科后，就有了两个第一。她不只关注名次，每每出了成绩，都要比一比三门主课的分数，比人高，爽，比人低……文理有什么可比的？高考还是要看综合分数。

她那么自我安慰着，竭力忽视了心里的不安。

直到高二下半学期程婉意出国。

程母来接程婉意的那天，宁玫正好在老师办公室里，亲耳听到程母说什么早点儿过去，转学的手续已经安排好了，以后进藤校的概率也大，如何如何。

宁玫当时就有点儿蒙。

母女俩离去后，老师感慨：“人和人真的不同命，其他学生还要为高考奋斗，考上好大学，才能考虑进名校，她却省了好大一步。”

“对啊，听说那个高中在M国很有名，名校的录取率很高。”另一个老师说，“也不知道过去了能不能适应，还有语言问题。”

“应该可以，小姑娘上过很多课。”

…………

老师们随口聊着天，说过也就忘了。

宁玫却无法忘记，甚至有一种荒唐感——我难道不是和你在一个游戏里吗？你怎么说不玩就不玩了？

然而，理智又很清楚地告诉自己——人家本来就是随便玩玩，出国多正常啊，是你脑子拎不清，还以为她要和你争呢。你还想着要比她考得好，她根本不考！

程婉意不在乎！

这个认知好比一记重拳，狠狠地砸到她的脸上，她鼻酸眼胀，头晕目眩。

宁玫不肯服输，试探着向父母提起出国的事。

他们很惊讶："本科出国，那得读国际班吧？一年学费至少二十万，太贵了。"他们又说，"你想出国的话，考上大学后可以申请。"

父母都是老师，宁家的条件其实不赖，可也拿不出如此高昂的学费。而且对于大部分愿意送子女出国的家长来说，大学后出去更合理，高中就搞M国的那一套，万一考不上呢？孩子还是老老实实地参加高考，至少能拿到国内认可的文凭。

就在那一刻，宁玫突然意识到：自己和程婉意其实并不在一个游戏里。

她所骄傲的、争取的，也许在旁人眼中一文不值甚至无比可笑。

那天晚上，宁玫趴在枕头上哭了一个多小时。她知道这没什么好伤心的，却无法抑制心底泛起的无力感，特别难过，却又不知道在为什么难过。

然而打击刚刚开始。

高三后，关知之的成绩不停地往上蹿，稳稳地霸占了文科第一名的位置。

理科班也有越来越多的学生开始拼命努力，有几个人高二徘徊在中游，高三后一发奋，就像是坐了火箭一样，转眼间就蹿得老高。

她有了强烈的危机感。

过去，她为了塑造"老娘就算不看书也一样能考得好"的形象，从来不打手电筒熬夜，在人家读书的时候，还要看看杂志，美其名曰培养审美。

现在这种闲适的姿态她摆不出来了。

人家努力，她比他们更努力。她每次看成绩都心惊肉跳，害怕一不留神自己就跌出了前三名——哦，是的，她已经不再是"万年老二"了，也考过第三名。

以前她觉得，自己没考第一名就没脸见人，后来发现考第二名也没什么，只要不掉出前三名就好了。再后来……第四名也很正常，毕竟只和第三名差了零点五分。

她安慰自己，第四名就第四名，只要不掉出前五名就好了。

老师们也没批评她，或者说压根儿没注意她那零点五分造成的差距，就事论事点评着一模的考卷。

但宁玫就是没法儿释怀，理由找了千百个，想到排名上面那个“四”就恨得咬牙切齿。

在这样的心态里，自主招生的考试到了。

她觉得这是自己一雪前耻的机会——直到拿到考卷的那一刻。

考完很久后，宁玫回过头来再看这次考试的题目，发现其实就是题型不一样，难度算不上很高。可她当时坐在考场上，就觉得特别慌。

这题是什么意思？我怎么没见过？好像是竞赛的题？不会吧，我做得出来吗？

她的头脑一片空白，都不知道自己是怎么写完的卷子。

她浑浑噩噩地回到家里，宁奶奶什么也没问，和平常一样说：“回来了，吃饭吧。”

她霎时泪如泉涌。

宁奶奶吓坏了，连声问：“小玫怎么了？”

“我可能考砸了。”她哽咽着说。

宁奶奶松了口气，考试考砸了而已，不是宁玫受欺负了就好：“没事，又不是高考。”

是啊，这不是高考。但要是她高考也考砸了呢？

宁玫冲进卧室，把自己反锁在里面。明明应该饿了，她却毫无进食的欲望，胃里仿佛塞满了石头，沉甸甸的，十分难受。

不知过了多久，外面响起母亲的声音：“小玫，开门，妈妈有事和你说。”

她不吭声。

“小玫，和妈妈说说话。

“小玫，你睡着了吗？

“小玫，别让奶奶担心。”

宁玫会赌气不搭理父母，却不想让疼爱自己的奶奶担心，擦干了眼泪，若无其事地开门："我有点儿累，睡着了。"

宁妈妈看着女儿，放柔了声音："奶奶说你心情不好……"

"没有。"宁玫断然否认，"我就是考完试太累了。奶奶，我饿了，吃饭吧。"

宁奶奶担忧地看了她们母女一眼，嘴上说："唉，好，吃饭，我这就去盛。"

难得能和母亲一起吃晚饭，宁玫却没有谈心的意思，埋头苦吃，吃完把碗筷一搁，说："我还有作业没做，先进去了。"

"小玫，你有心事可以和妈妈说。"宁妈妈当惯了老师，不曾生气，还是温言细语，无比耐心的样子。

宁玫讨厌母亲这副模样，淡淡地道："没事，我要专心复习了。"说着，她大步走进卧室，熟练地反锁上门，心想：你平时不管，现在也不用你管，我自己的事，自己会想办法。

她深吸了口气，坐到桌前翻开了卷子——还没到认输的时候呢。

3 月 2 日是周六。

芝芝在家等庄家明回来，听到隔壁有响动，一个箭步冲出去："你考得怎么样？"

"妹妹在家呢。"庄鸣晖忍俊不禁，"是一直在等着吧？"

芝芝"嘿嘿"一笑，跟着进了他们家，问道："我好奇啊，题目难不难？"

"还行。"庄家明提着个袋子，"买了蛋糕，吃不吃？"

芝芝犹豫："我好像有点儿胖了……"

"你们还在长身体呢，不用减肥。"庄鸣晖说，"这家蛋糕店有很多人排队，味道应该不错。"

芝芝很快接受了这个借口："那我就尝尝。"

蛋糕就是普通的海绵蛋糕，没有奶油，但松软好吃。庄家明切了一大块给她："你多拿点儿，我们吃不完。"

"这也太多了。"芝芝阻拦，"少切点儿。"

"明天当早饭吃。"他拿碟子去接，发现一个不够，又拿了一个，递给她时动作一顿，"你拿不了，我帮你拿过去。"

芝芝挑起眉。

庄鸣晖没有起疑，芝芝一个人拿不了，庄家明帮忙拿过去再应该不过了。

庄家明顺利进了芝芝家里。关家夫妻还没回来。

芝芝掩上门，压低声音："干吗？有事和我说？"

"我考得应该还行。"庄家明小心翼翼地把蛋糕搁到桌上，故作随意，"还有加分，考个……"

话音戛然而止。

芝芝捂住了他的嘴巴，警告他："我跟你说，很多话说出口就做不到了。这不是迷信，是有科学道理的，你说出来以后，大脑就觉得已经实现了，会让你放松下来。不许说，听到没有？"

庄家明没听到，只觉得碰到了她的手心。

芝芝察觉到掌心的痒意，双颊微烫，轻咳了一声："你们男生……嗒……"

她有点儿不好意思，又有点儿好笑——这可能是庄家明最像普通人的时候了吧……

嗯，熟悉的性格，熟悉的味道，他没变。

她安了心，用力抽回手："冷静点儿，考完了再说。"

庄家明瞪她。

"家明哥？"她眨眨眼，"你对我有什么不满意吗？"

"够坏的。"他揉了一把她的脑袋，将她半干不湿的头发弄成鸡窝，"你等着，还有三个月。"

芝芝睨着他："你觉得我会怕吗？"

"你不会吗？"他反驳，"是谁和我说'我害怕，我怕你喜欢'……"

"闭嘴！"芝芝一脚踩在他的拖鞋上，"你知道得太多了。"

庄家明终于笑了："叶公好龙。"

"你烦死了。"她推他出门，"走走走，离开我家。"

他配合地走出去，却道："吃了我的蛋糕，还要打我，你说你坏不坏？"

"谁要流氓谁最坏！"芝芝才不怕他，"砰"的一声关上了门。

春天到了。

脱掉臃肿的冬装后，同学们愕然地发现，身边的小伙伴有了不一样的变化。

女生们好像春天的花朵，绽放出无比的娇艳与活力，宽大的校服再也遮不住隐约的曲线。阳台上晾着的也从背心、吊带逐渐变成了真正的内衣。

男生们很多蹿了个子，乐此不疲地在门框上比画着身高。清晨，他们会对着镜子解决刮胡子的烦恼；夜里，互相丢纸巾、开玩笑成了保留节目。

这一届的学生，最迟还有三四个月，就全成年了。

芝芝照镜子的时候，总有一种踩在青春尾巴上的惆怅感。人家都想长大，她却很舍不得，这是货真价实的十八岁啊！

大家都在长大，但谁的变化都没有庄家明那么明显。

高三下半学期的他，彻底告别了少年的青涩感，往人群里一站，就完美诠释了什么叫作“玉树临风”。

他自带滤镜和光环，小伙伴们和他都不是一个画风，深以为苦。

韩琮不止一次抱怨：“跟他走在一起，就好像是穿越到了电影里，成了那个路人甲、小兵乙。”

男生也是要面子的，谁也不想一直当绿叶。

庄家明也不喜欢被人围观，借口柳絮过敏，买了个口罩戴上。这挽回了他和朋友们的友谊，而他为此感到后悔。

因为，周日下午，他说要去阅读室和芝芝一起写作业的时候，他们都跟了过来。

他又不能说“你们别过来”，忍气吞声地带着一群“拖油瓶”过去了。

然后，他发现芝芝也一样。

陈梦在一次座位调动后，和芝芝成了同桌。她觉得芝芝学习好，问问题也不会藏私，值得相处，于是黏上了芝芝：上厕所一起去，饭一起吃，晚上睡觉还可以头对头聊聊天——她们俩的床铺挨在一起。

两人平日形影不离，周末自然也如此。

庄家明心想：好了，这下真的成写作业了。他左右看看，发现芝芝附近的位子都有人坐了，认命地掏出了试卷，随便找了个位子坐下。

芝芝问他：“你感冒啦？”

“没。”他摘下口罩，出了口气，“这样方便点儿。”

韩琮“好心”地解释：“总是被人盯着，也挺惨的。”韩琮顿了顿，难掩幸灾乐祸的神色，“不只女生看，大叔都会看他。”

“很正常，明星走在街上大家都会看啊。”芝芝打抱不平，“你们就是嫉妒。”

“这我没办法否认，不过比起他的脸，我更嫉妒他的脑子。”韩琮就是这点讨人喜欢，大方坦率，嫉妒都光明正大，“真不知道他是怎么学的，明明大家上的都是一堂课，做的是一样的作业啊！”

芝芝幽幽地道：“你有我嫉妒吗？我小时候和他喝的是同一个牌子的奶粉！”

虽然切入点奇怪了些，但这个理由莫名具有说服力。

韩琮顿了下，忽然就心理平衡了：“好吧，我好过多了。”

他们闲聊过后，就是写作业，老师给他们的周末安排了足够多的“节目”。但庄家明只剩了一张卷子，不到一个小时就写完了。

他琢磨着怎么能和芝芝单独说两句话。他正想着，她就站了起来，往书架的方向走，看着像是想借本书。

这是个机会。他刚搁下笔，屁股还没离开凳子呢，陈梦就欢欢喜喜地跟了过去，说道：“作文都不知道写什么，还是写读后感简单。”

庄家明捏紧了手里的钢笔。

芝芝本来是想借找书的机会，和庄家明聊两句，陈梦一过来，只好遗憾地打消主意。

看着面无表情的庄家明，芝芝想了想，走过去戳戳他：“喂，你欠我的酸奶什么时候还？”

庄家明抬起眼眸，刚想说“我什么时候欠你酸奶”，话到嘴边反应过来，佯装自然地问：“我现在给你去买？”

“我也去。”她扭头问妹子们，“你们有什么要带的吗？”

外面飘着细雨，大家都懒得出去，纷纷报了饮料。芝芝点头，拿起伞就走，庄家明装作急着拿饭卡，忘记带伞就跟了过去。

韩琮：“伞！”

庄家明假装没听到，小步跑了。

细雨飘飘，他们在伞下成功会合。

他瞪着她：“你也就三个月的好日子了。”

芝芝做了个鬼脸，心想：三个月后才是我的“好日子”呢，傻子。

不过，庄家明这样克制，她莫名觉得高兴。人都是有欲望的，他能考虑到另一半的感受而压抑欲望，多么难得呀！

他确实比同龄人成熟，而这份忍耐和克制的品质也许就是他超越旁人的关键。

她也好，韩琮也罢，都没有理由去嫉妒他。过去十几年如一日的努力，才是他看起来那么轻松的关键。

“家明。”

“干吗？”

四周无人，她把脑袋凑过去，压低声音：“我超喜欢你的。”

庄家明努力压住上扬的嘴角：“嗯……”

3 月末，庄家明和宁玫参加了自主招生的复试。

他们请了几天假，去了一趟北京。回来的时候，宁玫显而易见地心情转好，她对谁都是笑脸。而庄家明看起来没什么特别的，旁人问起考试如何，他也是说“还好”。

他只对芝芝说了实话：“老师们对我挺满意的。”

“我一点儿都不奇怪，你这脸。”当时他们在家里，芝芝就没忍住，摸了一把他的脸，“老师们看到你进去，眼睛都亮了一下吧？”

庄家明居然没法儿否认。

芝芝哈哈大笑：“人家有没有和你说：同学，我们这里不是北影，你走错门了？”

庄家明：“……”

“成绩什么时候出来啊？”她问。

“半个月吧。”

“那你得先考个二模。”

4 月中旬，第二次模拟考试开始。

这次的题型有了些变化，不像一模那样中规中矩，有几道题埋了陷阱，大家一不留神就有可能上了出题人的当。

考卷发下来以后，每个老师的开场白几乎都是：“我简直不敢相信，讲过那么多次的题目，居然还有人做错！它只是换了个说法，你们就认不出来了吗？这道题做错的，把手举起来。”

芝芝的主要扣分点在作文和数学的最后一道大题上。

压轴题有点儿复杂，她到考试快结束时才有了一点儿头绪，但是来不及算完，只拿了一半的分数。

老师们也承认这题有点儿难，没有为难大家，讲了一遍后解释：“这题不算超纲，但要用课本上的公式来做比较麻烦，等到了大学你们学了微积分，做起来就容易了……”

芝芝原以为自己的数学没什么问题，现在看来放心得太早了。

微积分？微积分她学过啊！她就是全忘了。

她去问庄家明怎么办。

他说：“做不出来就算了，保证前面的得分才最重要。”

“好几分呢。”她耿耿于怀，“我想找点儿题来做做。”

“不要贪心。”少年警告她，“为了不确定的几分浪费时间不划算。既然不会超纲，你就老老实实地复习。”

芝芝完全不记得高考数学考了什么，只记得确实挺难的，不甘心地问：“万一高考真的那么难呢？”

“那大家都做不出来啊！”他说。

她不上当：“你这次做出来没有？”

庄家明：“呃……我用了个公式。”

“微积分的？”

他艰难地点了点头。

芝芝说：“你这个叛徒！什么时候偷偷学的？”

“辅导书的附加题。”他很识趣，“你要看吗？我借给你。”

芝芝咬牙切齿：“抄一份给我，全要！”

庄家明有点儿担心：“随便看看可以，别费太多精神，没意思的。”

“我可以！”她拔高声音。

微积分怎么了？她学过！她以前高数没考到 4.0，那也是 3.0 以上！

她重来一次，这个金手指还是有的。

她难得这么自信，庄家明不好打击，勤勤恳恳地抄了几道类似的题目给她。芝芝花了一个周末，攻克了这个难题。

本来数学题做出来，就等于是过去了。

可芝芝患得患失，难免想得多了些，总是脑补高考出现了超难的题，自己还做不出来。

换成别人，那也就是吓吓自己。她却是真的考过一次的，只要能回忆起来，就是妥妥地占了便宜啊！谁能忍得住？

芝芝和记忆杠上了。

众所周知，有些事越是回忆，越是想不起来，等到人不去想的时候，自然而然就浮现在了脑海里。

芝芝绞尽脑汁回忆高考的点点滴滴，从考场的心情到对答案的担忧，再到后来数次在微博上围观高考的情景，不肯放过蛛丝马迹。

日有所思，夜有所梦。她白天想啊想，晚上就做了个梦，梦见自己看到了考卷，大喜之下，拼命记忆，还以为苍天有眼，终于开了挂。

她次日早上醒来，睁开眼的第一件事就是拿起枕边的单词书和笔，准备把梦里的内容记下来。

可是，她什么也不记得了，大脑一片空白。

芝芝愣愣地看着单词本，心底涌起一阵又一阵的委屈情绪：为什么她没有任何金手指？为什么这点儿女主光环都不肯给她？她只是想考个好学校而已啊！

烦闷、委屈、气恼、焦虑等情绪交织在胸膛里，发酵出泪水的咸味。

她趴在膝盖上，心想：完了，我考前焦虑了。

学生们多多少少会有点儿考试综合征。很多人在毕业多年后，还会梦到坐在考场里一个字也写不出来的场景。其恐怖程度，也许远胜看电视偶遇贞子。

芝芝以为自己经历过房租、水电费、网费、交通费、升职等的压力后，区区考试奈何不了她，谁知道想得太美。

高考之下，无人生还。

离高考还有五十天，她得了考前焦虑症。

同学们的症状是半夜哭泣、疯狂刷题、暴躁吵架，她是强迫症。

她强迫性地回忆高考的内容，上课想，下课想，睡觉也在想，一天不想就好像错过了五百万元的彩票，心痛到没有办法呼吸。

这很不好，她知道，却没办法停下。

而且她越是在意，越是不能放松，整夜做着混乱无序的梦，醒过来腰酸背痛，仿佛半夜起来和人打了一架，累到不可思议。

林老师很关注她，见她上课频频走神，非常关切地找她去办公室谈心。

“知之，你最近精神看起来不太好，是家里有什么事吗？”

芝芝没法儿说实话，含混过去：“没，就是……压力有点儿大。”

林老师十分有耐心：“家里给你压力了吗？你在担心什么呢？和老师说说，保证不告诉你的家长。”

这个玩笑并不能让芝芝放松。她叹口气，实话实说：“我怕考不好。”

“以你的成绩，只要保持住，过一本线绝对没问题。”林老师笑了，“你看你这两次模拟考，考得都很好啊，在全市都是前十名。”

芝芝不知道这个，吓了一跳：“是吗？”她顿了下，好奇地打听，“庄家明呢？他考第一名吗？”

“你是在和他比啊？”林老师忍俊不禁，“你们文理科不一样的，没什么好比的。”

芝芝讪讪地道：“没，我就随便问问，他是第一名吧？”

林老师点点头，又说：“今天自主招生的复试成绩也出来了，他过了清华的面试，到时候能降分。”

芝芝心想：我嫉妒了。

“哎呀，他是理科的嘛！”林老师觉得这对青梅竹马很有意思，开玩笑道，“你气不过，叫他请你吃饭。”

“吃顿好的。”芝芝配合地点头，但忍不住觉得焦虑，居然问，“老师，今年的高考题会不会很难啊？”

话一出口，她就想笑：有病吧，自己一个考过的人，去问一个没经历过的人有意思吗？可理智归理智，她还是非常非常想得到个答案。

林老师笑了笑，平静地说：“这老师也不知道。只是要难大家都难，简单大家都简单，对你来讲，难一点儿才好啊！”

题出得简单，也就达不到筛选人才的目的，分数线肯定会定得比较高。题目难度大，就能把他们这批尖子生显露出来，反而更划算些。

说到底，高考就是个考查学生能力的考试，真金不怕火炼。

说来也奇怪，明明是老生常谈，芝芝闭着眼睛都能说出一番类似的道理来，但她还是被林老师的这番话安慰到了，忧虑的情绪大为缓解。

是啊，题目难一点儿也未尝不好，别瞎想了。她努力说服自己。

周五他们回家，芝芝跟庄家明说：“你要请我吃饭。”

庄家明问：“肯德基？麦当劳？”

“我要吃火锅。”几十分的降分啊，她不点个贵的都觉得对不起这些分，“陈梦说市中心开了个啥啥小火锅，我要吃那个。”

“火锅？”韩琮耳尖，“喂喂，做人公平点儿，你不能就请关知之吃啊！”

庄家明看他：“不都请过你们了吗？食堂的小炒不是菜吗？”

成绩出来那天，他就被朋友们起哄请客吃饭。因在学校里，他们就选了食堂三楼的小炒，几个菜也要七八十块钱呢。

“呃……”韩琮词穷了。都是学生，庄家明也不富有，他的脸皮还没厚到这种程度。

庄家明不理他，转头和芝芝说：“去市里的话，我们吃完了，叫我爸过来接我们好不好？”

“好。”

韩琮本来还想抢救一下，说 AA 制行不行，听说家长要来接，果断逃了：“你们吃，你们吃，改天我们几个聚聚，不带女生。”

于是他们拥有了二人世界。

小火锅店是新开的，中间是旋转台，客人可以独自吃，两侧是一圈半封闭的隔间，基本都是小情侣或是闺密。

芝芝选了个僻静的角落坐下，开始点菜。

小火锅，当然是单人小锅，菜可以一起点。她随便点了些牛肉和蔬菜，又要了一罐啤酒和一瓶乌龙茶。

啤酒是她的，乌龙茶是庄家明的。饮品端上来，少年一惊：“你喝酒？”

“我成年了啊！”她理直气壮，伸手去拿易拉罐。

庄家明嫌弃地拍掉她的手，拉开拉环后才递过去：“少喝点儿，当心喝醉。”

“啤酒不会喝醉的啦！”她啜了一口，感慨道，“何以解忧，唯有杜康！”

庄家明拿了个空杯子，倒了半杯乌龙茶给她：“你有什么忧？”

“万一我考不好，就是万年‘单身狗’了。”她提起来就愁，忍不住又灌了一口。

庄家明无语。既然如此，忘掉那个奇奇怪怪的约定不就好了吗？他很愿意现在就多个女朋友，完全不想多等两个月。

他说：“慢点儿喝，考不好也不会不要你的。”

“考不好没有资格谈恋爱。”她认真地说。

服务生端了菜上来，芝芝把不喜欢吃的菜扔进他的锅里，喜欢的放进自己锅里。汤底煮开，咕嘟咕嘟地冒着泡。

庄家明说：“莫名其妙，你考不好我也喜欢你啊！”

“喀。”猝不及防又被告白，芝芝一口啤酒呛到气管里，咳嗽不止，“不要这么突然，喀，多不好意思。”

庄家明：“实话为什么不能说？”

“我会难为情的。”她停了咳嗽，捂着脸颊，“看，脸红了。”

庄家明不信：“你明明是呛红的。”

“真的啦。”她把锅里的肉捞起来，慷慨地分他一半，“不过话说回来，我一直没问你，你喜欢我什么呀？”

庄家明讶然：“我还以为你永远不会问呢。”

他都打好腹稿了，她却一直没问。

“你现在可以说了。”芝芝道。

他背答案：“可爱。”

“没了？”她狐疑。

庄家明反问：“不够吗？”

“没什么说服力。”她耸耸肩，想信也信不起来。她两辈子最大的不同，就是现在的成绩更好，为人也更成熟，他说这两个，她信，可爱？天哪，她上辈子难道不也是这德行吗？

照他这么说，岂不是他上辈子也曾经喜欢她？鬼才信。

他强调：“真的，爱信不信。”

芝芝捞菠菜的动作顿了一下，大脑不受控制地想：假如是真的，那……意味着什么？她不敢深想，也不愿意去想。

“信了，信了。”她说着，拼命将那个可怕的念头摁了下去。

庄家明不和她争辩，口舌之争无用，天长地久的表现才能说服人。他换了话题：“你最近是不是心情不好？我有几次看你，你都没反应。”

“考前焦虑。”她喝了一大口啤酒，“所以需要放松一下。”

庄家明道：“我们班有很多人这样。”

“怎么了吗？”她好奇。

他数过去：“晚自习突然把书扔了的、半夜和家里打电话说不想念了的、想复读的，还有说生病请假逃课的……我们两个班还算好，听说其他班更夸张，有想不开的，具体的不太清楚。”

也许是人的劣根性作祟，芝芝听说有人比自己更惨，心情无端好了几分，能开玩笑了：“心理咨询室肯定很忙。”

学校有心理咨询室，基本只为高三的学生服务。老师们也说有心事不能和家里人说，就去和心理老师聊聊。

心理老师的水平不好说，但有个倾诉的地方总是好的。芝芝每次上楼路过心理咨询室，门上都挂着“有人勿扰”的牌子。

“排队的人很多。”他抬眸看着她，“你可以和我说。”

啤酒的度数不高，但芝芝的身体是第一次摄入酒精，效果很明显。

她放松下来：“我就在说啊。你呢，有没有压力？”

“还好吧。”庄家明在朋友面前不敢吐露，怕他们觉得自己炫耀，对她却非常坦诚，“有加分，还有降分，只要正常发挥就行了。”

芝芝点点头，也和他说实话：“你有把握，我心里至少松了两口气，两口！”

他就知道。庄家明弯起唇角，温柔地应了：“嗯。”

“我只要担心我自己就行了。”火锅很香，但她吃不下，全放进他的碗里，自己又去拿了一罐啤酒，“我最近老做梦，梦见在考场上什么都做不出来，硬是急醒了。”

庄家明安安静静地听着。

“大家都有压力。”她仰起头，眼神迷蒙，“我和她们说我紧张，肯定会被说‘你有什么好紧张的’‘你肯定行的’，但我就是紧张啊！我也怕考不好，我之前考得比他们好，不代表我高考也一样……”

她再喝一口，又念叨：“唉，我自己就够烦的了，寝室里其他人难过、压力大，我还要帮她们疏导，她们都说和我聊天比和心理老师聊还管用，因为我特别有说服力……唉，成年人就是难。”说完，她无比自然地加了句脏话。

庄家明：“……”

芝芝只是微醺，过了两秒反应过来，捂住嘴说：“我说了什么？”

“脏话。”他震惊的表情还没消下去。

她赶紧说：“你快忘了！”

“行吧。”他就破例一次，选择性失忆好了。

芝芝满意了，一口喝干了啤酒。

走出火锅店门的时候，她神清气爽，烦恼和焦虑的情绪全在火锅和啤酒里消失了！果然大吃大喝是最解压的。

庄家明欲言又止：“芝芝。”

“干什么？”她奉送一个大大的笑脸。

他迟疑着说：“你身上的酒味很重，回家被叔叔阿姨知道了……”

芝芝的笑脸变成了惊慌的表情。

“家明哥，”她惊恐地看着他，“你要救我啊！”

庄家明：“你要不要再喝点儿奶茶压一压？”

她点头如捣蒜。

于是这一晚上，关知之同学喝了两罐啤酒、一大杯奶茶，顺利逃过了关母的火眼金睛，而代价则是……上了一晚上的厕所。

芝芝的焦虑情绪都随着那一晚无休止地跑厕所消失了。她再难过、再焦虑，太阳照常升起的那一刻，就得继续起床上学，这就是人生。

而学校比社会温情的地方在于，还会有人关心你。

老师们上课喜欢先讲个笑话或者是“鸡汤”，帮助学生调节情绪，或者是想方设法把课堂变得有趣一点儿。

比如今天的数学课。

林老师把上周的考卷发下去，然后搬了把椅子拖到旁边坐下，说：“老师今天嗓子不舒服，偷个懒。来，第一道选择题做对的人举手。”

下面的人举起了一片。

她瞧瞧，满意了：“很好，我们班没有第一题就做错的。第二题呢，做对的举手。”

大家都举了手。

第三题就有人错了。

林老师也不骂，随手点了个人：“你去讲一讲，这道题为什么选 C。”

该生傻眼。

“去啊，愣着干什么？”林老师说着，拧开茶杯盖子，慢慢喝了口热茶，看起来真的不打算亲自讲解。

被点名的学生只好硬着头皮上台解释。

讲完，林老师转头问那几个没做对的：“你们听懂了吗？没听懂就换一个，讲到你们懂为止。”

他们当然只能点头。

“第四题。”

一样有人错，林老师继续点名。

讲到第七题，被点到的幸运儿出现了个小意外，他尴尬地说：“我……我是蒙的。”

“运气也是实力的一种，能保持到高考，比什么都好用。”林老师开了个玩笑，目光扫过其他几个学生，“看来你要场外求助了。徐蕾，你看起来很着急啊，那就你吧，来帮帮刘彬。”

“哦哦哦！”后排的男生发出了意味深长的声音。

这一刻，仿佛有人不小心按下了开心的按钮，大家不约而同地笑了起来，教室里响起此起彼伏的闷笑声。

笑声像是温柔的海浪，拍打在金色的沙滩上，多么轻松，多么快活。

芝芝也没忍住，趴在胳膊上笑得肚子疼。林老师肯定知道他们俩有情况，才故意点了徐蕾的名字——老师们有时候怪促狭的。

徐蕾是个短发的姑娘，闻言，尴尬地站起来，双颊绯红。

林老师好似没听到动静，笑眯眯地问：“你不会也是蒙的吧？”

“不……不是。”她结巴了一下。

“那你给刘彬好好讲讲，这题该怎么做。”林老师一本正经地说。

下面骚动起来，一个男生吹了声响亮的口哨，还有人鼓掌跺脚，跟着起哄，看热闹不嫌事大。

刘彬和徐蕾两个人，一个在台上，一个在台下，但同时面红耳赤，低着头不敢看人。

讲题的徐蕾甚至不敢开口，飞快地在黑板上把推导的过程写出来，逃也似的奔回了座位。

林老师眉毛也不动一下：“会了吗？”

刘彬点头如捣蒜。

“其他人会了吗？”

“会啦！”

一整节课，大家都是笑着的。

离高考还有三十天。

誓师大会。

芝芝不知道为什么别的学校都是百日誓师，他们是三十天。不过不要紧，该有的都会有，学校绝对不会落下这个节目。

当日，高三学子齐聚大礼堂。

校长发表了慷慨激昂的讲话，并且邀请到了上一届的学生。那是个非常自信漂亮的女生，北大在读，她讲了很多自己的经验和学习方法，以及应对的心态。

大家都听得很认真。

当她说到自己曾经也因为压力睡不着觉，甚至躲在厕所里哭的时候，芝芝不免有些愣神。

庄家明说她能和自己考得一样，她并不是很相信，认为他和自己不同，他觉得轻松的事，自己未必可以。

林老师说她能考得很好，她也不太信。老师当然会鼓励学生，不会说你资质平庸，肯定会说只要你努力就一定会有回报。

但此时此刻，芝芝亲耳听到这个北大的学姐剖析自己的心路历程时，突然发现她也真的只是个普通人。

她也会焦虑，会失眠，会忐忑，会痛哭。

她也会在看到考卷的那一刻紧张，会大脑一片空白。

甚至，她在高一的时候居然没进实验班，只是普通班的学生。

一个和自己一样的普通人考上了北大，这种触动和信心，是其他人无法给予的。

芝芝抬起头，看着台上神采飞扬的女生，从未那么相信过——只要努力，她也可以。

我也可以。她在心底默默地对自己说。

学姐讲完经验，是誓师大会的重头戏——上台说出自己心仪的学校，并且喊出口号。

老师们原本属意庄家明上去做个代表。但他记得很清楚，芝芝说过，讲出来就不灵了，因此虽然很有把握，他依旧坐在座位上装死，无视了老师的暗示。

幸好有冲劲的学生不少，很多人跑上去喊话。

“我的目标是清华！我相信，有志者事竟成！”

大家鼓掌。

“我的梦想是在大学还做学姐的学妹。我一定会努力的。”

学姐喊话："我在北大等你！"

大家再一次鼓掌。

气氛越来越热烈。陈梦问芝芝："你去不去？"

芝芝飞快地摇头，低声说："我怕说出来就不灵了。"

这是和生日许愿一个道理吗？陈梦思考了下，不可避免地迷信了一次，抬起的屁股牢牢地坐回了凳子："那我也不去了。"

她顿了顿，问芝芝："你去拜过没有？"

芝芝点头："还求了符。"

"那我也去拜拜。"

人生大事面前，拜完菩萨拜三清，还有一个文曲星。一时间，大家都用上了"孔庙"的笔，求了各种各样的签。

芝芝掐指一算，高考挂柯南是不行的，她决定"攒人品"：今天帮同学带饭，明天捡个垃圾，后天帮同学讲道题……总之，天天做好事。

离高考还有二十天。

三模考完了，卷子不难，给了很多人信心。老师们讲完三模的卷子后，再发下去的试卷就不再批阅了，只是隔天报一下答案，让大家自己对着改错。

对几个尖子生，老师甚至说："你们不想做也可以，自己看着办。"

所有的作业都不再是强制性的了，大家做也可以，不做也可以，这是学生们梦寐以求的好事。可到了这个时候，反而没有人不做。

大家都迫切地想要抓住些什么，写一张卷子或者是多背几个单词，又或者记住几个时间点。什么都行，反正他们不能无所事事。

芝芝把每门功课的卷子分别叠在一起，用夹子夹住，铺在桌子上。试卷的厚度带来莫名的安全感。

天气已经热了，白天只穿一件单衣就行，晚自习的时候会凉一些，需要套件校服外套。

写空的笔芯堆积了满满一盒，收纳试卷的纸箱换了三个。

白炽灯下，板书泛着冷冷的光。

芝芝站起来，去饮水器那里续了杯热水，回到座位上喝了两口，然后翻开卷子，拧开笔帽，一行行写了起来。

讲台上没有老师或是学生坐镇，但大家都安安静静的，为自己的前途做最后的拼搏。

离高考还有十一天。

学校从明天开始放温书假，所以这一天，其实就是最后一天上课了。

老师们一年年送走学生，可每每到这一刻，依旧会被触动，免不了要说些动情的话。

语文老师说："能够遇到同学们，老师很高兴，你们都很懂事。我相信你们的努力一定不会白费，必然会有回报，未来很好，大家耐心等待就是。最后，我要祝同学们鹏程万里、蟾宫折桂、金榜题名……"

"洞房花烛！"某个男生无缝衔接。

全班："哈哈哈哈！"笑声几乎要掀翻天花板。

英语老师比较伤感，刚起了个头说"今天是最后一堂课了"，就忍不住红了眼眶，哽咽着说不下去。

几个心思细腻的女生被他触动，也跟着红了眼睛。

他不得不摘掉眼镜擦了擦，才缓缓地说："老师想和你们讲点儿什么，又不知道该从什么地方说起……高考很重要，但你的人生不是由一场考试决定的。这是幸运，也是不幸，以后你们可能很难再遇到这么公平的事了，这是你们唯一一次能够依靠自己改变命运的机会，大家一定要好好珍惜。"

这一点，芝芝深有体会。

历史老师潇洒。她说："现在还不是伤感的时候，还有十天，十天能做的事多了去了，抓紧时间，能背一点儿是一点儿。"

政治老师先灌"鸡汤"，说高考考得不好其实也没关系，他认识的某某某现在也过得很好，要大家不要有压力；而后走现实路线，表示他个人不建议复读，但是如果有不可抗力，市里有几所学校的复读班还不错。

同学们："……"

地理老师不走寻常路，进来就问大家："你们想过毕业旅行没有？考完试打算去哪里玩？"

"我妈说考得好就去欧洲，考不好就国内游。"

"去日本吧，可以泡温泉。"

"夏天泡温泉，你有病吧？不如去俄罗斯。"

…………

话题很棒，同学们抢答。

地理老师笑眯眯地听他们说完，撸起袖子：“那我们来复习一下，日本是什么气候？欧洲有几个渔港？”

大家：“……”

等到了数学课，众人都有点儿好奇，不知道林老师有什么套路。

她说的是：“走廊排队，拍照了。”

哦，是了，今天也是他们拍毕业照的日子。

班级沸腾起来，有整理校服的、掏镜子梳头的、抹唇膏画眉毛的……大家忙得翻天。

“老师等一下啊。”

“等我换个校服！”

“关知之，你的口红借我一下！”

“谁有梳子？梳子！”

“老师我忘记带校服了，能不能去宿舍里拿一下？”

林老师无奈：“拿什么拿？来不及了，等等你去隔壁班借一下。排队排队，别倒腾你们的头发了，刚才干吗去了？班长，出来领队。”

“来了来了。”芝芝嘴里叼着皮筋，一边绑头发一边冲出教室，还没忘记对着玻璃窗整理了一下衣领。

林老师抱着手臂看着忙乱的学生们，口中不断催促。谁也没有注意到，她的唇角微微扬起，始终带着一丝温柔而纵容的笑意。

离高考还有五天。

学校放了温书假，但不强制要求所有人回家，学生想留在学校也可以，老师们会照常上班。。

芝芝和庄家明都更喜欢学校的环境，有学习氛围，有老师能随时答疑，还有食堂和小卖部定点供应一日三餐，比在家方便很多。

他们都没走。

班上有三十个人左右，和他们一样选择留在学校。

老师们都在，一如既往，上下课的铃声也按时响起。可是老师什么都不会管，上课的时间去操场跑步、溜达也好，不上晚自习留在寝室里也罢，都可以。

但留下来的人看中的就是学习的氛围，并没有人乱来。

大家最多就是提前十分钟去食堂吃饭，又或者是打乱了座位，和熟悉的朋友坐在一起复习提问。

芝芝就和陈梦组了队，两个人互相给对方出题，都是些记忆性的问题。比如西安事变是哪一年，《共产党宣言》发表又是什么时候，等等。

她每天去厕所蹲大号，都能听到互相抽背古诗词的“厕友”。

连马桶都是书香味儿的，就问你服不服？

中午，她发现“大姨妈”结束了——她是拍毕业照那天晚上来的，到今天刚好结束。

这是芝芝最悬心的一件事，上回她是高考前三天来的，最后几天把她吓得够呛，差点儿就要去医务室开药推迟了。如今难题消弭无踪，叫她心里好一阵轻松。

陈梦就没她运气好了，前几个月压力太大，周期紊乱，算算就在高考前后。她不得不提前去买了相关药物，将例假推迟到高考后。

班上的女生基本上不确定的都这么做了。

芝芝趁机科普了下各种知识。女生们大为诧异，然后抓错重点：“你交男朋友了？”

“没有。”

“那你怎么知道得这么清楚？”

这有什么逻辑关系吗？芝芝想想，回答：“你高考前才学习？”

众人一震，竟然无法反驳。

“都好好记住，保护好自己。”芝芝说，“我们要对自己的身体负责。”

话很有道理，但她老气横秋的语气，真的让人很出戏。

“关知之，我都要怀疑你和谁谈过了。”杨榕榕上上下下打量着她，“怎么听起来怪心酸的？”

芝芝：“你们去医院看看就知道了。”

“好了好了，能不能换个轻松点儿的话题？”

芝芝从善如流：“最近有没有什么八卦？”

“我听王诗怡说，高一有个学妹看到隔壁那谁，直接冲上去问他要手机号码。”杨榕榕精神一振，分享小道消息，“体育课上哦，啧啧啧，现在的小孩子胆子都这么大吗？”

芝芝心想：你比人家大两岁，叫人家小孩子？

“关知之，你有什么想法吗？”又一个女生装模作样地采访。

芝芝思考了下："胆子大不应该是直接按到墙角亲吗？"

其他人："……"

"记得十六班的那个萧野吗？"陈梦迟疑了下，"我听说他和一个女生被老师逮住了。"

这是个新鲜的八卦，芝芝精神一振："然后呢？"

"被教导主任批了一顿吧。听说女的都被说哭了，萧野还很无所谓，说有本事就把他开除，特别无所谓。"陈梦说着不知道转过几手的消息。

芝芝觉得真实性有待商榷，但这件事莫名带劲："他还真是道明寺款啊，经久不衰的男主角人设。"

"现在谁还喜欢道明寺啊？"女生们齐齐不屑。

芝芝哈哈大笑，流行真是个轮回，谁说这款已经过气？许多年后照样有人拍这样的偶像剧，霸道总裁永不过时。

离高考还有三天。

小卖部的冷饮断供了，据说是怕学生吃坏肚子，所以一律下架，不允许出售。有同样待遇的还有外卖，本来学校对角落里学生偷偷拿外卖的事睁一只眼闭一只眼，现在不行了，保安不停地巡逻，看见就没收。

大家只好老老实实地在食堂吃饭。

"你们要想想，这是我们在食堂吃的最后几顿饭了，以后想吃都没有机会。"芝芝安慰朋友们，"且吃且珍惜。"

妹子们耸耸肩，表示能够摆脱食堂饭菜的那一天，绝对值得庆祝。

芝芝戳戳饭菜，叹了口气。

世事总是这样，不是吗？拥有的人不懂得珍惜，失去的人只能怀念。

下午，学校组织留校的学生去了一趟考场，熟悉场地。

同学们都被打散，遍布在各个考点。芝芝瞅了眼门口的名单，惊讶地发现唯一眼熟的名字是萧野。她居然和他在一个考场。

不知道为什么，芝芝有种奇妙的狗血感。

6 月 6 日，离高考还有最后一天。

这是很平淡的一天。芝芝早晨六点半起来，花了十五分钟洗漱，把留长了的头发盘在脑后，别上一个粉红色的蝴蝶结——哦，十八岁，一个光明正大穿戴粉色衣物的年纪。

六点五十分，她到达食堂。

高一、高二的学生都放假回家了，少了三分之二的人，校园里空荡荡的，食堂的窗口排不起队伍，零零散散地站着几个人。

“吃什么？”打饭的阿姨问，态度从未有过地和气。

芝芝要了鸡蛋饼、糯米烧卖和一杯豆浆，端到空位上慢慢吃。

两分钟后，庄家明端着一碗面和两个包子坐到她面前：“你怎么在这里吃？”

高三的学生都喜欢把饭带走，有刻苦的学生甚至会一连几个月就啃馒头、包子，只为了节省时间看书。

庄家明却一顿不落，天天在食堂吃。因为他的母亲临终前和他说，要好好吃饭、好好睡觉，健康快乐是最重要的，其他都无所谓。

他一直记得。

“不差这十分钟。”芝芝吸着杯中的豆浆，唏嘘，“该背的都背完了，我想好好吃顿饭。”

“你是不是有点儿舍不得？”他大口啃着肉包子，明明动作并不优雅，样子还是比旁人好看，“马上要毕业了。”

芝芝点头，感慨：“我想起一首老歌，青春一去永不重逢，海角天涯无影无踪，断无讯息石榴殷红，却偏是昨夜……”

“《魂萦旧梦》。”庄家明想起来了，这是白光的歌。

“我马上就要离开人生最好的一段日子了。”芝芝托着腮帮子，视线飘向窗外，食堂后面种的石榴花快要谢了，“唉，真的就像是指间沙，越是留恋，走得越快。”

在真正的青春期，她在笔记本上抄过很矫情的话，什么“爱就像是指间的沙砾，握得越紧流得越快”。感情是不是这样，她不知道，青春却确实如此。

少年不知愁滋味，恨不得马上长大，度日如年。可她如今识得愁滋味，青春时光却眨眼就过。

三年了，她却感觉恍如昨日。

“嗯。”庄家明三下五除二吃完了包子，问她，“你是穿越回来的吗？”

“咯咯咯！”芝芝一口豆浆呛到气管里，大声咳起来。

庄家明拿起第二个包子，瞅着她，慢条斯理地说：“反应这么大，真穿越了？”

“不……不是，你干吗突然开这种玩笑？”她狼狈不堪地掏出纸巾，“不好笑好不好？！”

“我没开玩笑，就问了一句，你的语气很奇怪啊！”庄家明说，“毕业虽然有点儿难过，但大家还是比较向往大学的。高中有什么好？不能穿自己的衣服，天天上课，不能烫头发化妆，也不能谈恋爱。”

他说到最后，语气难掩怨念，耸耸肩：“反正我不是特别留恋。”

芝芝放弃这个话题，泄愤似的狠狠咬了口鸡蛋饼。

庄家明看了她一会儿，冷不丁地问：“未来的我们过得好吗？”

“挺好的，我嫁给了豪门总裁，你被富婆相中了。”芝芝翻了老大一个白眼，“这个答案你满意吗？”

庄家明：“……”

除了这个小小的意外，后面的时间都非常平淡。

芝芝上午翻了翻数学的错题本，将自己容易错的地方牢牢记住，下午把语文的几篇文言文重点复习了一遍。

中途，林老师过来重申了注意事项：“明天早上七点钟，在教室集合。大家今天晚上就把要带的文具准备好，多带两支笔，以防万一，衣服不要穿有金属装饰的，瓶装水必须撕掉包装纸，纸巾也是……明天早上我会发准考证和身份证，留在学校的同学一起坐大巴车去考场……”

芝芝三天前就准备好了文具，都是半新不旧的，确保还有墨水也写得顺手。但心理因素作祟，林老师讲的时候她还是忍不住拿出来检查了一次。

晚饭大家吃得很潦草，一个个都说没有胃口。用陈梦的话说就是：“我的胃里都是石头，啥也吃不进去。”

林老师安慰：“今天你们吃不下饭、睡不着觉都是正常的，不用强迫自己吃或者睡，也不要有精神压力，顺其自然就行了。”

然而没有人不紧张，包括相隔甚远的父母。

晚上九点半，芝芝接到了母亲大人的电话：“明天天气很凉快，你穿衬衫和长裤就行了，说是晚上会下雨，你把伞带上。东西都准备好了没有？明天几点钟出发？学校给你们准备车了吧？要不要爸爸妈妈过来看你？”

关母的问题一个接一个，她说话又快又急，几乎不给芝芝回答的时间。芝芝只好等她问完再统一说："知道了，我东西都准备好了，学校什么都会安排好，你们别操心，等我考完回家就行了。"

爹妈怎么可能不操心？

关父抢了老婆的手机，叮嘱说："关知之，我和你说，你从小到大，最容易犯的毛病就是粗心。明天你做题一定要多读两遍，然后卷子发下来一定要反复看看，不要漏了题，新闻里说过，有个学生忘记翻面，少做了好几道大题。还有，不要提前交卷……"

芝芝全部应下，再三保证才说服父母不必过来。挂掉电话，她都热出了一身汗。

十点钟，宿舍准时熄灯。

今天没有人夜聊，有床位亮着昏黄的灯，还有人在挑灯夜读；有床位漆黑一片，有人试图早早睡觉。

芝芝给庄家明发了条短信："睡觉了，晚安。明天要加油呀！"

"晚安。明天加油。"

她收到短信，心满意足地闭上了眼睛。

十分钟后，她陷入了梦乡，平静而坦荡，已经不再畏惧任何困难。

第八章

奶油顶：高考时刻，扭转命运

芝芝后来回忆起自己的第二次高考，只有四个字：乏善可陈。

第一次惴惴不安，第二次有了经验和底气，她就特别平静了。她和平时一样起床、刷牙、洗脸，吃了早饭，去教室检查一遍文具，上车出发。

八点半，考生入场；九点钟，语文开考。

过程非常顺利，没有噪声，没有意外，又或者说是她太专注，几乎察觉不到外界发生了什么。

心理学上有个词叫“心流”，她觉得自己就是进入了这样的状态，浑然忘我，精神高度集中，眼睛里只有题目，其他什么都忘了。

她抽身出来的时候，离交卷还有二十几分钟。

芝芝出了口气，开始从头检查卷子，花费十来分钟，最后在阅读理解的一道题里补充了几句话。

广播重复响起提醒声。她抓紧时间，把所有卷子都翻来覆去看了一遍，确保没有题目遗漏。

离响铃还有三分钟，她放下了笔，等待收卷。

散场后，大家找到一中的车。

林老师正等着他们，一字不问考得如何，只是说：“今天食堂的饭免费，大家随便吃，就是不要吃撑了。吃完以后，想看书的看书，想睡午觉的睡午觉，两点钟在教室集合。”

有人忍不住找同伴对答案。

林老师打断了他们："考完就过去了，现在想想下午的数学，我好歹是你们班主任，不要让我太没面子啊！"

语文不算太难，几个学生配合地笑了起来。

芝芝回了学校，吃饭、小睡二十分钟、喝了杯咖啡、翻了翻公式，两点钟就到了。

下午的数学考试和记忆里一样难。同学们出来的时候，毫不夸张，十个里有九个如丧考妣，还有的忍不住红了眼眶，低声抽泣起来。

林老师安慰他们："别想了，今年的题是很难，但你们要知道，要难大家一起难，没关系，分数线也会调低的。"

可没什么用，心上好像有个秤砣，把人不断往下拽，根本轻松不起来。

芝芝的情况比较特殊，她有种灵魂和身体错位的幻觉，格外累，一上车就闭着眼睛睡觉，都没力气说话——半个月后，林老师和她说了大实话："你那天看起来脸色差得要命，我还以为你考砸了呢，把我吓坏了。"

但她当时不知道。

晚上，关母给她打电话，不敢问"考得怎么样"，小心翼翼地问她"吃了什么""明天穿什么""热不热"之类的话——芝芝这辈子也没见过几次她妈那么小心的模样。

芝芝一一回答了。

关母还想说什么，关父小声打断："别问了，让她好好休息。"

夫妻俩争执了会儿，关父夺走了电话，嘱咐道："什么都不用想，明天你们考完是五点多吧？我和你妈过来接你。"

"嗯。"芝芝的语气有点儿飘忽。

"那就这样。"

关父挂上电话。关母的眼眶一下子就红了，她对丈夫说："完了，看样子没考好。"

"成绩还没出来，你别瞎说。"关父的心里也沉甸甸的，脑海里闪过许多念头，诸如复读要去哪里、考个二本怎么办，一时间患得患失，坐立不安。

但丧气的话不能说，他口是心非："明天还有两门呢，明天考得好就行了。"

关母没说话，愣愣地坐在沙发上。

夫妻俩就这么坐了一个多小时，没看电视，没讨论分数线，一直到快十二点，才熬不住睡下。

翌日上午是综合考试。

这几门课的老师最担心的就是做不完，耳提面命了许多应对方法。

不过芝芝一个都没用到。交卷前十五分钟，她就写满了——这还是放慢了速度的结果，平时考试她能提前半个小时答完。

答题卡被写得非常满，她要努力控制，才能忍住不再多写一点儿。

别人是脑袋空空，编不出来，她是觉得答案太多，每个都想写一写。

但是她不能再写了，要点都塞了进去，再写只会破坏卷面。芝芝分散注意力，去检查前面的选择题，把需要验算的部分又写了一遍。

铃响，考生交卷。

她觉得综合的题不难，胜在全面，难度中等。

校门口遇到庄家明，她手疾眼快地拉住他的胳膊："理综难不难？"

庄家明怕被打，凑到她耳边说："我觉得还行，不过有很多人没做出来。你呢？"

"题不难。"她挥挥手，"下午见。"

英语是芝芝最担心的一门。其他还好，她就怕听力出幺蛾子，万一广播坏了，那真是哭都找不着地方。

结果运气还不错，考试前就试播了十分钟，一切正常。芝芝答完听力，心态就稳了。

写完卷子的一刹那，她放下笔，竟然是怅然多过轻松——尘埃落定。

最后的十来分钟，她几乎看不进去试卷，字母好像在纸上跳舞，扭来扭去，一个字都印不进脑海。

这样可不行，她辛辛苦苦三年，不能在最后几分钟功亏一篑。她拧了一把自己的胳膊，靠疼痛感勉强集中精神，检查了一遍有无漏答、答题卡都涂得对不对。

好险，果然错了一个，芝芝连忙改过来，怕昏头，又对了一遍。

然后就结束了，她交卷出门。

无数学生挤出教室，挤向校门，有人在哭，有人在笑，大门口站着密密麻麻的家长。

天色将暗未暗，西方满是瑰丽的橙红色晚霞，嘈杂的人流自她身边涌过，带来即将消逝的青春的味道。

芝芝没有马上走，在走廊上站了会儿。

萧野走出来，穿着白T恤和校裤，看起来很随便，有种凌乱的美感。

她想想，叫住他："萧野。"

"干吗？"他打着哈欠，揉着眼睛，看来是睡了一觉。

芝芝本来想问"你考得怎么样"，现在看来答案不言而喻，话到嘴边就改成了简简单单的两个字："再见。"

"嘁。"他完全没有认出她是谁，也早就忘了高一时小小的恩怨，还以为她是个爱慕自己的同学，摆摆手，转头走了，"拜拜。"

"拜拜。"这一刻，她和过去的、现在的青春告别了。

大家回到学校已经五点半了。

林老师说："大家不用急着收拾行李，等到分数出来，你们还要回来拿资料，到时候一起收拾就行，今天就早点儿回家吧。这一年大家辛苦了，好好休息。"

芝芝早在之前就把冬天的装备都拆着带回家了。宿舍里就一床被褥和几件衣服，她全塞进了行李箱。

关母到宿舍的时候，芝芝已经收拾完了："脸盆这些都不要了，教室里还有些书，下次再来拿。"

"都不要了？"关母在宿舍里巡视一圈，拿起热水壶，"脸盆、杯子不要就算了，热水壶还好好的，干吗扔？你拿不了，我给你提走。"

"行吧。"芝芝无所谓。

关父看到上面堆着的蚊帐："帐子呢？"

"脏了，用不上。"她说，"以后要用再买吧。"

"以后"是个敏感词，关父、关母对视一眼，没敢深入聊："行吧，那就走了。"

和高一开学那天一模一样，庄鸣晖开着车接他们回家。

三个家长都有默契，不问考试，只是问："你们这几天要不要出去玩？"

芝芝紧绷了三年，一朝松弛下来，身体就疲惫不堪。她闭着眼睛说："不去，休息一下，我好累啊！"

"也好，明天可以睡个大懒觉了。"

芝芝很累，回家稍稍洗漱，勉强吃了口饭，倒头就睡着了。

关家夫妻看得心惊肉跳，以为她考砸了，生怕她想不开，隔一会儿就要去看一下，反复叮嘱对方："千万别刺激她，考不好就考不好，原来咱们也就希望她考个二本——二本应该行吧？"

他们心里没底，坐立不安，整晚都没睡好。

这些事芝芝全然不知。她一睁眼就是第二天六点钟。睡足了，人还是很累，仿佛梦里和人打了拳击赛，可一点儿记忆也没有。她艰难地爬起来洗脸、刷牙，正好遇到准备开店的爹妈。

"你醒了？"关母不动声色，"早饭吃什么？"

芝芝拆了包饼干，含糊地说："随便吃点儿。"

关母和关父交换了个眼神，问道："既然考完了，电脑要不要？"

"要！"芝芝精神一振，"什么时候去买？"

此话一出，关家夫妻的心立刻就回到了肚子里：自家女儿自己了解，想买电脑，看来考得可以，真考砸了，她估计开不了这个口。

关母放了心，就有点儿烦她："等店里没人的时候吧，下午两三点。你这孩子怎么这么不懂事呢？"

她干了什么？她什么也没干啊！高考完她就不是大熊猫，是狗熊了吗？

嫌弃归嫌弃，关母说话算话，下午就带芝芝去了市里的专卖店买了台性价比还可以的笔记本电脑，又去电信的网点开通网络。

工作人员说他们来得早，明天就能装好宽带，再过些日子就是暑假，那就得排队了。

有了电脑和网络，其他都是浮云。芝芝注册了微博账号，打开了视频网站，沉迷网络世界不可自拔，每天睁开眼第一件事就是开电脑，睡觉前还在看电脑。

某本小说还能搜到，某部剧还有资源！这种感觉就好像是末世的人回到了现在的世界，遍地都是物资，到处都有饭吃，她幸福得要昏过去了。她这里逛逛，那里看看，注册了一堆账号。

然后她开始构思自己的大计划。她打算从大学开始就赚钱，而且不是去肯德基打工或是发传单的那种，这种纯粹的体力劳动没有意义。互联网才是最美味的蛋糕：机会多，门槛低，没有人在意她几岁、有没有资历，谁都有机会挣钱。

因此长远的规划是必要的。她建了个文档，写写删删，忙了好几天，几乎没空分神去想别的。

直到庄家明忍无可忍，跑过来当面问她："关知之，你是不是要等分数线出来才肯理我？"

"我昨天才和你说过话啊！"芝芝用笔搔了搔头发，纳闷儿地说，"给你分享了好多视频，你忘了？"

庄家明抿起唇角："你知道我不是这个意思，我是说……说好的那个。"

"那是要等分数出来啊！"她懂了，笑嘻嘻地说，"确切来说，要等录取通知书才对。"

庄家明难以置信："你是认真的？"

"你以为我只是鞭策你？"她不答反问。

他还真有过这样的猜测。

"哪个学校很重要吗？你就为了这个不要我了？"庄家明无法理解，也无法认同，"太莫名其妙了。"

芝芝看着他，庄家明低头看着她。

然后她"扑哧"一声笑了。

"哈哈哈哈。"她笑到荔枝也拿不稳，差点儿掉地上，"逗死我了，哈哈哈，你的表情看起来好幽怨，我现在相信怨妇诗都是男人写的了。"

庄家明："喂。"

"是很莫名其妙。"她擦掉了眼角笑出来的泪，"考不上好的学校就放弃喜欢的人，真的太蠢了，失去了一样，至少要抓紧另一样，对吧？可我说的时候是认真的，你能想得到吗？我是认真的……我简直蠢透了。"

庄家明一怔，有些无措："也……也还好？"

"不好，一点儿都不好。"她耸耸肩，大口喝着冰镇柠檬水，酸得她眉头直皱，"这几天，我一直在想，假如我考砸了怎么办，要怎么和你说……然后我突然就觉得自己愚蠢透了。"

其实不是无缘无故的，是她在刷微博，梳理几个网红的成功路线时顿悟的——人生一开始就成功的，大概就只有某些有钱人了。其他人谁不是失败了无数次，才在某一次飞黄腾达的？

她为了一次失败就否定自己，眼睁睁地错过喜欢的人才是有病。对，前几年她的脑子一直有病，进了太多的水，今天终于倒干净了。

“这次考试我尽力了，从高一开始到考试那天我都拼尽了全力。假如仍然没有考好，就是我能力不够，没什么冤的。”

夏日的阳光照进卧室，空气里有灰尘悬浮着。芝芝抬头看着他：“如果你觉得这样也没有关系，那恭喜你，你有女朋友啦！”

庄家明原本只是想说服她不要为成绩而放弃，没想到一步成功，蒙了会儿才反应过来。霎时间，喜悦像是长了翅膀的小精灵，扑棱扑棱地从胸口飞出来，他情不自禁地上前一步，张开手臂把她抱到怀里，心里的空缺被填补了，仿佛回到童年的夏天。

很小的时候，家里没有空调，炎炎夏日的午后，只有电扇呼呼地吹着。他和她一起睡在父母的床上，凉席的纹路在脸上印出红痕，蚊香的青烟飘散到空中。天很热，她却喜欢窝在他旁边，手脚摊开，压在他的肚子上。两个人都抹了痱子粉，触碰在一起的皮肤滑滑的、香香的，并不讨人厌。

当时他们多么亲密无间，后来却渐行渐远。直到今天，他们又回归到了幼年的亲密。

不过，真奇怪啊！庄家明抱着她，心里纳闷儿：女孩子怎么长大了还和小的时候一样，软软的，没有骨头，好像用力就会弄伤她们。

他放轻了力道，怕她觉得疼。可刚刚松开，芝芝就主动抱住他的腰，把脸埋在他怀里，满足地说：“我也有男朋友啦。”

一句话让他又忍不住抱得更紧了。

芝芝闻到了他衣服上洗衣粉的味道。会做家务的男生，好闻。她凑到他的颈间嗅了嗅，确认了，是雕牌洗衣粉的味道。

庄家明僵住了。他轻轻吸了口气，悄悄躲开了一点儿。

芝芝“扑哧”一声笑了。

“笑什么？”他反应很大。

“尿。”她笑眯眯地松开他，“喝不喝柠檬水？是我自己做的。”

“好。”他很需要冰镇饮料。

芝芝去外面打开冰箱倒水，用两三片柠檬、一勺蜂蜜、几片薄荷就能做出比较健康的冰镇饮料，她给他倒了一大杯，又加了冻好的冰块。

庄家明一口气喝了半杯。她就趴在桌上笑得直不起腰。

“别笑了。”他窘道，“有什么好笑的？”

“看着你高兴，想笑，不行吗？”她回戗。

庄家明说不过她，转移话题：“你在干什么？”

“思考怎么赚钱包养你。”芝芝一本正经。

他低头喝水：“那你继续努力。”

“喂，这个时候你不是该说‘我养你’吗？”她佯装生气，“有点儿志气啊！”

庄家明瞥她：“配合你还不好吗？你好难伺候。”

芝芝大怒：“喝了我的水，还敢说我难伺候？！把我的柠檬水还给我。”

“我喝了。”

“吐出来！”

他做出难以忍受的表情：“好恶心。”

芝芝抓起枕头，威胁他：“骂我恶心，当心我揍你！”

他飞快地放下杯子，以不符合身高的灵活姿势闪出狭小的空间，夺门而出：“我回去晾衣服。”

芝芝没追出去，街坊邻居都是熟人，万一被看到了，他们找爸妈告状……不行，她还没做好见家长的准备。

庄家明跑回家里，洗衣机果然已经停了。他把湿衣服拿出来晒，走过洗手台，瞥到墙上的镜子时，看到一张笑得像傻子的脸。

老实说，他觉得有点儿丑，拼命忍住不笑，但办不到。喜悦的心情就好像夏天的汗珠，不停地从毛孔里往外冒。

好蠢啊……他捂住额角，挡住了那张灿烂得过分的脸。

高考完的学生就是放养的羊，家长基本不管。天气热，芝芝和庄家明都不想出门，在家打游戏、看电影、吃零食，顺便谈谈恋爱。

恋爱对于初次尝试的人来说，是很新鲜的东西。庄家明就好像得到了一件渴望已久的玩具，不断探索和尝试。

他有时伸手替她整理下头发，有时试着和她分享同一份食物，有时又顺从心底的渴望，拉拉她的手或是抱一抱她。

芝芝感觉得到，他在寻找一种合适的相处方式，将她的身份从“邻家妹妹”“喜欢的人”过渡到“女朋友”。

她也一样。她接受了“男神喜欢我”的设定，不等于接受“男神成了我的男朋友”，需要探索、磨合以及调整。

这种新奇和刺激感，甚至超过了她真正的第一次恋爱。

搞笑的是，不知道是芝芝太谨慎，还是庄家明太纯洁，直到高考成绩出来的那一天，他们都没有过实际的亲密举动。

既然如此，先说正事。

官方出成绩的日期是6月23日零点。但庄家明22日傍晚就接到了班主任的电话。李老师和蔼地告诉他，他考了725分，语文130分，数学150分，英语145分，理综300分，目前市里没有比他分数更高的了。

可能是因为心里已经有了准备，他非常镇定地道了谢。

李老师又说：“你还有10分的加分，上清华绝对没问题。”

庄家明又道了声谢，犹豫了一下，压低声音问：“文科……谁考得最好？”

“我们学校的话，好像是关知之。”李老师笑呵呵地说，“我听见他们班林老师的声音了，估计她也知道了。”

“谢谢老师。”庄家明一颗心算是放下了一半，芝芝能在一中考第一，分数就差不到哪里去。

他挂了电话，出去和父亲说了这个好消息。庄鸣晖今天特地请假在家，就为了陪儿子一起等分数，听他说完，喜不自胜又很好奇：“不是说十二点才出来吗？”

“老师他们应该提前去查了分。”庄家明说，“保险起见，查过再和爷爷奶奶他们说吧。”

庄鸣晖强自镇定：“对，查过再说。”他极其高兴，恨不得马上告诉所有亲朋好友。但喜悦之余，他又感到说不出地恐惧，脑海中总有“万一弄错了”的念头往外冒，生怕是空欢喜。

接下来的几个小时分外难熬。庄家明犹豫了下，和父亲说：“我去看看芝芝。她应该考得还可以。”

他爹压根儿没听进去。

庄家明敲了门，关父关母没营业，坐在沙发上看电视，但身体紧绷，显然没看进去。

“家明啊，有事吗？”关母紧张过了头，表情僵硬。

“没事，我来找芝芝。”

“哦，你进去吧，她在看电影。”

庄家明熟门熟路地走进卧室，发现电影画面被定格了，芝芝正对着屏幕发呆。

他小声问：“你知道了吗？”

“给你打电话了？”芝芝回过神，瞬间紧张，“你怎么样？”

“725分。”他低声说，“我想等查过了再说。你呢？”

芝芝用梦游一样的表情说：“691分。”

他登时如释重负，喜上眉梢：“太好了。”

“我怀疑他们弄错了。”她慢吞吞地说，“我应该考不到这么好。”

庄家明笑了，说：“我爸好像也是这么想的。”

“那你呢？”她记得他上次好像是710多分，没这么好，莫名觉得焦虑。

他想了想，说：“我觉得和我估计的差不多。”

这就是学霸的自信。

她摆摆手，咬手指：“我现在想到还有几个钟头，就觉得特别难熬。”

“应该不会弄错。”庄家明安慰她。

然而芝芝根本听不进去，满脑子都被“万一搞错了”的情况占据，故而半点儿口风都不敢露，只能自己在卧室里绕圈，度日如年。她感觉过了好久，一看闹钟才九点多，简直生无可恋。

庄家明：“要不看个电影？”

“我紧张，看不进去。”她瘫倒在床上，两眼无神地看着天花板，“为什么要这么折磨我？呜呜，不行了。”

庄家明拆了包薯片，一边吃一边看她发神经。

终于，十二点到了。关父关母挤进狭小的卧室，站在女儿背后，眼睛一眨不眨地盯着屏幕。

芝芝心跳加剧，双颊发热，手心里都是汗，输入准考证号的时候，几乎能听到胸膛里怦怦乱跳的声音。

她输入完毕，按下鼠标。页面跳转的时间有一万年这么长。

终于跳出来了。

芝芝第一眼看姓名，关知之，没错，第二眼看总分，691分，语文138分，数学140分，英语148分，文综265分。

货真价实的691分，没有错！

今年的文科一本分数线是580分，她高了111分。

她再看省内排名：第三名。

芝芝脱口而出："真的假的？"

她能考到全省第三名？是这个世界疯了还是她没睡醒？抑或她这三年间，"女主光环"用在了最关键的地方？

关家夫妻也是无比震惊，分数太高，他们有点儿怀疑看成了别人的成绩。

"这……应该不是同名吧？"关母强行按捺下雀跃的心情，犹豫着问，"你看看准考证号，都对吗？"

芝芝说："我刚刚输进去了，错了就出不来啊！"

关母忍不住又看了几眼她的分数，渐渐回过神，舔舔嘴唇："这高考分数要是算错了，应该……应该不会改吧？"

"你不要求应该不会给你重查。"关父看似镇定，实则脑子还蒙着，"不是，这个……这个应该不会错吧？"

"不会。"庄家明走进来说，"我问过老师了，芝芝确实考得很好，他们都确认过了。"

芝芝豁然回头："你考了第几名？"

他顿了下，慢慢说："好像是……一……"

"啊！"她尖叫一声，蹦起来扑到他的怀里，"你考了第一，你居然考了第一！庄家明，你太行了！"

长辈都在，庄家明被她闹了个红脸，窘迫地说："你……你冷静点儿。"

"我不！"她接连跳了半分钟，踩了他好几脚，"我不，我冷静不下来，你太行了！"

孩子考得太好，家长们有点儿晕乎，居然没反应过来两人的行为有什么不妥，缓缓地走到客厅里坐下，还有一种如梦似幻的感觉。

过了大概十分钟，电话来了。庄鸣晖接到了父母的电话，关母接到了金小姨的电话，关父则主动打给了金外公，关奶奶因为睡得早，暂且挪到明天一早。

亲戚们的反应要直接很多，他们没有父母患得患失的惶恐感，只有纯粹的惊喜和高兴。

金小姨："我就知道芝芝没问题。姐，你这下可以放心了！"

庄奶奶："家明考了第一？祖宗保佑，真是祖宗保佑啊……"

…………

同学群里也炸开了锅。恭喜的、询问的、聊志愿的、商量毕业旅行的……整个晚上都未停歇，不断有新消息的提示弹出来。

芝芝沉浸在极度亢奋的状态中，大脑过于活跃，发生的一切都像是梦。她想睡觉，以此来摆脱幻觉，又怕醒来，一切都没有发生。

她辗转反侧了一整夜，天色微亮时迷迷糊糊地睡着了。梦醒而未睁眼时，她心底生出令人战栗的恐惧感，但最终她克服了这种畏惧，勇敢地睁开了眼。

然后，她摸出手机看时间、看班级群。

林老师和她是好友，单独发了消息给她："你是市里第一名，另外两个考得比你好的，一个是省级优秀学生，加了十分，还有一个竞赛得奖，加了五分。"

芝芝倒吸一口冷气，觉得比昨天更蒙了。她再往下看。

"24 号返校，学校会说关于志愿的事。你的分数很高，肯定都随你挑，这几天，应该会有招生办的老师找你们，如果你不去清北的话，其他学校可能会给你很高的奖学金，你和父母好好商量。"

她冷静了一下，回复："收到。谢谢林老师。"

林老师："不用谢，老师为你骄傲。"

芝芝笑了。

诚如林老师所言，23 号下午，招生办的电话就打过来了。

芝芝百感交集，没想到自己真的有需要考虑去清华还是北大的一天。她很后悔以前没有好好想，现在脑子有点儿蒙。

一般来讲，文科基本选北大，没啥好犹豫的。但是，各大学校为了争抢优秀学生，那是愿意下血本的。他们发奖学金，用钱砸人！

像庄家明这样的，排名稍低一点点的名校都愿意发大笔奖学金给他。

芝芝也差不多。

北大的老师矜持而淡定，清华的老师就希望她去自家的人文学院。最狠的还是香港中文大学，奖学金的金额令人难以置信。

芝芝十分感动，但是拒绝了。

关母斩钉截铁地说："别管钱，你就说是去清华还是北大吧？"

关父点头附议："两个学校都挺好的，你随便选吧。"

芝芝觉得她爹妈的语气是藏不住的嘚瑟——也是，有几个家长能够享受这种不用看分数线，闭着眼睛选就行的快感呢？

她去问庄家明。

他说："我还没想好。"

芝芝迷惑极了："你都参加清华的自主招生了，还没想好？"

"你去哪里？"他问。

芝芝差点儿吐血："它们就在隔壁！"

你醒醒，这种时候不要恋爱脑啊！

庄家明轻轻咳了一声："知道了。你还没有回答我。"

"文科嘛！"她耸耸肩，"我要去朝圣。"

他狐疑："你是不是不想和我在一个学校？"

"没错。"她振振有词，"自家人竞争，不好，我有压力。"

庄家明喜欢她的"自家人"说法，所以选择原谅她这种没有良心的行为："专业呢？"

"中文。"芝芝在文科的几个专业里犹豫了一下，非常没有出息地选了名气最大的那个，"你呢？"

庄家明："信息与计算科学。"

"理由？"

"听说这个专业比较好。"

芝芝无语了会儿，自我安慰："行吧，不是一家人不进一家门。"

庄家明笑了，张开手臂抱住她："我听阿姨说了港大的奖学金，还以为你会考虑去那里呢。"

"钱能再赚。"她靠在他的肩膀上，"我想和你在一个地方，太远不利于培养感情，太近容易厌烦，我觉得这样正好。"

"嗯。"他应了声，嘴唇在她的脸颊上碰了一下。

芝芝不可避免地想起了老问题：她男朋友到底啥时候打算亲亲她呢？她好急啊，恨不得自己上。

庄家明抱紧了她，心中满足：照这么下去，芝芝肯定很快就能习惯他了，到时候再亲她，应该不会把她吓跑了吧？

24号返校，芝芝一到就被林老师叫走了："志愿考虑得怎么样？有多少人给你打电话啊？”

“想好了，北大中文。”她挠挠脸，“我有朝圣的心。”

林老师被逗笑了，拍拍她的手：“你这孩子……老师真的为你高兴。这三年来，你的努力我都看在眼里。关知之，老师一定要和你说一句：恭喜你。”

这样慎重的态度叫芝芝眼眶蓦然一红：“该我说这句话，谢谢老师，你一直鼓励我……”

“那也是你自己争气，老师没做什么。”林老师温柔地说，“你最大的问题是不够自信。但是信心这种东西，确实不是凭空说说就能有的，必须真的做到才有说服力。所以，第一步总是最难的，而你已经做到了，以后会越来越好的。”

芝芝咽下喉头的酸涩感，用力点了点头。

“哭什么？考得这么好。老师最后悔的就是没帮你争取，你要是能加分，就和庄家明一样了。”林老师唏嘘地摇摇头，“好了好了，不说这些，你这个班长的任务还没完呢。把资料发下去，还有多出来的班费，你们自己看看怎么处理……”

芝芝趁机说：“我们商量过了，班费不返还，大家再凑一凑，请老师吃饭。”

谢师宴是传统，林老师并没有拒绝，一口应下：“行啊，时间定了和我说一声。”

接下来，芝芝履行了班长最后的职责，前前后后忙碌着，帮林老师开完了这次的返校会议。

“同学们，账号的初始密码是八个‘8’，你们拿到手后，一定要尽快改掉，并且不要和任何人说起。志愿有五个，全部填满，第一个冲一冲，拼拼运气，最后一个保底，每个人有两次修改机会。记住，最后一天你一定要再登录看一看……”

同学们还很单纯，没想过会存在篡改志愿的恶意行为，好在都听话，纷纷应下。

班会后是毕业典礼。校长说了很多煽情的话，又夸耀了本次高考取得的好成绩。最后，他给芝芝、庄家明和其他几个考得很好的学生发了奖励。

芝芝拿到信封，就知道起码一万元起步。她回头拆开，果然是一万元钱。嗯，庄家明一万五千元。她又被碾轧了，去两个学校肯定是她做出的最明智的选择。

最后，学生们都散场了。

大家收拾东西，数不清的试卷和资料被堆到走廊里，楼下还有人泄愤似的撕书，纷纷扬扬的纸页像是白雪一样飘落下来。教室里，桌椅混乱地摆放着，抽屉里留着笔芯，桌上有贴纸的印记。为高考出的“鸡汤”黑板报被蹭掉了一块，粉笔灰落满讲台。

芝芝坐在座位上，慢吞吞地整理着书。

陈梦说：“那就这么说好了啊，先办谢师宴，再毕业旅行。”

“好。”她说。

“班长，书丢到这里可以吗？”走廊上有人喊。

她看也没看：“可以。”

同学们三三两两地离开，和父母回家、和好友逛街。漫长的十几年学习生涯，迎来了最轻松的一个夏天，他们迫不及待地离去，自觉挣脱了无处不在的枷锁，浑身上下洋溢着解脱的快意。

“关知之，我们要去逛街买衣服，你去不去？”杨榕榕跑过来问。

芝芝说：“改天吧，谢师宴吃完咱们逛街，今天得把书带回去。”

“好吧。”烫了鬈发的少女笑嘻嘻地离开。

五分钟后，她返回来，劈头盖脸地问：“我的天，张霖说你和庄家明在一起了？”

“嗯。”芝芝漫不经心地应了一声，“不行？”

杨榕榕有男朋友，但这不妨碍她喜欢庄家明的脸，大概算是个“颜粉”。她想了想，青梅竹马，都是学霸，各种意义上的门当户对，简直登对到别人都没有理由反对。

“行。”她说，“是你的话，特别能让人接受。”

不光杨榕榕这么想，宁玫也是。宁玫原本想问问庄家明毕业旅行的事，结果就听到他和韩琮说要和芝芝一起去，因为他们在一起了。

那一刻，嫉妒的酸、不甘的辣、失恋的苦，混在一起从胃里一阵阵泛上来，灼烧着食管，呼出来的气里带着铁锈味。

但她能说什么呢？颜值差距、经济条件、家世背景……这些世俗意义上的比较，在寻常情侣之间是无法逾越的鸿沟，可一旦遇上“青梅竹马”四个字，就莫名其妙地失去了效力。

所有人都在说："啊，你和关知之？青梅竹马，挺好的。"

郎骑竹马来，绕床弄青梅。同居长干里，两小无嫌猜。肯定是李白的诗写得太好了，"青梅竹马"才会有这样的魔力。

宁玫连争取的勇气都没有。但她有自己的骄傲，不允许自己流露出一星半点儿的痕迹。她深吸口气，笑盈盈地加入谈话："我就知道，他们早就有苗头啦。"

她的语气是打趣的，神态是轻松而愉悦的。没有人知道，在十八岁的夏天，她尝到了失恋的滋味。

芝芝的志愿填得很快。她一口气填完，用光修改次数，然后就丢到一边，开始折腾谢师宴的事。

她拉着庄家明一起去了趟市里，找了好几家酒店比较菜色和价格。因为两个班一起请，所以他们硬磨了个折扣。

"我还要办升学宴呢。"芝芝还不满意，竭力争取，"我俩都要办，四次！四次你好歹给我打个八折啊！"

经理："真的不行了。"

"你和你们领导商量一下。"芝芝揪着庄家明，"看见没？省状元。"

庄家明冷不丁被出卖，马上也卖了她："她是市里文科第一。"

高考成绩出来的第二天，市里和省里的媒体就过来采访。和老师商量过后，他们接受了一家大报纸的访问，还拍了照片。

父母们兴致极高，收了一百份报纸，送到各自的亲戚家里。生平第一次，芝芝感受到了"光宗耀祖"四个字——她在乡下老家的地位居然超过了浩浩这个"长房长子"，真是令人哭笑不得。

言归正传，状元的名头格外好使。经理刮目相看，马上和领导请示，最后给他们打了七折，还表示会挂横幅、送蛋糕。

回家路上，芝芝深沉地说："知识就是金钱啊！"

还不只如此。升学宴上，芝芝收了十几个红包，加起来有一万多元。

她拒绝上交："我成年了，以后我要自己管钱。"

三年前，她想说服父母不要交一万元的赞助费，费尽唇舌也不过是一句"小孩子不用管"，现在呢？

关母："行吧，那你自己收好。"

芝芝感慨万千：知识也是地位。

两三万块钱，足够她做启动资金了。她买了智能手机和数码相机，然后去染了头发，是很温柔漂亮的奶茶棕色，盘成丸子头十分好看。

“大姑娘了。”关母百感交集，“知道打扮了。”

她一激动，把珍藏已久的翡翠玉坠交给芝芝：“这是你外婆给我的，我和你小姨一人一个，现在给你。”

芝芝很无奈：“我买点儿便宜好看的戴戴就行了，不用这么好的。妈，你帮我收着吧。”

“行，我帮你收好，等你结婚了再给你。”关母小心翼翼地收起传家宝，慎重地锁进了暗格里。

芝芝不要首饰，可以买衣服。这回，关母主动替女儿挑选了很时尚的款式，什么一字肩、背后镂空、热裤，相当豪放地挥手：“大学生了，不能穿得像个中学生。”

芝芝无奈，觉得老妈的兴奋劲儿还没过。

“你们不是要去旅游吗？买几件好看的，多拍点儿照。”关母拎着衣服，后知后觉地想起来，“你们是去哪儿？”

“上海。”

平心而论，上海不是个适合旅游的城市，西安、苏州、杭州更适合。但芝芝很坚持，和庄家明说：“我们这个地方太小了，应该去看看国际化的大城市是什么样，世界进步成了什么样子。”

大城市和小县城不一样，让人沉迷，也让人自卑；让人清醒，也需要勇气。但无论如何，面对是第一步。

他们商量日期、确认人数、订车票和酒店……中途，有人要和父母一起出国，遗憾地退出，也有人经济条件不允许，无法参加，还有的人因为没考好，压根儿不敢和家里提出去玩的事。

几经波折，最终定下来的是六个人：芝芝、庄家明、韩琮、张霖、杨榕榕、陈梦。

三个男生，三个女生，有些尴尬。

女生拉了个讨论组。

陈梦：“酒店怎么订？”

芝芝：“我订了三个标间，到时候能加床就退掉一间。”

杨榕榕：“不能呢？”

芝芝：“你觉得呢？”

陈梦："那就你们俩谁和男朋友一起呗。"

杨榕榕："不行！"

芝芝："我可以！"

陈梦："呵呵，我懂了。"

杨榕榕："我怎么觉得你好像很乐见其成？"

芝芝："没有啦，我和他太熟了，小时候一起睡过很多次。你要是想，可以让给你哦，和梦梦睡我也可以！"

陈梦："我愿意！"

男生们自然也有过一番讨论。

庄家明："让女生睡好一点儿，我们挤一下吧。"

张霖："嗯。"

韩琮："你们没问题，我更没问题。"

2013年，本市还没有建好高铁站，他们坐的是老式的绿皮火车。

这种火车很慢，但很有旅行的感觉。他们霸占了一张桌子，掏出从家里带来的饮料、零食和扑克牌，兴致勃勃地开始了行程。

第一个话题就是恋情。

大家对青梅竹马是怎么在一起的很好奇。陈梦说："我之前没发现你们俩有什么问题啊，你们到底什么时候开始谈的？"

"考完几天以后吧。"芝芝拆开薯片尝了一口，新口味还不错，马上递给身边的人："好吃。"

庄家明拿起一片，不由得心想：她从小就是这样，吃到好的东西、碰见好玩的事，一定会乐颠颠地跑过来和他分享。

除了亲人，芝芝大概是唯一一个毫无保留地对他好的人了。

他塞进嘴里，点头："嗯，挺好吃。"

陈梦坐在芝芝的另一边，幽怨地说："亲爱的，我呢？你不能重色轻友啊。"

"亲亲，我心里是有你的！"芝芝喂了她一片。

"哕。"韩琮做呕吐状，抱怨道，"你们女生能不能不要这么恶心？我鸡皮疙瘩都起来了！"

女生们哈哈大笑。陈梦晃着手指："你不懂，这不是恶心，是亲近，你们羡慕也没用。"

她这话全然发自肺腑。

以前，陈梦也有过在意的男生，但不过半年，就因为压力放弃了，陪伴她度过高三的人是芝芝，而不是他。

一年间，她们彼此鼓励，彼此支持，你给我带饭，我给你打水，收获了一份比爱情更坚定的友情。

“亲爱的，你不能有了男朋友就忘了我啊！”陈梦晃着芝芝的胳膊，“听到没有？男人嘛，没了这个还有下一个，朋友可是一辈子的。”

杨榕榕：“附议。”她已经深刻了解了男生这种物种，男朋友很好，但女性朋友也是不可或缺的。

张霖：“班长，你说句话！”

庄家明思索着道：“说什么？”

“你不怕你刚到手的女朋友飞了？”张霖郁闷至极，韩琮这个“单身狗”靠不住，连盟友都没有觉悟吗？

庄家明：“我和她认识十八年了。”

他们是青梅竹马，从懂事起就手牵手去上学，共享所有的回忆，是朋友，会分享很多不能同别人说起的秘密；也是恋人，是彼此生命里的唯一。

他原来对分离的担忧心情，已经随着恋爱关系的确认而烟消云散。

他觉得他们是世界上最亲密的人。他们的关系，也像钢索一样坚韧，持续几十年没有问题。

“人家是青梅竹马，不一样。”韩琮坏笑着拍拍张霖的肩膀。

孤立无援的张霖更郁闷了。众人爆发出一阵善意的嘲笑声。

火车很慢，站点又多，聊了两个小时，大家就自然地停下了。

陈梦和朋友发短信，韩琮趴在桌上睡觉，杨榕榕和张霖抱在一起说话。芝芝和庄家明则选择依偎在一起，戴着耳机看 iPad（平板电脑）里下载好的电影。这是庄家明的爷爷奶奶合资送的升学礼物。庄奶奶表示，听说现在的小孩子都要手机、平板电脑和笔记本电脑，他们孙子考得那么好，配齐装备是应该的。

片子是《东方快车谋杀案》。芝芝很喜欢在旅途中看类似的悬疑片，气氛很足。庄家明已经接受了女朋友的新爱好，准备回去就把整个系列都看一遍。

午饭是泡面和零食。整个车厢里都是泡面和火腿肠的味道，香气逼人。芝芝吃了一半，把剩下的推到庄家明面前："吃不下了。"他就把她的也吃完了。

下午三点多，他们到达上海火车站。

酒店离火车站很近，他们很快就到了，是一家新开的连锁酒店，看起来还算干净。芝芝询问了前台，确定无法加床，只好和朋友们说："加不了，你们看怎么安排吧。"

几个人面面相觑后，庄家明说："你们女生住两间，我们挤一下。"

芝芝："你和我住。"

庄家明吓了一跳。

"标间，两张床，我信任你。"她拍拍男朋友的肩膀，把行李箱丢给他，然后和妹子们说："走吧，我先陪你们去看房间，挑一间安静的。省得有人半夜乱敲门，我看这里没有门禁。"

她把最里面的一间给了两个姑娘，又翻箱倒柜地检查了一遍。

陈梦奇怪地问道："你找什么？"

"摄像头，有人会在房间里偷拍。"

两个女生惊恐地道："真的假的？"

"真的，所以我说不要住太便宜的。"芝芝检查完毕，叮嘱道，"不要用这里的水壶烧水喝，你永远不知道他们在里面煮过什么。"

杨榕榕费解："水壶不烧水还能干吗？"

"煮内裤……"

她们同时做了个恶心的表情。

"睡衣都带了吧？毛巾用自己的，没带就买条新的，这里的都脏。"芝芝把能想到的都说了一遍。

陈梦和杨榕榕一边一个抱住她的胳膊："关知之，你别走了，和你在一起我们比较有安全感。"

"不行，我的家明也需要我！"她义正词严，"万一半夜有人塞卡片怎么办？"

"卡片？"两人一脸迷茫之色。

说曹操，曹操到，从门底的缝隙"嗖嗖"地飞进来两张仿佛用办公软件做出来的广告。

她们捡起来看了看……

静默片刻，她们松手：“你去吧。”

芝芝哈哈大笑，开溜。

庄家明已经把房间收拾好了，用热水消毒马桶圈，把家里带来的牙刷和一次性杯子放在洗漱台上，把毛巾挂好，把衣服从行李箱里拿出来，挂到旁边的柜子里，连一次性拖鞋都给她拆好了。

“我检查过了，什么也没有。”在订房间的时候，他就被她念叨了一下午，但目前仍感怀疑，“真的有人偷拍吗？”

“你们男生没有交流过那种秘密的网站吗？”她暗示。

庄家明吃了一惊，脱口问：“那些不是安排好的吗？”

“你果然看过！”

他霎时间面红耳赤。

芝芝做了个鬼脸：“没关系的啦，我们也会看小说。有些可能就是偷拍的，总之小心为上。”

他点点头：“那我睡靠门的床好了，你睡靠窗的。”

“好。”

晚上的行程是去黄浦江看夜景。

上海的繁荣与瑰丽景象震撼了许多外来者。浩浩江水的对面高楼耸立、灯火辉映，是现代化的代表。而这一头，古老的建筑还保留着民国时期的模样，叫人联想昔年许文强和冯程程的故事。

芝芝举起相机：“拍照吗？”

“拍！”

这一夜，芝芝成了摄影师，上蹿下跳找角度，姿态之专业，以至于好多路人来问她是不是摄影师，请她帮忙拍照。

然而事后，大家看到照片，虽然承认她把大家拍得都很好看，但庄家明的照片不管是数量还是质量依旧吊打其他人——关键是，他那天都没怎么配合，全是她抓拍的。

“你的眼里只有他！”

“硬件差距，不能怪我。”芝芝振振有词。

看完夜景，他们在路边的面包房里买了点心，预备第二天当早饭吃，而后回到旅馆洗漱休息。

庄家明非常体贴，主动说：“我去隔壁一会儿，大概三十分钟以后回来。”

这就是给她时间洗澡了。芝芝点头应下。

他去了韩琮和张霖的房间，发现他们在开啤酒：“你们喝酒啊？”

“你要来点儿吗？”韩琮挤眉弄眼，“壮胆哦。”

庄家明拒绝了，还说：“别乱说。”

韩琮不听，追问：“你怎么过来了？不会被关知之赶出来了吧？”

“女孩子总有不方便的时候啊。”庄家明找了地方坐下，打开扑克牌，“玩吗？”

“玩什么玩？现在就咱们三个。”韩琮抬起胳膊，搭在他的肩膀上，“你和兄弟说实话，机会难得，她都主动说和你住在一起了，你就没点儿想法？”

庄家明问：“你知道这证明什么吗？”

“证明她同意。”张霖加入话题，神情似乎比当事人还要兴奋。

庄家明瞥他一眼：“证明杨榕榕不同意，而芝芝信任我。”

这真是会心一击。

“明白了就闭嘴。”庄家明低头理牌，“说真的，你这么心急会让女生害怕的。”

张霖干笑一声，没法儿否认，也无从辩解。

他当然对杨榕榕没有什么不尊重的意思，相反，经过三年的风吹雨打，他觉得他们的感情比那些刚在一起的恋人美好得多——假如不是真的喜欢，怎么能够坚持到现在？和他们一起恋爱的情侣大多分了。

但是在这个热血涌动的年纪，有些冲动无法避免。来之前，他也在脑海中描绘过许多不能说起的画面，也不是没有过期待。

看夜景那会儿，他试探着问起晚上的安排，她就突然翻了脸。

她应该是看出来了吧，而且有点儿生气？

张霖沮丧地想着，抓抓头发：“好吧，你是对的。”

芝芝花了二十分钟洗澡、十分钟收拾。庄家明回来的时候，她已经换上了日常的T恤和短裤，准备去隔壁找妹子们聊天。

杨榕榕在洗澡，陈梦在看剧，见她过来，神神秘秘地把她拉到一边：“你和我说得头头是道，自己准备好没有？”

“没有，不用准备。”芝芝耸耸肩，“什么都不会发生。”

陈梦语重心长：“男生都是用下半身思考的动物。”

“我了解他，就算真的走眼了……”芝芝看着床头柜上的收费物品，“那也就是多花点儿钱的事。”

陈梦想想也是，遂放心了。

但青梅竹马很默契，一直没回房间，各自和朋友们聊天、吃零食。这种通宵达旦的夜聊体验很新奇，大家越说越多，直到快凌晨一点钟才意犹未尽地结束。

“困了困了。”芝芝今天起得早，委实坚持不住，回房睡觉。

庄家明已经回来了，正靠在床上看书。

“你们散场啦？”她刷好牙，打着哈欠爬上床。

“他们喝了酒，都醉了。”庄家明关掉 iPad，“你睡了吗？”

“嗯。”她钻进被窝，“晚安。”

“晚安。”他按灭了灯。

一夜无事。

翌日，他们去几个经典的景点打卡。芝芝把路线和餐厅都查好了，一路过去非常顺畅，几乎看不出来是游客——事实也是如此，她曾经因为工作在上海住过小半年。

张霖打趣她：“关知之以后绝对是贤妻良母啊！班长，你有福气了。”

“一个友情提醒，因为对方会做这件事，就理所当然地将工作丢给他，感情迟早会完蛋。”芝芝说，“没有谁是天生该做什么事的，懂吗？”

杨榕榕杀气腾腾地看着自己的男朋友。他咽了咽口水，被迫点头：“懂懂懂。”

他们在城隍庙、豫园、田子坊打卡完毕。晚上，他们小小地奢侈了一下，去吃了一顿不算很贵的烤肉。

通过聚餐，人们能够发现朋友的很多细节。陈梦无辣不欢，对口味的需求多过食材，而杨榕榕相反，吃菜有点儿挑剔，不新鲜的一口都不吃。

庄家明始终留心着大家的需求，倒水、递纸巾，将人照顾得十分妥帖。相比之下，张霖这个男朋友就比较不称职了，还没有学会照顾女朋友，和韩琮大聊特聊店里墙上喷绘的漫威英雄。

饭后，他们散步回酒店。杨榕榕心情很复杂：“人比人，气死人啊！”

“你要慢慢教他啊，和他说你要怎么样，不然男生是领会不到你的意思的。”芝芝传授经验，“他喜欢你，你和他说了，他会做到的。”

杨榕榕好奇：“庄家明是你教的吗？”

她摇头：“是他妈妈。”

大家都知道庄家明的母亲已经去世了，顿时噤声。

玩了一天，六人都累了，也没精力聊天打牌，各自回房间洗漱睡觉。

芝芝洗完澡去隔壁晃悠了会儿，回来的时候，庄家明已经把湿漉漉的卫生间都收拾干净了。

“还早，要看会儿电影吗？”他问。

芝芝同意了，挑了一部爱情电影。

故事有些乏味，她靠在枕头上梦游似的看了会儿，忽然在床上站起来，问对床的他：“你觉得我能跳过来吗？”

庄家明搞不清她闹哪一出：“别吧，你会摔下来的。”

“不行，我要试试。”她挥手，“你让开点儿，我来了。”

庄家明赶紧缩腿，然后床垫一震，她就“咚”地落到了他的床上。

“哇。”她蹦了两下，“从我上小学起，我妈就不让我这么跳了，说会把床蹦坏的。”

他忍俊不禁。

“你还记得吗？”她盘腿坐下，“以前公园里有蹦床。”

“记得，还有很多海洋球。”他坐直了，回忆着，“你能在里面玩一下午，直到阿姨把你叫回家。”

芝芝打了个响指：“答对了，奖励你一个亲亲。”说着，她探过身，在他的唇上啄了一下。

他犹豫了一秒钟，礼尚往来似的，也回了她一个。

然后这似乎变成了一个有趣的游戏，从单纯的亲亲，变成了真正的吻。

因为他们用的是同一款牙膏，味道交融得毫无破绽，就仿佛青梅竹马的感情，水到渠成，不需要辛苦地去适应。

这是相当美妙的初吻体验，温情中带着新奇，缠绵里又难掩青涩。

芝芝回到自己床上睡下时，脑海中最清晰的一个念头就是：刷完牙再亲亲的我简直机智到没有朋友！

一时兴起？不存在的，机会永远留给做好准备的人。

第三日是特色旅游路线，他们去参观上海博物馆和上海自然博物馆。大家齐齐被震惊了，在里面浪费了一整天的时光。比起冒着烈日逛景点、拍照，博物馆的科普性和知识性更让这几个优等生喜爱。

左右就在室内，定好时间后，几人干脆分头行动，各自去看喜欢的内容。

芝芝和庄家明牵着手，混在人群里慢慢逛。

“你是不是更喜欢今天的安排？”她问。

他点头：“很有意思。”

“那我们去北京以后，把所有的博物馆都逛一遍好不好？”

庄家明笑了，低头亲了下她的头顶：“好。”

逛完自然博物馆，他们在文创店里买了一对情侣挂件，偷偷摸摸地藏进了其他纪念品里。

“不和家里人说吗？”庄家明说，“都考完试了。”

芝芝说：“不行，我才十八岁，说了以后，他们就会像防贼一样防着你，咱们反而不方便。等我们大学毕业，我妈恨不得我马上结婚的时候，你就是她最爱的人！”

庄家明：“……”

最后一天，自由活动，他们各自去买纪念品。

但凡旅游，人们就很难逃过纪念品的大坑。芝芝实名拒绝，选择去百货大楼买县城里买不到的东西。

她给关母买了瓶香水，母亲大人总是嫌弃自己在面馆里待久了，浑身一股油脂和面粉的味道；给关父买了一件质量极好的羽绒服，她爹原来的穿了好几年，早就已经钻毛了。

庄家明想买衣服，又拿不准父亲穿起来好不好看，最后选了个真皮的公文包，给爷爷奶奶则分别买了鞋和羊毛围巾。

“你有什么想要的吗？”他问，“我还有钱。”

芝芝并不怀疑他的话。学校给了奖学金，市里的企业也资助了前三名一笔不菲的学费，省里也有，亲戚朋友又包了红包……毫不夸张地说，只要学习成绩足够好，真的很容易发财。

她思来想去：“我们买一样的书包好不好？”

“好。”

他们选了一粉一蓝两款包，看着就是情侣款。而芝芝悄悄地查了钢笔的专柜，又送了他一支钢笔。

“我有了。”庄家明费解，“不是一样吗？”

芝芝：“这是限定色！联名款！”

她本来想送球鞋，但价格不对等，怕他不收，改成了钢笔。反正对于学霸来说，笔是必需品。

庄家明：“好吧。”

第五天，他们归家。

芝芝起了个大早，跑到两条街外的食品店里买了一些当地特产的糕饼，准备带回家去分发给亲戚。钱不够用，就算是礼轻情意重了。

黄昏时分，他们到站，父母们正站在外面招手。父亲们赶紧小跑过来，帮孩子提起行李箱：“重不重？累不累？”母亲们接过大包小包，连连追问：“晚饭吃了吗？饿不饿？”

六家父母问出来的话大同小异，仿佛是一个模子里刻出来的。大家都笑了，和朋友们挤眉弄眼，挥手告别。

夕阳无限。

录取通知书在7月中旬寄到了芝芝的手里。

象征着国内最高学府的通知书成了关母的宝贝，她乐此不疲地向周围的人展示着这项荣誉，给父亲、妹妹妹夫、老姐妹们看。

芝芝觉得有点儿羞耻，但容忍了母亲的张扬行为。父母这一生忙忙碌碌，没有任何说得出口的成绩，在亲朋好友中是最不起眼的。直到现在，他们的孩子获得了全国人都承认的荣誉。这不仅是她的高光时刻，也是他们的。

有一天，关父喝醉了酒，半醉半醒地和女儿说：“你给爸长脸了，我抬得起头来了，爸真的为你骄傲。了不起啊关知之，你比你爹强。”

芝芝的眼泪“唰”的一下就下来了。

而庄家明的不幸之处在于，他希望自己能令父母骄傲，可其中的一个已经永远不在了。

拿到通知书的第二天，庄鸣晖没有先给父母看，而是说：“我们去看看你妈。”

他们在路边的花店里买了一束鲜花，去墓地探望长眠的舒沅。

不是冬至或清明，墓地十分冷清。管理员无所事事地跷着二郎腿抽烟，院子里几只流浪猫在喵喵叫。

舒沅的墓和其他人的墓一模一样，但父子俩不必细看，就轻而易举地找到了她。这是双人墓，墓碑上是庄鸣晖和舒沅两个人的名字，一个黑的，一个红的，代表着阴阳相隔。

庄家明把鲜花放在墓前。

庄鸣晖拿了抹布，将墓碑擦拭干净，把她生前最喜欢吃的绿豆糕放在前面。

“舒沅，我和家明来看你了。”

墓碑上，清丽可人的女子微笑着。

庄家明哽咽道：“妈……”

“家明考上清华了。”庄鸣晖平平淡淡地说，“特地来和你说一声。”

庄家明说不出话来，默默掏出口袋里录取通知书的复印件，点燃了放到地上。火焰蚕食着纸张，将录取通知书烧给彼端的人。纸页在火中变为焦黑的灰烬，随风而逝。

庄家明的目光追逐着纸灰，他心想：妈，你看到了吗？你会为我高兴吗？不要担心，我过得很好，以后也会好好的。

天高云淡，日头晒得人眼晕。

庄鸣晖静静地站了会儿，也不知道想了些什么，良久，笑了笑说：“好了，走吧，太阳大，你奶奶他们该等急了。”

“好。”庄家明慢慢长大，渐渐理解了这种平静的悲伤。他顺从地点点头，跟着父亲离开。

车开离墓园的时候，有只蝴蝶停在车窗上。庄家明认出来，这是最常见的菜粉蝶，翅膀雪白，上面有一双眼瞳似的斑点。莫名其妙的，他想起来童年的旧床单，白色的底，大红的牡丹花，洗了很多次，颜色褪去，黯淡陈旧。床单上还有两个小洞，不知是洗破的还是被父亲的烟烫的。

幼年的他就睡在这样的床单上，盖着毯子，母亲就睡在旁边，散发着好闻的沐浴露的味道。

这是很奇怪的联想，蝴蝶和床单有什么关系呢？但他在这一刹那得到了某种神秘力量的安慰，隐隐作痛的胸口平复下来。

他抬起手，指尖隔着玻璃窗点中了蝴蝶。蝴蝶扇了扇翅膀，飞走了。

他轻声笑了起来。

暑假最后的时间过得飞快。

芝芝拿着相机锻炼拍摄技术，并且练习使用剪辑软件，利用各种电影素材，剪了很多有趣的视频。

因为她是《哈利·波特》的粉丝，第一个遭她“毒手”的就是它。她剪了最火的“德赫”“斯哈”“德哈”等多种组合的视频，靠着原著粉丝成功在视频网站出道。

当然，她初出茅庐，视频不可能有太大的反响，播放量和硬币数都寥寥可数。

芝芝并没有灰心丧气。她相信这种技术是需要磨炼的，只要坚持下去，总有一天能成为“大触”。

庄家明原本以为她是剪着玩，后来发现她有个计划本，《哈利·波特》系列后面还有什么“拉郎”系列、男神系列……他目瞪口呆：“你学的不是中文吗？”

她怎么搞得像是要去学影视后期专业？

“对啊，我又不打算当剪辑师。”她耐心地选取合适的电影片段，慢慢完善自己的作品，“选择剪视频，只是因为看视频的人肯定比看书的人多，现在的人越来越浮躁，喜欢简单、不费脑子的娱乐方式。”

庄家明若有所思：“你想靠这个赚钱？”

“这个赚不了钱。”芝芝笑了，“我要的是粉丝。”

互联网时代，粉丝意味着影响力，不管她未来从事什么行业，这都会是最大的基础。

“再说了，反正闲着也是闲着，这也算是门手艺。”芝芝耸耸肩，“你也可以选门课来看看，网上都有。”

庄家明接受了这个建议，开始看高等数学的公开课。

芝芝有点儿蒙：“你那个专业不是搞计算机的吗？看数学不看编程？”

庄家明：“那个是数学专业。”

芝芝倒吸一口冷气，飞快查了一下这门专业的课程设置，看到几何、代数、微分、算法之类的关键词，就觉得眼前一黑。

“你牛！”她服了，“干啥选这个？”

“很有意思啊！”

芝芝：“行吧……”

这门课大概就是那种普通人念了不尴不尬，学霸念了就会超神的专业。她一点儿都不担心庄家明会念不好，他绝对可以！

8月中下旬，出发去北京就被提上了议程。

芝芝本来想着一切从简，只带必需品去，其他生活用品在超市买就行了。因此也不需要父母陪同去报到——他们都成年了啊。

可是，父母们坚决不同意，一定要陪他们去。就当旅游吧，芝芝妥协了。

关母尤其兴奋，提前三四天就开始收拾行李，还和芝芝说：“结婚的时候，你爸说带我去北京看升国旗，结果呢？连省都没出！”

“那也是旅游景点，北京那么远。”关父争辩。

关母冷笑一声：“那么远，你别去啊，留在家里好了，我陪女儿去就行。”

关父瞬间闭嘴，扭头就走：“我去看看鸡脚卤好没有。”

当关母打包行李，啥都要带的时候，关父也没闲着，买了鸡脚、鸭脖卤着，准备带到火车上吃。

芝芝怀疑自己还生活在七八十年代。但无论她在心里如何吐槽，他们两家人还是大包小包地带着行李，踏上了去北京的列车。

她和庄家明都非常淡定，各玩各的，偶尔眉目传情一下。爹妈都很兴奋，但强行装出老练的样子，开口就是：“我年轻的时候有一次出去……就坐了个公交车，里面口袋的钱都被偷走了，小偷那个多……还好我鞋子里还塞着……”

芝芝啃着卤鸡脚，一只耳朵进一只耳朵出。对面的庄家明看着她笑。

“干啥？”她吐出骨头，“你吃不吃？”

他点头。

芝芝把饭盒递给他，两个人啃鸡爪。

芝芝忍不住想，怪不得他们偶尔出格，父母都没起疑。他们没形象成这个样子，哪里像是小情侣？

她会喜欢互相见证过尿床历史的竹马，肯定是庄家明的颜值作弊了。

漫长的旅程后，北京到了，火车站人山人海。

“咱们打个车吧？”关父环顾四周，迟疑道，“行李那么多，不方便。”

芝芝接了个电话：“喂，您到了？好的，在哪个停车场？好，请等一下，我们这就过来。”

她挂了电话，举手：“我预约的车到了，大车，能坐五个人。现在去停车场就行了。”

“哪里的车啊？安不安全？”关母将信将疑。

芝芝一边走一边解释打车软件，等讲完的时候，车也找到了。

司机大叔很能聊，开口就问：“来北京念大学的吧？”

“对，这您都看得出来？”关父最胖，坐在副驾驶座上，给司机让了根烟。

“8 月嘛，都是来读大学的。”司机接过烟，笑着问，“什么学校啊？”

芝芝痛苦地闭上了眼睛，把脸埋在庄家明的肩膀上。他闷闷地笑了一声，胸腔微微震动。

果然，下一秒，父母们就像是等着这句话似的，不厌其烦地“谦虚”：“孩子还算争气，一个北大，一个清华……”

“哟，这么厉害啊！”司机的惊讶语气三分是真，七分是装，但极大地满足了家长的虚荣心。

芝芝木着脸，祈求时间快点儿过去。

好，那就拉一下进度条。一个小时后，他们到了旅馆，入住、吃晚饭、睡觉。

第二天，因为他们是提前来的，不到报到的时间，前几日都安排了旅游：故宫打卡、颐和园打卡、天坛打卡。

芝芝化身摄影师，任劳任怨地替长辈们拍了很多很多照片，甚至心甘情愿地当了一次冤大头，让父母穿上不是很合身的唐装拍了一张合照。

“就当是你们的蜜月照了。”她这么说。

关母瞪她：“你这孩子说什么呢？”

芝芝知道她妈是害羞了，哈哈一笑，飞快地开溜。

因为预算有限，他们只有三天的旅游时间，行程安排得很紧。芝芝每天回到旅馆都累得像一条狗，心里头却十分高兴。

她的父母是世界上最普通的父母，有许多家长有的毛病，但比起许多把孩子当作所有物的父母来说，又好太多了。投胎就像抽签，寻常人抽到的大多如此，不好也不坏。

她慢慢学会了和他们相处，尽其所能地照顾他们、满足他们的心愿。就好像小的时候，他们心里想着“我生不出这么笨的女儿”，但也耐心抚养她长大一样。

寻常人家、寻常幸福，也很好。

开学报到那天，他们照例手忙脚乱。

大学的校园比高中大很多，芝芝走了半天才到自己的院系。幸好有老生全程陪同接待，省了许多麻烦，除此之外也没有多少不同之处——芝芝是这么想的。

但她爹妈的眼睛里有滤镜，他们在听一个学姐介绍的时候，说了七八次“不愧是北大”，仿佛那个比某些高中还要朴素的宿舍有什么学霸加成，她住进去就能长智商似的。

芝芝心想：行吧，他们开心就好。

关家夫妻没有理会欲言又止的女儿，兴致勃勃地参观起了校园，于未名湖畔流连了很久。最后，在有代表性的中式大门下，他们一家人拍了张合照。这张照片被放在客厅的电视柜上，在往后的几十年里牢牢霸占了中心位置。

傍晚时分，芝芝和庄家明陪同父母简单地吃过晚饭，送他们上了出租车。

为了节省这一晚的酒店费用，三位父母坚持坐晚上的火车离开，不肯多休息一天。做子女的拗不过他们，只能照办。

爹妈们说：“好好读书。”

子女们说：“路上小心。”

而后分别，出租车远去，消失在北京的车水马龙里。

庄家明问芝芝：“你晚上干什么？”

“看看书什么的呗。”芝芝垮下肩膀，“我宿舍里好几个厉害人物，压力很大。”

他轻轻地笑了起来：“一样的。”

“不，你是人家眼里的厉害人物。”她挠挠脸，“我觉得期末成绩出来以后，我爸妈会很失望——我可能垫底。”

庄家明摸摸她的脑袋："别这么想，你行的。"

芝芝抱住他的胳膊："我不行的话，你要给我补课哦。"

"好。"他答应。

她又说："我不聪明，你知道的，不能有了学霸小姐姐就觉得我很菜哦。"

他忍俊不禁："我也很菜的，你也不能嫌弃我。"

"瞎说。"她笑了，"不过你放心，就算有豪门总裁追我，我也不会动心的……吧。"

他扬起眉："'吧'是什么意思？"

她一本正经地道："因为没有被追过，不敢百分之百肯定。"

庄家明："为什么我觉得你很期待的样子？"

"我没有！"她用力摇头。

"你有。"

"我真的没有。"

"你真的有。"

"你好幼稚哦。"芝芝憋不住，趴在他的肩头上笑得肚子疼，"不和你玩了，我要回去好好学习。"

庄家明轻轻捏住她脸颊上的肉："我警告你，都读大学了，不许再像高中的时候一样了啊。"

"知道知道。"她举手发誓，"好好学习，天天恋爱，保证哪个都不耽误。"

"这才乖。"庄家明笑了，低头亲了她一下。

芝芝做了个丑丑的鬼脸："那我回去啦，拜拜。"

"拜拜。"

霓虹灯下，他们挥手告别，各自走向自己的学校。

人生还很长，明天会有新的挑战。然而无须畏惧，此时的我们拥有无限可能。

第九章

草莓尖：十年人生，终成梦想

芝芝对新的大学生活适应得远比预想中快。

同学里有自带光环的天才人物，也有她这样仿若走错片场的“吃瓜群众”。她早就知道自己是什么水平，并且接受了这样的自己，因此也没有自卑，心态稳如老狗。

机会来得不容易，她不想浪费，抓紧一切机会好好学习。她上课认真听讲，下课努力写作业，不像上一次信了高中老师的鬼话，以为读了大学就可以轻松，就真的放松了。她依旧努力完成学业，不敢有丝毫松懈。

但大学的课程设定和氛围注定要比高中轻松很多，作业也没那么多。同学们都加入了感兴趣的社团，开始了丰富多彩的课余生活。

芝芝有过一瞬间的心动，经过斟酌却还是放弃了。

社团很值得尝试，有些更是大名鼎鼎。但人的精力有限，她知道自己有几斤几两，没办法兼顾学习、社团和创业。她选择做自己更想做的事。

“芝士就是知识”这个微博账号已经积累了五万粉丝，虽然有多少“僵尸粉”不好说，反正总算是破五万了。

她就打算发个原创视频试试水，内容就是宿舍改造。

这是她经过深思熟虑的：时机正好，各大学校都刚开学；场地就在宿舍，没有额外花费；宿舍改造需要的都是小物件，成本低廉，做完了还能当拍摄布景，堪称天时地利人和！

她花了一周的时间，买齐了所需物品，然后挑了个周六下午，架起相机开始拍摄。

床上换了双层蚊帐，加了两个挂篮，梯子上裹上海绵。桌子和柜子贴上精挑细选的壁纸，顿时模样大改。她再把瓶瓶罐罐放进收纳盒里，笔记本电脑贴上一样风格的保护膜，整体的画风就很统一了。

整体布局搞定，接下来就是细节：摆件、杯子、插座、笔袋……她一直以来的收藏品终于能够派上用场了。

“今天就是你们出道的日子。”芝芝蹲在相机后面看了又看，把不满意的地方重新拍了几次，调试一番后，想起了一件事。

她厚着脸皮，“不小心”把印着校徽的本子放在了一边——噱头还是要的嘛！

芝芝再度开始拍摄，鼓捣到天色昏暗才勉强弄完。

而后她放弃了周日的约会，关在宿舍里把片子剪了出来。

因为这是第一个原创视频，她做得十分用心，删删改改，熬到半夜还没剪完。迫不得已，又花了三天的时间，她才勉强做出了自己还算满意的成品。

她上传视频的时候，已是凌晨两点多。

她打着哈欠，爬上床倒头就睡，眼镜都忘了摘。

第二天早晨有课，她匆匆起床奔去教室，直到中午吃饭才有空查看。审核已经通过，转发量一百二十多条。

平心而论，不怎么样。

芝芝叹了口气，顺手转发给了庄家明：“看看我的成果！”

正逢饭点，他回得也快：“好厉害！”

芝芝发了个得意的表情过去，又问：“今天晚上有没有事？”

庄家明：“给室友过生日……”

芝芝：“OK，改天。”

暑假形影不离的热恋期已经过去了，两所大学虽然挨着，却肯定不会像高中就在隔壁班那么方便。

他们要上课、社交、做作业，不可能为了对方放弃全部的课余生活。所以，自从开学第二周起，他们不约而同地调整了相处方式：不强求见面约会，但要保持联系。感谢现代科技，这一点儿也不难。

现在，芝芝每天早上睁开眼第一件事就是摸手机。通常情况下，她都会看到他早早发来的“早，我起来了，你快点儿起床”，然后她就回个短句，飞快地爬起来洗漱、护肤，去教室上课。

中午，他们就聊聊天气、食堂和作业，晚上看情况，有空就出来见面、吃顿晚饭，没空就各自忙碌，也不强求。

芝芝延续了高中的习惯，睡前会看一眼天气，提醒他带伞或是添衣服。

投桃报李，庄家明同学有时候会偷偷给她点下午茶，什么炸鸡、小蛋糕、奶茶、鲜榨果汁，乐此不疲。有的时候他和朋友们去远一点儿的地方，看到有什么学校附近没有的东西，还会记得给她带点儿回来，送到宿舍楼下再匆匆回去。

就算他每次逗留的时间不长，但那张成年后不仅没长残还更帅了的脸，到哪里都是焦点。

她有个长得超帅的男朋友的事，军训才结束就尽人皆知了。刚开学那会儿，人家不知道她叫什么名字，背地里说起她，代称是“那个男朋友超好看的女生”。

芝芝能说什么呢？在自己的学校，结果男朋友更出名，她真的好心酸哦。

她和庄家明吐槽了两句高数之难，又自虐地多嘴问了句：“你觉得难吗？”

庄家明十分机智，转移话题：“听说这边新开了一家台湾的小吃店，你什么时候想吃，我带你去？”

芝芝果然上当：“不吃了！我真的不能再吃了！你放过我吧！”

庄家明锲而不舍：“多吃多锻炼。”

芝芝：“我很忙！我没空！我要去上课，不聊了！”

她锁住屏幕，把手机丢进了书包里，愤愤地拿起筷子吃饭。

新交的朋友一脸八卦的表情：“和你男朋友吵架了？”

“神仙不能理解凡人的痛苦。”芝芝深沉地说，“不打卡还要每天六点钟起床，我是死都不会干的。”

就算庄家明说可以来她学校里找她也不行，熬夜是对青春最大的尊重，“修仙党”绝不认输。

庄家明等半天没等到回复，知道这次尝试又失败了。他不明白芝芝为什么这么抵抗早起——清晨没人的时候起床，有充裕的时间安安静静地做事，不是很好吗？

他就很喜欢在早上做事情，在一天开始前，把所有的日程安排得明明白白的，能让他更好地掌控生活的节奏。

芝芝为什么不喜欢呢？太可惜了。

他想着，顺手把她的视频发到了人人网主页上。

一分钟后，主页上弹出消息："北大的妹子？"

又一条："心灵手巧！女朋友吗？"

还有就是："收藏一下。"

庄家明有点儿赶时间，没看回复就收拾好东西，快步朝下一堂课的教室走去。两节课后，他才看到回复的消息，考虑了下，没有暴露芝芝的人人网账号，而是发了她的微博："指路作者微博 @ 芝士就是知识。"

芝芝发现自己的粉丝增加了，看到评论说是人人网来的，很快明白了是怎么回事，跑去男朋友的主页瞄了一眼。

她震惊了——庄家明的人人网账号有五千多个人关注，这个数目不算多，但他一个月前才开通账号啊！

她的账号只有三十多个人关注，都是同班同学。

意料之中……哪天庄家明出道她也不会惊讶的。她就是嫉妒，深深地嫉妒！

有了庄家明的助攻，视频的转发量增长很快，等到了晚上，有一千条以上的转发，是她有史以来作品转发量最多的一次。

芝芝趁热打铁，又发了一条图文并茂的长微博，起名很有噱头：《宿舍也可以成为家！学生党必备的宿舍好物清单》。

这条微博的转发量也不错，超过五百条。

芝芝还算满意，掏出小本本，开始策划下一次的内容。

主题也已经定好，夏天即将过去，秋天要到来，这不就是写换季护肤指南的好机会吗？

她对粉丝群体的定位就是大学生，同样的身份能够引发粉丝的认同感，只要她的内容能够精准击中学生党的需求，就能攒下粉丝。

而学生党的问题是什么？钱少，花销大。零花钱有限的情况下，大部分女生买不起“神仙水”，但进入大学后，恋爱的芬芳弥漫在校园的各个角落，女生们慢慢地开始涉足护肤和化妆领域。

这个时候，一个适合新手的科普推荐帖一定会非常受欢迎。

而且，宿舍改造是一锤子买卖，粉丝转发了视频就算完了，关注率很低，护肤品推荐是长期的，路人看着感兴趣，可能就会顺手关注她。

芝芝打开购物软件，开始编写新的内容。她有腹稿，写起来很快，三天后，新的护肤合集就发布了。

然后她眼珠一转，主动戳庄家明：“你要不要再帮我转发一次？”

庄家明：“……”男生转发护肤知识，好像有一点点羞耻。

芝芝：“哈哈哈哈！”

她报仇了，爽！

她笑完，想起来了：“为啥有那么多人关注你？”

庄家明：“不知道，很多人我不认识。”

芝芝：“抱住吸一口。”

庄家明：“……”

芝芝：“沾点儿你的好运气。”

庄家明笑了，发了个两只小猫抱在一起的表情。

芝芝：“卖萌可耻。”

他继续发“我想你了”的表情。

芝芝：“明天晚上校门口见！满足你！”

过了会儿，她又发了一条：“我也想你了。”

隔日，庄家明得到了一个女朋友和女朋友送的护肤品小样。

芝芝摸摸他的脸，说：“我蹲点抢的试用装，还有的是赠品。不要觉得不好意思啦，男生也要防晒、护肤，人家说你，你就推到我身上！”她拍着胸脯，“就说是我逼你用的，这口锅我背了。”

庄家明被她逗笑了。他倒也没有那么抵触，从小到大，润肤露、面霜之类的基础用品，他一直在用。

“好，我知道了。”他收了起来。

芝芝说：“你试试看，告诉我哪个最好用，我帮你蹲打折咨询。还有哦，你们寝室可以一起买生活用品，经常有折扣，会比单独买便宜。”

庄家明不是一个在乎面子的人。北京的物价远比想象中要高，社交的成本比他想的大，他虽然有奖学金，但能省则省：“好，你直接给我就行了。”

芝芝把收藏好的链接发给他，顺嘴问：“你秋天的衣服买了没有？”

他愣了下：“没，还不冷吧？”

“那我们周末去买几件衣服。”芝芝马上决定，“我可以帮你挑一挑。”

他弯起唇角：“好啊！”

芝芝低头搜了搜附近的店，忽然回过味来：“我们俩真的是刚谈恋爱吗？！”

人家约会，吃饭、看电影、逛街、去图书馆，竭力向对方表现出完美的一面。而她和庄家明呢？他们讨论怎么买生活用品、买衣服，分享省钱诀窍。

这是没结婚，就变成老夫老妻的节奏啊！她惊恐地说：“这样不行，你好歹要让我体会一下心跳的感觉吧？”

庄家明思考了两秒钟，笑着说：“这容易。”说着，他弯腰抱住她的双腿，直接把她高高举了起来。

“啊！”芝芝尖叫一声，瞬间抱住他的脖子，“不要吓人！”

“心跳了吧？”他闷笑。

芝芝磨牙：“放我下来！我要打死你！”

截至 2014 年 1 月，芝芝的事业终于有了起色。她有了十万粉丝，看评论都是学生，冲着适合学生的吃喝玩乐来的。

芝芝给自己定义的是“生活博主”，听着高大上，其实就是美妆、穿搭、读书、手账、美食什么都能插一脚。

只不过她一直都是亏损状态。宿舍改造的道具、穿搭的衣服、测评的奶茶，砸下去的都是真金白银，收获的粉丝还不能变现。一个字——亏！

但她依然不改初衷。就算她这个账号做不起来，能够将一个什么也没有的微博号运营到有十万粉丝，已经是不错的成绩了，能力才是最宝贵的财富。

这不是芝芝自恋，已经陆续有公众号来找她写稿了。芝芝挑了几个口碑好的东家写稿赚钱，回头继续经营自己的号。

其中一个号的老板看中她的潜力，问她愿不愿意把号卖给工作室，开了个五位数的价格，说话还挺诚恳：“微博上现在这么多账号，能火的寥寥无几。你的号粉丝才十几万，和人家比真的不算什么，我给你这个价格，是觉得你有能力。而且，把号卖给我们以后，我们也打算让你继续运营，和以前没什么区别，你还不用承担风险，又能拿一笔钱，你好好考虑一下。”

芝芝有自己的创业规划，压根儿没想过卖号。但她怕直接拒绝结仇，人家买水军黑她，客客气气地找借口婉拒了。

对方当时没说什么，没过多久买了个定位相似的账号。这也就算了，那个号开始黑她了……

芝芝：“……”

你才多少粉丝，就开始搞这种下作的动作？呸，不要脸，老娘都没接过一个广告，你还好意思黑我？她坐在桌前愤怒了一个下午，终于冷静下来，翻开笔记本的“紧急预案”，开始应对。

对方的黑点主要有两个：一是诬蔑她收了钱打广告；二是说她假冒北大学生，立人设。

她点开购物软件，开始截购买订单的图，部分衣服是去实体店里买的，她也细心地保留好了小票——写了手账嘛！

芝芝把证据整理好，发了条长微博，表示：“博主的分享纯粹是个人爱好，推荐的产品都是自己掏钱买的，没有任何盈利呢。每次分享前也声明过，这些都是主观感受，不代表适合所有人，感谢大家的支持，明天有个转发抽奖哦。”

她一边写，一边心里滴血：她没有收入，还要抽奖，呜呜，太惨了。

看来这个月她都要吃不起食堂，只能吃外卖了——不奇怪，这个年份，几大外卖平台正在竞争，优惠力度大得很，有的时候搭配合适，比去食堂吃饭还要便宜。

她应对得很及时，黑子们只好逮住第二个黑点不放，振振有词：“博主从来不肯正面承认是北大的学生，是心虚了吧？如果是真的为什么不说？”

芝芝暂时没有回应。她已经有了反驳的腹稿了，让他们先爽一爽，等反派以为自己胜券在握的时候，打脸效果才是最好的。

天下套路都一样。

庄家明平时不怎么看微博，但女朋友的事业需要支持，遂注册了个小号，隔几天就上去看一看，帮她贡献转发和评论量。

今天也是如此，他做完手头上的事，打开微博看了眼，立即被下面的许多谩骂和诽谤惊到了，马上拿起手机打电话给她："你还好吗？"

"很好啊，我刚下课。"她口齿不清，似乎在吃什么东西，"在吃关东煮，你要吃吗？"

庄家明松了口气："我看到你的微博了，怎么回事？"

"竞争对手在黑我。"她语气轻松，"别担心，这很正常，今天不来，明天也会来的。"

她的声音不像故作无事，他稍稍放心，问："有什么我能帮你的吗？"

芝芝笑了。庄家明到现在也不太理解，为什么她要花那么多时间、精力乃至金钱去运营一个账号，但从来不会劝她放弃，只会帮忙。

"暂时没有哦，需要帮忙的话，我肯定第一个使唤你。"她说着，心里高兴，"你支持我，就是我最大的动力了。"

那头传来他轻轻的笑声。

庄家明翻出钱包，看了看剩下的零花钱，问她："你那个不是很花钱吗？我还剩了一点儿。"

芝芝笑嘻嘻地说："我赚外快了，现在算收支平衡，不用了。"

庄家明没有勉强，决定明天给她点个下午茶。

两人又聊了一会儿才挂断电话。

芝芝挑了个晴朗的日子，开始拍摄视频。她打算做 vlog（视频网络日志）了。

她这不是一时兴起，而是深思熟虑的结果。她想要留住粉丝，必须不断推出新内容。可是她之前发的那些微博很难翻出新的花样来，平价好用的护肤产品翻来覆去就那些，明年怎么办？

而且，这是极其容易被替代的，任何人都能做的。她需要无法复制的原创内容，这才是核心竞争力。

关知之现在最拿得出手的是什么呢？是北大学生的身份。

她的第一个 vlog，就叫《北大学生的日常》。

拍摄之前，她给室友们买了奶茶，打了个招呼，表示自己以后会在寝室里拍一些镜头，但是绝对不会泄露她们的隐私。芝芝和室友们相处得都不错，且喝人嘴短，她们很快答应下来。

计划正式开始。

为了树立“高大上”的人设，她艰难地通知庄家明，明天打算六点钟起床去打卡，请他记得起来后给她打电话：“你是了解我的，我开闹钟也没用，会自己关……”

庄家明用极其欢快的语气答应下来：“没有问题。”

她安慰自己：早起一天就行了，拍完就好了。

然而这是不可能的，角度没调好、光线不对、忘记开开关……意外总是无处不在，她失败了两次，终于在第三天完成了。

接着就是让人痛不欲生的剪辑。等她好不容易做完了这个视频，考试季到了。这么好的题材，她不考虑拍一期吗？

芝芝含着热泪，马不停蹄地拍起了第二期。

考试季有多可怕众所周知，她基本上没空上网，每天带上相机，和室友常驻图书馆，镜头对准书桌，随便拍拍就有几个小时的素材。

第一次期末考，她不想垫底。

考完最后一门的那天，她恍恍惚惚地出了教室，直奔寝室的床，倒头就睡。她醒过来正好是傍晚，手机上有庄家明的消息：“给你送了饭过来，记得吃。”

她一愣，掀开帘子往下一看，果然见自己桌上有份外卖。

室友羡慕嫉妒恨：“你醒了？大冷天的，你男朋友还给你送饭，还帮我们把垃圾倒了，好人啊！为啥我就遇不到这种长得帅又贴心的男生呢？”

芝芝爽得快要起飞：“嘿嘿，运气好，先下手为强了。”

她麻利地爬下床，寝室里有暖气，饭还是热的。她拆开包装大快朵颐，吃完了给庄家明发消息：“吃饱喝足，感恩家明哥的关爱。”

庄家明看到消息就笑了。他不明白：芝芝为什么能可爱成这个样子？

庄家明：“考试辛苦了。”

芝芝瘫在椅子上，手指都不想动一下：“你考完了？”

“明天还有一门。”

“那你还来给我送饭？哦，我知道了，学霸不用临时抱佛脚。”

庄家明发了一个小猫咪的表情。

芝芝：“作为一个男生，你有没有觉得自己的表情包都太可爱了呢？”

庄家明：“再可爱也没有你可爱。”

芝芝捂住胸口：可恶，他又撩她！

庄家明又发来一条："对了，你看自己的微博了吗？"

她一惊："没，怎么了？"

发消息的同时，她已经打开了电脑，登录账号。上一条微博的转发量过三千条了，并且在不断增长中，粉丝已经达到十五万。

芝芝有点儿意外，又不怎么意外。大家推崇名校不是一天两天，国内最高学府的招牌确实可以吸引不少目光。

只是，学霸人设要是立起来了，是不是就不能倒下？万一哪天她被扒了马甲，粉丝发现她就是个吊车尾，那……芝芝打了个哆嗦，忽然有不妙的预感——她是不是挖了个坑，把自己埋了？

事实证明，芝芝的预感很准——她玩脱了。

以前她努力学习是为了不辜负自己，现在好了，她给自己立了个人设，一言一行都要考虑形象。

她要不要早点儿回去歇着？不行，努力学习的招牌不能砸啊！于是，刚离开凳子的屁股坐了回去，她直到图书馆闭馆才离开，还没忘记拍个夜景。

她早上不想起床？不可以！早起是努力的招牌，早上就算只拍一个镜头，她也必须挣扎着爬起来。

她好不容易熬到寒假，可以玩了吧？还是不可以！寒假也要更新啊，她难道要拍自己睡懒觉的视频吗？她给自己规划的内容是读书挑战，也就是在一定的时间内啥也不干，只读书。

相比之下，收拾行李回家过年什么的，简直是放假。

火车上，芝芝沉重地对庄家明说："我完了。"她可以预见自己未来的生活是多么水深火热了。

庄家明忍不住笑出声。他已经竭力控制，可肩膀还是一动一动的，铁面无私地揭露了主人幸灾乐祸的心理状态。

芝芝揍他："笑什么？我要你安慰我，你却笑我，浑蛋！"

她的拳头一点儿也不重，庄家明没有丝毫反抗，强压着嘴角的弧度："啊，安慰你，嗯，太惨了……扑哧……"

他实在忍不住，趴在手臂上大笑起来。

要不怎么说人长得帅占便宜呢？他就算是这么毫无形象地大笑，长长的眼睫毛不停颤动，俊秀的面庞在冬日的阳光下越发白皙，连挡着脸的手都那么好看。

芝芝几次想下狠手都忍住了：“我警告你，勿谓言之不预，不许笑了！”

“不笑了不笑了。”他清清嗓子，“其实你不需要我安慰啊，我看你说归说，心里还挺高兴的，不是吗？”

芝芝狐疑：“有吗？”

“有。”他很肯定。

芝芝挠了挠脸，想了想，道：“或许吧，总是受到夸奖的人会更自信，也会变得更漂亮。你知道的，我身边的强人太多了。”

她辛辛苦苦在高中建立的自信心，和这群来自全国各地的学霸一比，顿时碎成渣，学校里牛人遍地，给“小透明”的压力相当大。而粉丝们的肯定和支持，无形中给了她信心。

“为了人设不倒而努力，听起来也挺励志的。”她自我调侃，“你觉得呢？”

“是啊，很好。”庄家明抱住她的肩膀，揉揉她的脑袋，“不过，芝芝一直都很好，要相信自己，知不知道？”

芝芝趴在他的肩头上，注视着窗外的景色飞快后退，轻轻应了一声。

她会越来越好的，一定。

大一的下半个学期，芝芝过得非常充实忙碌。

她比过去更认真，摄像机忠实地记录下了她每天早晨六点左右起床，到晚上十一点左右睡觉的忙碌人生。

辛苦的付出给了她还算可以的回报。

她比不了天才人物，人家不读书也考得比自己好，但她的成绩已经稳定在了中上水准。

这基本符合她的人设：努力的学霸，而非妖孽的学神。

到了大二，她的事业也基本稳定下来。

微博、知乎、视频网站的账号积累了不少粉丝，她接了两个广告，一个是文具，一个是新书推荐。芝芝觉得这两个类型都很符合自己的账号定位，就接了下来，赚了一笔外快。

一切走上正轨，她就能抽出一点儿时间约会了。

说来惭愧，大一她太忙了，都是庄家明迁就她，都没去隔壁学校看过几次男朋友……要不就这周末去吧，给他个惊喜。

结果，真的是个“大惊喜”——不是给庄家明的，是给她的。

芝芝在图书馆里看到了庄家明原本的初恋女友。霎时间，她心头仿佛有无数头羊驼狂奔而过，扬起滚滚烟尘。

假如这是一本正常的“重生文”，那么她是女主，抱上男神大腿没有问题。

假如这是一本时髦的“女配文”，那么她很有可能会被女配角当众揭露自己“作恶多端”的行径，众叛亲离。

最后，她只能眼睁睁地看着庄家明和自己分手，毅然投奔了女配角的怀抱——哦，不对，像他这样“不纯洁”“变了心”的男人，通常只能当个“炮灰”渣男。

也行吧，渣男贱女，他和她还是一对。芝芝苦中作乐地安慰自己。

她慢吞吞地绕到了庄家明的背后，轻轻戳了他一下。他一愣，扭头看人，没找到，再往下瞄了一眼，找到蹲在地上的始作俑者了。

“你怎么来了？”他忍俊不禁，“早点儿说，我去接你。”

“正好有空，就来看看你。”不是考试季，图书馆不算拥挤，庄家明选的座位又较为偏僻，还有两个空位，芝芝就在他身边坐下了，视线顺势落在桌上。

除了他和初恋小姐的笔记本，还有好多写满了公式和函数的草稿纸，摸着良心说，她全没看懂。

她忍不住好奇：“你在研究什么呢？”

“一个比赛的模型。”庄家明介绍了下坐在身边的“初恋小姐”，“计算机系的魏泠泠，‘泠泠七弦上’那个‘泠泠’。”

芝芝的嘴角有点儿僵硬：“你好。”

庄家明又和魏泠泠介绍芝芝：“我女朋友，关知之，‘知之为知之’的那个‘知之’。”

他很贴心，知道“泠泠”容易被误解为“玲玲”，而“知之”容易被误解成“吱吱”，而女生又很注重这些细节，因此特意点明了含义。

可这话芝芝听起来，就有种莫名的诡异感：仿佛“真假千金”的桥段，有种谜之宿命感。

魏泠泠不知道她的内心小剧场，点头打了个招呼，补充解释：“我们参加了一个计算机大赛，跟人工智能有关。除了我和庄家明，还有两个队员。”

“哦。”芝芝点着头，心里却想：魏泠泠虽然在解释，但表情非常坦荡，脸上写满了“你可别瞎想，我们堂堂正正没什么大不了的”，很有意思。

她眨了眨眼睛，转移了视线。

庄家明查了一下进度，问她：“你有事吗？”

“没。”她老老实实地说，“你忙你的，我参观一下你们学校的图书馆吧。”

庄家明知道她不是故作大方，自己也确实希望在这个下午解决一部分功课，便说：“六点钟之前我应该能做好。”

“那我们一起吃晚饭。”她笑了，站起身来，“我到处逛逛，你忙你的。”

她花了二十几分钟，找到了原打算明天看的书，提前了自己的学习计划。但不知道是不是环境太陌生，她总是不能集中注意力，忍不住去看魏泠泠。

平心而论，大二的魏泠泠还有点儿青涩，没有芝芝大四看到的照片那么成熟，不过五官底子很好，眉清目秀，穿着白T恤、牛仔裤就青春逼人。

她手腕上戴着的是施华洛世奇的镯子，嗯……家境不错，但不是特别好，“白富美”应该都戴卡地亚什么的吧？

他们偶尔会交谈。魏泠泠思路敏捷，间或说笑，看起来性格活泼，是很好相处的那种女生。

难道真的是我当初太过分了，“初恋小姐”才会发飙？芝芝放下遮挡的书，开始怀疑人生。

女性通常有着强烈而敏锐的直觉，虽然芝芝打量的眼神很隐蔽，但魏泠泠还是察觉了。

她很不高兴。在不知晓缘由的情况下，她自然而然地将芝芝的打量认定为防备——谁都不喜欢被当成一个小偷。

庄家明是很受欢迎，但你有必要这样吗？你防贼呢？魏泠泠心里嘀咕着，对芝芝的印象跌落谷底。

好不容易告一段落，魏泠泠忍不住吐槽的欲望，拿起手机说：“我离开一下。”

庄家明点点头，没放在心上，低头继续学习。

芝芝注意到魏泠泠往厕所那边去了，心中一动，也跟了过去。

魏泠泠走进厕所，迫不及待地拿出手机，和朋友发了条消息："我看到庄家明的女朋友了。"

朋友回得很快："他真的有女朋友啊？我还以为是个拒绝的借口。"

魏泠泠："是真的，不是我们学校的。"

朋友："漂亮吗？"

魏泠泠："挺普通的，她一直瞪着我，好像我想挖她墙脚一样，我也是醉了。"

朋友："我读书少，你可别骗我，他女朋友这么俗吗？"

魏泠泠："骗你干吗？我觉得一会儿可能就要被堵在厕所里警告了。"

朋友："不会吧？那你也太惨了，遭遇小说剧情啊！"

魏泠泠和朋友抱怨了一番，心里痛快多了，按下冲水按钮走出去。她刚走到洗手台处，就看到芝芝从隔间里走了出来。

不是吧，来真的？魏泠泠嘴角抽搐，莫名想笑。

芝芝也走到洗手台旁边，拧开了水龙头。她还没想好要不要做那个实验，觉得有点儿羞耻，又固执地想要解开曾经的谜团。

两人都没说话。厕所里的气氛十分诡异，只有水龙头的流水声清晰无比。

静默中，芝芝开口问她："你们经常这么一起讨论吗？几个人？"

果然来了。魏泠泠克制住骂人的冲动，深吸了口气，冷冰冰地说："我们是一个小队，为了比赛的胜利，当然会有很多讨论。"

"都在什么时候？"芝芝不看她，用平淡的语气问。

魏泠泠到底年轻，憋不住怒火，冷笑说："这种事情，你为什么不去问庄家明，要来问我呢？不得不说，你的所作所为很恶心，不是谁都想抢你男朋友的，我们只是同学。"她停顿了一下，很不满地又加了一句，"只有满脑子想当人小三的人，才会看谁都像小三！"

庄家明该不会是你从别人手里抢来的吧？魏泠泠很想补上这最后一刀，但出于教养，硬生生地忍住了。不过这也足够了，她凭借着身高优势俯视芝芝，气势迫人。

芝芝沉默了下，重复了一遍："只有想当小三的人，才会看谁都像小三？”

“难道不是吗？”魏泠泠嗤笑，“我和庄家明只是同学，我们的交往都只是同学间的正常往来。如果你想警告我，让我离他远一点儿，我劝你放弃，有这个闲工夫，不如管管你的男朋友。”

魏泠泠看小说的时候，觉得最好笑的一件事莫过于女配角警告女主角，拜托，是男主角要接近女主角，关女主角什么事？女朋友怎么了，又不是她老妈，还能管到她头上来？太平洋警察都没管这么宽！

芝芝的心情十分复杂。魏泠泠今天说的话，就是她曾经想说的。可是如今，她们的角色换了过来，由魏泠泠说出了这番话。

“说完了吗？该我说了。”她深吸了口气，牵起嘴角，“我问你们什么时候聚会，只是想提前安排时间；问你们有几个人，是想有机会的话，给你们带点儿下午茶，仅此而已。”芝芝望着眼前熟悉的陌生人，慢慢说，“你刚才说的话，我就不还给你了。希望你记得你今天说的。”

魏泠泠面红耳赤，脱口道：“你刚才根本不是这个意思。”诚然，同样的话有不同的解读意思，可是关知之的表情和神态都是质问而非打听消息，她这点还分辨得出来。

“是吗？”芝芝歪头想了想，哈哈一笑，“那你去和家明告状啊，和他说我警告你、威胁你。”

这也曾经是魏泠泠的台词，现在轮到她来说了。又或许不只是这句话，她可以把魏泠泠曾经说过的话通通奉还。

“你大晚上找他视频聊天，说没猫儿腻你信吗？”嗯，她可以这么说：偏偏挑其他队员不在的时候讨论，说你没小心思谁信啊！

“你要补习你不能去报辅导班？也就是他好心才会被你骗到。”这个也有灵感，她可以说：要讨论你不能用QQ，非要在图书馆面对面？图书馆里不能讲话，你不知道？

“大晚上给他发消息，你安的什么心？”可惜她从来不看庄家明的手机，不能照搬。她想想，有了：你每次和他说话靠这么近，是不是想勾引他？

思绪飘飞，芝芝在一秒钟内就脑补了无数质问，硬生生把自己逗笑了，真的好笑，真的荒唐！

他们挑其他队员不在的时候，也许是队员今天恰好没空；不用QQ而是面谈，当然是更方便；压低声音说话，是怕打搅别人看书。

你看，正常的可能那么多，换个方式思考却能把一个人钉在耻辱柱上。

芝芝笑得眼泪都出来了。

魏泠泠原本就羞恼交织，这会儿看到她笑得这么夸张，还以为她在嘲讽自己的所作所为，越发不爽："神经病！"

魏泠泠不再纠缠，快步走出了厕所。

芝芝站在洗手台边，看着她匆忙离去，半晌，扭头看着镜子里眼眶渐红的自己，慢慢擦去了眼角的泪水。

不要哭，都过去了。人都是自私的，会为自己的行为找借口，会为他人的罪过找理由，屁股决定了脑袋。她是如此，魏泠泠也是如此。

她们都是普通人，不是尽善尽美的圣人，所以无须苛刻。

只是，她必须牢牢记住，无论如何都不要用最大的恶意去揣测别人，不要用语言去暴力别人，以及最重要的：己所不欲，勿施于人。

芝芝花了十来分钟调整心情。

这个未来是新的，她没妨碍魏泠泠，魏泠泠也什么都没对她做，她重新开始了，魏泠泠也是。就到此为止，各自安好吧。

唯一的问题是，她刚才笑得太厉害，隐形眼镜有点儿歪了，不太舒服。她对着镜子扒拉半天都没弄好，一气之下直接抠出来扔了。

今天为了好看，她特地用了日抛，都是钱啊！她从包里掏出框架眼镜戴上，心在滴血。

她回到座位上，庄家明很快注意到了女朋友的不同："你的眼睛怎么红了？"

"摘隐形眼镜的时候不太舒服。"芝芝没去看魏泠泠，好似就是这么一回事。

庄家明怎么也不会想到今天初次见面的两个女生会有矛盾，轻易相信了："不舒服就不要戴了，这样挺好的。"

"好。"她随口应下来，笑眯眯地问，"你做完了吗？"

"我好了。"庄家明已经整理好书包。出于礼貌，他和魏泠泠打了个招呼："东西我传给你了，有什么问题的话你再和我说。"

"你等下。"魏泠泠抬起头来，问，"看到群里的消息了吗？"

"什么？"他下意识地点开微信看了一眼。

小组的另外两个成员说今天晚上的社团活动临时取消了，约他们晚上讨论比赛的事。

庄家明不由得微微皱起了眉头。他们参赛的四个人课不一样，只有周末才都有空，理论上来说他不该推拒，不然就要等下周了。可是芝芝过来找他吃饭，他也不想拒绝。

“有事吗？”芝芝察觉到他的为难。

庄家明把手机给她看。

“你们约呗，我们就吃个晚饭。”她耸耸肩，“反正我回去也要干活。”

庄家明过意不去：“你专门来找我……”

“又不是坐了几十个小时的火车，走几步路而已啊！”芝芝笑了，“没事，不差一天两天的。”

他们是青梅竹马，一起长大，最不缺的就是在一块儿的时间，确实不必这么计较。庄家明点点头，输入消息定下了时间：“我要和女朋友吃晚饭，七点钟图书馆见。”

发完消息，他拎起书包：“走吧，吃饭去。”

芝芝跟着他离开，临走时看了魏泠泠一眼——她没抬头，就当看不见。

“怎么了？”

“没事。”芝芝转过头，问他，“晚上吃什么？”

“随你。”

学生的选择有限，他们在附近转了一圈，最后选了家煲仔饭。等上菜的间隙，庄家明出人意料地开了口：“你和魏泠泠认识吗？”

芝芝吓一跳，假装平静：“为什么这么问？”

“你看到她很惊讶的样子。”庄家明狐疑地问，“我没有在朋友圈发过，人人网上也没提起，你为什么这么惊讶？”

芝芝心说：喂喂，和我这种恶毒女配角在一起的渣男不要这么敏锐，会抢人家男主角的风头啊！

庄家明提醒她：“说实话。”

“就……看到漂亮女生有点儿危机感。”她半真半假地说。

庄家明一时不好判断她这番话的真假——女生吃醋很正常，芝芝会不高兴也很正常，但是好像哪里不对。他想了想，试探着问：“你不喜欢我和别的女生单独在一起？”

“倒也……”芝芝停顿了下，突然改口，“假如是呢，你怎么办？”

她极度好奇。

庄家明感觉她说的话另有深意，思索道：“这很难避免，又不是打游戏，还能一键屏蔽其他玩家……你没必要吧？我又不喜欢她们。”

芝芝入戏很深，严肃地说：“虽然你不喜欢她们，可我觉得她们在勾引你，很想过去骂她们一顿，让她们离你远点儿。”

庄家明露出了费解的表情，假如是漫画，他的脑袋上一定冒出了个巨大的问号：“你是不是言情小说看多了？”

除了这个，他想不出芝芝有什么理由变得那么不讲道理。

芝芝：“你别管我为什么，现在我就是很生气，你有什么话说？”

庄家明：“你没去骂魏泠泠吧？”

“我骂了呢？”她抱起手臂，绷紧了脸。

庄家明足足沉默了一分钟，才问：“真的？”

芝芝点头：“对。”

“你……你知不知道，”他几次停顿，字斟句酌，“这样很不好？”

“为什么不好？”她咄咄逼人，“和有女朋友的男生待在一起，不就是图谋不轨吗？”

庄家明开始怀疑她是不是在写小说，拿他实验剧情。

服务员端上了他们点的两碗煲仔饭，热腾腾的蒸汽里带着腊肠特有的鲜香气味，勾得人胃口大开，但芝芝似乎没有闻到。她有种奇妙的感觉，仿佛自己在和十年前的故事对话，沉浸其中，触摸不到外界的信息：“说啊！”

庄家明只好暂时放弃吃饭的念头，全心全意地回答她：“一个人有很多身份，和别人相处用的是其中一个。她和我是同学关系，不是想变成男女朋友的关系，其他的身份是什么，根本不重要。”

芝芝想了会儿，问：“假如她想呢？”

“子非鱼。”他笑了，“她想不想，只有她自己知道，你怎么知道呢？除非她这么做了。”

芝芝懂他的意思了：“万恶淫为首，论迹不论心。”

“对啊，你管人家怎么想呢。”他拿起筷子，“可以吃饭了吗？”

“等等，我还没说完呢。”芝芝阻止他，“假如有‘迹’了呢？”

他无奈：“你好多‘假如’啊！”

芝芝捧住脑袋，抓乱了绑好的丸子头：“我真的很想搞清楚这个问题啊！”

庄家明叹了口气，思索了片刻，摇摇头：“如果是这样，我会想办法处理好的——是你和我说的，不要把我遇到的问题转嫁到女朋友身上。”

他太配合，芝芝都不好意思了，但为了解开多年的疑惑，艰难地克服了欺负男朋友的愧疚感，锲而不舍地追问：“假如——我发誓是最后一个假如了，我骂了呢？你会生气吗？”

庄家明瞥她一眼，承认道：“会，我刚刚就有点儿气到了。”

“为啥？”

庄家明没有仔细想过这个问题，不太确定地说：“因为她是我的同学？我希望能够自己处理这个问题，也是因为……”

他说到这里，不由得停顿了一下，垂眸思考片刻，开口叫她：“芝芝。”

“嗯？”

“如果你觉得不开心，”他斟酌着说，“你就直接和我说，我们可以商量，可以一起想办法，你应该多信任我一点儿，明白吗？”

“明白了。”芝芝点头，差不多找到了最后一块拼图——她基本上能够还原当年的真相了。

故事其实非常简单。魏泠泠很喜欢庄家明，而她的男朋友在校园里十分受欢迎，他们之间又没有十几年的信任和了解的基础，多多少少会有些患得患失的想法。因此，她陷入爱河后，难免会紧张警惕——也许在芝芝之前出过挖墙脚的事，让她成了惊弓之鸟。

当青梅这个具有分量的女配角出场后，她看到男朋友舍弃私人时间，为别人补习，感觉自己的领地被侵犯了。

所以为了守卫爱情，她决定驱除入侵者，而庄家明反感这样的举动。

他从小就受女生欢迎，会照顾女生，却不是无条件地迁就，不赞成“女朋友说的话都是对的”这一观点，认为女朋友做错的地方，一定会指出来，而不是搞什么“求生欲”。

在他看来，芝芝和他是青梅竹马，她需要帮助的时候，他提供力所能及的帮助是十分自然的事。这就好像他帮朋友查阅论文资料、帮老师处理杂务一样，是值得花费时间和精力的。

况且他们青梅竹马十八年——人生能有几个十八年？

他因为有了女朋友，就拒绝帮助从小一起长大的人，未免凉薄。

说到底，男女朋友也只是社会关系的一种，爱情也只是感情中的一种，不是什么免死金牌，叫亲情、友情在女朋友面前，全要退让三尺。

然而，若魏泠泠只是不高兴，告知他自己的不满情绪，以庄家明的性格，他显然并不会生气。

他不满的是她绕过自己直接找上了芝芝，扣了莫须有的罪名。两人对质后，她又不信他的解释，固执地坚持自己的想法。

二人的观念大相径庭。她认为男女朋友的关系是最高级的，他应该优先考虑女友；他不赞同，认为其他关系一样重要，感情不分种类。她认为感情出现了问题，应该率先对付矛盾的引发者；他不赞同，觉得感情是两个人的事，内部协商解决才对。

…………

几重缘由相加，导致了他们分手。这件事没有谁对谁错，只是观念不同。

魏泠泠需要一个把女朋友放在第一位的男友，而庄家明需要的是一个理解他想法的女友。

芝芝长长地松了口气，揉揉脸，拿起筷子吃饭："好饿啊！"

"问完了？"庄家明喝完了杯子里最后一口大麦茶，"谢天谢地。"

"不用那么夸张吧。"她干笑一声，把红白相间的腊肠夹到他的碗里，"给你给你，辛苦了哦。"

庄家明伸手："水。"

芝芝狗腿地递上自己的茶杯。

他又喝了小半杯水，才问："现在说实话，真的骂人家了？"

"也不算骂啦，我们俩……有一点儿小误会。"她讪讪地笑，有点儿心虚。

魏泠泠当时会奓毛，确实是她故意误导的。她不是想看魏泠泠出糗，只是很好奇两人易地而处，对方会说什么。

她脑补的是"我们没有别的关系，你不要误会"之类的解释，没想到这妹子直接噼里啪啦把她骂了一顿。

问题是她们俩的想法是一样的，太奇妙、太荒唐了，现实果然比小说更富有戏剧性。

庄家明还有点儿担心："误会？解开了吗？"

"算是吧。"她想了想，说道，"要不然你替我道个歉。"

他点点头："好。"

芝芝饿坏了，低头扒饭："吃饭了，饭都凉了。"

庄家明心想：你也知道啊……

解开多年的谜题后，芝芝觉得和庄家明更亲近了些。

她了解了他对感情的态度和想法，也认为自己能够接受他的观点：一个成熟的男朋友应该自己学会应付挖墙脚的人，不要想着靠女朋友——女朋友也很累的。

两人的三观合拍，就会少很多矛盾。

不过这不代表她比魏泠泠好，而是占了青梅竹马的便宜。相同的环境、相似的教育，他们当然观点相近，连心理年龄的差距也在前三年的争执里磨合得差不多了。他们的恋爱，比寻常人谈得轻松——内部轻松，不是外部轻松。

除了微博上的学霸人设，芝芝如今还要艰难地维持另一个人设：男神的女朋友。

每次去找庄家明，她都要遭受四面八方的审视。

芝芝第一次只是拍了个气垫霜，第二次就化了淡妆、换了隐形眼镜，第三次不得不注意搭配，免得和上回穿了一样的衣服……室友兼好友笑话她："你搞得像明星走红毯似的。"

"现在你知道有个受欢迎的男朋友多辛苦了吧。"芝芝拈起美瞳，往眼睛上放，大倒苦水，"我和他单独在一起，穿睡衣都没关系，现在去找他得全副武装，至少多花一个小时。"

好友顿时兴奋："不要的话，可以让给我，我可以接盘！"

"滚！"芝芝背上包，出门了。

这个周末，庄家明依然和小伙伴奋斗在比赛的第一线。

"给。"她找到男朋友，递过去一盒泡芙。

芝芝既然和魏泠泠说询问她是为了方便带东西，谎话就只能圆到底，每次都带些小零食贿赂男朋友的朋友们，希望他们吃人嘴软，自己能有个好点儿的口碑。

庄家明接过来，顺便把放在旁边的奶茶递给她，吸管都插好了："三分糖，是纯牛奶不是奶精。”他已经很了解女朋友的需求了。

芝芝喜笑颜开，立刻拿起来美美地吸了一口。

她不容易啊！自从迫不得已立人设开始，她就在奇怪的道路上越走越远，明明早上出去买个包子豆浆就能解决的早饭，莫名其妙就变成了健康的奶昔和麦片。

唉，她现在想吃个鸡蛋饼都得挑没有拍摄日程的日子，更不要说喝奶茶了。

庄家明拆开泡芙的盒子，分给同伴们吃。

“真幸福，有女朋友送吃的。”今天小组四人齐聚，另外两个男生吃着别人家的爱心点心，酸成“柠檬精”。

芝芝笑眯眯地说：“我忙的时候他也给我送饭买药。再说单身有单身的好，想吃什么叫外卖就行了。”

两个男生不约而同地笑了起来。他们对芝芝的印象还不错，不是她会来事或是会做人，而是不虐狗！

单身狗和情侣在一起，最怕的就是小情侣旁若无人、你侬我侬，动辄搂搂抱抱，你喂我吃饭，我喂你喝水。

芝芝虽然经常来找庄家明，却不妨碍他们干活，也没有什么亲密的举止，特别照顾单身狗的心情。至于其他的……她又不是他们的女朋友，他们不在乎。

庄家明一边整理草稿纸，一边问女朋友：“你都忙完了？”

“没有，在想下一期的主题。”她拍摄了大半年，日常 vlog 就真的是日常了，没什么新花样。芝芝最近绞尽脑汁，思考怎么变出点儿花来。

“作业呢？”庄家明作为男朋友，偶尔也会客串一下老父亲的角色。

芝芝举起手里的书：“我们看的书多，其他还凑合。”

庄家明给她出主意：“读后感？”

“月度读书是固定栏目了。”芝芝趴在手臂上，“我实在想不出来了，学生的生活不就是三点一线嘛！”

庄家明考虑了会儿，有了主意：“等我比赛完，我们出去玩两天吧。”

旅游 vlog？这个好！芝芝一下子来了精神：“去哪里？”

“随你好了，远的话元旦去，近的话周末。”他说。

芝芝马上掏出手机搜索，并在手账本上写写画画，规划旅游行程。写到一半，她忽然觉得有人在看自己，不由得抬头看了一眼——是魏泠泠。

她下意识地笑了笑。魏泠泠也牵牵嘴角，勉强回了个笑容。

不知道这算不算是一笑泯恩仇……芝芝想着，一厢情愿地认为是了。

等到芝芝思考好下一期的拍摄内容，庄家明他们的小组讨论差不多也快结束了，剩下的可以回去自己弄。

一个组员象征性地问了下：“要一起吃个饭吗？”

单身狗无所谓，他主要问的就是庄家明。他征询地看了芝芝一眼。

她笑眯眯地点头：“好呀！”和男朋友的朋友吃饭属于必要的应酬，她未必非要得到谁的承认，至少混个脸熟，免得有事要找人都不认识。

五个人，吃自助烧烤是最合适的，四十九块钱一位，吃到饱，很适合男生的胃口。

周末，学生都比较闲，烤肉店里的客人不少，一打照面就招呼了起来。

大部分人认识庄家明。没办法，他长得帅，就算是其他系的人在路上瞧见了，也会忍不住多看几眼，再加上总有好事者爱评选校花、校草，只要逛论坛，基本上就不会错过他这张脸。

他们千辛万苦坐到卡座上，芝芝掐指一算，八个女生打了招呼。

“我有个问题。”她扭头看向庄家明。

他面无表情：“只要不是‘假如’。”

芝芝笑喷，看来庄家明对她那天的模拟实验有心理阴影了，马上澄清：“放心，不是假如，我就是好奇……”

她压低声音，悄悄问：“有没有富婆暗示过要包养你？”

庄家明生无可恋地看着青梅：“你很期待吗？”

“好奇。”她眨眨眼，“有吗？”

“等你呢。”他说，“我随时可以。”

这话说得像等临幸的妃嫔。芝芝脑洞大开，趴在他的肩头上一阵狂笑，惹得旁边几个座位的女生齐齐看过来。

庄家明抬手摸了把女朋友的脑袋：“吃什么？我去拿。”

“不吃虾。”烤肉店里的虾都不太新鲜。

庄家明点头，去自助区拿菜。有个同社团的女生端着盘子走过去，闲扯两句，冷不丁扯入正题：“那个穿加菲猫卫衣的是你女朋友？以前好像没见过。”

“嗯。”他点头，“她在燕园，不在本校，今天是特地过来看我的。”

“哦。”女生得了准确的答复，忍不住多看了两眼。她坐回位子上，在闺密群里发微信：“确认了，是女朋友，北大的。长得很普通，不过还挺会打扮的。”

小姐妹们纷纷表示可惜了。

芝芝坐在位子上，假装看不见其他人的偷看，对男神的女朋友好奇是人之常情，是她也会多看两眼，没啥大不了的。

大部分女生喜欢归喜欢，知道对方有女朋友就会死心，但并非人人如此。

烤盘上的第一批牛肉刚熟，就有三个女生过来询问能不能拼桌。他们坐的是六人桌，空了个位子，而隔壁是个单桌，只能坐两个人。

都是同院系的同学，大家自然说好。

芝芝注意到其中一个女生的皮肤特别好，雪白雪白的，真的像是广告里那种牛奶一样白的皮肤，阳光下白得发光。

她忍住了去问人家用什么护肤品的冲动。但妹子主动和她搭讪了：“你是家明学长的女朋友？”

称呼有点儿微妙，芝芝顿生不祥的预感，艰难地点了点头。

“啊。”女生露出了混合着惊讶及羡慕的表情，“学姐……是学姐吧？肯定很厉害吧。”

芝芝：扎心了。

“家明学长去年拿了好多奖。”好皮肤的学妹像是个崇拜庄家明的后辈，叽叽喳喳地把庄家明夸了一顿，又说，“是我们院的名人，我们都很崇拜他。”

“听见没？崇拜你。”芝芝表情严肃地说着，飞快地从他碗里把烤肉偷走了。

庄家明：“谢谢……”

好皮肤学妹：“学姐是哪个系的？”

“隔壁的。”芝芝压力倍增，“我学中文。”

“哇，好厉害，我高中的时候语文就不太好，只好学了数学。”妹子吹捧，“学姐是作家吗？是不是已经出书了？我给学姐贡献一下销量吧。”

芝芝心说：你对中文系有误解。

庄家明想给女朋友面子：“她是网……”话还没说完，腿就被踢了一脚，于是他明智地闭嘴了。

妹子好奇："是什么？"

"咸鱼。"芝芝微笑，"一条没有梦想的咸鱼，最大的愿望是男朋友发家致富，走上人生巅峰，带我躺赢。"

庄家明：她变得太快了，说好的养他呢？

妹子没有料到她会这么回答，不由得停顿了一下，被芝芝抓住机会吹捧："你的皮肤好好啊，平时怎么保养的呢？"

"没有啦，我不涂护肤品的。"妹子谦虚地说，"就涂点儿面霜，然后多吃水果，注意防晒就行了。"

芝芝继续吹："那你是天生丽质啊，我太羡慕了。"

"还好还好。"妹子试图找回话题。但芝芝没给她机会，继续说："你平时肯定有锻炼吧？身材保持得真好。"

妹子："没有啊，我很少运动，就是这么瘦，我想长胖一点儿呢。"

"不用啦，你这样正好，该瘦的地方瘦，该有肉的地方有肉，不像我喝水都会长胖。你平时都吃什么？"芝芝看起来非常诚恳。

妹子开始讲食谱，无非就是蔬菜沙拉、柠檬水，晚饭吃苹果不吃正餐，又表示今天自己只是陪朋友吃饭，平时是绝对不会碰烤肉这种油腻的食物的。

庄家明连续瞥了芝芝三次，发现这姑娘并没有消停，而是说得更兴奋了，终于放弃暗示，直接对芝芝说："不要只顾着聊天，张嘴。"

他喂了她一块包着生菜的牛肉。

芝芝咀嚼片刻，点头表扬："好吃。"

庄家明松了口气，连哄带骗："你要多吃一点儿，不可以节食，健康最重要。敢晚上不吃饭，我就告诉你妈。"

芝芝无奈：不是，大哥，我问她不是要节食好吧？我为了拍个视频已经吃得够健康的了！

但庄家明显然很不放心，再也没给她和拼桌的妹子聊天的机会，用五花肉、牛肉、烤红薯、烤茄子拼命投喂女朋友。

芝芝下半场都没有发言机会，只能埋头苦吃了。

这顿饭足足吃了一个小时，等到散场离开的时候，芝芝撑得坐不下来，揪着罪魁祸首溜达消食："撑死我了。"

"你的饭量越来越小了。"他狐疑地问，"不会真的减肥了吧？"

“哥，家明哥，我和她聊天只是不想被她吹捧。”芝芝叹气，细心体贴救不了直男思维，“她吧……有点儿嫉妒我，你懂吗？”

庄家明皱眉：“我只是觉得她太热情了。”

俗话说得好，无事献殷勤，非奸即盗。嫉妒什么的他没看出来，只是对方从来不认得芝芝却那么热络地吹捧，所以他第一时间怀疑的是妹子做了兼职，代卖减肥药或者是营养粉什么的。

也许女生确实更了解女生的想法。他想着，简单地一刀切：“不管怎么样，不理她们就行了。”

“不搭理太没礼貌了，那么多人呢。再说了，其实也没什么。”芝芝意外地心平气和，“如果我样样吊打她们，她们大概也死心了，可我不是，肯定会有人不甘心，我理解的。”

将心比心，当年要不是知道魏泠泠是清华的学生，玫瑰是耶鲁毕业的“白富美”，她会甘心接受这个结果吗？不会，她肯定也会用放大镜看对方，使劲挑刺。

明星的伴侣哪个不是被骂得狗血淋头？一样的道理。

“都是凡人，都有私心，吹捧她两句又不要钱。”芝芝抱着他的胳膊，晚风吹拂着脸颊，“我抢了她们的男神，总得让人平衡平衡。”

她们的心路历程，她经历过很多，因此格外宽容。

“只要你觉得我好就行了。”她道。

庄家明不禁微笑起来。老实说，在他认识的女生里，芝芝的确不是最优秀的那个，学校里比她漂亮的、有才华的、有趣的人很多。

可那和他有什么关系呢？他和她在一起最开心、最放松、最自由。

多年相伴的亲情、互相理解的友情、两性吸引的爱情混杂在一起，给予他独一无二的感觉。

“关知之。”他叫她。

芝芝抬起头，满脸茫然之色：“啊？”

他说：“你身上什么味道？”

“烤肉的味道？”芝芝皱起眉，拽起衣领嗅嗅，“肯定是，亏我还喷了香水。”

“我闻闻。”他凑到她的颈边闻了闻，然后蹭过去，偷偷在她耳后亲了一下。

芝芝：“喂！”

他轻快地笑了一声，这下吻到了嘴唇。

泛黄的树叶飘落下来，这是个温暖的秋天。

庄家明的比赛 11 月就结束了，但旅行没有按时开始。因为身体一直很好、万年不生病的庄家明同学，忽然着凉发烧，倒下了。

他瞒了芝芝一天，次日是周六，她要过来，瞒不下去，只好坦白从宽。

芝芝暗暗记下了这笔账，语气却很温柔："没事，我懂的，我昨天有课嘛！你吃药了吗？现在在哪里？在宿舍吗？我过去看你，你要吃什么我给你带。"

他说什么都不要。

芝芝没听，还是打包了一份蛋羹过去。

结果她发现，庄家明真不是和女朋友客气，确实不用。他宿舍的桌子上，堆了五个塑料袋的感冒药、退烧药还有三家粥店的粥，分别是皮蛋瘦肉粥、牛肉山药粥和红枣黑米粥，还有一锅鸡汤、两碗面、一杯奶茶、一杯果汁。

芝芝惊呆了。

室友好心解释："他昨天下午请假了，这些都是同学们送过来的。"

"厉害了。"芝芝感慨，随手把蛋羹放到了桌上，爬上梯子，探头看了眼上面的床帐。

庄家明睡睡醒醒，听见动静睁开眼："芝芝吗？"

"你怎么样？"她小心翼翼地爬到上铺，坐在床沿上，探手摸了摸他的额头，滚烫滚烫的，"吃过药了？"

他点头。

"要不要吃东西？"她开玩笑，"你的朋友们送来一堆吃的，要粥有粥，要面有面，我给你带了蛋羹。"

他想想："吃蛋羹。"

"好嘞，我给你端上来。"她把打包好的蛋羹拎上来，拿了个垫板当小饭桌，"光吃蛋白质也不够，我给你挑点儿肉上来？"

换作旁人，庄家明怕麻烦人家，肯定拒绝，但芝芝就不用："好。"

芝芝把外卖全打开审查了一遍，觉得牛肉粥和牛肉面里的肉最好吃，全挑出来给他补充营养。

他看起来胃口不大好，吃得很慢，不过努力多吃一点儿。

芝芝不由得唏嘘。都是生病，她嘴挑得不行，使劲折腾老爹要吃口好的。而庄家明同学就不同了，医生说多喝水就多喝水，没有胃口也会勉强自己尽力多吃，从来不叫爹妈操心。

“真乖。”她忍不住大力表扬他。

庄家明抬起脸，眼睛半眯，面颊微微发红，神色迷惘，是平时绝对见不到的可爱模样。

芝芝伸手摸他的脸，口中一本正经：“我看看还烫不烫。”

“退下去一点儿了。”他吃完了，“拿下水。”

芝芝拿了药和水给他，顺便撤走碗筷。

庄家明在床上坐了会儿，掀起被子要下来。她忙说：“你要什么我帮你拿。”

他：“上厕所。”

“挺好，多喝水，多上厕所。”芝芝把他的水杯接满了放回去。

庄家明从厕所出来，看到桌上的东西震惊了：“这么多？谁送来的？”

室友报出了一连串的名字，听着都像是女生。庄家明听着听着就皱起了眉头，有几个他是认识的，还有几个……都是谁啊？

芝芝精辟总结：“最难消受美人恩。”

“你帮我吃掉点儿。”庄家明果断把奶茶塞给了女朋友，“我再睡会儿，你什么时候走？”

“不走，我今天一天都陪你。”芝芝赶他，“去睡觉吧，我保证你醒过来的时候还能看到我。”

庄家明满意了，安心地上床睡觉。

芝芝掏出U盘：“电脑借我下，我写个论文。”

“随便用。”庄家明顺便把手机也丢给了她，“有电话帮我接一下。”

“行。”

他放了心，这下就算是父亲打电话过来也不用担心错过了。头沾上枕头，他不出两秒钟就入了梦。

芝芝开始处理他的慰问品，寝室里只有一个室友，另外两个去图书馆了，只能帮忙分担掉一碗面。

她问：“你们隔壁寝室是不是一个班的？这里还有两碗粥没动过。”

庄家明与人为善，固然有因为他的样貌和成绩心怀嫉妒的人，朋友亦有不少。室友很仗义地揽了这件事，把未动过的拿去送给了隔壁熬夜打游戏的兄弟。

芝芝对这种进了名校不听课，只专心打游戏的学生挺好奇："他期末考怎么样？"

"4.0。"室友语气幽怨。

芝芝懂了，和他一个表情："人比人，气死人啊！"

"就是，还是你们家庄哥好。"室友摇头晃脑，"他至少用功。"

芝芝点头，忽然觉得庄家明其实还是很贴心的。

芝芝本来打算在下午写完一篇论文的大纲，后来发现自己想多了——病人很乖，一直在床上睡觉，可探病小分队络绎不绝。

隔壁寝室的同学拿了粥，过来意思意思，看了眼病人，发现在睡觉就回去了。而后社团代表、学生会代表、联谊的女生寝室代表，一个个过来探望病人。

好多妹子，妹子又吸引了很多的汉子。

作为人群的中心、万众瞩目的焦点，芝芝的压力噌噌噌地累加起来，仿佛又回到了童年时代，被幼儿园老师点名上台表演。

妹子们问得十分详细：发烧了吗？几摄氏度？咳嗽吗？有没有其他不舒服的地方？吃的什么药？

一个小感冒，搞得像是他住了院。还是她应该反省一下，自己这个女朋友为啥还没有爱慕者关心他？

她思考了半分钟，委婉地说："不严重，就是个感冒，那个什么……他需要休息，要不你们……改天再来？"

"感冒说轻很轻，也可能变得严重。"学生会的代表是大三的学姐，看着就知性能干，说话带着官腔，"要注意饮食，最好吃得清淡一点儿……"

策略失败。芝芝继续反思，她们明显是想和庄家明说个话，就这么走了不是白来一趟？她得换个方式。

她想了两秒钟，灵光一闪，露出无害的笑容："我记不太住，这样吧，你们写下来，等庄家明醒了我给他看，好不好？"

她们写下来就是留了言，等于让男神知道她们来过，也就是刷了存在感!

妹子们也不想过多打搅病人，权宜片刻，纷纷答应了。

为了不着痕迹地留下署名，她们绞尽脑汁编了借口，社团的写了社团进展，学生会的写了下次开会的内容，各有各的理由，似乎真的不得不亲自过来转告一次。

芝芝有点儿佩服魏泠泠了：能打败那么多对手，她可真是个牛人!

半个小时后，探病的人散去，便笺贴满了整个书柜。芝芝长长地松了口气，觉得自己的社交恐惧症又加深了。

“走了？”上铺传来问话声。

芝芝吃惊：“你醒着？”

“嘘。”庄家明对她招招手，“上来。”

芝芝蹬掉靴子，谨慎地爬上床铺，生怕学校高低床的质量不过关，一下子就塌了——那谣言肯定会变成谁谁谁和他女朋友白天在宿舍里这样那样，把床都给摇散了……

她小心地挪过去坐好。

庄家明翻个身，把脑袋靠在她的腿上，轻声说：“她们太吵了。”

“唉，你也不容易。”芝芝应付了那么一会儿就觉得累得慌，十分同情，“和那么多人打交道，肯定特别费精力。”

庄家明“嗯”了一声，难得抱怨：“特别累。”

他的微信和QQ里有数百个好友，每天给他发消息的更是数不胜数。他要上课，要做作业，不可能及时回复，但也不好假装没看见，多多少少要说两句。

“请问有什么事”“没关系”“不客气”“谢谢”之类的话，他每天都要回复数次，输入法已经进化到打一个字就能把后面的全联想出来了。手机之外，路上打招呼的、吃饭搭话的、上课问作业的，现实里也有数不清的寒暄。他不是明星，不需要粉丝，太受欢迎只会为他的生活增添麻烦。

“我都不想理她们。”大概是生了病，人更为脆弱，庄家明压低声音，说了平时绝对不会说的任性话，“还好有你。”

芝芝摸了摸他的后脑勺，抿紧了唇角。

她也不是一直就这么体谅他的。曾经的高中时期，她也因为他受欢迎和他吵过架，会口不择言，说出什么“我就是不懂事，你去找谁谁谁”一类过分的话。她现在不计较、肯宽容，是阅历带来的变化。

她看得出来，那些追逐庄家明的姑娘其实都在做无用功。好比网上的那些追人秘籍，夸奖“你好厉害，我真的好崇拜你”，可能会满足一般人的虚荣心，但庄家明从小被捧到大，免疫了。

从魏泠泠的案例来看，他应该更喜欢自身有本事的女孩子。可是魏泠泠能力过硬，对待感情却还是小女孩儿的思路，占有索取多过沟通体谅，所以崩了。

换言之，同年龄段，庄家明要成熟太多，基本上没人能跟上他的脚步。不管是曾经的她，还是魏泠泠，都是因此被淘汰。

而玫瑰不管是不是氪金大佬，反正和他是一个段位的，所以人家最后在一起了。

在对的时间遇见对的人才是最重要的，芝芝感慨万千。

庄家明久久得不到回应，睁开眼：“干吗不说话？”

“让你安静会儿。”她捂住他的耳朵，“你放心睡觉好了。”

他笑了，握住她的手：“我想和你讲话。”

芝芝的血槽瞬间清空，心如小鹿怦怦跳：“过分了啊，生病了还撩我。是不是仗着自己是病患就觉得我不敢打你？”

“你打好了。”他说着，牢牢攥住她的手指。

芝芝：“天真，你以为按着我的手我就没法儿动了吗？”

“踢我的话，床会塌的。”他有恃无恐。

“哼。”她冷哼一声，“我有绝招，看好了！”

说时迟，那时快，只见关知之同学低下头，使出了压箱底的绝招——亲吻暴击！

庄家明的血槽瞬间清空，他无力反抗。

当晚，今天没出门的室友和另外两个室友聊起了下午的盛况：“我掐指那么一算，来了十几个人，啧啧啧，庄哥，好福气啊！”

“嗯。”庄家明的烧还没退，脑子还有点儿糊涂，“我也觉得我女朋友很可爱。”

室友心想：他莫不是烧傻了吧？

庄家明想起下午的吻，心甜意洽，重复了一遍：“她真的超可爱。”

室友懂了：好吧，是一嘴“狗粮”。

旅行被推迟到了元旦，目的地定在哈尔滨。

冬天嘛，正是看冰雪大世界的好时候，而且冰雕和雪拍出来也好看。芝芝买了下午的车票，和庄家明各自逃了一节课去火车站。

元旦前一天，车站里人山人海，两人顺着人流上了车，一看周围，都是带着行李箱的人，多半也是出去玩。

芝芝找到座位，调侃他："拐你逃课，你们老师会不会想打死我？"

"就一堂而已，无所谓。"庄家明是乖学生，但也不是死板的学生，有时候要做的事和课程冲突了，逃个一两节也就逃了。

大学终归比高中自由得多，更适合他的脚步。

芝芝羡慕嫉妒恨。作为学渣，她对燕园还是有敬畏之心的，不敢无缘无故地逃课，用了万能的"大姨妈"作为借口请了假。

"不和你说了。"她戴上眼罩，把脑袋搁在他的肩膀上，"我睡会儿。"

庄家明问："昨天又熬夜了？"

"剪片子嘛，一时忘了时间。"她抱住男朋友的胳膊，没几分钟就睡着了。

他们到哈尔滨已经是傍晚，找到旅馆入住，去附近吃了顿晚饭，然后……就是很微妙的时间了。

八九点钟，睡觉还早，酒店也没啥好看的电视频道，他们好不容易出来玩一趟，也不是很适合把资料拿出来看。

最重要的是，他们订的是大床房，不发挥点儿什么用处，好像特别浪费。

芝芝坐在床上，看着坐在沙发上摁遥控器的男朋友，预估了一个小时的心理建设时间——给庄家明的，不是给她的。

庄家明看了会儿电视，又看了看手机，回复了一会儿信息，再换了个台，差不多快半个小时，终于问她："你要看什么？"

"我看你就行了。"芝芝笑眯眯地说。

庄家明有点儿不自在。

他们谈了一年多，感情稳定，平时亲亲抱抱都到位了，孤男寡女出来旅游，睡一张床，没点儿意思是不可能的。这和当初毕业出来玩不一样，他感觉得出来。

然而他就算有心理准备，不紧张、不犹豫、不纠结是不可能的。这事客观意义上不算大，但在心理上绝对是件“大事”。

他以为自己做好了心理准备，可是并没有。上一回这么紧张，可能要追溯到他五岁还是六岁，幼儿园第一次上台表演的时候了。往后的人生里，他再也没有过这样心跳加速、忐忑不安的时候，哪怕是高考时也没有。

他竭力隐藏不安，却还是被芝芝发现了。她不是看出来的，而是感觉出来的，就好像空气里飘着紧张的气味，触动了她的嗅觉。

芝芝决定推他一把：“你过来啊。”她拍拍床，“这里对着电视机，看起来舒服。”

他“嗯”了一声，慢慢地走过来，刚想坐下，就听她提醒：“沙发很脏的，不要穿着裤子坐上来。”

庄家明：“……”

芝芝认真而诚恳地看着他：“我自己带了被套和枕套，酒店的不干净。”

作为一个曾经的出差狂魔，她最常买的就是一次性的被套和枕套，免得霉运当头，睡到了很恶心的房间。这回考虑到有特殊需求，更是不能掉以轻心，她查完摄像头就换了一次性的白色被套。

庄家明思考两秒钟，伸手把她的头转到一边，而后飞快地脱掉睡裤上床，把被子盖好。芝芝没憋住，笑场了：“你是在害羞吗？哈哈哈！”

庄家明绷着脸：“别笑了。”

芝芝捂住嘴。过了会儿，他的耳朵慢慢红了。她改成咬手，拼尽全力才能不笑出声。庄家明假装听不到，全神贯注地看着电视机，哪怕现在放的是七度空间的广告。

芝芝的肩膀一动一动的，她用看似轻微实则完全不然的动作钻进了被窝。

被子很薄，她趴在枕头上，近距离欣赏男朋友的颜值。庄家明撑不住了，抬手盖住她的脸。她又忍不住笑了起来，往他的手心里吹了口气：“既然你不好意思，那就我直接点儿好了——睡吗？”

庄家明强自镇定：“好。”

他把电视关了，花费了三秒去放遥控器。

芝芝关了大部分的灯，只留了墙壁上的夜灯。

灯下看美人，就好比楼上看山、城头望雪、月下看花，都是一等一的美景。在壁灯柔和的黄色暖光下，灯下人的皮肤白皙光滑，犹如上好的奶油蛋糕。

蛋糕嘛，看起来美味，吃起来亦是非常甜美。

尤其是在银装素裹的冰雪世界里，美美地吃一顿蛋糕，更是非常、非常、非常难得的美好体验吧。

暖气很足，热水很烫，芝芝判断自己的身体里流失了大量水分。所以她在房间里溜达了两圈，拿起之前在街边买的冻梨，化开咬了一口，冰凉甘甜，爽！

她递到庄家明嘴边："好吃。"

他喝水："不吃。"

"不要这么沮丧嘛！"芝芝宽慰他，"这又不是考试，认真复习了就能考得好，要遵循客观规律啊！一次就行的那是低俗小说，你明显是青春偶像剧的男主角，不在一个世界。"

庄家明一点儿都不觉得被安慰到了。

芝芝只好自己把冻梨吃了，洗手刷牙，然后坐回床上，指天发誓："我会对你负责的，我保证。"

他送了个白眼给她："滚。"

"你居然骂人了。"芝芝佯装稀奇，"难得哦。"

庄家明捏住她的腮："关知之，你够了啊！"

"唉，天地良心。"她皱皱鼻子，像只小猪。

庄家明不理她，关灯睡觉。没多久，怀里就挤进来一个人，热热的气喷在颈边："你冷不冷？"

"不冷。"他说是这么说，身体还是老老实实地把她抱住了。

芝芝蹭蹭他的脸，忽而感慨："我们多久没有抱在一起睡觉啦？"

"上小学以后就没有了吧。"庄家明说着，记起了小时候。

他们俩读幼儿园那会儿，还可以并排躺在家里的床上睡午觉，当时的他就和现在一样，用胳膊搂着她的腰——芝芝睡觉老不乖，容易扯被子。如果他不牢牢抱着她，人和被子就会一起没了。

芝芝应了声："好怀念。"

"有什么好怀念的？"他掖好被角，不太自然地说，"以后都会这样的。"

芝芝笑了起来，畅想了一下未来，道："是哦，假如睡上个七八十年，估计都要腻了。"

"才不会。"他轻嗤。

芝芝："天真。"

庄家明懒得和她争，事实胜于雄辩。

屋里很安静，空调的声音有点儿大，不过不要紧，他们紧紧拥着对方，很快就都睡着了。

一夜好梦。

翌日清晨，芝芝先醒了过来，随手一摸手机。

七点多，还早，未读消息四十二条……四十二条消息，出什么事了？她被吓得一秒清醒，定睛一看，不是她的手机，是庄家明的，她拿错了。

但是大清早的，有那么多未读消息不正常。芝芝揉揉干涩的眼睛，顺手就把他的手机打开了——他们很少看彼此的手机和消息，但密码是同一个，想看就可以随便看，这是约定好的。

然而她看清楚后，心里只有无奈。

消息分几类：群消息通知社团活动、问他昨天为什么没来上课、问他学计算机会不会修电脑、告诉他昨天的课没点名但有作业——这似乎是唯一一个男生发来的消息。

而最精彩的莫过于两个技术高超的妹子。

一个发了张空荡荡的操场照片，问他："你上次说这边食堂的包子很好吃，是不是这里？我今天过来晨跑，想去尝尝。"

芝芝理了理逻辑，觉得应该是妹子想晨跑偶遇，结果发现没人，可来都来了，总不能白来，必须给男神塑造一个早睡早起的健康形象，于是来搭话了。万一他们今天只是前后脚错过，不就可以一起吃早饭了吗？厉害，她学习了！

她再看第二个，也很厉害："最近上映的《太平轮》你看了吗？我一直想去看，可惜朋友们都不感兴趣，她们更喜欢看爱情电影。假如你看过觉得不错，记得告诉我一声，我再决定要不要去看，一个人去看电影还怪尴尬的。"

芝芝继续做阅读理解：朋友们不感兴趣，一个人看电影尴尬，所以其实是在约电影？她最后问好不好看，是掩盖自己的真实意图，装成只对电影感兴趣的样子？

高手，高手。原来还可以这样！

她看起来大大方方，毫不暧昧，只是寻常的聊天，但他一旦接话，就能一直聊下去，聊着聊着说不定就能有所发展，可谓是进可攻，退可守。

自己要是有这个本事，当年也不至于搞得那么惨。

“你笑什么呢？”庄家明醒了，一把拿过她握着的手机，“我看看。”

“长见识了，七点多，你就有四十二条未读消息，服。”芝芝摸出自己的手机，给他看，“我的，你瞧。”

庄家明看了一眼，只有关母发来的消息：“起了没？今天放假你干吗？吃什么？”

他忍俊不禁。

芝芝趴在枕头上，哀怨无比：“你起来就有漂亮小姐姐问候，我只有我妈，不公平，不公平啊！”

庄家明不太真心地安慰：“你微博不是有很多人给你发消息吗？”

“你自己看。”她扭过头。

他也好奇芝芝的私信里都有些什么，打开一看，除了小姑娘们的“博主我好喜欢你的视频”“希望能像你一样努力”之类正常的消息外，就是一堆骚扰信息。

相比之下，那些骂她骗人或是假拍的私信看起来都那么平常。

“你经常收到这种消息？”庄家明变了脸色。

芝芝平静地说：“对啊，被骚扰是女博主的日常，收到这种照片也不是一次两次，真不知道他们哪来的勇气。”

他皱起眉：“可以举报吗？”

“可以啊，我都是见一个举报一次，但没什么用。”芝芝接过手机，顺手举报删除，又挑了两个粉丝回复了感谢的话。

庄家明心情沉重：“你都没和我说过。”

“没必要，说出来让你也跟着不高兴。”她打了个哈欠，笑嘻嘻地说，“不过可以安慰你一下，比起我收到的消息，追你的女生发的这些，真的算不了什么，是吧？”

庄家明伸手摸她的头，又去亲她的脸。

芝芝躲开：“没洗脸没刷牙，不许亲。”

"不嫌弃你。"他拉住她的手，阻止她跳下床。

芝芝抵死不从："刷完牙再亲！"

他只好松手。

芝芝飞快地刷牙、洗脸、抹护肤品，等到他也洗好脸出来，抹了一掌心的保湿水就凑到他脸上："这里干得很，要保湿啊，不要仗着天生丽质就乱来。"

庄家明就站着没动，任由她乱抹。洗过脸的颜值果然比没洗脸要高，芝芝过足了手瘾，决定过一过嘴瘾。

七八点钟，外面又下着雪，屋里的暖气就是个小妖精，勾得人不想出门。所以，他们做些什么有爱的事，浪费一些青春年华那也是自然而然的事，就不必多费笔墨赘述啦。

总之，这肯定是个爱意满满的假期。

芝芝在哈尔滨玩得很开心，vlog也拍得很漂亮。然而这些都不值得具体描述，因为这次旅行的最大意义在于她心想事成——和睡到了男神相比，其他事还重要吗？一句话带过就行了。

她回到学校，就是熟悉的考试周。

她又拍了一期vlog。粉丝们都很喜欢看考试季的视频，哪怕就是她不停地看书、复习、写论文，粉丝也觉得好看，认为能够激励自己好好复习："一边看博主赶论文，一边自己写论文，感觉更有动力了呢。"

这是一种谜之爽感。但是芝芝心里很清楚，就算买了同款的水杯、同款的文具，布置了相似的宿舍课桌，有多少人能够和她一样努力呢？大家基本上买来等于做了。因为她也是这样，如果不是为了维持人设和赚钱，她早就放弃了。

当然了，换一个角度想，正是因为普通人做不到，她这样的博主才能混口饭吃，否则人人都行，大家何必看她的视频？

她的vlog或许可以激励一部分人，可更多的只是满足别人的幻想罢了。

这自然是很辛苦的，芝芝自家人知道自家事：早起反人类，连续十几个小时学习反人类，不吃油汪汪的煎饼馃子而是健康的燕麦更反人类！

唯一支撑她继续做下去的，大概就是过别人梦想的生活的那种爽感，真的很爽，会上瘾。

就比如现在，深夜十二点，自习室。

临近考试，通宵自习室里坐满了人。白炽灯很亮，像极了高中的教室。芝芝借着喝水的工夫，偷空思考了三秒钟的人生——明明平时为了立人设，已经好好读书了，她为啥还要熬夜复习？

她是为了拍考试季的惨状。自习室里坐满了人，大家都准备充足，带了毛毯、水杯和靠枕，困了就眯一会儿，睡醒就继续看书，空气里飘着茶和咖啡的味道。

芝芝翻开书，准备再看会儿，真坚持不下去就把这一段剪掉算了，好歹睡个囫囵觉。

千辛万苦考完了试，拍完了视频的素材，芝芝照旧回宿舍大睡一觉，然后起来收拾行李。

年关将近，她可以回家了。大学生的寒假比上班族的假期早一些，今年又新开通了线路，他们可以直接坐动车回家。

芝芝十分幸福地靠在男朋友的怀里玩手机。

庄家明戴着耳机看视频，是外国大学的公开课，白板上写满了公式。他一边看，一边还能和她聊天："还是不和家里说？"

"这种事又不是坦白从宽。"芝芝刷着八卦帖，随口说，"万一他们觉得我们年纪还小，得用功读书不就歇菜了？我妈看起来可不像是想让我谈恋爱的样子。"

她考上北大后，关家夫妻有些膨胀，认为女儿当务之急是好好读书，读出个样子来，每次回家就是叮嘱她用心，恋爱的事只字未提。天地良心，曾经她刚进大学，她妈就开始打听有没有男生追她了。

"那就再等等吧。"女朋友已经上了船，庄家明也没多少紧迫感，听她这么说也就作罢。

然而，有些话是不能乱说的，一说必然出事。

年轻的小情侣，刚刚荡起过爱的双桨，大过年的见不着，过完年在家闲着，还能找不到单独相处的时间？

大年初三，关父和关母去了乡下，去喝一个堂叔的孩子的满月酒。

堂叔家和关家离得有点儿远，天气又不好，芝芝说感冒了不想出去，顺利地留了下来。

庄家明拿了草莓过来看她。芝芝穿着又花又丑的棉睡衣，抱着热水袋吃新鲜草莓："还是北京好，有暖气，在这里吃个草莓都觉得冰。"

庄家明很愿意亲近女朋友："我喂你。"

"好啊！"芝芝乐意至极。在公开场合要顾忌旁人，不能搞亲密动作，两人独处还有什么好矜持的？他们自然是怎么促进感情怎么来。

只是……促进着、促进着，难免擦出爱的火花。而两人已经成年，不算早恋，最大的心理包袱没了，自然不像高中那会儿警惕。他们一时投入，也就没注意到门口轻轻的开锁声。

关母有事，提前回来了。她一进门就觉得不对，左右环顾一圈，没有任何迹象。可做母亲的天生有直觉，她鬼使神差地放轻脚步，蹑手蹑脚地走到女儿房门前，耳朵贴到门板上偷听——屋里有笑声。

她悄悄握住门把手转了转，没转开，锁了。

呵，小兔崽子。关母冷笑，把拎回来的特产往主卧里一放，把鞋子藏好，也没有穿拖鞋，赤脚回房，坐在床上等着。

过了足足二十分钟，外面才有响动。

庄家明拿了空饭盒出来，柔声细语地问她："阿姨什么时候回来？你晚饭吃什么？"

"不知道，总得下午吧，乡下吃饭可久了。"芝芝笑眯眯地说，"他们要是不回来，我就没饭吃了。"

庄家明笑了："你要吃什么？我给你去买。"

家里有饭也有菜，可芝芝想听的就是他这句话："你最好了。"说着，她忍不住又抱了他一下。

吱呀，卧室的门开了，关母走出来，面无表情地问："你要吃什么？说来给我听听。"

毫不夸张地说，芝芝颈后的汗毛一下子竖了起来。她浑身僵硬，难以置信地抬起头。

关母表情冷漠。芝芝蒙了。

母女俩对视了一分钟。

庄家明也很尴尬，被人家亲妈抓到两人亲热，是坦白情况中最糟的一种了，尤其金阿姨对他一向很好，在他的计划里，应该是要好好向叔叔阿姨说明才对……完蛋了……他又羞又愧，犹豫了下，主动站出来："阿姨，对不起。"

关母看他的眼神全变了。原来他是哪儿都好的别人家的孩子，现在就是……拐带自家女儿的别人家的孩子！

不过他知道道歉，还不错。关母勉强在心里加了一分，依旧冷着脸："你和我说什么对不起？"

自家妈妈一说心上人，胳膊往外拐的女儿就奓毛了。

芝芝衡量了下，忽然觉得没必要心虚什么，大学了还不准谈恋爱？他们谈了就谈了呗，又不犯法。于是她理直气壮地说："妈，你躲在房里干吗？吓我一跳。"

关母怒极反笑："你还敢问我？"

"为啥不能？"芝芝昂首挺胸，"我又没做亏心事。"

关母直击要害："你们俩躲在房间里干什么了？"

"聊天！"她理直气壮，一点儿没说谎。

"胡说！"关母的气势比女儿更强，"聊天锁门啊？"

芝芝撇嘴："我的房间，锁门又怎么了？"

"你个死孩子，还敢顶嘴？"关母扬手就打过来。

庄家明赶紧挡在前面："阿姨，别打她，是我不好，我……我喜欢芝芝，不是故意瞒着你们的。"

关母对他印象极佳，今天的事也不过让他从九十九分下降到了八十分，好感度依然在。她听他说完这番话，基本上又升回了九十分，语气缓和下来："家明啊，阿姨不是那种不明事理的家长，你们都是大学生了，谈恋爱很正常。"

庄家明心里的弦不松反紧，她开场不反对，下文就是送命题了。他有些预感，硬着头皮应了一声："这次是我们不对，都是我不好。"

"不是不让你们谈，但是你们锁了门在房间里，这种事啊……"关母隐晦地说，"得多注意一点儿，都是大姑娘、大小伙子了。"

果然……庄家明心惊肉跳，不敢想象长辈们要是知道真相会怎么样。他求生欲发作，立即答应下来："好的，阿姨，我知道了。"

"你先回去吧。你爸知道吗？"关母问。

"我一会儿就和他说。"庄家明不放心芝芝独自面对审问，忽略了前一句，赖着没走。

他态度端正，知道护着女儿，在关母心里他已经过关——没过关的是自家的小崽子。她怒目而视："关知之，你有什么要说的？"

芝芝清楚，像庄家明那样乖乖认错挨骂，才是最好的度劫路线。可知道归知道，重新开始独立生活的她，打心眼儿里反感父母的管束。

谈个恋爱而已，亲热一下而已，她成年了，可以对自己的人生负责了。这一刹那，她仿佛又回到了几年前刚刚回来的时候。

父母与子女相爱又相争，争的是控制权。

“你是我生的，我还不能管管你了？”

“我是我自己的，我的事自己做主。”

这是难以调和的矛盾，是普天之下共存的家庭难题。

她不吭声，关母被庄家明熄下去的火气又蹿了上来：“关知之，你翅膀长硬了是吧？不认我这个妈了是吧？”

识时务者为俊杰，先糊弄过去，家和万事兴。芝芝默默地想着，乖巧地说：“没，我哪敢啊……你怎么那么早回来了？我爸呢？”

“别给我转移话题。”关母不上当，“你知道错了没？”

芝芝深吸了口气：“知道了——”

庄家明看出了她的不情愿，看了关母一眼，想了想，道：“阿姨，我想和芝芝去看电影，可以吗？”

关母翻白眼：他们刚被发现就敢约会，做梦呢？关母不客气地说：“她不是感冒了吗？出去干什么？你回去吧。”

庄家明捞人失败，惨遭驱赶。

芝芝惹不起但躲得起，趁她妈不注意，一溜烟儿躲回了自己的房间，锁门、戴耳机。

关母气得要死，一个电话打给还在乡下帮忙的老公，无情地揭露了此事：“你闺女长本事了，谈恋爱了。”

“啥？”老父亲蒙了。

关母叽里呱啦地把事情说了一遍，气呼呼地道：“她现在和我闹脾气呢，真的是翅膀硬了！”

“读大学了，谈恋爱也很正常。”关父本来万分紧张，生怕哪个臭小子拐走了闺女，一听人就在隔壁，心态瞬间稳了，安慰老婆，“她是大姑娘了，你不要这样说她，还当着家明的面。”

关母冷笑：“关大河，你女儿考上北大给你长脸，让你们关家光宗耀祖了，你的心就偏到胳肢窝里了是吧？”

关父心虚：“没有的事，你甭瞎说。”他找借口，“你想想看啊，毕竟是家明，知根知底，又是从小看到大的，总比她在外面随便找个强吧？”

“话是这么说，但是……”关母还想说什么，听到电话那头有亲戚用方言叫关父去帮忙，只好改成，“你没事就快点儿回来。”

“好好好。”关父挂了电话，抬头就看见人人手里拿着红鸡蛋。

闺女有了男朋友，指不定过几年就要结婚，结了婚肯定要生孩子……那就是别人家的人了。他心里一阵阵不舒服，摸出烟来吸了一口，吞云吐雾，脑海中诸多念头来回闪烁。

家明是没的说，他们从小看到大，人品和能力都挑不出错来，但就算是这样，也不能闷声不响地就拐了他闺女。这事得向老庄讨个说法，关父想到这里，烟也不抽了，丢到地上踩灭，掏出电话就拨了出去：“喂，老庄啊，是我……”

庄鸣晖接到电话，哄了好朋友几句，挂了电话就乐了。他也没心思继续干活，找了个借口回家，看到儿子第一句话就是：“你也不知道和你爸打个招呼，你关叔叔把我骂惨了。”

“啊？”庄家明一惊，信以为真。

庄鸣晖故作严肃：“你把人家的宝贝闺女拐了，她爸不得找我算账？”

庄家明无奈，知道他爸是在开玩笑了。

“什么时候的事啊？”庄鸣晖装不下去，笑着问，“都不和你老子说一声，我又不会反对。”

庄家明和芝芝串过供了，统一口径：“就今年。”

生儿子和生女儿是不一样的，关家警惕烦闷，庄家却欢欣鼓舞。庄鸣晖挨了顿数落也不生气，好奇地打探消息：“怎么，北京那么多姑娘，还是看上了老家的？我还以为你会找个首都的呢。”

孩子读大学的时候，他就做好心理准备了，肯定会谈，儿子不想谈，姑娘们也会追他，现在的小孩子一个个都了不得，太正常了。

只是他以为儿子眼光高，怎么都会找个大城市的姑娘，首都的也不是不可能。结果儿子还是找了对门的妹妹。

“芝芝很好啊。”庄家明说，“你不喜欢吗？”

“怎么会？爸爸没有意见。”庄鸣晖表态，“你喜欢就行了，妹妹也好，你妈以前就喜欢妹妹——她想生个女儿，给她当儿媳妇也好。”

庄家明“嗯”了一声，嘴角微微扬起。

“你也别高兴得太早。”庄鸣晖想起关父的电话，就忍不住想笑，“原则上说同意你们谈，但你得注意点儿分寸，来日方长，别把你叔叔阿姨惹急了。”

庄家明受教，点头应下。

“唉，你也长大了。”庄鸣晖拍拍儿子的肩膀，不知为何，压在心头的一块石头不翼而飞，觉得无比欣慰，“好好待妹妹，不许欺负人家。”

庄家明又“嗯”了一声。

庄鸣晖点点头，刚要回房，想起件事，走过来低声问：“你们有没有……？”

他没问完，但庄家明已经懂了，耳朵发烫，一时不知道该不该承认，保持着对视的状态不说话。

“喀，你们这代人懂得比我们多，自己注意点儿。”庄鸣晖暗示。

庄家明窘迫地继续点头。庄鸣晖想想没有什么再需要嘱咐的，终于放了心。

与此同时，隔壁也在三堂会审。

他们知根知底，关家父母也就不用问是哪里人、家里是干什么的，直接跳到关键环节：“你们俩是什么时候开始谈的？”

芝芝：“今年。”

农历新年才开始几天，父母直接翻译成公历，将信将疑：“你们俩前几年也挺好的啊！”

“前几年没说破，今年才正式谈。”芝芝作为被审问的一方，半点儿不慌。

关母问：“大学里那么多同学，你一个都没看上？”

她和庄鸣晖的想法大同小异，觉得那么好的大学里聚集了全国各地的精英，新鲜的花花世界，肯定比看了十几年的窝边草有吸引力。谁能想到他们俩出去一趟，友情直接升华了呢？

芝芝说：“我考虑过了，长得帅的没他成绩好，成绩好的没他帅——也没谁比他成绩好了。家世好的有，但有钱又有能力的，看得上我吗？看上我的，会和我结婚吗？”

她说得有理有据，令人信服。关母不得不承认：“家明是挺好的。”关母想起一件事，回忆说，“你们小的时候，他奶奶给他买了根冰棍儿，他还要走老远的路过来和你分着吃，大热天的，最后冰棍儿都化了。”

芝芝愣了下，不记得了：“有吗？”

“当然有。”关母翻了个白眼，又说了遍，“家明对你是没的说。”

关父点点头，心中五味杂陈。

这找女婿的第一要义，不是看条件好不好，是看他能不能让闺女过得好，家庭条件、个人能力、人品问题都是为这个服务的。庄家的条件不算顶好，但自家也半斤八两，门当户对，有商有量也是一桩好处，有钱人的眼睛长在额头上，他们和那种人做亲家，不知道要生多少闷气。

而家明读书好、有能力，毕业了找份好工作不难，两家人凑一凑，也能搞个首付出来，往后就看孩子自己的能力了。

关父把这个准女婿在脑海里审核了一遍又一遍，愣是找不出什么不满的地方来，只好安慰自己：可以了，不要太贪心，就算女儿嫁出去了，也就是从这里到对门，三步的距离。

这么一想，他奇迹般地被安慰了。

“行吧。”老父亲发话了，“谈了就好好谈，不要乱来。”

闺女不懂当爹的苦心，翻起白眼：“我又不傻。”

在爹妈面前过了明路，他们不好再偷偷幽会。但光明正大自有别的好处——他们可以大大方方地出去玩了。他们可以看电影、逛庙会，还参加了高中的同学聚会。

最让芝芝惊喜的是程婉意回国了。

“婉婉！我的婉婉！”芝芝一进包间，就看到了老朋友，二话不说冲过去就是一个熊抱。

程婉意大概在国外待久了，习惯了热情，居然抬手也抱了抱她。

不过，坐下十五分钟后，程婉意就露出了本性，问道：“我进了耶鲁，你打算什么时候出国？”

芝芝：“耶鲁？姐姐你读的不是沃顿吗？难道我记错了？”

“我多念了一年高中。”程婉意解释，“比你们晚一年入学。”

芝芝回过神来：“你进了耶鲁的本科学院？”

程婉意点头。

芝芝：“牛！”

据说耶鲁的本科和哈佛、普林斯顿的本科是最牛的三个本科生院，小伙伴很可以啊！

程婉意矜持地点头，又说：“我一直在等你。”

芝芝无奈："你把我说得像是个渣男。"

"没这个打算吗？"程婉意问。

芝芝："是有啦……"但她大一大二除了完成课业，业余时间就忙着创业赚钱，还没来得及准备。

程婉意微笑："托福考了吗？"

芝芝："没。"

"你GPA（平均学分绩点）怎么样？"

她有信心了："还可以。"

程婉意变戏法似的拿出了一个环保袋："这是我搜集的学校资料，给你。"

"谢……谢谢……"芝芝颤抖着接受了这份久别重逢的礼物。

程婉意开始和她讲自己在国外的经历。旁人可能会以为她是在炫耀，但芝芝想：婉婉同学应该是在传授经验……真是让人怀念的交流方式啊！

聚会结束已经是晚上八点多。这是文科班聚会，庄家明没来。芝芝提着一大袋资料，琢磨着要不要打个车回家。

"我送你回去。"一辆玛莎拉蒂停到了她身边，车窗降下，是程婉意。

芝芝忍不住大笑："没想到第一个邀请我坐豪车的居然是你。"她也不客气，开门上车，顺口问，"什么时候学会的开车？"

"成年就学了。"程婉意握着方向盘，车开得又快又稳，"你家在哪里？"

芝芝报了地方。程婉意住在市里，但对县城也是熟悉的，顺顺当当地把芝芝送回了家。

在小区门口，她们和自奶奶家回来的庄家明碰了个正着。他看了车和女朋友几秒钟，缓缓开口："你这剧情还挺特别的。"

程婉意有点儿蒙。

"哈哈哈。"芝芝笑得差点儿掉到椅子下面，"男二变女二，惊喜不惊喜，刺激不刺激？"

"很刺激。"他对程婉意点点头，"好久不见，谢谢你送她回来。"

程婉意看看他们两个，表情有点儿困惑："没事，顺路。"

"谢谢富婆载我。"芝芝下了车，把资料扔给男朋友提着，"来都来了，要不要去我家坐会儿？"

大半夜去别人家做客不合礼数，程婉意摇了摇头。

芝芝不勉强："那你慢点儿开啊，前面可以掉头。"

"好，拜拜。"她开到前面的宽敞处掉头，慢慢开走。

芝芝等到她开出小区才转身回家。

车于拐角处转弯，鬼使神差地，程婉意抬头往后视镜里看了一眼——青梅竹马手挽着手，亲密地往楼上走。她在心底发出一声叹息。

朋友那么热心，芝芝不免觉得自己太过悠闲。可是大二就开始准备考研是不是早了点儿？万一拿不到奖学金，她承担不起费用。

她琢磨来琢磨去，翻了翻资料，当年她说要出国的时候，没想过自己高考居然能考得这么好，定的目标也只是普通的大学。

然而今时不同往日，北大本科，不爬藤校，她不如留在本校读研。

要不，她试试交换生的项目？可交换生也要钱啊！

芝芝不想让父母承担这部分的费用，经济独立是人格独立的基础。她现在读大学的花销就是奖学金和自己挣的零花钱，没有再问爹妈要过一分钱。

北京物价虽然高，但学校对于学生总归是优待的，花销有限。但外国就没那么友好了。

芝芝再三考虑，熬夜写了下个学期的计划。

首先，她继续认真上课，本职工作是一切的基础，拿到漂亮的绩点很重要；其次，业余生活以经营账号、写稿赚钱为主，有了钱，不管是考研还是找工作都有底气；最后，她可以开始准备托福的考试了。

她不管是做交换生还是考出去，都需要扎实的英语基础。那么问题来了……这回她怎么学？

有钱了的芝芝打开电脑，默默地搜了一圈，又戳了几个朋友私聊。两个小时后，她顺利得到了几个地址和学校名称，甚至还有一个据说教得很不错的老师的姓名。

芝芝：大家那么熟悉，一看就是早有准备啊！

她关掉看小说的网页，悲愤地找起资料来——比你优秀的人还比你努力，这日子没法儿过了。

大二下学期，芝芝过得忙碌而充实。她本来就时间紧张，多报了一个托福班，更是压榨了仅有的娱乐时间，连约会都是利用碎片时间，抽不出完整的一天。

不过，庄家明也没什么怨言。他同样十分忙碌，功课之余，参加了很多比赛，又被一个大佬看好，破格参加了一个芝芝没听懂总之就是很高端的项目。

双方都忙，聊天都得见缝插针，可心态都很稳。

在庄家明看来，他们在家长面前过了明路，基本上就定了一大半，也亲密接触过了，关系趋于稳定，不需要再像高中那会儿患得患失了。

况且毕业季是分手高峰期，没有一定的基础无法抗衡风险。他不能确定两年后彼此的道路一定重合，但至少可以多一些选择。此时的努力不仅是为了自己的未来，也是为了对方的未来。

而芝芝之所以觉得稳，是觉得走到这一步，未来不管怎么样都不会亏了。

男神爱过、拥有过，就算将来分手她也没有什么好遗憾的——是的，她比较悲观，并不认为现在感情好，将来一定会白头到老。

人生那么长，他们才二十岁。他们在一起了会分手，订婚了能劈腿，结婚了还能离婚，就算一直没分，总有一个人先死，谁能陪谁一辈子呢？她倾尽全力和他相爱，却也不再奢望王子和公主幸福快乐地生活在一起后，就相伴到生命的尽头。再说了，比起什么第三者，她认为真正能威胁到感情稳定度的，是现实的压力。

庄家明同学进了大学，一点点地发挥自己的潜力。他出生在普通家庭，注定需要更努力才能和其他起点高的人一较高下。这样残酷的竞争中，撩啊撩的女生完全选错了锄头——男神只想往前走，狂蜂浪蝶只会阻碍视线，得不到他的关注。

可是，天下脂粉英雄何其多，也有人选对了路子。

事情发生在大三，妹子叫高书妍。名字很陌生，芝芝确定以前没有听过，但不要紧，“吃瓜党”的力量是强大的。

她蹲了几天人人网和论坛，就有八卦的同学写了总结帖——没办法，庄家明同学在附近几个大学里都很有名气，据说数次被认为是附近北电的学生……

言归正传。根据八卦，高同学是本地人，出身书香门第，爹开公司，属于异类，绝大部分的亲戚搞文化教育的工作，她的堂叔就是计算机领域的一个著名大佬。

穷小子逆袭、迎娶“白富美”的故事，套路都差不多。和玫瑰的故事不同之处在于，高同学是自己看上然后打听出来，再请家里人帮忙撮合的。

堂叔开始有点儿顾忌：“听说有女朋友。”

高同学微笑：“女朋友而已，又没结婚。”

这倒是真的，年轻的小情侣分分合合属于常事。他们临近大四，毕业季的威力初初显露，为了拿到好的实习名额，反目成仇的情侣都有。

堂叔想想就同意了。人往高处走，水往低处流，他觉得用不着让侄女介入，给个暗示，小伙子就该知道怎么做了。不夸张地说，别说他抛的橄榄枝，一个本地户口就能让大部分人抢破头。

过程很顺利。高同学虽然不是同系的，但去办公室转了两圈，来个偶遇，再随便找个借口，就把微信要到了。

庄家明毫无触动，妹子要他的联系方式是常规操作，要就要吧，反正屏蔽朋友圈，过年清理一遍，习惯了。

大佬表现出欣赏，单独将一部分内容交给他负责。

他……依旧没有回过神。被老师们另眼相待也是他人生的常态，他觉得自己应该能搞定，就点头接了下来。好在有同项目的师兄该出头的时候没掉链子，在背后一顿讽刺，终于让沉迷工作的庄家明回过神来。

这种操作他还是第一回遇到，没有经验可以参考，牵扯的事也比较多，故而按兵不动，思考着要怎么办。正在此时，给力的“炮灰”师兄忍不住愤怒之情，在人人网上写了篇文章，含沙射影一顿猛喷。

好事者“扒皮”，路人围观“吃瓜”，故事火了。

芝芝也看到了。平心而论，“炮灰”师兄的文章非常带感，完全看不出是理工男的手笔，看着像是男频的打脸小说，看得人愤怒又憋屈，恨不得立刻能有奇遇打脸。

她有点儿愁。高段位的人挖墙脚，靠的是内部瓦解，而不是傻乎乎地挥锄头。妹子的手干干净净，半点儿蛛丝马迹都找不到，玩的是心理战术。

她不至于蠢到上当，为此和庄家明吵架，可其他的事就无能为力了。

是金子肯定会发光，而世上从来不缺慧眼识英雄的人。没了高同学，还有下一个“玫瑰”，她不能蒙住别人的眼睛，也不能拦着他去绽放光彩。

该来的总会来。他不说，她就当不知道吧。

芝芝关掉了页面，点开软件继续编辑自己的视频。今年，她的粉丝过百万了，目前“芝士就是知识”大小也是个网红博主。

相似的账号也多了起来，竞争越来越激烈。

芝芝琢磨着，是时候找个小伙伴了。她一个人又要拍摄又要剪辑做后期，实在忙不过来，团队合作是必然趋势。她要做的是保证视频的质量，不被前赴后继的新账号取代。

还有微信的公众号也可以开起来了。2016年了，她再不蹭时代的红利就要蹭不到了。

事情繁多，芝芝一忙就是好几天。

周末，庄家明给她打电话：“你有空吗？过来一趟好不好？”

芝芝表示困惑。

“我要请几个师兄师姐吃饭，你也一起来。”他说。

芝芝恍然大悟：“给我两个小时。”

庄家明：“我知道，提前和你说一声，吃饭的时候过来就行。”

芝芝丢下鼠标找衣服，用卷发棒收拾头发、化妆、喷香水，花了一个半小时把自己收拾妥帖，出门给男朋友送温暖。

她走到半路，庄家明发了定位过来。

芝芝离得远，穿裙子又不方便骑车，慢悠悠地走过去，他们已经到了。

人不多，就四个，坐了个半开放的小隔间，环境还不错。她不需要服务生就找到了位置——有妹子围绕的那桌就对了！

庄家明在点菜，有人不吃辣，有人不吃香菜，还有一个对鸡蛋过敏，他都记得非常清楚。这么把人放在心上，哪怕是臭着脸的“炮灰”师兄，面色也稍微好看了一点儿。

服务生走了，庄家明才看到躲在后面的芝芝，忍不住笑：“我都没看到你。”

“过分了。”她转过半个身，“看我的鞋！”

为了送温暖，她放弃了好走的球鞋，换成了七厘米高的麂皮靴子，这样他还说看不到她，太扎心了。

庄家明避重就轻：“看到了，挺好看。”

芝芝：“哼。”

“来坐。”他把女朋友拉到身边坐下，替双方介绍。

芝芝跟着他叫了一圈的前辈。然后发现，三个人里，臭脸的“炮灰”师兄和娇小的妹子是男女朋友，娇小妹子是北电的学生，学的是摄影，而另一个身材高挑的学姐则特别隐蔽地看了她一眼，拿起手机发了个消息。

有猫儿腻。她默默地想着，脸上笑出一朵花来。

菜很快上来。

庄家明不着痕迹地把话题带到了这次的项目上，在“炮灰”师兄发飙前，使出一招釜底抽薪：“这段时间，多谢学长学姐照顾，我学到了很多……明年开始我要准备考研……”

这是个拙劣的借口，实验室的经历很好刷名校。但没人在意这个小小的逻辑问题，大家都听懂了他的意思：“你是打算出国？”

庄家明笑了笑：“我女朋友要出去，我也去。”

芝芝：喵喵喵？她只是随便准备一下而已。不过庄家明要出去，她是举双手双脚赞成的。

学姐眨眨眼，半是认真半是开玩笑：“高教授很器重你，你不考虑做他的学生吗？”

庄家明侧过脸，对她笑道：“教授有了学长和学姐，怕是看不上我了。”

芝芝偷笑一声，被他喂了只剥好的虾。

气氛松弛起来，脸臭的师兄脸色好了些，对他点点头：“你能力不错，出去看看也好，省得……”

他没说下去，但大家都懂未尽之意。

庄家明弯弯唇角，自然地转移话题：“这个果汁甜不甜？要不要再给你们叫个气泡水？”

气氛有点儿僵，芝芝点点头：“肯定加糖了，换一个吧。”

庄家明就拿了菜单，请女生们再点饮料。

点的是饮料，聊的是天。芝芝和师兄的女友聊了两句减肥戒糖的心得后，话题就变得愉快起来。

芝芝问妹子：“学校里是不是有很多明星，你有没有见过某某？”

妹子开始讲八卦。

芝芝又问：“某某和庄家明比起来谁更帅？”

妹子瞅瞅庄家明，犹豫了下，很诚实地说：“我觉得他不考研，出道当明星也不错。”

芝芝大笑起来：“我也这么想，他看起来像你们学校的。”

师兄的女友见多识广，还加了几个小明星的微信，对庄家明的颜值有了免疫力。芝芝则考虑到妹子在北电，应该认得一些会拍摄、剪辑、做后期的小伙伴，有意交好，因此越聊越投机，还把微信加上了。

女友外交格外成功，师兄不好继续摆脸色，和庄家明聊了起来。

他承认：“我看过你做的东西，你也算倒霉。”

假如没有高书妍的事，以庄家明的能力，他拿下那部分内容没问题。师兄的愤怒大半来源于对他走后门的不满，而非有人比自己强的嫉妒。

“有些人啊，说好听点儿叫好心办坏事，说难听点儿，就是蠢。”他向来敢骂敢说，这会儿直接不点名开喷了。

庄家明瞥了若无其事的学姐一眼，微不可察地摇了摇头，把新上的菜调整到女生面前，打断他的抱怨：“把空盘子给我，让他们收一下。”

师兄刚想嘲笑他，眼皮一抬，就看到正朝自己这桌走来的人，控制不住自己的毒舌：“哟，榜下捉婿的来了。”

庄家明：“……”

芝芝拼命忍笑。

情敌相见的场面本该充满火药味，可是尚没有姓名的师兄太皮，一句话破坏了所有的气氛。

而高同学段位高，并不会在大庭广众之下落人口实，只是借着偶遇的名头过来聊了几句。当然，她重点观察了一下芝芝。

芝芝挂上了虚假的职业微笑。四目相对三十秒，高妹子走了。

饭局散了，庄家明送芝芝回学校，路上问：“你都知道了？”

“你是名人嘛，八卦帖很多。”她感慨，“采访你一下，什么感觉？”

他诚实地说：“我不太高兴。”

芝芝能理解他不爽的心情，于无能者而言，“招驸马”是一步登天，但对于有能力的人来说，这更像是一种侮辱。

如此一想，“玫瑰”的总裁爹还是很懂人性的。他没有开始就抛出橄榄枝，而是让女儿和庄家明培养感情，有了感情基础，他再帮一把，就足以让庄家明感恩戴德。高大佬不行啊！

“你这样不要紧吗？”她还是有点儿担忧，形势比人强，他万一被穿小鞋怎么办？

“教授不至于和我计较，最多觉得我不识抬举吧。”庄家明还没有经历过类似的事，心里没底，只故作轻松，不想叫她担忧。

芝芝不想把人想得太坏，也不会想得太好，出国是要推荐信的，高大佬有心要卡一卡并不算难。她忍不住道：“假如真的不行……”

她话没说完，庄家明就知道她要说什么，断然拒绝：“我不干。”

“别嘛，眼光要放长远一点儿。”芝芝用玩笑的口吻说，“先虚与委蛇，得到了好处后再翻脸，君子报仇十年不晚。我看高书妍不是那种精明的人，估计被家里宠坏了。你把她哄好了，等到成了大佬，他们控制不了你，再离婚和我结婚，一步到位。”

庄家明低头看着她：“这不是渣男的剧情吗？”

芝芝一挥手：“没事，只要能和你在一起，我愿意做那个恶毒女配角。”

庄家明觉得有点儿好笑，又有点儿心酸，不由得紧紧抱住她。

风卷落叶，北京的秋季有点儿凉。芝芝把脸埋在他怀里，深深叹了口气：“好啦，我胡说的。没关系的，他们拦不住你，你考不考研、出不出国都能做出一番成绩来，不要怕，家明，我会永远陪着你的。”

“嗯。”他的应答带了轻轻的鼻音，“你会养我，我知道。”

北京有梦想的学校，北京有暖气，芝芝本来很喜欢北京的。但此时此刻，她忽然厌恶起这个城市来：“家明，我们一起出去，以后不回北京，去上海，去杭州，去深圳，离他们远远的。”

他说：“好。”

“时间还早，我们一起准备考试，一起出去。”她本来也犹豫过是否要出国，中文系直研也很不错，现在却下定了决心。

他们只有长出翅膀，才不会囿于牢笼。

高大佬从某些人口中得知了庄家明的打算，不免认为他不识抬举，纵然没有刻意打压，也几乎无视了他的存在。冉冉升起的新星变成了边缘角色，想来明年实验室里就没有他站的地方了。

庄家明没什么不满的，认认真真地打杂，不动声色地偷师。“炮灰”师兄没成为真正的“炮灰”，反而成了他的朋友，指点他去参加了一个竞赛。

科研经历之外，竞赛成绩也是很多名校看重的方面。而巧的是，竞赛的指导老师是学校里的另一个大佬！

庄家明这样的男主配置，到哪里都会发光。

大三下学期，比赛结束，大佬问起他的打算，听说他要出国，推荐了一个熟悉的教授，MIT（麻省理工学院）的。

芝芝惊得瓜都掉了："MIT？"

等等，兄弟，你的耶鲁呢？哦，等等，好像在他选专业的时候，她就把他的路线"蝴蝶效应"掉了——起因只是她说了一番人工智能以后会很厉害的话。蝴蝶效应真是防不胜防，不过MIT也很牛，且更适合他的专业。

芝芝觉得没必要为男朋友操心了。男频小说的男主角还会被富二代、小反派打脸，回头逆袭，言情小说的男主角就不一样了，不是人生赢家都不好追妹子。

她还是担心担心自己吧。考研难，考外国名校的研究生更难。托福和SAT（M国高中毕业生学术能力水平考试）就快把她折腾死了。她这回不用刻意早起拍视频，视频里的她也忙得快要起飞。

幸亏她拍的是学习视频，又找到了后期的队友，不然真的会完蛋。

但她再忙，时代的车轮也不会等她。芝芝咬着牙挤出了一点儿时间，加了个公众号的运营工作。

"芝士就是知识"这个微博账号上女性粉丝多，为了快速引流，公众号自然也以面向女性群体为主。

芝芝规划了几个栏目：时尚（奢侈品牌介绍，穿搭教程）、美妆（护肤品和彩妆测评）、健康（科普性知识）、情感（各种软文）、事业（留学信息或者实习咨询）。

这么多内容她一个人当然写不过来。但是不要紧，她的学校大佬云集，她的专业遍地才女！现在她不带小伙伴们发家致富，更待何时？她开始约稿了，最开始不知道水平，底价两百元，按照阅读量给提成。

因为情感类的文最不好写却最容易传播，她亲自操刀，每周瞎编一个悲惨女主甩掉渣男重新开始生活的情感故事。

程婉意成了她的御用作者之一。程婉意以前就会穿搭，现在更是不差钱地走在时尚前端，还能写一写国外留学生的生活，非常受欢迎。

芝芝深情地替好友写了个备注——上官婉儿。

"你就是朕的婉儿，看朕给你打下的天下。"

就这样，她的事业蒸蒸日上。老师们也听说了。

芝芝蠢蠢欲动："老师们，约稿吗？"

老师们："不约。"

大佬们看不上小小的公众号，年轻的老师们又要上课又要搞科研、写论文，哪有时间干别的？她约不到。

但写稿子在同学圈里还是挺受欢迎的。写文无成本，软文又不像论文那么枯燥无趣，随手写一篇，既能获得大量的阅读量又能有稿费，他们何乐而不为？

芝芝终于开始享受名校圈子带来的好处了。

大三的暑假，芝芝和庄家明没有回家。

理由很多，周末要上补习班，平时有工作——庄家明要实习，芝芝也要继续自己的拍摄任务，所以他们干脆不回家了。

学校可以留宿，但芝芝的室友打算考研，不想住在糟糕的宿舍里，提议要去外面租房子，问芝芝要不要合租。

"要！"芝芝眼睛一亮。

她可以拍一期出租屋改造的视频，有了厨房还可以增加做饭的内容，出租屋里也能放些宿舍里不能用的家电——可以接广告……视频素材一下子多了。

更重要的是，有了出租房，他们不就可以同居了吗？

她去问庄家明，他也马上同意了。

芝芝租房子是老手，跑了几天就定下了合适的房子。房间是三室两卫，芝芝和庄家明占了有独卫的主卧，单身的室友住在次卧，安全起见，他们又找了个妹子住靠北的小卧室。

因为是短租，他们尽量不多添家具，多用四件套或者桌布，不行就用贴纸包装。墙壁上斑驳的痕迹很难处理，他们征求房东同意后，稍稍粉刷了一遍。

而后他们买了些便宜家具，质量不重要，美貌第一位。

辛苦了一个星期，他们终于做完并入住，幸福生活开始。

唯一的问题是她不能早起了，真的怎么都起不来——年轻的男生太可怕了。

"起床了，八点了。"庄家明弯下腰，用力捏了捏芝芝的脸，"醒醒。"

芝芝把头缩到被窝里拒绝交流。什么叫作茧自缚？这就叫作茧自缚，自己挖坑把自己埋了。

唐玄宗好歹是登上帝位再春宵苦短日高起，她事业未成，现在就要中道崩殂了。呸，祸水。

不过，她骂归骂，爽还是很爽的，视频的素材一下子多了不少。

她早晨起来，做三明治、煮咖啡，在铺着白色桌布的小桌前吃早饭，读两页书，而后洗干净杯盘，开始学习。中午吃健康的燕麦片或者自制的蔬菜沙拉，晚上，用超市的咖喱包做个饭，看书、刷剧，香薰机里飘出袅袅白烟。

如果是周末，她就背上清新的帆布包去辅导班上课。午饭就成了面包房里各式各样的面包，在路边买杯咖啡，上完课出来，华灯初上，街头流光溢彩。

视频的内容一下子丰富了很多，风格也从忙碌的学习变成了优雅的生活。

但变化最大的，还是芝芝的心态。原来她忙碌和辛苦，都是为了拍摄视频、立人设，每天都很痛苦地保持人设，自觉和明星没什么区别。可是她逐渐习惯后，学习就成了本能，每天不读两页书就觉得怪怪的，假戏成了真。

她摸着良心说，每天早晨起来不去楼下买个大饼油条，得自己煎蛋、烤面包，辛不辛苦？辛苦，特别麻烦。然而生活需要仪式感，乐亦在其中矣。

这就好像化妆很麻烦，浪费时间，不如素颜出门轻松，可还是有人喜欢慢腾腾地捯饬自己，漂漂亮亮地出门。

芝芝很不要脸地对庄家明说："看我的视频，我都要爱上自己了，怎么会有这么可爱的小姐姐？！"

庄家明忍着笑，故意问："你提醒我了，为什么你的视频里很少有我？"

男朋友那么重要，视频里总是会有一两个镜头，但芝芝总是非常小心地截掉他的全身或背影，免得被人认出来。

"我的粉丝过一百万了，假如拍你的话，说不定就有人认出来。"芝芝没敷衍他，坦承道，"虽然靠你的脸，我能多一百万粉丝，可我不想消费你。"

庄家明摆明了要靠才华而非颜值吃饭，过多的追捧只会为他增添麻烦。学校里的桃花已经够多了，再多一些，生活也许会变得糟糕。

只是不是谁都像她一样选择保护他，予他一份清静。庄家明大概是生来就要火一次，不当明星，自有别的机遇。

到了8月份，他忽然就火了。一张地铁上随手拍的照片，送他上了热搜第一。

芝芝蒙了。

每年，网络上都会出现那么几个一夜爆红的人，或是因为照片，或是因为新闻，庄家明也不能例外。

事情是这样的——

他有天早晨出门，在地铁上看到有个猥琐男偷拍女生的裙底，以他的性格，当然站出来阻止了这件事。

那个妹子大惊失色，和对方争执起来。猥琐男怕被群殴，到站就打算溜，妹子拽着他不肯放。

双方的争执引来了警察。猥琐男很鸡贼，在争执期间悄悄删掉了视频，说妹子诬告。幸好庄家明没走，跟着留了下来，帮她做证。

最后警察发现他只是删掉了手机里的视频，云端还保留着一份，证据确凿。庄家明放心了，转身离开，深藏功与名。

故事到这里本来就只是个见义勇为的桥段。谁知道妹子处理完这事，没看见恩人，翻了翻手机，发现拍变态的时候也拍到了他，就把这事发上了网，隔空喊话感谢他。

照片是随手拍的，但架不住他颜值高，又有英雄救美的桥段，很多人随手转发，热情的网友开始帮妹子找人。

庄家明的脸很具有辨识度，网友们又知道是在北京，三两下就扒出了他的学校和其他照片，一样帅，一样高颜值。他就这么火了，毫无防备。

芝芝早上开始刷微博，刷到晚上，在首页看到了七八次自家男朋友的脸。

她的心情无比复杂。

庄家明和她一样蒙："我可以不管吗？"

"闹这么大，不回应是不行的。"芝芝摇摇头，"你在主页上写个声明，看看能不能让热度过去吧。人心易变，三天热度。”

庄家明点点头，写了封回信，表示自己是举手之劳，不用谢，这是每个公民应该做的。四平八稳的平淡回应稍稍减弱了热度。

可就在这个时候，写感谢信的妹子又来了个神操作，说要追求他，请他给一个机会。庄家明十分费解，自己帮人显然没错，为什么招来的感谢那么奇怪呢？

“我没猜错的话，她不是对你一见钟情。”芝芝一针见血，“她是想出名。”

他问：“那关我什么事？”

“她的热度只是一时的，转瞬就没了，你的热度却可以持续很久，不现在炒作，以后就没有机会了。”芝芝同情地说，“撑死胆大的，饿死胆小的，这妹子挺有眼光，估计马上就会找你商量了。”

庄家明嘴角抽搐：“商量什么？”

“假扮情侣，合作出道。”芝芝下了预言。

事实正如芝芝所料，妹子联系到他，说什么有公司联系了她，可以包装他们出道如何如何。

庄家明特别直接地拒绝了：“我有女朋友了。”

“是假的，假的。”妹子争取，“这个就好像明星炒作一样，你和你女朋友商量一下，机会难得。”

“不必了。”庄家明耐心告罄，挂了电话，顺便拉黑了她。

过了几日，网络上风云变幻，这出闹剧就渐渐被人遗忘，没有了后续。

9月，芝芝大四了。

大四的学生需要上的课越来越少，有人开始实习，有人开始准备考研，虽然还有一年的时间，却已显露出各奔前程的匆忙模样。

芝芝和庄家明复习的复习，考试的考试，其中的辛苦自不必说。

值得一提的是2017年过年时候的事。

庄家明回家后，庄鸣晖将儿子叫过去，和他说：“爸爸要和你说两件事，第一件事，家里的房子我准备过户给你。”

不等他反应，庄鸣晖说了第二件事：“过完年，我想带你去和一个阿姨吃顿饭。”

庄家明立即就懂了。

要说清庄鸣晖的心路历程，就不得不说起两件事。

第一件事发生在庄家明大一的元旦。

假期太短，北京又太远，庄家明和芝芝都不回来。庄鸣晖原本并不在意，孩子不在家，自己留在公司加班也挺好。于是，他依旧在公司待到十点多才开车回家。

楼道里很安静，他推开家门，按亮灯。空气里满是久不通风的憋闷感，他像是吸了好大一口灰尘。

他早已疲惫不堪，却还是强忍着疲乏开窗换气。

晚饭被消化得差不多了，腹中饥饿。他打开冰箱的门，想看看里面有什么东西能吃，结果没有。

他又去开橱柜，一股恶臭扑面而来。原来柜子里的方便面、饼干都吃完了，只剩下两个鸡蛋已经臭了。他不得不把它们扔到外面去。

他再找，居然没有，整个厨房都翻不出一样可以吃的。

庄鸣晖当时就愣住了，转头四顾，只看见积满灰尘的桌椅和厨房。

很多人意识到一个人不在，并不是目睹他死去或是葬礼，而是在某一个普通至极的时刻，忽然明白斯人已不在。

庄鸣晖以为自己早就接受了妻子的死亡，并且平静以对，事实却并非如此。

他有父母、孩子、朋友，他们在他的身边，遮盖了舒沅死去的悲伤。直到此时此刻，这些人都不在身边，让他孤零零地待在家里，才暴露出了残忍的事实——

只有他一个人，舒沅已经死了。

他深夜回家时，那个或是等待或是熟睡的妻子，死了；他饥肠辘辘时，那个能用最简单的食材变出果腹食物的妻子，死了。

他的儿子太贴心，代替了母亲等待他、照顾他，让他误以为妻子并没有真正离去。然而，当他和舒沅的孩子离开这个家时，幻象再也维持不住。

庄鸣晖从没有那么清晰地意识到：舒沅死了，真真切切地消失在了他的生命里，永远不会再回来。

他跌坐在冰冷的椅子上，终于接受了这个现实。

第二件事也在一个冬天。

那天，他接到关大河的电话，对方把他臭骂了一顿，透露了一件令人惊喜的事——两家的孩子在谈恋爱。

他忙不迭地回家，向儿子确认了恋情。

孩子长大了，选的对象也很好，庄鸣晖说不出地高兴。他夜里睡不着觉，干脆偷偷热了黄酒，回房间喝了两盅。

热酒下肚，往事纷至沓来——他想起年轻时候的往事，想起新婚时的甜蜜生活，想起儿子牙牙学语时的可爱模样。而如今，二十年过去，孩子长大了。

床头柜上，摆着他和舒沅的照片。这是他们结婚前去黄山时拍的，他穿着白衬衫和黑裤子，舒沅穿着红色的连衣裙，背后是缭绕的雾气和高耸的山崖。

“舒沅，家明长大了。”庄鸣晖对着照片说，“他不用我再操心了。”

说完这句话，他觉得身体里有什么东西消失了。他有点儿不舍，有点儿失落，也有点儿轻松。

这一刻，过去的已成过去，未来还在明天。

时间再回到今日，还是在冬天。

庄鸣晖履行了曾经的承诺，亲口和儿子说明白：“你以前见过她一次，姓夏，你叫夏阿姨就行了。她在一家公司做会计，有个女儿，今年读大学了。”

虽说几年前庄家明就做了心理准备，可真的到来时，他还是有点儿蒙，只知道点头：“嗯，好。”

“这套房子是我和你妈买的，肯定给你。”庄鸣晖给了他一张银行卡，“还有这个，你外公外婆当时留了一万多块钱，你妈做主买了个店面，这些年都租给别人了。今年他们说要买下来，我同意了，一共三十几万，都在这里了。正好给你出国留学用。”

庄家明：“……”

难得看到聪明的儿子蒙了，庄鸣晖其实觉得有点儿好玩，又拿了张卡出来：“这是爸爸给你准备的，原本打算你毕业后给你买辆车，现在看可能用不着，但也给你，二十万。”

“不用了。”庄家明终于找回了语言能力，“你留着吧，再说了……”

他有点儿别扭地加了一句，“结婚也要钱吧。”

庄鸣晖摇了摇头，笑儿子太年轻：“拿着，爸爸还有点儿钱。”

“我用不到这么多钱啊。”庄家明说，“有奖学金。”

庄鸣晖想了想：“要不然再给你买套房？加起来七十几万，也够买个小户型了。”

庄家明觉得自己迫切地需要女朋友的援助。

十分钟后，女朋友赶到，笑眯眯地钻进了他的卧室：“有话快说哦，十点多了，我妈说十一点不回去我就不用回去了。”

庄家明心动，很想拖延一下时间，但良知和脸皮阻止了他：“我爸刚才和我说了几件事……”

他有点儿蒙，芝芝可不蒙。她很快明白过来，赞同地说道：“你收下啊，这是在处理财产呢。他们结婚后，这就是夫妻共同财产了，配偶、子女和父母都是第一顺位继承人。”

庄家明心里顿时好过了。他刚才听父亲划分财产其实不大舒服，觉得好像是划清界限一样，原来是因为这个。

“叔叔的钱本来就是打算给你的。现在给还简单干脆，不会有扯皮。”芝芝解释，“你要知道，财产问题处理不好很容易造成家庭矛盾。”

庄家明皱起眉：“可是房子和钱都给了我，我爸怎么办？”

芝芝抱着手臂思考：“这里是你们的家，让别人住进来，你不舒服，叔叔不舒服，她也不舒服。我猜叔叔可能打算贷款买套新房子，回头两个人一起还贷，算是双方都有份。”

庄家的底子薄，能攒出二十万的车钱和一笔首付款已经顶天了，应该没办法全款买房。就算能借钱付全款也不划算，庄鸣晖独自买房，就没有夏丽什么事，人家心里没有安全感，一把年纪了再结婚图的是爱情吗？是安稳。

而且，夏丽也出了钱，庄家明和庄爷爷、庄奶奶心里也会好过一点儿。不然她就像是个突然冒出来的分家产的女人，感觉怪怪的。

“我看，叔叔都是考虑周全的，你就接受安排吧。”芝芝判断。

芝芝基本上都猜对了。庄鸣晖把手头上的大部分财产给了儿子，只留了一部分作为买房的首付款。而房子也看得差不多了，在新小区，面积一百平方米出头，三室两厅两卫。

这是他坚持的，新房里必须给两个孩子一人一间房，就算他们不住，也要准备着。

私底下，他还和庄家明透露了一件事。夏丽当年和丈夫离婚，是因为她第一任老公家暴，甚至在她怀孕时也没放过她，喝醉了就打人，害得她提前发动。她九死一生才保住了女儿，而代价是失去了再次生育的能力。

这让夏丽彻底狠下了心。她无数次原谅丈夫，却不敢拿脆弱的婴儿冒险，于是费尽周折，终于和丈夫离了婚，独自抚养女儿。

也正因如此，夏丽一直觉得亏欠了女儿，小时候要星星不给月亮，宠溺得有点儿过头……

“小婧年纪小，还不太懂事。”庄鸣晖委婉地说，“你能让就让一让，不要和她计较。”

庄家明点头。

到了吃饭那天，会面的确不是很愉快。夏丽很客气，不停地夸赞他。庄家明对她没有好感也没有恶感，就当普通亲戚对待，一样非常礼貌。

夏婧就很不给面子了，全程冷着脸看手机，夏丽叫她打招呼也不听，仿佛在座的人欠了她一百万。这就搞得她妈非常尴尬，吃饭时气氛也颇为古怪。双方都是很艰难地熬过了这顿饭。

回家路上，庄家明思考着将来的事，一声不吭。

“在想小婧的事？”庄鸣晖问。

庄家明委婉地说：“她看起来不是很同意。”

“嗯，应该不太喜欢我。”庄鸣晖笑了笑，态度很随和，“她和夏丽说了，以后跟着外婆住。家明，你也一样，想住家里就住家里，不用勉强，偶尔来和爸爸吃个饭就好了。”

庄家明不免愧疚起来：“那怎么行？”他不喜欢夏丽母女，但也说不上多讨厌，既然已经同意父亲的新人生，当然要支持才行。

比起心里的别扭，他更希望父亲高兴。

“怎么不行？”庄鸣晖很想得开。他决意重新开始的一大原因，就是儿子已经长大了，会离开家里，会和自己喜欢的人组成新的家庭。“你们都大了，不是小孩子，非要做一家人生活在一起。我和你夏阿姨谈过，孩子们的事各归各的，不要勉强，我们俩做个伴就行了。”

不得不说，这种方式让一直担忧要接受继母和继妹的庄家明松了口气，不由得说："芝芝外公那边好像就是这样。"

庄鸣晖忍俊不禁："你和妹妹最近怎么样了？"

"挺好的。"庄家明弯起嘴角。

"打算一起出国？"

庄家明点了点头。

"好，好，你们心里有主意就好。"庄鸣晖欣慰极了。

车窗外霓虹灯闪烁，汽笛声声。前方竖着修路的牌子，车速骤然减慢，一辆辆车并排着慢吞吞地往前挪。

庄家明几度欲言又止，想问问父亲是否喜欢夏丽，还是因为寂寞想要找个伴。可这种话题在父子之间很难启齿，因此他犹豫很久，还是没敢问。

"你有话想说？"庄鸣晖看到了儿子踟蹰的表情，语气好奇。

"嗯。"庄家明纠结了会儿，没忍住好奇心，"爸，你还……喜欢妈妈吗？"

庄鸣晖怔住了，气氛一时静默。

旁边有车加塞，抢了他们的路，庄鸣晖却也不生气，慢慢跟上去，斟酌着该如何回答这个问题。

毫无疑问，他爱舒沅，年轻而炽热的爱慕也许一生只有一次。可是她走了，离开了他，他却还要继续活下去。春夏秋冬，日日夜夜。

而夏丽，只是他走到今天恰好合适的一个人。

但这种心情，年轻的孩子能够理解吗？庄鸣晖不知从何说起，更不知道该如何以父亲的身份谈论，迟疑良久，才吐出一句不算答案的答案："我对你妈妈的感情是不一样的。"

庄家明已经满意了。

他希望父亲幸福，也希望母亲永远占据最特殊的位置——这是他小小的私心。

进入大四的下学期，考试、申请学校、寄送材料之类的事都已经全部结束，能做的就是等待结果，及时查看邮件以及准备本科毕业的论文。

比起申请学校，写论文简直太轻松了。

尤其芝芝这种重来一次的人，大一开始就在琢磨毕业论文写什么了，四年下来，书都看得差不多了，资料也找齐了，写起来十分轻松。

不久，庄家明的录取通知下来了。他有大佬牵线搭桥MIT的教授，走的是优先申请通道，所以也提前录取，顺利得很。

芝芝毫不意外，和他说："你可以办护照和签证了。"

庄家明欲言又止。她知道他在担心什么，坦然地道："别担心我，我申请了个讨巧的专业，成功的概率还是很大的。假如失败也没什么，我赚了点儿钱，不急着找工作。"

这话他信，然而他又担忧："你不能去，我们就要分开了。"

"看不出来哦，你这么黏我啊？"芝芝抱着他的胳膊，笑眯眯地说，"没有我，是不是觉得少了点儿什么？"

庄家明点头。

外面的世界不是不好，他也喜欢大城市的便捷，和无处不在的机遇。只是，童年和故乡也有特别的意义，陈旧和缓慢的岁月里，有今后再难遇到的温情。就好像咖啡厅里的咖啡香醇可口，令人喜欢，可记忆里最好的味道，是家里老旧铁罐中奶粉的甜香。

衣不如新，人不如故。

芝芝身上有他对世间最初的印象和最美好的记忆。他和她在一起，就仿佛还是个没长大的孩子，心心念念的是夏天冰箱里放了百合的绿豆汤，冬天厨房里端出来的一碗热汤面。他吃饱喝足，就不用再考虑其他，无所事事地躲在房间里看漫画。外面，父母都在，生活很慢。

"你别离开我。"他认真地说。

芝芝大受触动，爱意和母性爆发："不离开你，我保证。"

她发誓，说这句话的时候是真心实意，不掺半点儿水分，但能不能成还要看她申请的学校给不给面子。

也许是女主光环又一次被点亮，又或许她的努力付出终归有了回报。

4月份，梦寐以求的录取通知书矜持地来了——波士顿大学的传播学院。

芝芝激动不已，能进那么热门的专业，她真的是太牛了！

芝芝迫不及待地给庄家明打电话，兴奋无比："我真的太聪明了。我就知道我那一百多万的粉丝会起作用，不然我绝对没这个狗胆报这个专业，哈哈哈哈！"

BU（波士顿大学）的大众传播有两个方向，一个理论一个实践。她已经实践出了百万粉丝，想必在无数简历里也算得上有存在感了。

她太开心了！她太有先见之明了！

“我厉不厉害？”她厚颜无耻地问。

庄家明跟着笑：“厉害。”

“我们又要做邻居啦！”

家住对门，高中在隔壁班，大学在隔壁学校，现在读了研究生，他们还是邻居，可见是有缘的。

只是，缘分缘分，有缘还要分。

芝芝想：缘是天定，分是人为，二者缺一不可。

曾经的她空有缘，却不够努力，最终和他有缘无分，渐行渐远。而今时今日，她战战兢兢，从未懈怠，也许便能善始善终，得偿所愿。

接下来他们就是答辩和准备出国的事了。

常规任务且不去提，双方的父母得知后，私底下开了个小会。主要内容是要不要让两个孩子先订婚。

理由很简单，小地方的人比较保守，两个孩子出国后肯定要住在一起，说出去不好听。但订婚就不一样了，四舍五入等于结婚，就算有了孩子也不算太过分。

芝芝不太能接受。这就要订婚了？太快了吧？一毕业就半只脚跨进婚姻感觉很不靠谱啊！最重要的是，一旦宣告亲朋，他们回头分了多尴尬。

她把这个顾虑委婉地透露给了父母。

关家夫妻：“你不懂，我们是为了你好！”

芝芝隐约明白一些，无非就是父母担心她把大好青春都浪费在了庄家明身上，然后他回头和她分了，竹篮打水一场空。趁现在订婚，他就不好反悔了。

狭隘是狭隘，她却很难指责，小县城不如大城市开放，有时候会有些令人啼笑皆非的观点。

情侣分手这么简单的事，在很多愚昧的人眼里，要么是男人发达了抛弃了原配，要么就是女的不能生养，三观不合什么的根本不可能。父母生活在此，难免受到外界观念的影响。

但芝芝并不喜欢这样的方式，他们真的要分手，别说订婚，结了婚也会离，捆住他又有什么意思呢？

她想了想，没直说，换了个角度劝："那要是以后合不来分了，我的名声岂不是不好听？"

关家夫妻面面相觑，忽然觉得有点儿道理：谈恋爱分了，和订婚分了又不一样，后者会让亲朋好友怀疑有什么了不得的隐情。

芝芝继续小心翼翼地说："订婚浪费，钱给我们出国不好吗？"

本地的订婚只比结婚差一点儿，要酒席、金器，还要红包，林林总总加起来很费钱。这个钱，确实给孩子带着更合适。

看爹妈松了口，芝芝再接再厉地画大饼："你们放心，读完回来没分，我们就结婚！"

"也行吧。"关母勉强说，"你给我听好，不准大着肚子回来。"

芝芝："……"她敢说，三年后她妈就该催她为啥肚子还不大了。

她用同样的理由说服了庄家明。

他很有想法："我们可以在国外结婚，你喜欢教堂婚礼吗？"

芝芝："呵呵。"

庄家明："什么？"

芝芝闭着眼睛瞎说："我想在迪士尼结婚！你好好赚钱娶我。"

庄家明点点头，神情居然有几分雀跃："好。"

在老家结婚不是不好，只是有点儿俗气。他考虑的结婚地点是酒店、海边或是旅行去Y国，不过迪士尼听起来也不错。这样的话，把蜜月的地点定在Y国好了，她应该会喜欢的。

他想着，满足感油然而生。

芝士就是知识V：

对不起，拖延了两周没有更新，初到M国，事情真的太多了，好不容易空了两天，终于把视频剪完了。从本期开始就是留学系列啦，请大家多关照哦。

[视频：留学 vlog]。

00:00:00—00:00:10，开场画面。

00:00:11—00:02:06，人来人往的机场。

芝芝："现在是晚上八点多，我们在等飞机，十几个小时的飞机，想想都腿软……"

她把镜头对准身边的人的 iPad 屏幕。

芝芝："我在看综艺，我男朋友在看书……他到底是怎么做到不打瞌睡的？我都要睡着了。"

家明："那你睡吧，一会儿叫你。"

芝芝："上飞机睡，我再忍忍。"

00:02:06—00:05:23，他们登记登机。

芝芝："终于上飞机了，我要睡觉了！"

镜头转换，对准了倒在椅子上的人，然后疯狂加速。

芝芝："睡了一个多小时，睡不着了。你要不要睡会儿？"

家明："好。"

镜头偷偷转过去，拍到他熟睡的俊脸。

芝芝（小声）："冲着这张脸，我愿意原谅他所有的错误！"

接下来是他们翻书、睡觉、吃飞机餐、继续睡觉。

00:05:23—00:08:15，他们下了飞机，上出租车。

芝芝："到了，我们现在去租好的公寓。"

公寓，是一室一卫一厅，家具极少，且没有床，只有床垫。

芝芝："明天看来得去买家具，幸好带了床单。"

庄家明开行李箱铺床。

芝芝："亲爱的，我发现你不太上镜，拍出来没现实里好看。涨一百万粉丝有困难，二十万不能更多了。"

家明笑了。

00:08:15—00:11:42，他们买家具、整理房间，视频加速。

芝芝："弄了两天，差不多完工了，出国留学带个男朋友太重要了，不然根本拎不动那么多东西。"

镜头转到厨房，庄家明正在炒鸡蛋。

芝芝："嗯，假如会做饭，那就是一百零一分，多给一分不怕他骄傲。"

…………

时间到了晚上。

芝芝："这一期就先到这里，下期再见。假如喜欢我的话，记得关注哦。"

…………

这期视频的转发量有一千条以上，评论数五千条以上，点赞也在九千以上。

粉丝 1 号：“博主你说什么？你男朋友还不够上镜？说吧，你是不是偷偷付钱找了演员过来客串？看在男主角那么帅的分儿上，我可以容忍你造假！”

粉丝 2 号：“我去，这不是之前上热搜的那个清华帅哥吗？他是博主的男朋友？这么帅的人你藏在家里有意思吗？”

粉丝 3 号：“过分了，过分了，一百万粉丝，你是小看谁？”

…………

视频只有短短十多分钟，全然不足以表现他们初到国外的忙乱。

芝芝挤着时间剪了一期视频，顺带让某个要求拥有姓名的男主角正式出镜——出了国，庄家明同学少了七成的麻烦，强烈要求在女朋友的视频里占有一席之地。

爹妈都见过了，他们还害怕粉丝吗？

而芝芝慎重考虑过后同意了。相似的账号越来越多，保持竞争力很重要，既然男朋友愿意出力，她没有理由拒绝。

两个人花钱的地方多着呢，多赚点儿总是好的，他们把这个账号当作夫妻店就是了。

但她还是小看了他颜值的号召力。隔了三天，她上后台瞄了一眼，粉丝涨了二十多万——这还是第一个视频。

芝芝甚至想吐血三升。她辛辛苦苦攒粉几年，不如他露脸三分钟。这个世界，对好看和不好看的人，全然是两种不同的模式。

她有预感，接下来后台的私信里，应该会多很多谩骂和“你不配”的羞辱。以后她得及时删掉这些消息了，免得庄家明看到不高兴。

芝芝想着，喜忧参半。

事业之外，乍到异乡，他们还有许许多多要适应的地方：物价贵、饮食结构全然不同、风俗人情迥异……固然有其他同学提点，这些问题还是让人焦头烂额。

芝芝安慰自己：熟悉了就好了，上了正轨就好了。

她咬牙坚持下来，却发现根本不是那么回事，真正的考验刚开始。

在来之前，芝芝担心过自己是否能够适应外国的课程，现在发现想多了，谈什么适应不适应啊，全英文授课，听懂才是第一位。

毫不夸张地说，第一堂课，她全程傻眼。

老师在说什么？他说得太快了，她完全跟不上，这……这单词是什么意思？等等，他是不是有口音啊？芝芝崩溃了。

下一堂课稍微好一点儿，她听懂了七成，但是听懂和学会间还有巨大的鸿沟。芝芝下了课，只觉得做了一节课的听力练习，完全没有消化掉知识点，太打击人了。

每次她沾沾自喜于自己现有的成绩，现实就会无情地给她一巴掌，告诉她山外有山，人外有人。

芝芝有点儿沮丧，沮丧到晚上看不进去书，瞪着书页发呆。

庄家明注意到了，趁她去倒咖啡，偷偷从后面抱住她："不开心啊？"

她怏怏地点头："学霸人设立多了，自己都信了，其实我还是一只菜鸡。"

他轻笑了声，亲亲她的脸："都是这样的。我也是，今天完全没适应，幸好公式一样，你读文科，肯定比我吃力。"

"有一堂课我完全没听懂。"她惊恐地说，"老师的语速好快，我还没反应过来就过去了。"

庄家明"嗯"了一声，收紧了双臂。

芝芝惊慌地道："完了，我要是跟不上，会不会被开除？"

"离期末考还早呢。"他温柔地说，"别担心，还有人不去上课也能过，慢慢来，不要急。"

道理谁都懂，但她就是慌："家明哥，我要是不能毕业怎么办？"

庄家明啼笑皆非："关知之，你还真的是'没事庄家明，有事家明哥'，太势利了吧？"

"有吗？"她眨眼。

"有没有你自己心里清楚。"他哼了一声，"既然你现在看不进书，那就别看了。"他亲了过来。

出国前的一段时间，他们都在家里，家长们虎视眈眈，拉拉手就顶天了。来了以后又天天忙到晚上，他们已经很久没有亲热了，时间紧迫，与其发呆沮丧，不如快乐一下。

芝芝咬他："呵，男人！"

但不得不说，人类的快乐之本永远不会过时。

芝芝发泄了一下，心情好多了，歇了一会儿，爬起来揍他：“我和你说正经事，你居然满脑子不健康思想。庄家明，你堕落了！”

庄家明挨了她两下，而后看准空隙把人抱住：“好啦好啦，乖乖，别闹了，小心人家报警。”

在国外还真难说。芝芝不骂了，改咬他的手。

“你这只小老鼠。”他笑出声，亲昵地贴住她的脸，“好了，没事的，不能毕业就不能毕业，你有我呢，我会照顾你的。”

芝芝十分感动，然后拒绝了。不管情话多么动听，她也只能领他的心意，不可能照做。人生如旅程，假如步调不能够趋于一致，他们最终必然渐行渐远。

无条件的甜宠只存在于小说里，现实里的人都很现实。平心而论，假如庄家明只是个三本大学毕业，不务正业只喜欢待在家里打游戏，张口闭口都是没营养的吹牛的人，哪怕有这么一张脸，她还会喜欢吗？

恐怕不能了吧。自己做不到的事，凭什么觉得别人能做到呢？她相信他的诚意，却不想考验人性。

芝芝叹了口气，一骨碌爬起来。

“不睡觉吗？”他问。

芝芝套上睡衣，倒满咖啡：“不睡，我要复习一下今天的东西，然后预习一下明天的课，起码要听得懂吧。”

庄家明心疼她：“要不要我帮你看看？”

“等我办不到的时候再叫你。”她打开电脑，摊开记事本，“你睡吧。”

他摇头：“那我也看会儿书吧。”

深夜，台灯亮着，两人坐在餐桌的两端，各自埋头努力起来。

芝士就是知识V：

当当当，这期又是忙碌的一周，各种适应新环境。BU的食堂果然和传闻中的差不多，吃得比我想的好，以及阅读量真的太大了，我现在闭上眼睛都是单词在飞。

［视频：留学vlog第二期］

00:00:00—00:00:10，开场画面。

00:00:10—00:02:00，芝芝拉开窗帘，有阳光照入。

旁白："早上好，现在是早上七点钟，起床了。"

芝芝洗漱、吃早饭。旁白："告诉你们一个秘密，只要起得足够晚，就不需要做早饭了。"

她拧开门把，出门。旁白："住的地方离BU比较近，所以男主角已经出门了，我在去坐地铁的路上。"

00:02:01—00:05:40，芝芝上地铁、下地铁，把镜头对准风景。

旁白："沿途的景色很美，但是没什么时间看，今天的课比较早，我得早点儿过去占座位。"

她走进教学楼，走进教室坐下，打开书包，掏出装满咖啡的水杯、笔、笔记本、资料。

上课了，她开始记笔记。

00:05:41—00:06:26，视频加速了课程时间，旁白："课程结束，下一站，图书馆！"

00:06:27—00:08:37，图书馆，芝芝在借书。旁白："众所周知，国外的书很贵，能借的坚决不买，能蹭的坚决不借！我已经开始怀念祖国大地了……"

她借完书。旁白："OK，今天去试吃一下传闻中全美前三的食堂。"

00:08:38—00:10:52，她在食堂吃饭。旁白："经过测评，我觉得还OK。"

00:10:52—00:13:50，旁白："下午的课比较晚，找个地方看书去。"

视频加速。旁白："时间差不多了，上课去了。"

00:13:51—00:14:39，芝芝回家。

家明："回来了？"

芝芝："你好早啊！"

家明："今天下午没课。"

两人准备晚饭、吃饭。

00:14:39—00:15:52，芝芝埋头阅读。旁白："吃过晚饭后就是写作业、写作业、写作业……"

…………

这条微博有两千多的转发量，以及七千多的评论量和一万多的点赞。

粉丝1号：“博主，我知道这么说很过分，但是我想看你男朋友的脸！求求你多给他几个镜头好不好？”

粉丝2号：“我发现了一个真相，怪不得博主以前吃得那么健康，原来她不会做饭，瞧瞧，有男朋友就开始大鱼大肉了。”

粉丝3号：“BU的看过了，想看MIT的，跪求男朋友出一期特辑！”

粉丝4号：“只有我关心博主的阅读量吗？文科真的太恐怖了。”

粉丝5号：“我承认博主的男朋友很帅，但是博主也很棒啊，表白博主！”

…………

芝芝走马观花地翻完评论，不由得想起了一句话：你必须非常努力，才能看起来毫不吃力。学习是这样，感情好像也是这样。

读研的那两年是芝芝有生之年过得最为辛苦的两年，没有之一。

BU的GPA是出了名的难搞，而文科大量的阅读书目让人崩溃。她每天只睡三四个小时，可还是考不出好成绩。

好几次半夜醒来，庄家明发现她躲在厕所里哭。他每次都安慰她，和她说有心事就和自己说，不要一个人闷着。她答应得好好的，但是下一次依旧想瞒着他。庄家明不知道她是怎么了，怕她生了病，悄悄地查了很多资料，却不敢问。

今天亦是如此，他没开灯，走到门边就看见她坐在沙发前的毯子上抱着膝盖哭。庄家明这回没像以前那样直接问或者安慰，而是走过去坐到她旁边，拉住她的手。

她很亲近地靠到了他怀里，嘟囔道：“我又把你吵醒了。”

“没有。”他摸着她的背，柔声问，“是不是做噩梦了？”

“睡不着。”她闷闷不乐。

“又是因为学校里的事？”庄家明困惑又担忧，“就算挂了一科也没什么，你把自己逼得太紧了。”

芝芝不吭声。

他又问：“你赚了那么多钱，重考一门也没什么，哪怕不能毕业你也不愁找不到工作。芝芝，你到底是为什么？”

出国后，她便开始在国外的视频网站上传视频。她穿着汉服，介绍本国的文化，甚至专门跑到唐人街去拍手把手教人做本国的美食，很受外国市场的欢迎。不算国内的，仅仅凭借国外视频网站的广告收入，她就不必再花家里一分钱，堪称是墙里墙外两开花，比他强多了。

可她还是有种谜之焦虑感，给了自己很大的压力，仿佛在担忧着什么。

“你有什么心事和我说啊。”他把脸埋在她的颈后，无力又难过，“你不信任我吗？就算你和我说哪年是世界末日，我也会信你的。”

换作平时，芝芝肯定要为他大开的脑洞而大笑，可此时此刻，黑暗笼罩的凌晨，她心理脆弱，忧虑满怀，竟然说：“我不是不信任你，是不知道该怎么说。”

庄家明抱紧她：“你说啊，从哪里说起都行。我听着。”

芝芝犹豫了下，憋不住倾诉的冲动：“我怕我跟不上你，以后就没有以后了。”

庄家明迷惑万分，每个字他都听懂了，怎么组合在一起就不能理解？难道是他听多了英文，导致语文阅读水平下降吗？

“跟不上我……什么意思？”

“就是你以后会更牛，而我走到这里已经是极限了。”她撑住额头，疲惫又无奈，“我走不动了。”

有的时候，她也会怀疑自己的追赶有没有意义。诚然，她在逐渐变得优秀，可向上攀爬的过程实在太吃力了。做条咸鱼多舒服，她为什么还要往上赶？她已经比曾经的自己成功得多，停下来休息一下，享受人生重来带来的红利不好吗？

她一直怕被他甩在后面，一直追赶着，好累。

而且她再努力又怎么样呢？自己拼尽全力也只能到玫瑰的起点，永远比不过对方。

理智就像是遭遇暴雨的山崖，逐渐倾塌崩溃。

芝芝心里憋着一口气，都不知道自己在说什么：“我觉得我活得好累啊，活在会失去你的阴影里，这样有意思吗？我的人生不是应该为自己活的吗？我不想再这么下去了。”

假如他需要更好的女朋友，而她不配，分手算了。她不想再拼命了，男人没有就没有吧，自己过得爽最重要。

庄家明半梦半醒的大脑终于清醒过来，他开始分析她的话——她那么逼迫自己，是怕跟不上他、会失去他？这是什么逻辑？

庄家明费解："你没说错吗？你是觉得跟不上我，不是嫌弃我跟不上你？"

他还在靠奖学金续命，她都已经在赚钱了，谁跟不上谁啊？就算她是认真的也说不通啊！

"为什么跟不上就要分开？你很奇怪啊！"他揉着她的脑袋，想敲开来看看里面都装了些什么，"我又不是因为你能跟上我才喜欢你的。"

芝芝："你要是得了诺贝尔奖，你还会喜欢我吗？"

诺贝尔奖得主和网红是一个世界的吗？言情小说都不敢这么写！

"会啊，不然得奖的人只能互相结婚了吧？"他开了个玩笑，然后发现她并不是在开玩笑，遂严肃起来，"芝芝，你想差了。"

芝芝掀起眼皮，默默地瞅了他一眼。

庄家明有理有据："你还记得孔教授吗？"

"记得。"孔大佬是数学界的牛人，给庄家明写推荐信的那个。

他说："孔教授的夫人不识字的……"

芝芝："啥？"

"是真的，但他们感情很好。夫人很会做饭，对我们也很友善。"庄家明说，"我喜欢的是芝芝，不是会赚钱、成绩优秀的某个人。"

芝芝不吭声了。

他又抱怨："你真的很没良心，搞得我很势利一样。你别忘了，以前读书的时候，你考得一塌糊涂，我嫌弃过你没有？"

她装死。

"有些人啊，幼儿园得不到小红花，垫底，还是我分了两个给你。"庄家明捏着她的脸，用力扯，"小学没戴红领巾，又是我把自己的给了你。"

芝芝声音虚弱地说："这种事就不要讲了吧。"

"凭什么不讲？那天我被老师罚站了一堂课。"真奇怪，那么久远的事，他居然记得清清楚楚，还能回忆起当初羞耻的心情。

芝芝："对不起，哥，我错了，我不该怀疑你，不要翻旧账了吧……"

庄家明："呵呵。"

"我错了，我脑子进水了。"芝芝做小伏低，"你原谅我吧。"

庄家明也忍不住笑了，过了会儿，正色道："不开玩笑，我觉得你需要放松一段时间了。你真的压力太大了。"

冰冻三尺，非一日之寒。外国的陌生环境、高强度的学业压力就足以让很多留学生崩溃。半夜躲在厕所里大哭的事，很多人有过。而芝芝每周还要录视频、做各种规划、筛选广告，网上的评论有好也有坏，还有无处不在的同行竞争压力。

她的压力是他的数倍，一时想不开钻了牛角尖太正常了。他不觉得她矫情，只是心疼。

“你放个假吧，不要去上课了，视频也别拍了。”他说，“出去散散心，什么都不要想。”

芝芝犹豫：“我一个人去？”

“程婉意不是有空吗？”他笑了，“你们两个女生出去转转，买点儿东西什么的不是更好？”

芝芝怦然心动，但放不下事业，这关乎钱哪！

庄家明也有办法：“我拍。”

她果断地道：“成交！”

自己的情况自己清楚，芝芝也觉得最近的状态不太对，总是没来由地沮丧灰心，书看不进去，听课等于发呆，晚上失眠焦虑。弦绷得太紧会断掉的。

这是一场说走就走的旅行。

程婉意恰好有空，两人一拍即合，买了次日的飞机票去洛杉矶旅游。

她们去了好莱坞、星光大道、迪士尼！没有了摄像机，不用考虑视频的角度好坏，芝芝就好比挣脱了枷锁，玩起来尤其痛快。

芝芝痛痛快快地玩了几天，又买买买，晚上回到酒店，双股战战，累得手指都抬不起来，精神却前所未有地放松。

程婉意编辑好了 ins（instagram，一款社交软件），和她说：“给我点赞。”

“来了。”芝芝摸出手机，熟练地点开 ins，找到程婉意，点赞。

她的余光瞥到了点赞栏里的一个特别的名字：Rose Chan。

咦？手指比脑子更快，她已经点进去了。

首页就有自拍照，果然是她！

芝芝深吸了口气，万万没想到蝴蝶翅膀一扇，程婉意居然和“玫瑰”加了好友，不过也不奇怪，她们俩是校友，还都是“白富美”，玩到一起不稀奇。

玫瑰小姐的照片真不少：海景、狗、自拍；美景、帅哥、自拍；聚会、闺密、自拍……真是个酷爱自拍的女生，混血儿就是漂亮，芝芝酸了。

她继续翻，终于看到了符合身份的慈善晚会、名人合照之类的内容。其中有个帅哥出现得比较多。

“婉婉，这小姐姐是谁啊？好漂亮。”她问。

程婉意看了眼：“陈玫瑰吗？社团里的朋友，她爷爷那代移民过来的，是混血。”

芝芝想想，又点开“玫瑰”和帅哥的合照：“这是她男朋友吗？很帅啊！”

“还行吧，有钱有肌肉，就是没有脑子。”程婉意中肯地点评。

芝芝心想：这还不够吗？哪有十全十美的人？人总得缺一样，连庄家明都只是有脸、有脑子，没钱啊！

不过话说回来，“白富美”果然不一样，没有庄家明还有无数个替补。

她忽然放下了一桩心事。

多年来，她始终认为自己不够好，比不上“玫瑰”，也许并不需要这么苛责自己。于“玫瑰”而言，庄家明只是无数个选择中的一个，而对她来说，他是唯一一个。

乞丐的十块钱和富翁的一百块钱相比虽然少，却是她的全部，又怎么能说不够贵重呢？

她笑了笑，很有兴趣地问：“那婉婉，你觉得谁才算有脑子？”

程婉意给她看了一张照片，里面是个眼神忧郁的年轻人，气质有点儿像《犯罪心理》里的小博士。

芝芝惊呆了：“这是谁？”

“一个朋友。”程婉意说。

“你喜欢他？”

程婉意矜持地点头：“他很聪明，智商很高。”

芝芝：“快，交代一下。”

程婉意简单介绍了一下暗恋的对象：性格比较害羞，不擅长和人打交道，没有交过女朋友，但是超级聪明，智商超过普通人。

“不愧是婉婉。”芝芝感慨，“这追起来有点儿难度啊！”

程婉意却觉得还行，他们俩都不太能交朋友，却意外地能聊到一起。

除了关知之，这是她觉得相处起来最舒服的一个人了。他一本正经地用很难懂的话解释简单的道理时，真的挺可爱的。

两人聊了一夜，隔日下午才爬起来。

她们又玩了两天，打卡了几家餐厅，洛杉矶之行完美落幕。

出去玩之前，芝芝沮丧到不行，满脑子都是“呜呜，我做不到”“我配不上他”“再这样下去要分手了”。

她回来后，心态就变成了“老娘有几百万粉丝，墙内墙外两开花”“我出国没花爹妈一分钱，还给他们买了房”“撩我的男博主隔三岔五就有一个，要不是我删得快，早就有家庭危机了”“我难道不配睡帅哥吗”“我可以”。

膨胀的心态在她看到庄家明拍的视频素材后达到了顶峰。

男神果然还是有不擅长的事——

他是怎么做到把自己拍得那么丑的？我的妈，光线这么差叫我怎么用？我会掉粉的！

她在心里想了一遍，拽过男朋友：“过来，我们补拍几个镜头。”

庄家明：“你好了？”

“对，我想清楚了，我有什么好急的？”她抱着手臂，说，“分手了就能随便撩小哥哥……你干吗？”

庄家明举着手机：“录音。”

芝芝：“什么？”

“发给你妈。”他瞥着她，“说你要和我分手。”

芝芝：“……”

出国已久，她爹妈已经把庄家明当女婿看待了，闹分手什么的……她死定了。

“打小报告很无耻啊！”她抗议。

“我不管。”他一本正经地告白，“我不能没有你。”

芝芝眼眶一热，拉住他的手：“我也不能没有你。我最喜欢你了。”

庄家明憋不住，笑了，丢掉手机，抱住她：“知不知道我之前有多担心你？关知之，你太坏了。”

“哎呀，女生总有那么两天情绪不稳定。”她做了个鬼脸，让“大姨妈”背锅，“亲一下安慰你。”

庄家明："就亲一下？"

她语重心长："你们男生不要老想那些乱七八糟的啊，我衣服还没洗，东西还没有理好，要节约体力。"

"我收拾，我洗。"

芝芝："好的，没问题，来吧。"

庄家明：上当了。

芝士就是知识V：

#我出门浪的一周，我男朋友在家里干了什么#

[视频：留学vlog特辑——某人的一周]

00:00:00—00:02:00：起床、洗漱、做早饭、晒衣服。

00:02:00—00:05:00：出门、拍风景、上课。

00:05:00—00:10:00：上课、看书、做作业、买咖啡。上课、看书、做作业、吃午饭。上课、看书、做作业。

手机屏幕显示晚上八点了。

00:10:00—00:12:00：回家、收衣服、整理房间。

00:12:00—00:15:00：看书、做作业。

00:15:00—00:17:00：手机屏幕显示是周末。他整理房间、打扫卫生、锻炼、看书、写论文。一天过去了。

00:17:00—00:20:00：重复第一天，多了一个去超市。

00:20:00—00:25:00：他在家一天，看书、写论文。

最后十秒，字幕写着：后面两天重复第一天，实在不想剪了……

…………

粉丝1号："博主辛苦了！平时一定很不容易吧？"

粉丝2号："我终于知道了靠才华和靠颜值的区别！"

粉丝3号："保存了，以后写论文就放这个，帅哥陪我一起写作业，倍儿有动力。"

粉丝4号："可怕，比你优秀的人还比你努力，怪不得博主老说自己压力大。"

粉丝5号："只有我觉得这个视角奇怪吗？看起来像监控，难道博主的男朋友是用这个证明自己的清白？"

粉丝 6 号："这么无聊的视频我居然看完了，全靠颜值撑着啊！博主，求求你回来吧，我再也不想看你男朋友了……"

粉丝 7 号："博主，我变心了，我还是最爱你！"

…………

芝芝采访自己的男朋友："请问你有什么感想？"

庄家明诚实地说："这个好难啊！"

拍 vlog 看着容易，做起来难。怪不得她会半夜躲起来哭，每天的日程都差不多，要拍出花样来真的太费脑子了。

他问："那你下期拍什么？"

芝芝清清嗓子："开箱！"

说是出去放松、出去玩，但她完全不考虑工作是不可能的。她在洛杉矶买了很多东西：衣服、包包、配饰、化妆品什么的都有，在减压的同时，还能凑一期开箱视频。这样的话，花掉的钱应该就能赚回来，四舍五入等于免费出去旅游了一次！她真是太聪明、太勤俭持家了！

俗语云，风水轮流转。出国前，庄家明的桃花多如牛毛，隔三岔五就要来一朵烂桃花，搞得他烦不胜烦，恨不得从来没长这样的脸——太帅了，容易被质疑才华，这对他来说绝对不是什么值得开心的事。

但是如今，迢迢太平洋隔绝了蠢蠢欲动的少女心，同时，又因为某些众所周知的敏感问题，他的受欢迎程度远不如国内。

耳根子一下子清净了，能够安安静静地在图书馆里看书而不被打搅，于庄家明而言是多么难得的事啊！

与他相反的是芝芝。她出国在外，没忘记弘扬祖国文化，传统美食、传统文化、传统服饰都是她视频的主打节目，每个视频的观看量都很可观。

外国人看国人，固然有十分微妙的猎奇心理，但真心喜欢的也不少。她的粉丝群不像国内，基本上都是妹子，但男性的比例不在少数。

评论里有很多人表白，转发的人很多是帅哥。假如忽视各种各样的骚扰，她的魅力仿佛坐上了火箭，噌噌噌地往上蹿。夸张的是，她去个超市都会有粉丝要求合影，还有人偷拍，搞得和明星似的。

芝芝一边抱怨"好夸张""至于吗"，一边又有点儿得意："真是没有办法，我的粉丝好多哦。"

庄家明瞥着她，没吭声。

芝芝再接再厉："他们说我很可爱。"

他说："你放弃吧，我不会上当的。"

芝芝觉得他很不够意思，嘟囔道："能不能让我虚荣一下？"

"行吧。"庄家明表演，"你以后不要和那些人说话，你是我的。"

芝芝上上下下打量他一番，十分嫌弃："算了，你演不了霸道总裁，还是深情男二号比较适合你。"

庄家明："……"

芝芝又有点儿好奇，问他："说实话，你有没有担心过我会和你分手啊？"

她相信他的人品，认为他不会劈腿。但两人感情消磨、自然分手什么的乃是人之常情，不可避免，她也曾不止一次担心过。庄家明却好像很少有这样的忧虑，难道是他觉得自己颜值高，不会有这么一天？

"当然有过！"出乎意料，他的反应很大，"你是不是忘了高中时候的事了？有的人说我考不到好学校就不会和我谈恋爱，我真怕你什么时候再来一次。"

芝芝吓了一跳，连忙解释："那是高考，现在当然不会，你……你那么拼命不会是怕这个吧，我是这样的人吗？"

庄家明笃定地道："是。"

芝芝："喂！"

"喂什么喂？假如以后我遇到什么事，你帮不到我，别人可以，你肯定想着要不然和我分手，让我娶白富美，走上人生巅峰算了。"庄家明发出灵魂拷问，"你敢说你没想过？"

芝芝："……"

"我就从来没想过。"他说，"你对我来说就是最好的了。"

其他女生喜欢他，喜欢的是外貌出众、成绩优秀、体贴的某个男生，不是庄家明也一样会喜欢，只有芝芝喜欢的是"家明哥"。

而他喜欢的关知之，也不是视频里生活精致的网红，而是思维发散，沉迷言情小说套路，隔三岔五要沮丧一次，冒名顶替综合征重度患者，"有事家明哥，没事庄家明"的势利鬼。

他们在对方面前无须做任何伪装，可以软弱，可以痛苦，可以无赖，能够保持自己最真实的样子。这是最珍贵的，比什么地位、金钱、权势都要珍贵。

芝芝不知道他居然这么想，大为惊讶：“最好的吗？”

她相信自己已经比过去好了很多倍，但是最好的……是不是太夸张了？

“嗯，最好的。”他语气肯定，半是认真半是开玩笑，“别的男生夸你，我不紧张，你开始夸别的女生，我就要紧张了。”

他语气轻松，芝芝却有点儿想哭，说：“其实我不在乎你成不成功，我只是不希望你因为我没有成功。”

庄家明想了想，说：“失败就是自己能力不足，归咎到别人身上很可笑。对我来说，你从来都不是最短的那块木板啊！”

“那我是什么？”

“帮我提水的人，”他说，“你只要不放手就是在帮我了。”

芝芝愣住了。庄家明觉得她发呆的样子很有趣，忍不住摸了一把她的脑袋。结果没留神，收手的时候把步摇上的流苏扯了下来。

他想悄悄藏进裤袋，但失败了。

芝芝的感动瞬间消失，她暴走跳脚：“你干什么？在这里买个步摇我容易吗？这已经坏过一次了！还是我自己粘好的，你又给我拽下来了！现在这样你要我怎么见人？”

“就少了串珠子而已，你的偶像包袱好重啊！”他看看周围满满当当的货架，试图转移话题，“我们在超市啊，没人注意你……呃，牛奶在打折，要不要买一点儿？”

“你说得轻松。”芝芝压低声音，咬牙切齿，“你也就助人为乐上了一下新闻，我呢？我被官方账号转发了啊！注意形象很重要好不好？我压力超大的。”

“你累不累啊？”

“我要赚钱啊！”

庄家明失笑，想了想，往回走几步，从货架上拿了瓶防脱发的洗发水：“那要不再买两瓶这个吧？”

芝芝：“你这是在嘲笑我的发际线吗？”

他赶紧摇头：“没，你看，打折呢。”

“那也不买。”她提着裙摆，昂首挺胸地往前走，拿了瓶最贵的生发液。

庄家明“扑哧”一声笑了。

“喂！”

“我没笑。”他绷住脸。

芝芝恶狠狠地道：“有什么了不起的？程序员，有你秃的时候！”

有句话说：一见钟情无非是见色起意，日久生情也不过是权衡利弊。

芝芝以前是信的，最初相识的好感，从来都是源自打理妥帖的外表、价值不菲的衣着和金钱培养的学识。谁能一眼就看到对方的灵魂呢？又或者说，这年头，谁还有工夫关心内在？

也有人教女生：找男人，千万不能看他对你好不好，因为“对你好”是可以朝令夕改的，经济条件却是实打实的保障。这不能说是错的，法律保障的素来是财产，而非玄之又玄的感情。

但若是因为这些就认定爱情便是如此，那就大错特错了。感情无法以世俗的价值衡量。

过去，她是学渣，庄家明是男神学霸，她对他的感情也许还可以这么解释。可到如今，两人都上了名校，她是年入百万的网红，而他还靠奖学金生活，谁更成功？

当然是她。

但她从来都没有变过心。毫无疑问，她爱他，无论他未来能不能赚到钱，会获得什么样的地位，都不会变。

她不能想象自己会喜欢一个一贫如洗、身材走形、埋头搞研究却一辈子得不出成果的男人。如果那人是庄家明，她却一下子能接受了。

他没有钱，她可以赚；他会不好看，她一样会变成老太婆；没有研究成果，耗费一生青春，也没有关系，能拿诺贝尔奖的人才有几个，他这辈子高兴不就好了吗？

芝芝开始相信另一句话：始于皮囊，忠于灵魂。她这样不计一切爱一个人，也许一生只有一次。

她决定向他求婚。

巧了，庄家明也是这么想的。

他们留学在外，本来就学业繁忙，芝芝是忙上加忙。两年多的时间，他们一次都没有回过家，不是在读书、写论文，就是在兼职赚钱。好不容易等到毕业，他终于有空去办一件大事了。

上海有迪士尼乐园，他们在那里结婚亲朋好友往来都方便一些。所以在国外结婚是没戏了，他就在这里把婚求了吧。

正好新出了金色飞贼的项链戒指盒，他就将买来的戒指藏在里面，到时候假装送项链，给她一个惊喜，地点当然选在了环球影城的《哈利·波特》区。

两人不约而同地瞒着对方，悄悄地准备了起来。因为双方各怀鬼胎，谁也没发现不对劲。

那天很快到来。芝芝入戏很深，买了巫师袍和围巾，自己扮成赫奇帕奇的学生，让庄家明扮成拉文克劳的学生，拿着摄像机假装拍 vlog，实际上暗暗地准备录下人生大事。

到了霍格沃茨城堡门口，她和庄家明说："我们拍张合影吧。"

"好。"他暗暗地摸了摸裤袋。

芝芝就把摄像机交给旁边的工作人员，低声说了两句话。对方点点头，给了她一个鼓励的眼神。

他们站到门口合影。

咔嚓。拍完的刹那，芝芝瞬间掏出刚才假装去厕所时，悄悄塞进巫师袍里的玫瑰花。递过去的刹那，她过于紧张，一时忘了台词。幸好平时拍 vlog 多了，她下意识地张嘴："王子殿下，跟你的女骑士走吧，我们不要公主了！"

她语速快，连珠炮似的一句话把庄家明的话堵了回去。他一口气哽在喉头吐不出来，咽不下去，愣着不知道该怎么办。

他是先接受她的求婚，还是按照原计划来？她为什么突然要求婚？！这不是该他来吗？

路过的游客纷纷停下脚步，吹口哨助威。

他回过神来，假装没看见花，掏出金色飞贼，打开，露出里面的戒指，单膝跪下："嫁给我吧。"

说台词的时候，他格外庆幸女朋友不走寻常路，要是她刚才把台词抢走了，他都不知道该说什么！

芝芝蒙了：什么情况？为什么他也要在这个时候求婚？难道我暴露了？

周围响起一阵又一阵起哄的声音。

她犹豫了一下，试探着问："一手拿花，一手拿戒指？"

这是交换人质吗？庄家明只想迅速过掉这个流程：“好。”

两人小心翼翼地交换了信物，求婚成功。

掌声如雷。

“Kiss（接吻）！”不知道人群里的哪位小哥高呼一声，得到无数响应。

芝芝有点儿不太好意思，悄声说：“咱们溜了吧。”

庄家明也有点儿尴尬，但没动，还是决定进行计划中的最后一个环节——他扳住她的肩膀，低头亲了下去。这不是他们第一次接吻，可与过去的任何一次都不同，他们心跳加速，血管舒张，热量散发到体表，好似每一寸皮肤都在发热。

芝芝思绪万千，却如同春日飞散的柳絮，她一个也抓不住，只有一种感觉是坚定又明确的——

他们深深爱着彼此，不会再分开了。

是夜，芝芝把录像的关键部分剪辑出来，做了一个两分多钟的视频，简单加了个字幕就发上了微博。

> 芝士就是知识V：
> 啊啊啊啊啊啊啊啊啊！
> ［视频：求婚］

发完后，她默默地打开微信，找到工作列表里的相关人员。

“亲，在吗？”

“在，关姐有啥事？”

“给我来个豪华套餐！送我上热搜！”

“姐你转性了，还是被人黑了？”

“我被求婚了！二十五年的感情！我配不配？”

“恭喜姐！我这就去准备！”

芝芝放下手机，深深地吸了口气。

今天，她要做网络上最靓的崽！她要让所有人都知道，她最最喜欢的人和她求婚了，啊啊啊！

又一个2020年。整整十年，芝芝再度走到了人生的节点。

上一次，她在这一年升职加薪，成了主管，开始单独做项目，独居，无猫无狗也没有男朋友，逢年过节被催婚。理想是早点儿挣够首付的钱，买一套小小的一居室，对爱情不抱任何期望。

这一次，她从 BU 硕士毕业回国，没去北京，到了深圳。后海的新房已经装修好，她租下了几间办公室，有了自己的工作团队。

办公室里养了三只猫：一只美短，一只英短，一只布偶。有专门的铲屎官悉心照料，因为它们不仅是名义上的 CEO（首席执行官），也是公司的得力员工，单独撑起了一个账号的运营。

她组建工作室了嘛，肯定要更专业化。目前，她签了三个号，分别属于科普、时尚、宠物三个类别，再加上她自己的“芝士就是知识”的账号，算是搭起了台子。

只不过新账号是由团队运营，“芝士就是知识”的账号个人色彩更浓郁。

但她最近很少更新 vlog 了，非不想，实不能也——她在忙一件大事。

当网红从来都不是芝芝的真正目标。老话说得对，人无千日好，花无百日红，网红的流量能够变现，但同样虚不可言，也许她转眼就过气了，只有实打实的业务才算是安身立命的本事。

她要做一个知识分享平台——“芝士就是知识”这个账号，其实就是这个意思。

知识付费的时代已经到来。她要做的，就是提供一个合适的平台，让有知识的人用知识换取报酬，让想要学习知识的人获得靠谱的途径。

计划很美好，做起来很艰难：搭建平台要钱，邀请各界“大 V”（在某领域有较多粉丝的公众人物）要人脉，建立数据库也不容易……在平台上线前，芝芝就已经为此忙碌了近一年。

好在男朋友给力，和小伙伴一起把框架给她搭出来了。大家把股份分一分，就算是创业了！

她大概是混得最惨的女主角了……

简单来说，事业就是在磕磕碰碰地前进，一切往好的方向发展，但是她要解决的问题也不少，这些都急不来，慢慢努力就是了。她好歹也混了几年自媒体圈，攒了点儿家底，耗得起。

再说说感情。庄家明同学不鸣则已，一鸣惊人，签了某个大公司的合同，年薪一百万元起。而他不创业，选择打工的理由也很简单，对于他们即将组成的家庭而言，这么分配抗风险能力更强。

创业不稳定，有赔有赚，将来如何难以预料。而他的年收入就在那里，维持一个家庭的运转不成问题，她可以放开手脚去做，不用顾虑生活——

“失败了也没关系，我养得起你。”他如是说。

回国领证后，芝芝又一次真真切切地感受到他们是一家人了，是不可分割的整体。哦，对，他们一回国就领证了，再不合法爹妈就要暴走了，伤不起。但婚礼还没有办，迪士尼的日期排得久，只能等。

双方都忙，具体的安排全委托给了婚庆公司——芝芝作为网红的好处在于，他们为了宣传自家公司，尽心尽力不说，还打折。迪士尼也一样，配合度相当高。

新房那边，芝芝也交给了设计师。她可不敢让爹妈装修，万一搞出个乡村迪斯科的风格……画面太美不敢看。

对此，关母表示十分不满：英雄无用武之地啊！她只好开始催孩子。

芝芝：“不生，十个月我要损失好多钱。”

关母：“钱赚不完，先把孩子生了，我给你们带。”

芝芝呼叫场外援助：“庄家明！”

庄家明动之以情，晓之以理：“我们希望给孩子一个更好的环境，等以后买到合适的学区房再生也不迟。妈，你不知道，现在好的幼儿园和小学都要看居住年限，临时买都来不及。”

关母信了。

芝芝和庄家明结婚最大的好处，就是以后有人帮她搞定爹妈了。

2020 年 7 月 30 日，星期四。

曾经的这一天，芝芝晚上喝醉回家，一梦到了十年前。而今天，她早上才下飞机回来，倒头睡了一觉，没倒回来时差就去公司开会，直到晚上八点多才下班。而后，她回到家里，舒舒服服地泡了个澡，顺带检查了一下手机里的日程。

明天是星期五，她要去开一个很长的会，事关投资，必须早做准备。

后天是星期六，她不用上班，但是要和一个小姐姐吃饭，聊一聊合作的事，晚上要和另外一个“大 V”一起录个视频。

庄家明作为加班狗只有周日有空。他们要一起去参加一个私人宴会。

芝芝既给他做点儿夫人外交，也能顺便拓展一下人脉圈——毕竟来的大佬都是相关领域的，随便介绍几个人就够她发展了。

庄家明当初的决定确实是对的，把家庭而不是个人作为考虑单位。不得不说，如此一来，他们俩利益捆绑，感情、现实双保险，估计要白头到老了。

婚庆公司的进度发过来了，她洗完澡再看吧，多半是宣传视频。她和庄家明从小到大的照片和录像太多，要整合到一起有点儿难度。

有迪士尼的抄送邮件，提醒快要排到了，有一堆事项要他们确认。她懒得看，反正这事都是庄家明在管。

洗完澡，她吹干头发，打开电脑开始回邮件，顺便给庄家明打了个电话，问他什么时候回来，太晚她就不等了。

他说："我们部门聚餐，我把人都送上车就回来。"

芝芝一点儿也不意外，时间能改变很多人、很多事，但江山易改，本性难移，庄家明依旧是少年时的性格。这种不变的东西给予她很大的安全感——他仍然是她熟悉的家明哥，没有变成另一个模样。

"路上小心，开慢点儿。"她说。

庄家明在那边笑了一声："找了代驾，别担心。"

"代驾也要担心嘛！"芝芝戴着耳机敲键盘，语气轻快，"我才看了一篇代驾女司机和霸道总裁的文。"

庄家明很淡定："我这种已婚人士做不了男主角。"

芝芝假惺惺地说："友情提醒，我国允许离婚。"

"那也不行，我不洁了，我不配。"他很懂行情，"适合我的只有先婚后爱，你要试试吗？"

芝芝听到"爱"就很警惕，出差了小半个月，有点儿慌："我累了，不等你，先睡了啊。"

"好，我很快回家。"他挂了电话。

芝芝真的开始犯困了。她关了电脑，往香薰机里倒入几滴精油，水汽飘出，散发着好闻的气味。

她上床，却一时没了睡意。

十年了——她高中三年战战兢兢，大学四年勤勤恳恳，出国两年废寝忘食，工作一年栉风沐雨……她终于改变了自己原有的命运轨迹。

不可否认，其中固然有先知的便利，但知道当网红能挣钱，今时今日的每一分成绩，也都是靠她一个个视频堆出来的，没有任何金手指。

她的感情也是。她是喜欢庄家明，才想和他在一起，不是看上了他的前途和成就。就算没有这些东西，他也是她最爱的家明哥。

她敢说，虽然自己有一点点功利心，可对他始终问心无愧。

付出都有了回报，不仅仅是金钱和地位的上升，更多的应该是她本身的变化。

关知之原来有那么点儿进取心，然而能力、眼界和自制力都实属平常。她想学点儿什么，看不进去专业书，碎片阅读了事；想早起锻炼，鲜少有成功的日子，关掉闹钟继续睡是家常便饭；和上司做项目，只完成分内工作，完全没有好好学习进步的意思……

可现在不同了。不出差的日子里，她会早些起来，趁着吃早餐、喝咖啡的时间，看十来页的专业书。她会经常学习新的事物，参加一些展览会，随时跟着时代的发展前进，和各个专业里的优秀人士定期吃饭联系，不断学习他们身上的优点。

她的眼界更加开阔，对自己的能力有了明确的认知，保持谦逊与进取之心，但又不再自卑——庄家明同学说她结婚后，“冒名顶替综合征”好多了，反而慢慢自信起来。

现在很多人说起对关知之的第一印象，不再聚焦于她的外貌，说什么“挺普通的女生”，而是“很大方的职业女性”或是“很有能力的创业者”。

她偶尔老毛病发作，人家也当她是谦虚，反而更添好感。

自己真的完全不一样了。芝芝回想起十年的辛酸与血泪，感慨万千。

思绪纷乱间，她听到开门声。

熟悉的脚步声到了床边，庄家明凑过来看了看她，笑了：“没睡啊？”

“没有你睡不着。”她抱着被子，扭成了麻花。

庄家明说：“那等我会儿。”

他花了二十分钟洗漱，吹干头发上床，躺好后第一件事就是把她揽进怀里，拍拍她的背：“是不是时差还没倒过来？”

“算是吧。”她说着，心里补充：这是十年的时差，需要再倒一次。

“家明哥。”

庄家明顿时睁开眼：“嗯……又要我帮你干什么？”

芝芝踹他：“你说得我像齐宣王一样，就不能单纯地叫叫你吗？”

“能。”他亲她一下，“说吧。”

芝芝绷不住笑了，翻身窝进他怀里："真没有，就想叫你一声。"

"好吧。"他不追根究底，胡噜她的脑袋，"妹妹乖，睡觉了。"

芝芝的肩膀动了两下，她抑制不住地笑了会儿，舍弃自己的地盘，霸占了他的半个枕头，亲亲密密地依偎在他身边。出差的疲惫感如潮水涌来，眼皮渐渐沉重、缓缓合拢。

庄家明又亲了亲她的额角，抬手关掉了床头灯。

她弯起唇角，酣然入梦。

第十章

小饼干：酥酥甜饼，脆脆童年

童年记忆

（一）

2003年的夏天，庄家明十岁。

这一年，“非典”席卷全国，虽然本省没有几例感染的病例，但当庄家明发烧时，全家人都紧张了起来。

当时舒沅还在世。她在小学里工作，不教课，处理一些日常事务，同普通老师一样放寒暑假——小的时候，庄家明最喜欢的就是夏天，妈妈一直都在家。

她坚信庄家明不可能感染“非典”，只是普通的感冒，让他在家休养，每过几个小时就给他量一下体温，密切关注着儿子的情况。

庄家明还小，不晓得父母的担心，昏昏沉沉地在家睡觉。

芝芝被告知他着凉发烧，想去看他，却被舒沅拦下了：“哥哥生病了，不能陪妹妹玩，过几天再来好不好？”

“不玩，我陪家明哥。”芝芝信誓旦旦地保证。

舒沅哪里敢让她接触庄家明，连哄带骗：“哥哥在睡觉呢，阿姨把碟片借给你好不好？”

芝芝有点儿心动：“《狮子王》？”

“《狮子王》。”舒沅笑了，拿《狮子王》的光碟骗走了她。

但是隔天她又来了，端着一碗百合绿豆汤。小小的人端着超级大的碗，刚熬好，还冒着热气，她非常吃力地端着：“舒阿姨，给家明哥。”

舒沅答应她，但还是拒绝了她探望的请求。

芝芝没说什么。

舒沅把绿豆汤放进厨房，回头看客厅里没人了，以为芝芝回了家，放下心来，转头去阳台收衣服。

芝芝听见动静，小心翼翼地从衣柜里探出头来，蹑手蹑脚地走到庄家明的卧室门口，拧了拧把手。门没锁，一下子就开了。

她小心翼翼地闪身进去，趴在他的床边：“家明哥，我来看你了。你好点儿没有？”

庄家明迷迷糊糊地睁开眼：“你怎么来了？”

“我租到了《宠物小精灵》的碟，我们一起看啊。”她兴致勃勃地说。

他摇头：“我病了，你自己看吧。”

“没事，我等你。”她能忍住。

门外传来脚步声。

芝芝比了个“嘘”的手势，不顾脏，趴下来躲进了床底。

舒沅开门进来，端着一碗绿豆汤：“饿不饿？妹妹特意送来的……”话音戛然而止，她看到了掉在床边上的红色发夹，好气又好笑，“芝芝来了？”

庄家明还不知道芝芝暴露了，说谎遮掩：“没有啊。”

“那这是谁的发夹？”舒沅把床单掀起来，看到了躲在床下的芝芝：“快出来，床下面多脏啊！”

芝芝没想到这么快就被发现了，闷闷不乐地爬出来。

“你这孩子。”舒沅拉着她走到外面，用湿毛巾擦了擦她蹭满灰尘的腿和胳膊，“阿姨不是不让你和哥哥玩，他生病了，可能会传染给你。要是你也生病了怎么办？”

芝芝缩了缩脖子，乖乖挨训：“不要告诉我爸爸妈妈。”

“那你不能再有下次了。”舒沅板起脸。

芝芝点头如捣蒜。

过了几日，庄家明退烧了，果然只是寻常的着凉。他被允许和芝芝一起看动画片。

那会儿《精灵宝可梦》还叫《宠物小精灵》，电视台每天下午五点钟放一集，可他们不是每天都能按时到家，没追全，这回从头再看一遍。

芝芝：“我喜欢皮卡丘。”

庄家明：“我也是。”

芝芝：“可是卖完了，我只买到了伊布。”

庄家明：“伊布也很可爱。”

芝芝：“你买到了皮卡丘可以和我换吗？我有杰尼龟和小火龙。”

庄家明：“好。”

2019 年 5 月 20 日，《大侦探皮卡丘》上映。

庄家明买了票，带女朋友去看电影，出来的时候把藏在包里的皮卡丘玩偶送给她：“欠你的皮卡丘。”

芝芝：“什么？”

庄家明：“我的小火龙和杰尼龟呢？”

芝芝陷入沉思。

过了几天，她送了他一个精灵球形状的充电宝，厚颜无耻地说：“你自己去抓吧。”

庄家明：“……”

（二）

小的时候，县城还没有后来那么大，城区极小。关、庄两家住的小区后面有一条河，河对面就算是乡下，种着大片的油菜花。

每年的 3 月和 4 月，他们在家里的阳台上往那头眺望，能够看到一大片金灿灿的花田，漂亮极了。

六岁的芝芝眼馋那里不是一天两天，经常问爸妈什么时候可以去那边玩。

可那里属于乡下，不在关家夫妻的活动范围内，她只得到了一个敷衍的答案：“你去奶奶家就能看到了。”

但芝芝觉得，奶奶家那边的花田，和她每天看的不是同一片。

她还是想去那里玩。爸妈不带她去，她就去找庄家明："我们去那边玩好不好？"

庄家明说："好。"

于是，一个周末，家长不在家，他们就收拾收拾准备出门。

对两个孩子来说，这段路程不算长也不算短，需要好好准备。庄家明穿了件有很多口袋的外套，在口袋里装上了纸巾、大白兔奶糖、铅笔刀、零花钱。而芝芝穿了最好看的小裙子和皮鞋，并且美滋滋地戴上了自己觉得最好看但其实有些俗气的头花。

她问："家明哥，我好看吗？"

庄家明纠结了一下，点头："好看。"

他们手拉手下楼梯。腿伸下去，踩到地面，再把另一条腿挪下来。芝芝穿着小裙子，迈不动脚，庄家明就拉着她的手："慢点儿，小心这里有水。"

几层楼，他们走了十分钟，又绕过小区，穿过小路。

两边的花坛里种着不知道叫什么的花，怪好看的。芝芝被吸引了，踮起脚去够。她太矮，够不到。

"家明哥。"她求助。

庄家明那会儿也是个矮萝卜，就爬到了花坛上，犹豫了下，没摘下整朵花，揪了一片花瓣，说："妈妈说这是人家种的，我们就摘一片吧。"

芝芝点点头，小心翼翼地把花瓣塞到了头发里。

两个人继续手拉手往前走。路渐渐崎岖，凹凸不平，远处已经能看到大片的金色花田。

芝芝一蹦一跳，兴奋无比。庄家明紧紧攥着她的手："走慢点儿，要摔了。"

芝芝没听，继续蹦跶。

然后……

"啊！"她一脚踩进坑里，摔了个狗啃泥。

但小时候的关知之皮实，硬是憋回眼泪，艰难地爬起来："我没事。"

庄家明看着她的膝盖："破了。"

"不疼。"她忍着泪，"我们走。"

庄家明说："回家吧，明天来。"

"妈妈要骂的。"关知之同学很清楚后果，坚决发挥红军长征的精神。

庄家明拗不过她，想了想，把口袋里藏着的大白兔奶糖给她：“吃了就不痛了。”

芝芝摊开手：“脏了。”

他把奶糖剥开，小心翼翼地塞进她的嘴里。她眉开眼笑，好像疼痛瞬间远去。

天要暗下来的时候，花田到了。

芝芝的手心破了皮，她摘不了，口头指挥：“要那朵，不是，那朵，开得最大的那朵，还有这朵……”

庄家明钻来钻去，一枝枝折下来攥在手心里，不久便是一大捧：“给。”

芝芝把花束抱进怀里，心满意足：“今天给我，明天归你。”庄家明同意了这个分配方案。

他们回家了，不出意外挨了一顿臭骂。爹妈们训斥道：“你们俩跑那么远干什么？知不知道我们会担心？”

庄家明低头不吭声，鼻子酸酸的。

芝芝撇撇嘴，眼珠一转，抱着她妈的腿狂号：“腿痛，好痛。”

家长们这才发现她摔破了膝盖，血水混着灰尘凝固在皮肤上，看着就很惨。这下他们也顾不得骂她，赶紧擦洗干净，涂上红药水。

药水沾到伤口，假哭也变成了真哭，芝芝哭得撕心裂肺。

关家夫妻能怎么办呢？这毕竟是自己生的娃，只好咬着牙忍了。

第二天清晨，庄家明一醒过来就看到床头的超大可乐瓶，里面插着昨天摘下来的油菜花，金灿灿的，像是太阳的光。

舒沅笑着说：“妹妹一大早送过来的，说你睡醒了就能看到。”

他笑了起来，捧起可乐瓶，吭哧吭哧地搬到了客厅的茶几上。于是，这一天芝芝就没有再去阳台上看油菜花，而是和他坐在一起看了一下午的动画片。

2014 年的情人节，芝芝收到了庄家明送的一束花，是很主流的玫瑰花。她拿出手机拍照：“虽然没什么新意，还被人当肥羊宰了，但第一次收到你送的花，还是要拍照留念一下。”

庄家明：“不是第一次。”

芝芝："什么？"

庄家明："你记不记得你以前很喜欢油菜花……"

芝芝面无表情："风太大，没听清，我说这是第一次，你有什么意见？"

庄家明："没有……"

（三）

俗话说得好，三岁看老，很多事情小的时候就初露端倪。

那一年，芝芝和庄家明上了幼儿园，要在学校里吃午饭、睡午觉。

幼儿园里的午饭都放在一个大桶里，由老师们统一分发，一荤一素一汤，要小朋友们自己端着碗排队去领饭。

芝芝的鼻子非常灵，食堂的人刚把桶搬过来，她就能闻出今天吃的是番茄炒蛋还是青椒肉丝。

如果是喜欢的，她就会竖起耳朵，听到老师说吃饭了就立马跳起来，像个小炮弹一样冲到教室后面的橱柜，唰地掏出自己的碗，而后灵活地躲开班里高大的小朋友冲过去排队。虽然老师们分菜都差不多，但排在前面的肯定要多一点儿，排到后面的就要少一点儿。

她永远都会捧着满满当当的饭菜离开。

而庄家明不太挑食，吃什么都行，也不喜欢和人争抢，乖乖地排在后面，轮到他的时候，饭菜通常就只有七分满了。

"家明哥，你要是没有我，肯定会饿死的。"萝莉芝芝坐在正太家明的旁边，把碗里的饭和肉都给他，"给你。"

庄家明不好意思吃妹妹的饭，说："我不饿，够了。"

"我吃不下，下午还要喝牛奶呢。"芝芝强硬地把勺子戳过去，"吃！"

他只好"勉为其难"接受了这份馈赠。

老师们最喜欢孩子们友爱，从来不阻止他们，笑眯眯地看着。

吃过饭就是睡午觉。分配床铺的时候，芝芝坚决拉着庄家明不松手，躲来躲去，终于成功和他分配到相邻的小床，把手伸过栏杆就可以拉到对方的手。

第一天上学，早晨来幼儿园的时候，很多孩子抱着父母号啕大哭，不想离开。

芝芝当时觉得新鲜，不仅没哭，还一下子跑远了，睡下以后，就开始有点儿慌了。

她说："家明哥，妈妈下午会第一个来接我们，对不对？"

他说："嗯。"

她还是紧张："要是她们不来怎么办？"

庄家明说："没关系，我认得路，我带你回家。"

芝芝安心了。

睡过午觉，走廊里传来响动，是送牛奶的人到了。芝芝瞬间清醒，眼睛瞪得溜圆。

等老师摇起了床铃，她飞快地踹开被子，穿好衣服，迈着小短腿跑过去领牛奶和点心吃。

老师叫她："关知之，你把被子叠好再去。"但老师一转头，就发现庄家明下了床，乖乖地给她叠被子，动作仔细又耐心。

他把两个人的被子叠好，芝芝也把点心领回来了，是最好、最大、最完整的那个，奶油雪白。

庄家明把有奶油的部分撕下来给她："我不饿，你吃。"

芝芝信以为真，吃了他无数奶油。他就自己啃没有奶油的面包，一点儿也看不出超喜欢吃奶油。

2013 年后，芝芝就开始戒糖。

饮料、饼干、蛋糕、奶茶之类的高糖食物是她高度警戒的对象，除非馋极了，否则她很少吃。

但每年过生日，庄家明一定会提个小小的蛋糕过来和她庆祝。

芝芝问："为啥年年都是蛋糕？我们也可以去吃火锅啊！"

庄家明瞥她："我喜欢。"

她妥协了："好吧。"

奶油热量高，她就往底层切，只吃蛋糕胚，把大部分奶油堆到了他碗里："来，多吃点儿，都是你的。以前吃了你那么多奶油，还你啊！"

庄家明有点儿意外："你还记得啊？"

"记得啊，奶油面包上的奶油、鸡腿面包里的火腿、荔枝口味的棒棒糖……你都给我了。"童年的一些记忆，到老也不会忘，重来一次，芝芝有很多事记不太清，可这些场景还历历在目。

他一直对她很好。

结果庄家明笑了："你也一样啊，为了帮我集卡片，零花钱都用光了。"

当年小浣熊干脆面里有《水浒传》的人物卡片，芝芝不感兴趣，但还是把零花钱都用在买干脆面上，帮他一起集卡，连着几个月都没吃上喜欢的零食。

芝芝都不记得了："有吗？"

"有啊。"她总是这个样子，记得别人对她的好，却不在乎自己付出过多少。好在他始终未曾忘记，一直一直，都会记得。

婚姻那些事

（一）关于结婚

他们在迪士尼乐园的婚礼视频被拍得极其唯美，经过后期处理，拿去当宣传片用也没有问题。但要问当事人的感想，就是一个字：累！

婚礼本来就够累的了，芝芝还要兼顾拍摄的效果，能累到吐血。她全程都在听司仪和团队人员的调度，穿着高跟鞋全场飞奔。

婚礼的浪漫？她没仔细看场地布置。

进场的紧张？她在想灯光打没打好。

许诺的誓言？她只想着麦克风的效果。

庄家明和她差不多，完全就是个人偶，导演说去哪里就去哪里，不像结婚，倒像是在演戏。

可是家长和参加的亲友们都觉得好得不得了！场地超漂亮，有鲜花、薄纱、灯光、糖果，还有迪士尼的动画人物出没，看着就像是走进童话世界。亲友们带来的小孩子们不停尖叫、笑闹，快活无比。

关家夫妻笑得合不拢嘴，这婚礼让他们大大地长了脸，感觉能在亲戚里吹上十年。

庄鸣晖也特别高兴，邀请了自己原来的许多好朋友，翻来覆去地介绍：“不，不是外面认识的，就是我们家隔壁关家的小姑娘啊。女大十八变吧？对，青梅竹马，两个孩子一起长大的，好得不得了。”

关奶奶和关大伯一家坐在那里和许久不见的亲戚们拉家常；庄爷爷和庄奶奶在炫耀自己的孙子进了大公司，孙媳妇特别能赚钱；金外公像个老干部一样东转转，西看看，时不时拿手机拍个短视频、发朋友圈……

小孩子们：“啊啊啊，米老鼠！”过了会儿，他们又喊，“啊啊啊啊，唐老鸭！”

乐园里充满了快活的气氛。

新郎新娘累不累？结婚哪有不累的啊？

（二）关于婚后

国内有种传统的思想，觉得人要先成家后立业。结了婚的人更稳重，不像单身时想一出是一出，也更方便进入社交场。

而庄家明觉得除了这些好处，乱七八糟的事也少了很多。等到他在朋友圈把两个人的一岁照和结婚照发了一遍，写上“二十五周年”，好了，彻底清静。

开心，他就说该早点儿结婚。

而芝芝主要关心的是财产问题。

婚前，她给父母在老家买了一套房，自己在深圳买了一套房、两辆车，其他财产若干。庄家明有老家的房子和几十万元存款。

结婚的这套房子，是两个人各出了一半钱。庄家明的那部分是存款和实习的钱以及爷爷奶奶的支持。

因为他能出的不多，芝芝挑房子的时候选了个普通户型，两个人住足够了。这样还能够有效防止爹妈过来“照顾”他们以及催生孩子。

生孩子？不行啊，房子小，他们等买了大的再生吧。她真机智！

还有就是给爹妈发零花钱的事了。他们都是独生子女，父母也有劳动能力，不要求他们补贴，自己的钱够花。所以两人也没有勉强，只是过年的时候给两家各封一个大红包孝敬。

两家人多年交情，有商有量，且经济宽裕，没什么龃龉的事。这桩婚姻的难度远远小于其他家庭的婚姻，算得上是和顺美满。

（三）关于孩子

芝芝以前对生孩子兴致缺缺，觉得拼了老命生下个娃跟男方姓，自己折损事业，可能还会有其他难以预料的意外，不划算。

但她过了三十岁就改了主意：老娘有千万身家，不生孩子以后给谁继承？

算了，她还是生一个吧。

有钱人生育总是简单的。她在怀孕期间就能住最好的医院，坐月子有月子中心的人照顾产妇和孩子，满月后还能请保姆，不用爹妈每天半夜喂奶。

客观条件好了，感情条件也一直满格。芝芝在情感上很能接受怀一个庄家明的孩子，并且由衷地祈祷孩子像爹。

关母在她怀孕后来照顾她，不止一次听到自家闺女摸着肚子胎教："崽啊，你要像你爸，不要像你妈，听到没有？"

庄家明就说："像你也很好啊！"

"不！我不允许！"芝芝对自己小时候有多熊很有数，那就是最高级别的难度。

她别的不求什么，只求孩子像庄家明，乖乖吃饭、乖乖睡觉，平时不哭闹，暖起来像个小天使。

关母回忆了下女儿小时候的熊样，难得点头："对，还是像家明好了。"

庄家明好有压力。

九个多月艰难地过去了，孕妇有的问题她都有，但因为工作忙、爹妈在身边照顾、老公体贴，她没啥心理问题。

进产房的时候，她还拿着手机给下属发语音："再和他们确认一遍，不要给我搞出今天晚上八点发的事！"

然后她坚定地拒绝了庄家明陪同的要求："你在外面等着吧，看着我生我有压力。"

庄家明很想见证孩子出生的样子，疑惑她为什么不让。

"我生，我说了算。"芝芝残忍地把他留在了外面。

三个长辈在外面等着。

无痛分娩，疼痛程度可以忍受。芝芝抓着手机，什么也看不进去，脑子里乱糟糟的。她一会儿和医生说“撕裂了给我缝好看一点儿”，一会儿又说“他出来没有？位置对不对？”。

私立医院，医生、护士都照顾她一个人，要多温柔就有多温柔，安慰她说：“快了，快了，加油。来，跟着我的节奏呼吸……”

她觉得好难！

半个小时后，外面的庄家明收到了一条短信。

芝芝：“给我点杯奶茶，加珍珠、芋圆、红豆，全糖！”

他赶紧点外卖。关母很紧张：“怎么了？”

庄家明：“她要喝奶茶。”

过了会儿，她又发来一条：“和我爸说我想吃红烧猪蹄。”

关父也紧张：“这个能吃吗？”

庄家明：“说是要清淡一点儿，但给她吃几口吧……”

关母：“对孩子不好吧？”

庄家明小心翼翼地说：“我们喂奶粉。”

“都说母乳好。”关母犹豫。

庄家明：“我也是吃奶粉长大的……”

“对，舒沅那个时候身体不好，没喂一口奶。”庄鸣晖开口，“奶粉就奶粉，他们现在的奶粉比我们那会儿的还要好，缺不了什么。”

当父母的哪有不心疼孩子的？关母知道喂奶的苦，看他们父子都没异议，自然同意，吩咐关父：“你一会儿就去买。”

“哎，好！”

又过了一个小时，庄家明收到一连串兴高采烈的表情包，然后才是一条语音：“我生出来了！没缺没多，完美！”

全家人的心这才放下。

没一会儿，门开了，产妇和孩子一起出来。四个家属合理分工：关母和庄家明去看芝芝，关父和庄父去看娃，一边两个，公平公正。

“奶茶……”芝芝盯着庄家明。

庄家明赶紧递过去给她吸了一口。

糖分下肚，好比游戏里的一口药，迅速回血。芝芝一口气喝了半杯奶茶，觉得像终于续了“血条”。她总觉得忘了啥事，是她的手机没拿，还是她的微博没发？

“你怎么了？”庄家明有点儿慌，“是不是哪里不舒服？”

她敲脑袋：“我有个什么事没做，记不起来了。你帮我看看手机，微博发了吗？广告上了没有？”

关母缓缓地道：“你确定吗？”

芝芝和庄家明满脸迷茫。

关母：“男的女的？”

芝芝尖叫：“啊！”她忘问了，生的时候谁还想是男的女的？她就想着完不完整、会不会丢零件、心脏好不好，B超照过也不如亲眼看到靠谱。

刚才护士抱过来的时候就说了性别。关母大发慈悲，不折磨刚生产完的闺女：“儿子。”

男孩子啊……芝芝转过头，用鼓励的眼神看着新手爸爸：“以后你多加油哦。”

芝芝已经能预想到未来的美好生活了：以后爸爸给娃洗澡，爸爸带娃运动，爸爸给孩子上生理卫生课，爸爸给孩子做情感咨询。她只要负责做一个欢呼“宝宝好棒”的“彩虹屁”妈妈就行了，解脱了！

她躺平，宣布：“交给你们了，我的任务完成了。谢谢广大网友，谢谢一直支持我的粉丝们！”

故事到这里就结束了，拜拜！

—全文完—